Willy Russell

Der Fliegenfänger

ROMAN

Aus dem Englischen von
Sabine Hübner

Diana Verlag
München Zürich

Die Originalausgabe erschien unter dem Titel
The Wrong Boy bei Doubleday, London

1. Auflage

Satz: Filmsatz Schröter GmbH, München
Druck und Bindung: Bercker, Kevelaer
Printed in Germany

ISBN 3-8284-0057-4

Für Annie

And if you have five seconds to spare
I'll tell you the story of my life:
Sixteen clumsy and shy
I went to London and I ...

Morrissey, »Half a Person«

16. Juni 1991
Birch Services,
M62 Motorway

Lieber Morrissey,

ich fühl mich total down und deprimiert. Wie eine Straßenlampe ohne Birne oder eine Weihnachtsgans im Advent. Jedenfalls hab ich gedacht, jetzt schreib ich mal ein paar Zeilen an jemand, der mich versteht. Ich weiß, dass du wahrscheinlich gar nicht antworten wirst; ich weiß ja nicht mal, ob dich das hier überhaupt erreicht. Und selbst *wenn* du mir antworten würdest, würde mich deine Antwort nicht mehr erreichen, weil ich schon weg bin. Obige Adresse ist nämlich eine Raststätte, an der ich vorbeigekommen bin. Wahrscheinlich werf ich diesen Brief nicht mal ein. Ich schreib ihn nämlich in das Heft, in dem ich auch meine Songtexte und Ideen festhalte. So 'ne Art Tagebuch wahrscheinlich; obwohl das jetzt gleich so großartig klingt. Jedenfalls schreib ich in dieses Heft, während ich unter lauter Fernfahrern, Touristen, Vertretern und Durchreisenden sitze. Mir kam gerade der Gedanke, dass du vielleicht selber schon mal in dieser Cafeteria warst, vielleicht ganz früher, auf der Heimfahrt von einem Auftritt, du und die Jungs, und ihr habt hier angehalten und einen Tee getrunken. Irgendwie ist das ein Trost, der Gedanke, dass du vielleicht schon mal hier warst, Morrissey, und vielleicht sogar genau am gleichen Tisch gesessen hast wie ich jetzt. Was dir wohl durch den Kopf ging, hier in diesem Selbstbedienungstempel mit seiner Vollkornbrotbar, dem frittierten Kabeljau und dem panierten Schellfisch – auf einer Warmhalteplatte gestrandet, weit, weit weg vom brausenden Meer.

Ich sitze hier einem voll fetten Fernfahrer gegenüber, der mich mitgenommen hat. Mir wär's lieber, der Arsch hätte nicht wegen mir angehalten. Zu Fuß wär ich schneller gewesen. Wir haben von Manchester bis hierher fast zwei Stunden gebraucht, weil er unterwegs an jedem Restaurant und jedem Imbiss aussteigen und was essen muss.

Als ich zu ihm ins Führerhaus kletterte, fragte er: »Wo soll's denn hingehen?«

Ich sagte: »Grimsby.«

Darauf er: »Was machst du denn da?«

Ich: »Arbeiten.«

Er nickte zu meiner Gitarre hin. »Und als was?«, fragte er lachend. »Straßenmusikant?«

»Nein«, sagte ich. »Ich arbeite auf dem Bau!«

Er machte ein skeptisches Gesicht.

»Dies und das«, sagte ich, »Tee kochen und so.«

Er nickte. Dann fragte er: »Warum fährst du denn zum Arbeiten so weit weg?«

Ich dachte nach. Und dann sagte ich: »Wegen Morrissey.«

»Morris wer?«, fragte er.

»Morrissey«, sagte ich, »nicht Morris wer. Morrissey, der größte lebende Songschreiber. Der war früher mal bei den Smiths.«

»Ach so«, sagte er, »dieses langweilige Arschloch!«

Damit war das Gespräch für mich beendet. Er legte eine Phil-Collins-Kassette ein, furzte ein paar Mal und ich fand, dass das zu dieser Musik ganz gut passte.

Jetzt hat er sich gerade noch eine Speckstulle zwischen die Zähne gestopft und lacht so hemmungslos, dass man den Brei aus zerkautem Brot, Speck und Speichel in seinem Mund sieht. Er findet es rasend komisch, dass ich gesagt hab, ich sei Vegetarier. Darum lacht er jetzt so.

»Ich weiß wirklich nicht, was es zu lachen gibt«, erklärte ich, »alle möglichen Leute sind Vegetarier; George Bernard Shaw war zum Beispiel Vegetarier. Und Mahatma Gandhi!

Überhaupt sind die meisten Menschen Vegetarier«, sagte ich, »inklusive Morrissey. Und mir.«

Er kriegte sich gar nicht mehr ein vor Lachen.

»Und deshalb«, schloss ich, »bin ich Vegetarier geworden. Wegen Morrissey.«

Aber das hätte ich mir alles genauso gut sparen können und deshalb hielt ich den Mund und ließ ihn weiterlachen. Was soll man auch zu einem Banausen sagen, der auf Phil Collins und Dire Straits und derlei seichtes Zeug steht? Ich hab jetzt meinen Walkman auf, damit ich wenigstens nicht *höre*, wie er lacht. Das einzig Positive daran, dass er mich mitgenommen hat, ist: Er ist so fett, dass ich mir im Vergleich echt dünn vorkomme. Ich bin zwar nicht übergewichtig oder so, jedenfalls nicht *mehr*, Morrissey. Aber obwohl ich heute nicht mehr dick bin, vergesse ich das manchmal und denke immer noch, ich sei ein Schwergewicht. Und ich hasse Bilder von früher, auf denen ich noch dick bin. Fotografien sind wie Computer – sie sagen nie die Wahrheit. Das ist wie bei diesem Bild von Oscar Wilde, Morrissey, du weißt schon, wo er die Stiefel anhat und an der Wand lehnt. Wenn das das einzige noch existierende Bild von Oscar Wilde wär, würde doch jeder denken, er sei dick gewesen, oder? Aber Oscar Wilde war nie dick, nicht innerlich. Und ich war auch nie dick, jedenfalls nicht innerlich. Und wahrscheinlich war das einfach so eine Phase, die Oscar Wilde durchgemacht hat, und er konnte nichts dafür, genauso wenig wie ich. Moby Dick haben sie mich damals genannt! Als wir nach Wythenshawe zogen, steckten sie mich in diese Gesamtschule, wo ich keinen kannte, und es war auch noch mitten im Schuljahr. Ich kam ins Klassenzimmer, und Steven Spanswick hob den Kopf und sagte: »Verdammte Scheiße – da kommt Moby Dick!«

Und die ganze Klasse brach in Gelächter aus, sogar der Lehrer!

Aber das lässt mich jetzt kalt – Spegga Spanswick und Barry Tucknott und Mustapha Golightly und dieser ganze Haufen.

Lauter Witzfiguren! Eigentlich bin ich ihnen sogar dankbar. Wegen Typen wie Steve Spanswick und Jackson und solchen Trotteln hab ich damals nämlich meinen ersten Song geschrieben, »Lässt mich kalt«. Der Text ging so:

Lässt mich kalt
Wenn ihr mir eine knallt
Wenn ihr auf meine Nikes rotzt
Oder mir auf mein Skateboard kotzt
Lässt mich kalt
Lässt mich kalt, wenn ihr mich überfallt
Euer Schrott in meinen Ohren schallt
Lässt mich kalt
Wenn ihr mich blöde Fettsau nennt
Euren Ball in meine Eier brennt
Lässt mich kalt
Mir geht so was nicht nah
Denn ich bin gar nicht da
Lässt mich kalt

Im Rückblick kommt mir das schrecklich belehrend und irgendwie allzu simpel vor. Es ist wirklich total peinlich, vorhersehbar und epigonal. Aber schließlich muss jeder Künstler mal irgendwo anfangen, und entscheidend ist doch, dass ich überhaupt angefangen hab, selbst zu schreiben, egal mit was für Texten. O Scheiße, was will Speckfresse denn jetzt schon wieder von mir …?

Später,
hinten im Lastwagen
eines Teppichlegers,
irgendwo in den Penninen
(wie mir scheint)

Lieber Morrissey,

ich könnte immer noch vor Scham im Erdboden versinken. Ich kam gar nicht schnell genug aus der Raststätte raus!

Diese Bodenleger fahren nach Halifax und haben gesagt, sie würden mich dort absetzen. Ich weiß nicht mal, ob Halifax auf dem Weg liegt, aber ich wär überallhin mitgefahren, bloß um von der Raststätte wegzukommen.

Ich bin froh, dass das Ganze wenigstens dort passiert ist, wo alle Leute nur auf der Durchreise sind, und dass ich *sie* deshalb hoffentlich nie wiedersehe!

Da ich ja meinen Walkman aufhatte und an dich schrieb, war mir völlig entgangen, dass das Fettmonster etwas zu mir sagte. Als ich dann den Kopfhörer abnahm, *schrie* er: »Hey! Schau mal! Schau mal!«

Mein Blick folgte seinem ausgestreckten Zeigefinger. Und da sah ich sie an der Selbstbedienungsmüslitheke stehen. Sie lächelte mich an und winkte mir kurz zu. Und obwohl ich normalerweise nicht so leicht lächle, konnte ich einfach nicht anders und lächelte zurück; denn ich war ihr zwar erst ein einziges Mal am Altglasbehälter an der Bushaltestelle Failsworth Boulevard begegnet, aber ich hatte es nie vergessen, das Mädchen mit den Kastanienaugen. Ich kannte sie nicht und sie kannte mich nicht. Wir standen da in der Schlange, die auf den Bus wartete – sie fast ganz vorn und ich ganz hinten. Erst war ich ein bisschen geschockt, als sie mir einfach so zunickte. Ich muss wohl ziemlich ratlos ausgesehen haben, denn sie lächelte erneut und machte ihre Jeansjacke auf, damit ich ihr T-Shirt sehen konnte. Und jetzt begriff ich. Und lächelte zurück. Sie trug genau das gleiche T-Shirt wie ich! Das gleiche, das ich auch heute trage, das, wo man vorn das Bild von Edith Sitwell sieht und hinten *Morrissey* draufsteht. Es ist immer toll, wenn man einem andern Morrissey-Fan begegnet. Auch wenn man die Person noch nie gesehen hat, weiß man doch, es gibt etwas Wichtiges, das man mit ihr teilt. Sie rief mir vom vorderen Ende der Schlange etwas zu und zwar: »Wo hat Morrissey seine Tasche verloren?«

Ich lachte. Und sagte: »Das ist ganz leicht: Newport Pagnell!«

Da lachte sie auch und alle Leute in der Schlange starrten uns an, als seien wir bescheuert oder gehörten zu diesen dekadenten, drogenbenebelten Randalierern, über die ständig in der *Failsworth Fanfare* berichtet wird. Aber das ließ mich kalt. Ließ uns kalt. Wir waren Morrissey-Fans!

Ich sagte: »Für welchen Job hat er sich beim CVJM beworben?«

Sie lachte wieder und sagte: »Das ist doch kinderleicht! Als Rückenschrubber.«

Wir amüsierten uns prächtig an der Bushaltestelle, ich und das Mädchen mit den Kastanienaugen.

»Was hatte Morrissey bei sich«, fragte sie, »als er ins Palace einbrach?«

Wir riefen die Antwort gleichzeitig: »Einen Schwamm! Und einen rostigen Schraubenschlüssel!«

Und dann lachten wir beide. Und da sah ich ihre Augen, sah, dass sie dunkel glänzten wie Kastanien, die man gerade aus der Schale gepellt hat. Ich glaube, ich hab sie angestarrt, denn plötzlich zuckte sie die Achseln. Und dann fragte sie mich: »Hast du zufällig den New-York-Mix von ›This Charming Man‹, den mit dem verdruckten Cover?«

Ich nickte. Und sie sah mich an, als sei sie wirklich tief beeindruckt. Aber dann kam der Bus und irgendjemand hinter ihr meinte, sie solle nicht die ganze Schlange aufhalten. Also ging sie und stieg ein. Hoffentlich hielt sie mich jetzt nicht für eingebildet oder selbstgefällig, weil ich gesagt hatte, dass ich den New-York-Mix von »This Charming Man« mit dem verdruckten Cover besitze. Ich wollte nicht, dass sie mich für einen Wichtigtuer hielt. Als ich in der Schlange weiterrückte, nahm ich mir vor, falls sich im Bus noch ein Gespräch ergab, keinesfalls zu erwähnen, dass ich auch das verdruckte New Yorker Cover von »Hand In Glove« besitze. Vielleicht hätte sie es wirklich protzig oder sogar ein bisschen ordinär gefunden, dass jemand nicht nur eins, sondern gleich *zwei* der begehrtesten Morrissey-Sammlerstücke besitzt.

Doch es kam zu keinem Gespräch mehr im Bus. Ich kam gar nicht erst rein! Denn als ich endlich beim Fahrer angekommen war, sagte der: »Schluss. Wir sind voll!«, und als ich protestieren wollte, drückte er einfach auf den Hebel und die Türen knallten mir vor der Nase zu.

Danach hab ich es nie mehr gesehen, das Mädchen mit den Kastanienaugen. Nirgends. Ich hoffte immer, dass sie mir mal wieder über den Weg laufen würde, aber ich wusste auch, dass das sehr unwahrscheinlich war, vor allem, weil ich das Haus nur verlasse, wenn es absolut nötig ist. Meistens bin ich ganz glücklich damit, unglücklich in meinem Zimmer zu hocken. Und selbst wenn ich mehr rausginge, wozu mich meine Mam ja dauernd drängt, glaub ich trotzdem nicht, dass es mir noch mal über den Weg gelaufen wär, das Mädchen mit den Kastanienaugen. Ich hatte an ihrem Akzent erkannt, dass sie gar nicht aus Failsworth kam. Also war sie wahrscheinlich an jenem Tag, als ich sie an der Bushaltestelle traf, zum ersten und einzigen Mal in ihrem ganzen Leben in Failsworth gewesen. Deshalb wusste ich, dass ich sie wahrscheinlich nie mehr wiedersehen würde. Und ab und zu dachte ich, ich hätte sie gar nicht wirklich gesehen, sie sei einfach nur der Mensch gewesen, den ich gern gesehen hätte, das Mädchen mit den Kastanienaugen.

Aber heute, als ich diesem Fettmonster von Fernfahrer gegenübersaß, stand sie plötzlich da, mitten in der Cafeteria! Und sie erkannte mich und lächelte mir wieder zu und näherte sich mit ihrem Tablett dem Tisch, an dem ich saß. Doch sie kam nicht an! Sie kam nicht bis zu mir. Denn als sie näher kam, hörte ich plötzlich Speckfresse Fernfahrer sagen: »Ja, Süße, setz dich zu mir. Ich sag dir mal was: So schnell kannst du gar nicht gucken, wie ich dir den Schornstein fege!« Was darauf folgte, Morrissey, war wie die unheimliche Stille nach einer Bombenexplosion. Das Lächeln des Mädchens mit den Kastanienaugen erlosch. Und das Allerschlimmste war, dass sie mich immer noch anschaute, aber jetzt las ich nur noch Schmerz und Kränkung in ihrem Blick, als hätte man sie tödlich verwundet. Sie blickte mich immer noch an, aber jetzt total ernüchtert und enttäuscht, dann blieb sie abrupt stehen, wandte sich ab und ging zu einem andern Tisch, an dem ein älteres Ehepaar sie mit freundlichem Lächeln und wässrigen Augen empfing. Und dann, während ich dasaß, starr vor Schreck über das, was Fernfahrer Speckfresse gerade zu ihr gesagt hatte, wurde mir plötzlich klar: Sie musste ja denken, dass ich und er zusammengehörten! Dass ich jemand war, der so einen Typen wie Fernfahrer Speckfresse kannte! Ich rappelte mich auf und ging zu ihr rüber, um ihr alles zu erklären! Aber da grölte *er* schon wieder los, lauter dummes primitives Zeug, und sie blickte auf, sah mich kommen und wollte sofort wieder weg. Ich streckte die Hand aus, um sie festzuhalten; ich wollte ihr alles erklären und mich für alles entschuldigen. Doch als meine Hand ihren Arm berührte, riss sie ihn weg und ihr gesamter Müslimix ergoss sich über die beiden Rentner, deren Frühstück aus Speck und Spiegelei jetzt mit Haferflocken, Weizenkeimen und Rosinen garniert war.

»Lass mich in Ruhe«, sagte das Mädchen mit den Kastanienaugen. Und sie stand da und zitterte leicht wie ein im

Flug abgeschossenes Vögelchen, in dessen Flügel eine Schrotkugel steckt.

»Ja, mach, dass du weiterkommst! Lass das arme Mädchen in Ruhe!«, fuhr mich die Rentnerin an.

»Und *uns* auch!«, sagte der Mann. »Schau dir das an!«, sagte er. »Schau bloß, was du angerichtet hast! Den Tee kann ich jetzt nicht mehr trinken. Da schwimmen ja lauter Körner und Obststückchen und alles mögliche Zeug drin rum!«

Ich bot ihm an, einen neuen Tee zu besorgen. Und seiner Frau auch. Ich bot an, ihnen ein neues Frühstück zu bringen. »Und dir auch«, sagte ich zu dem Mädchen. »Dir hol ich eine neue Schale Müslimix.«

Aber sie würdigte mich keines Blickes. Sie starrte nur vor sich auf den Tisch, als sei sie ganz in sich gekehrt. Und sie sagte: »Lass mich in Ruhe. Verschwinde. Hau ab.«

Und daran, wie sie es sagte, merkte ich, dass es zwecklos war, ihr weiter zu widersprechen oder sie überzeugen zu wollen. Ich konnte nur noch murmeln, es tue mir Leid.

Dann drehte ich mich um und ging weg und hätte mir vor Scham und Verlegenheit am liebsten eine Decke über den Kopf gezogen. Ich ging zu meinem Tisch zurück, schnappte mir meine Gitarre und meine Tasche und wollte einfach bloß weg. Aber plötzlich sah ich, dass sich diese wandelnde Obszönität von einem Fernfahrer mein Songbook geklaut hatte! Er hatte es aus meiner Tasche genommen und las meinen Brief an dich, Morrissey, er las ihn und lachte! Ich wollte ihm das Heft aus der Hand reißen, aber er war schneller und hielt es so hoch, dass ich nicht drankam. Und dabei spottete er die ganze Zeit: »Okay, Moby, immer mit der Ruhe, Moby. Was ist denn los, Moby Dick, hat sie dich nicht rangelassen?«

Ich überlegte krampfhaft, was in einer solchen Situation wohl Oscar Wilde getan hätte, welch beißendes Epitheton er wohl geprägt hätte, um seinen Gegner zu demütigen, zu verletzen, zu vernichten … Aber da mir nichts einfiel, schnappte ich mir einfach eine Gabel und stieß sie dem Fettsack in die

Hand. Er brüllte wie am Spieß und ließ mein Songbook fallen. Doch als ich mich bückte, um es aufzuheben, rammte er mir voll das Knie ins Gesicht. Ich sah nicht einfach nur Sterne; ich sah die Festbeleuchtung von Blackpool.

Offenbar griffen an diesem Punkt die Teppichleger ein und konnten gerade noch verhindern, dass er mir auf dem Kopf herumtrampelte. Als ich wieder zu mir kam, führte mich einer der Teppichleger zur Tür und der andere trug meine Sachen hinterher. Als wir uns dem Tisch des schönen Mädchens näherten, sagte der Teppichleger, der meine Sachen trug, zu dem Teppichleger, der mich stützte: »Hey, der Kleinen da würde ich's gern mal so richtig besorgen.«

Und ich hörte sie so widerlich gröhlend lachen, wie das nur Männer können. Und als ich an ihr vorbeiging, hob das Mädchen mit den Kastanienaugen den Kopf und warf mir einen bitter enttäuschten Blick zu. Da blieb ich stehen, direkt vor ihrem Tisch, und sagte zu ihr: »Ich teile nicht ihre Gedanken und nicht ihr Tun. Du schätzt mich ganz falsch ein. Ich hab nämlich zufällig ein Zölibatsgelübde abgelegt!«

Tja, und so kamen die Teppichleger auf die Idee, dass ich Priesteranwärter sei. Als mir der eine hinten auf den Lastwagen half, entschuldigte sich der andere, der meine Sachen trug, für seine derbe, schlüpfrige Bemerkung. Und jetzt sitze ich auf sechs Rollen geblümtem Plüschvelours und fahr die Bergkette der Penninen rauf. Und die Teppichleger benehmen sich wie Musterknaben und sagen dauernd »Pater« zu mir.

Ich hab Gewissensbisse, weil ich behauptet habe, ich hätte ein Zölibatsgelübde abgelegt. Nicht wegen der Teppichleger, sondern wegen des Mädchens. Jetzt hab ich sie auch noch angelogen, Morrissey. Ich hab nämlich gar nicht extra ein Zölibatsgelübde abgelegt, sondern ich *bin* einfach so! Zölibatär! So ist das eben. Wasser ist nass. Gras ist grün. Raymond ist zölibatär. Und da dies eine unbestreitbare Tatsache ist, kann ich genauso gut so was wie eine Tugend draus machen. Einmal war ich samstags in der Stadt und da hab ich an der Wand von Kentucky Fried Chicken dieses Graffiti gesehen. Es lautete: »Raymond Marks hat es noch nie getan!« In der gleichen Nacht kam ich mit einer Spraydose zurück und schrieb: »Raymond Marks will es auch gar nicht tun!«

Da hatte ich gerade den Artikel über dich gelesen, Morrissey, wo du dem Interviewer sagst, dass du ein »abgefallener Zölibatär« bist. Das fand ich klasse. Ich wünschte, ich könnte von mir das Gleiche sagen, doch bisher fällt mir der Teil mit dem »zölibatär« leichter als der mit dem »abfallen«. Aber ich mache mir nicht allzu viele Gedanken drüber. Ich hab meine Morrissey-Platten und meine Smiths-Platten und mein Buch mit Oscar-Wilde-Zitaten.Und ich schreib meine Texte und das ist mir total wichtig. Und weißt du, was mir aufgefallen ist, Morrissey, wenn ich was über andere Schriftsteller gelesen oder mir Interviews angehört hab? Viele von ihnen sagen das Gleiche – dass Schreiben letzten Endes besser ist als Sex. Also, wenn das stimmt, geht's mir super.

Mit freundlichen Grüßen
Raymond Marks

Aus dem *Songbook von Raymond James Marks*

Hinter der Einkaufspassage am Zaun,
riesig hoch und mächtig breit,
steht ein uralter Kastanienbaum
wie aus einer anderen Zeit.
Ich warf einen Stock nach einem Ast,
damit 'ne Kastanie runterfällt.
Der Stock fiel herab, erschlug mich fast,
da war mir der Tag vergällt.
Ich nahm den Stock und brach ihn entzwei
und es donnerte schon ganz nah,
als ich sie sagen hörte: »Ray!«,
und ihre Kastanienaugen sah.
Sie sagte sanft: »Versuch's nicht mehr,
vergebliche Liebesmüh.
Komm Ende Oktober wieder her,
Mitte Juni ist viel zu früh.«
Ich griff nach ihr, sie war ganz nah,
ich griff ins Leere, obwohl ich sie sah,
obwohl ich es ganz genau wusste, ja,
ich *weiß*, sie war da.
Und so verlegte ich mich aufs Warten,
bis die Schwalben ihre Nester bauten,
bis Schmetterlinge im Sturm erstarrten
und welke Blätter sich im Rinnstein stauten.
Dann ging ich heiter und bereit
zurück zu dem Kastanienbaum,
fand aber nichts! Nur Einsamkeit

wie in einem düsteren Traum.
Das Herz blieb mir beinah stehn,
ich war trauriger als ein Zirkusclown;
Denn was bekam ich zu sehn?
Die hatten den Baum umgehaun!
Ich wandte mich ab wie der Sieger,
dem man den Kampfpreis versagt,
obwohl er gekämpft wie ein Tiger,
und der sich jetzt bitter beklagt.
Alles begann ich zu hassen
wie ein mürrischer Trauerkloß,
wie Deirdre (von Ken Barlow verlassen),
und ich rannte einfach los.
Ich rannte bis an ein Gewässer,
Rochdale-Kanal genannt;
ich machte Schluss, das war besser,
ich war völlig ausgebrannt.
»Morgen« klang für mich öde und hohl,
bald hieß es »in memoriam«.
Ich sagte leise Lebewohl
zu Oscar Wilde und meiner Mam.
Ich watete in das eiskalte Nass,
überall rostiger Schrott,
da hörte ich jemand rufen: »Was
macht denn dieser Dummkopf? O Gott!«

Es wurde ganz still, und ich sank wie ein Wrack
in dem dunklen, kalten Sog,
als mich plötzlich jemand am Anorak
aus dem eisigen Wasser zog.
Mein Bett stand in einem weißen Raum,
Licht brannte die ganze Nacht
und jemand sagte, den hat wohl auch
irgend was um den Verstand gebracht.
Ich rief empört: Entlasst mich doch!

Hört mal, das ist nicht fair!
Meinen Verstand, den hab ich noch,
nur meine Kastanien nicht mehr!
Ich erklärte ihnen den Sachverhalt
und gebärdete mich wie toll.
Sie sagten: »Der ist total durchgeknallt«,
und pumpten mit Pillen mich voll.
Sie sagten: »Damit es dir besser geht«,
doch mein Hirn wurde zu Matsch,
und ich saß vor dem Fernseher auf dem Bett
und glotzte irgend 'nen Quatsch.
Greisenhaft schlurfte ich durch den Park,
mühsam, als hätte ich Schmerzen,
vom Kummer getroffen bis ins Mark,
im Klub der gebrochenen Herzen.

Winter und Frühling gingen vorbei,
auch den Sommer bekam ich kaum mit,
denn entweder war mein Hirn weich wie Brei
oder mürbe wie Biskuit.
Doch dann kam herbstliches Wetter
und ich schlurfte ermattet durchs Laub.
Da war mir, als riefen die Blätter:
»Schau her, du! Hey, bist du taub?«
Ich sammelte meinen Willen,
hob den Kopf und glotzte stier,
und durch den Nebel aus Pillen
sah ich dies hier vor mir:
von einer goldnen Galeone den Bug,
groß wie ein Kastanienbaum.
Erst hielt ich's für einen Valiumspuk,
einen Tranquilizertraum.
Doch als ich mich in den Unterarm kniff,
damit ich nicht *doch* den Verstand verlor,
trat plötzlich hinter dem mächtigen Schiff

das kastanienäugige Mädchen hervor.
Sie umschlang mich und flüsterte leise:
»Vertrau mir jederzeit,
wenn du niemals an mir zweifelst,
ist die Rettung nicht mehr weit.«
Ich versprach es ihr leise ins Ohr –
da versank ich in brennendem Schnee.
Flammen schlugen empor
wie ein Horrortrip auf LSD.
In eine Peitsche verwandelte sich
das Mädchen und schlug mich frech,
und als ich nicht losließ, verletzte sie mich
als scharfes, schartiges Blech.
Sie riss mir blutige Fleischfetzen raus,
wie sehr ich auch lauthals jammerte,
sie stach mir beide Augen aus,
während ich sie fest umklammerte.
Und plötzlich war sie ein Skorpion,
zerstach die Arme mir.
Doch ich ließ sie immer noch nicht los,
zweifelte immer noch nicht an ihr.
Sie wurde zu jeder Plage und Not,
zu Atombombe, Hunger und Pest.
Sie trug die Fratze von Grauen und Tod,
doch ich hielt sie immer noch fest.
Dann wurde sie zur gleißenden Glut,
mit der uns die Sonne blendet,
und jetzt verließ mich fast der Mut –
da war meine Marter beendet.

Wir schlenderten fröhlich Hand in Hand
und keine Ängste drohten
und niemand sah mir jetzt noch an,
dass ich kam aus dem Reich der Toten,
wo Tranquilizer alle Kraft

aus Hirn und Herz dir saugen –
denn jetzt gehörte ich dauerhaft
dem Mädchen mit den Kastanienaugen.

RJM

Ein Parkplatz,
A 58,
am Stadtrand
von Halifax

Lieber Morrissey,

die verrückten Teppichleger haben mich hier rausgelassen. Als ich aus dem Lastwagen kletterte, zeigten sie auf die Stadt und sagten: »So, da wären wir, Pater. Endstation.«

Ich schaute hinaus auf dieses Panorama aus Pizzerien, Fertighäusern mit Fassadenrauputz und verhunzten viktorianischen Gebäuden.

»Das ist Halifax«, verkündete der Fahrer stolz.

»Gut, dass Sie's sagen«, erwiderte ich. »Ich hätt es fast mit Paris verwechselt!«

Die zwei sahen mich missbilligend an. »Wollen Sie da hin?«, fragte einer von ihnen.

Ich schüttelte den Kopf. »Nein«, sagte ich, »ich wollte eigentlich nach Grimsby.«

Erst sahen sich die beiden Teppichleger an. Und dann sahen sie voller Mitgefühl *mich* an. Danach klopfte mir einer von ihnen auf die Schulter und sagte: »Kein Problem, Pater, kein Problem!«

Und sie versicherten mir, bevor sie weiterfuhren, dass mich bestimmt bald jemand mitnehmen würde. Ich kann nur hoffen, dass sie bessere Teppichprofis als Propheten sind! Ich sitze jetzt nämlich schon über zwei Stunden auf diesem verwahrlosten Parkplatz rum und kein Schwein hat mich mitgenommen – nur einmal fuhr ein frisierter Ford Sierra langsam an mir vorbei und zwei aufreizend gut gelaunte Idioten flegelten sich aus den Fenstern, gafften mich an und grölten: »Verpiss dich!« Dann kam ein Kleinbus voller Nonnen, der ebenfalls langsamer wurde, aber als ich mir meine Sachen schnappte und hinrannte, fuhr er weiter und die Barmherzigen Schwestern von Hebden Bridge lachten aus den Fenstern und zeigten mir den Stinkefinger. Da gab ich es auf und setzte mich unter das Straßenschild. So langsam glaube ich echt, ich hätt mit dem Bus nach Grimsby fahren sollen, wie ich's meiner Mam gesagt hab. Aber irgendwie fand ich es per Anhalter romantischer; ein angemessener Tribut an meine letzten Tage der Freiheit. Doch so allmählich hab ich den Verdacht, dass es ein Fehler war, Vernunft und Vorsicht aufzugeben und mich auf einen Flirt mit der kapriziösen Nymphe des Abenteuers einzulassen.

Ich hasse meinen Drecksonkel Jason! Vorhin hab ich mit Filzstift quer über das Straßenschild geschrieben: »Mein Onkel Jason ist ein Schuft und ein Dieb; er hat meiner Oma ihre Satellitenschüssel geklaut! Und jetzt glotzt er Sky TV, während meine Oma sich in ihrem Bleisarg in einem engen, feindseligen Grab wälzt!« Ich hasse meinen widerlichen Onkel Jason. Wenn er nicht wär, müsste ich nicht in dieses Drecksnest Grimsby fahren.

Ja, ich weiß, vorhin hab ich gesagt, dass ich wegen *dir* nach Grimsby muss, Morrissey, aber ich wollte dir damit nicht die Schuld in die Schuhe schieben. Du hast bei all dem ja nur eine Zufallsrolle gespielt und ich spreche dich von jeder Schuld an meiner unfreiwilligen Flucht aus Failsworth frei. Was da passiert ist, war allein mein Fehler, das weiß ich. Ich hätt meiner Mam unter keinen Umständen deine Platten vorspielen dürfen. Aber meine Mam war so glücklich! An diesem Samstagabend war meine Mam total glücklich. Das hab ich daran gemerkt, dass sie einen Apfelkuchen backte – nach einem Delia-Smith-Rezept, das sie sich vom Bildschirmtext abgeschrieben hatte. Es waren Zimt und Nelken dran und Zitronenaroma und überhaupt lauter Sachen, die meine Mam normalerweise nie in einen Apfelkuchen reintut. Aber an diesem Abend war meine Mam glücklich. Wenn meine Mam nicht glücklich ist, bleibt der Herd kalt. Dann holt sie bloß irgendwas Tiefgefrorenes aus der Truhe und wärmt es in der Mikrowelle auf, ein freudloses, wenn auch zweckmäßiges, mechanisch ablaufendes Zubereitungsritual. Aber wenn sie Lust zum Backen hat, dann weiß ich, dass es meiner Mam gut geht, dann weiß ich, dass sie glücklich ist.

An jenem Samstagabend sang sie sogar vor sich hin, während sie auf dem Küchentisch Teig knetete. Es war »I'm not in Love«, dieser alte Song von 10 CC. Meine Mam liebt diesen Song. Und ich war glücklich, weil sie glücklich war. Als ich durch die Küche ging, um mir ein Glas Wasser zu holen, hielt sich meine Mam sogar das Wellholz vor den Mund, als wär es ein Mikrophon! Das war einer dieser entsetzlich peinlichen Momente, die man eben immer wieder mal mit seiner Mutter erlebt und bei denen sich einem der Magen zusammenkrampft. Aber Gott sei Dank passierte es in unsrer kleinen Küche, sodass diese hochnotpeinliche Entgleisung meiner Mam niemand mitbekommen hat. Und da es mich freute, dass meine Mam glücklich war, lächelte ich sogar ein bisschen.

Sie hörte auf zu singen und starrte mich neugierig an. »Na so was, Raymond«, sagte sie, »hab ich recht gesehen – du lächelst? Oder hast du bloß ein bisschen geschnuppert?«

Ich sagte: »Dieser Song, den du da gerade gesungen hast. Der ist damals in den Strawberry Studios aufgenommen worden. Das war auch das Studio der Smiths.«

»Ich *liebe* den Song«, sagte meine Mam und bekam beim Weitersingen einen ganz verträumten Blick. Dann drückte sie den Teig in die Form und sagte: »Aber das ist nicht *deine* Art von Musik, oder, Raymond?«

Ich zuckte nur die Achseln. »Klingt gar nicht so schlecht«, sagte ich. »Gefällt mir eigentlich ganz gut.«

Meine Mam starrte mich überrascht an. »Im Ernst?«, fragte sie. »Ehrlich?« Und ich merkte, dass ihr meine Zustimmung zu einem Song, den sie liebte, wahnsinnig wichtig war.

»Ja«, sagte ich. »Ist ganz okay. Nicht gerade supertoll, aber okay. Irgendwie ganz witzig, dass immer alles andersrum gemeint ist.«

Da glitt ein reizendes Lächeln über das Gesicht meiner Mam und sie schloss die Augen und sagte voller Leidenschaft: »Oh, ich finde es wunderbar! Ich finde es wunderbar, wie er ihr dauernd sagen will – wie er ihr dauernd sagen will, dass er nicht in sie verliebt ist, und dabei ist er so ... dabei ist er so wahnsinnig in sie verliebt, dass er fast umkommt!«

Bei diesen Worten strahlten die Augen meiner Mam vor lauter Glück über so etwas Trauriges. Ich dachte schon, dass ihr jetzt gleich die Tränen übers Gesicht laufen würden, aber sie stieß nur einen Seufzer aus – einen tiefen, traurigen, zufriedenen Seufzer – und verstrich die gequirlten Eier auf dem Apfelkuchen.

»Weißt du, was das bedeutet, Raymond«, sagte sie, »wenn dir plötzlich die Musik gefällt, die sich deine Eltern früher mal angehört haben?«

Mir tat schon Leid, dass ich was zu diesem bescheuerten 10-CC-Song gesagt hatte; ich hätte ja sagen können, dieser eine Song sei ganz okay, aber jetzt musste ich mir doch hoffentlich nicht diese scheiß Bee Gees oder diesen bescheuerten Leo Sayer oder sonst irgendwas von dem seichten Mist anhören, auf den meine Mam nun mal steht.

»Es bedeutet, Raymond«, sagte meine Mam, »dass du ... langsam erwachsen wirst.«

Sie stand da und lächelte mich stolz und glücklich und zufrieden an.

Fast wär mir rausgerutscht, dass ich überhaupt keine Lust hätte, erwachsen zu werden. Aber mit so was wollte ich meiner Mam nicht ihre frohe Stimmung verderben. Also meinte ich bloß: »Ich geh dann mal wieder in mein Zimmer, Mam.«

Doch plötzlich sagte sie: »Hey! Warum holst du nicht einfach mal ein paar von deinen Platten und spielst sie mir vor? Du hörst sie ja sonst immer nur in deinem Zimmer!«

Ich zuckte die Achseln und sagte: »Ich dachte, so was gefällt dir nicht.«

»Woher soll ich denn wissen, ob es mir gefällt?«, meinte sie. »Du lässt mich ja nie zuhören, jedenfalls nicht richtig. Ich hör es immer nur durch deine Zimmertür. Wer weiß, vielleicht würden mir deine Platten ja gefallen? Immerhin gefällt dir meine Musik, warum soll mir nicht auch deine gefallen? Weißt du was, Raymond? Ich schieb jetzt den Kuchen in den Ofen und dann setze ich mich zu dir und höre sie mir an, diese … wie heißen sie noch mal?«

»The Smiths«, sagte ich.

»The Smiths«, sagte sie. »Wir setzen uns zusammen und hören uns The Smiths an.«

Ich war skeptisch, äußerst skeptisch. Aber mir war klar, dass meine Mam sich wahnsinnig über diese Mutter-Sohn-Gemeinschaft freute und sie unbedingt weiter ausbauen wollte. Und ich wollte sie einfach nicht traurig machen. Also wischte ich meine Zweifel beiseite, ging in mein Zimmer und holte die Kassetten.

Meine Mam saß auf der Sofakante, strich ihren Rock glatt und gab sich alle Mühe, so auszusehen wie die Mütter in der Fernsehwerbung – frisch und fröhlich, in der perfekten Pose entzückter Erwartung.

»Na los, Raymond«, sagte sie strahlend. »Dann lass mal hören, was die für einen Sound draufhaben!«

Ich sagte nichts. Ich schämte mich nur insgeheim für sie. Dann drückte ich die Play-Taste und schaute krampfhaft woanders hin, während meine Mam auf dem Sofa saß, zu »This Charming Man« lächelnd den Kopf bewegte und mit den Fingern den Takt klopfte.

Sie sagte: »Das ist aber schön, Raymond! Schön, wie der Gitarre spielt, nicht?«

»Du musst auf den Text achten«, erwiderte ich.

»Tu ich ja«, sagte sie. »Tu ich ja.« Sie lauschte wieder eine Weile. »Er hat eine schöne Stimme, nicht wahr?«, sagte sie. »Der Leadsänger, irgendwie ungewöhnlich, aber wirklich eine schöne Stimme.«

»Das ist Morrissey«, sagte ich. »Er schreibt die Texte. Er ist toll.«

»Was sagt er da?«, fragte meine Mam und neigte den Kopf zum Kassettenrekorder hin.

»Ich würde ja gern weggehen heute Abend, aber ich hab nichts anzuziehen«, erklärte ich.

»Genauso geht's mir auch manchmal«, sagte meine Mam. »Ist das nicht toll? Da schreibt jemand so einen Song – jemand, dem man noch nie begegnet ist – und er drückt mit diesem Song einfach ... einfach genau das aus, was man von sich selber kennt.«

»Ja, das ist eben Morrissey, Mam!«, sagte ich und spürte, wie mich eine ganz ungewohnte Erregung packte. »Der kann es. Weil er ein Dichter ist, kann er alles für uns in Worte fassen. Gefällt es dir wirklich, oder sagst du's nur so?«

»Es gefällt mir wirklich, Raymond«, erwiderte sie und stand auf, als die Kassette zu Ende war. »Es gefällt mir sogar sehr.«

Und weil es aus dem Backofen nach dem frischen Apfelkuchen duftete und weil ich einfach froh war, dass ich eine Mam hatte, die etwas mit den Smiths anfangen konnte, sagte ich ganz begeistert: »Wenn du willst, spiel ich dir noch was anderes von denen vor!«

Meine Mam schaute kurz in Richtung Küche. »Na gut«, meinte sie dann und setzte sich wieder hin. »Aber ich darf auf keinen Fall meinen Apfelkuchen vergessen.«

Ich spielte »Barbarism Begins at Home« und »Hairdresser on Fire«, »Heaven Knows I'm Miserable Now« und »Girlfriend In a Coma«. Und während die Songs liefen, erzählte ich meiner Mam alles über The Smiths und über dich, Morrissey, und über die Songs und was sie bedeuten und wie toll sie sind und was sie beeinflusst hat und wo sie aufgenommen wurden und so weiter. Und ich sagte dauernd: »Hör dir das an, Mam, das ist doch super!« und »Hör dir mal diesen Text an, Mam, ist der nicht toll?«

Wahrscheinlich hab ich mich einfach von meiner Begeisterung mitreißen lassen. Unbedachterweise spielte ich ihr sogar »The Vicar In a Tutu« vor. In meinem missionarischen Eifer merkte ich gar nicht, dass meine Mam mich auf einmal fragend und besorgt ansah und dass sie jetzt nicht mehr den Takt mitklopfte, sondern vielmehr nervös an ihrem Rock herumzupfte. Und als ich vorspulte und sagte: »Aber warte erst, bis du *das* hörst, Mam, jetzt kommt ›The Death of a Disco Dancer‹«, da erwiderte meine Mam: »Entschuldige, Raymond, aber ich glaub nicht, dass ich davon noch mehr hören will!«

»Doch«, erwiderte ich, »das gefällt dir bestimmt, Mam, es heißt ›The Death of a Disco Dancer‹.«

Aber als ich auf die Playtaste drückte, sprang meine Mam auf, rannte in die Küche und schrie: »O verdammt, Raymond, mein Apfelkuchen!«

Ich schaltete den Kassettenrekorder aus.

Als ich in die Küche kam, stand meine Mam da und starrte auf ein schwarz verkohltes Katastrophengebiet, das mal ein appetitlicher Apfelkuchen gewesen war. Meine Mam ließ den Kopf hängen und ich sah eine Träne runtertropfen. Die Träne fiel zischend auf die verkohlte Kruste. Ich sagte: »Mam, ist doch nur ein Apfelkuchen, das macht doch nichts. Wir können uns doch eine Packung Angel's Delight aufmachen!«

Da sagte meine Mam: »Es ist nicht der Kuchen, Raymond!« Sie sah mich an und schluchzte: »Ach Junge, warum hörst du nur solche Musik?«

»Weil ich sie mag«, erwiderte ich.

»Aber das ist doch morbide, Raymond«, sagte sie, »absolut morbide.«

»Morrissey ist nicht morbide«, erklärte ich. »Er ist nicht auf *morbide* Weise morbide.«

»Nicht morbide?«, rief meine Mam. »Nicht morbide? *If a ten ton truck should kill the both of us ... to die by your side, the privilege, the pleasure is mine!* Das soll nicht morbide sein, Raymond? Nicht mor- *Oh Mother, I can feel the soil falling over my head! Heaven knows how miserable I feel*!«

»*Heaven knows I'm miserable now!*«, korrigierte ich.

»Das ist ja auch kein Wunder, verdammt noch mal, Raymond«, sagte sie. »Mir ist selber ganz elend, nachdem ich mir das angehört hab. Nicht morbide? Man kriegt ja direkt Lust, sich umzubringen. Und es ist nicht nur morbide«, sagte sie, »es ist auch kriminell: *Lifting some lead off the roof of the Holy Name church!* Was ist denn das für ein Song, Raymond?«

»Ein toller Song!«, sagte ich. »Du verstehst ihn bloß nicht. Und er ist nicht auf die Art morbide, wie du denkst! Morbide zu sein heißt nicht, dass man unglücklich ist. Man kann total glücklich sein, wenn man traurig ist – so wie Morrissey, so wie ich!«

Ich ging wieder ins Wohnzimmer, sammelte alle meine Kassetten ein und steckte sie in die Hüllen zurück. Als ich mich umdrehte, stand meine Mam da und schüttelte besorgt den Kopf. Ihre Lippen zitterten.

»Raymond, mein Junge«, sagte sie, »ich dachte, die Phase sei längst vorbei; ich dachte, das hätten wir hinter uns. Ich hatte schon geglaubt, du seist jetzt ein normaler Junge; ich hab gedacht, du bist normal geworden, Raymond.«

Und genau das konnte ich einfach nicht mehr hören. Ich wusste, es war der Wunsch meiner Mam, dass ich normal sein sollte. Nichts freute sie so sehr, wie wenn ich mich den andern anpasste.

Dauernd machte sie irgendwelche Anspielungen. Jedes Mal, wenn im Fernsehen die NatWest-Werbung mit diesem dämlichen Studenten kam, sagte sie: »Wär *das* nicht mal eine nette Frisur für dich, Raymond?«, oder »So ein Jackett würde dir auch stehen, Raymond, ganz bestimmt!«

Der größte Wunsch meiner Mam war, dass ich eines Tages wie durch ein Wunder aus meiner Verpuppung schlüpfen und mich zu dem entwickeln würde, was unter der Brechreiz erregenden Bezeichnung *junger Mensch* bekannt ist. Aber ich würde nie ein *junger Mensch* werden. Ich hasse junge Menschen; sie haben Studentenausweise, lachen zu schrill und stehen auf Steve Wright und seinen kümmerlichen Haufen. Ich wär lieber ein toter Mensch als ein junger Mensch. Unterm Strich ist da vermutlich sowieso kein großer Unterschied.

Deshalb sagte ich zu meiner Mam: »Ich bin nicht normal! Ich will nicht normal sein! Ich hasse Normalität! Ich geh jetzt in mein Zimmer.«

Als ich die Tür zumachte, hörte ich sie noch rufen: »Du kannst nicht dein ganzes Leben in deinem Zimmer zubringen, Raymond!«

Aber ich hätte eigentlich ganz gern mein Leben in meinem Zimmer zugebracht. Ich mag mein Zimmer. Und vielleicht wär ich noch immer in meinem Zimmer, wenn meine Mam damals nicht zu meinem Drecksonkel Jason gelaufen wär. Dann wär alles wieder gut geworden. Ich wär irgendwann wieder aus meinem Zimmer rausgekommen und hätte meine Mam gefragt, ob es jetzt Toast und Milchkaffee gibt. Und dann hätte sie mir einen ihrer Blicke zugeworfen – à la total genervte Kassiererin –, aber am Ende wär alles wieder gut geworden. Wir hätten uns mit Toast und Milchkaffee vor die Glotze gehockt und alles wär wieder gut gewesen.

Aber es kam anders, denn als meine Mam von meinen verabscheuenswürdigen Verwandten zurückkehrte, stand sie bloß da, zog nicht mal den Mantel aus und starrte mich voller Argwohn und Zweifel an.

Ich fragte: »Wie wär's mit Toast und Milchkaffee?«

Aber sie starrte einfach durch mich hindurch. »Ich hab

schon bei Onkel Jason Kaffee getrunken«, sagte sie. »Raymond, bist du homosexuell?«

Ich sah sie an. »Dann also nur Toast?«, fragte ich.

»Ich will keinen Toast, Raymond!«, sagte sie. »Tante Fay hat Schinkenpfannkuchen gemacht. Antworte mir! Ich will die Wahrheit wissen, bist du homosexuell?«

»Wer hat das denn behauptet?«, fragte ich sie.

»Das geht dich nichts an. Ich will nur wissen, ob es wahr ist.«

Ich sagte nichts. Ich dachte bloß daran, dass meine Mam mich verraten und mit meinem Drecksonkel Jason über mich geredet hatte; obwohl sie wusste, dass dieser Schuft die Satellitenschüssel meiner Oma gestohlen hatte. Ich sah meine Mam vor mir, wie sie auf Tante Fays glatt gebürstetem Dralon-Puff saß, eingezwängt zwischen meinem schäbigen, schuftigen Onkel auf der einen Seite und meiner fiesen Tante Fay auf der andern, während sie zu dritt Schinkenpfannkuchen mampften und über meine sexuelle Veranlagung spekulierten.

Ich sagte: »Homosexuell sein ist doch nichts Schlimmes.«

Sie sagte: »Das hab ich auch nie behauptet, Raymond; ich will nur wissen, was du bist.«

Ich sagte: »Du weißt doch, was ich bin.«

Ich sah sie nur an und zuckte die Achseln. Mit den Tränen kämpfend sagte ich: »Ich bin einfach nur ein Junge, das ist alles. Ich bin *just a boy with a thorn in his side*, wie es bei Morrissey heißt!«

Meine Mam stand da und starrte mich an wie ein unlösbares Rätsel. Und ich starrte zurück und wünschte mir, sie würde mich in den Arm nehmen und fest an sich drücken und sie würde sagen, dass es falsch von ihr war, zu Onkel Jason zu gehen, diesem gemeinen Dieb. Ich wünschte mir, sie würde mich zum Lachen bringen und mir irgendwas Lustiges über Tante Fays venezianische Badesuite von Texas Homecare erzählen. Ich wollte, dass meine Mam auf meiner Seite war. Ich wollte bei Toast und Milchkaffee neben ihr sitzen, meinetwegen sogar ein »junger Mensch« sein und ihr erklären, dass ich nicht homosexuell war, nur ein Junge, der offenbar große Probleme hatte, heterosexuell zu werden. Ich wünschte mir, meine Mam würde mich einfach in den Arm nehmen und mich verstehen. Aber sie sah mich nur an; sie sah mich an wie damals, vor vielen Jahren, als diese Sache am Kanal passiert war. Und als das kleine Mädchen vermisst wurde.

Ich fragte: »Warum starrst du mich so an?«

Aber meine Mam schüttelte nur langsam und traurig den Kopf wie eine leidgeprüfte Frau. »Mein Gott«, seufzte sie, als sie ihren Mantel auszog. »Mein Gott, mein Gott!«

Und weil ich es nicht ertragen konnte, dass meine Mam so verzweifelt war, und weil ich sie um jeden Preis glücklich sehen wollte, erklärte ich mich bereit, nach Grimsby zu gehen!

Diese Idee stammte nämlich von meinem Drecksonkel Jason. Er kam am nächsten Tag vorbei und erzählte meiner Mam von einem Kumpel, der am Stadtrand von Grimsby arbeitete und eine Multiplexanlage mit zweiunddreißig Kinos und allen möglichen Dienstleistungen baute, einschließlich größerer Ladengeschäfte, umweltfreundlich gestalteter Parkplätze, schicker Fastfood-Restaurants und einem Lokal mit Seefahrerambiente, untergebracht in der von einem Architekten entworfenen Nachbildung eines Fischtrawlers. Und um meinem Onkel Jason einen Gefallen zu tun, war dieser Kumpel offenbar bereit, mir zu einem Start ins Leben zu verhelfen. Anfangs sollte ich nur ein bisschen mithelfen, Tee kochen und so. Doch wenn ich mich bewährte, hatte ich Aufstiegschancen, durfte Ziegel schleppen und kriegte die Chance, richtig Geld zu verdienen. Meine Mam sagte, damit seien alle Probleme gelöst, denn ein Job sei genau das, was mir schon lange fehle, weil ich dann endlich mal aus dem Haus und mit andern Menschen zusammenkäme. Ich starrte sie ungläubig an. Ich wollte keinen Job. Ich wollte nicht mit andern Menschen zusammenkommen. Ich mag Menschen nicht. Meiner Ansicht nach handelt es sich beim Menschen um eine stark überschätzte Spezies und das gilt insbesondere für Menschen auf Baustellen. Ich hasse Baustellen; es ist eine wohl bekannte Tatsache, dass Baustellen Schmelztiegel der Gewalt sind – dort wimmelt es nur so von oberflächlichen Vollidioten, die schwitzen und fluchen und sich »Mami, ich hab dich lieb« auf ihre knorrigen Knöchel tätowieren lassen. Ich wollte nicht auf diese verdammte Baustelle. Ich wollte keinen Job, verdammt noch mal. Mich machte es vollkommen glücklich, als Versager in Failsworth zu leben. Aber meine Mam strahlte übers ganze Gesicht, als teile sie mir eben mit, dass man mir den Literaturnobelpreis verliehen habe.

»Das ist *die* Chance für dich, Raymond!«, sagte sie. »Das ist die Chance, die du schon lange verdient hast. Komm«, sagte sie, »zieh dich an, ich lad dich zur Feier des Tages zu einem richtig schönen Sonntagsessen ein!«

Und dann nahm mich meine Mam in den Arm. Und es war, als sei aller Kummer von ihr abgefallen. Durch die Freude wirkte sie richtig mädchenhaft. Und so kam es, dass ich – als sie mir einen Kuss auf die Wange drückte und fragte: »Ist das nicht toll, Raymond? Ist das nicht toll?«, antwortete: »Ja, Mam, das ist toll.«

Und die ganze Woche über, je näher der Tag meiner Abreise rückte, duftete es immer köstlicher nach den leckersten Gourmetgerichten, die sie extra für mich kochte. Normalerweise beklagte sich meine Mam ja ständig, dass ich Vegetarier bin, und meinte, es sei eine Strafe, für mich zu kochen. Aber in der Woche vor meiner Abreise schüttete sie das reinste vegetarische Füllhorn über mich aus und jede einzelne Mahlzeit wurde voller Liebe, Glück und Zukunftshoffnung gekocht und serviert. Deshalb konnte ich nichts sagen und nichts tun. Ich konnte nur beten, dass Grimsby urplötzlich von einer barmherzigen Flutwelle verschlungen würde oder dass diese Stadt und ihr im Entstehen begriffener Multiplex-Palast mit zweiunddreißig Kinos durch ein Erdbeben oder die Atombombe vernichtet würde. Aber da das grässliche Grimsby in den Morgennachrichten mit keinem Wort erwähnt wurde, muss ich leider davon ausgehen, dass es immer noch steht (und dass ich mir langsam überlegen muss, wie ich hinkomme).

Doch ich bleibe immer, Morrissey,
mit freundlichen Grüßen
dein Raymond Marks

Eine Bank,
Halifax,
West Yorkshire

Lieber Morrisey,

ich hab am Fahrkartenschalter ein Ticket nach Grimsby verlangt.

Der Verkäufer sagte: »Das macht dann bitte fünfzehn Pfund neunzig.«

Ich erwiderte: »Fünfzehn Pfund neunzig?«

Er nickte.

»Aber mit dem Bus sind es nur neun Pfund fünfzig«, sagte ich, »und das ab Manchester!«

Er sagte: »Wollen Sie jetzt das Ticket oder nicht?«

Ich fragte ihn, ob es nicht auch billigere Tickets nach Grimsby gebe. Ich sagte, ich wäre sogar bereit, im Gepäckwagen mitzufahren, wenn das weniger kosten würde.

Aber er antwortete: »Hey, wie oft soll ich's *noch* sagen? Mir ist es egal, ob Sie im Gepäckwagen, auf dem Klo oder meinetwegen auch auf dem Dach mitfahren, es kostet fünfzehn Pfund neunzig. Klar? Fünfzehn Pfund neunzig!«

Ich sah ihn an und sagte: »Und ich dachte immer, Verbrechen lohnt sich nicht.«

»Was sind denn Sie für einer?«, antwortete er. » Irgend so 'n Scheißkomiker oder was?«

»Ich?«, sagte ich. »Fünfzehn Pfund neunzig nach Grimsby! Wenn hier einer Witze macht, dann *Sie*.«

Jetzt senkte er die Stimme und fragte: »Hey! Wollen Sie jetzt das verdammte Ticket haben oder nicht?«

»Es geht nicht darum, was ich *will*!«, antwortete ich. »Es

ist schon schlimm genug, dass man überhaupt nach Grimsby muss, aber für dieses Privileg dann auch noch so geschröpft zu werden ...!«

Jetzt wurde er richtig sauer und warf das Ticket verächtlich in die Luft. »Dann wollen Sie's also nicht?«

»Ich *will* es nicht«, sagte ich, »aber ich brauch es!«

Mit einem tiefen Seufzer griff er wieder nach dem Ticket, während ich mich bückte, um meinen Geldbeutel aus der Reisetasche zu holen. Und da entdeckte ich, dass er nicht mehr da war. Mein Geldbeutel! Er war verschwunden! Mein Geldbeutel fehlte! Ich schaute noch mal in der Reisetasche nach, dann in all meinen Taschen, dann noch mal in der Reisetasche. Und dann fiel mir der Fernfahrer in diesem Rasthaus ein – Speckfresse! Er hatte in meinem Songbook rumgeschnüffelt, also war er auch an meiner Reisetasche gewesen.

»Dieses Schwein!«, sagte ich. »Dieses Schwein hat mir mein ganzes Geld geklaut!«

Der Fahrkartenverkäufer sah mich mit skeptisch hochgezogenen Brauen an. »Zum letzten Mal«, sagte er, »wollen Sie nun das Ticket haben oder nicht?«

»Der Fernfahrer«, sagte ich, »das Fettmonster, das mich mitgenommen hat, der hat mir mein ganzes Geld gestohlen!«

»Na gut. Dann also nicht«, sagte der Fahrkartenverkäufer, und mit einem Blick auf die Schlange, die sich hinter mir bildete, fragte er: »Okay, wer ist der Nächste?«

»Hören Sie«, sagte ich, »ich möchte das Ticket ja haben. Es ist nur so, man hat mir mein ganzes Geld gestohlen!«

Der Fahrkartenverkäufer nickte und fragte mich mit einem verlogenen Lächeln: »Also, Freundchen, was soll ich deiner Meinung nach tun? Dir die Fahrkarte schenken? Mit besten Empfehlungen und vielleicht noch einem Fünfpfundschein dazu? Ich zahl genug Steuern! Ich schufte wie ein Irrer und drücke die Hälfte von meinem verdammten Lohn ab, damit sich Nichtstuer und Faulpelze wie du nach Herzenslust rumtreiben können, ohne einen Finger krumm zu machen, von der Wiege bis zum Grab! Und so ein armes Schwein wie ich rackert sich von morgens bis abends ab, bloß um am Schluss mit weniger als nichts in der Tasche dazustehen: drei quengelnde Teenager, die anscheinend alle zwei Wochen neue Turnschuhe für siebzig Pfund brauchen, eine Frau, die sich in einen Besen verwandelt hat, noch bevor die Tinte auf dem Trauschein trocken war, und als Krönung ein schrottreifer Ford Escort, der's nicht mehr durch den letzten TÜV geschafft hat!«

Ich sah ihn wortlos an.

»Und wo bleibe ich?«, sagte er. »Meinst du, ich würde nicht auch gern nach Grimsby fahren? Meinst du, ich wär nicht auch gern so ein fauler Student mit Gitarre, hässlicher Frisur und so einem blöden T-Shirt am Leib?«

Das fand ich nun doch ausgesprochen unfreundlich. Deshalb erwiderte ich: »Ich bin kein Student!«

Aber er sah mich nur kopfschüttelnd an und dann drohte ein Mann in der Schlange, mir die Saiten von der Gitarre zu reißen und mich mit ihnen zu erdrosseln, falls ich nicht schleunigst verschwinden würde. Er hatte einen bepissten Haarschnitt und ein brutales Glitzern in den Augen und gehörte offenbar zu den Leuten, die schon zum Frühstück Bier trinken. Also packte ich mein Zeug, ging rüber zum Krawatten-Shop und dachte über meine missliche Lage nach. Ich hatte nur noch ein paar Pfundmünzen und ein 20-Pence-Stück, und damit kam ich nicht weit. Ich überlegte, ob ich mir das fehlende Fahrgeld mit Straßenmusik verdienen sollte, aber eigentlich kann ich nur meine eigenen Songs und noch ein paar von dir, Morrissey. Und in der Bahnhofshalle wimmelte es von Kleider-machen-Leute-Anzügen, Spießern und Gestrandeten, die sich aus der vergangenen Nacht in den Sonntagmorgen gerettet hatten; ich kam zu dem Schluss, dass dieses Publikum wohl kaum geneigt sein würde, sich für »Girlfriend In a Coma« finanziell erkenntlich zu zeigen. Außerdem haben sich meine Gitarrenauftritte bisher strikt auf mein Zimmer beschränkt.

Also sprach ich Leute an, ob sie vielleicht zufällig ein paar Schillinge übrig hätten. Es war kein spektakulärer Erfolg. Ein Typ im Anzug meinte: »Aber selbstverständlich, junger Freund. Alles Weitere können wir ja dann auf der Herrentoilette besprechen.«

Ich machte, dass ich wegkam, stellte mich vor den Socken-Shop und fragte eine elegant gekleidete Frau, ob sie vielleicht ein paar Pfund für mich übrig hätte. Sie nannte mich einen »Parasiten des Wohlfahrtsstaats« und klatschte mir eine anspruchsvolle Zeitung auf den Kopf. Ich machte, dass ich weiterkam und stellte mich unter die Uhr. Aber meine Pechsträhne riss nicht ab. Etliche Leute, die ich um etwas Geld für die Fahrkarte nach Grimsby bat, ignorierten mich einfach; bis auf einen Klugscheißer, der wissen wollte, ob ich auch American Express akzeptiere! Und plötzlich fauchte mich ein pickliges Mädchen mit Stoppelschnitt an, das sei *ihr* Platz, ich solle gefälligst verschwinden, sonst würde sie mir in die Eier treten. Da sie Springerstiefel trug, beschloss ich, lieber Feierabend zu machen und mir für meine letzten paar Schilling etwas zum Essen zu kaufen. Ich schaute mich in der Bahnhofshalle um, aber da man hier vorwiegend auf Fleischfresser eingestellt schien, hatte ich meine Zweifel, ob ich hier, in den Tempeln der nährwertkastrierten Fastfood-Kultur, irgendwas Vegetarisches auftreiben würde. Doch dann, als ich an einem Imbiss mit dem Namen Burger-Banquet vorbeikam, sah ich einen »Pikanten Bohnen-Burger« abgebildet.

»Ist der Pikante Bohnenburger vegetarisch?«, fragte ich die Verkäuferin.

Sie sagte: »Natürlich ist er vegetarisch, sonst hieße er ja nicht Pikanter Bohnenburger!«

»Aha«, erwiderte ich. Und ich schaute zum Fotodisplay über der Theke hinauf. Trotz seiner angeblich vegetarischen Beschaffenheit wirkte der Pikante Bohnenburger etwa so appetitlich wie flach gepresstes Styropor. Doch eingedenk dessen, dass der Arme nicht wählerisch sein darf, sagte ich: »Na gut, dann nehme ich eben den Pikanten Bohnenburger.«

»Geht nicht«, sagte sie.

»Wieso?«, fragte ich.

»Weil heute Sonntag ist«, antwortete sie. »Sonntags ist der Pikante Bohnenburger nicht im Angebot. Samstags übrigens auch nicht. Den Pikanten Bohnenburger gibt's nur werktags. Nicht am Wochenende.«

Ich sah sie stirnrunzelnd an und sagte: »Aber das ist doch bekloppt! Man ist doch nicht nur werktags Vegetarier!«

Sie starrte finster zurück, sagte sehr laut »Na, na!« und fügte dann hinzu: »Sie halten hier den ganzen Betrieb auf.«

»Tut mir Leid«, erwiderte ich. »Ich wollte den Betrieb nicht aufhalten. Ich hab mich nur erkundigt, warum es den Pikanten Bohnenburger offensichtlich weder samstags noch sonntags gibt.«

Jetzt seufzte sie und ließ ihre Chips-Schippe sinken. Sie kniff die Augen zusammen und fuhr mich gereizt an: »Wir bieten den Pikanten Bohnenburger samstags und sonntags *deshalb* nicht an, weil dieser verdammte Pikante Bohnenburger nicht in die Produktpalette passt, die auf das angemessene Ambiente für ein Wochenend-Freitzeiterlebnis zugeschnitten ist!«

Wir starrten uns an.

»Kapiert?«, fragte sie. »Oder wollen Sie's schriftlich?«

Ich zuckte nur die Achseln. Offenbar passte auch Höflichkeit nicht in die Produktpalette von Burger-Banquet. »Dann nehm ich eben nur Chips«, sagte ich. »Und ein Brötchen.«

»Geht nicht«, sagte sie.

Ich fragte: »Warum?«

»Weil das Produkt ›Chips‹ nicht zur Produktpalette von Burger-Banquet gehört.«

Ich zeigte zum Fotodisplay hinauf und sagte: »Warum sind sie dann da oben abgebildet?«

Sie sagte: »Pommes frites! Das sind Pommes frites!«

Ich schaute noch einmal zu dem Bild hinauf und wandte ein: »Aber sie sehen aus wie Chips!«

»Es sind aber keine!«, sagte sie, beugte sich vor und starrte mich wütend an. »Es sind Pommes. Keine Chips.«

»Na gut«, lenkte ich ein, »dann nehm ich eben Pommes.« Sie stieß einen tiefen Seufzer aus und griff nach ihrer Chipsschippe. Und ich fügte hinzu: »Aber bitte nur eine kleine Portion.«

Jetzt hielt sie inne, legte den Kopf schief und sah mich mit einem warnenden Glitzern an. Sie deutete mit der Chipsschippe auf das scheußlich grelle Fotodisplay und sagte: »Sehen Sie da oben vielleicht irgendwo das Wort ›klein‹?«

Sie starrte mich wieder an und ich schüttelte den Kopf.

»Genau!«, sagte sie. »Und was glauben Sie, warum?«

Ich schüttelte erneut den Kopf.

Jetzt schwang in ihrer Stimme der Stolz auf ihre Firma mit, als sie mir erklärte: »Weil ›klein‹ ... weil das Wort ›klein‹ in Verbindung mit Burger-Banquet-Produkten nicht existiert! Unser Angebot umfasst Mini-Frites, Medium-Frites, Mega-Frites und Super-Mega-Frites.«

Ich kapitulierte vor der pedantischen Burger-Banquet-Semantik, sagte brav das richtige Wort und sah zu, wie sie die Chipsschippe halb füllte und meine Mini-Frites in einen gewachsten Pappbehälter schaufelte. Dann kaufte ich noch einen Cappuccino Capriccioso und setzte mich auf einen Plastikstuhl an einen Plastiktisch, wo ich meine Plastikchips verzehrte und all die andern Unglücksraben betrachtete, die sich mit freundlicher Genehmigung von Burger-Banquet einem Wochenend-Freizeiterlebnis unterzogen.

Ein Mann mit Strickjacke kam an meinen Tisch. Er sagte zu seiner Frau: »Na los, rutsch durch, dann bist du aus dem Weg.«

Und sie tat wie befohlen, rutschte gehorsam auf den inneren Sitz und stocherte misstrauisch in ihren Pommes, während ihr Mann seinen Doppel-Topper-Cheesy-Whopper in Angriff nahm.

Plötzlich sah er auf und fragte mich, wer meiner Meinung nach schuld sei.

»Schuld an *was*?«, fragte ich.

»Halifax«, antwortete er.

»Ich weiß nicht«, sagte ich, »schuld sind immer die andern, wahrscheinlich ist das hier genauso.«

Aber er fand, dass ich mich da gewaltig irrte, und dann schwadronierte er los: Früher hätte es sich bei Halifax und ganz Yorkshire ja mal um ein richtiges Gemeinwesen gehandelt, aber jetzt liege es danieder, alle hier seien deprimiert, weil die Regierung sämtliche Fabriken und Gruben geschlossen habe und die Kumpel keine Kohle mehr fördern könnten. Ich schwieg, aber meinem ersten Eindruck nach konnte ich mir nicht recht vorstellen, dass die Einwohner von Halifax jemals fröhlich auf den Straßen getanzt haben, auch nicht, als diese Scheißzechen noch in Betrieb waren. Aber es hatte keinen Zweck, ihm das zu sagen. Er gehörte zu den Typen, die sich am liebsten selber reden hören. Ich betrachtete seine Frau, die schweigend auf ihre Pommes starrte. Sie sah aus wie jemand, der sich schon seit vielen, vielen Jahren in Geiselhaft befindet und inzwischen jede Hoffnung auf Rettung oder Flucht aufgegeben hat. Und man sah ihr an, dass das Gewicht ihres Ehegatten, dieses rechthaberischen Langweilers, sie förmlich platt gequetscht hatte. Er war offenbar eine Art Star beim hiesigen Lokalsender und moderierte Hörersendungen, bei denen er wahrscheinlich auch stundenlang vor sich hin schwafelte – über die vielen Graffiti heutzutage und dass es so etwas in seiner Jugend nicht gegeben hätte und dass man damals noch nicht die Haustür abschließen musste, weil damals noch alle Menschen gut und freundlich waren und sich gegenseitig Zucker borgten, damals, in der guten alten Zeit, als man noch Holzpantinen und Kopftücher trug und es noch keine Mörder, Pädophilen und psychopathischen Serienkiller gab, und zwar deshalb, weil man den Kindern noch Respekt beibrachte und ihnen zeigte, wie man Gut und Böse unterscheidet, und weil die Kinder keine Schuhe und keine Videos hatten und keine Pizza mampften, sondern Schmalzbrot und Grütze und saftige Schweinshaxen aßen, was ihnen auch viel besser bekam, und damals gehorchten die Kinder noch in der Schule und sangen Kirchenlieder und sagten Gedichte auf und konnten mit sieben Jahren lesen und rechnen und ließen sich liebend gern sechs Stockhiebe geben, weil sie wussten, dass es ja nur zu ihrem Besten war und ihnen half, zu anständigen, tugendhaften, moralisch hoch stehenden, von Gemeinschaftsgeist erfüllten, Zucker borgenden, Kopftuch tragenden frommen Samaritern zu werden, wie sie noch vor wenigen Jahren jene Welt bevölkert hatten, an die sich zahlreiche aufrechte Bürger *so* gern und *so* genau erinnerten, dass sie den starken Drang verspürten, andere Leute über den lokalen Radiosender an ihren tief schürfenden Einsichten teilhaben zu lassen.

Ich saß nur da, starrte in meinen Kaffee und dachte an meine Oma. Meine Oma war nämlich der einzige mir bekannte alte Mensch, der immer sagte, dieses Geseire von der guten alten Zeit sei völliger Mist. Meine Oma hat immer gesagt, das mit der guten alten Zeit sei doch bloß sentimentaler Quatsch, den sich solche Leute ausdenken, die sich vor dem Heute fürchten.

Aber sie liebe das Heute, sagte meine Oma immer, und sie wär so gern heute noch mal jung gewesen, weil sie dann nämlich all ihre BHs verbrannt und an Protestmärschen mit Germaine Greer teilgenommen und in einer eigenen Londoner Wohnung gelebt hätte, und dort hätte sie mit ihren Freunden Nouvelle Cuisine gekocht, mit Freizeitdrogen experimentiert und über Simone de Beauvoir und andere wichtige Themen diskutiert.

Ich sagte dann immer: »Wer weiß, Oma, vielleicht kommt das ja alles noch.«

Aber sie tätschelte mir den Kopf und meinte, letztlich mache einem immer die Zeit einen Strich durch die Rechnung. Und sie wünsche den jungen Mädchen mit ihrer schönen glatten Haut und ihrem glänzenden Haar alles Gute, aber wahrscheinlich sei es ein bisschen zu spät, in ihrem Alter noch mit Bodypiercing und Ecstasy anzufangen.

»Doch eines kannst du mir glauben, Kind«, sagte sie, »wenn ich in der heutigen Zeit noch mal jung wär, dann würde ich nicht noch mal die gleichen Fehler machen. Mit *ihm* hätte ich mich zum Beispiel gar nicht erst eingelassen. Ich hätte ihn nie geheiratet, diesen vergnügungssüchtigen Schürzenjäger!«

Meine Oma hasste meinen Opa. Selbst nach seinem Tod empfand sie keinerlei Sympathie für ihn. Ihrer Meinung nach hatte der alte Lustgreis den tragischen Tod, in den ihn seine Geilheit getrieben hatte, hundertprozentig verdient: Mein Großvater war vom Dach gestürzt, als er eine Satellitenschüssel montieren wollte, um die vom Festland ausgestrahlten Sexfilme und Porno-Gameshows empfangen zu können. Alle hatten ihm geraten, lieber einen Monteur zu rufen. Aber der Elektriker hätte frühestens am nächsten Dienstag Zeit gehabt und mein Großvater gierte so sehr nach der Pornografie vom Festland, dass er sich vor lauter Ungeduld und gegen alle gut gemeinten Ratschläge zu Do-it-yourself entschloss. Es gelang ihm auch tatsächlich, die Schüssel am Kamin zu montieren. Doch die lasziven Gedanken an die europäischen Erotika, die er schon bald mit seiner Satellitenschüssel empfangen würde, erregten ihn so sehr, dass er ausrutschte, vom Dach fiel und sich den Hals brach. Aber die Satellitenschüssel hatte er perfekt montiert; meine Oma saß im Wohnzimmer und schaute sich gerade einen belgischen Dokumentarfilm über Lebensmittel und Sadomasochismus an in der Meinung, es handle sich um Welsh Channel 4. Als mein Großvater schreiend vom Dach stürzte, achtete meine Oma gar nicht drauf, weil sie glaubte, es sei der Soundtrack des Films, wo sich gerade jemand mit einer Topinamburknolle geißelte. Und als meine

Oma dann irgendwann ausschaltete – nachdem man ihr mit Chilischoten und Zucchini noch ein paar Tricks vorgeführt hatte, die der Fernsehköchin Delia Smith nicht mal in ihren kühnsten Träumen eingefallen wären –, war mein Großvater nur noch eine mausetote Leiche auf der Terrasse.

»Er lebte von Sinnenlust und er starb durch Sinnenlust!«, pflegte meine Oma zu sagen. »Jetzt bist du noch zu jung, Raymond«, sagte sie. »Doch eines Tages wirst du verstehen, was ich meine.«

Aber ich verstand es schon damals. Denn als ich im letzten Vorschuljahr war, hatte mein Großvater plötzlich angeboten, mich jeden Tag zur Schule zu bringen. Meine Mam glaubte, er sei auf seine alten Tage einfach ein bisschen netter geworden und wolle sein Enkelkind besser kennen lernen. Aber wenn er jemanden kennen lernen wollte, dann die kleine Schülerlotsin an der doppelspurigen Durchgangsstraße, und dazu brauchte er einen Vorwand. Er blieb jedesmal stehen und redete mit ihr, und ich kam Tag für Tag zu spät zur morgendlichen Schulandacht. Mein Großvater schäkerte ständig mit der Lotsin rum und sagte zum Beispiel, ihre Kelle sähe aus wie ein Riesenlolli, aber sie brauche einen ganz andern Lolli und da hätte er genau den richtigen für sie. Damals war ich noch zu klein, um zu wissen, was eine Metapher ist. Aber was ein Lolli ist, wusste ich genau. Und ich fand es jedes Mal schrecklich peinlich. Nach einer Weile war es dann mit den Lolliwitzen vorbei und jetzt schauten sich die beiden, wenn wir zur Kreuzung kamen, jedes Mal tief in die Augen. Und statt *mich* an der Hand zu nehmen und über die Straße zu führen, hielt die Schülerlotsin meinen Großvater an der Hand und ich durfte mich allein durch den Scheißverkehr kämpfen. Doch als wir eines Tages wieder zur Kreuzung kamen, hob die Lotsin, statt meinem Großvater verliebt in die Augen zu blicken, ihre Kelle und prügelte ihn damit grün und blau. Anscheinend hatte ihr irgend jemand zugetragen, dass mein Großvater seinen Lolli auch noch mit der bisexuellen Serviererin teilte, die in der Gesamtschule St. Bernadette vom ewigen Beistand das Mittagessen auftrug. Nach diesem Vorfall mussten wir jeden Morgen den Berg hochlaufen und die Straße ganz oben bei der Fußgängerampel überqueren. Und dann stürzte mein Großvater vom Dach und der Pfarrer sprach von einer Tragödie.

Aber meine Oma erwiderte: »Tragödie? So 'n Quatsch! Als der auf die Terrasse knallte, war das ein neuer Anfang für mich und eigentlich tut's mir bloß Leid, dass es nicht schon vor dreißig Jahren Satellitenfernsehen gab!«

Der Pfarrer blinzelte verwirrt und schlug vor, jetzt vielleicht noch zu besprechen, welche Kirchenlieder beim Begräbnis gesungen werden sollten. Da erwiderte meine Oma prompt: »›Der Tag, der ist so freudenreich‹ und ›Fröhlich soll mein Herze springen‹!«

Der Pfarrer hüstelte und murmelte, dass tiefes Leid ja oft die seltsamsten Reaktionen zeitige. Dann sagte er, er müsse jetzt weiter, aber meine Oma möge ihm noch sagen, ob mein Großvater beerdigt oder verbrannt werden solle. Worauf ihm meine Oma eröffnete, sie würde ihn am liebsten in ungelöschten Kalk legen lassen. Da blickte der Pfarrer sie bestürzt an, hüstelte erneut und brach eilig auf.

»Die kapieren es nicht, Raymond«, sagte sie, nachdem sie den Pfarrer zur Tür gebracht hatte. »Die kapieren einfach nicht, was ich all die Jahre durchgemacht hab. Tragisch? *Ich* könnte diesem Scheißpfaffen sagen, was tragisch ist! Du kennst meine Tragödie, Raymond, nicht wahr?«

»Ja, Oma«, ewiderte ich. »Deine Tragödie ist, dass du nie zum Mittelmaß gehört hast und doch gezwungen warst, ein mittelmäßiges Leben zu führen.«

»Genau, Raymond«, sagte sie. »Genau. Ich hab ein Durchschnittsleben geführt. Und alles seinetwegen. Ich hab ihn kennen gelernt, ich hab ihn geheiratet. Ihn und seine Amüsierwut. ›Komm, wir fahren nach Blackpool, Vera. Wir fahren nach Blackpool und amüsieren uns ein bisschen.‹ Er hat sich schrecklich gern amüsiert. Aber *ich* habe diese blöde Amüsiererei gehasst! Zuckerwatte und Arthur Askey, Hula-Hoop und die schäbigen *Butlin's*-Feriencamps und Luftballons und der dämliche Charlie Chaplin und die blöde Singerei im Bus und das Scheißeis und die Scheißcola. Ich wollte mich nicht amüsieren. Ich wollte mich *freuen*! Aber das hat er nie kapiert. Und weißt du was, Raymond? Als ich zum ersten Mal entdeckte, dass er herumpoussiert und Ehebruch begeht, als ich rauskriegte, was er mit dieser Buchhalterin aus Cheadle machte, weißt du, was er da zu mir gesagt hat? Weißt du, was er zu mir gesagt hat, als ich ihn nach dem Grund fragte? Er hat gesagt: ›Mit der kann ich mich richtig amüsieren, Vera. Und sie amüsiert sich auch gern. Mit dir ist das ja gar nicht mehr drin.‹«

Meine Oma starrte einen Moment in die Ferne. Dann drückte sie ihre Zigarette aus und begann den Tisch abzuräumen. »Du weißt, was Thomas Hardy gesagt hat, nicht wahr, Raymond?«, fragte mich meine Oma. »Du weißt, was Thomas Hardy über Tess von d'Urbervilles gesagt hat?«

Ich wusste es zwar, ließ es mir aber nicht anmerken, weil meine Oma diese Stelle so wahnsinnig gern zitierte:

»Sie war ein Opfer der alltäglichsten Tragödie der Welt«, erklärte meine Oma. »Sie hatte den falschen Mann geheiratet.«

Meine Oma stand mit den Tellern da und nickte ernst. »Und diese Worte, Raymond«, sagte sie, »hätte Thomas Hardy genauso gut über mich schreiben können!«

Ich räumte die Tassen und Untertassen zusammen und folgte meiner Oma in die Küche.

»Weißt du, wen ich hätte heiraten sollen, Raymond?«, fragte sie, als sie Wasser in die Spülschüssel laufen ließ.

»Ja, Oma«, sagte ich. »Du hättest Jean-Paul Sartre heiraten sollen.«

»Genau«, bestätigte meine Oma. »Genau. Jean-Paul Sartre, den hätte ich heiraten sollen. Seine Bücher konnte ich nicht lesen, aber seinem Foto hab ich gleich angesehen, dass er kein oberflächlicher Mensch war.«

Meine Oma begann die Teller abzuspülen und ich holte mir ein Geschirrtuch und trocknete ab.

»Und ich hab immer gesagt, Raymond, ich hab immer gesagt, mein Junge, dass du selbst ein bisschen wie Jean-Paul Sartre bist. Ihr seid beide nicht oberflächlich. Deshalb verstehst du mich auch, mein Junge, deshalb kann ich mich mit dir unterhalten.«

Und meine Oma hatte Recht; ich verstand sie und unterhielt mich sehr gern mit ihr, obwohl sie eigentlich die ganze Unterhaltung allein bestritt.

Jetzt sagt meine Oma nichts mehr. Und daran sind mein Drecksonkel Jason und meine fiese Tante Fay schuld; die hatten es nämlich auf die Satellitenschüssel und das Häuschen meiner Oma abgesehen. Und deshalb haben sie meine Oma weggesperrt in das Seniorenheim in Stalybridge. Es war alles ihre Schuld. Nichts von all dem wär passiert, wenn ich mit meiner Oma hätte reden können: Ich wär nicht in diesen ganzen Schlamassel geraten und hätte meiner Mam nicht so viel Kummer gemacht. Meine Oma hatte immer Verständnis für mich. Und sie hätte nie zugelassen, dass jemand schlecht über mich redet. Selbst nach dem, was damals am Kanal passiert ist.

Und deshalb wär vieles nicht passiert, wenn meine Oma noch da gewesen wär.

Zum Beispiel müsste ich jetzt nicht in dieses grauenhafte Grimsby fahren, wenn meine Oma noch da wär.

Beim Gedanken an Grimsby blickte ich auf und merkte, dass ich immer noch in diesem scheiß Burger-Banquet hockte. Ich musste ja schon eine Ewigkeit hier sein! Der Mann mit der Strickjacke war verschwunden und hatte seine Geisel mitgenommen. Ich muss jetzt auch dringend los. Ich hab meiner Mam versprochen, sie heute Abend anzurufen, um ihr zu sagen, dass ich wohlbehalten angekommen bin. Jetzt ist es fast ein Uhr und ich sitz immer noch in Halifax fest. Deshalb hab ich beschlossen, es einfach zu riskieren. Ich bin nervös, weil ich so was normalerweise nie tun würde. Aber irgendwie muss ich ja nach Grimsby kommen.

Drück mir die Daumen, Morrissey, drück mir die Daumen.

Mit freundlichen Grüßen
Raymond Marks

Büro des Stationsvorstehers,
Bahnhof Halifax,
W. Yorks

Lieber Morrissey,

es hat nicht geklappt, Morrissey. Wie du obiger Adresse entnehmen kannst, bin ich hier ein bisschen aufgehalten worden.

Ich weiß jetzt, dass ich ein Idiot war. Ich weiß, ich hätte es auf keinen Fall tun sollen.

Ich wollte es ganz schlau anstellen und mir eine Bahnsteigkarte kaufen, damit ich wenigstens berechtigt bin, mich auf dem Bahnsteig aufzuhalten. Aber als ich die Karte am Schalter verlangte, saß da dieser blöde Angestellte von vorhin. Er sah mich total misstrauisch an.

»Ich hoffe, Ihnen ist klar«, sagte er, »dass das Besteigen eines Zuges ohne gültigen Fahrschein ein ernstes Vergehen darstellt.«

»Ich hab keineswegs die Absicht, in einen Zug zu steigen«, erwiderte ich.

»Und warum wollten Sie dann vorhin eine Fahrkarte nach Grimsby?«, fragte er.

»Ich wollte ja gar keine Fahrkarte nach Grimsby«, sagte ich, »ich wollte nur wissen, was es kosten würde, *falls* ich mal irgendwann nach Grimsby fahren wollte.«

Er schaute mich unschlüssig an. »Dann wollen Sie also nur jemanden abholen?«, fragte er.

»Nein«, sagte ich und hielt mein Songbook hoch, »ich sammle die Nummern der Lokomotiven. Mein Hobby.«

Er sah mich an und plötzlich lachte er. »Ach so, das erklärt alles!«, meinte er, als er die zehn Pence einstrich und mir meine Bahnsteigkarte hinwarf.

Ich nahm sie und ging auf die Sperre zu, ziemlich deprimiert, weil er mich anscheinend allen Ernstes für jemanden hielt, der sich hobbymäßig Lokomotivnummern notiert.

Auf dem Bahnsteig wurde ich dann total nervös. Ich stand da und beäugte den Zug und das Fensterschild mit der Aufschrift *Leeds*. Mir schien, alle Leute würden mich anstarren, als wüssten sie, was ich vorhatte. Ich schwitzte mein ganzes T-Shirt durch und das Foto von Edith Sitwell sah aus, als trüge sie einen Bart. Ich hatte wahnsinnige Gewissensbisse, dabei war doch noch gar nichts passiert! Ich dachte daran, dass ich meiner Mam versprochen hatte, keinen Mist zu bauen. Und jetzt war ich drauf und dran, mich eines ernsten Vergehens schuldig zu machen, indem ich, ohne im Besitz eines gültigen Fahrscheins zu sein, ein öffentliches Verkehrsmittel benutzte. Andererseits würde sich meine Mam noch viel mehr Sorgen machen, wenn ich mich heute Abend nicht aus Grimsby meldete. Ich sah mich um. Jetzt hatte ich endlich das Gefühl, dass mich keiner der rechtmäßigen Karteninhaber mehr anstarrte. Deshalb zog ich schnell die Waggontür auf, warf meine Sachen in den Zug und kletterte hinterher. Eigentlich hatte ich mich auf dem Klo einschließen wollen. Aber die Tür war zu und es klebte ein großer gelber Zettel dran mit der Aufschrift »defekt«. Ich wollte zur Toilette am anderen Ende des Gangs, aber ein junger Typ, der wie ein leitender Angestellter aussah, war schneller und sperrte von innen zu. Plötzlich merkte ich, dass sich dem Zug zwei Schaffner näherten, und zwar in Begleitung des Fahrkartenverkäufers, der jetzt auf den Zug deutete. Da wurde mir klar, dass er mir die Ausrede mit den Lokomotivnummern *doch* nicht abgekauft, sondern nur so getan hatte, um mich auf frischer Tat zu ertappen. Plötzlich geriet ich in Panik und rannte zu den Toiletten am andern Ende des Waggons. Aber der Waggon war voll, und meine Gitarre, die ich mir über den Rücken gehängt hatte, knallte dauernd gegen die Sitze. Alle starrten mich an. Und dann traf sie einen Mann, der gerade aufstehen wollte, am Kopf. Ich drehte mich um und sagte: »'tschuldigung, tut mir Leid.« Da sah ich, dass es der Kerl mit dem bepissten Haarschnitt war, der vorhin gesagt hatte, er würde mich gleich erdrosseln.

»Und *ob* dir das Leid tun wird!«, sagte er und rieb sich den Kopf, während er auf mich zukam. »Es wird dir sogar noch verdammt Leid tun, wenn ich dich erwische!«

Und in dem Moment rief der Fahrkartenverkäufer: »Da hinten! Da hinten ist der kleine Gauner! Haltet ihn!«

Ich schaffte es bis zum Ende des Waggons und wollte hinausspringen, aber gerade als ich die Tür öffnen wollte, kam draußen einer der Schaffner angerannt. Und jetzt blieb mir nichts anderes mehr übrig; ich musste aus der gegenüberliegenden Tür springen, quer über die Schienen laufen und auf den nächsten Bahnsteig klettern. Als ich schon fast drüben war, drehte ich mich um und sah, dass der Fahrkartenverkäufer und der Würger, der die Gitarre an den Kopf gekriegt hatte, gerade auf die Schienen springen wollten, um mir nachzulaufen. Aber in dem Augenblick donnerte ein D-Zug so schnell durch die Station, dass es mir fast die Plomben aus den Zähnen zog.

Ich kletterte auf den Bahnsteig und glaubte schon, ich hätte es geschafft. Ich lief zum Ausgang. Alles war noch mal gut gegangen! Ich würde es schaffen! Aber als ich unten an der Fußgängerbrücke vorbeirannte, kam plötzlich ein wieselflinker Zugbegleiter die Treppe heruntergeflitzt und kriegte mich von hinten an der Gitarre zu fassen. Und da ich mit meinem Instrument immer noch wie mit einer Nabelschnur verbunden war, gab ich auf und wurde über die Fußgängerbrücke zurückgeführt. Ich beteuerte zwar immer wieder, ich sei nur in den Zug gestiegen, um aufs Klo zu gehen; ich hätte bloß Bauchweh gehabt und wirklich nicht mitfahren wollen. Doch ich bekam nur zu hören, das könnte ich der Polizei erzählen.

Man brachte mich hierher und übergab mich dem Stationsvorsteher, der als Erstes mal die Tür absperrte. Als er mich nach Namen und Adresse fragte, überlegte ich kurz, ob ich lügen sollte. Aber dadurch wär alles noch schlimmer geworden. Deshalb nannte ich meinen richtigen Namen und der Stationsvorsteher telefonierte mit der Polizei. Und als er eine Weile schwieg, wusste ich, dass sie jetzt meinen Namen im Computer überprüften. Dann legte der Stationsvorsteher auf und sagte, die Polizei werde gleich da sein.

Ich weiß jetzt, dass ich es nicht nach Grimsby schaffen werde. Jetzt nicht mehr. Nicht, nachdem die im Computer alles über mich gelesen haben. Ich hasse Computer. Sie sagen nicht die Wahrheit. Sie nennen nur die Fakten. Deswegen hab ich beschlossen, dir alles zu erzählen, Morrissey. Das mit dem Kanal und so weiter. Weil es nämlich nur ein Missverständnis war, Morrissey; es war einfach nur ein Missverständnis. Und alles, was danach geschah, ist auf dieses Missverständnis zurückzuführen. Ich will, dass du das weißt, Morrissey. Irgendwie wurde alles verdreht und verzerrt. Wenn man mir damals zugehört hätte, als die Sache am Kanal passierte, wär alles ganz anders gekommen. Aber einem Elfjährigen hört eben keiner zu. Und mir ist es egal, was die sagen, scheißegal, weil ich es weiß, auch wenn es sonst niemand weiß – wir haben damals nicht gewichst! Keiner von uns. Ich weiß, dass wir unsere Dinger draußen hatten, alle fünfzehn. Aber wenn man seinen Pimmel draußen hat, heißt das noch lange nicht, dass man wichst. Nicht unbedingt. Damals haben wir im Sommer *immer* unsere Pimmel rausgeholt, unten am Kanal. Es konnte ja keiner sehen. Hinter uns war die Wand einer großen Lagerhalle, seitlich standen Bäume, und wenn jemand kam, haben wir unser Ding schnell in die Hose zurückgestopft, bis wir wieder allein waren. Ich weiß nicht mal mehr, wie es eigentlich angefangen hat. Jedenfalls hat niemand gesagt: »Kommt, wir holen unsere Pimmel raus.« Wir haben's einfach gemacht. Und uns dabei weiter über Lego oder Schule oder Fußball unterhalten oder über irgendeinen Film, der am Abend vorher im Fernsehen lief. Und als wir an einem Tag wieder so rumstanden und über Briefmarken oder *Star Wars* quatschten, landete vorn auf meiner Schwanzspitze eine Fliege und ich hab einfach instinktiv reagiert. Bevor die Fliege wusste, wie ihr geschah, hatte ich schon meine Vorhaut drübergestülpt und hielt sie eine Minute lang fest. Als ich sie wieder zurückzog, fiel die erstickte Fliege von meinem Schwanz runter. Die andern Jungs fanden das total super. Und so begann der Fimmel mit dem Fliegenfangen. Immer wenn's in der Schule Mittagessen gab, gingen wir runter zum Kanal und es wurde ein richtiger Wettkampf, wer die meisten Fliegen erbeutete. Ich weiß nicht mehr, wer die meisten erledigt hat, jedenfalls war Albert Goldberg immer der Verlierer. Obwohl wir ein Handicap für ihn festlegten, konnte Albert mit seinem beschnittenen Ding wirklich keiner Fliege was zuleide tun. Manchmal wollte er sie mit dem Finger totschnipsen, aber er traf meistens nur seine Schwanzspitze und bekam nasse Augen. Doch eines Mittags, als wir wieder mal zum Kanal runtergingen, um Fliegen zu fangen, grinste Albert wie ein Honigkuchenpferd, und als wir ihn fragten, warum, zog er ein kleines Glas aus der Tasche. Es war Honig drin, und Albert erklärte uns, dass er damit die Fliege so lange vorn auf der Spitze festhalten würde, bis er sie totschnipsen konnte. Er schmierte sich also Honig aufs Glied und fing plötzlich so viele Fliegen, dass ein paar von uns sagten, das sei Betrug und unfair und Honig sei nicht erlaubt. Dadurch entstand ein Streit zwischen Albert und Kevin Cowley, und während Albert schrie, es sei ja auch nicht fair, dass die Nichtjuden so im Vorteil seien, lockte der Honig am Ende seines Geräts eine Wespe an. Albert sah gar nicht hin. Er hielt sie für eine Fliege und schnipste nach ihr, während er immer noch Kevin Cowley anbrüllte. Das nahm ihm die Wespe ziemlich übel und kam zurück. Diesmal stach sie ihn, und zwar direkt ins Ende seines Honiglümmels, und Albert schlug instinktiv nach ihr. Aber vor lauter Schreck über den Stich traf er daneben, schlug sich mit voller Wucht in die Eier und kippte kopfüber in den Kanal. Im ersten Moment brüllten wir alle vor Lachen. Aber als er nicht mehr auftauchte, packte uns panische Angst, weil uns nämlich einfiel, Albert konnte nicht schwimmen. Ohne groß zu überlegen, sprang ich hinterher. Ich konnte nichts sehen und tastete mich an glitschigem Unkraut, rostigen Fahrradrahmen und Einkaufswagen entlang. Ich dachte, mir platzen die Lungen, aber das war mir egal, ich konnte den Gedanken, dass Albert tot sei, nicht ertragen. Also zwang ich mich, weiterzuschwimmen. Doch als ich immer schwächer und erschöpfter wurde, wusste ich, dass ich jetzt unbedingt Atem holen musste. Ich tauchte auf und schnappte keuchend nach Luft; mir war total schwindlig und irgendwie hatte ich keine Kraft mehr, noch mal runterzutauchen. Aber dann sah ich die Gesichter meiner Freunde am Ufer. Sie wirkten völlig verängstigt, Kevin Cowley und Geoffrey Weatherby weinten sogar. Und ich glaube, ich weinte auch und wusste nicht mehr, was ich tun oder denken sollte. Doch plötzlich hörte ich mich zu den Jungs am Ufer sagen: »Ich versuch's noch mal.« Und ich pumpte mir die Lungen voll und tauchte erneut. Als meine tastende Hand endlich etwas zu fassen bekam, dachte ich erst, es sei nur ein Grasbüschel, und wollte schon wieder loslassen. Aber da merkte ich, dass es Alberts Haare waren. Ich weiß nicht mehr, wie ich ihn rausgekriegt hab; meine Lunge fühlte sich an wie ein zum Bersten gefüllter Ballon. Doch ich schwamm und schwamm und gab nicht auf, bis ich ihn endlich oben hatte, über der Wasseroberfläche, und dann klammerten wir uns beide am Ufer fest und rangen verzweifelt nach Luft. Gleich darauf streckten sich uns Hände entgegen und ich hörte die andern schreien und jubeln, während sie uns aufs Ufer hinaufzogen. Der prustende, hustende Albert jammerte, ihm täten die Lunge und der Schwanz weh, aber die andern jubelten und klatschten und sagten, es sei wahnsinnig tapfer von mir gewesen, Albert zu retten. Der Einzige, der nicht ganz so glücklich wirkte, war

Albert, denn als wir ihm aufgeholfen hatten, brach er in Tränen aus und schrie, Kevin Cowley sei ein Scheißkerl und alles sei nur seinetwegen passiert. Aber Kevin verteidigte sich nicht mal. Er sagte einfach nur, es tue ihm Leid. Und nach einer Weile schüttelten sich Kevin und Albert die Hand. Jetzt waren wir alle wieder Freunde und gingen zur Schule zurück. Geoffrey Weatherby meinte, wir müssten irgendwie erklären, warum ich und Albert klatschnass waren. Und wir einigten uns darauf, dass wir sagen würden, Albert sei ausgerutscht und in den Kanal gefallen. Ich sei ihm nachgesprungen, um ihn zu retten. Darauf verständigten wir uns. Und eines stand fest: Das mit den Fliegen würde keiner von uns erwähnen.

An jenem Tag hatte Mr. Donaldson Pausenaufsicht. Er sagte, wir hätten eigentlich gar nicht zum Kanal runtergehen dürfen. Und ich und Albert nickten und sagten: »Wir haben es einfach vergessen, Sir, tut uns echt Leid.« Mr. Donaldson schüttelte den Kopf und meinte, wir hätten Riesenglück gehabt. Und dann fügte er leise hinzu: »Vor allem, weil der Schulleiter nichts mitgekriegt hat.« Wir nickten, woraufhin Mr. Donaldson ein paar T-Shirts und Shorts holte und sagte: »Hier. Trocknet euch ab und zieht das an.«

Mr. Donaldson war total nett und ich dachte schon, alles würde gut gehen. Ich dachte, wir wären noch mal davongekommen. Aber als Mr. Donaldson in den Umkleideraum zurückkehrte, brach Albert plötzlich in Tränen aus und klagte, ihm sei schlecht. Mr. Donaldson sagte zu mir: »Hör mal, Raymond, du gehst jetzt in deine Klassse zurück. Ich glaube, Albert behalten wir lieber mal noch hier unten und lassen ihn vom Schularzt untersuchen.«

Ich sah wohl ziemlich besorgt aus, denn Mr. Donaldson sagte zu mir: »Alles in Ordnung, Raymond, er wird nur untersucht. Du brauchst dir keine Sorgen zu machen, ich bin sicher, es ist einfach der Schock, in einer halben Stunde ist Albert wieder putzmunter.«

Und da ich wohl immer noch besorgt aussah, fügte Mr. Donaldson hinzu: »Gut gemacht, Raymond. Und Kopf hoch, ja? Ich finde, du hast dich heute Mittag wie ein richtiger Held verhalten!«

Das machte mir so gute Laune, dass ich gar nicht mehr an den Schularzt dachte.

Es war das erste Mal, dass mich jemand einen Helden nannte, und als ich in meine Klasse zurückging, schwebte ich wie auf Wolken. Und es kam noch besser, denn als ich das Klassenzimmer betrat, musste ich einen Moment vorne stehen bleiben, Miss Barraclough sagte zu meinen Mitschülern, ich sei ein sehr tapferer Junge, und alle jubelten und klopften mir auf den Rücken, als ich zu meinem Pult ging. Und selbst Rosemary Rainford lächelte mich bewundernd an. Sie hatte mich bis dahin keines Blickes gewürdigt, obwohl ich doch schon seit unseren Erstklässlertagen in sie verliebt war. Es war richtig aufregend, ein Held zu sein. Ich wollte mich gerade auf die Erdkundeaufgabe konzentrieren, da reichte mein Vordermann einen Zettel an mich weiter. Es war ein Herz draufgemalt und in dem Herz standen die Namen Rosemary und Raymond und jetzt konnte ich wirklich nicht mehr irgendwelchen Städten die entsprechenden Flüsse zuordnen; ich saß einfach nur da und genoss meine neue Rolle als Held der Schule und als Rosemary Rainfords offizieller Freund.

Den Arzt hatte ich total vergessen!

Ich hatte keine Ahnung, dass man unten im Umkleideraum gewisse Entdeckungen machte. Ich hatte keine Ahnung, dass Albert heulend über furchtbare Schmerzen geklagt und auf die Frage des Arztes, wo es denn so schrecklich wehtue, erwidert hatte: »Da unten.« Und dann hatte er die Hose runterlassen müssen. Und der Arzt und Mr. Donaldson hatten sprachlos auf Alberts Pimmel gestarrt, der so dick angeschwollen war, dass er ihm wie eine beschnittene Fleischwurst zwischen den Beinen baumelte.

Und selbst da wäre noch nicht alles verloren gewesen. Aber

dann passierte die Katastrophe – der Arzt fand, das müsse sich unbedingt der Schulleiter ansehen! Mr. Donaldson fragte besorgt, ob das denn wirklich nötig sei. Aber der Arzt bestand drauf.

Ja, wenn es noch der alte Schulleiter gewesen wär, wenn *Mr. Kerney* noch unsere Schule geleitet hätte, dann wär alles gut gegangen. Es wär zwar auch alles rausgekommen. Aber Mr. Kerney hätte uns einfach in sein Büro bestellt. Dann hätte er uns mit traurigem, enttäuschtem Blick angeschaut, wie jedes Mal, wenn wir etwas ausgefressen hatten. Und dann hätte er leise gesagt, dass wir ihm sehr wehgetan und ihn sehr traurig gemacht hätten, weil er eigentlich immer der Meinung gewesen sei, wir seien brave, zuverlässige Jungs. Inzwischen wären wir alle furchtbar zerknirscht gewesen. Und dann hätte uns Mr. Kerney der Reihe nach mit seinen großen traurigen Augen angeschaut und uns inständig gebeten, doch mal an die Gefahren zu denken, die das Spielen am Kanal mit sich bringt, und vor allem an Alberts Mam und Dad – wir sollten doch mal einen Augenblick überlegen, was es für diese reizenden Leute bedeutet hätte, wenn ihr Sohn im Kanal ertrunken wär!

Und inzwischen hätten wir alle geheult wie die Schlosshunde und uns fürchterlich schuldig gefühlt und wir wären nie mehr zum Kanal runtergegangen und alles wär vergeben und vergessen gewesen, das Fliegenfangen und das ganze Theater, alles.

Aber unsere Schule wurde nicht mehr von Mr. Kerney geleitet. Mr. Kerney war nach dem Transvestitenkrippenspiel gefeuert worden. Man nannte ihn einen »hundertfünfzigprozentigen Linken«. Und Mrs. Bradwick, die Vorsitzende des Schulvorstands, erklärte in den *North-West-News*, ihrer Meinung nach sei an der ganzen Sache nicht Mr. Kerney persönlich schuld, sondern die Sechzigerjahre, weil die Lehrer damals aufgehört hätten, sich um Janet und John und Nip den Hund, ums Teilen bis vier Stellen hinter dem Komma und um das kleine und große Einmaleins zu kümmern, und stattdessen Malen mit Fingerfarben, Tanzen und sinnlose Gedichte angesagt waren, die sich nicht einmal reimten. Das war damals, als ich noch in der Grundschulklasse war und Jungs wie Norman Gorman und Twinky McDevitt in die oberen Klassen gingen. Aber es stimmte nicht, wenn Mrs. Bradwick behauptete, dass wir während Mr. Kerneys Amtszeit nichts Richtiges gelernt hätten! Wir hatten Lesen, Schreiben, Rechnen, Geschichte und Geografie und so weiter gelernt. Aber wir lernten auch sonst noch alles Mögliche, als Mr. Kerney unser Schulleiter war. Zum Beispiel, dass es okay ist, anders zu sein, wie zum Beispiel Terry McDevitt. Damals nannte ihn niemand Terry. Alle nannten ihn Twinky, sogar Mr. Kerney und die Lehrer; »Twinky« passte einfach besser zu ihm als Terry, weil er sich immer bei den Mädchen unterhakte und mit ihnen seilhüpfte und weil er auf dem Schulhof Konzerte gab, bei denen er Petula Clark und Lulu und Dorothy aus *Der Zauberer von Oz* imitierte. Aber einmal sagte Norman Gorman, dass ihm sein Dad zu Weihnachten einen reinrassigen Pitbull-Terrier schenken würde, und dann solle sich Twinky McDevitt in Acht nehmen, denn es sei ja allgemein bekannt, dass Pitbulls komplett ausrasten, wenn sie einen Schwulen riechen! Aber Twinky McDevitt drehte einfach noch eine Pirouette und erwiderte, Norman Gorman sei so hässlich, dass es einem später ziemlich schwer fallen dürfte, ihn von seinem Pitbull zu unterscheiden. Daraufhin versetzte Norman Gorman Twinky einen Fausthieb ins Gesicht und Twinky rannte ins Schulgebäude und beschwerte sich schluchzend bei den Lehrern, dass er nun bestimmt eine Narbe davontragen werde und dass seine Zukunft ernsthaft gefährdet sei und dass er sofort zum Schönheitschirurgen müsse, weil ihm sonst seine Karriere als Glamourstar auf den Bühnen des Westend verbaut sei! Bis die Lehrer Twinky endlich beruhigt und ihm versichert hatten, es sei ja nur eine Schramme und seine Haut werde bestimmt keinen Makel davontragen, hatte Mr. Kerney auch den Grund für den

Streit erfahren, worauf er sofort eine Sonderversammlung einberief. Und auf dieser Versammlung sprach Mr. Kerney darüber, dass alle Menschen verschieden seien und jeder Mensch anders und dass wir ohne die Chinesen bis zum heutigen Tag nur Imbissbuden hätten, in denen man nichts als Fish & Chips und Pie & Chips bekomme und höchstens noch ein paar zermanschte Erbsen. Und er bat uns Jungen und Mädchen, doch mal einen Moment zu überlegen, wie es wäre, in so einer Welt zu leben; man bekäme in den Imbissbuden von Failsworth keine Chop-Suey-Rollen und keinen gebratenen Reis, man bekäme kein Char Sui, keine heißen Sojabohnensprossen und keine dampfende, sämige Currysauce, in die man seine Chips tunken könne und die einen an kalten, frostigen Winterabenden so toll von innen wärme. Mr. Kerney ließ seinen Blick über uns schweifen und fragte, ob wir denn *allen Ernstes* in einer solchen Welt leben wollten? Wir schüttelten den Kopf und sagten: »Nein, Sir.«

Und dann sprach Mr. Kerney davon, dass Twinky McDevitt anders sei und was für ein Glück wir hätten, dass er so viel Glanz und Glamour in unseren grauen Pausenhof bringe. Mr. Kerney sagte, darüber sollten wir jetzt alle mal nachdenken und einen Moment schweigend stehen bleiben. Also blieben wir alle schweigend stehen und dachten angestrengt über das Anderssein nach und über Twinky und seine Pirouetten. Aber eigentlich dachten wir nur an dampfend heiße Chips und an Bohnensprossen mit Sojasauce und an Char Sui Foo Yung und an die wunderbare sämige Currysauce und daran, ob unsere Mams uns vielleicht schon heute Geld für den China-Imbiss »Garden of Confucius« geben würden, obwohl noch gar nicht Freitag war.

Und dann sangen wir gemeinsam das Lied von der großen Menschheitsfamilie und Mr. Kerney fragte Norman Gorman und Twinky McDevitt, ob sie vielleicht auf die Bühne kommen und Frieden schließen wollten. Also stiegen sie die Stufen hinauf, sagten zueinander, es tue ihnen sehr Leid, und gaben sich die Hand. Und der ganze Saal applaudierte, worauf Twinky einen tiefen Knicks machte und alle lachen mussten, selbst die Lehrer und Mr. Kerney. Und das muss für Twinky eine unwiderstehliche Ermutigung gewesen sein, denn er wirbelte auf der Bühne rum und präsentierte uns seine neueste Nummer aus *Der Zauberer von Oz*. Alle lachten, und es war wunderschön, und während Twinky singend die »gelbe Ziegelsteinstraße« aus dem *Zauberer von Oz* entlangtanzte, sagte Mr. Kerney, er hoffe, auch wir freuten uns aus ganzem Herzen, dass unsere kleine Schulwelt durch Normans und Twinkys Versöhnung jetzt wieder ein bisschen wärmer und freundlicher geworden sei.

Und als wir nach Hause gingen, fühlten wir uns alle glücklich und zufrieden (bis auf Norman Gorman, der erklärte, diese chinesischen Schlitzaugen seien doch alle Arschlöcher und es sei ja hinlänglich bekannt, dass sie sich den Hintern mit der bloßen Hand abwischten), und niemand von uns, nicht mal Mr. Kerney selbst, ahnte damals, dass er die freundliche kleine Welt unserer Schule schon so bald würde verlassen müssen: wegen des Skandals um das Transvestitenkrippenspiel und der traurigen Berühmtheit, die Twinky McDevitt in der lokalen Sensationspresse erlangte.

Twinky sollte einen der Heiligen Drei Könige spielen. Aber Twinky war nicht gerade begeistert, denn er wollte unbedingt die Jungfrau Maria sein. Ms. Thompson sagte, was ihm denn einfiele, die Jungfrau Maria sei doch eine Mädchenrolle und deshalb werde Samantha Hardcastle die Jungfrau Maria spielen.

Twinky drehte eine Pirouette und erwiderte, *natürlich* könne er die Jungfrau Maria spielen, vor allem deshalb, weil er viel hübscher sei als Samantha Hardcastle.

Daraufhin brach Samantha Hardcastle in Tränen aus, und Ms. Thompson schrie Twinky an, wenn er jetzt nicht endlich den Mund halte, werde er nicht mal einen der Heiligen Drei

Könige spielen, sondern allerhöchstens das vierundzwanzigste Schaf!

Twinky zuckte gelassen die Achseln und fragte Miss Thompson, ob er den König spielen solle, der dem Jesuskind Weihrauch reicht, oder den König, der ihm Myrrhe bringt, oder den König, der ihm Gold schenkt?

Miss Thompson, die immer noch damit beschäftigt war, die schluchzende Samantha Hardcastle zu beruhigen, sagte: »Um Himmelswillen, Twinky, ich weiß es nicht!« Aber dann fügte sie spontan hinzu: »Das Gold. Du darfst den König spielen, der das Gold schenkt.«

Twinkys Miene hellte sich auf und er sagte, das sei okay, denn der König, der dem Jesuskind das Gold bringt, sei ein ganz besonderer König, der wichtigste von allen, und die andern zwei seien sowieso nur Statisten, damit es eben drei sind.

Twinky bat das Hausmädchen seiner Eltern, ihm ein Kostüm zu schneidern und ein Make-up für ihn zu entwerfen. Aber bis zur ersten Aufführung war alles streng geheim.

Samantha Hardcastle hatte keine Chance.

Von Kopf bis Fuß in Samtgewänder gehüllt, die Federboa des Hausmädchens um die Schultern, mit einer goldenen Krone auf dem Kopf und langen falschen Wimpern trat Twinky McDevitt auf die Bühne – wie eine Kreuzung aus Shirley Bassey und dem Papst. Selbst die Eltern, die beim Krippenspiel sonst ja nur auf ihre eigenen Kinder achteten, gaben zu, dass sie den Blick nicht von Twinky McDevitt wenden konnten. Alle fotografierten – bis auf Samantha Hardcastles Mutter, die vor Wut kochte, als sie sah, wie Twinky McDevitt ihre Tochter in den Schatten stellte. Twinky McDevitt stahl allen andern schamlos die Schau und stolzierte wie ein Pfau auf der Bühne umher.

Twinky begnügte sich keineswegs mit den einstudierten Schritten und Gesten, sondern machte noch allerlei Zugaben. Und als er dem Jesuskind das Gold dargebracht hatte, streckte Twinky der Jungfrau Maria hoheitsvoll die Hand hin und erwartete offenbar, dass sie sich zum Handkuss niederkniete. Doch Samantha Hardcastle dachte nicht dran; sie blieb trotzig auf ihrem Strohballen sitzen und schob schmollend die Unterlippe vor.

Also tätschelte Twinky der Jungfrau Maria den Kopf und meinte, das Baby sei ein bisschen spitz im Gesicht, ob es denn nicht genug Milch kriege?

Da war Samantha Hardcastles Mutter der Kragen geplatzt! Sie sprang auf, stürmte wütend aus dem Saal und wollte sofort den Schulleiter sprechen. Sie schlug fürchterlich Krach. Sie sagte zu Mr. Kerney, das sei nicht in Ordnung, das gehöre sich nicht, und es sei doch wirklich *allgemein* bekannt, dass das Jesuskind an Weihnachten von den Heiligen Drei Königen besucht worden sei und nicht von zwei Königen und einer kleinen Schwuchtel in zusammengenähten Vorhängen.

Mr. Kerney erklärte ruhig, Mrs. Hardcastle wisse vielleicht die progressive Inszenierung nicht recht zu würdigen; er selbst, Mr. Kerney, habe es äußerst kühn und erfrischend gefunden, wie etwa die Frage der geschlechtlichen Ambiguität behandelt worden sei, die in unserer heutigen Gesellschaft doch eine so wichtige Rolle spiele. Aber die Mutter der Jungfrau Maria sagte zu Mr. Kerney, er könne sie am Arsch lecken, und dann fügte sie hinzu, sie und ihr Mann hätten Samantha niemals auf diese Schule geschickt, wenn ihnen klar gewesen wäre, was für eine beschissene Schule das sei, eine Schule, in der bizarre Krippenspiele aufgeführt würden und die Kinder mehr über chinesische Imbissbuden lernten als über Mathematik und Geografie und die Schlacht von Waterloo. Und dann sagte sie noch, jetzt habe sie die Nase voll, dieses Krippenspiel habe das Fass zum Überlaufen gebracht und sie würde ihre Samantha sofort, auf der Stelle von der Schule nehmen und in einer privaten Lehranstalt anmelden, ungeachtet der finanziellen Opfer, die das für sie bedeute.

Und so kam es, dass sich Twinkys Traum erfüllte, einmal die Jungfrau Maria zu spielen.

Manche Lehrer standen der Sache anfangs etwas skeptisch gegenüber. Und als Mr. Kerney am nächsten Tag auf die Bühne trat und verkündete, dass in der heutigen Aufführung Twinky McDevitt die Jungfrau Maria spielen werde, hörte man allgemeines Gemurmel und die Eltern, die Mitglieder des Schulvorstands und ihre Gäste runzelten die Stirn und zogen die Augenbrauen hoch. Mrs. Bradwick erhob sich von ihrem reservierten Platz in der ersten Reihe, weil sie sofort den Schulleiter sprechen wollte. Aber da wurde schon das Licht gedimmt, die Scheinwerfer flammten auf, und Mrs. Bradwick musste sich wieder setzen. Die Kinder hielten ihre Stanniolsterne hoch, ich und die andern Erstklässler stimmten leise »Zu Bethlehem geboren …« an – und auf dem Esel saß eine so wundervolle, so ernste Jungfrau Maria, dass das Publikum den Atem anhielt und gebannt miterlebte, wie Twinky McDevitt, in einem schlichten Kleid und wollenem Schal, eine Aura spiritueller Ruhe und rätselhafter Weiblichkeit schuf. Selbst Norman Gorman, der den Zimmermann Josef spielte, schien von der fragilen Schönheit seiner Partnerin fasziniert, und als er sie vom Esel heben und zum Stall tragen musste, tat er dies mit einer Anmut und Eleganz, wie man sie noch nie zuvor an ihm beobachtet hatte. Schützend hielt er Twinky in seinen starken Armen, als sei er Rhett Butler in *Vom Winde verweht* und trage Scarlet O'Hara. Dieselbe inspirierende Wirkung schien Twinky McDevitts Jungfrau Maria auch auf alle andern Mitspieler zu haben, selbst auf die vielen Schafe, die Ms. Thompson bisher schier zur Verzweiflung getrieben hatten, weil sie eher einer Herde Holsteiner Kälber glichen als unschuldigen kleinen Lämmchen. Doch jetzt waren die Tierchen lammfromm, und als das Jesuskind geboren wurde, mähten und blökten sie in perfektem Unisono, genau wie Ms. Thompson es sich immer gewünscht hatte. Und in Twinkys Händen sah selbst das Jesuskind – eine eingewickelte Plastikpuppe, die

Ms. Thompson auf dem Flohmarkt erstanden hatte – plötzlich so aus, als würde es in seinen Windeln zappeln und mit den Beinchen strampeln. Und vielleicht war das der Auslöser. Vielleicht glaubte auf einmal auch Twinky wie der ganze Saal, dass in dem Bündel nicht nur eine Plastikpuppe vom Flohmarkt steckte, sondern ein lebendiges Baby. Oder vielleicht war es wie immer, und Twinky wusste einfach nicht, wann Schluss sein musste. Wenn er *jetzt* aufgehört hätte, wenn *jetzt*, als das Publikum wie gebannt dasaß, hingerissen und fasziniert von der wundervollsten Jungfrau Maria, die Failsworth je erlebt hatte, der Vorhang gefallen und das Licht angegangen wäre, wenn Twinky *jetzt* aufgehört hätte, dann wär Mr. Kerney ein Held gewesen, dann hätte er vermutlich den Orden des British Empire fünfter Klasse bekommen und wär unser Schulleiter geblieben. Aber Twinky hörte nicht auf. Twinky erhob sich, trat langsam aus dem Stall an die Bühnenrampe vor, während er die ganze Zeit liebevoll auf das Jesuskind hinabsah, es zärtlich in seinen Armen wiegte und ihm ein Lächeln schenkte, das reiner Mutterliebe entsprang. Und vielleicht wurde er wirklich selbst von diesem Moment überwältigt. Doch während er so stand und liebevoll das Baby anblickte, öffnete Twinky plötzlich langsam die obersten Knöpfe seines Kleids. Und zweihundert Leuten klappte der Unterkiefer runter, zweihundert Augenpaare starrten in gebanntem Schweigen hin, als Twinky den Mund des Babys an seine linke Brustwarze hielt und sagte: »Trink dich satt, Jesulein. Und wenn die hier leer ist, gibt's auf der andern Seite noch mehr.«

Mr. Kerney tat sein Bestes.

Er bezeichnete es als aufrichtigen und dramaturgisch effektvollen Versuch, den jungen Müttern von Failsworth die Vorzüge des Stillens darzulegen. Aber Mrs. Bradwick sagte, genau dieser so genannte aufgeklärte Liberalismus und progressive Mumpitz habe dem Ruf der Schule so geschadet und sie an den Abgrund der Dekadenz und Anarchie geführt.

Und in einem Interview für die *Failsworth Fanfare*, das

unter der Überschrift »Transvestiten-Maria in Krippenspiel-Schocker« erschien, versuchte Mrs. Bradwick Eltern und Öffentlichkeit dadurch zu beschwichtigen, dass sie Mr. Kerneys sofortige Entlassung ankündigte. Sie sagte, sie wünsche Mr. Kerney im Namen des Schulvorstands alles Gute und viel Glück für seine neue Tätigkeit als Besitzer des Eine-Welt-Ladens für vegetarische und biologisch-dynamische Lebensmittel in Glossop.

Als wir nach den Weihnachtsferien wieder in die Schule kamen, hatten wir einen neuen Schulleiter. Und der Neue Schulleiter wartete schon an der Tür und fixierte uns, als wir das Gebäude betraten. Und als wir den Flur entlanggingen, bellte er plötzlich wie ein großer Hund: »He, du da! Bürschchen!«

Ich wusste nicht, dass er mich meinte, weil ich Raymond hieß und mich noch niemand »Bürschchen« genannt hatte. Also ging ich weiter, aber da bellte er noch lauter: »Du da!«

Und jetzt stieß mich Geoffrey Weatherby an und flüsterte mir eindringlich zu: »Raymond, der meint *dich*!«

Und als ich mich umdrehte, zeigte der Neue Schulleiter mit spitzem Finger auf mich. »Du!«, sagte er. »Ja, du! Komm mal her!«

Und ich musste vor aller Augen den ganzen Korridor zurücklaufen. Als ich bei ihm angekommen war, starrte mich der Neue Schulleiter böse an und sagte: »Wie heißt du, Kleiner?«

Ich antwortete: »Raymond James Marks«, und er nickte langsam.

Dann schnipste er plötzlich wahnsinnig laut mit den Fingern, zeigte auf mein Comicheft und fragte: »Was hast du da in der Hand, Raymond James Marks?«

Und ich sagte: »Ach, nur ein *Spiderman*-Heft, Sir.«

Er schnipste wieder mit den Fingern und sagte: »Her damit!«

Und er nahm mir mein *Spiderman*-Heft weg und starrte

auf das Titelbild, als müsste er sich gleich übergeben. Dann blätterte er drin rum und sagte: »Findest du es richtig, so etwas mit in die Schule zu bringen, Raymond Marks? Ist das deiner Ansicht nach die richtige Lektüre für einen kleinen Jungen von höchstens ...«, er schlug das Heft zu und sah mich an, »... acht Jahren?«

Als ich erwiderte, ich sei schon fast neun, sagte er: »Oho! Fast neun. Und mit fast neun Jahren ist das also in Ordnung, Raymond James Marks? Dass man sich so einen Schund anschaut und solche Bilder mit in die Schule bringt?«

Ich hatte keine Ahnung, was er meinte! Es war doch nur *Spiderman gegen die Vulkanhexen*. Und die Vulkanhexen hatten wahnsinnig lange Beine und große spitz vorstehende Brüste, und ich und Geoffrey Weatherby fanden sie immer wahnsinnig sexy. Aber eigentlich wussten wir gar nicht, wovon wir sprachen. Wir waren erst acht und hatten keine Ahnung, was »sexy« heißt. Manchmal, wenn ich lesend im Bett lag und mir die Vulkanhexen anschaute, spürte ich so ein komisches Kribbeln, irgendwie angenehm. Aber manchmal dachte ich auch nur: Voll bescheuert, diese Vulkanhexen, immer in nichts als Unterhose und BH rumzurennen! *So* hatten die bestimmt keine Chance, Spiderman zu besiegen und den Planeten Erde zu übernehmen! Die hätten bestimmt nie einen arktischen Winter überlebt!

»Tja, Raymond Marks«, sagte der Neue Schulleiter. »Hast du mir nichts zu sagen?«

Und da dachte ich, der Neue Schulleiter hielte es vielleicht so wie Mr. Kerney. Mr. Kerney hatte uns nämlich immer die Chance gegeben, unser Verhalten zu erklären, selbst wenn er mit etwas nicht einverstanden war. Und manchmal hatte Mr. Kerney dann sogar seine Meinung geändert und gesagt, wir seien im Recht und er im Unrecht und er habe wieder mal was von uns gelernt.

Und deshalb erklärte ich dem Neuen Schulleiter: »Sir, eigentlich glaube ich nicht, dass ich zu jung dafür bin. Wenn ich zu jung wär, um *Spiderman gegen die Vulkanhexen* zu lesen, dann hätte mir meine Oma das Heft doch nicht gekauft!«

Der Neue Schulleiter trat einen Schritt zurück und musterte mich von Kopf bis Fuß. Dann beugte er sich langsam vor, bis sein Gesicht ganz dicht vor meinem war, und sagte mit hervorquellenden Augen: »Ich hab was gegen altkluge Bürschchen, Raymond Marks. Bist du ein altkluges Bürschchen oder einfach nur furchtbar frech?«

Ich wusste nicht mal, was altklug bedeutete. Und frech war ich nun wirklich nicht gewesen. Also zuckte ich die Achseln und schwieg. Und der Neue Schulleiter sagte: »Jetzt hör mir mal gut zu, Raymond James Marks mit deinen fast neun Jahren! An dieser Schule gab es viel zu lange viel zu viele altkluge Kinder. Das wird sich jetzt ändern. Weniger alte Köpfe auf jungen Schultern, weniger Neun-, Zehn- und Elfjährige, die sich benehmen, als wüssten sie besser Bescheid als ihre Lehrer. Ja, sogar als ihr Schulleiter!«

Und dann hielt er mein *Spiderman*-Heft hoch und sagte: »In meiner Schule, Raymond Marks, benehmen sich kleine Jungs wie kleine Jungs. Und es ist mir schnurzegal, welche Lektüre sich nach Ansicht deiner Großmutter für dich eignet oder nicht. In meiner Schule hat solcher Schund nichts zu suchen!«

Und mit diesen Worten riss er *Spiderman und die Vulkanhexen* mittendurch! Danach schickte er mich in meine Klasse. Und im Weggehen hörte ich ihn noch sagen: »Raymond James Marks! Ich zweifle keine Sekunde, dass mir dieser Name noch öfter zu Ohren kommen wird!«

Es war nicht mehr schön in unserer Schule, seitdem der Neue Schulleiter da war.

Es gab keine Sonderversammlungen mehr und der Neue Schulleiter sprach nie über chinesische Imbissbuden oder die leckere sämige Currysauce oder darüber, wie schön es ist, anders zu sein. Twinky McDevitt wurde zum Psychotherapeuten geschickt und auf dem Schulhof gab es keine Pirouetten und Konzertdarbietungen mehr. Krippenspiele waren ab jetzt nur noch Krippenspiele. Und so machte der Neue Schulleiter aus unserer Schule eine ganz normale Schule. Und allmählich vergaß jeder die Schönheit all dessen, was anders war.

Mrs. Bradwick und der Schulvorstand waren darüber natürlich hoch zufrieden. Und der Neue Schulleiter auch. Denn die Schulbehörde hatte fest damit gerechnet, dass es Jahre dauern würde, bis an unserer Schule wieder geordnete Verhältnisse einkehren würden. Doch nun hatte der Neue Schulleiter schon nach achtzehn Monaten wahre Wunder bewirkt!

Vor lauter Begeisterung über die sensationelle Verwandlung unserer Schule dachte Mrs. Bradwick sogar laut darüber nach, dass die Bemühungen des Neuen Schulleiters auch auf nationaler Ebene anerkannt und mit einer Einladung in den Palast und mit dem Orden des British Empire dritter Klasse honoriert werden sollten. Der Neue Schulleiter war sehr zufrieden.

Und an einem schönen warmen Sommertag – Twinky McDevitt war längst auf die Gesamtschule übergewechselt und bei seinem x-ten Psychotherapeuten gelandet – stand der Neue Schulleiter in seinem Büro und sah aus dem Fenster. Er empfand tiefe Befriedigung beim Anblick des Schulhofs, der jetzt nach dem Mittagessen leer und verwaist, sauber und ordentlich vor ihm lag; nicht das kleinste Fitzelchen Abfall war zu sehen, kein Ball, keine Tasche, keine einzige verbotenerweise hingesprayte Graffitisilbe, nicht ein einziger weggeworfener alter Kaugummi verunzierte den makellosen grauen Schulhof.

Der Neue Schulleiter war außerordentlich zufrieden.

Und dann das! Aus heiterem Himmel: Albert Goldberg und sein geschwollener Auswuchs! Nachdem ihn der Schularzt gerufen hatte, stand der Neue Schulleiter im Umkleideraum, starrte kopfschüttelnd auf die Bescherung und überlegte laut, was wohl der Grund für Alberts Verunstaltung war. Und als Albert erklärte, ihm sei eine Wespe ins Hosenbein geflogen und habe ihn in sein Geschlechtsteil gestochen, war der Neue

Schulleiter einen Augenblick lang versucht, es einfach dabei zu belassen. Der Schulleiter war zufrieden, es war ein schöner warmer Sommertag, der Schulhof war makellos sauber und in zwei Wochen ging das Schuljahr zu Ende. Aber so sehr er sich auch sträubte, der Neue Schulleiter konnte sich des Eindrucks nicht erwehren, dass ihn Albert mit der Erklärung für seinen gegenwärtigen Zustand einfach verarschte.

Und der Neue Schulleiter konnte es gar nicht leiden, wenn man seine Intelligenz beleidigte, wenn kleine Kinder ihre kleinen Hirne dazu benutzten, einen so klugen, erfahrenen Mann wie ihn zu belügen. Und darum sagte der Schulleiter zu Albert Goldberg, er glaube ihm kein Wort! Und er könne sich als international anerkannter Insekten- und Wespenexperte einfach nicht vorstellen, wie eines dieser armen, verkannten Tierchen es geschafft haben sollte, Alberts Hosenbein hinaufzukriechen und sich dann durch das Gummiband der Unterhose zu quetschen!

Doch obwohl er so in die Enge getrieben wurde, beharrte Albert heroisch darauf, dass die Wespe sein Hosenbein hinaufgeklettert sei und sich dann höchstwahrscheinlich durch die Unterhose hindurchgebissen habe!

Der Neue Schulleiter nickte und schien über diese Erklärung nachzudenken. Er bückte sich und fischte unter der Bank ein Paar herrenlose Turnschuhe hervor. »Oder vielleicht«, kam er Albert zu Hilfe, »war es ja auch eine Scherenwespe! Eine dieser seltenen Wespenarten, die schon bei der Geburt kleine Scheren an den Vorderbeinen haben.«

Albert nickte und sagte: »Ja, Sir, Sie haben Recht, Sir. Genauso war es, Sir, ich habe nämlich auch ein paar Wespen bei David Attenborough gesehen, und wenn ich mir's überlege, war es so eine.«

Der laute Knall, mit dem der Schulleiter einen der Turnschuhe auf die Bank klatschte, ließ sogar den Arzt ängstlich zusammenzucken.

Und jetzt riss der Schulleiter die Augen weit auf, starrte Albert wütend an und drohte, wenn der Arzt ihm nicht binnen drei Minuten das richtige Medikament verabreichen werde, müsse Albert Goldberg ins Krankenhaus! Und dann werde sein geschwollenes Männlichkeitssymbol höchstwahrscheinlich amputiert! Und Albert Goldberg werde nie seine Bar Mizwa feiern, nie heiraten können und später nie eine Familie haben!

Der Neue Schulleiter sah auf die Uhr und zählte laut die Sekunden mit, woraus Albert schloss, dass die alles entscheidende Behandlung erst dann stattfinden werde, wenn er den Quatsch sein ließe und endlich die Wahrheit sagte. Die ganze Wahrheit!

Da wurde Albert mürbe und rückte mit der Sprache heraus.

Voller Angst, dass jede Auslassung, jedes unterschlagene Detail, jede Beschönigung der Fakten zu permanenter Verstümmelung führen würde, packte Albert gründlich aus.

Und der Neue Schulleiter, der gerade noch so glücklich und zufrieden gewesen war, lauschte mit wachsendem Entsetzen, als Albert Goldberg weinend von den regelmäßig stattfindenden Treffen am Kanal berichtete, von Pimmeln und Fliegen, von fünfzehn Jungs und schier unfassbar schmutzigen Handlungen! Immer wieder versuchte Albert dem entsetzten Schulleiter zu erklären, dass das Fliegenfangen nur ein Spiel gewesen sei, so wie Lego oder Briefmarken sammeln oder bei jemandem »Brennnessel« machen. Doch der Schulleiter hörte Albert Goldberg kaum noch zu. Der Neue Schulleiter starrte in die Ferne, sah, wie sich sein Ehrenorden in Luft auflöste, und zupfte zerstreut an seinem linken Ohrläppchen, was er immer tat, wenn etwas seiner Meinung nach Schlimmes an unserer Schule passiert war. Und nach allem, was er soeben vernommen hatte, war »schlimm« gar kein Ausdruck für das, was hier geschehen war, an *seiner* Schule, und offensichtlich sogar gleich mehrfach, unter seiner Leitung, direkt vor seiner Nase! Den Neuen Schulleiter überlief es kalt. Er schauderte. Und vor seinem geistigen Auge sah er in der *Failsworth Fanfare* die Schlagzeile: »Neuer Schmuddelskandal in Failsworth – zweiter Schulleiter entlassen!«

Der Doktor fragte, ob er jetzt das Antihistamin spritzen könne.

Aber dem Neuen Schulleiter hatte es die Sprache verschlagen. Fünfzehn! Fünfzehn hatte der kleine Goldberg gesagt; ein Sumpf, ein Krebsgeschwür, das vor sich hin geschwärt, eine Seuche, die sich rasend ausgebreitet hatte und Gott weiß wie lange unbemerkt geblieben war – an *seiner* Schule. Jetzt war der Neue Schulleiter nicht mehr glücklich und zufrieden. Jetzt überlegte der Neue Schulleiter hektisch, wie groß seine Chancen waren, einen Skandal zu überstehen, bei dem es um wiederholte Massenmasturbation im Freien ging.

Während er verzweifelt nach einer Lösung suchte, stürzte er sich flüchtig auf den Gedanken des Schulverweises. Aber dann wurde ihm klar, dass der schlagartige Ausschluss von fünfzehn frühreifen Perversen die Aufmerksamkeit nicht nur der *Failsworth Fanfare*, sondern sämtlicher britischer Medien erregen würde. Der Neue Schulleiter versuchte sich zu konzentrieren. Aber das war vor allem deshalb schwierig, weil der kleine Goldberg in einem fort greinte und jammerte und dauernd wiederholte, dass er nicht damit angefangen habe, dass er zwar beim Fliegenfangen mitgemacht, aber nicht damit angefangen habe.

Der Neue Schulleiter drehte sich um und wollte Albert anschnauzen, er solle endlich den Mund halten. Aber plötzlich wurde ihm klar, was Albert da die ganze Zeit vor sich hin stammelte, und er erspähte zum ersten Mal einen Hoffnungsschimmer.

Er konnte wieder klarer denken und erkannte, dass die Situation vielleicht doch nicht so hoffnungslos war, wie es anfangs geschienen hatte. Fünfzehn Perverse? Einfach lächerlich. Auf einmal hätte der Neue Schulleiter fast über seine alberne Panik gelacht. Er fühlte sich erleichtert. Ein Massenrausschmiss war gar nicht nötig. *Fünfzehn* vorpubertäre Perverse im gleichen Schuljahr? Dass das unmöglich war, sagte einem ja schon die Wahrscheinlichkeitsrechnung. Durchaus möglich, ja sogar äußerst nahe liegend war etwas ganz anderes: dass ein paar naive Jungs zu dieser ganzen Sache *angestiftet* worden waren.

Er habe nicht damit angefangen! *Das* hatte der kleine Goldberg gesagt. Aber irgendjemand musste doch damit angefangen haben. Ein Junge, ein einziger fauler Apfel, mehr müsste nicht nötig gewesen sein; ein einziges verkommenes Subjekt, ein verdorbenes, frühreifes kleines Scheusal, das seine Klassenkameraden in diesen widerlichen Sündenpfuhl der Sexfolter mit Insekten hineingelockt hatte.

Der Neue Schulleiter zupfte nicht mehr an seinem Ohrläppchen.

Und als Albert Goldberg aufblickte, sah er den Schulleiter lächeln.

»Pass mal auf, Albert«, sagte er. »Der Arzt spritzt dir jetzt das Medikament. Und während er das tut, denkst du mal scharf nach, Albert. Und dann sagst du mir, wer euch dazu *gezwungen* hat, unten am Kanal solche Dinge zu tun.«

Albert weinte nicht mal, als der Arzt ihn in den Arm piekste; denn er konnte sein Glück kaum fassen. Er bekam nicht nur die Injektion, die seine Männlichkeit rettete, sondern er hörte auch am Tonfall des Schulleiters, dass ihm hier eine Chance geboten wurde, sich noch einmal aus der Schlinge zu ziehen und nur als Opfer, nicht als Täter dazustehen.

»Sag's mir, Albert«, schmeichelte der Schulleiter. »Ich weiß, dir wäre so etwas nie eingefallen, Albert, nicht wahr? Du sagst ja völlig zu Recht, dass es nicht deine Idee war, stimmt's? Du hast doch nicht damit angefangen, oder?«

Albert Goldberg schüttelte den Kopf.

»Also, Albert, wer war's?«, fragte der Schulleiter sanft. »Wer hat damit angefangen, Albert?«

Albert schwieg einen Moment und dachte daran, wie ich

ihn vor dem Ertrinken gerettet hatte. Aber dann dachte er auch daran, wie tief er in der Scheiße steckte und dass er seiner Mam und seinem Dad vor die Augen treten musste und dass die Scheiße nicht mal halb so tief sein würde, wenn er jetzt in die Rolle des Opfers schlüpfte.

Und Albert Goldberg schluckte und verriet dem Neuen Schulleiter, was letztlich der Wahrheit entsprach: »Raymond Marks, Sir. Raymond Marks hat damit angefangen.«

Der Neue Schulleiter lächelte und nickte bedächtig. »Raymond Marks«, sagte er mit einem zufriedenen Seufzer. »Raymond Marks! Ich hab's doch gewusst, dass mir dieser Name noch einmal begegnen würde: Raymond James Marks.«

Und so hat es angefangen, Morrissey. So hat alles angefangen. So begann mein rasanter Abstieg vom frisch gebackenen Schulhelden zum frühreifen Perversen mit dem schlechten Einfluss, zum schweinischen Scheusal, das unschuldige Kinder mehrfach zur sadistischen Massenmasturbation am Ufer des Rochdale Kanals gezwungen hatte.

Wenn der Neue Schulleiter nicht an unsere Schule gekommen wär, wenn wir keine Fliegen gefangen hätten, dann wär ich auch nie auf der Sonderschule gelandet. Ich wär nie so dick geworden, hätte keinen Ladendiebstahl begangen, hätte nie Malcolm erfunden und wär meiner Mam nie solch eine Last gewesen. Es war alles nur ein Spiel. Aber niemand glaubte mir. Wenn man mir geglaubt hätte, wär alles anders gekommen. Und wenn Paulette nicht verschwunden wär.

Aber darüber kann ich dir jetzt nichts erzählen, Morrissey. Der Stationsvorsteher hat mich nämlich gerade aufgefordert, meine Sachen zusammenzupacken. Die Polizei sei da und warte vor dem Bahnhof auf mich. »Komm mit«, hat er gesagt, »ich mach jetzt Feierabend und übergeb dich draußen noch schnell den Bobbys.«

Die werden im Computer alle Fakten nachgelesen haben; alles über den Kanal und dass ich in Swintonfield gewesen bin. Und was mit der kleinen Paulette passiert ist. Aber Fakten sind nicht die Wahrheit, Morrissey. Deshalb hab ich dir hier die Wahrheit erzählt, so weit es ging. Ich weiß, dass du mich verstehen wirst, Morrissey; im Gegensatz zur Polizei. Die Polizei versteht mich nicht. Die Polizei hat gesagt, ich hätte durch obszönes Verhalten öffentlich Anstoß erregt. Morrissey, aber das stimmt nicht, das ist überhaupt nicht wahr! Doch wenn die das erst mal alles im Computer nachgelesen haben, werden sie mir auf keinen Fall glauben.

Mit freundlichen Grüßen
Raymond Marks

In einem Bus,
unterwegs
nach Huddersfield,
West Yorkshire

Lieber Morrissey,

ich kann es kaum fassen! Ich bin noch mal davongekommen! Wie du obiger Adresse entnehmen kannst, hat man mich in Halifax doch nicht verhaftet und eingesperrt. Die Polizei hat gar nicht auf mich gewartet. Weil der Stationsvorsteher die Polizei gar nicht angerufen hat! Er hat nur so getan. Er wollte mir nur einen Schrecken einjagen, damit ich nie mehr eine solche Dummheit begehe. Er hat gesagt, ich sähe wie ein total beschränkter Volltrottel aus, dem man mal eine Lektion erteilen muss.

»Tja«, sagte er, »hast ziemlich Schiss gehabt, wie?«

Ich nickte schweigend, denn er hatte vollkommen Recht.

»Also!«, sagte er und zeigte mit dem Finger auf mich. »Wenn dir wieder so ein saudummer Einfall kommt, denk dran, was für eine Angst du in meinem Büro ausgestanden hast, als du dachtest, die Bobbys nehmen dich mit und sperren dich ein!«

Ich versprach, dran zu denken, und erklärte ihm dann, dass ich nie auf die Idee gekommen wär, schwarz zu fahren, wenn man mir nicht mein ganzes Geld gestohlen hätte.

Wir standen jetzt vor dem Bahnhof und er öffnete eine Dose Golden Virginia und drehte sich eine Zigarette. Er hielt mir die Dose hin, aber ich sagte, ich sei Nichtraucher. Während er die Zigarette anzündete, wies er mit einem Nicken auf mein T-Shirt und sagte: »Wie lange stehst du denn schon auf Morrissey?«

»Seit ein paar Jahren«, sagte ich.

Er nickte. Dann zog er tief an seiner Selbstgedrehten und starrte in die Ferne. »Ja, Morrissey – gar nicht so schlecht«, sagte er lachend. Und dann: »Kannst verdammt froh sein, dass du kein T-Shirt mit den Pet Shop Boys anhast, sonst hätt ich dich *wirklich* einsperren lassen.«

»Wenn ich ein T-Shirt mit den Pet Shop Boys anhätte, würde es mich auch nicht wundern, dass man mich einsperrt!«, erwiderte ich.

Wieder inhalierte er tief. »Auf Frank Zappa stehst du wohl nicht?«, fragte er dann.

»Nein«, erwiderte ich. »Ich hab mir ein paar von seinen Sachen angehört, aber ich könnte nicht sagen, dass ich auf ihn *stehe*.«

Der Stationsvorsteher starrte mich mit einer Mischung aus Mitleid und Verachtung an, schüttelte langsam den Kopf und intonierte leise: »Zappa, vergib ihnen! Es sind nur Erdlinge, in einer Welt, die für dein Genie noch nicht reif ist!«

(Ich hatte mir bewusst nur wenig von Frank Zappa angehört und fand ihn ziemlich grässlich, aber in dieser Situation hielt ich wohl besser den Mund.)

»Gott möchte Zappa nämlich bei sich haben!«, verkündete der Stationsvorsteher jetzt. Ich starrte ihn an und er nickte. Dann fuhr er fort: »Und weißt du auch, warum? Weißt du, warum Gott Frank bei sich haben möchte?«

Ich schüttelte den Kopf.

Und in die fast ehrfürchtige Stille hinein erklärte der Stationsvorsteher: »Weil Gott im Himmel ganz allein ist, ohne einen Geist, der sich mit seinem messen könnte!«

Der Stationsvorsteher sah mich ernst und feierlich an, und ich hatte jetzt doch den Eindruck, dass er ein bisschen plemplem war. Aber ich sagte immer noch nichts und sah ihn nur an. Er nickte und drückte seine Zigarette aus. Dann meinte er: »Kann ich dich mal was fragen?«

»Klar«, sagte ich.

»Was hast du da vorhin in dieses Buch reingeschrieben?«

»Nichts«, sagte ich, »nur ein paar ... Gedanken.«

Er nickte. »Kommst dir wohl wie ein richtiger Schriftsteller vor?«

»Nein«, widersprach ich, »ich hab nur ... das ist nur so 'n Heft, in das ich meine Songtexte schreib und Briefe und so.«

Jetzt fuhr er mich richtig fies an: »Du bist doch nie im Leben ein Schriftsteller!«

Ich schaute mich um.

»Hey! Hey!«, rief er. »Ich rede mit dir, Morrissey-Mann; schau mich gefälligst an, wenn ich mit dir rede!«

Also schaute ich ihn an. So langsam kam mir der Verdacht, dass es vielleicht doch besser gewesen wär, wenn mich draußen die Polizei erwartet hätte.

»Du sitzt da in meinem scheiß Büro«, sagte er, »und schreibst stundenlang Sachen in dieses Buch. Schreibst, verdammt noch mal!«, sagte er. »Schreibst! Aber *ich* bin Schriftsteller! Ich schreibe Bücher! Jawohl!«

Die Augen sprangen ihm fast aus dem Kopf, an seiner Schläfe pochte eine dicke Ader. »Ich werde heute Abend ein Buch schreiben!«, sagte er. »Wenn ich nach Hause komme, schreib ich ein Buch! Vielleicht schreib ich heute Nacht sogar zwei Bücher!« Jetzt packte er mich vorn am T-Shirt und stierte mich an. »Eine Trilogie!«, sagte er. »Drei Bücher, vielleicht schreibe ich heute Nacht sogar drei Bücher! Was sagst du jetzt, Morrissey-Mann? Was sagst du jetzt?«

Ich hielt diese Produktivität zwar für grotesk, zuckte aber nur die Achseln.

Und dann sagte ich: »Tja ... Jeffrey Archer scheißt sich wahrscheinlich vor Angst in die Hose.« Jetzt schaute mich der Stationsvorsteher an, als sähe er mich zum ersten Mal.

»Wer?«, fragte er. »Wer?« Und ließ endlich mein T-Shirt los.

Ich hob schnell meine Sachen auf und sagte: »Ich, äh ... ich muss jetzt weg. War wirklich nett, mit Ihnen zu reden, aber ich muss nach Grimsby und außerdem haben Sie heute Abend ja anscheinend noch allerhand vor.«

Ich zog los, doch er rannte mir nach. Er packte mich am Arm, drückte mich gegen einen Laternenpfahl und starrte mich mit seinem wilden, unheimlichen Blick an. Ich dachte schon, jetzt würde er mich gleich verprügeln oder umbringen. Aber da sagte er: »Hier, Kumpel.«

Und als ich runterschaute, hielt er mir einen Zehnpfundschein hin.

»Nimm das, Morrissey-Mann«, sagte er. »Ich wollte dich nicht erschrecken. Da!«

Ich sah ihn nur verwirrt an und schüttelte den Kopf.

»Jetzt nimm schon. Du wirst es gut brauchen können auf deiner mühsamen Reise.«

Und mit diesen Worten stopfte er mir den Zehner in die Hosentasche. »Das reicht für den Bus«, sagte er. »Du musst jetzt erst mal nach Huddersfield. In der Gibbet Street ist der Busbahnhof.«

Und dann nickte mir der Stationsvorsteher zu, drehte sich um und ging zu seiner Haltesstelle. Und obwohl er mich zu Tode erschreckt hatte, tat er mir irgendwie auch wieder Leid. Deshalb rief ich ihm nach: »Also, dann nehm ich das Geld! Und danke, dass Sie mich haben laufen lassen! Ich werd eins Ihrer Bücher lesen, wenn es erscheint – versprochen!«

Da drehte er sich um. Und seine Stimme klang stolz und hoheitsvoll: »Das wird nicht gehen, Morrissey-Mann!«, rief er und lachte. »Die schreibe ich nämlich alle hier oben!« Er tippte sich mit dem Finger an den Kopf. »Alle meine Bücher«, rief er, »sind hier oben drin!«

Und dann musste er wohl seinen Bus erspäht haben, denn plötzlich rannte er los und war kurz darauf verschwunden. Ich glaub, dieser Stationsvorsteher war ein sehr bedauernswerter Mensch. Es müssen wundervolle Bücher gewesen sein, die er im Kopf hatte. Aber ich wusste – und der Stationsvorsteher wusste es wahrscheinlich auch –, dass all diese wunderbaren

Bücher immer nur in seinem Kopf existieren würden. Und als ich die Straße entlangging, auf der Suche nach einem Bus, der mich erst mal nach Huddersfield bringen würde, fragte ich mich, ob es so vielleicht auch meinem Dad ergangen war, ob mein Dad vielleicht ein bisschen Ähnlichkeit mit diesem Stationsvorsteher gehabt hatte.

Ich glaube nicht, dass mein Dad jemals Bücher im Kopf mit sich rumtrug. Nein, sein Kopf war voller Melodien. Jedenfalls hat mir das meine Mam erzählt. Sie hat gesagt, das Langhalsbanjo habe ihr den Rest gegeben. Davor war es das chromatische Akkordeon gewesen! Immer wenn sie mir von meinem Dad erzählte, sagte meine Mam, das Langhalsbanjo mit dem Rosenholzbund und den Perlmuttintarsien habe ihr den Rest gegeben.

Offenbar brachte mein Vater ständig irgendwelche neuen Musikinstrumente mit nach Hause, auf denen er dann nicht spielen konnte. Anfangs habe sie das gar nicht gestört, sagte meine Mam.

»Genau aus diesem Grund hatte ich mich ja in ihn verliebt«, sagte sie. »Weil sein Herz voller Musik war!« Doch auch wenn mein Vater noch so viel Musik im Herzen trug, auch wenn er noch so gute Instrumente kaufte und noch so fleißig übte – er kriegte nie eine Melodie zustande.

»Er hat uns fast an den Bettelstab gebracht«, sagte meine Mam. »Du lagst ja damals noch im Kinderwagen, und mit dem Teilzeitjob im Kwiky hab ich kaum was verdient. Es kamen Gasrechnungen und Stromrechnungen, wir mussten Raten abstottern und Miete bezahlen. Aber das änderte nichts. Wir erstickten fast in Schulden, aber das war deinem Vater egal. Ich mache ihm ja keinen Vorwurf. Es war eher wie eine Krankheit. Johnny *konnte* einfach nicht anders. Kaum hatten wir mal ein bisschen Geld zusammengekratzt, zog er mit den allerbesten Absichten los und sagte, er ginge jetzt die Gas- oder Stromrechnungen bezahlen. »Und ich«, sagte meine Mam, »ich hab deinem Vater jedes Mal geglaubt, weil er selber so fest dran glaubte! Aber er bezahlte die Rechnungen nie. Ein paar Stunden später kam er mit einer Bassgeige, einem Saxophon oder einer Flöte nach Hause und hatte wieder diesen träumerischen Ausdruck in den Augen.«

Und so kriegten meine Mam und mein Dad Streit. Anfangs, sagte meine Mam, habe sie ihm immer aufs Neue verziehen, wenn er wieder das ganze Geld für eine Hammondorgel, ein Xylophon, eine Trompete oder eine Bassposaune ausgegeben hatte.

»Weißt du, Raymond, es war so entwaffnend, wenn sich dein Dad über was freute!«, erklärte mir meine Mam. »Wenn er mit einem neuen Instrument zur Tür reinkam, leuchtete er so vor Freude, dass es einem den Atem verschlug! Und im Handumdrehen hatte er dir eingeredet, er habe da einen wahren Schatz mit nach Hause gebracht. Und weil ich ja wusste, dass er so viele Melodien im Herzen trug, machte ich immer wieder den gleichen Fehler und glaubte ihm, dass er dieses neue Instrument bestimmt erlernen würde! Um das Geld wär es mir ja nicht gegangen, wenn er irgendeinem Instrument wenigstens mal einen Hauch all dieser Melodien entlockt hätte!«

Aber das sollte meinem Dad nie gelingen. So leidenschaftlich er sich auch bemühte – all seine Anstrengungen, irgendeinem Instrument Melodien und Harmonien zu entlocken, endeten in einem quälend kakophonischen Fiasko.

Und als meine Mam eines Tages aus dem Kwik Save nach Hause kam, stand er mit der Rickenbacker-Gitarre mitten im Wohnzimmer – für vierhundertvierunddreißig Pfund ein richtiges Schnäppchen, wie er später erklärte. Er hatte die Gitarre umgehängt und tat so, als würde er spielen. Zu einer Eric-Clapton-LP flitzten seine Finger das Griffbrett rauf und runter, in wilder, planloser, leidenschaftlich frustrierter Ekstase. Und meine Mam erzählte, meinem Vater seien die Tränen übers Gesicht gelaufen. Sie sagte zu ihm: »Das muss endlich aufhören, Johnny; das ist Besessenheit, eine Sucht – du bringst uns noch an den Bettelstab!«

Und mein Vater gab die Gitarrre auf. Doch als er sie zurückbrachte, entdeckte er im Laden ein chromatisches Akkordeon. Er erklärte meiner Mam, er habe die Gitarre in Zahlung gegeben und dabei ein fantastisches Geschäft gemacht.

Und in diesem Augenblick sah meine Mam die Löcher im Teppich und die blätternde Farbe an den Fensterrahmen; und mit jedem neuen Instrument, das mein Dad mit nach Hause brachte, blätterte noch mehr Farbe ab, wurden die Löcher im Teppich noch größer und musste meine Mam noch länger im KwikSave arbeiten, um uns alle über Wasser zu halten. Und da kam meiner Mam zum ersten Mal der Gedanke, dass dieser Mann mit der Musik im Herzen vielleicht auch ein Mühlstein um ihren Hals war.

Sie habe ja wirklich keine großen Ansprüche gehabt, sagte meine Mam. Sie wollte keinen Whirlpool und keinen Wintergarten, sie wollte keine Vorhänge mit elektronischer Schließung. Sie wollte keinen Einbauherd und keine Dusche; eine Badewanne habe ja völlig für uns gereicht; sie wünschte sich weder einen Wäschetrockner noch einen großen Gefrierschrank voll tiefgekühltem Schweinefleisch, keinen Garten mit Springbrunnen und nicht mal einen Rasen mit schönen breiten Streifen. Um Luxus, sagte meine Mam, sei es ihr nie gegangen. »Luxus, das sind Dinge, die man im Grunde nicht braucht.«

Aber, sagte sie, manchmal hätte sie sich einfach gern umgeschaut und etwas erblickt, was ihr Hoffnung für die Zukunft schenkte; etwas, an dem sie gemerkt hätte, dass nicht alles zum Stillstand gekommen war; ein einfaches Stück Rasen, sagte meine Mam, nichts Ausgefallenes, bloß so ein Viereck, ein kleines Fleckchen Grün, wo man im Sommer draußen sitzen kann, wo sich die Wäsche im Wind bläht, ohne staubig zu werden, wo die Amseln und Schwalben Brotkrumen picken und man an warmen Nachmittagen den Kinderwagen ins Freie stellen kann.

Und mein Dad hatte wirklich die allerbesten Vorsätze und versprach meiner Mam einen schönen Rasen. Und nachdem er das Geld zusammengespart hatte, rief er einen Farmer an, der sagte: »Ja, ich hab schönen Fertigrasen zu verkaufen.« Mein Dad wollte gleich am nächsten Tag vorbeikommen und ihn sich anschauen. Und mein Dad konnte nichts dafür. Er hatte wirklich nicht vor, sein Wort zu brechen und meine Mam aufzuregen. Aber als er mit dem Farmer in dessen Haus stand und sich mit ihm über den Rasen unterhielt, entdeckte mein Vater plötzlich an der Wand ein fünfsaitiges Vega-Langhalsbanjo; es war mit Schweinehaut bespannt und hatte versilberte Spannschrauben. Die Stimmwirbel waren aus Mahagoni geschnitzt, das Rosenholzgriffbrett mit feinen Perlmuttintarsien verziert – die glänzten und schimmerten und blendeten meinen Dad, der prompt den Fertigrasen vergaß.

Ganz stolz und aufgeregt kam er mit dem Banjo – aber ohne Rasen – nach Hause wie Hans im Glück, wie das Sterntalermädchen. Und er sagte zu meiner Mam: »Schau dir das Pergament an, fahr mal über das Griffbrett – weicher als Seide! Und schau nur, wie die Intarsien leuchten, wenn das Licht darauffällt, das blendet einen richtig! Und schau dir den Hals an – er ist ...« Aber meine Mam unterbrach ihn. Sie sagte ruhig: »Johnny, du wolltest doch eigentlich Rasen kaufen.«

Mein Dad küsste meine Mam und sagte, sie solle sich keine Sorgen machen. Jetzt habe er endlich das Instrument gefunden, das alles zum Guten wenden werde, und sobald er es beherrsche, das Stimmen, den Fingersatz, die Spieltechnik und so weiter, würden die Leute viel Geld dafür bezahlen, ihn spielen zu hören, und dann würde er meiner Mam nicht bloß ein kleines Eckchen Rasen kaufen; nein, er würde ihr eine ganze Wiese verschaffen, eine Wiese, die zu einem Fluss hinabführt, mit schönen breiten Streifen kreuz und quer drüber; und meine Mam würde leben wie die Made im Speck, mit all den schönen Dingen, die sie eigentlich schon immer verdient hätte. Dann würde für uns alle immer die Sonne scheinen, sagte mein Dad, und er würde das fünfsaitige Langhalsbanjo erklingen lassen.

Meine Mam wurde nicht laut, sie schrie ihn nicht an; dafür sei sie viel zu erschöpft gewesen, meinte sie später. Sie öffnete einfach nur die Tür und sagte: »Tschüss, Johnny! Ich pack deine Sachen zusammen und schick sie deiner Mutter.«

Mein Dad stand da und runzelte die Stirn. In seinem Gesicht spiegelte sich blanke Verwirrung. Aber meine Mam war fest entschlossen, es gab kein Zurück mehr. Meine Mam sagte, ihr Herz sei zu müde gewesen, um zu brechen, als meinem Dad langsam die Wahrheit dämmerte; er verlegte sich aufs Bitten, suchte nach Erklärungen und fragte meine Mam nach dem Warum, aber meine Mam schüttelte nur den Kopf. Und sie sagte kein Wort, weil Worte nichts bewirkt hätten, so wie sie auch in der Vergangenheit nie etwas bewirkt hatten. Und mein Vater – ein sanfter Mensch, in dessen Herz immer noch Unmengen von Melodien schlummerten – nickte. Und er sagte bloß: »Es tut mir Leid. Es tut mir wirklich Leid. Sag dem Jungen, dass es mir Leid tut.« Dann nahm er sein Banjo und schlich davon.

Meine Mam erzählte immer, sie hätte lange Zeit geweint, nachdem sie meinen Dad rausgeworfen hatte. Aber daran kann ich mich nicht erinnern, weil ich ja noch im Kinderwagen lag.

Denk jetzt bitte nicht, Morrissey, ich würde es meinem Dad nachtragen, dass er einfach verschwunden ist. Mein Dad war kein schlechter Mensch. Er war nicht wie Tony Perronis Dad, der mit der Katalogbearbeiterin von Littlewoods durchbrannte und Mrs. Perroni mittellos zurückließ, sodass sie den kleinen Tony und die anderen Perroni-Sprösslinge ohne Unterhaltszahlungen von ihm großziehen musste; und Mrs. Perroni erzählte überall rum, dass sie Littlewoods vor Gericht zerren wolle, weil eine der Firmenvertreterinnen ihr den Mann ausgespannt habe. Aber dann endete es doch damit, dass die Firma Tonys Mam ein Porzellanservice und einen Mikrowellenherd schickte, mit den besten Empfehlungen. Und statt zu prozessieren, verkündete Mrs. Perroni nun, wie Schweinebraten schmecken muss, das wisse man erst, wenn man ihn mal in der Mikrowelle zubereitet habe. Jeder war froh, dass es Mrs. Perroni wieder besser zu gehen schien. Doch wenn Mr. Perronis Name fiel, waren sich alle einig, dass er ein richtiger Schuft sei, weil er sich mit der Katalogbearbeiterin abgesetzt und seine Frau mit den Kindern im Stich gelassen hatte.

Aber bei meinem Dad war es anders; mein Dad war ja nicht einfach abgehauen, sondern von meiner Mam rausgeworfen worden. Und obwohl meinen Dad alle gern hatten, verstanden sie doch auch, was für ein Martyrium es für meine Mam gewesen sein musste, dauernd diese Instrumente zu ertragen und nie einen anständigen Rasen zu kriegen. Aber das war auch schon das Negativste, was die Leute über meinen Dad sagten (bis auf meinen Drecksonkel Jason!). Und es gab sogar einige, die voller Mitgefühl den Kopf schüttelten, wenn mein Dad erwähnt wurde. Meine Oma zum Beispiel. Obwohl sie die Mam meiner Mam war und nicht die Mam meines Dads, sagte sie immer: »Gott schütze ihn. Der arme Johnny! Er hatte die Süße sonnengereifter Orangen. Aber ich habe mich oft gefragt, ob er überhaupt von dieser Welt ist.«

Das sollte keineswegs heißen, dass sie meinen Dad für bekloppt hielt! Nur mein Drecksonkel Jason behauptete immer, mein Dad hätte nicht alle Tassen im Schrank und darum hätte ich mich auch so entwickelt. Aber das hatte damals absolut nichts mit meinem Dad zu tun und ich gebe ihm keine Schuld für das, was mir passiert ist. Er konnte einfach nichts dafür. Meine Mam hat immer gesagt, es sei für uns alle besser gewesen, getrennte Wege zu gehen. Und weder habe ich meinen Dad vermisst, noch fühlte ich mich irgendwie benachteiligt, denn ich hatte ja meine Mam und meine Oma, und bis ich in die Schule kam, wusste ich nicht mal, dass ich eigentlich auch einen Dad haben sollte. Und in der Schule gab es viele andere Kinder, die auch keinen Dad hatten, zum Beispiel Tony Perroni, und deshalb hat das eigenlich nie eine Rolle gespielt. Erst nach der Sache am Kanal.

Da sagte meine Mam zum ersten Mal, dass es vielleicht besser gewesen wär, wenn sie meinen Dad nicht rausgeworfen hätte. Da sagte sie zum ersten Mal, dass es vielleicht nie solche Probleme gegeben hätte, wenn all die Jahre ein Mann im Haus gewesen wär. Sie führte alles darauf zurück, dass sie meinen Dad damals rausgeschmissen hatte und mir deshalb eine männliche Identifikationsfigur fehlte. Sie sagte sogar, vielleicht sei es ja noch nicht zu spät und vielleicht sollte sie sich öfter mal aufraffen, um in einem Pub oder Club oder sonst irgendwo einen netten Mann zum Heiraten zu finden, damit ich wenigstens einen Stiefvater hätte. Bei diesen Worten brach ich in Tränen aus, weil ich nicht wollte, dass sie in irgendwelchen Pubs und Clubs für mich einen Stiefvater suchte. Ich wollte keinen Stiefvater!

Aber das durfte ich nicht sagen, weil es der Tag war, an dem die Sache mit dem Kanal passiert war, der Tag, an dem ich zum gefallenen Helden wurde, der Tag, an dem der Abteilungsleiter im KwikSave zu meiner Mam an die Kasse kam und ihr mitteilte, dass sie sofort in die Schule kommen müsse. Es war der Tag, an dem meine Mam ins Zimmer des Direktors geführt wurde, wo schon Mrs. Bradwick und der Neue Schulleiter auf sie warteten. Und beide saßen mit feierlicher Miene da und starrten meine Mam so lange an, bis sie ganz nervös wurde und stirnrunzelnd fragte: »Was ist denn los?«

Und da stand der Schulleiter auf, räusperte sich und teilte meiner Mam mit, dass ich mit sofortiger Wirkung vom Unterricht suspendiert sei. Und vor lauter Verwirrung und Ratlosigkeit runzelte meine Mam die Stirn noch mehr, als ihr der Neue Schulleiter riet, unbedingt professionelle Hilfe zu suchen. Mrs. Bradwick stimmte dem Schulleiter zu und sagte, mit der richtigen Therapie könne man das Problem vielleicht schon in jungen Jahren in den Griff kriegen und auf diese Weise verhindern, dass es später zu noch schlimmeren Konsequenzen komme.

Und da fragte meine Mam, die immer besorgter wurde, aber

auch immer weniger begriff, den Schulleiter: »Was hat er denn ausgefressen?«

Und der Neue Schulleiter nahm ein Blatt Papier vom Schreibbtisch und sagte zu meiner Mam: »In Erwartung dieser Frage, Mrs. Marks, habe ich hier einen kurzen Bericht vorbereitet, den Sie sich bitte durchlesen wollen. Sie werden mir dann bestimmt dankbar sein, dass ich weder Ihr Feingefühl noch das meine oder das der Frau Vorsitzenden dadurch verletze, dass ich über die abscheulichen Vorgänge spreche, die sich heute abgespielt haben.«

Und der Scheußliche Schulleiter saß hinter seinem Schreibtisch und sah zu, wie meine Mam mit gesenktem Kopf den kurzen Bericht überflog, demzufolge ihr eigener Sohn seinen tückischen Einfluss auf unerfahrene und weitgehend harmlose Jungen missbraucht hatte, die sich törichterweise (aber letztlich aus Naivität) in ein Netz sexueller Verfehlungen hatten locken lassen – einschließlich Exhibitionismus, Gruppenmasturbation, brutalem Sadismus und Verlassen des Schulgeländes während der Mittagspause.

Und meine Mam schüttelte immer wieder den Kopf und murmelte wie in Trance: »Das glaube ich nicht, das glaube ich einfach nicht, ich ... ich kann es einfach nicht ... ich ... Das kann ... das kann doch nicht wahr sein!«

»Tut mir Leid, Mrs. Marks«, unterbrach sie der Direktor, »aber ich verbreite keine Lügen. Es handelt sich um vierzehn Jungen, Mrs. Marks, vierzehn, die auf die eine oder andere Weise mit in diese ... schmutzigen Vorgänge hineingezogen wurden. Vierzehn! Und jeder einzelne von ihnen kann bezeugen, dass diese Schweinereien, die unten am Kanal passiert sind, dem Hirn eines einzigen Jungen entsprangen: dem von Raymond James Marks! Ihrem Sohn!«

Der Schulleiter starrte meine Mam feindselig an. Und meine Mam starrte auf den Boden vor dem Schreibtisch und schüttelte langsam den Kopf.

»Da er aber«, fuhr der Schulleiter fort, »wenigstens zugibt, der Rädelsführer zu sein, habe ich die Frau Vorsitzende und die anderen Mitglieder des Schulvorstands dazu bewegt, in diesem Fall Gnade vor Recht ergehen zu lassen. Es wird Sie nicht überraschen, Mrs. Marks, dass ein so schweres Vergehen, eine so grobe Ungehörigkeit normalerweise einen Schulverweis nach sich ziehen würde. Doch angesichts seines Geständnisses und der Probleme, die Sie als allein erziehende Mutter ohnehin schon haben, wurde entschieden, dass Raymond nicht von der Schule gewiesen, sondern nur vom Unterricht suspendiert werden soll.«

Meine Mam, deren Kopf sich wie Watte anfühlte, murmelte bloß »danke«.

»Effektiv jedoch«, erklärte der Direktor, »bedeutet dies, da es ja nur noch zwei Wochen bis zum Ende des Schuljahrs sind, dass wir Raymond James Marks an dieser Schule nicht mehr sehen werden. Hoffen wir, dass sein skandalöses, krankhaftes Verhalten noch korrigiert werden kann, bevor er auf die Gesamtschule kommt.«

Meine Mam murmelte wieder etwas vor sich hin, aber jetzt erhob sich der Schulleiter hinter seinem Schreibtisch und sagte: »Er wartet im Büro meines Stellvertreters, Mrs. Marks. Ich wäre Ihnen sehr dankbar, wenn Sie ihn gleich abholen könnten und unverzüglich das Schulgelände mit ihm verlassen würden.«

Und meine Mam holte mich im Büro des stellvertretenden Schulleiters ab, wo ich die ganze Zeit schluchzend auf sie gewartet hatte. Jetzt stand sie da, immer noch in ihrer Kassiererinnenuniform. Sie stand in der Tür und sah mich an, als sei ich etwas Fremdes, Bedrohliches. Und ich konnte meiner Mam nicht in die Augen sehen.

»Ist das wahr?«, fragte sie. »Ist das wahr, was man mir gerade erzählt hat?«

Und ich wusste nicht, was ich sagen sollte, weil es ja teilweise stimmte, aber eben nicht so, wie der Scheußliche Schulleiter es dargestellt hatte. In seiner Schilderung hatte es sich wie etwas Böses, Schmutziges, Ekelerregendes angehört. Ich hätte meiner Mam so gern erklärt, dass alles in Ordnung war und dass nichts davon zutraf. Aber der Schreckliche Schulleiter hatte sich der Wahrheit schon bemächtigt und sie zu einem bösen, schmutzigen, ekelhaften Vorgang verzerrt. Und obwohl ich die Wahrheit kannte, hatte er sogar mir das Gefühl vermittelt, *wirklich* schmutzig, böse und ekelhaft zu sein. Und ich war erst elf Jahre alt, noch viel zu klein, um zu wissen, wie schwer es ist, die Wahrheit zu retten, wenn jemand sie knebelt und verzerrt und in etwas verwandelt, das einen vor Scham rot werden lässt. Also sagte ich nichts. Und irgendwann sah meine Mam einfach nur zu Boden und sagte: »Komm! Ich soll dich wegbringen.«

Und der neue Schulleiter und Mrs. Bradwick standen am Fenster und schauten uns nach, als wir schweigend über den leeren Schulhof gingen. Und sie warfen sich einen Blick zu, als sie mich, meine Mam und sämtliche Probleme durchs Schultor entschwinden sahen.

Doch für *uns* ging es draußen erst los mit den Problemen. Vor dem Schultor hatten sich nämlich Mrs. Duckworth, Mrs. Goldberg, Mrs. Cowley und die Mütter all jener unschuldigen Kindlein postiert, die ich angestiftet und verführt und verdorben haben sollte.

Die Mütter schrien und beschimpften meine Mam und sagten, wenn ich je wieder in die Nähe ihrer Kinder käme, würden sie mich verprügeln! Aber meine Mam war wie in Trance. Sie starrte vor sich hin und lief wortlos weiter.

Meine Mam sprach erst wieder, als wir die zeternden Mütter hinter uns gelassen hatten. Sie sah mich jedoch nicht an, sondern starrte immer noch geradeaus, als sie ihre Frage wiederholte: »Ist das wahr?«

Dann blieb sie stehen, schaute mich an und sagte: »Ich will es jetzt aus deinem Mund hören, Raymond. Ist das wahr?«

Ich hatte meine Mam noch nie belogen. Und ich wollte es auch jetzt nicht tun. Andererseits wollte ich nicht, dass meine

Mam mich für schmutzig und abstoßend hielt, aber jetzt starrte sie mich an, als kenne sie mich nicht mehr.

Ich sagte zu meiner Mam: »Es ist wahr, aber es ist auch nicht wahr!«

Da schrie sie mich an: »Untersteh dich! Komm mir jetzt nicht mit solchen Wortklaubereien! Du sprichst hier nicht mit deiner Großmutter!« Und sie zeigte auf mich und sagte: »Es ist eine simple Frage und du gibst mir jetzt eine simple Antwort! IST DAS WAHR?«

»Ich hab doch nur gespielt«, sagte ich.

Aber meine Mam verstand nicht, was ich meinte, und schrie mich wieder an: »O ja, ich weiß! An dir rumgespielt hast du, in aller Öffentlichkeit! Und als ob das nicht schon schlimm genug wäre was war da noch mit diesen verdammten Fliegen?«

»Es war nur ein Spiel!«, schrie ich zurück. »Es war doch nur ein Spiel!«

Und meine Mam schloss die Augen und schüttelte den Kopf. Dann sah sie mich seufzend an und sagte: »Ein Spiel? Ein Spiel!« Und jetzt betrachtete sie mich, als sähe sie mich zum allerersten Mal. »Du fliegst von der Schule und willst mir erzählen, dass alles nur ein Spiel war?«

Wieder schüttelte meine Mam den Kopf. Und dann sagte sie: »Komm mit!« und lief weiter und ich stand nur da und schaute ihr nach. Und ich wünschte mir so sehr, sie würde sich umdrehen und mich ansehen und sagen, alles sei gut, aber ich solle mich jetzt beeilen, damit wir rechtzeitig zu *Blockbusters* zu Hause wären, und dann würden wir vor dem Fernseher auf dem Sofa sitzen, ich und meine Mam, und Toast essen und Milchkaffee trinken und die richtigen Antworten rufen, während der Blöde Bob und die Bescheuerten *Blockbusters* blöd und bescheuert waren und immer genau das taten, was man von ihnen erwartete, und sich beruhigend *normal* benahmen; ein Wort mit sechs Buchstaben für »konventionell« und »gewöhnlich«, das mit N beginnt. Ganz genau das wollte ich sein, als ich mitten auf dem Gehweg stand und meiner Mam nachsah. Normal. Ich wäre gern wieder normal gewesen. Ich wollte nicht mehr der Junge sein, der am Kanal so schlimme Dinge getan hatte. Ich wollte nicht mehr der Junge sein, der von der Schule geflogen war. Ich wollte nicht mal mehr ein Held sein, nicht mal mehr Rosemary Rainfords Freund. Ich wollte nur wieder der ganz gewöhnliche, normale, durchschnittliche Junge sein, der ich immer gewesen war.

Und ich ging wahnsinnig langsam und hoffte, bis ich nach Hause kam, hätte sich vielleicht alles wieder irgendwie eingerenkt, wär vielleicht alles wieder normal. Doch als ich heimkam, saß meine Mam am Tisch und starrte aus dem Fenster. Und im Haus war es kalt und duftete überhaupt nicht nach Toast und Kaffee. Da ich aber unbedingt wollte, dass alles wieder normal war, ging ich selber in die Küche, toastete Brot und kochte Milchkaffee und versuchte es genauso zu machen wie meine Mam, damit alles wieder völlig normal war. Doch als ich mit den Sachen ins Wohnzimmer kam, saß meine Mam immer noch da und starrte aus dem Fenster. Ich stellte den Kaffee und den Teller mit Toast vor sie hin, aber sie achtete nicht drauf. Also schaltete ich den Fernseher an und wie immer kamen *Bob* und die *Blockbusters* und sie benahmen sich genauso wie sonst und waren beruhigend bescheuert.

Und ich sagte zu meiner Mam: »Mam, die *Blockbusters*!«

Aber meine Mam antwortete nicht. Und da setzte ich mich aufs Sofa, weil wenigstens *ich* normal sein wollte. Ich rief sogar ein paar Antworten, in der Hoffnung, dass meine Mam dann mitmachen würde. Ein paar Mal sagte ich sogar absichtlich was Falsches, weil ich dachte, das würde meine Mam vielleicht anspornen, die richtige Antwort zu geben, normal wie immer. Aber meine Mam saß nur da und gab von Anfang bis Ende nicht eine einzige Antwort. Also schaltete ich den Fernseher wieder aus.

Und an diesem Abend war Wölflings-Treffen. Also benahm ich mich auch weiterhin normal, ging in mein Zimmer hinauf und zog meine Pfadfinderkluft an. Dann ging ich wieder runter und bat meine Mam um zwei Pfund fünfzig für den Mitgliedsbeitrag und das Sommercamp.

Aber meine Mam starrte weiter durchs Fenster. Ich wiederholte meine Bitte, aber da klopfte es an der Hintertür. Und als ich aufmachte, kam meine Großmutter rein, normal wie immer, und einen Moment hätte ich die Sache mit dem Kanal fast vergessen, so wahnsinnig froh war ich, meine Oma zu sehen.

»Hallo, mein Schatz, wie geht's?«, fragte sie. »Willst du gerade zu deinen Wölflingen?«

Aber da sagte meine Mam, die immer noch aus dem Fenster starrte: »Da geht er heute ganz bestimmt nicht hin.«

Meine Oma blickte mich fragend an. Dann erwiderte sie: »Meine Güte, Shelagh, was hat er denn getan? Lass ihn doch zu seinen Wölfingen gehen!«

Jetzt drehte sich meine Mam um und sagte: »Was er getan hat? Was er getan hat? Warum fragst du ihn nicht selbst, Mutter?« Und dann schaute sie mich an und sagte: »Na los! Erzähl deiner Großmutter, was du getrieben hast. Mal sehen, ob sie dann immer noch findet, dass du zum Wölflingstreffen gehen solltest!«

Sie stand vom Tisch auf und sagte: »Na los, Mutter, frag ihn. Er war doch immer dein Herzblatt, nicht wahr? Mein Herzblatt ist er auch mal gewesen! Aber da hab ich noch gedacht, dass er ein netter Junge sei, Mutter. Jetzt ist er kein netter Junge mehr! Mein Herzblatt? Ich kann seinen Anblick kaum noch ertragen!«

Ich drehte mich nach meiner Oma um, die mich mit verblüfft gerunzelter Stirn anstarrte.

Und da spürte ich, wie sich mein Gesicht zusammenkrampfte, und tief aus meinem Inneren brach ein lautes, erschrockenes Schluchzen, und ich verging fast vor Angst, dass meine Mam mich vielleicht nicht mehr lieb hatte. Jetzt schrie sie mich schon wieder an, und als meine Oma sie beruhigen wollte, wurde meine Mam noch wütender und kreischte, ich solle mich in mein Zimmer scheren, sie wolle mich nicht mehr sehen. Und als ich aus dem Zimmer lief, schimpfte sie hinter mir her: »Keine Sorge! Nicht mal mehr deine Oma wird zu dir halten, wenn sie hört, was du getrieben hast!«

Der Gedanke, dass meine Mam meiner Oma alles erzählte, war unerträglich und so lag ich auf dem Bett, weinte in mein Kissen und hielt mir beide Ohren zu, damit ich nicht unten die Stimmen hörte. Ich muss eine Ewigkeit so dagelegen haben, denn als ich endlich die Hände von den Ohren nahm, war das Geschrei vorbei und ich hörte nur noch leises Gemurmel. Ich schlich aus meinem Zimmer und setzte mich oben auf die Treppe, und als ich meine Oma reden hörte, wusste ich gleich, dass sie auch jetzt noch zu mir hielt.

»Meine Güte, Shelagh!«, sagte sie leise. »Dann hat er eben ein bisschen Schweinkram getrieben. Er ist ein Junge! Das sind doch alles kleine Ferkel.«

»Schweinkram!«, sagte meine Mam. »Er ist von der Schule geflogen, Mutter! Wegen ein bisschen Schweinkram fliegt man doch nicht von der Schule! In dem Bericht stand, es war eine Orgie, ›eine Orgie mit gemeinsamer Masturbation‹! Das ist doch nicht bloß ›Schweinkram‹. Schweinkram ist vielleicht das, was ein Junge allein unter der Bettdecke treibt. Aber fünfzehn, Mutter, fünfzehn! Alle gemeinsam! Das ist kein Schweinkram mehr, das ist pervers!«

Es wurde einen Moment still und ich hörte meine Oma seufzen. Dann sagte meine Mam: »Und es geschah unter Zwang. Ich weiß nicht, wie er es angestellt hat, aber der Schulleiter meint, er habe irgendeine Art von Macht über die andern Jungen ausgeübt. Sie haben es alle bezeugt, jeder einzelne von ihnen hat bezeugt, dass Raymond sie dazu angestiftet hat!«

»Was erwartest du denn, Shelagh?«, sagte meine Oma. »Es ist doch sehr bequem für sie, die ganze Schuld auf Raymond zu schieben. Was soll das heißen, er hat ›irgendeine Art von

Macht über sie ausgeübt‹? Wie zum Teufel stellst du dir das vor? Hat er sie vielleicht hypnotisiert und wie der Rattenfänger von Hameln zum Kanal hinuntergeführt und ihnen dort befohlen, ihr Ding rauszuholen und –«

Aber meine Oma konnte nicht weitersprechen, weil meine Mam sie plötzlich anschrie: »Ich will es nicht hören, Mutter! Ich will es nicht hören, hast du mich verstanden? Ich weiß ganz genau, was er getan hat! Und ich weiß, dass es widerlich war. Aber das Schlimmste hab ich dir noch gar nicht erzählt, irgendwas mit Fliegen ... mit toten Fliegen!«

Es trat eine längere Pause ein. Dann sagte meine Oma: »Mit toten Fliegen? Was soll das heißen, mit toten Fliegen?«

Und meine Mam seufzte tief und antwortete: »Ich weiß es nicht! Und ich will es auch gar nicht so genau wissen.«

Und dann sagte sie schluchzend: »Ich weiß nur, dass er mich anwidert!«

Ich brach erneut in Tränen aus und wollte schon in mein Zimmer zurück, damit sie mich nicht bemerkten, als ich wieder die Stimme meiner Oma hörte, ganz sanft, und ich wusste, dass sie jetzt meine Mam im Arm hielt: »Shelagh, Herzchen! Du solltest dich mal reden hören. Er ist doch dein Sohn!«

Aber meine Mam weinte immer noch und sagte: »Ja! *Mein* Sohn. Und du hättest mal hören sollen, was die anderen Mütter über meinen Sohn sagten, als ich aus dieser verdammten Schule kam. Und glaubst du vielleicht, das war schon alles? Bald werde ich nicht mal mehr durch unsere Straße laufen können, ohne dass alle tuscheln und mit dem Finger auf mich zeigen.«

»Aber Shelagh, Shelagh«, flehte meine Oma, »seit wann richtest du denn dein Leben nach den Wertvorstellungen deiner Nachbarn aus? Vergiss sie, Shelagh. Das sind doch alles nur geschwätzige Idioten, die jetzt endlich mal was haben, worüber sie sich das Maul zerreißen können. Nachbarn! Lass dir doch von denen nichts vormachen! Die trennt doch gerade mal eine elektrische Glühbirne vom finstersten Mittelalter, trotz Auto und Wintergarten und Urlaub auf dem europäischen Festland!«

Gerade hatte sich meine Mam etwas beruhigt, als es schon wieder an der Tür klopfte. Und jetzt stellte sich heraus, dass sich die Neuigkeiten vom Kanal wie ein Lauffeuer verbreitet hatten, denn herein trat mit allen Amtsinsignien unser Wölflingsgruppenleiter! Er wirkte nervös, aber entschlossen.

Meine Mam, die noch völlig aufgelöst war und sich mit dem Taschentuch die Augen trocken tupfte, dachte, er wolle sich erkundigen, wo ich denn bliebe. Und sie sagte: »Tut mir Leid, Akela, aber ... wir haben uns ein bisschen ... na ja, Raymond kann heute leider nicht kommen. Ich hoffe, dass es nächste Woche wieder klappt, aber ...«

Da schüttelte Akela den Kopf und sagte: »Wohl kaum, Mrs. Marks. Weder nächste Woche noch übernächste Woche noch ...«

Akela sagte, meine Mam werde hoffentlich verstehen, dass es für ihn nicht gerade angenehm sei, Überbringer einer solchen Nachricht zu sein, und dass es in seiner zwanzigjährigen Pfadfinderlaufbahn das erste Mal sei, dass er einem Wölfling mitteilen müsse, er genieße nicht mehr den Respekt und das Vertrauen der Gruppe. Und dass deshalb Raymond bei den Wölflingen nicht länger willkommen sei.

Meine Mam brach erneut in Tränen aus. Aber meine Oma weinte nicht. Meine Oma kniff die Augen zusammen, kräuselte die Lippen und sagte zu Akela: »Wie bitte? Hab ich richtig gehört? Sie werfen Raymond raus? Sie werfen meinen Enkel raus, so ein zartes Jungchen – nur wegen dieser Bagatelle am Kanal?«

Und Akela, der bei dem Wort »Kanal« zusammenzuckte, sagte zu meiner Oma: »Entschuldigen Sie, Madam, aber ich glaube nicht, dass Sie die Tragweite des Geschehens ganz erfasst haben.«

»Und Sie entschuldigen mich«, unterbrach ihn meine Oma, »aber ich bin seit sechs Jahrzehnten auf der Welt! Und von einem aufgeblasenen Schwachkopf mit Halstuch und Zipfelmütze lasse ich mich nicht abkanzeln!«

»Mutter!«, mahnte meine Mam.

Und meiner Mam zuliebe zügelte meine Oma ihren Zorn einen Moment. Sie starrte Akela bloß böse an, der nun fortfuhr: »Als Gruppenleiter habe ich die Verantwortung für das sittliche Wohl meiner Wölflinge. Und leider ist es nur allzu offensichtlich, dass ich nicht mehr für das sittliche Wohl der Gruppe garantieren kann, solange Raymond in der Organisation verbleibt.«

»Jetzt schlägt's doch dreizehn!«, rief meine Großmutter. »Das ist ja der Gipfel!« Und wie eine gereizte Klapperschlange fuhr sie auf den Wölflingsgruppenleiter los: »Akela? Akela! Diesen Namen haben Sie ja gar nicht verdient! Rudyard Kipling würde sich im Grab umdrehen bei dem Gedanken, dass so ein rückgratloser kleiner Schlappschwanz wie Sie den Namen des furchtlosen Wolfs Akela trägt!«

Meine Mam mahnte meine Oma erneut, aber Akela marschierte schon zur Tür und erklärte, er lasse sich solche gehässigen Bemerkungen nicht bieten, ganz zu schweigen von der Verhöhnung der Pfadfinderkluft. Aber meine Oma war jetzt so in Harnisch, dass alle Proteste und Ermahnungen an ihr abprallten. Sie folgte Akela zur Tür und sagte: »Sittliches Wohl! Ausgerechnet *Sie* wollen mir einen Vortrag über sittliches Wohl halten, als Vertreter einer Organisation, deren Gründer ein pädophiler Zwerg mit kryptofaschistischen Tendenzen war!«

Das ging Akela offenbar doch unter die Haut, denn er drehte sich zu meiner Oma um und erklärte, der frühere Pfadfinderchef und Gründer der Bewegung habe ein tadelloses Leben geführt und derlei Verleumdungen, wie meine Oma sie gerade ausgesprochen habe, seien nur auf verantwortungslose, bösartige Medienberichte zurückzuführen, die einzig und allein die Absicht hätten, den Ruf eines großen, begabten Mannes zu beflecken.

Daraufhin sagte meine Oma, er solle sich verpissen. Und warnend fügte sie hinzu, sie werde keinen Penny mehr für die Pfadfinder rausrücken, sondern ihr Geld ab jetzt lieber den Pattexschnüfflern, Autoknackern und Fixern spenden, die vielleicht der Abschaum der Gesellschaft seien, aber wenigstens keine rückgratlosen Heuchler mit Halstuch.

Und dann knallte meine Oma die Tür hinter ihm zu und alles war still.

Ich saß auf der obersten Treppenstufe, von wo ich das Ganze mit angehört hatte. Jetzt wusste ich, dass man mich nicht mehr bei den Wölflingen haben wollte. Und wenn alle meine Freunde Spenden sammelten oder ins Zeltlager fuhren oder Räuber und Gendarm spielten, würde ich nicht mehr dabei sein; sie würden ab jetzt ohne mich Spenden sammeln, sie würden ohne mich zelten und um die Wette furzen. Alle andern würden auf den Wellen reiten – nur ich saß hier am Strand fest und musste aus der Ferne zuschauen.

Meine Mam sollte mich nicht weinen hören und merken, dass ich auf der Treppe gelauscht hatte. Deshalb schlich ich in mein Zimmer und zog meine Pfadfinderkluft aus. Und ich hielt sie in der Hand und betrachtete all meine Abzeichen, so viele, dass man vor lauter Abzeichen fast nichts mehr von der khakifarbenen Kluft sah: das Feuerwehrabzeichen, das »Helfer-alter-Menschen«-Abzeichen, das Radlerabzeichen, das Lebensretterabzeichen ...

Plötzlich hörte ich ein Geräusch, und als ich mich umdrehte, stand meine Oma in der Tür. Sie fragte, ob alles in Ordnung sei, und ich nickte. Aber dann konnte ich die Tränen nicht mehr zurückhalten und meine Oma kam ins Zimmer, setzte sich auf mein Bett und sagte: »Komm her.«

Und sie presste mich an ihren mächtigen weichen Busen und drückte mir einen Kuss aufs Haar. Meine Oma dachte, ich weinte wegen der Wölflinge, aber ich weinte, weil meine Mam mich nicht mehr lieb hatte, und das sagte ich ihr auch.

Und da weinte sogar meine Oma, drückte mich noch fester an sich und sagte: »Aber natürlich hat dich deine Mam noch lieb. Sie hat dich genauso lieb wie ich und das wird auch immer so bleiben, Raymond, mein Jungchen.«

Und wir saßen einfach auf dem Bett, bis wir uns etwas beruhigt hatten. Und dann sagte meine Oma: »Jetzt hör mir mal zu. Kümmer dich gar nicht darum, was deine Mam vorhin gesagt hat. Sie ist im Moment ziemlich wütend, aber sie hat es nicht so gemeint. Wenn man wütend ist, Raymond, sagt man ja alles Mögliche. Und jede Mutter wär wütend, wenn sie aus der Arbeit in die Schule zitiert würde und sich das anhören müsste, was deine Mam heute zu hören bekam.«

Ich nickte, weil ich wusste, wie furchtbar das für meine Mam gewesen war. Dadurch wurde alles ja nur noch schlimmer.

»Und vergiss nicht«, sagte meine Oma, »deine Mam hat es im Leben schwer gehabt. Nicht wie ihr Bruder; Gott möge mir verzeihen, aber Jason ist so dumm wie eine Schachtel Mars-Riegel. Doch das war sein Glück. Jason hat sich einfach so durchlaviert. Und wenn es irgendein Problem gab, hat ihn das nie gestört, weil er so furchtbar dumm ist, dass er es gar nicht merkt. Deine Mam war schon immer viel gescheiter als dein Onkel Jason. Sie ist sehr sensibel, Raymond. Sie macht sich Gedanken, deine Mam. Und sie gibt immer ihr Bestes. Sie hat es nie leicht gehabt. Dein Dad war auf seine Art gut zu ihr. Und man kann sich kaum einen sanfteren Menschen vorstellen als ihn. Aber trotz seiner Sanftheit und Herzensgüte hätte er auch die Geduld eines Mahatma Gandhi auf die Probe gestellt. Deine Mutter hat sich zwar alle Mühe gegeben, Raymond, aber Mahatma Gandhi war sie nicht und deshalb musste sie so handeln, wie sie es getan hat, und dich allein großziehen.«

Meine Oma nahm mein Gesicht in beide Hände und sagte lächelnd: »Und trotz des heutigen Tages und dessen, was dort unten am Kanal passiert ist, hat deine Mam ihre Sache bis jetzt sehr gut gemacht.«

Dann gab sie mir einen Kuss und sagte, sie müsse jetzt los, weil sie sonst zu spät zum Klubabend der »Progressiven Pensionäre« käme.

»Diese Woche geht's um Philosophie!«, sagte meine Oma. »Wittgenstein! Da freu ich mich drauf. Er war ein ganz großer Denker. Und weißt du, was er gesagt hat, Junge?«

Ich schüttelte den Kopf, worauf mich meine Oma an sich zog und flüsterte: »Jungen mit schönem Haar sind genauso wichtig wie Philosophen!«

Meine Oma nickte, gab mir noch einen Kuss und sagte: »So, Kind, jetzt legst du dich hin. Schlaf eine Nacht und du wirst sehen, morgen früh sieht alles schon ganz anders aus.«

Und obwohl es draußen noch hell war und furchtbar früh, folgte ich dem Rat meiner Oma und legte mich hin und sie deckte mich zu und flüsterte: »Die Zeit bringt alles in Ordnung! Wart's ab, in ein paar Wochen, spätestens in einem Monat, wird alles vergessen sein. Dann gehst du wieder zu den Wölflingen und machst deine Kreuzknoten und spielst Fußball und Schnitzeljagd.«

Dann gab mir meine Oma einen Gutenachtkuss und sagte: »Keine Bange: Irgendwann renkt sich das alles wieder ein.«

Und anscheinend schneller als gedacht. Denn kaum war meine Oma weg, kam meine Mam herauf und fragte mich, ob ich eine Tasse Milchkaffee wolle. Ich stand auf, ging mit meiner Mam nach unten und saß auf dem Sofa, während sie die Milch heiß machte. Aber meine Mam starrte aus der Küche dauernd zu mir her und immer noch so, als wisse sie nicht mehr, wer ich sei. Ich hätte ihr so gern alles erklärt. Aber ich war ja erst elf und wusste nicht, wie ich es formulieren und wie ich meiner Mam klarmachen sollte, dass das Ganze nicht halb so schmutzig und unanständig war, wie sie glaubte. Also saß ich einfach auf dem Sofa und merkte gar nicht, dass ich wieder zu weinen begann. Und plötzlich war meine Mam neben mir und nahm mich in den Arm. Und wir saßen einfach nur da und hielten uns weinend umklammert und meine Mam sagte, es sei alles ihre Schuld, denn wenn sie damals meinen Dad nicht rausgeworfen und mich allein großgezogen hätte, dann hätte sie nicht die ganze Zeit arbeiten müssen und hätte auf mich aufpassen können.

Am Schluss musste ich meiner Mam in die Augen schauen und ihr versprechen, dass ich so etwas wie dort unten am Kanal nie wieder tun würde. Ich legte die Hand aufs Herz und versprach es. Und da lächelte meine Mam ein bisschen und sagte, jetzt sei der Milchkaffee fertig. Und als sie mich fragte, ob ich vielleicht einen Toast dazu wolle, mit leckeren Champignons garniert, hatte ich das Gefühl, jetzt würde alles wieder gut und zwischen mir und meiner Mam sei nun alles wieder normal. Ich saß neben ihr auf dem Sofa, trank Milchkaffee und schaute mir *Blankety Blank* an. Eigentlich hasste ich *Blankety Blank*. Aber an jenem Abend gefiel es mir, als ich im Schlafanzug neben meiner Mam saß und Milchkaffee trank und dazu Toastbrot mampfte; an jenem Abend, als meine Mam über Les Dawson lachte, an jenem Abend, als ich glaubte, meine Oma hätte Recht und die Zeit hätte schon angefangen, diesen schrecklichen Schlamassel wieder in Ordnung zu bringen.

Aber leider hatte sich meine Oma total geirrt. Manchmal bringt die Zeit eben nicht alles in Ordnung. Manchmal wird der Schlamassel im Lauf der Zeit sogar noch schlimmer. Aber das hat meine Oma nicht gewusst und deshalb mache ich ihr auch keinen Vorwurf. Denn woher hätten meine Oma oder ich oder sonst jemand wissen sollen, dass es mit dem Schlamassel gerade erst losging?

Mit freundlichen Grüßen
Raymond Marks

PS: Aber ich möchte dir noch unbedingt sagen, Morrissey, dass ich nichts bereue. Reue nützt keinem was, hat meine Oma immer gesagt. Sie hat gesagt, die Straße zum Selbstmitleid ist mit

Reuegedanken gepflastert. Und Selbstmitleid hat noch niemandem was gebracht; das hat auch meine Oma gesagt. »Mit Selbstmitleid, Raymond, hat noch keiner eine Kartoffel geschält gekriegt!« Und das habe ich nie vergessen, Morrissey, ich habe mich immer geweigert, die Straße entlang zu gehen, die mit Reuegedanken gepflastert ist und in eine Sackgasse namens Selbstmitleid mündet. Ich weiß, du wirst mich verstehen, Morrissey, weil es auch in deinem Leben einen Tag gegeben hat, wo alles auseinander brach und dir plötzlich klar wurde, dass du keine Freunde mehr hast. Ich weiß, wie schwer es für dich gewesen sein muss, als sich The Smiths trennten und die Freundschaft zwischen dir und Johnny Marr zerbrach. Obwohl du damals in der Presse kaum darüber gesprochen hast, weiß ich doch, dass es eine furchtbare Zeit für dich gewesen sein muss, die dir viel Kummer bereitet hat. Da gehört man zu einer Band, und selbst wenn man nicht alle andern Bandmitglieder mag, hat man doch alles miteinander geteilt, ist zusammengewachsen und hat sich zusammen weiterentwickelt. Und auch wenn sich manchmal alle gehasst haben und sich am liebsten gegenseitig erwürgt hätten, ändert das nichts daran, dass ihr eine gemeinsame Geschichte habt. Und ich weiß, in jener Nacht, als sich The Smiths so plötzlich trennten, ging auch ein wichtiger Teil deiner eigenen Geschichte kaputt. Die Fans waren am Boden zerstört. Aber auch wenn sie The Smiths noch so sehr geliebt hatten, konnte es für sie doch nicht die gleiche Bedeutung haben wie für dich. Und wenn sie über die Trennung der Smiths auch noch so traurig waren, war es doch nicht ihre eigene Geschichte, die da zu Bruch ging. Ja, ich weiß, ich war selber nie in einer Band, Morrissey, und deshalb denkst du vielleicht, ich könne gar nicht mitreden. Aber ich weiß, wie es ist, wenn die eigene Geschichte in Scherben geht und man wieder ganz von vorn anfangen muss. Und ich bin so froh, dass du genau das gemacht hast, Morrissey; ich bin so froh, dass du nicht einfach sitzen geblieben bist mitten im Scherbenhaufen deiner vernichteten Existenz, dass du nicht kraftlos und verzweifelt mit starrem Blick durch die Trümmer deiner brutal zerstörten jüngsten Vergangenheit geirrt bist. Ich bin so froh, dass du dich wieder aufgerappelt hast, weitergegangen bist und alles hinter dir gelassen hast! Als ich von The Smiths und ihrer Trennung hörte, war meine Oma schon tot. Aber wenn sie noch am Leben gewesen wär, hätte ich es ihr erzählt, Morrissey, und alles über dich und wie du dich wieder aufgerappelt und weitergemacht hast, trotz des Schocks, trotz des Schmerzes und obwohl man dich verhöhnt und von allen Seiten angegriffen hat. Und ich weiß, was meine Großmutter gesagt hätte. Sie hätte gesagt: »Bravo! Bravo, Morrissey! Ich habe schon immer Männer bewundert, die die nötige Charakterstärke besitzen, um der Versuchung des Selbstmitleids zu widerstehen. Denn mit allem Selbstmitleid der Welt hat noch keiner einen Sack Kartoffeln geschält gekriegt. Bravo, Morrissey! Und wenn du ihn mal triffst, Raymond, dann richte ihm von deiner Oma aus, dass er jederzeit willkommen ist, wenn er mal Lust auf einen Tee und ein Gespräch über Oscar Wilde hat, sag ihm das!«

Jetzt hab ich es dir ausgerichtet, Morrissey. Denn ich weiß, auch wenn meine Oma leider nicht mehr lebt und dich nicht mehr zum Tee einladen kann – sie hätte es gern getan. Und ich weiß, dass du meine Oma gern gehabt hättest. Genau wie ich sie gern hatte.

Busbahnhof Gibbet Street,
Huddersfield,
West Yorks

Lieber Morrissey,

so! Hier harre ich nun mit all den andern Unglücksraben der Deportation und ewigen Verbannung nach Gulag Grimsby. Und ich hoffe, dass mein ekelhafter Drecksonkel Jason jetzt so richtig mit sich zufrieden ist! Wetten, er hätte nie zugelassen, dass seine *eigenen* Kinder in die karge, dürre Einöde von Nord Lincolnshire verbannt werden! Er hat gesagt, es täte mir gut, wenn ich nach Grimsby käme; dieser ekelhafte, entsetzliche, neidische, niederträchtige, schuftige, schäbige Drecksack von Onkel! Das hätte er natürlich nie gesagt, wenn Blödmann Berney oder die Doofe Dolly aus Failsworth vertrieben worden wären, um als Sklaven im grausigen Gulag Grimsby zu schuften! Aber so weit würde es nie kommen; denn seiner eigenen grässlichen Brut würde er niemals antun, was er mir angetan hat. Mein Drecksonkel Jason konnte mich noch nie leiden. Schon als ich klein war, konnte er mich nicht ausstehen, weil er wusste, dass ich der Liebling meiner Oma war und dass sie Berney und Dolly nicht leiden mochte. Meine Oma sagte immer, bei Berney und Dolly würde sogar ein Pädophiler dankend abwinken. Sie sagte auch immer, die beiden seien viel zu oberflächlich und würden sich dauernd wie Kinder benehmen. Und deshalb hat sie die zwei nie an ihre Lieblingsorte mitgenommen. Meine Oma meinte, sie hätten einfach nicht den nötigen Ernst und von ihren drei Enkeln sei ich der einzige mit der richtigen Veranlagung und dem nötigen Ernst für Friedhöfe, Bibliotheken und ähnliche Totengedenkstätten. Ich fand es herrlich, wenn meine Oma mich in die Bibliothek mitnahm. Sie erzählte mir dann immer wahnsinnig interessante Dinge über Leute wie Thomas Hardy – den Meister des Elends – und George Bernard Shaw und Daphne du Maurier.

Aber Berney und Dolly nahm meine Oma nie in die Bibliothek mit, ihnen erzählte sie nie so interessante Dinge über Thomas Hardy. Sie hat mir erzählt, einmal hätte sie die beiden mitgenommen in der Hoffnung, dass die spürbare Aura, die in dieser erhabenen Kathedrale der Worte herrschte, sie gebührend beeindrucken würde. Aber Blödmann Berney quengelte bloß die ganze Zeit rum, ihm sei langweilig, und die Dämliche Dolly sagte, von dem ekligen Geruch würde ihr schlecht und ob sie nicht lieber in den Streichelzoo gehen könnten. Aber meine Oma blieb standhaft und erzählte dem Doofen Duo von Robert Louis Stevenson, der immer noch weiterschrieb, obwohl seine tuberkulöse Lunge sich allmählich in eine schleimige, breiige Masse verwandelte; und sie erzählte ihnen von Karl Marx, der nie Geld besaß und mit seiner Frau und sämtlichen Kindern in einem Zimmer lebte, knapp so groß wie ein Besenschrank, und alle starben weg, einer nach dem andern.

Aber die Dämliche Dolly sagte, ihr sei immer noch schlecht, und Blödmann Berney fragte, ob sie nicht lieber ins Kino gehen könnten! Also erzählte ihnen meine Oma alles über die Brontë-Schwestern, die nie geheiratet hatten und alle ungewöhnlich früh auf tragische Weise zu Tode kamen, weil nämlich ihre Trinkwasserleitung durch den nahe gelegenen Kirchhof führte, sodass die Brontë-Schwestern in jeder Tasse Tee und jedem Glas selbst gemachtem Stachelbeerwein winzige Teilchen von verwesenden Leichen mittranken. Aber Dolly und Berney waren wild entschlossen, sich auf keinen Fall beeindrucken zu lassen, und irgendwann setzte sich Dolly ab und schlenderte zwischen den Regalen entlang, während meine Oma Blödmann Berney lauter wahnsinnig interessante Sachen über Branwell Brontë erzählte, der drogensüchtig und alkoholabhängig war, und sie sagte, Berney könne es sich vielleicht nicht vorstellen, aber sehr viele Schriftsteller seien drogensüchtig und alkoholabhängig. Doch bevor sie von weiteren drogensüchtigen Dichtern berichten konnte, zum Beispiel Robert Burns oder Lord Byron, hörte meine Oma ein würgendes Geräusch und sah, dass sich die Dumme Dolly in der Sachbuchabteilung übergab. Meine Oma rannte durch die Regalreihen und rief: »Um Himmels willen, Kind, man kotzt doch nicht auf *Götter, Gräber und Gelehrte*!«

Von da an nahm meine Oma Berney und Dolly nie mehr an einen ihrer Lieblingsorte mit. Nur mich. Und einmal sagte sie zu mir, dass ich ihrer Vorstellung von einem Sohn näher gekommen sei als ihr eigentlicher Sohn. Deshalb hat er mich immer gehasst, mein Drecksonkel Jason; weil er wusste, dass ich der Liebling meiner Oma war.

Und dafür rächt er sich jetzt nach all den Jahren an mir; *deshalb* hat er dafür gesorgt, dass ich nach Grimsby muss.

Er sagte, in Grimsby würde es mir bestimmt prima gefallen! In Grimsby gäb es die besten Fish & Chips der Welt.

»Na, *das* ist natürlich was anderes!«, erwiderte ich. »Ich hatte schon gedacht, diese traurige Trawler-Stadt am fernsten, frostigsten Rand der Nordsee könnte mich langweilen oder deprimieren. Aber ich hatte die Fish & Chips vergessen! Falls mich diese trostlose Trawler-Stadt irgendwann mal langweilen oder frustrieren sollte, falls ich mich dort je einsam, verbannt, isoliert, wie auf dem Abstellgleis oder in der Falle fühlen sollte, kann ich mir ja einfach eine Portion Fish & Chips kaufen!«

Das hätte ich mir sparen können. Mein Onkel Jason, gegen Sarkasmus völlig immun, sah mich nur an und sagte: »Genau. Der stellt einen wieder auf die Beine, der Kabeljau von Grimsby.«

Ich seufzte und konnte es kaum erwarten, dass er ins Wohnzimmer runterging und mich endlich in Ruhe ließ. Ich hatte die Nase voll. Es war Donnerstagabend. Ich hatte mit dem

Packen so lange wie möglich gewartet, weil ich immer noch hoffte, dass Grimsby vielleicht doch noch plötzlich im Meer versank, immerhin ist die Ostküste bekanntlich starker Erosion ausgesetzt. Nicht mal, nachdem ich die Fernsehnachrichten gesehen hatte, gab ich die Hoffnung auf. Grimsby wurde zwar nicht erwähnt, aber vielleicht war es ja trotzdem ins Meer gerutscht, und man hielt es einfach nicht für berichtenswert! Aber dann kam Michael Fish mit der Wetterkarte. Und da lag Grimsby, das gnadenlose Grimsby, am unteren Rand einer Tiefdruckzone und klammerte sich hartnäckig am Rest von Großbritannien fest.

Ich begann zu packen.

Und jedes Mal, wenn ich mich in meinem Zimmer umsah, wurde ich dran erinnert, dass mir nur noch zwei Nächte blieben, bis ich Failsworth verlassen musste und nicht mehr in meinem Zimmer sein konnte. Also wollte ich die letzten Stunden noch richtig auskosten. Ausgerechnet da war mein blöder Onkel Jason hereingeplatzt – unangekündigt, unaufgefordert. Er hatte nicht mal angeklopft! Und jetzt faselte er was von gesteigerter Lebensqualität durch ein Stück frittierten Kabeljau!

Seufzend packte ich weiter und sagte: »Vermutlich ist es deiner Aufmerksamkeit entgangen, Onkel Jason, aber ich bin seit fast zwei Jahren Vegetarier. Und Vegetarier essen keinen Fisch, auch wenn es der beste Kabeljau der Welt ist.«

Vielleicht reichte es ihm ja jetzt und er ging endlich wieder zu Mam und Tante Fay ins Wohnzimmer runter. Aber er schnaubte nur verächtlich: »Um Gottes willen, Junge! Du bist neunzehn Jahre alt! Wär es nicht langsam Zeit, dass du aus diesem verdammten Vegetarierquatsch rauswächst?«

Ich starrte ihn an. »Quatsch?«, sagte ich. »Vegetarismus ist kein Quatsch. Das ist nicht Lego oder Playmobil oder der Zauberwürfel. Das ist keine Marotte, keine Kinderkrankheit, die man einfach überwindet. Du hast zwar sicher noch nie von ihm gehört«, sagte ich, »aber es gab mal einen Mann namens George Bernard Shaw, der war sein ganzes Leben lang Vegetarier und wurde über neunzig!«

An dem Blick, den mir mein Drecksonkel Jason jetzt zuwarf, merkte ich, dass er sich ärgerte. Das war mir gerade recht. Er hatte in meinem Zimmer nichts verloren, und wenn ich jemanden auf keinen Fall dort haben wollte, dann ihn, der in einem fort seine Ratschläge und Platituden servierte und vom gigantischen Grimsby schwafelte. Wenn es in Grimsby so gigantisch schön war, warum verpisste er sich nicht endlich und fuhr selber hin, samt seiner ekelhaften Brut und Tante Fay, und ließ mich hier in aller Ruhe das tun, was ich am liebsten tat: unglücklich sein in Failsworth!

Endlich näherte er sich der Tür und ich dachte schon, ich sei ihn los. Aber plötzlich drehte er sich noch mal um und machte ein paar Schritte auf mich zu. Und dann kniff er die Augen zusammen und sagte: »Du hältst dich wohl für verdammt schlau, wie?«

Er zeigte mit dem Finger auf mich und fuhr fort: »Komm du mir bloß nicht mit George Bernard Shaw, verdammt noch mal! *Du* brauchst mir nicht zu sagen, wer George Bernard Shaw war. Meine eigene Mutter hat das ganze Jahr von solchen Arschlöchern wie George Bernard Shaw geschwafelt!«

Jetzt kam er noch einen Schritt näher und sagte: »Hör mal, du Klugscheißer! Ich bin hier raufgekommen, um dir ein paar Ratschläge zu geben. Mag sein, dass George Bernard Shaw nur Kopfsalat und Linsen gefressen hat und trotzdem über neunzig geworden ist! Aber George Bernard Shaw hat auch nicht auf einer Baustelle in Grimsby geschuftet! Der hatte doch nur Schwule und Tunten und Schlaffis um sich, die mit ihren Zigarettenspitzen wedelten! Und das war vermutlich ganz gut so, denn ich glaube kaum, dass so ein bärtiger vegetarischer Schreiberling eine gute Figur gemacht hätte mit einer Tragmulde voller Ziegel auf jeder Schulter! Die andern Bauarbeiter hätten sich totgelacht über deinen scheiß George Bernard Shaw!«

Aber ich zuckte nur die Achseln und sagte: »Mir wiederum fallen nicht allzu viele Maurer ein, die imstande wären, *Pygmalion* zu schreiben!«

Er starrte mich immer noch böse an. Dann glitt sein Blick über meine Zimmerwände, an denen lauter Morrissey-Poster hängen.

»Jetzt schau dir den an!«, sagte er. »Schau dir den an!« Er nickte zur Wand und meinte dieses Poster, Morrissey, wo dir hinten aus der Hosentasche die Blumen rausschauen.

»Willst du später mal so daherkommen?«, sagte er. »Wie dieses morbide Schwein? Schau ihn dir doch an! Steht da wie ein Oberschwuler mit einem Strauß Narzissen im Arsch!«

(Woraus einwandfrei hervorging, dass sich zu den vielen Schwächen meines Drecksonkels Jason noch die erschreckende Unfähigkeit gesellte, die Feinheiten unserer heimischen Flora zu würdigen.)

»Das sind keine Narzissen«, sagte ich, »das sind Gladiolen.«

Er verdrehte die Augen und sagte: »Spielt das eine Rolle? Spielt das eine Rolle, verdammt noch mal, was das für Blumen sind?«

Natürlich spielte es eine Rolle! Aber ich hielt es für sinnlos, jemandem, der die Fähigkeiten George Bernard Shaws danach bemaß, ob er eine ziegelgefüllte Tragmulde schleppen konnte, die Ikonographie der hiesigen Flora zu erläutern.

Mein Drecksonkel Jason sah mich an. Er schüttelte langsam den Kopf. Und dann sagte er: »Okay. Hör zu! Zu deinem eigenen Besten, hör mir wenigstens *einmal* zu. Vielleicht waren wir nie auf derselben Wellenlänge, ich und du. Aber ich bin dein Onkel, Junge. Und ich möchte dir gern klarmachen, dass du bald richtig arbeiten wirst, und zwar auf einer Baustelle. Und die Jungs dort sind hart, rau und hart. Versteh mich nicht falsch: Die sind okay! Das sind dufte Kumpels, wenn man sie näher kennen lernt. Und wenn du dir wenigstens dieses eine Mal ein bisschen Mühe gibst, wirst du bald merken, dass sie dich wie ihresgleichen behandeln. Das ist eine Chance für dich. Du könntest eine Menge Spaß haben in Grimsby mit diesen Jungs. Das sind richtige Arbeitstiere. Schuften wie die Irren. Aber sie amüsieren sich auch prächtig. Ziehen jeden Abend durch die Clubs und Pubs und machen einen drauf. Die haben jede Menge Spaß, die Jungs! Und du musst wirklich nur die richtige Einstellung mitbringen, dann kannst du einfach dazugehören!«

Ich sah ihn an und überlegte, ob ihm wenigstens vage bewusst war, dass er gerade die Hölle auf Erden geschildert hatte! Ein Zug durch Clubs und Pubs und die berühmten, exquisiten Nachtbars von Gulag Grimsby, in Begleitung sangesfreudiger Saufbolde mit knorrigen Fingerknöcheln; ein Vergnügen, das zu vorgerückter Stunde zweifellos mit dem Besuch einer ultramodernen Frittenbude und einer dampfenden Tüte der weltbesten Fish & Chips gekrönt wurde.

»Aber lass dir eines gesagt sein, Junge«, fuhr er fort, »wenn du nicht endlich mit diesem Vegetarierquatsch aufhörst und weiterhin allen Leuten mit diesem Mist auf die Nerven gehst, den dir meine Mutter beigebracht hat, und wenn du weiter die Musik von diesem Morrissey hörst, diesem morbiden Arschloch, dann wirst du nie dazugehören! Merk dir das, mein Junge; so was mögen die in Grimsby nicht!«

Jetzt reichte es mir. Ich verschränkte die Arme und sagte zu ihm: »In diesem Fall glaube ich kaum, dass ich dieses *beschissene Scheiß*-Grimsby überhaupt kennen lernen will, Scheiße noch mal!«

Er starrte mich eine Sekunde sprachlos an. Aber dann erschien ein dünnes Lächeln auf seinen Lippen und seine Augen glitzerten triumphierend.

»O doch«, sagte er. »Du gehst nach Grimsby, auf jeden Fall! Dafür hab ich gesorgt!«

Und mit breitem Grinsen fügte er hinzu: »Deine Mam sitzt unten im Wohnzimmer und unterhält sich mit deiner Tante Fay. Und vorhin hat deine Mam gesagt, dass sie zum ersten

Mal seit Jahren wieder so richtig glücklich ist.« Er machte eine kleine Pause und sah mich an. »Und warum wohl? Warum ist deine Mam so glücklich?« Er nickte. »Genau«, sagte er. »Weil sie glaubt, dass du dich jetzt endlich mal zusammenreißt. Deshalb ist Shelagh so glücklich – weil ihr Spinner von Sohn jetzt endlich mal etwas Scheißnormales tut, nämlich einen Job anfängt.«

Er sah mich an, immer noch mit diesem fürchterlichen Lächeln im Gesicht.

»Also, was gedenkst du zu tun?«, sagte er. »Willst du vielleicht ins Wohnzimmer marschieren und deiner Mam sagen, dass du jetzt doch nicht nach Grimsby fährst?«

Er starrte mich eine Sekunde an, dann schüttelte er langsam den Kopf. »O nein! Das glaub ich kaum!«

Dieser Dreckskerl! Er hatte natürlich Recht. Er wusste, dass ich meiner Mam nie eine solche Enttäuschung bereiten würde.

»Genau, mein Junge«, sagte er. »Deine Mam soll sich doch nicht aufregen, oder? Du hast ihr schon genügend Aufregung beschert, das reicht für ein ganzes Leben. Und deshalb fährst du jetzt nach Grimsby, Bürschchen, deiner Mutter zuliebe. Glaubst du, ich hab das für dich getan? Glaubst du vielleicht, ich hab *dir* zuliebe jemanden um diesen Job gebeten? Ganz sicher nicht, Bürschchen! Du bist überflüssig wie ein Kropf, und zwar schon seitdem du auf der Welt bist! Ich tu das alles nicht für dich, sondern nur für deine Mam. Weil ich meine kleine Schwester liebe.«

Ich schloss einfach die Augen. Es war unerträglich! Ich konnte sein Gewäsch nicht mehr ertragen. Es verpestete mein Zimmer und kroch mir über die Haut; mir wurde ganz schlecht.

»Du hast ihr schon oft genug das Herz gebrochen«, sagte er. »Und wenn man dich dir selber überlässt, wirst du es zweifellos immer wieder tun!«

In diesem Moment hasste ich ihn am allermeisten – als er

mir vorheuchelte, er mache sich etwas aus meiner Mam. Er machte sich nämlich überhaupt nichts aus ihr, hatte sich noch nie etwas aus ihr gemacht und würde sich auch nie etwas aus ihr machen, und das Einzige, was er seit jeher getan hatte, war andere beklauen und berauben und betrügen. Ich biss die Zähne zusammen, ballte die Fäuste und zitterte vor Wut über seine ekelhafte Heuchelei und sein schleimiges Gesülze und plötzlich begann ich leise vor mich hin zu singen: »Dieb, Dieb, Dieb, Schuft, Betrüger, Schwindler, Dieb, Dieb, Dieb, Gauner, Räuber, Dieb, Dieb, Dieb, Dieb.«

Er ging langsam zur Tür, aber ich sang immer weiter, bis er die Tür erreicht hatte. Ich stand mit geballten Fäusten da, immer noch zitternd, und starrte ihn hasserfüllt an. Jetzt hatte er Angst vor mir, das sah ich an seinem Blick. Aber er tat, als hätte er keine, nickte mir nur zu und sagte: »Du solltest dich wirklich zusammenreißen. Sonst sehe ich schwarz mit Grimsby; am Ende landest du wieder in Swintonfield!«

»Dieb!«, sagte ich. »Dieb, Dieb!«

Und dann war er weg. Endlich, endlich war er weg! Ich rannte zum Fenster, riss es weit auf und atmete tief ein. Die frische Luft vertrieb die ekelhafte Atmosphäre, die mein schändlicher, schurkischer Drecksonkel Jason zurückgelassen hatte.

Und da hörte ich meine Mam rufen, ich solle ins Wohnzimmer runterkommen, um mich von Onkel und Tante zu verabschieden. Als ich reinkam, hatte mein Drecksonkel Jason sein anderes Gesicht aufgesetzt; er lächelte so freundlich und onkelhaft, dass sich mir fast der Magen umdrehte. Ich stand einfach in der Tür und beobachtete, wie sich die beiden Kotzbrocken von meiner Mam verabschiedeten. Und ich sagte mir, Grimsby mag vielleicht ein Alptraum sein, aber wenigstens muss ich dort meinen Drecksonkel Jason und meine fürchterliche Tante Fay nicht mehr sehen.

Doch an der Tür drehte sich dieser dreckige Heuchler von Onkel noch einmal um und sagte: »Also, Raymond, dann bis nächste Woche! Ich hab was in Grimsby zu erledigen und bin am Mittwoch selbst auf der Baustelle.«

Tante Fay klatschte in die Hände und sagte, sei *das* aber mal nett! Vielleicht hätte ich ja dort ein bisschen Heimweh und würde mich freuen, meinen Lieblingsonkel zu sehen.

»Ich schau einfach mal auf der Baustelle vorbei«, sagte er. »Wie's dir so geht. Und ich hätte nichts dagegen einzuwenden, wenn du mich abends zu einem Bierchen und 'ner Portion Kabeljau einlädst!«

Ich starrte ihn sprachlos an und hörte meine Mam sagen, das sei ja wirklich sehr, sehr lieb von Onkel Jason und sie wolle doch schwer hoffen, dass ich ihn zum Abendessen einladen würde, wo er keine Mühe gescheut habe, mir einen Job zu verschaffen!

»Das war keine Mühe, Shelagh!«, sagte er und strahlte meine Mam an.

»Nein, wirklich nicht«, pflichtete ihm Tante Fay bei. »Das ist doch eine Kleinigkeit, wenn man Beziehungen hat, so wie Jason.«

Jetzt sahen sich die beiden strahlend an, meine blasierte Tante und mein schweinsgesichtiger Onkel. Und vielleicht wären sie den ganzen Abend so stehen geblieben, wenn meiner fürchterlichen Tante Fay nicht plötzlich eingefallen wär, dass sie sich beeilen mussten, weil ihr Wellensittich um diese Zeit sein Antidepressivum brauchte.

Ich schaute ihnen stumm nach, als meine Mam sie hinausbegleitete. Dann kam meine Mam ins Wohnzimmer zurück, lächelte mich liebevoll an und sagte: »Ich freu mich ja so für dich, mein Junge! Ich freu mich ja so!«

Und deshalb bin ich jetzt hier, Morrissey, und warte auf den Bus, der mich in die Horror-Hauptstadt des Kabeljaus bringen soll; ich bin hier, weil es meine Mam freut. Aber was mein Drecksonkel da gesagt hat, Morrissey, dass ich meiner Mam das Herz gebrochen hätte, das stimmt nicht. Ich weiß zwar, dass ich ihr furchtbar viel Ärger gemacht hab, aber meine Mam sagt inzwischen selber, dass es nicht meine Schuld war. Manche Dinge passieren eben einfach, und so sehr man sich anstrengt, sie zu ändern und alles besser zu machen, es klappt einfach nicht. Wie damals, als ich all meine Freunde verlor. Ich hab mein Bestes versucht, sie zurückzugewinnen. Aber mein Bestes hat eben nicht gereicht.

Es war im Sommer nach der Sache am Kanal, in den langen Sommerferien. Damals war es ganz besonders warm und ich war immer noch elf und hätte eigentlich draußen mit den andern rumtoben sollen: Schwimmen, Fußball, Verstecken, Zelten im Freizeitpark, die Superhelden spielen. Aber stattdessen blieb ich daheim, las all meine Bücher und Comics durch, futterte von morgens bis abends und kriegte Depressionen. Ich wollte eigentlich gar nicht zu Hause oder bei meiner Oma bleiben und mich mit Süßigkeiten, Nudeln, Pizzas und Kuchen voll stopfen. Aber alle Mütter in unserer Siedlung hatten ihren Kindern verboten, mit mir zu spielen.

Nicht mal mehr Geoffrey Weatherby durfte noch mit mir spielen. Und dabei waren seine Eltern doch so hoch moralische Lowtech-Recycling-Naturholz-Menschen, die sich um die Erderwärmung und Nelson Mandela sorgten! Geoffrey Weatherbys Mam war sogar mal im Fernsehen interviewt worden, in der Sendung *Richard and Judy*, als Anwältin sämtlicher Molche, Kröten und Frösche, die den Failsworth Boulevard nicht mehr ungefährdet überqueren konnten, seit er zu einer Schnellstraße geworden war. Und damals hatte Mrs. Weatherby gesagt, es sei unbedingt erforderlich, dass die Molche, Kröten und Frösche sicher die Straße überqueren könnte, um auf der andern Seite des Boulevards ihre Eier ausbrüten und ihre Babys bekommen zu können, da das ihr traditioneller Laichgrund sei. Mrs. Weatherby erklärte den beiden Interviewern, es sei eine skandalöse Heuchelei, dass sich die Menschen zu ihrer eigenen Sicherheit Begriffe aus der Tierwelt geborgt hätten, wie etwa *Katzen*augen, um nachts den Straßenverlauf zu erkennen, oder *Zebra*streifen, um die Straße zu überqueren. Was aber sei mit den armen Zebras und Katzen selbst?, fragte Mrs. Weatherby. Wo könnten diese armen Tiere sicher die Straße überqueren, um in Ruhe ihre Babys zu bekommen?

Richard und Judy warfen sich einen Blick zu. Und Richard machte unbedachterweise einen kleinen Scherz und sagte, er habe in der Nähe des Failsworth Boulevard noch nie ein Zebra gesehen.

Doch wenn es um platt gewalzte Frösche ging, verstand Mrs. Weatherby keinen Spaß. Sie ignorierte Richards und Judys Gekicher und erwiderte, alle Autofahrer, einschließlich Richard und Judy, seien mit schuld am Froschgenozid von Failsworth! An den Händen sämtlicher Autofahrer klebe Froschblut, sagte Mrs. Weatherby. Jetzt verzog Judy angewidert das Gesicht. Man merkte, dass die beiden langsam genug hatten, denn sie wollten zum nächsten Thema übergehen: dem wachsenden Trend bei Automechanikern, sich kosmetischen Operationen zu unterziehen. Doch da unterbrach sie Mrs. Weatherby, drängte sich einfach vor Judys Kamera und appellierte so lange an das Gewissen der Nation, bis sie von einem Wachmann gewaltsam aus dem Studio geführt wurde. Richard und Judy wirkten zwar ziemlich mitgenommen, bezeichneten Mrs. Weatherby dann aber doch als sehr engagierte, sozial denkende Frau mit großem Verantwortungsgefühl.

Und Mrs. Weatherby dachte wirklich sehr sozial. Das war auch der Grund, warum meine Mam nicht verstehen konnte, dass nicht mal mehr Geoffrey Weatherby zu uns kam.

Geoffrey Weatherby war seit der ersten Klasse mein bester Freund gewesen. Wir machten immer alles gemeinsam, zum Beispiel sammelten wir beide *Marvel*- und *DC*-Comics. Und als wir acht Jahre alt waren, hatten wir uns in der Comicbörse unsichtbare Tinte gekauft und damit ein geheimes Dokument entworfen, in dem stand, dass wir für immer die besten Freunde bleiben wollten, egal, was passieren würde, sogar, wenn wir mal irgendwann erwachsen wären, sogar, wenn wir mal irgendwann heiraten würden. Dieses Geheimdokument umhüllten wir mit Klarsichtfolie und steckten es in einen Plastikbeutel, damit es völlig wasserdicht war. Dann vergruben wir es an einer geheimen Stelle am Fuß der Eisenbahnbrücke und schworen: Wenn wir es jemals wieder ausgraben würden, könnten wir das nur beide gemeinsam tun. Ich glaube, wir hatten uns wirklich lieb, Geoffrey Weatherby und ich. Aber nach dem »Vorfall« am Kanal hielt sich Geoffrey Weatherby von mir fern. Und schließlich ging meine Mam zu Mrs. Weatherby rüber, um eine Versöhnung zu erwirken. Denn meine Mam hielt Mrs. Weatherby für eine sehr humane, mitfühlende Frau und dachte, wenn die mal mit ihrem Sohn redete, könnten Geoffrey und ich vielleicht wieder Freunde sein. Aber Mrs. Weatherby schüttelte nur den Kopf und sagte, als sie das erste Mal von den Vorgängen am Kanal hörte, habe sie das Ganze als unschuldige Rückkehr zur bacchantischen Tradition der Fruchtbarkeitsriten und Phallusanbetung begrüßt. Aber *dann* ..., sagte sie zu meiner Mam, dann habe sie entdeckt, dass von Unschuld gar keine Rede sein konnte. Und Mrs. Weatherby schossen die Tränen in die Augen, als sie sagte, im Gegenteil, es sei der *Mord* der Unschuld gewesen!

»Der Mord an unschuldigen Fliegen!«, sagte sie. »Fliegen! Ja, Fliegen! Haben Fliegen etwa keine Rechte?«

Meine Mam stand nur da und sah Mrs. Weatherby an, deren Gesicht vor Schmerz über die Not der gemeinen Schmeißfliege ganz verzerrt war.

»Verdienen Fliegen etwa keinen Respekt?«, fragte Mrs. Weatherby. »Oder sind sie auf die Welt gekommen, damit jemand wie Ihr Herr Sohn sich auf Kosten dieser armen, gejagten Wesen amüsieren kann und andere mit seiner rohen Missachtung ihres Leidens und ihrer Qual ansteckt?«

Meine Mam seufzte und sagte: »Mrs. Weatherby, ich war ja auch empört! Ich wünschte, das alles wäre nicht passiert. Aber ich habe mein Bestes getan, nicht die Nerven zu verlieren. Und schließlich reden wir hier doch über ... ganz gewöhnliche Fliegen!«

Doch da hatte meine Mam leider etwas völlig Falsches gesagt und Mrs. Weatherby flippte aus und kreischte, das sei genau die Haltung, die beinahe zur Ausrottung des Riesenpandas und des Buckelwals geführt habe, und kein Wunder, dass der Sohn sich so benehme, wenn ihm nie der nötige Respekt für die Heiligkeit jener Lebewesen eingeflößt worden sei, mit denen er die begrenzten Ressourcen unserer bedrohten Erde teilen müsse!

Als meine Mam zurückkam, sah ich gleich, dass sie nichts erreicht hatte. Sie stand nur kopfschüttelnd da und sagte: »Ich glaube, die Frau ist krank!«

Es tat mir Leid, wenn Mrs. Weatherby krank war. Aber ich wollte trotzdem noch mit Geoffrey befreundet sein. Deshalb passte ich ihn eines Abends auf seiner Zeitungsrunde ab. Kaum sah ich sein Fahrrad um die Ecke biegen, schlenderte ich die andere Straßenseite entlang, als käme ich gerade zufällig vorbei. Dann tat ich so, als hätte ich ihn eben erst entdeckt, und rief: »Hallo, Geoffrey!«

Aber er machte sich nur verlegen an seinen Zeitschriften und Zeitungen zu schaffen, zog eine *Failsworth Fanfare* heraus und steckte sie in den Briefkasten von Nummer siebenundvierzig. Dabei sah er mich kein einziges Mal an. Als er den Pfad von Nummer siebenundvierzig herunterkam, rief ich: »Geoffrey! Du wirst es nicht glauben, Geoffrey: Ich war neulich in der Comicbörse und hab eine Erstausgabe von *Plastic Man und der Purpurplanet* entdeckt! Meine Mam sagt, du kannst morgen zum Tee rüberkommen, wenn du magst! Dann können wir uns *Plastic Man und der Purpurplanet* gemeinsam anschauen!«

Ich und Geoffrey Weatherby, wir hatten immer davon geträumt, irgendwo ein Heft von *Plastic Man und der Purpurplanet* zu entdecken. Und wir hatten ausgemacht, wenn es einem von uns je gelänge, so ein Heft aufzutreiben, dann würde es uns beiden gemeinsam gehören. Deshalb würde Geoffrey Weatherby auf keinen Fall widerstehen können, und er musste einfach wieder mit mir reden und mein Freund sein. Es war mir egal, dass ich seine Freundschaft quasi erkaufte. Es war mir egal, dass ich gar kein *Plastic Man und der Purpurplanet*-Heft besaß! Ich wusste nur eines: Wenn ich es schaffte, dass Geoffrey Weatherby mal wieder zu uns kam, dann waren wir bald wieder Freunde.

Aber es klappte nicht! Selbst mit *Plastic Man und der Purpurplanet* konnte ich Geoffrey Weatherby nicht dazu bringen, wieder mein Freund zu sein. Er stieg einfach auf sein Rad und fuhr los. Und ich stand da und sah ihn vorbeiradeln, den Kopf tief über den Lenker gebeugt. Erst am Ende der Straße blieb er stehen und drehte sich um. Und ich dachte, jetzt kommt er bestimmt zurück. Aber nein, er rief nur irgendwas. Wahrscheinlich hab ich mich verhört, denn er war schon so weit weg. Es klang wie »Fette Sau!«, aber das konnte ja eigentlich nicht sein, weil ich doch gar nicht dick war. Ich war noch nie dick gewesen!

Also ging ich weiter und dachte, vielleicht war es ein bisschen dumm von mir gewesen, es ausgerechnet mit *Plastic Man und der Purpurplanet* zu versuchen, weil doch jeder wusste, *Plastic Man und der Purpurplanet* gab es nirgends, nicht mal in New York, so selten und kostbar waren die Hefte. Und das hatte natürlich auch Geoffrey Weatherby gewusst, deshalb war er einfach davongeradelt. Aber egal; dann würde ich eben morgen Abend noch mal auf ihn warten und lachend rufen, das mit *Plastic Man und der Purpurplanet* sei bloß ein Scherz gewesen. Ich war mir ganz sicher, dass alles wieder in Ordnung kommen würde. Und als ich an der Eisenbahnbrücke vorbeiging, war ich mir immer noch sicher. Aber dann sah ich aus den Augenwinkeln, dass die Erde am Fuß des Damms frisch aufgegraben war. Und dann stand ich da und starrte auf die dunkle, aufgewühlte Erde und die zerrissenen Papierfetzen des hoch heiligen Geheimdokuments.

Ich weinte nicht. Noch nicht. Ich ging einfach nur nach Hause, mit dem seltsamen, noch nie erlebten Gefühl, innerlich vollkommen leer zu sein. Ich hatte nicht mal das Bedürfnis zu weinen, noch nicht. Ich wollte weder weinen noch reden noch sonst irgendwas. Ich wollte mich einfach nur auflösen, verschwinden. Aber als ich zu unserem Haus kam, konnte ich nicht verschwinden. Denn da stand meine Mam gerade in der Küche und kochte Tee für Onkel Jason und Tante Fay, die soeben mit ihrer grässlichen Brut zu Besuch gekommen waren. Und ich sah gleich, dass meine Mam sauer war. Meine Mam war schon seit Wochen sauer auf Onkel Jason, weil sie wusste, dass er sich von meiner Oma Geld geliehen hatte. Er hatte behauptet, das Geld sei für ihren reinrassigen Labrador bestimmt, der eine lebensrettende Gallenblasen-Tranplantation bräuchte; das wär ja in Ordnung gewesen, sagte meine Mam, obwohl man dem Hund schon auf den ersten Blick die Promenadenmischung ansah, die sich ihre Labrador-Ahnen höchstens anmaßte. Aber egal, sagte meine Mam, ob reinrassig oder Promenadenmischung, Hund bleibt Hund, und man darf ihm die neue Gallenblase keinesfalls vorenthalten.

Doch plötzlich waren Onkel Jason, Tante Fay und ihre Kinder weg. Und meine Mam kriegte raus, dass sie Urlaub auf den Kanarischen Inseln machten. Nun waren sie zurück und standen in unserem Wohnzimmer. Sie hatten sonnengebräunte Gesichter und Onkel Jasons Nase schälte sich sogar. Meine Mam sagte, ich solle zu ihnen ins Wohnzimmer gehen, bis der Tee fertig sei.

Als ich eintrat, lachten sie gerade über irgendwas. Bei meinem Anblick verstummten sie aber sofort und starrten mich an – mein sonnenverbrutzelter Onkel Jason, seine gegrillten Gören und meine braun gebratene Tante, dieses Quartett des Grauens –, als sei ich eine Attraktion im Zoo.

Ich ignorierte sie einfach. Ich schaltete den Fernseher an und sah mir eine Open-University-Sendung über das intelligente Verkehrsampel-System in Pontin LeFrith an.

Ich hörte sie hinter mir tuscheln. Und dann flüsterte Blödmann Berney seinem Dad zu: »Dad, warum ist denn Raymond so dick geworden?«

Tante Fay schlug ihre grässliche Lache an und sagte: »Berney! Sei nicht so frech!«

Aber da packte meine Dämliche Kusine Dolly ihre Mutter am Rock, lächelte schadenfroh und flüsterte: »Berney hat Recht, Mummy. Schau Raymond doch an!«

Und das taten sie. Sie standen alle da und schauten mich an, während ich fernsah und mir von Herzen wünschte, sie würden endlich verschwinden.

Plötzlich rief meine Mam aus der Küche: »Na, Jason, wie geht's denn eurem Hund mit seiner neuen Gallenblase?«

Aber falls meine Mam gehofft hatte, damit könnte sie meinen Drecksonkel Jason in Verlegenheit bringen, hatte sie sich getäuscht, denn er schüttelte nur traurig den Kopf und tat, als bringe er vor lauter Rührung keinen Ton raus. Deshalb rief Tante Fay: »Ja, weißt du's denn noch nicht, Shelagh? Ich dachte, du hättest es längst gehört.« Und dann erklärte Tante Fay in feierlichem Ton: »Unser geliebter Benny ist nicht mehr.«

»Ist nicht mehr?«, rief meine Mam überrascht. »Aber ich dachte, ihr hättet ihn zu diesem erstklassigen Tierchirurgen gebracht!«

»Haben wir auch«, erklärte Tante Fay, »aber weißt du, Shelagh, unser Benny, der hatte einen so ausgefallenen Stammbaum, dass es da immer Probleme gegeben hätte. Der Tierarzt hat gesagt, bei einer weniger edlen Rasse hätte er jede Gallenblase vertragen. Aber unser Benny hatte eben blaues Blut. Der Tierarzt hat was von aristokratischen Organen gesagt, Shelagh. Und deshalb wurde keine passende Gallenblase gefunden. Am Ende haben wir ihn dann schmerzlos einschläfern lassen.«

Die Doofe Dolly schmiegte sich noch enger an ihre Mutter und sagte: »Aber jetzt ist unser Benny oben im Hundehimmel, Mummy, nicht wahr?«

Meine Tückische Tante nickte und erklärte ihrer teuflischen Tochter in feierlichem Ton: »Genau, Schätzchen, genau. Unser Benny bellt nun da oben bei den Engelein.«

Jetzt kam meine Mam mit dem Tee aus der Küche. Sie blieb einen Moment in der Tür stehen und starrte böse auf die vier trauernden Hinterbliebenen.

»Und deshalb«, sagte meine Mam, »habt ihr euch also mit dem Geld, das für die Gallentransplantation gedacht war, mit dem Geld, das euch meine Mutter geliehen hat, einfach auf die Kanarischen Inseln abgesetzt!«

Vorwurfsvoll starrte meine Mam Tante Fay und meinen verlogenen Onkel Jason an, der jetzt verärgert wirkte und dem offenbar nicht wohl in seiner Haut war.

»Was soll das heißen – abgesetzt?«, sagte er. »Wir haben uns überhaupt nicht abgesetzt!«

»Shelagh!«, mischte sich Tante Fay ein. »Es war eine schlimme Zeit für uns, nachdem wir unseren Benny verloren hatten, eine sehr schlimme Zeit. Nach allem, was wir mit diesem armen Hund durchgemacht haben, glaube ich kaum, dass uns irgendjemand, der auch nur das kleinste bisschen Mitgefühl empfindet, ein paar erholsame Tage in der Sonne missgönnen würde, Shelagh!«

Meine Mam nickte mit wütend aufgerissenen Augen: »Du sagst es, Fay!«, erwiderte sie. »Niemand würde euch ein *paar Tage* missgönnen. Aber soviel ich weiß, habt ihr drei Wochen auf den Kanarischen Inseln verbracht!«

Jetzt wirkte auch Tante Fay verärgert und mein Drecksonkel Jason zuckte gereizt die Achseln und puhlte an seiner sich schälenden Nase herum. Jetzt hatte meine Mam die beiden in die Enge getrieben und war vermutlich drauf und dran, ihnen gründlich die Meinung zu sagen. Aber plötzlich brach Blödmann Berney, der von der eisigen Atmosphäre gar nichts mitbekommen hatte, in Gelächter aus und rief: »Und weißt du was, Tante Shelagh?«

Blödmann Berney krümmte sich vor Lachen und verkündete: »Jetzt waren wir drei Wochen auf den Kanarischen Inseln und haben die ganze Zeit keinen einzigen Kanarienvogel gesehen! Hahaha! Hahaha! Kapierst du, Tante Shelagh, kapierst du?«

Er lachte immer noch, aber dann merkte er plötzlich, dass ihn alle anstarrten. Und da dämmerte Blödmann Berney, dass der »Witz«, der im wonnigen, sonnigen Teneriffa immer voll eingeschlagen hatte, in Failsworth der reinste Rohrkrepierer war.

»He! Jetzt reicht's!«, fuhr ihn sein Vater an und Blödmann Berney zog ein finsteres Gesicht, während seine Schlange von Schwester schadenfroh grinste, weil ihr blöder Bruder eins auf den Deckel gekriegt hatte. Dann zog sie einen Flunsch, guckte hinter dem Kleid ihrer Mutter hervor und rief triumphierend: »Ätsch, da hast du's! Ich hab ja gesagt, dass der nicht lustig ist!«

»Lass Berney in Ruhe«, bat Tante Fay. »Das ist doch nur ein harmloser kleiner Witz!«

»Harmlos!«, rief mein Onkel Jason. Und genau auf dieses Stichwort schien er gewartet zu haben, denn jetzt drehte er sich um, sah mich direkt an und sagte: »Aber das, was da während unserer Abwesenheit passiert ist, kann man ja wohl nicht gerade harmlos nennen!«

Meine Mam setzte ihre Teetasse ab und sagte: »Was soll das heißen?«

»Also, Shelagh«, platzte mein Drecksonkel Jason heraus, »mach mir doch nichts vor! Ich hab's doch gehört!« Und er zeigte auf mich und sagte: »Ich weiß alles! Ich weiß ganz genau, was hier los war!«

»Jason!«, zischte Tante Fay. Sie schüttelte unmerklich den Kopf und formte lautlos die Worte: »Nicht vor den Kindern!«

Jetzt seufzte meine Mam und schüttelte ebenfalls den Kopf, während sie ihren Tee umrührte.

»Er ist von der Schule geflogen, Mummy, stimmt's?«, krähte die Doofe Dolly.

Da sagte meine Mam, ich solle den Fernseher ausschalten, mit Berney und Dolly in mein Zimmer raufgehen und sie mit meinen *Star Wars*-Figuren spielen lassen. Und bevor ich protestieren konnte, waren Blödmann Berney und die Doofe Dolly schon halb zur Tür raus und rannten auf die Treppe zu. In diesem Moment wurde Tante Fay klar, dass ihre beiden unschuldigen Lämmchen dann ja mit mir, dem berüchtigten Sittenstrolch, ganz allein waren! In letzter Sekunde gelang es ihr gerade noch, ihren zwei Wonneproppen den Weg abzuschneiden. Sie schlug die Tür zu und sagte: »Nein, nein, nein! Ihr spielt nicht in seinem Zimmer! Ihr sollt doch nicht drinnen spielen, wenn draußen so schönes Wetter ist! Na los, raus in den Garten, da hab ich euch im Blick.«

Meine Mam starrte sie an, aber Tante Fay sagte mit falschem Lächeln: »Sie spielen besser draußen im Garten, Shelagh. Das ist doch viel gesünder. Ich halte dieses ganze Gerede über das Ozonloch für Quatsch.«

Meine Mam zuckte verblüfft die Achseln. Doch dann sagte sie, während sie Tee einschenkte: »Also los, Raymond. Bring deine *Star Wars*-Sachen runter, dann könnt ihr alle drei draußen im Garten spielen.«

Ich schaute meine Mam entsetzt an. Wenn es nach mir gegangen wär, hätte ich mich mit den beiden nicht mal im gleichen Universum aufgehalten, geschweige denn im selben Garten und das wusste meine Mam auch genau. Aber ihr Blick besagte: Keine Widerrede!

Also ging ich in mein Zimmer rauf. Ich war sauer. Ich war stocksauer auf meine Mam, weil sie meinen Drecksonkel Jason und die Fiese Tante Fay wieder vom Haken gelassen hatte. Und jetzt musste ich auch noch mit diesen beiden Idioten *Star Wars* spielen.

Ich zog die Schachtel, in der ich alle meine *Star Wars*-Figuren aufbewahrte, unterm Bett vor. Ich nahm ein paar Soldaten der Imperialen Sturmtruppen und ein paar Ewoks und Wookies und dann noch Han Solo, Obi-Wan Kenobi und Luke

Skywalker. Doch bei Prinzessin Leia überlegte ich es mir im letzten Moment anders und ließ sie in der Schachtel. Ich hatte auch einen triftigen Grund: Wenn ich sie mit nach unten nahm, würde die Doofe Dolly sie sofort an sich reißen und wie eine Puppe mit sich rumtragen; sie würde ihr die Haare kämmen, sie dämlich anstarren und ihr irgendwelche dummen Schlaflieder singen. Aber Prinzessin Leia brauchte nicht zu schlafen, denn Prinzessin Leia war keine blöde Puppe! Prinzessin Leia war eine rebellische Freiheitskämpferin im Krieg gegen die Dunklen Mächte des Imperiums! Es konnte mir also niemand einen Vorwurf machen, dass ich Prinzessin Leia nicht mit nach unten nahm. Ich hatte sehr gute Gründe dafür. Aber natürlich kannte ich auch den wahren Grund. Als ich Prinzessin Leia in der Schachtel liegen ließ, war mir klar, dass ich eigentlich nur meine Kusine ärgern wollte. Und noch etwas war mir klar: Nur weil ich mich selber furchtbar fühlte, hätte ich mich noch lange nicht furchtbar und fies benehmen müssen. Ich hätte mich ja einfach damit abfinden können, dass Prinzessin Leia von der Doofen Dolly verhätschelt und verzärtelt würde. Aber ich wollte nicht! Mir war es egal, dass ich so furchtbar und fies war. Es war mir scheißegal! Und irgendwas in mir, irgendeine schreckliche, schlimme Seite in mir freute sich sogar! Weil ich so furchtbar und fies war!

Ich ließ Prinzessin Leia also in der Schachtel unterm Bett und ging wieder runter. Aber mitten auf der Treppe hörte ich meine Mam, meine Tante und Onkel Jason miteinander reden. Deshalb ging ich ganz, ganz langsam weiter und lauschte. Mein Drecksonkel Jason stieß gerade einen tiefen Seufzer aus und sagte: »Also, ich weiß nicht, ich weiß nicht!«

»Ich hab dir doch gesagt, Jason«, erwiderte meine Mam, »es ist erledigt und damit basta. Er hat mir versprochen, dass er so etwas nie wieder tut; also vergessen wir das Ganze, okay? Und wo wir gerade bei merkwürdigen Vorfällen sind – warum reden wir nicht mal über euren Urlaub auf den Kanarischen Inseln, hm?«

Doch Onkel Jason dachte nicht daran, diesen Köder zu schlucken, und sagte dreist: »Urlaub? Daran darf ich jetzt wirklich nicht denken! Da sitze ich in der Sonne und genieße die wohlverdiente Ruhe und in der Zwischenzeit wird hier der Name der Familie in den Dreck gezogen! Und was muss ich nach meiner Rückkehr hören? Dass wir einen dreckigen Perversen in der Familie haben, einen Perversen! Kaum aus den kurzen Hosen rausgewachsen!«

Einen Moment herrschte Stille. Dann sagte meine Mutter leise und drohend: »Einen Perversen? Ich warne dich! Sag so was *nie wieder* über meinen Sohn!«

Wieder wurde es still, bis Tante Fay albern auflachte und meinte: »Na, komm schon, Shelagh, Jason hat dich bestimmt nicht beleidigen wollen, nicht wahr, Jason?«

Da mein Drecksonkel Jason schwieg, fragte meine Mam: »So? Und was wollte er *dann*?«

Jetzt lenkte Onkel Jason ein und sagte zu meiner Mam: »Schau mal, Shelagh. Ich weiß, du hast es nie leicht gehabt. Und du hast schon genug zu tragen. Aber ich bin dein Bruder, Shelagh. Und du bist mir nun mal nicht gleichgültig! Deshalb sage ich dir zu deinem eigenen Besten: Du musst den Tatsachen ins Auge sehen! Du kannst so etwas nicht einfach unter den Teppich kehren, Shelagh! Wir reden hier nicht über einen ganz normalen Jungenstreich – Äpfel klauen oder Ladendiebstahl oder so. Es geht hier um etwas sehr Ernstes. Das hat Folgen für die Zukunft, Shelagh!«

Und ich merkte, dass er meine Mam plötzlich eingeschüchtert hatte, denn sie fragte beunruhigt: »Folgen? Was meinst du damit?«

»Shelagh!«, sagte mein Onkel Jason. Er tat jetzt sehr besorgt und brüllte ausnahmsweise nicht rum. »Du wirst mir doch nicht weismachen wollen, Shelagh, dass es sich hier um ganz normales Verhalten handelt. Fliegen? Wer macht denn *so was* mit Fliegen? Welches Hirn, Shelagh, welches Hirn denkt sich denn so etwas aus?«

Offenbar fiel meiner Mam dazu nichts mehr ein; es war totenstill. Und jetzt weinte sie wohl, denn ich hörte meine Falsche Tante Fay sagen: »Ach, Shelagh, Shelagh! Ich weiß ja, dass du ganz durcheinander bist, und ist das denn ein Wunder? Mein Gott, als hättest du nicht schon genug durchgemacht! Zuerst dein Johnny! Und jetzt das! Dass sich sein Sohn aber auch *so* entwickeln muss ... Ja, ja, wein dich nur aus, das tut gut.«

Wie ich sie hasste, die Fiese Tante Fay! Sie und meinen Drecksonkel Jason, weil sie so taten, als sagten sie lauter liebe und nette Sachen zu meiner Mam, aber in Wirklichkeit waren sie gar nicht lieb und nett. Denn eigentlich wurde für meine Mam so alles nur noch schlimmer und diese Drecksäcke weideten sich auch noch dran! Aber auf meine Mam war ich noch viel wütender, weil sie klein beigegeben hatte. Immer ließ sie sich von meinem Drecksonkel Jason und der Fiesen Tante Fay unterkriegen, dabei wäre es überhaupt nicht nötig gewesen, weil meine Mam viel mehr Grips im Kopf hat als die beiden zusammen! Und außerdem hatte meine Mam niemanden bestohlen und sich von niemandem Geld geliehen, das sie nicht zurückzahlte. Aber jetzt weinte meine Mam. Und statt meinen Drecksonkel Jason und die Fürchterliche Tante Fay zur Schnecke zu machen, weil sie meiner Oma ihr Geld abgeluchst und es auf den Kanarischen Inseln verpulvert hatten, schluchzte sie jetzt wieder wegen *mir*. Deshalb trat ich so heftig die Tür auf, dass sie gegen die Wand knallte und meine Mam erschrocken rief: »Raymond! Um Gottes willen!«

Aber ich würdigte sie keines Blicks. Ich lief einfach durchs Wohnzimmer auf die Terrasse, wo ich mich mit meinen *Star Wars*-Figuren auf den Boden setzte und mir sehnlichst wünschte, es gäbe einen echten Luke Skywalker und der würde mit seinem Lichtschwert nach Failsworth kommen und die Welt von meinen verhassten Verwandten befreien!

Blödmann Berney und seine Schwester waren am andern Ende des Gartens und bemerkten mich erst gar nicht. Aber plötzlich jaulten sie auf und kamen angerannt, wobei sie schon unterwegs anmeldeten, wer mit welchen *Star Wars*-Figuren spielen wollte. Dolly sang albern vor sich hin: »Ich spiel mit Prinzessin Leiiia! Ich mag Prinzessin Leiiia! Ich spiel mit Prinzessin Leiiia!«

Aber als sie mich erreicht hatte und die auf dem Boden verstreuten Figuren sah, verstummte sie und zog einen Flunsch. Prinzessin Leia war gar nicht dabei! Blödmann Berney fragte, ob er bitte mit Obi-Wan Kenobi und ein paar von den Wookies spielen dürfe, und ich erlaubte es ihm, weil er wenigstens »bitte« gesagt hatte. Die Doofe Dolly stand eine Weile mit finsterer Miene rum, dann stampfte sie mit dem Fuß auf und sagte: »Ich *will* aber mit Prinzessin Leia spielen!«

»Geht nicht«, erwiderte ich.

»Warum?«, fragte sie und starrte mich böse an.

Eigentlich konnte sie ja gar nichts dafür. Sie konnte doch nichts dafür, dass sie ein dummes siebenjähriges Mädchen war. Wahrscheinlich konnte sie auch nichts dafür, dass sie meine Fürchterliche Tante Fay und meinen Drecksonkel Jason als Eltern hatte. Aber ich konnte *auch* nichts dafür. Ich konnte nichts dafür, dass man alles, was unten am Kanal passiert war, einfach auf mich geschoben hatte. Ich konnte nichts dafür, dass ich keine Freunde mehr besaß und dass mein bester Freund unser Geheimdokument ausgegraben und mich verraten hatte. Ich konnte nichts dafür, dass ich von der Schule geflogen war und die Pfadfinder mich rausgeworfen hatten. Und als die Dämliche Dolly schon wieder mit dem Fuß aufstampfte und fragte: »Warum? *Warum* kann ich nicht mit Prinzessin Leia spielen?«, da antwortete ich: »Weil Prinzessin Leia tot ist!«

Die Dumme Dolly starrte mich an und sogar Blödmann Berney sah auf. Die beiden wirkten plötzlich ziemlich betroffen. Und mir selber ging es genauso. Ich wusste wirklich nicht, warum mir das rausgerutscht war. Ich wusste, dass ich etwas ganz Gemeines gesagt hatte. Aber irgendwie konnte ich nicht mehr aufhören, gemein zu sein. Und als die Doofe Dolly mit zitternder Unterlippe stammelte: »Du lügst! Prinzessin Leia ist nicht tot – ich hab sie doch lieb!«, hätte ich aufhören sollen und vielleicht hätte ich sogar nach oben gehen, Prinzessin Leia aus ihrer Schachtel holen und die Doofe Dolly mit ihr spielen lassen sollen.

Aber irgendwas zwang mich, weiterzumachen und ich sagte: »Nein, Dolly, ich lüg ganz bestimmt nicht! Im nächsten *Star Wars*-Film kommt Prinzessin Leia nicht mehr vor, man wird sie gar nicht mehr erwähnen. Das hat George Lucas gesagt!«

Und Blödmann Berney, den der Kummer seiner Schwester sichtlich freute, setzte noch eins drauf und sagte: »Dann muss es wohl stimmen, Dolly! Raymond weiß nämlich alles über George Lucas und die *Star Wars*-Trilogie. Keiner kennt sich mit *Star Wars* so gut aus wie Raymond, stimmt's, Raymond?«

Und selbst jetzt hätte ich noch einfach aufhören können. Ich merkte ja, dass ich mir schon wieder Ärger einhandelte. Aber mit Ärger ist das wie mit Treibsand, wenn man erst mal drinsteckt, gerät man ganz von selber immer noch tiefer hinein.

Und deshalb sagte ich zu Blödmann Berney: »Ich weiß zwar nicht alles über George Lucas und die *Star Wars*-Trilogie, aber ich weiß, dass Prinzessin Leia sterben musste.«

Dolly starrte mich an. Sie runzelte angestrengt die Stirn, weil sie sich immer noch krampfhaft weigerte, mir zu glauben. Und dann fragte mich Blödmann Berney, *warum* Prinzessin Leia denn sterben musste. Ich hatte selbst keine Ahnung, was ich antworten würde, bis ich mich plötzlich sagen hörte: »Weil Han Solo die Wahrheit über Prinzessin Leia rausgefunden hat. Er hat entdeckt, dass sie in Wirklichkeit eine Prostituierte war! Und jedes Mal, wenn Prinzessin Leia gegen die dunklen Mächte des Imperiums kämpfen sollte, hat sie in Wirklichkeit mit den Soldaten gebumst!«

Blödmann Berney traten fast die Augen aus dem Kopf.

»Doch«, sagte ich. »Sie hat sich von den Soldaten der Imperialen Sturmtruppen bumsen lassen, für fünfzig Pence pro Nummer! Und George Lucas hat gesagt, er will in seinen Filmen keine Prostituierten haben, deshalb musste sie sterben.«

Blödmann Berney schüttelte langsam den Kopf und starrte mich sprachlos an. Dann quengelte die Doofe Dolly mit ihrer weinerlichen Stimme: »Was erzählst du denn da? Ich versteh nicht, was du da redest!«

Berney nickte verächtlich zu seiner kleinen Schwester hin und sagte: »Sie weiß nicht, was eine Prostituierte ist, Raymond.«

»Klar weiß ich das!«, erklärte die Doofe Dolly.

»Und was?«, forderte Berney sie heraus.

Dolly schaute ihn böse an und meinte: »Sag ich nicht.«

Und Blödmann Berney sagte überlegen: »Siehst du, Raymond, die weiß nicht, wovon wir reden.«

Die Dumme Dolly drohte, Berney gegen das Schienbein zu treten, wenn er ihr nicht jetzt sofort alles erklärte. Aber Berney meinte bloß: »Das sagen wir dir nicht, weil du noch zu klein bist, stimmt's Raymond? Du bist noch zu klein um zu wissen, was ›Prostituierte‹ und ›bumsen‹ heißt. Es reicht, wenn du weißt, dass du nicht mehr mit Prinzessin Leia spielen kannst, weil Prinzessin Leia mausetot ist!«

Dolly stand mit vorgeschobener Unterlippe da und schaute zu, wie Berney und ich mit den andern *Star Wars*-Figuren spielten. Allmählich tat sie mir Leid, und ich bereute, was ich da alles über Prinzessin Leia gesagt hatte. Also hielt ich ihr Luke Skywalker hin, meine zweitbeste *Star Wars*-Figur, und sagte: »Na komm. Du kannst mit Luke Skywalker spielen, wenn du magst.«

Aber Dolly schüttelte nur den Kopf und schob die Unterlippe noch weiter vor. Sie stand eine Weile da und schaute zu, wie Blödmann Berney und ich mit den *Star Wars*-Figuren spielten, dann sagte sie plötzlich: »Ätsch, ich weiß etwas, das ihr nicht wisst!«

Wir sahen nicht mal auf. »Was denn?«, fragte Berney im gelangweilten Ton des älteren Bruders.

»Da ist ein schlimmer Junge«, hörte ich Dolly sagen. »Da ist ein schlimmer Junge unten am Kanal. Ein schlimmer Sittenstrolch. Der fängt die kleinen Kinder und zwingt sie zu ganz schlimmen bösen Sachen!«

Jetzt sah ich Dolly an. Doch Berney spielte seelenruhig weiter und erklärte seiner Schwester: »Das ist doch nichts Neues! Das weiß doch jeder, Dolly. Fast jedes kleine Kind in Failsworth weiß, dass es nicht zum Kanal runtergehen darf.« Und dann zeigte Berney plötzlich auf Dolly und sagte: »Und du solltest dich auch dran halten, sonst fängt er dich, der Sittenstrolch! Also untersteh dich!«

»Ja, ja, schon gut«, maulte Dolly.

»Der Sittenstrolch ist nämlich ganz ganz böse«, fuhr Berney fort. »Unten am Kanal ist es gefährlich, besonders für kleine Kinder. Deshalb haben alle Eltern ihren Kindern verboten hinzugehen. Und kleine Kinder sollten immer tun, was ihre Eltern sagen, hab ich Recht, Raymond?«

Ich nickte und Berney fuhr fort: »Siehst du, Dolly! Sogar Raymond würde nicht zum Kanal gehen, wenn da so ein Sittenstrolch ist, der einen zu schlimmen Sachen zwingt. Und Raymond ist immerhin schon elf!«

Dolly schaute finster drein und sagte: »Ich geh ja auch nicht hin. Mummy hat gesagt, wenn ich das tue, verhaut sie mich!«

Berney nickte ihr zu und meinte: »Ja, falls du überhaupt heil zurückkommst. Aber so ein kleines Mädchen wie du, Dolly! Wenn dich da unten am Kanal der Sittenstrolch erwischt, kommst du vielleicht nie mehr lebendig nach Hause!«

Jetzt schauerte Dolly zusammen und hielt eine Weile den Mund. Irgendwann bat mich Berney, ihm etwas über *Die Rückkehr der Jedi-Ritter* zu erzählen, und wir vergaßen die Doofe Dolly. Wenn ich über *Star Wars* redete, und sei's zu Blödmann Berney, vergaß ich nämlich alles um mich rum; ich vergaß die Schule und den Kanal, ich vergaß die Pfadfinder und überhaupt alles. Irgendwie war es sogar ganz nett, da draußen auf dem warmen Boden zu sitzen. Aber ich wusste ja nicht, dass die Doofe Dolly ins Haus zurückgegangen war. Ich wusste nicht, dass sie in der Wohnzimmertür stand, dass ihr plötzlich die Tränen in die Augen stiegen und ihre Unterlippe zu zittern begann. Und ich wusste nicht, dass Dollys Mutter schließlich aufsah und fragte: »Was gibt's denn, mein Schatz? Dolly, was ist denn los?«, und dass Dolly daraufhin schluchzend vom Tod der Prinzessin Leia berichtete. Ich wusste nicht, dass ihr Dad sie auslachte und sagte: »Sei nicht albern! Wie kann Prinzessin Leia denn tot sein, Schatz? Das ist doch nur eine Filmfigur!«

Und ich wusste nicht, dass Dolly ärgerlich mit dem Fuß aufstampfte und sagte, *natürlich* sei Prinzessin Leia tot! Das habe Raymond erzählt! Prinzessin Leia sei eine Prostituierte gewesen und habe mit sämtlichen Soldaten der Imperialen Sturmtruppen für fünfzig Pence gebumst!

Ich wusste nicht, dass die Temperatur im Wohnzimmer schlagartig auf minus vierzig Grad gefallen war. Ich wusste nicht, dass es meinem Drecksonkel Jason vorübergehend die Sprache verschlagen hatte. Ich wusste nicht, dass Tante Fay fast die Teetasse aus der Hand gefallen war und dass meine Mam die Augen geschlossen und ihr Gesicht in den Händen vergraben hatte.

Ich wusste nichts von alldem, weil ich ja draußen auf dem warmen Terrassenboden saß und Berney von den Spezialeffekten erzählte, die man braucht, um die Ewoks durch den Wald von Endor fliegen zu lassen. Was inzwischen passiert war, merkte ich erst, als mein Onkel Jason an der Hintertür erschien und sagte: »Berney! Komm rein! Sofort!«

Und Berney ließ seine Wookies fallen und gehorchte, und plötzlich stand mein Onkel Jason vor mir, zeigte mit seinem langen Finger auf mich und sagte: »Und dich, du kleiner perverser Scheißkerl, dich prügle ich jetzt windelweich!«

Ich sah zu ihm hoch, und er starrte wütend auf mich herab. Und mir war zumute, als stünde Darth Vader persönlich vor mir. Und ich weiß, wenn er in dieser Sekunde ein Lichtschwert in der Hand gehabt hätte, hätte er mich, ohne mit der Wimper zu zucken, getötet. Doch gerade als er den Arm hob, um mich zu verprügeln, tauchte Tante Fay hinter ihm auf und flehte: »Jason, um Himmels willen! Das bringt doch nichts! Komm, wir fahren Berney und Dolly nach Hause!«

Und dann zog sie meinen Drecksonkel Jason weg und warf mir noch hin: »Und du! Du bist einfach widerlich! Einem siebenjährigen Mädchen so schmutzige, perverse Dinge zu erzählen! Sie weint sich da drin die Augen aus!«

Meine Tante sah voller Abscheu auf mich herab, dann nickte sie und sagte: »Dein Vater war dumm wie Bohnenstroh. Aber wenigstens hat er nicht solche Schweinereien getrieben wie du!« Und dann sah sie mich an, als hätte ich eine ansteckende Krankheit.

Und mein Onkel Jason zeigte noch einmal mit dem Finger auf mich und sagte: »Du bist verrückt, du bist schlicht und einfach verrückt! Aber lass dir eines gesagt sein, Bursche, meine Kinder verdirbst du mir nicht mit deiner ekelhaften kranken Phantasie! Vorher dreh ich dir den Hals um, ich warne dich!«

Und dann verschwanden sie im Haus. Ich blieb auf dem Boden sitzen, bis ich hörte, wie die Haustür zugeschlagen wurde. Dann sammelte ich meine *Star Wars*-Figuren ein. Nach einer Weile erschien meine Mam an der Terrassentür und ich hatte sie noch nie so wütend gesehen. Sie starrte mich an, als ob sie mich am liebsten umbringen würde, und fragte: »Machst du das eigentlich alles, um mir wehzutun? Ja?«

Ich schüttelte den Kopf, während ich dastand und meine *Star Wars*-Figuren umklammert hielt.

»Warum tust du es dann?«, rief sie. »Prinzessin Leia eine Prostituierte! Bist du von allen guten Geistern verlassen oder was? Was hab ich dir getan, Raymond? Los, sag's mir, womit hab ich all das verdient?«

Ich schwieg, weil ich ja wusste, dass meine Mam nichts von alldem verdient hatte. Aber meine Mam, die mich nur für verstockt hielt, lief mit ein paar raschen Schritten auf mich zu, zeigte mir mit dem Finger ins Gesicht und sagte: »Du wirst mir jetzt antworten! Du wirst mir jetzt gefälligst antworten, und wenn wir die ganze Nacht hier stehen. Antworte mir, Raymond!« Sie packte mich am Arm. »Mir reicht's jetzt, verdammt noch mal, ich will jetzt endlich wissen, was mit dir los ist! Warum in Gottes Namen sagst du so was? Warum? Warum?«

Und bei diesen Worten schüttelte mich meine Mam so heftig, dass alle meine *Star Wars*-Figuren auf den Boden purzelten. Und meine Mam starrte mich schockiert an, als ich sie wegstieß und schrie: »Ich *weiß* nicht, warum!«

Und dann stürzten mir die Tränen aus den Augen, all die Tränen, die ich nicht geweint hatte, seitdem ich das zerrissene Geheimdokument am Fuß der Eisenbahnbrücke entdeckte, und ich schrie weiter: »Ich hab keine Freunde! Alle hassen mich und sogar *du* hasst mich, weil ich so fett und widerlich bin, und ich kann doch nichts dafür! Ich wollte es nicht tun! Ich wollte das gar nicht zu Dolly sagen, es ist mir einfach so rausgerutscht, ich konnte nichts dafür! Ich weiß, dass ich schrecklich bin, aber ich kann nicht anders, weil ... irgendwas in mir zwingt mich einfach dazu!«

Meine Mam stand da und sah mich an. Sie hatte langsam die Hand vor den Mund gehoben. Jetzt schüttelte sie den Kopf und sagte erschrocken: »Mein Gott! Mein Gott, was sollen wir bloß tun?«

Und dann drehte sie sich um und ging ins Haus zurück.

Und ich setzte mich zwischen meine *Star Wars*-Figuren auf den Boden und wünschte mir von ganzem Herzen, dass ich einfach wieder so wie früher sein könnte; ein netter, normaler, durchschnittlicher, unauffälliger Junge. Ich wollte nicht mehr der Junge sein, der ich jetzt war; der Junge, der sich seiner kleinen Kusine gegenüber böse und gehässig benahm, der

Junge, der seine Mam so weit gebracht hatte, dass sie ihn nur noch ausschimpfte und anschrie. So wollte ich nicht sein. Ich wollte wieder ein netter Junge werden.

Und vielleicht wünschte sich meine Mam genau das Gleiche.

Vielleicht war das der Grund, warum sie an jenem Abend beschloss, dass etwas geschehen musste.

Sie saß im Wohnzimmer und dachte nach. Sie dachte an die Angst, die sie schon ewig quälte, von der sie aber noch keinem Menschen erzählt hatte – die Angst, mein Vater sei nicht ganz richtig im Kopf gewesen. Meine Mam war immer loyal gewesen, hatte die Erinnerung an meinen Dad immer in Ehren gehalten. Und obwohl er ein richtiger Taugenichts gewesen war und ihr nie ihren Fertigrasen verlegt hatte, hatte meine Mam nie auf Onkel Jason gehört, der nichts lieber tat als zu behaupten, mein Dad sei verrückt, ja sogar ein bisschen wahnsinnig gewesen, wenn man mal überlegte, dass er sich laufend in Gretsch-Gitarren, Langhalsbanjos und Keyboards verliebte, auf denen er dann doch nicht spielen konnte. Meine Mam bestritt heftig, dass mein Dad verrückt gewesen sei, und verteidigte ihn jedes Mal.

»Ziellos«, sagte meine Mam immer. »Johnny war nicht verrückt. Er war ziellos und schwach, das stimmt. Aber das ist auch schon alles, was man Johnny vorwerfen kann.«

Das hatte meine Mam immer gesagt, wenn jemand andeutete, mein Dad sei vielleicht nicht ganz normal gewesen.

Aber insgeheim, tief im Herzen, war sie die Angst nie losgeworden; diese Stimme, die ihr leise zuflüsterte, dass mein Dad vielleicht doch ein bisschen verrückt gewesen sei. Und am allermeisten fürchtete sich meine Mam davor, sie könnte eines Tages an ihrem Sohn gewisse Anzeichen entdecken, dass er seinem Vater nachschlug. Dieser Gedanke versetzte sie in Panik.

Und als sie jetzt im Wohnzimmer saß, am Abend des Tages, an dem Prinzessin Leia gestorben war, wurde meiner Mam klar, wovor sie die ganze Zeit die Augen verschlossen hatte –

seit dem Tag, als man sie in die Schule zitiert und ihr die schrecklichen Dinge über mich berichtet hatte. Meiner Mam wurde klar, dass mein unerklärliches Verhalten in letzter Zeit etwas Schlimmes war, das jetzt ans Licht kam; etwas, dass all die Jahre in mir geschlummert hatte, ohne irgendeinen Hinweis darauf, dass es in dem netten, normalen Jungen steckte, der ich noch vor kurzem gewesen war. Meine Mam dachte an jenen Tag im Zimmer des Schulleiters zurück und rief sich die Worte von Mrs. Bradwick in Erinnerung, die meiner Mam geraten hatte, professionelle Hilfe zu suchen. Und sie dachte an das, was mein Drecksonkel Jason über die »Folgen für die Zukunft« gesagt hatte.

Meine Mam dachte lange nach. Und an jenem Abend traf sie eine Entscheidung. An jenem Abend erkannte sie, dass das, was ihr die innere Stimme all die Jahre zugeflüstert hatte, nun Wirklichkeit wurde. Und dass etwas geschehen musste.

Meine Mam verriet weder mir noch meiner Oma etwas davon. Der einzige Mensch, dem sie sich anvertraute, war mein Drecksonkel Jason. Aber der sagte zu ihr: »Ich weiß nicht, ob das etwas nützt, Shelagh. Vielleicht verschwendest du nur dein Geld. Ein fauler Apfel bleibt ein fauler Apfel und es hilft nichts, wenn man ihn ein bisschen blank reibt!«

»Um Gottes willen, Jason«, sagte meine Mam zu ihm. »Ich hatte gehofft, du würdest mir den Rücken stärken!«

Da zuckte Onkel Jason die Achseln und sagte: » Na ja, ein Versuch kann nicht schaden. Irgendwas muss ja passieren, Shelagh. Ich bin ganz sicher, dass etwas mit ihm nicht stimmt. Denk doch mal dran, was er da unten am Kanal getrieben hat. Und was er unserer Dolly für Sachen erzählt hat! Sie hatte einen Schock, Shelagh, einen richtigen Schock!«

Meine Mam seufzte, entschuldigte sich noch einmal und sagte zu ihrem Bruder: »Deshalb will ich ja etwas unternehmen, Jason. Falls wirklich mit ihm etwas nicht stimmt, falls er krank sein sollte, braucht er doch Hilfe, nicht wahr?«

Wieder zuckte mein Onkel Jason nur die Achseln. »*Falls* er

krank ist, ja. Da könntest du Recht haben. Aber vielleicht ist es ja gar keine Krankheit, Shelagh. Vielleicht musst du der Tatsache ins Auge sehen, dass er einfach so veranlagt ist und es sich gar nicht um eine Krankheit handelt!«

Jetzt stand meine Mam auf und sagte gereizt zu ihrem Bruder: »Genau das will ich rausfinden, Jason: ob er wirklich krank ist!«

Aber ich war nicht krank. Ich war überhaupt nicht krank! Ich hatte es einfach nur satt! Das war alles. Ich hatte es satt, keine Freunde zu haben; ich hatte es satt, immer fetter zu werden und immer nur den ganzen Tag zu Hause vor der Glotze zu hängen und Pizza und Nudeln in mich reinzustopfen. Ich hatte es satt, dass meine Mam offenbar irgendwas plante, mir aber nicht sagte, was; ich hatte es satt, dass meine Mam mich manchmal anschaute, als kenne sie mich nicht mehr.

Aber krank war ich wirklich nicht.

Ich wollte einfach nur, dass meine Mam mich so anschaute, als habe sie mich lieb. Und dass sie mich in den Arm nahm und mir sagte, alles sei wieder gut. Aber in Wirklichkeit war es, als sei zwischen mir und meiner Mam eine Mauer errichtet worden.

Meine Mam redete zwar noch mit mir und schaute sich mit mir die *Blockbusters* an, aber jetzt saß sie nicht mehr neben mir auf dem Sofa, sondern allein in einem Sessel. Und ich wurde das Gefühl nicht los, dass meine Mam irgendwie Angst vor mir hatte.

Und dann ging sie eines Tages nicht zur Arbeit, wie sie es gemusst hätte. Sie sagte, wir würden jetzt zusammen in die Stadt fahren. Und als ich sie fragte, warum, sagte sie, sie habe bei jemandem einen Termin für mich arrangiert. Ich wollte aber nicht zu »jemandem« gehen. Ich wollte zu überhaupt niemand gehen außer zu meiner Oma. Aber das ging nicht, weil meine Oma nach Grasmere gefahren war, zu einem Wanderurlaub mit den Progressiven Pensionären. Das war zwar anscheinend ein ziemlich arroganter Haufen, aber meine Oma fuhr gern mit, weil es da nicht oberflächlich zuging und sie viele glückliche Stunden im Haus von William Wordsworth verbringen konnte.

Ich fragte meine Mam, wann meine Oma zurückkehren würde. Aber meine Mam erwiderte bloß, ich solle mich beeilen, sonst kämen wir zu spät. Und als ich fragte, zu spät zu was, sagte sie, zu spät zum Arzt.

»Zu was für einem Arzt?«, fragte ich. »Ich brauch keinen Arzt. Ich bin doch nicht krank!«

»Kein *normaler Arzt*«, sagte meine Mam. »Es ist ein ganz spezieller Arzt. Ein Spezialarzt.«

»Ich will aber zu keinem Spezialarzt!«, sagte ich. »Warum muss ich überhaupt zum Arzt?«

»Na komm«, sagte sie. »Hör auf zu fragen und mach dich fertig.«

Beim Schuhe anziehen fragte ich: »Ist das, weil du mich nicht mehr lieb hast?«

Meine Mam sah mich erschrocken an. »*Ich* soll dich nicht mehr lieb haben? Natürlich hab ich dich lieb!«

»Warum schickst du mich dann zu einem Arzt«, fragte ich, »wenn du mich lieb hast?«

Jetzt schloss meine Mam seufzend die Augen und sagte: »Gerade *weil* ich dich lieb hab, bring ich dich zum Arzt. Wenn ich dich nicht lieb hätte, wär es mir doch egal, oder?«

Ich hätte mich ja gern gefreut, dass meine Mam sagte, sie hätte mich noch lieb. Aber eigentlich zählte es nicht, denn sie hatte es fast im gleichen Ton gesagt, wie wenn sie mich ausschimpfte. Ich zog den zweiten Schuh an. Und meine Mam sagte: »Es gibt gar keinen Grund, Angst zu haben oder sich Sorgen zu machen.«

Ich sah zu meiner Mam auf und erwiderte: »Wenn es gar keinen Grund gibt, sich Sorgen zu machen, warum bringst du mich denn dann überhaupt zu diesem Arzt?«

Jetzt verlor meine Mam die Geduld und fuhr mich an: »Hör

mal! Ich bin deine Mutter und will nur dein Bestes! Ich bin deine Mutter! Ich würde doch nie etwas tun, was dir schadet, oder? *Oder*?«

Ich sah meine Mam an und schüttelte den Kopf.

»Na also!«, sagte sie. »Dann hör jetzt mit dieser Fragerei auf! Du bist noch klein. Du brauchst nicht alles ganz genau zu wissen, Raymond. Es reicht, wenn du weißt, dass ich dich zu einem Spezialarzt bringe. Er ist sehr nett. Er wird dir vermutlich gefallen. Also komm jetzt mit, und hör auf, Fragen zu stellen.«

Ich ging hinter meiner Mutter aus dem Haus. Und auf dem Weg zum Gartentor sagte ich: »Du hältst mich für ziemlich dumm, nicht wahr?«

Meine Mam verdrehte die Augen und seufzte: »Gott steh mir bei!«

Sie hielt mir das Gartentor auf, und als ich an ihr vorbeiging, sagte ich: »Wenn du mich nicht für dumm hältst, musst du ihn doch nicht dauernd ›Spezialarzt‹ nennen. *Das* ist dumm«, sagte ich, »wenn man ihn so nennt. Ich weiß nämlich genau, was das für ein Arzt ist.«

»So?«, sagte meine Mam und starrte mich herausfordernd an. »Was denn für einer?«

»Ein Psychiater!«, sagte ich und starrte zurück.

»Falsch!«, rief meine Mutter triumphierend. »Er ist kein Psychiater! Ich würde dich doch nie zum Psychiater bringen! Warum sollte ich so was tun?«

Ich zuckte die Achseln und da sagte meine Mam: »Schau, da kommt der Bus! Schnell!«

Wir saßen in seinem Zimmer, ich vor dem Schreibtisch und meine Mam auf einem Stuhl hinter mir. Und er war überhaupt nicht nett. Meine Mam hatte kein bisschen Recht gehabt. Er hatte eine Glatze und einen Rauschebart, sodass es aussah, als säße sein Kopf verkehrt rum. Als Erstes sagte er zu mir: »Nun, Raymond, weißt du, wer ich bin?«

Ich nickte nur. Was für eine dumme Frage. Natürlich wusste ich, wer er war, und er wusste es bestimmt auch, also brauchte ich ihm doch keine Antwort zu geben!

»Nun?«, wiederholte er jetzt schon etwas ungeduldiger, obwohl wir doch erst seit zwei Minuten da waren. »Wer bin ich?«

Meine Mam stupste mich an. Mir gefiel es nicht, dass sie mich anstupste, und *er* gefiel mir auch nicht. Deshalb sagte ich: »Ein Analpsychotiker!«

Er sah mich an, als sei er total überrascht und schockiert, und meine Mam schlug die Hand vor den Mund und flüsterte: »O mein Gott!«

»Ein Analpsychotiker?«, wiederholte er und starrte mich mit gerunzelter Stirn an, als hätte ich gerade etwas furchtbar Dummes gesagt. »Wie kommst du denn darauf, dass ich ein Analpsychotiker bin?«

Ich zeigte auf die Karte auf seinem Schreibtisch und sagte: »So was Ähnliches steht doch hier, man muss es nur ein bisschen umdrehen.«

Er nahm die Karte und las sie. Dann hielt er sie mir hin und zeigte auf das betreffende Wort wie ein Lehrer, der einem Erstklässler das Lesen beibringt.

»Raymond«, sagte er, »dieses Wort heißt ›Psychoanalytiker‹. Psychoanalytiker. Sprich es nach: ›Psychoanalytiker‹.«

Ich zuckte die Achseln und sagte: »Psychoanalytiker.«

Da nickte er und sagte: »Gut. Gut.« Dann runzelte er wieder die Stirn und meinte: »Aber ich frage mich, Raymond, warum du dieses Wort zu ›Analpsychotiker‹ … äh … uminterpretierst?«

Langsam ging er mir auf die Nerven. Was war schon dabei, ein paar Buchstaben umzustellen und neue Wörter zu erfinden? Na gut, ich hätte es vielleicht nicht sagen sollen, aber ich war meiner Mam immer noch böse, weil sie mich angelogen hatte. Sie hatte es geleugnet, dass sie mich zum Psychiater bringen würde, aber er war Psychoanalytiker. Das war so, als wenn man behaupten würde, die Tapete sei nicht rot, sondern scharlachfarben!

Er sah mich an und legte die Hände aneinander. Dabei berührte er mit den Fingerspitzen die Nase, als würde er beten. »Außerdem«, fuhr er fort, »frage ich mich, warum du von ... sexuellen Dingen ... anscheinend geradezu besessen bist.«

Ich drehte mich um und sah meine Mam an. Aber sie wich meinem Blick aus. Und als ich mich wieder nach vorn drehte, sagte der Analpsychotiker: »Ja, ich habe mit deiner Mutter gesprochen, Raymond. Deine Mam hat mich Anfang dieser Woche aufgesucht. Ich weiß also schon ein bisschen was über dich, Raymond. Ich weiß etwas über deine Familiengeschichte und ... über deinen Vater.«

Jetzt war ich wirklich wütend auf meine Mam. Erst hatte sie mir nicht gesagt, dass sie jemanden aufgesucht hatte! Und dann hatte sie ihm auch noch etwas über meinen Dad erzählt!

Ich drehte mich wieder nach ihr um und sagte: »Was hast du ihm über Dad erzählt?«

»Raymond!«, mahnte der Analpsychotiker. »Würdest du dich bitte wieder zu mir drehen?«

Aber ich sagte zu meiner Mam: »Mein Dad war nicht verrückt! Er war kein bisschen verrückt! Das solltest du Onkel Jason mal sagen, wenn er Dad immer so als Idioten hinstellt! Es stimmt einfach nicht!«

»Raymond«, meldete sich jetzt wieder der Analpsychotiker zu Wort. »Bitte, Raymond! Du bist hier, um mit mir zu reden, nicht mit deiner Mam.«

Ich drehte mich um. Es schien mir, als würden die zwei unter einer Decke stecken, er und meine Mam. Es schien mir, als würde meine Mam eher zu ihm halten als zu mir! Er wollte mich anlächeln. Da aber der buschige Bart seine Lippen verdeckte, wirkte es, als ob in einer Ligusterhecke plötzlich eine Zahnprothese auftaucht.

»Über deinen Vater können wir später reden«, sagte er. »Im Moment sollten wir uns lieber auf andere Dinge konzentrieren, zum Beispiel auf das, was ... du am Kanal getan hast, Raymond. Und auf das, was du zu deiner kleinen Kusine gesagt hast.«

Ich konnte es kaum glauben! Ich konnte es kaum glauben, dass meine Mam ihm das alles erzählt hatte!

»Denn«, sagte er, »vielleicht zeichnet sich ja hier ein gewisses Verhaltensmuster ab, nicht wahr, Raymond?«

Ich sagte nichts. Ich saß mit gesenktem Kopf da und starrte die Beine seines Schreibtischs an.

»Weißt du was, Raymond? Ich bin richtig gespannt«, sagte er. »Mich interessiert, ob ... zwischen diesen Dingen, von denen mir deine Mam erzählt hat ... hm, glaubst du, dass zwischen den einzelnen Ereignissen ein Zusammenhang besteht?«

Ich zuckte nur die Achseln.

»Und kaum kommst du hier herein, Raymond«, fuhr er fort, »nennst du mich schon ›Analpsychotiker‹. Na, hör mal, siehst du da keinen Zusammenhang?«

Ich sagte immer noch nichts. Ich konnte einfach nicht glauben, dass meine Mam ihm das mit den Fliegen erzählt hatte! Und er saß da, als wisse er ganz genau über mich Bescheid. Von wegen! Er wusste überhaupt nichts! Er hatte bloß ein paar Fakten gehört. Und nicht mal die richtigen.

»Na komm schon, Raymond«, sagte er und das sollte jetzt so richtig kumpelhaft klingen. »Deine Mam hat mir gesagt, dass du ziemlich intelligent bist. Und so ein intelligenter Junge wie du muss doch eine Meinung dazu haben, hm?«

Ja, ich hatte eine Meinung. Und meine Meinung war, dass meine Mam mich verraten und verkauft hatte! Meine Mam hatte sicher wieder mit meinem Drecksonkel Jason gesprochen und bestimmt war das der Grund, dass sie mich zum Analpsychotiker schleppte.

»Raymond!«

Ich merkte plötzlich, dass der Psychotiker mit mir sprach. Er sagte: »Raymond, es hat wenig Sinn, dass du nur dasitzt und schweigst. Wenn ich dir helfen soll, Raymond, dann müssen wir reden; auch über Dinge, über die du vielleicht nicht reden willst. Zum Beispiel über einiges von dem, was mir deine Mutter erzählt hat.« Dann sagte er: »Hast du irgendeine Vorstellung, Raymond, warum dich deine Mutter hergebracht hat?«

»Ja!«, sagte ich. »Sogar eine ganz genaue Vorstellung. Sie hat mich wegen meinem Drecksonkel Jason hergebracht!«

Da fuhr mich meine Mam an: »Raymond! Dein armer Onkel ...«

Aber mir war jetzt alles egal. »Er ist ein Arschloch«, sagte ich, »und das sage ich, weil er dich immer so ärgert! Und der Hund hat überhaupt keine neue Gallenblase gebraucht! Und er sagt immer, dass mein Dad verrückt war, aber mein Dad war nicht verrückt! Und ich bin auch nicht verrückt«, sagte ich.

»Raymond«, unterbrach mich der Analpsychotiker. »Bitte!«

Ich sah ihn nur an und er hob die Hand. »Raymond«, sagte er, »niemand hat behauptet, dass hier irgendjemand verrückt ist!«

»Außer meinem Drecksonkel Jason!«, sagte ich. »Er sagt immer, dass mein Dad verrückt war, aber mein Dad war nicht verrückt, er hatte nur die ganze Süße sonnengereifter Orangen, das ist alles! Aber mein Onkel Jason war immer neidisch, weil er selber bloß eine Grapefruit ist!«

Der Analpsychotiker sah mich nur an und räusperte sich.

»Mein Dad war nicht verrückt!«, sagte ich. »Und ich bin auch nicht verrückt.«

»Raymond«, sagte er, »wir halten hier nicht viel von Wörtern wie ›verrückt‹. Hier geht es nicht um ›verrückt sein‹ und derlei alberne Begriffe. Ich bin einfach hier, um dir zu helfen, Raymond.«

Aber mir brauchte niemand zu helfen, jedenfalls nicht so, wie er mir helfen wollte; indem er mir dumme Fragen stellte und mich wie ein Kleinkind behandelte. Er sagte: »Weißt du überhaupt, was ein Psychoanalytiker macht, Raymond?«

»Ja!«, sagte ich. »Ich weiß genau, was ein Psychoanalytiker macht. Er kastriert Menschen!«

Wieder schlug meine Mam die Hand vor den Mund und rief: »Raymond, um Gottes willen!«

Ich fuhr auf meinem Stuhl herum und sagte: »Na klar! Das hat Oma gesagt! Sie hat gesagt, dass Twinky McDevitt, nachdem man ihn zum Psychoanalytiker geschickt hat, kastriert worden ist, und wenn sie ihn jetzt mit seiner Mutter im Supermarkt sieht, tanzt er nicht mehr an den Pizzas vorbei, sondern schiebt nur noch apathisch den Einkaufswagen vor sich her.«

»Raymond!«, zischte meine Mam und sah mich böse an. Aber es stimmte. Meine Oma sagte, es hätte ihr immer so gut gefallen, wenn der kleine Twinky McDevitt im Supermarkt durch die Gänge tanzte und seine Pirouetten drehte. Und meine Oma sagte auch, man hätte Twinky McDevitt niemals zum Psychoanalytiker schicken dürfen; er sei einfach nur homosexuell, nichts weiter, und er bräuchte eher eine Bühne, ein hübsches Kostüm und ein paar grelle Scheinwerfer als so einen blöden Psychoanalytiker! Und als meine Oma das damals sagte, hatte ihr meine Mam zugestimmt! Und jetzt schleppte sie mich selber zum Psychoanalytiker und entschuldigte sich sogar bei ihm, denn gerade sagte sie kopfschüttelnd: »So ist er in letzter Zeit immer, Herr Doktor. Er sagt ... er sagt ständig so was. Und handelt auch so. Ich erkenne ihn kaum wieder.«

Aber der Analpsychotiker nickte bloß und hob die Hand, um meine Mam zu beruhigen. Und zu mir sagte er: »Siehst du, Raymond, da haben wir's schon wieder: ›Kastriert‹. Und all das andere, Raymond, diese Vorfälle und Ausbrüche, die Fliegen am Kanal und das, was du zu deiner kleinen Cousine über ... Geschlechtsverkehr gesagt hast; aber auch das, was du hier geäußert hast, Raymond, *Anal*psychotiker ... ›kastriert‹. Meinst du nicht doch, dass es da irgendeinen Zusammenhang geben könnte?«

Aber es gab keinen Zusammenhang! Nicht den geringsten.

Der Einzige, mit dem all das zusammenhing, war ich. Weil es Dinge waren, die ich gesagt oder getan hatte. Der Analpsychotiker pickte sich einfach ein paar Dinge raus – aus den Hunderten, aus den Tausenden von Dingen, die ich gesagt oder getan hatte! *So* konnte man alles miteinander in Zusammenhang bringen. Deshalb nannte ich einfach das, was mir als Erstes in den Sinn kam.

»Wasser!«, sagte ich.

Der Analpsychotiker starrte mich stirnrunzelnd an.

Ich wiederholte: »Wasser! Ich trinke Wasser. Ich wasche mich mit Wasser. Wenn ich Pipi mache, kommt unten Wasser raus. Und wenn es regnet, werde ich vom Wasser nass. Wasser!«, sagte ich. »Es gibt so viele Zusammenhänge, aber das heißt doch noch lange nicht, dass ich ein Goldfisch bin!«

Ich brachte dieses Beispiel nur, damit er endlich Ruhe gab und mich gehen ließ. Aber er nickte lächelnd und sagte: »Das ist doch interessant, nicht wahr? Das ist hochinteressant, Raymond: Wasser. Der Kanal! Da hat doch alles angefangen, Raymond, nicht wahr? Am Wasser!«

Er sah mich an und wartete auf eine Antwort. Dann kam er auf irgendwas anderes, aber ich hörte ihm gar nicht mehr zu. Denn plötzlich war ich mit meinen Gedanken weit weg. Ich war nicht mehr in diesem Raum, bei meiner Mam und dem Analpsychotiker. Ich war wieder am Kanalufer; es war der Tag, an dem Albert ins Wasser gefallen und ich hinter ihm hergetaucht war und ihn gerettet hatte. Und dann saß ich im Büro des stellvertretenden Schulleiters. Nachdem alles aufgeflogen war und der Neue Schulleiter es in etwas Hässliches, Schmutziges verwandelt hatte. Und da hatte ich ganz allein auf meine Mam gewartet, während man sie aus dem Supermarkt in die Schule zitierte und ihr dort alles berichtete. Ich hatte eine Ewigkeit warten müssen; eine lange, lange Ewigkeit, bis endlich die Tür aufging und meine Mam dastand und mich anschaute. Voller Enttäuschung und Ekel. Sie schaute mich an, als kenne sie mich nicht mehr.

»Raymond!«, sagte der Analpsychotiker.

Ich blickte auf. Er sprach gerade davon, dass er mich in seine Klinik aufnehmen wolle, wo er irgendwelche Forschungen betrieb. Aber ich hörte gar nicht richtig zu. Denn jetzt wusste ich es. Ich wusste, *warum* mich meine Mam angeschaut hatte, als kenne sie mich nicht mehr. Ich wusste, warum ich sie manchmal dabei ertappte, wie sie mich verwirrt ansah. Jetzt hatte ich es begriffen.

Der Analpsychotiker brachte uns zur Tür und sagte meiner Mam, sie müsse mich in der Klinik anmelden. Dann stiegen wir die Treppe hinunter und gingen zur Bushaltestelle und meine Mam war furchtbar wütend auf mich und sagte, Einiges von dem, was ich zum Analpsychotiker gesagt hätte, hätte sie richtig angewidert. Aber das spielte jetzt keine Rolle mehr, denn ich wusste, was ich zu tun hatte; ich wusste, wie ich alles wieder in Ordnung bringen konnte. Meine Mam brauchte sich keine Sorgen mehr zu machen. Sie musste ihr sauer verdientes Geld nicht Leuten wie dem Analpsychotiker in den Rachen werfen. Er war einfach nur dumm! Und völlig ahnungslos. Aber andererseits hatte es auch sein Gutes, dass wir dort gewesen waren, denn wenn mir nicht das Beispiel mit dem Wasser eingefallen wär, hätte ich es vielleicht nie begriffen. Jetzt war alles sonnenklar, als wir aus dem Bus stiegen und nach Hause gingen. Meine Mam war immer noch sauer auf mich und sagte, sie sei mit ihrem Latein am Ende. Aber ich wusste genau, was zu tun war. Es schien plötzlich so nahe liegend und einfach. Ich fragte mich wirklich, warum es mir nicht schon früher eingefallen war: Ich war der falsche Junge! Der falsche Junge war aus dem Kanal aufgetaucht und *deshalb* starrte mich meine Mam immer so befremdet an. Weil ich nicht der war, der ich eigentlich sein sollte; ich war nicht mehr ich! Ich war nie mehr ich gewesen, seit jenem Tag, als ich Albert Goldberg aus dem Kanal gerettet hatte. Davor war ich ein netter kleiner Junge gewesen, ein ganz normaler netter kleiner Junge, der zu seiner kleinen Cousine niemals etwas vom Bumsen oder von Prostituierten gesagt und der niemals behauptet hätte, Prinzessin Leia sei tot, wo es doch gar nicht stimmte. So etwas hätte ich nie getan; nicht, wenn ich noch der Junge von früher gewesen wär. Aber dieser nette Junge war verschwunden. Und jetzt wusste ich auch, wohin. Er war noch im Kanal!

Als wir ins Haus traten, sprach meine Mam immer noch kein Wort mit mir, so sauer war sie. Sie sagte nur, nach allem, was ich zu diesem armen Arzt gesagt hätte, traue sie sich kaum noch in seine Nähe.

Ich sagte zu meiner Mam: »Schon gut, das wird auch nicht mehr nötig sein. Und ich muss auch nicht in diese Klinik.«

Aber meine Mam schimpfte: »Untersteh dich! Natürlich gehst du da hin! Du gehst in diese Klinik! Egal, was es kostet, egal, ob ich mir Geld leihen muss – wir werden dieser Sache auf den Grund gehen. Mir reicht's jetzt nämlich!«

Ich fand es sehr seltsam, dass meine Mam gesagt hatte, wir müssten der Sache auf den Grund gehen, denn sie hatte völlig Recht. Genau das war mein Plan.

Ich sagte zu meiner Mam, ich würde draußen im Garten spielen, weil es so heiß war. Aber sie reagierte nicht. Da nahm ich ein paar von meinen *Star Wars*-Figuren und ging hinaus. Ich hatte ein ziemlich schlechtes Gewissen wegen meiner Heimlichtuerei. Aber es sollte ja eine Überraschung sein. Ich konnte es kaum erwarten, bis ich zurückkam und meine Mam mich ansehen und sofort merken würde, dass ich wieder ihr netter Junge war.

Ich wartete ein paar Minuten. Dann erhob ich mich vom Boden und wusste, alles würde wieder gut. Ich wusste, was ich zu tun hatte. Ich ging ans Ende des Gartens und kletterte über den Zaun. Dann rannte ich los, die Straße rauf, die Abkürzung runter, am Bäcker vorbei, durchs Tor und durch die Freizeitanlage, ich rannte an den Schrebergärten vorbei, bog auf den Weg ein, rannte über die Brücke und runter zur Aschenbahn und dann durch dieWiese, so schnell ich konnte. Es war ein komisches Gefühl zu rennen, weil ich spürte, wie alles an mir schwabbelte. Aber das machte nichts, denn das war ja gar nicht ich, dieser dicke Junge, dieser schreckliche Junge, dieser Junge, der nicht mal richtig rennen konnte und dem gleich die Puste ausging, das war nicht ich; das war ich nie gewesen. Und jetzt ging ich zurück, um mich zu suchen. Und dann würde alles wieder gut, dann würde alles wieder wie früher sein, wenn der dicke Junge in den Kanal stieg, wo er hingehörte; und der nette Junge aus dem Wasser zurückkehrte. Alles würde wieder so sein wie früher. Alle meine Freunde würden wieder mit mir spielen und ich würde wieder zu den Pfadfindern gehen und meine Mam musste mich nicht mehr dauernd anschreien. Und fast hätte ich gelacht bei dem Gedanken, wie mich meine Mam manchmal angestarrt hatte, ganz verwirrt, als kenne sie mich nicht mehr! Und es hatte mich jedes Mal empört, wenn ich sie zufällig dabei ertappte. Aber jetzt war mir klar, dass sie absolut im Recht gewesen war. Denn sie hatte ja den falschen Jungen vor sich gehabt. Und ich konnte es kaum noch erwarten, ihr Gesicht zu sehen, wenn sie heute Abend einen Blick aufs Sofa warf und plötzlich merkte, dass da wieder ihr richtiger Junge saß, ihr netter Junge! Ich rannte immer schneller durchs Gras, lachte jetzt laut vor mich hin, als ich an meine Mam dachte und an ihre Freude, wenn sie sehen würde, dass endlich wieder ihr netter Junge zurückgekommen war.

Ich achtete gar nicht auf das kleine Mädchen, das vor mir herrannte, als ich aus der Wiese kam und den Treidelpfad hinauflief, hinten an den Bungalows vorbei auf die Brücke zu, wo die alten Lagerhallen und die baufälligen Häuser anfingen.

Es war ein kleines Mädchen, irgendein Kind. Wahrscheinlich spielte es Fangen oder Verstecken mit seinen Freundinnen, die sich irgendwo ins Gras niederduckten.

Während sie weiterrannte, wurde ich langsamer und schnappte nach Luft. Ich ging aufs Kanalufer zu, an der gleichen Stelle, wo wir die Fliegen gefangen hatten und wo ich an dem Tag, als ich verschwand, untergetaucht war. Das Wasser glitzerte und funkelte golden in der Abendsonne; und ich wusste, dass das Wasser glücklich war, weil der Falsche Junge jetzt endlich dorthin zurückkehrte, wo er hingehörte. Ich wusste, dass ich Recht hatte und dass der Kanal im Tausch gegen den Falschen Jungen bereitwillig seinen Gefangenen herausgeben würde. Ich wusste, dass der nette Junge bald frei sein würde, dass er bald aus dem Kanal steigen würde, nett und normal, mit lächelndem Gesicht.

Und deshalb tat ich es. Ich wartete, bis ich wieder richtig Luft bekam. Dann schaute ich links und rechts den Treidelpfad entlang, um sicherzugehen, dass niemand kam und dass das kleine Mädchen und seine Freundinnen nicht mehr in der Nähe waren.

Und dann nahm ich Anlauf, rannte auf den Kanal zu, sprang in die Luft und hielt wie bei einer Wasserbombe meine beiden Knie umklammert. Kurz bevor ich im Wasser landete, hörte ich noch den Wagen über die Kanalbrücke kommen. Dann hörte ich nichts mehr und sank in die Stille hinab; tiefer und immer tiefer ...

Und ich sah, dass ich Recht hatte. Ich sah, dass ich die ganze Zeit Recht gehabt hatte. Denn in der Tiefe des Kanals war alles noch genauso, wie ich es in Erinnerung hatte, so vollkommen ruhig und unberührt wie damals. Ich streckte die Hand aus, und tatsächlich lag dort im dunklen, trüben Wasser der rostige Einkaufswagen, von Unkraut überwuchert, genau dort, wo ich es erwartet hatte. Ich hatte Recht gehabt, alles war unverändert. Und obwohl ich nichts sehen konnte, hielt ich die Augen weit offen, und dann, direkt vor mir, genau dort, wo ich es erwartet hatte, wurde etwas immer deutlicher erkennbar. Und dann war er da! Genau dort, wo ich es erwartet hatte, saß der Nette Junge ganz ruhig auf dem Grund des Kanals und lächelte, als habe er die ganze Zeit geduldig auf mich gewartet. Und ich winkte ihm zu und schwamm lächelnd zu ihm hin. Erst dachte ich, ich sei irgendwo hängen geblieben, denn obwohl ich heftig mit Armen und Beinen strampelte, kam ich einfach nicht vom Fleck. Ich zerrte an meinem Pullover, ich zerrte an meiner Hose, da ich mich aber offenbar nirgends verheddert hatte, wollte ich noch energischer weiterschwimmen. Aber ich kam dem Netten Jungen einfach nicht näher. Und dann geschah etwas Schreckliches: Der Nette Junge drehte sich langsam um und sah mir direkt in die Augen. Erst lächelte er. Doch dann hob er die Hand, winkte mir langsam zu und – glitt davon! Er verschwand, und es sah aus, als würde er ins dunkle Wasser zurückkehren und mit ihm verschmelzen. Und das konnte ich nicht ertragen, ich konnte nicht glauben, dass ich ihm so nahe gewesen war, nur um ihn gleich wieder zu verlieren. Und ich öffnete den Mund, wollte rufen, wollte schreien, damit er wusste, dass ich da war und dass er wieder nach oben durfte und für immer frei sein würde. Aber je lauter ich schreien wollte, desto mehr von dem dunklen Wasser strömte mir in den Mund, in die Nase hinauf, in meinen Bauch und meinen Kopf und dort rauschte und dröhnte es, und meine Arme und Beine wurden ganz schlaff und schwabbelig und fühlten sich an wie Gelee. Und das Letzte, was ich von dem Netten Jungen sah, war, dass er mühelos wie ein silberner Fisch davonglitt und irgendwo in dem Wasser des Kanals verschwand.

An das, was danach passierte, kann ich mich nicht mehr genau erinnern. Ich war mir vage bewusst, dass ich wieder an der frischen Luft war, dass irgendwo ein Blaulicht blinkte und ich zuerst über den Boden geschleift und dann getragen wurde und dass dann irgendwas schwer auf meinen Rücken drückte und meinen Brustkorb zu Boden presste. Ich hörte Wortfetzen, hektische, aufgeregte Stimmen. Und als Nächstes wachte ich auf, sah weiße Lampen über mir und merkte an dem typischen Geruch, dass ich im Krankenhaus lag. Jemand in Uniform blickte auf mich nieder, schüttelte lächelnd den Kopf und sagte, ich hätte verdammtes Glück gehabt, dass sie genau in jenem Moment über die Brücke gekommen seien.

Er war sehr nett zu mir, der Polizist. Er sagte, ich könne

ihn Dave nennen. »Und mein Kumpel hier«, fügte er hinzu, »heißt Eric.«

Ich drehte den Kopf und sah Eric an. Seine Uniform war klitschnass. Er nickte mir zu und sagte: »Genau, ich war der, der dich rausgefischt hat. Na, das gibt jetzt erst mal 'ne Taschengeldsperre. Du wirst mir wohl eine neue Uniform kaufen müssen, Raymond.«

Aber er lächelte mich dabei an; beide lächelten mich an und ich wusste, dass es nur ein Witz war. Ich wollte ihnen alles erzählen, aber meine Stimme klang ganz heiser und mein Hals fühlte sich an wie ein Reibeisen und deshalb musste Eric Dave fragen, was ich gerade gesagt hätte. Dave runzelte die Stirn und meinte: »Ich weiß nicht recht; irgendwas über den falschen Jungen?«

Ich nickte und versuchte ihnen zu erklären, dass sie den Falschen Jungen aus dem Kanal gerettet hätten. Aber anscheinend verstanden sie mich nicht, Eric fragte: »Hat man dich in der Schule gehänselt, Raymond?«

Ich schüttelte den Kopf. Und dann kam die Krankenschwester und sagte den beiden, im Schwesternzimmer stünde ein Tee für sie bereit.

Dave fuhr mir mit der Hand durchs Haar und Eric zwinkerte mir zu. Und beide sagten, ich sei bestimmt bald wieder okay, und verabschiedeten sich. Eric und Dave waren wirklich nett zu mir an jenem Abend. Alle waren nett zu mir.

Die Schwester schaute mich an und sagte lächelnd: »Raymond, hallo, Raymond! Schau mal, wer dich besuchen kommt, Raymond! Schau mal, wer da ist.«

Und da stand meine Mam und schaute mit tieftrauriger Miene auf mich herab. Und sie brachte nichts heraus als immer nur: »Ach Junge! Mein Junge, mein Junge!«

Und ich wollte nicht, dass sie sich aufregte und sich Sorgen machte. Ich wollte sie ein bisschen aufheitern. Und obwohl mir der Hals wehtat, stieß ich hervor: »Schon gut ... es gibt keinen Grund, sich Sorgen zu machen ... Mrs. Marks!«

Sie sah aus, als hätte ich sie ins Gesicht geschlagen. Aber ich wiederholte noch einmal: »Nein, alles in Ordnung ... kein Grund zur Sorge. Sie brauchen sich keine Sorgen zu machen, jedenfalls nicht um mich ... ich bin nämlich gar nicht Ihr Sohn. Ihr Sohn ist noch im Kanal, Mrs. Marks. Und ich bin bloß ... der Falsche Junge!«

Ich versuchte sie anzulächeln, aber offenbar hatte ich sie überhaupt nicht aufgeheitert, denn sie legte die Hand vor den Mund, taumelte zurück und lehnte sich an die Wand. Ich hörte, wie die Schwester meine Mam zu einem Stuhl führte und tröstend sagte, ich sei noch verwirrt und nicht ganz bei mir, das sei ganz normal nach allem, was ich durchgemacht hätte, und außerdem hätte man mir mit einem Schlauch das faulige Wasser aus dem Magen pumpen müssen. Aber morgen früh gehe es mir bestimmt schon viel besser und jetzt würde ich was zum Einschlafen kriegen und dann sei ich morgen sicher nicht mehr so verwirrt.

Ich war aber gar nicht verwirrt. Ich wusste genau Bescheid. Ich wusste, dass ich immer noch dick war und keine Freunde hatte. Ich wusste, dass es nicht geklappt hatte. Ich wusste, dass ich immer noch der Falsche Junge war!

Morrissey, ich kann jetzt nicht weiterschreiben, weil gerade der Bus gekommen ist. Aber das musst du unbedingt noch wissen, Morrissey: Als ich an jenem Abend zum Kanal zurückging, habe ich wirklich nur nach ihm gesucht, das war alles. Ich habe nur nach dem Jungen gesucht, der im Kanal verschwunden und nicht mehr aufgetaucht ist! Die wollten etwas anderes draus machen. Aber das stimmt nicht, Morrissey. Ich weiß, wahrscheinlich klingt es verrückt, dass jemand in den Kanal springt, weil er glaubt, er sei der Falsche Junge. Aber damals, in jenem Jahr, als ich mich irgendwo verloren hatte und nicht mehr wieder fand, kam es mir überhaupt nicht verrückt vor. Es schien sogar absolut logisch. Und das, was die meinten, habe ich nie getan. Ich habe nie versucht, mich umzubringen. Ganz im Gegenteil. Ich wollte mich wieder finden, ich wollte den Jungen befreien, der dort unten festsaß und mehr als vier Wochen warten musste, bis endlich der Falsche Junge zurückkehrte und er selber freikam.

Aber sie haben mir nicht geglaubt!

Die haben gesagt, ich hätte Angst gekriegt wegen dem, was ich Paulette angetan hätte. Die haben gesagt, ich hätte mit dieser Schuld nicht weiterleben können und deshalb hätte ich mich umbringen wollen. Aber ich wusste ja nicht mal, wer sie war! Sie war nur irgendein kleines Mädchen, das ist alles, ein kleines Mädchen, das vor mir hergerannt war und das ich nur flüchtig wahrgenommen hatte. Ich wusste doch nicht, dass sie von daheim weggelaufen war und jetzt ängstlich an all die Warnungen und Geschichten dachte, dass in dieser verrufenen Gegend ein Wesen lauerte, so schlimm wie der böse Wolf im Märchen, ein Wesen, das ihr als der böse Sittenstrolch im Kopf herumspukte. Und in seiner Panik und Angst hatte das kleine Mädchen ein Geräusch gehört; und als es den Kopf wandte und den Treidfelpfad hinunterschaute, sah es genau das, was es befürchtet hatte, ein Wesen auf dem Treidelpfad, das genau auf sie zustampfte, um sie zu holen, so wie man es ihr warnend zugeflüstert hatte: der schlimme Sittenstrolch.

Aber ich hatte sie gar nicht recht bemerkt! Ich hatte nur daran gedacht, dass ich jetzt gleich versuchen würde, mich wieder in den Netten Jungen zurückzuverwandeln. Ich wusste doch nicht, dass sie um ihr Leben rannte! Ich hörte sie nicht wimmern, sah nicht das Entsetzen in ihrem Gesicht, die helle Panik in ihren Augen und die Tränen, die ihr über die Wangen strömten, während sie rannte, um den Klauen des schlimmen Sittenstrolchs zu entrinnen.

Als ich die Stelle fand, nach der ich gesucht hatte, und mich ins dunkle Wasser des Kanals stürzen wollte, wusste ich nicht, dass nur ein paar hundert Meter weiter ein völlig verängstigtes kleines Mädchen durch einen winzigen Spalt in der mit Brettern vernagelten Tür des leerstehenden Lagerhauses kroch, auf der verzweifelten Flucht vor ihrem Verfolger. Und beim Sprung ins Wasser hörte ich nicht den Schrei des kleinen Mädchens, als ihr Fuß auf die Stelle trat, wo die Bodenbretter von Vandalen zerstört oder von Obdachlosen, die sich im Winter ein wenig aufwärmen wollten, verheizt worden waren.

Ich ahnte ja nicht, als ich im trüben Wasser des Kanals versank, dass im selben Moment auch ein kleines Mädchen versank, in den dunklen Kellergewölben des alten Lagerhauses. Von alldem hatte ich nicht die geringste Ahnung. Ich erfuhr es erst später. Als ich aus dem Krankenhaus entlassen wurde und zum allerersten Mal den Namen »Paulette Patterson« hörte.

Mit freundlichen Grüßen
Raymond Marks

Aus dem *Songbook von Raymond James Marks*

Paulette Patterson war noch ziemlich klein, grad acht
Jahre zählte sie mal,
Doch ihr Blick war traurig und viel zu alt und die Leute
fanden's normal,
Dass die »kleine Paulette«, »das arme Kind«, ihren
Brüdern und Schwestern nachschlug
»Ein bisschen langsam«, »zurückgeblieben« und nicht
besonders klug.
»Aber bildhübsch und höflich«, sagten die Leute,
»im Kopf zwar nicht sehr hell,
Doch dafür gab ihr der liebe Gott ein sanftes
Naturell.«
Paulette war aber gar nicht »zurückgeblieben«, nur
verträumt und traurig war sie,
Und sie saß mit ihrem Malbuch am Tisch, als im Flur
ihre Mam herumschrie.
Sie schimpfte mit Darryl: »Gleich setzt es was, wo ist
bloß dein linker Schuh?«
Und Paulette fuhr sie an: »Los, hock hier nicht rum,
mach dich nützlich, du blöde Kuh!«
Und Paulette legte rasch den Buntstift hin, den sie heute
mit heimgebracht hatte.
Da schrie ihre Mam wieder Darryl an: »Beeil dich
gefälligst, du Ratte!
Wenn du jetzt nicht gleich den Arsch hochkriegst und
deine Schuhe anziehst,

Dann fängst du dir eine!« Und zu Paulette: »Na los, hilf
ihm endlich, du Biest!«
Kaum kniete Paulette vor den Bruder hin und band ihm
eilig die Schuh,
Da rief ihre Mam: »Hol den Sportwagen her! Setz ihn
rein! Bisschen dalli, du Kuh!«
Paulette gehorchte und tat es sofort, sie war immer
folgsam und lieb,
Doch dann fragte sie ihre Mam verzagt, ob sie heute
denn lange wegblieb?
»Wohin gehst du«, fragte Paulette ihre Mam. »Und
wann kommst du wieder zurück?«
Doch die Mutter hörte gar nicht auf sie und schimpfte:
»Du faules Stück,
Setz den Kleinen da rein und gurte ihn fest! Bisschen
dalli, weil's mir jetzt bald reicht!«
Und Paulette schnallte rasch ihr Brüderchen fest und
fragte dann, ob sie vielleicht
Mit zum Einkaufen dürfe? Sie wäre bestimmt eine große
Hilfe für Mutter,
Und sie könne doch warten vor dem Geschäft und
aufpassen auf ihren Bruder!
Paulettes Mam jedoch schüttelte mürrisch den Kopf:
»*Er* kommt heim und kann nicht herein;
Hat den Schlüssel vergessen!« Da sagte Paulette:
»Warum gehst du nicht einfach allein?
Und ich passe auf Darryl zu Hause auf, dann musst du
den Wagen nicht schieben,
Wir spielen ein bisschen und du kannst allein deine
Einkäufe machen bis sieben!«
Da sagte die Mutter: »Du bockiges Ding, jetzt wird's
mir langsam zu bunt!
Der Kleine muss doch zum Friseur in die Stadt und
jetzt halt mal endlich den Mund!«

Paulette blickte stumm ihrer Mutter nach, die den
Wagen schob mit dem Kleinen
Und ihm drohte: »Sei still, Darryl! Flenn hier nicht
rum! Hör sofort auf zu weinen!«
Paulette ging zum Tisch mit dem Malbuch zurück,
nahm den Stift in die Hand und wusste,
Dass sie nun, weil die Mutter es strengstens befahl,
auf den Vater warten musste.
Doch es war so schrecklich kalt im Haus, ihre Finger
waren ganz steif,
Und dort draußen war Sommer, die Sonne schien,
und die Äpfel waren fast reif,
Und die Bienen summten draußen herum und ein
Schmetterling tanzte voll Wonne
Um den fröhlich blühenden Löwenzahn und die Katze
lag warm in der Sonne.
Und Paulette konnte kaum noch den Buntstift halten,
vor lauter Dunkel und Kälte
»Ich geh!«, dachte sie und gleich darauf: »Aber dafür
kriege ich Schelte!«
Doch am besten erklärte sie ihrer Mam, dass sie bloß
nicht mehr frieren wollte,
Und auf keinen Fall vergessen hatte, dass sie eigentlich
warten sollte,
Bis ihr Dad von der Arbeit nach Hause kam, der ja rein
musste unbedingt,
Und aus diesem Grund ließ die kleine Paulette die
Haustür nur eingeklinkt!
Und sehr lange blieb sie ja wirklich nicht weg, sie ging
nur ein wenig spazieren,
Bis die Mutter mit Darryl vom Einkaufen kam und um
nicht mehr so schrecklich zu frieren.

Ja, es war wohl so gegen Viertel vor vier, als Paulette den Spaziergang begann,
Doch es könne auch später gewesen sein, meint der Nachbar von nebenan.
Aber die Bäckersfrau, Mrs. Machonochie, behauptet: »Das stimmt nicht, ich weiß es partout.«
Keinen Zweifel gibt's da, denn sie schließt täglich Punkt vier Uhr ihren Laden zu,
Und die letzte Kundin hatte gesagt: »Es versetzt mich um Jahre zurück,
Wenn ich dort dieses hüpfende Mädchelchen seh, ohne Sorge, so heiter, voll Glück!«
Und der Mann mit dem Hund erinnert sich noch auf Ehre und Gewissen
An ihr hellgrünes Kleidchen und außerdem war ihr Schuhriemen eingerissen.
Sandra Mitchell war müde vom Buggy-Schieben und ruhte ein Weilchen sich aus;
Und Paulette sagte ihr, sie pflücke im Park für die Mam einen Blumenstrauß.
»Ach Gott«, sagte Sandra, »ach, hätte ich nur das Kind zum Nachhausegehen gemahnt!
Doch es war ja ein herrlicher Sommertag, und wer hätte denn so was geahnt?«

Eine Abkürzung nehmen wollte Paulette und wusste nicht: Soll ich mich traun?
Doch die Schrebergärten waren ganz leer und da stieg Paulette übern Zaun.
Paulette war sehr brav, nicht wie andere Kinder, die manchmal die Blumen ausrissen
Kartoffeln klauten, die Töpfe zerschlugen und dann noch die Fenster einschmissen.
Paulette, die ja nur ihren Weg abkürzte, hielt sich vorschriftsgemäß auf dem Pfad,

Als plötzlich aus einer der Schreberhütten der Mann
mit der Mistgabel trat.
Paulette erstarrte. Er glotzte sie an und plötzlich brüllte
er laut
Von Vandalen, die hätten ihm neulich bei Nacht Salat
und Radieschen geklaut!
»Dich krieg ich! Komm nur«, sagte drohend der Mann
und Paulette lief in Panik los,
Und der schimpfende Mann verfolgte Paulette und er
war so bedrohlich und groß!
Durch Kartoffelbeete trampelte sie, sie rannte durch
Lauch und Salat,
Sie jagte gehetzt auf die Dornhecke zu und lief zickzack
durch jungen Spinat,
Und mit stampfenden Stiefeln kam hinter ihr drein der
furchtbar bedrohliche Mann,
Und sie spürte voll Scham, dass ihr zwischen den
Beinen das Wasser hinunterrann.
Paulette drängte sich rasch in die Hecke hinein und die
Dornen zerfetzten ihr Kleid,
Sie war blutig zerkratzt, doch sie merkte es kaum,
denn der Mann war schon nicht mehr weit!
Lachend sah er Paulette im Dornengewirr mit den
Armen verzweifelt rudern,
Und da streckte er einfach die Hand nach ihr aus:
»Na komm her, du kleines Luder!«
Sie saß in der Falle, sie weinte und schrie, er solle sie
gehen lassen!
Doch er griff mit den knorrigen Fingern nach ihr und
bekam sie am Fuß zu fassen!
Sie zwängte sich schreiend durch das Gewirr, in dem
sich ihr Kleidchen verfing,
Und zerrte und drängte und strampelte wild, bis ihr
Riemchen vom Schuh abging.

Und dann purzelte sie aus dem Dornenstrauch hinaus
ins Sonnenlicht –
Der Mann hatte eine Sandale von ihr, doch *sie*, sie hatte
er nicht!
Paulette rannte schnell auf die Bahngleise zu, durch die
Nesseln den Bahndamm hinauf,
Und der Mann von der Hütte schrie hinter ihr her:
»Ha, dich krieg ich! Verlass dich drauf!«

Paulette Patterson rannte, ihr tat alles weh, doch sie
stolperte wie gehetzt,
Die Sandale war weg, und ihr Höschen war nass und ihr
Kleidchen war völlig zerfetzt.
Schnell zurück, in den Park, daran konnte sie jetzt
dieser grässliche Mann nicht mehr hindern,
Schnell zum Park, zu den Schaukeln, zum Sand zurück,
und den Müttern mit kleinen Kindern.
Doch sie schaffte es nicht in den Park, zu den
Schaukeln, zum Sand, wo die Mütter sind,
Mrs. McGann, die das Mädchen gut kannte, sie war bis
halb fünf dort mit ihrem Kind.
Und sie hatte Paulette ganz bestimmt nicht gesehen,
oh, das konnte sie sicher verneinen,
Wenn Paulette nämlich manchmal zum Spielplatz kam,
dann spielte sie stets mit dem Kleinen.
Doch an jenem so heißen Hochsommertag – sie würden
ihn nie vergessen –
Hatte keine der Mütter Paulette gesehen, sie war sicher
nicht da gewesen.
Überhitzt und todmüde merkte Paulette, sie hatte sich
völlig verlaufen –
Und sie blieb auf dem flirrenden Schlackenweg stehen,
um sich einen Moment zu verschnaufen.
Sie riss sich zusammen, das Weinen, die Angst –
es schnürte die Kehle ihr zu,

Denn selbst wenn sie jetzt doch noch nach Hause fand,
fehlte ihr die Sandale, der Schuh!
Und ihr Kleid war zerrissen, und viel schlimmer als das:
ihre Unterhose war nass!
Und bei diesem Thema verstand ihre Mam, wie sie
wusste, erst recht keinen Spaß.
»Wenn du einmal nur noch in die Hose machst, dann
schaff ich dich selber fort!
Ich bring dich ins Krankenhaus in die Stadt und lass
dich für immer dort!«
Ihre Mam würde sagen: »Was fällt dir denn ein, dich
dort einfach so rumzutreiben!«
Und die Beete zertrampeln! Statt auf Daddy zu warten
und folgsam zu Hause zu bleiben!
Ihre Mam würde »Sei nicht so aufsässig!« schrein und
ihr wütend den Hintern versohlen.
»Und jetzt los, Marsch ins Bett! Und das nächste Mal tu
gefälligst, was ich dir befohlen!«
Und später kam sicher ihr Daddy zu ihr, ganz liebevoll,
zärtlich und sachte,
Und sie würde sich freu'n, dass er lieb zu ihr war, aber
wenn er das Licht dann ausmachte –
Und … nicht weiter! Paulette zerbrach sich den Kopf
und sie wusste nicht ein mehr noch aus,
Wenn sie heimging, verhaute sie ihre Mam und fuhr sie
ins Krankenhaus!

Das Gras, das neben dem Schlackenweg wuchs, war
hoch und saftig und dicht,
Und es war so ein warmer und windstiller Tag und es
dauerte sicherlich nicht
Sehr lang, bis das Höschen getrocknet war. Darum
rannte Paulette schnell hinein,
Und sie duckte sich tief in das hohe Gras und machte
sich winzig klein,

Zog ihr Höschen herunter und legte es hin, schön zum
Trocknen umgedreht,
Und dann schloss sie die Augen und sprach auf den
Knien ein inniges Bittgebet:
Dass alles wieder in Ordnung kam, dass die Hose
trocknete schnell,
Dass sie schnell wieder nach Hause kam, es war ja noch
lange hell.
Und dass Darryl und Mutter vielleicht ja noch nicht von
den Einkäufen waren zurück!
Das war ihr Gebet. Und jetzt setzte sie sich ins Gras.
Vielleicht hatte sie Glück!
Paulette saß im Gras und wartete still, während um sie
der Sommertag flirrte,
Und da sah sie den knallroten Schmetterling, der sie
tanzend und gaukelnd umschwirrte,
Als wollte er spielen, als lockte er sie, jetzt berührte er
fast ihre Nase,
Dann flog er im Zickzack ein Stückchen davon, schlug
Haken fast wie ein Hase,
Dann klappte er auf einer Grasspitze sanft die Flügel
mal auf und mal zu,
Als zwinkerten lustig die Flügelaugen, als riefe er leise:
»Komm, du!«
Wenn Paulette nach ihm griff, flog er wieder davon, ein
winziges Stückchen weiter,
Saß schaukelnd und schwankend auf einem Halm und
zwinkerte schelmisch und heiter,
Doch kroch sie ihm nach, dann stieg er auf, flog einen
weiten Bogen,
Jetzt streckte sie die Hände aus – schon war er
weggeflogen.
Wo ist er nur? dachte Paulette, da sah sie ihn schon
wieder:

Dort drüben ließ er sich, ganz nah, auf einer Blume
nieder!
Dann stieg er wieder in die Luft, flog gaukelnd hin und
her.
Und lachend lief Paulette durchs Gras und rief: »Das ist
nicht fair!
Das gilt nicht, weil du fliegen kannst, und ich kann doch
nur rennen!
Kein Schiedsrichter auf der ganzen Welt wird so etwas
anerkennen!«
Paulette hatte wirklich mehr als Recht, sie hatte keine
Chance,
So heiß war ihr, sie war erschöpft, sie wankte wie in
Trance.
»Den Schmetterling, den krieg ich nie, auch nicht mit
sehr viel Glück!«
Und deshalb drehte sie sich um und ging den Weg
zurück.
Und eigentlich wusste sie ganz genau, wo zum
Trocknen das Höschen lag.
Sie brauchte jetzt nur ihrer Spur zu folgen, es war ja
noch heller Tag.
Dann würde sie schnell nach Hause laufen und alles war
in Butter,
Am Ende schaffte sie's wirklich noch vor Darryl und
ihrer Mutter!
Vielleicht würde diesmal ein Wunder geschehen und sie
kriegte was mitgebracht?
Ein Geschenk aus der Stadt, einen Teddy vielleicht und
ein Bärenbaby, das lacht,
Neue Filzstifte oder ein Puppengeschirr oder
schneeweiße Sonntagsschuh,
Einen Wasserfarbkasten und Wachsmalkreiden, einen
Zeichenblock noch dazu.

Und dann würde sie von Miss Miller gemocht und gelobt wie die andern bisweilen,
Und durfte am Anfang des Malunterrichts in der Klasse die Sachen austeilen.
Und da sie klug war, vertraute man ihr auch die Aufsicht an in der Pause.
Und für die Ferien gab man Paulette den Goldhamster mit nach Hause.
Die Lehrer, sie würden tagaus und tagein ein Loblied auf sie singen,
Und irgendwann empfahlen sie ihr, eine Klasse zu überspringen.
Dann würde sie ... Vor Schreck erstarrt blieb Paulette jetzt plötzlich stehen:
Denn als sie ans Ende der Wiese kam, war vom Schlackenweg nichts mehr zu sehen!
Er war nicht da. Der Weg war fort. Hier war er gewesen, doch!
Stattdessen sah sie ein hässliches, schwarzes Gewässer das ekelig roch!
Ganz faulig stank es und über dem Wasser, da flogen Myriaden von Schnaken
Und obwohl sie hier niemals gewesen war, Paulette brauchte gar nicht zu fragen:
Sie wusste, hier wohnte der Sittenstrolch und den sollten die Kinder doch scheuen,
Das hatte sie wieder und wieder gehört, sonst würde sie's bitter bereuen!
Die Spielplatzmütter hatten des öfteren leis' miteinander darüber gesprochen:
Der Sittenstrolch hatte dort unten am Wasser ja schreckliche Dinge verbrochen!
Mrs. Kershall bemerkte: »Wenn man ihn so sieht, vermutet man so was nicht mal!«

Und Mrs. Durney meinte: »Das ist das Problem! Die wirken oft völlig normal,
Denen merkt man's von außen oft gar nicht an, die sehen ganz harmlos aus!
Und dann brennt bei denen 'ne Sicherung durch und dann kommt die Bestie heraus!
Da geht so ein Bub in die Schule und wirkt wie ein völlig normales Kind.
Aber fragt euch doch selber, ob das am Kanal noch normale Handlungen sind!«
Und Paulette, die dabei saß, fragte gespannt: Was hat denn der Junge getan?
Da sprach Mrs. McGann von unsäglichen Dingen und schaute sie abweisend an.
Und als Paulette fragte: »Was sind das für Dinge?«, da rief die McGann: »Kind, sei still!«
Und warnte sie streng vor dem Sittenstrolch, der die Kinder verführen will.
»Geh ja nie dorthin, er lauert dir auf, er schlägt dich in seinen Bann,
Er hypnotisiert dich, raubt dir deinen Willen, damit er dich zwingen kann
Zu hässlichen Dingen, die du nicht willst, ich kann dir nicht sagen was,
Du bist noch zu klein. Aber jedenfalls, geh nicht zum Kanal! Merk dir das!«
Und das hatte die kleine Paulette sich gemerkt, die jetzt ängstlich zusammenschauerte;
Denn sie fürchtete sich vor dem Sittenstrolch, der hier unterm Wasser lauerte.
Er saß im Kanal, er versteckte sich dort, der Sittenstrolch, den man ja kannte,
Der schreckliche Junge, dem manchmal im Kopf eine Sicherung durchbrannte,

Der sich hier oft versteckte, hier im Kanal, in dem faulig stinkenden Wasser,
Dieser Junge, der plötzlich zur Bestie wurde, der entsetzliche Kinderhasser,
Der Paulette, wenn er sie in die Fänge bekam, nie mehr nach Haus gehen ließe!
Und langsam, ganz vorsichtig wich sie zurück und wandte sich wieder zur Wiese,
Wo sich Blume und Bienen und Schmetterling in der heiteren Sommerluft sonnten,
Wo es keine gefährlichen Monster gab, die ihr Schaden zufügen konnten.
Sie würde sich einfach verstecken im Grün, geduckt wie ein winziger Has.
Doch plötzlich blieb reglos und ängstlich sie stehen und starrte gebannt auf das Gras.
Es schwankte ganz sacht im Sommerwind wie eine riesige Welle,
Ein wogender grüner Ozean! Doch sie rührte sich nicht von der Stelle
Sie war sich jetzt sicher, dass jeder Hauch, das Wogen der grünen Matte,
Nicht vom Wind und nicht von der Sonne kam, nicht natürliche Ursachen hatte,
Nein, dass *er* es bewirkte, die Bestie, der Strolch, der sich kleine Kinder herlockte!
Und jetzt plötzlich hörte Paulette ein Geräusch, bei dem ihr der Atem stockte.
Er kam auf sie zu, er atmete schwer, laut stampfte er über den Boden.
Nicht umsonst war die Gegend hier um den Kanal kleinen Kindern strengstens verboten!
Und er polterte schwerfällig plump durchs Gras, kam direkt auf sie zugerannt,

Bahnte schnaufend und keuchend den Weg sich durchs
Grün, und Paulette stand vor Schreck wie gebannt
Doch auf einmal erspähte sie über dem Gras seinen
Kopf im Gegenlicht,
Und Paulette sah voll Angst nicht den kleinen Buben,
sah nicht das Jungengesicht,
Sah nicht, dass hier einfach ein anderes Kind gehetzt
durch die Wiese rannte –
Ein harmloser kleiner Junge nur, so wie sie viele
kannte.
Stattdessen erblickte Paulette das Tier, die Bestie, vor
der ihr so graute,
Und die Fratze verzerrte sich immer mehr, je länger das
Mädchen hinschaute:
Ein fetter Hals und ein riesiger Kopf, aus dem
grässliche Augen schwollen,
Und jetzt stülpten sich schwabblige Hautfalten um,
denen riesige Ohren entquollen,
Wie zwei Monsterpilze wuchsen sie rasch aus dem
knollennasigen Kloß!
Und die Bestie kam ihr bekannt vor! Paulette machte
kehrt und lief schreckensbleich los.
Den Pfad entlang, vor Entsetzen blind und innerlich
ganz zerrissen,
Floh Paulette vor dem Tier, vor dem Monstergesicht,
vor dem unerträglichen Wissen,
Dass die Fratze des Strolchs, dieses schlimme Gesicht,
das die kleine Paulette so verstörte,
Dass die Fratze der Bestie, vor der sie jetzt floh, ihrem
eigenen Vater gehörte!
Nicht dem freundlichen Dad, der ihr beisprang und
half, wenn die Mutter sie »Miststück!« nannte,
Nein, dem anderen Dad, der er manchmal war, den sie
fast nicht mehr wiedererkannte.

Und der sagte dann: »Na, nun weine mal nicht, ich bin doch nur lieb zu dir,
Du bist halt was ganz Besonderes, Schatz«, und das sei der Grund dafür,
Dass er *dies* mit ihr mache, er wolle doch bloß seinem reizenden Herzblättchen zeigen,
Wie kostbar und wichtig sie für ihn sei, doch das müsse sie ewig verschweigen!
Sie allein nur, sagt er, dürfe wissen wie heiß und wie innig und zart er sie liebt,
Doch das dürfe sie niemand verraten, weil es da gewisse Personen gibt,
Die verstehen das nicht, und aus diesem Grund soll sie dieses Geheimnis bewahren,
Diese Leute, die dürften auf gar keinen Fall von seiner Liebe erfahren.
Sie hielten entsetzliche Lügen bereit, seine Liebe sei böse, gemein.
Sie würden von ihm, Paulettes Daddy, behaupten, er sei ein perverses Schwein!
Und dann brächten sie ihren Daddy weit weg, an einen entfernten Ort,
Und sicherlich käme er nie mehr heim und bliebe für immer fort!
Und so sehr sich Paulette auch fürchtete, wenn sie mal allein mit ihm blieb,
So hatte sie doch ihren *richtigen* Dad von ganzem Herzen lieb.
Und sie wollte nicht bei ihrer Mutter bleiben, die schimpfte den ganzen Tag.
Und bei ihrem Bruder. Ist Daddy erst weg hat sie keinen mehr, der sie mag!
Vor dem *richtigen* Dad hat sie keine Angst, weil sie immer ganz deutlich spürt,

Dass ihr Daddy sie liebt und dann ist es für sie nicht mal schlimm, wenn er sie berührt.
Wenn der freundliche Daddy sie zwischendurch wie ein richtiger Vater behandelt,
Dann vergisst Paulette gern den anderen Dad, in den er sich manchmal verwandelt,
Sie vergisst, dass vor Schreck ihr das Blut gefriert, wenn er an ihr Bett kommt ganz leis,
Und dann die entsetzlichen Dinge tut, von denen niemand was weiß;
Der Daddy, der sich in die Träume einschleicht; den sie plötzlich zu sehen meint,
Wenn sie morgens mit andern im Schulflur steht und er plötzlich am Fenster erscheint.
Oder manchmal steht, statt der Lehrerin, die Paulette nach vorne winkt,
Auf einmal das grässliche Monster da, das mit gierigem Blick sie verschlingt.
Das grässliche Monster, das sie immer verfolgt und jetzt keuchend hinter ihr stampft,
Und sie spürt wie sich ihr vor Entsetzen und Schreck der Magen zusammenkrampft.
Ganz bestimmt wird das Monster Paulette jetzt ermorden, es hat ja bestimmt entdeckt:
Sie hat neulich in ihrem Zimmer daheim einen Schulaufsatz heimlich versteckt.
Denn Miss Miller, die hatte zu ihnen gesagt: »Ihr könnt schreiben, was immer ihr wollt!«
Und da hatte sie eine Geschichte verfasst über Lucy, vier Seiten voll.
Lucy wohnte beim freundlichen Riesen daheim und der war ihr lieb und teuer
Doch im guten steckte ein böser Riese, ein schreckliches Ungeheuer.

Das vertrieb oft den freundlichen Riesen und brachte
die kleine Lucy zum Weinen
Und jeden Tag betete Lucy Brown: »Lieber Gott, trenn
den andern vom einen!«
Ja, den freundlichen Riesen, den wollte sie, der sie liebte,
der machte sie froh,
Doch den anderen sollten die Leute wegschaffen, die
Mütter und Lehrer und so,
All die Leute, die ja nichts erfahren durften vom
Monsterriesen, dem fetten,
Nur sie konnten Lucy und den netten Riesen vor der
schrecklichen Bestie retten.
Und Paulette gab Miss Miller schnell ihr Heft, wie
befreit von der inneren Bürde,
Und sie wartete Tag für Tag darauf, dass Miss Miller sie
herwinken würde
Und dass sie, Paulette, nach Schulschluss noch etwas
länger dableiben sollte,
Weil Miss Miller ja wusste, was ihre Geschichte in
Wirklichkeit ausdrücken wollte,
Und dann würde Paulette ihrer Lehrerin, Miss Miller,
alles erzählen,
Und dann sagte Miss Miller: »Paulette, du musst dich
jetzt nicht weiter mehr quälen!«
Denn Miss Miller war hübsch und klug und lieb und sie
würde die Lösung finden,
Und dann würde der böse Riese sofort und für alle
Zeiten verschwinden.
Dann hatte Paulette einen richtigen Dad, einen
freundlichen, gütigen, lieben,
Denn der andere würde, wenn Miss Miller es las,
ja sofort und für immer vertrieben.
Doch Miss Miller las die Geschichte nicht, weil sie
lieber die Mühe sich sparte,

Sie legte das Heft von Paulette auf ihr Pult und fragte, ob sie denn erwarte,
Dass sie so eine Arbeit, so hingeschmiert, so voller Kleckse und Fehler,
Entziffern würde? Und außerdem: Die Zeilen gehör'n paralleler!
Und dann hielt Miss Miller das Heft in die Höh und rief: »Schreib das erst mal ins Reine!
Da sind dir wohl Spinnen drübergerannt mit Tinte an den Beinen?«
Und da lachte die Klasse mit hämischem Spott, Sarah Pugh, die drehte sich um
Und sagte vernehmlich: »Das wissen wir doch, Paulette Patterson ist einfach dumm!«
Und da lächelte krampfhaft die arme Paulette, voller Qual, rot vor Schande und Scham,
Und sie packte ihr Heft ein, doch am gleichen Tag, als sie abends nach Hause kam,
Da riss sie die schändlichen Seiten heraus und knickte sie winzigklein.
In der Wand ihres Zimmers befand sich ein Loch und da stopfte sie alles hinein,
Weit hinter die Fußleiste, hinters Papier, das die Zugluft abhalten sollte,
Ach, wie gern sie die Schande, die furchtbare Scham und das Lachen vergessen wollte!
Und Miss Millers Verrat und den Umstand, dass nur die Kleckse ins Auge ihr sprangen!
Dass Paulette hier zum ersten Mal Schreibschrift schrieb, war Miss Miller ja leider entgangen.

Paulette möchte vergessen! Und soweit das nicht geht, tut Paulette, als sei nichts geschehn,
Doch die Lucy-Geschichte ist wirklich da und die darf niemand, niemand je sehen!

In dem Loch in der Wand hat sie sie versteckt. Und sie darf nie im Leben riskieren,
Dass ihr Dad die Geschichte von Lucy entdeckt, denn sonst würde was Schlimmes passieren –
Wenn ihr Dad eines Tages ins Wandloch schaut und das Märchen vom Riesen ist dort,
Weiß er gleich, was die Lucy-Geschichte besagt, was sie wirklich meint, weiß er sofort!
Und er hat ihr doch immer so streng untersagt, zu erzählen, was er mit ihr tat.
Entsetzliche Folgen, so warnte er stets, bewirkte ein solcher Verrat!
Dabei lächelte er, doch Paulette sah genau die Drohung in seinem Gesicht,
Und sie hörte sein Flüstern und dachte voll Angst an das drohende Strafgericht,
An das Märchen, das hinter der Wand sich bei Nacht zum gewaltigen Stapel vermehrte,
Wenn Paulette voller Angst in der Dunkelheit lag und den Wind draußen heulen hörte;
Denn dann hörte sie plötzlich, wie drinnen im Wandloch der Stapel grauenvoll flehte,
Und die Blätter raschelten laut im Versteck, und sie scharrten an der Tapete.
Die gekrakelten Wörter verwandelten sich in Spinnen, kohlschwarz und tintig,
Und die suchten ein Loch, einen Weg aus der Wand, und am Ende wurden sie fündig,
Und sie wimmelten über die Leiste aus Holz und ergossen sich krabbelnd ins Zimmer,
Wie ein fiebriger, wuselnder, tintiger Strom, zu Paulettes entsetztem Gewimmer.
Aus der Zimmertür lief diese grässliche Horde von Buchstabenspinnen hinaus,

Da wuselten Klatsch-und-Gerüchte-Worte treppauf
und treppab durch das Haus.
Durch alle Zimmer liefen sie, über Teppiche, Bretter
und Fliesen
Und tuschelten von Paulettes Verrat mit dem Märchen
vom bösen Riesen.

Schon lange hatte Paulette geplant, es sicherer zu
verstecken.
Der Vater konnte das Loch in der Wand nur allzu leicht
entdecken.
Noch besser, sie holte die Blätter heraus, zerriss sie,
vergrub sie im Dreck,
Verbrannte sie, spülte im Klo sie hinunter, Hauptsache
alles war weg!
Doch vielleicht wär es früher besser gewesen, vielleicht
war es jetzt schon zu spät.
Er hat ja gedroht, nicht lange zu zögern, falls Paulette
irgendetwas verrät.
Dann wird er das tun, was getan werden muss, wenn
Verhaftung drohte, Gericht,
Weil er sie wahnsinnig liebte, Paulette. Und seine Schuld
war's dann nicht,
Denn er hatte sie ja immer wieder gewarnt: Behalt
Daddys Liebe für dich!
Es ist ein Geheimnis zwischen uns zweien! Doch jetzt,
o wie fürchterlich,
Hatte sie es verraten! So falsch und gemein! Welch ein
abgrundtiefer Verrat!
Wo ihr Daddy es ihr doch so oft und so streng und so
dringlich verboten hat!
Und gewarnt hat er sie! Und er hatte geglaubt, sie
verstünde nur allzu gut!
Dabei hatte sie diesen Verrat geplant am eigenen Fleisch
und Blut!

Mit dem Märchen für ihre Lehrerin, dem
verschlüsselten, bösen Gekrakel,
Das ihn bloßstellte vor aller Welt, ihn befleckte mit
einem Makel!
Jetzt hatten die Dummköpfe Blut geleckt. Jetzt waren
sie klar, die Fronten,
Jetzt war er ein Monster für spießige Schnüffler, die ihn
niemals verstehen konnten!
Und wie oft hatte er Paulette gewarnt – hatte sie denn
nicht zugehört? –,
Dass was furchtbar Schlimmes passieren wird, wenn die
Welt von der Sache erfährt!
Hatte sie denn nicht an die Folgen gedacht? Die Folgen
muss sie doch kennen!
Denn wie oft hatte er ihr schon gesagt: ›Nichts kann
mich von dir trennen!‹
Ja, hatte sie denn am Ende geglaubt, das seien Worte nur?
Als er sagte, was er machen würde, wenn es irgend
jemand erfuhr?
Als er sagte, er gehe nicht von ihr weg, als er hoch und
heilig ihr schwor,
Für den Fall, dass die Schnüffler ihn holen wollten, habe
er was Bestimmtes vor.
Dann würden sie sehen, dass sie ganz umsonst zu ihm
gekommen sind,
Weil jetzt beide für immer der Tod vereint: den Vater
und das Kind.

Vom Dämon in ihrem Kopf gehetzt, lief sie weiter den
Pfad entlang,
Und sah nicht mehr die Wirklichkeit, denn ihr war
totenbang,
Es gab nur die Angst, das Monster stampfte durchs Gras
wie ein schauriger Pflug,

Bis das Grauen wie eine Woge über dem Mädchen
zusammenschlug.
Sie konnte nicht ahnen, sie wusste ja nicht, dass das
Monster gar nicht existierte,
Und dass sie es nur aufgrund all des Schlimmen
zusammenphantasierte.
Nicht die Nägel des Monsters zerkratzten sie, es waren
die Dornen bloß,
Der Brombeerhecken, durch die sie sich schlug; ihre
Panik war so groß!
Und das schreckliche Stampfen des Monsters, das sie
ohne Pause zu hören wähnte,
War nichts als ihr Herzschlag, ihr eigenes Blut, das ihr
in den Ohren dröhnte,
Zu den Kohleschächten lief sie gehetzt, die sich hinter
der Brücke befanden.
Zu den Trichtern fürs Korn, die wie Greise erschöpft
vor den schwärzlichen Kaimauern standen.
Und da sah sie ganz plötzlich doch noch die Chance,
sich dort vorne zu verstecken,
Und schnell verließ sie den Treidelpfad. Er durfte sie ja
nicht entdecken!
Und sie kletterte wie ein gehetztes Tier über
ausrangierte Geräte,
Und sie stolperte über Steine und Schiefer und alte
verrostete Drähte.
Sie musste es schaffen, bevor er sie sah, er war jetzt ein
Stück zurück,
Sie musste die leeren Gebäude erreichen! Jetzt riskierte
sie einen Blick,
Sie sah nichts von ihm, sondern hörte ihn nur, den
fürchterlich stampfenden Mann,
Die trampelnden Füße, und dieses Geräusch trieb die
Kleine verzweifelt voran

Auf den pockennarbigen Pflastersteinen des längst verlassenen Kais,
Und sie rannte über den großen Platz, den Bauhof, leer und verwaist,
Sie rannte vorbei an nicht fertig gebauten, langsam verrottenden Kähnen
Und sah endlich in der Begrenzungsmauer eine klaffende Öffnung gähnen.
Sie kletterte durch und dachte, jetzt wär sie endlich sicher versteckt
Und würde hinter dem Mauerwerk auch gewiss nicht vom Monster entdeckt.
Doch irgendetwas stimmte nicht! Sie sah aus der Öffnung hinaus:
Es kam ja gar niemand den Pfad entlang oder unter der Brücke heraus.
Niemand rannte über das Pflaster, den Bauhof, niemand rannte über den Kai,
Keine Menschenseele erspähte Paulette in der einsamen Wüstenei!
Keine Spur des Verfolgers, nichts war zu sehen. Doch noch hörte sie diesen Laut!
Das Gestampfe, das Trampeln, das Hämmern, es jagte ihr Angstschauer über die Haut.
Das Blut in den Adern erstarrte Paulette, sie befand sich in tausend Nöten,
Denn das Monster verkündete unmissverständlich, es kam, um sie zu töten!
Schwarz ragte das Lagerhaus vor ihr auf, eine riesige Kathedrale,
Durch Fenster und Türen, mit Wellblech bedeckt, drangen gar keine Sonnenstrahlen,
Und draußen auf dem Wellblech stand in warnenden roten Lettern,

Wie gefährlich es sei, ins Gebäude zu gehen, wegen
unbefestigter Bretter!
Doch sie las sie nicht, Paulette Patterson, die Schilder
»Betreten verboten!«
Die dringend vor dem Hineingehen warnten und sonst
mit Bestrafung drohten.
Paulette war ja selbst in zu großer Gefahr, als dass es sie
interessierte,
Was jenem zustieß, der den Weg in das leere Gebäude
riskierte.
Und noch ein Stück weiter rannte Paulette, bis sie einen
Ladeplatz fand,
Wo das rostige Blech etwas abgebogen, ein Stück von
der Wand abstand.
Sie quetschte sich durch den engen Spalt und blieb dann
zaudernd stehen,
Denn in dem großen, schwarzen Haus war vor
Finsternis nichts zu sehen.
Doch als sie so stand, da vernahm sie erneut die
dumpfen, bedrohlichen Tritte,
Und da sprang Paulette auf den Boden hinab, denn sie
näherten sich, die Schritte.
Sie tastete sich in das Dunkel hinein, kroch anfangs auf
allen vieren
Kroch langsam vorbei, ganz verkrampft vor Angst, an
den rostigen Eisentüren.
Immer fahler wurde der schmale Streif von Licht,
ihr war so bang!
Und sie tastete sich mit den Fingerspitzen an der
staubigen Wand entlang.
Die Bretter am Boden knarrten sehr laut unter ihren
zögernden Schritten,
Als wolle das ächzende, modernde Holz Paulette gern
um Schonung bitten,

Als sei es zu mürbe und müde sogar für das leichte
Kindergewicht,
Doch Paulette stand jetzt keuchend, nach Luft ringend
da und hörte die Warnzeichen nicht.
Sie hörte kein Poltern, kein Trampeln mehr, sie hörte
niemand mehr laufen.
Sie fühlte sich sicher hier drin im Haus und konnte
endlich verschnaufen.
Nur das Dunkel bedrückte Paulette, die Nacht, das
Fehlen des Sonnenscheins,
Als sie langsam von eins bis vierhundert zählte und von
vierhundert rückwärts bis eins.
Dann war sie sich sicher, dass sie ihm entkommen und
dass er geflohen war,
Und jetzt, wo der Schreck endlich nachließ und sie sich
gerettet sah wunderbar,
Jetzt dachte Paulette, dass das Monster vielleicht, wenn
sie später nach Haus zurückkehrte,
Dann wieder ihr netter Daddy war, und wenn sie der
Mutter erklärte,
Dass der Schmetterling schuld war, mit seinem Tanz –
sonst würde das Höschen nicht fehlen!
Und der Schuh? Oh, sie wollte dem bösen Mann im
Garten bestimmt nichts stehlen!
Der Mann aus der Hütte, der Mann war schuld, der
hätte sie grundlos gejagt,
Und dann war der Riemen des Schuhs abgerissen, als er
sie am Fuß gepackt!
Und wegen des stachligen Dornengesträuchs war ihr
Kleidchen jetzt so kaputt,
Und weil sie beim Rennen gestolpert war, waren die
Knie so zerschrammt und voll Blut!
Sie selber war also gar nicht schuld! Wenn sie das ihrer
Mutter beschriebe,

So wie sie es jetzt in Gedanken tat, dann bekam sie
vielleicht keine Hiebe!
Und wer weiß, vielleicht würden sich Mutter und Vater
schon schreckliche Sorgen machen,
Und vielleicht, wenn sie heimkam, würde vor Glück
ihre Mam halb weinen, halb lachen
Und ihr ganz fest versprechen, sie würde ab jetzt nie
mehr ausgeschimpft oder verhauen,
Und dann würde die Mutter Paulette voller Liebe und
zärtlicher Sorge anschauen
Und sagen: Ich geb dich für nichts in der Welt mehr her,
mein kleines Spätzchen,
Nun brauchst du dich nie mehr zu fürchten! Denn jetzt
tut dir keiner mehr was, mein Schätzchen!
Und dann würde sie flüstern, es gebe bestimmt kein
einziges Kind auf der Welt,
Das so reizend und klug sei wie ihre Paulette und ihr
dermaßen gut gefällt!

Vielleicht glaubte Paulette dieser Wunschphantasie von
der Mutter, die all das sagt,
Und vom Vater, dem sie vertrauen kann, der ihr keine
Angst einjagt.
Vielleicht *brauchte* sie ja diesen Traum und verweilte zu
gerne in seinem Bann.
Tastend tappte Paulette jetzt zum Ausgang zurück,
während glücklich sie weiterspann
Ihre Wunschphantasie, dass jetzt alles vielleicht doch ein
glückliches Ende fand,
Und vor Ungeduld, Freude entfernte sie sich von der
sicheren, leitenden Wand.
Denn Paulette wollte quer durch den Raum zum Licht,
nur so schnell wie möglich nach Haus!
Doch dazwischen lag tiefe Dunkelheit. Und sie schaffte
es nicht hinaus.

In der Finsternis klaffte ein riesiges Loch, doch Paulette
    bemerkte es nicht,
Sie sah nicht den Abgrund, sie wollte nur schnell zum
    Ausgang, zur Sonne, zum Licht.
Sie sah nicht die Balken, herabgestürzt von der Decke in
    finstere Tiefen,
Sie dachte ja nur an Mam und an Dad, die gewiss schon
    besorgt nach ihr riefen.
Sie sah nicht den Schlund, der alle verschlingt, die sich
    müßig im Freien rumtreiben,
Statt so, wie's die Mutter befohlen hat, zu Hause am
    Tisch zu bleiben.
Paulette Patterson hob den linken Fuß, sah immer noch
    nicht die Kluft,
Sie machte einen Schritt nach vorn – und trat einfach in
    die Luft!
Kein Boden und auch keine Bretter mehr bewahrten
    Paulette vor dem Fallen.
Sie ruderte mit den Armen nach Halt, um sich irgendwo
    festzukrallen,
Doch schon stürzte sie in den Aufzugsschacht, was sie
    unvorstellbar erschreckte,
Und lag auf dem stinkenden, faulenden Müll, der den
    Boden des Kellers bedeckte.
Erst sah sie sich noch verzweifelt um, doch sie wusste,
    sie saß in der Falle,
Denn nur senkrecht hinauf an den Wänden des Schachts
    kam man zurück in die Halle.
Eine Lücke im Mauerwerk suchte sie, einen Stand für
    den Fuß, für die Hand,
Denn am Ende gelang es ihr ja vielleicht doch, steil
    hinaufzuklettern die Wand,
Aus dem finsteren, stinkenden Grab heraus, in den
    Sonnenschein, ins Licht.

Doch da sprach eine höhnische Stimme im Kopf:
»Diesmal entkommst du nicht!«
Ein Spaziergänger hätte es gleich gehört, die Schreie die an den kalten
Und dunklen Wänden des Aufzugsschachts verzweifelt widerhallten.
Doch kein Mann mit Hund, kein Liebespaar, kam an jenem Abend vorbei,
Keine Landstreicher, Angler und Buben mit Rad vernahmen das Klagegeschrei,
Das aus dem kalten Aufzugsschacht, aus der stinkenden, dunklen Gruft,
Vergeblich, schwach nach oben drang, in die schwüle Abendluft.
Und dort sonnte der rote Schmetterling sich in seiner flüchtigen Pracht
Auf der Backsteinwand, im Mückengesumm und wusste nichts von dem Schacht,
Vom Geschrei des Kinds, das jetzt immer mehr in Gewimmer überging;
Wie ein Flügelschlag in der Luft, die ihn trug, den roten Schmetterling.

RJM

Hülsenfrucht,
Vollwertbistro,
Rennet Street,
Huddersfield

Lieber Morrissey,

der Bus ist ausgefallen! Über den Lautsprecher kam die Ansage, dass der 15-Uhr-Bus nach Grimsby auf Grund unvorhergesehener Umstände nicht fährt!

Ich fühlte eine wahnsinnige, wenn auch nur vorübergehende Erleichterung. Die anderen Fahrgäste murrten und schüttelten den Kopf, nur ich saß da und wünschte mir, dies sei die Nachricht, auf die ich gewartet hatte: Grimsby – von der Außenwelt abgeschnitten wegen Asbestalarm oder dem Ausbruch der Maul- und Klauenseuche oder gar wegen schwerer Erdstöße, bürgerkriegsähnlicher Zustände, Kabeljaukrawallen oder der Invasion der Körperfresser. Ganz egal was, Hauptsache, ich konnte einfach nach Failsworth zurückfahren, ohne meine Mam aufzuregen.

Aber es hieß nur, die Stornierung erfolge auf Grund technischer Probleme des einfahrenden Fahrzeugs. Und wir müssten auf den 17-Uhr-Bus warten. Es hieß, man würde Gutscheine ausgeben, mit denen sich die Fahrgäste in der Caféteria des Busbahnhofs ein paar Sandwiches holen könnten. Da es bei den Sandwiches aber ausschließlich nichtvegetarische Variationen gab, teils sogar komplett kannibalisch – mit Zutaten wie Zunge, Brust und Muskelfleisch –, schenkte ich meine Gutscheine einem älteren Ehepaar, das sich in die Schlange eingereiht hatte.

»Wollen Sie die denn nicht haben?«, fragte der Mann.

»Nein«, erwiderte ich, »ich kann nichts damit anfangen. Ich bin Vegetarier.«

Jetzt sah mich seine Frau an, legte mitfühlend den Kopf schief und sagte: »Ach!«, als hätte ich ihr soeben eröffnet, dass ich nur noch drei Wochen zu leben hätte.

Ich machte einen kleinen Rundgang. Trotz des Bustickets blieben mir immer noch ein Pfund fünfundsechzig. Ich entdeckte dieses Bistro und setzte mich rein. Ich weiß ja nicht, wie's *dir* geht, Morrissey, aber obwohl ich bekennender Vegetarier bin, finde ich die Atmosphäre in Vollwertbistros immer irgendwie einschüchternd. Offenbar kommen hier genau die Leute hin, denen der Vegetarismus seinen schlechten Ruf verdankt: Die Gäste hocken herum, als seien sie krank, als verzichteten sie auf Salz und ereiferten sich über Lebensmittelzusätze und FCKW. Dafür, dass sie so bewusst lebende Menschen sind, wirken sie alle ziemlich feindselig. Selbst das Essen hat eine feindselige Ausstrahlung. Ich bestellte mir eine Gemüsepastete. Sie war zwar hundertprozentig vegetarisch, aber auch hundertprozentig misslungen. Ich brachte sie zurück und sagte zu dem Typen an der Theke, die Kartoffeln seien ja noch ganz hart. Er glotzte mich an, als sei er sogar zu faul zum Atmen.

»*Al dente*«, erklärte er mir. »Nicht hart!«

»Und die Karotten?«, fragte ich.

»*Al dente.*«

Ich sah ihn an. »Und der Teig!«, sagte ich. »Hart wie Beton. Soll das etwa auch *al dente* sein?«

»Das ist biologisch-dynamisches Mehl, in der Steinmühle gemahlen, was erwarten Sie?«

Ich sagte: »Na ja, zum Beispiel, dass ich es essen kann, ohne dass mir gleich alle Plomben rausfallen.«

Er setzte zu einem lässigen Achselzucken an, brach aber mittendrin ab, als reiche die ihm zur Verfügung stehende Energie nicht mal für Lässigkeit aus. Dann tauschte er das steinharte Stück gegen ein anderes aus und meinte, ich könne froh sein, dass ich nicht in der Dritten Welt lebe, wo sich eine zehnköpfige Familie einen Monat lang von einer Hand voll Linsen und zwei Tassen Mehl ernähren müsse.

Ich fragte: »Wie heißen die Leute?«

Stirnrunzelnd fragte er zurück: »Wer?«

»Diese Familie mit den Linsen und den zwei Tassen Mehl«, erwiderte ich.

Aber er wusste es nicht! Es ist immer das Gleiche mit diesen Healthfood-Faschisten und Designerbuddhisten und Freizeitphilantropen, die ständig von den »Menschen in der Dritten Welt« reden, als hätten die keine Namen. Und sie können von Glück sagen, wenn nicht irgendwann mal ein paar von diesen namenlosen Dritte-Welt-Menschen nach Huddersfield kommen und eine Gemüsepastete verlangen! Vermutlich würden sie schnurstracks in die Dritte Welt zurückeilen und umgehend Hilfslieferungen organisieren, um der Not leidenden Bevölkerung West Yorkshires mit Mehl und Linsen auszuhelfen!

Ich ließ die Gemüsepastete einfach stehen. Wenigstens bot sich mir so ein Vorwand, im Trockenen zu sitzen, um diesen Brief an dich zu schreiben, Morrissey. Denn ich wollte dir ja noch von Janice erzählen, Morrissey. Janice wusste, dass ich nicht böse oder verrückt war, und sie war unheimlich nett zu mir. Nicht wie die grantige Krankenschwester, die mich weckte. Die mochte ich überhaupt nicht. Die nannte mich einen Lauselümmel!

Sie behauptete, ich hätte mich ertränken wollen. Aber das war absurd! Ich hatte nicht versucht, mich zu ertränken, sondern den Netten Jungen zurückzuholen. Doch das interessierte sie gar nicht. Und als sie mir das Thermometer in den Mund steckte, sagte sie: »Ich hätte nicht übel Lust, es dir woanders reinzustecken!«

Da stand sie, die kratzbürstige Krankenschwester, und starrte mich mürrisch an, während sie auf das Thermometer wartete. Und dann sagte sie, ich solle mich schämen.

»Allerhand, dass ich meine Zeit für so ein egoistisches Bürschchen verschwenden muss, wo es doch so viele *wirklich* kranke Kinder gibt, *richtig* kranke Kinder, die für dieses Bett dankbar wären! Kinder, die unverschuldet krank geworden sind und Pflege brauchen! Kinder, die eine Transplantation nötig haben, Kinder mit löchrigen Herzklappen und spröden Knochen, arme Würmchen, denen alles Mögliche fehlt! Um die sollte ich mich kümmern! Um arme kranke Kinder, nicht um kerngesunde Lauselümmel wie dich, die in den Kanal springen, um Aufmerksamkeit zu erregen! Und die mir meine kostbare Zeit rauben, uns allen hier, und so einem armen Würmchen, das es wirklich bräuchte, das Bett wegnehmen!«

Dann riss sie mir das Thermometer aus dem Mund und ich versuchte noch einmal, ihr die Sache mit dem Falschen Jungen zu erklären.

Aber sie starrte mich nur an, als sei ich bekloppt. Und dann sagte sie, jetzt könne sie keine Zeit mehr an mich verschwenden, weil sie sich um den kleinen Jungen aus Blackburn kümmern müsse, der mit der neuen Niere und der Mandelentzündung.

»*Das* nenne ich arm«, sagte die grimmige Krankenschwester. »*Das* nenne ich ein krankes Kind!«, und weg war sie. Und ich musste liegen bleiben und auf meine Mam warten. Ich fühlte mich so schrecklich, weil alle dachten, ich hätte versucht, mich umzubringen, wo ich doch nur den Netten Jungen zurückholen wollte. Aber sie glaubten mir nicht und meine Mam würde mir wahrscheinlich auch nicht glauben. Und jetzt würde alles noch viel schlimmer werden als vorher. Ich wusste keinen Ausweg mehr.

Und plötzlich saß sie auf meinem Bettrand. Ich glaube, ich hatte geschlafen. Sie lächelte mich an, und obwohl ihre Augen sehr müde aussahen, funkelten sie und passten perfekt zu ihrem blonden Haar. Sie war nicht wie die kratzbürstige Krankenschwester. Und sie trug auch keine Uniform wie die anderen Krankenschwestern; sie hatte einen weißen Mantel an, mit einem Namensschild drauf; Janice hieß sie. Sie fragte mich, was ich gern tat und mit was ich am liebsten spielen würde und so weiter. Und ich erzählte ihr von *Star Wars* und meiner Comic-Sammlung und von den Büchern, die ich gern las.

Sie fragte mich, was ich lieber hätte, *Marvel*-Comics oder *DC*-Comics. Ich war sprachlos! Ich glaube, ich hatte noch keinen Erwachsenen kennengelernt, der sich mit so was auskannte. Als sie mein überraschtes Gesicht sah, musste sie lachen. Sie habe als Kind selber Comics gesammelt, sagte sie. Und die Sammlung gebe es sogar noch.

»Irgendwo«, sagte sie, »irgendwo auf dem Dachboden. Ich muss sie gelegentlich runterholen und mal wieder anschauen.« Und plötzlich wirkte sie richtig erschöpft, als sie hinzufügte: »Wenn ich je einen Tag freikriege.«

Aber dann schüttelte sie den Kopf, lächelte mich wieder an und fragte: »Und Fußball? Ein Junge wie du kickt doch bestimmt wahnsinnig gern!«

Ich sagte, ja, da habe sie Recht. »Aber jetzt kick ich nicht mehr«, fügte ich hinzu.

Janice wirkte überrascht. »Und warum?«, fragte sie.

Ich erklärte es ihr. »Früher hab ich mal sehr gern Fußball gespielt – als ich noch der nette Junge war. Da hab ich Fußball gespielt und war bei den Pfadfindern und hab mit meinem besten Freund, Geoffrey Weatherby, Comics gesammelt. Aber jetzt will er nicht mehr mein Freund sein und meine andern Freunde wollen auch nicht mehr mit mir Fußball spielen.«

Janice sah mich teilnahmsvoll an. »Aber warum, Raymond?«, fragte sie. »*Warum* spielen sie denn nicht mehr mit dir?«

Ich zuckte die Achseln und erwiderte: »Weil meine Freunde alle wissen, dass ich nicht mehr der nette Junge bin. Deshalb spielen sie nicht mehr mit mir.«

Jetzt runzelte Janice die Stirn und sagte: »Diese kleinen Arschlöcher!«

Ich musste lachen. Eine Krankenschwester, die Kraftausdrücke benutzte! Janice lachte auch. »Ist doch wahr!«, sagte sie. »Wenn sie dich nicht mitspielen lassen!«

»Ja, schon«, antwortete ich, »aber eigentlich ist es nicht ihre Schuld. Es ist meine Schuld. Denn wenn ich noch der nette Junge wär und nicht so dick, dann würden sie ja noch mit mir spielen. Aber sie wissen es, sie wissen, dass ich eigentlich gar nicht Raymond bin.«

Jetzt zog Janice die Augenbrauen hoch.

»Na ja, natürlich bin ich Raymond«, sagte ich, »aber der böse Raymond. Und der gute Raymond ist immer noch im Kanal.«

Janice sah mich eine Weile an. Dann lächelte sie.

»Und deshalb bist du gestern Abend reingesprungen?«, fragte sie. »Ist das der Grund, warum du in den Kanal gesprungen bist?«

Ich nickte und sagte: »Ja, genau.«

Jetzt betrachtete Janice mich sehr, sehr nachdenklich. Und dann sagte sie: »Hm … aber du weißt ja sicher … dass einige Leute, einschließlich deiner Mam … denken, du hättest gestern Abend … einen Selbstmordversuch unternommen.«

Ich schüttelte den Kopf und sagte zu Janice: »Nein! Das stimmt überhaupt nicht. Ich hab es wirklich nur getan, damit der Nette Junge zurückkommen kann. Ich schwör es, Schwester Janice.«

Da sagte Janice zu mir: »Ich bin Ärztin, Raymond. Keine Schwester.«

»Oh«, sagte ich. »Entschuldigung. Das hab ich nicht gewusst.«

»Schon gut«, meinte Janice. »Du brauchst dich nicht zu entschuldigen.«

Ich zuckte nur die Achseln. Und dann sagte Janice: »Du magst es nicht, wenn sich jemand über dich aufregt, Raymond, stimmt's?«

Ich wusste nicht, was sie meinte.

»Zum Beispiel deine Mam«, erklärte sie. »Du magst nicht, wenn deine Mam sich über dich aufregt, oder?«

Ich schüttelte den Kopf, weil Janice Recht hatte. Ich sagte: »Nein, ich mag nicht, wenn meine Mam sich über mich aufregt. Mein Onkel Jason, über den muss sie sich dauernd aufregen, aber *ich* will sie nicht aufregen. Und als ich noch der Nette Junge war, hat sie sich nie über mich aufgeregt.«

»Hat sie sich gestern über dich aufgeregt?«, fragte Janice.

Ich nickte. »Sie regt sich jetzt eigentlich immer über mich auf«, sagte ich. »Seit ich der Falsche Junge bin. Anscheinend rege ich sie in letzter Zeit nur noch auf und sie weiß nicht mehr, was sie mit mir machen soll.«

»Und das ist der Grund?«, frage Janice. »Das ist der Grund, warum du dich gestern Abend umbringen wolltest?«

Ich schüttelte wieder den Kopf. »Wollte ich doch gar nicht!«, sagte ich. »Das habe ich Ihnen doch schon gesagt. Ich wollte mich bestimmt nicht umbringen!«

Janice saß eine Weile da und sah mich aufmerksam an. Und dann sagte sie: »Ja. Ich glaube, das wolltest du wirklich nicht, Raymond.«

Und ich war furchtbar froh, als Janice das sagte, weil sie auf keinen Fall glauben sollte, dass ich log.

»Wenn du dich hättest umbringen wollen«, sagte sie, »hättest du schließlich *jeden* Teil des Kanals wählen können, nicht wahr? Zum Beispiel den Abschnitt in der Nähe eures Hauses, stimmt's?«

Sie sah mich an. Ich wusste zwar nicht genau, was sie meinte, nickte aber trotzdem. Und dann sagte Janice: »Aber die Stelle, wo du gestern Abend reingesprungen bist, war eine ganz besondere Stelle, nicht wahr?«

Ich nickte erneut, und Janice sagte: »Nicht allzu weit von der Schule entfernt.« Sie sah mich eine Weile an. Dann fuhr sie fort: »Und es musste genau diese Stelle sein, nicht wahr? Wo du hineingesprungen bist?«

Wieder nickte ich und Janice sagte: »Weil du dort schon einmal etwas erlebt hast, genau an dieser Stelle?«

Ich sah sie an und sagte stirnrunzelnd: »Sie haben mit meiner Mam gesprochen, stimmt's?«

Aber Janice schüttelte den Kopf. »Nein. Mit deiner Mam werde ich mich später unterhalten. Bis jetzt habe ich kein Wort mit deiner Mam gesprochen, Raymond.«

Und ich wusste, dass Janice die Wahrheit sagte. Aber ich konnte mir einfach nicht erklären, woher sie wusste, dass ich dort »schon einmal etwas erlebt hatte«.

Sie tätschelte meinen Arm und sagte: »Schon gut. Du musst es mir nicht erzählen.«

Aber ich wollte es Janice erzählen, weil sie so nett war und weil ich sie mochte. Deshalb sagte ich: »Es musste deshalb genau diese Stelle sein, weil er dort verloren ging. Dort ist er damals verschwunden.«

Janice sah mich einen Augenblick an. Dann sagte sie: »Der Nette Junge?«

Ich nickte. Und Janice sagte: »Dort ist er in den Kanal gefallen, der Nette Junge?«

Ich schüttelte den Kopf. »Nein, nicht *gefallen*«, sagte ich. »*Getaucht*. Weil Albert Goldberg nicht schwimmen konnte und ertrunken wär, wenn der Nette Junge ihn nicht gerettet hätte.«

Jetzt nickte Janice. »Aha, verstehe«, sagte sie. »Und was haben sie damals am Kanal gemacht, der Nette Junge und Albert ... wie hieß er noch gleich?«

Ich sah Janice an. Und dann starrte ich auf die Bettdecke. Und Janice sagte lachend: »Mein Gott, was für ein Riesenseufzer für so einen kleinen Jungen!«

Ich starrte immer noch auf die Bettdecke und sagte: »Es waren nicht nur Albert und der Nette Junge. Es waren alle da; Darren Duckworth und Kevin Cowley und sogar Geoffrey Weatherby, und jetzt tut er so, als ginge ihn das alles nichts an, und er sagt ›fette Sau‹ zu mir und will nicht mehr mit mir spielen. Aber er hat es auch getan! Alle haben es getan, nicht nur ich. Und außerdem hab ich keinen dazu *gezwungen.*«

»Zu was denn?«, fragte Janice.

»Zum Fliegenfangen!«, erwiderte ich. »Alle haben mitgemacht. Okay, ich hab es erfunden, aber nur durch Zufall und danach *wollten* es ja alle tun. Ich hab nie jemanden zum Fliegenfangen *gezwungen!*«

Janice sah mich verblüfft an. »Fliegen fangen?«, sagte sie. »Was zum Teufel ist Fliegen fangen?«

Ich schüttelte nur den Kopf, presste die Lippen zusammen und sagte nichts mehr.

Janice beugte sich zu mir runter und flüsterte: »Ist das etwas ganz, ganz Schlimmes, das Fliegenfangen?«

Ich nickte. »Erst war es nicht schlimm«, sagte ich. »Aber dann.«

Janice richtete sich wieder auf.

»Und du erzählst es mir nicht?«, sagte sie. Sie wirkte richtig traurig. »Ich dachte, wir wären Kumpel, du und ich! Ich dachte, wir wären Freunde!«

Ich wollte nicht, dass sie traurig war. Und eigentlich wollte ich es ihr ja erzählen. Weil sie so nett und freundlich war und weil sie es vielleicht sogar verstehen würde. Aber ich schaffte es nicht, ich brachte es einfach nicht über die Lippen. Und deshalb schüttelte ich den Kopf und sagte: »Ich kann nicht!«

Wieder tätschelte sie meinen Arm, und dann streichelte sie ihn ein Weilchen. »Hey! Schon gut«, sagte sie. »Wir sind immer noch Freunde. Auch wenn du es mir nicht erzählen kannst. Ich versteh dich ja«, sagte sie. »Schließlich bin ich erwachsen und zu einer erwachsenen Person kann ein netter Junge kaum über so etwas sprechen, stimmt's?«

Ich zuckte nur die Achseln und Janice fuhr fort: »Aber du bist doch gar nicht mehr der Nette Junge, Raymond, oder?«

Ich schüttelte den Kopf. »Du bist ja jetzt der Falsche Junge«, sagte sie. »Und deshalb wäre es doch eigentlich egal, nicht wahr? Denn der Nette Junge hätte ja nichts damit zu tun! Ganz egal, wie schlimm es ist – es wäre der Falsche Junge, der es mir erzählt.«

Und da wusste ich, dass ich Janice alles sagen würde. Und es war mir ganz egal, dass es so schlimm war; ich wollte es einfach jemandem erzählen, nur ein einziges Mal. Ich starrte vor mich hin, wickelte den Bettdeckenzipfel um meinen Finger und fing an. Ich erzählte ihr von den Fliegen und dass wir alle unsere Pimmel rausgeholt hatten und dass ich damit eine Fliege gefangen hatte und die Fliege dann tot runterfiel und dass es mir später alle andern nachgemacht hatten und ein richtiger Wettkampf daraus wurde. Ich konnte Janice dabei aber keine Sekunde in die Augen sehen, und je länger meine Erzählung dauerte, desto klarer wurde mir, dass es sich wirklich ganz, ganz schlimm anhörte. Und ich bereute schon, dass ich was gesagt hatte, weil Janice jetzt wahrscheinlich nie mehr an mein Bett kommen und mit mir reden würde.

Und dann hörte ich es. Das Gelächter!

Und als ich aufschaute, lehnte sich Janice auf dem Bett zurück und lachte so heftig, dass ihr die Tränen übers Gesicht liefen; sie presste sich die Hand vor den Mund, um das Lachen zu ersticken. Ich fand es sehr schlimm, dass sie lachte, und starrte sie empört an, was sie offenbar nur noch mehr zum Lachen reizte! Und jedes Mal, wenn Janice zu einer Entschuldigung ansetzte, prustete sie wieder los; sie bog sich nach vorn und kreischte so laut vor Lachen, dass ich schließlich gegen meinen Willen grinsen musste, obwohl es doch eigentlich gar nicht lustig war. Und dann schauten wir uns an und ich prustete los. Und jetzt konnte ich auch nicht mehr aufhören und wir johlten und kreischten und die grimmige Krankenschwester, die gerade vorbeikam, fragte, was es denn da zu lachen gebe, und das machte alles nur noch schlimmer, und wenn sich einer von uns mal ein bisschen beruhigt hatte, brauchte er nur den andern anzuschauen und schon ging's wieder los. Und das Lustigste an der ganze Sache war, dass ich keine Ahnung hatte, *warum* ich eigentlich lachte. Denn es war doch schrecklich, über etwas zu lachen, das so bitterernst war, dass ich deswegen von der Schule geflogen war und nicht mehr zu den Pfadfindern durfte und von allen meinen Freunden geschnitten wurde. Und trotzdem musste ich jedes Mal, wenn ich aufhören wollte, noch mehr lachen. Und irgendwann lag Janice dann über dem Fußende des Betts und hielt sich die Seiten, weil sie kaum noch Luft kriegte. Und ich sagte zu ihr: »Ich weiß wirklich nicht, warum Sie lachen; es ist nämlich überhaupt nicht lustig!«

Aber Janice lag nur da, rang stöhnend nach Luft und stammelte: »O Gott! O Gott ... ich weiß ja, dass es nicht ... Oooh ...!« Und sie keuchte und wischte sich die Augen und sagte immer wieder »Großer Gott! Fliegen fangen! O mein Gott! Fliegen fangen!«

Und als Janice sich irgendwann wieder hingesetzt hatte, lächelte sie mich strahlend an und fragte: »Raymond, wie um Himmels willen konnte es passieren, dass etwas so Gutes zu etwas so Schlimmem verzerrt wurde?«

Und dann schüttelte Janice den Kopf und sagte seufzend: »Ich weiß es wirklich nicht!«

Und ich wusste es auch nicht, jedenfalls damals nicht, als das alles passierte. Also saß ich nur da und zuckte die Achseln. Und dann griff Janice nach meiner Hand und flüsterte: »Weißt du was? Nur so unter vier Augen ... ich glaube nicht, dass du der Falsche Junge bist.«

Und mit einem Seufzer fügte Janice hinzu: »Ich glaube höchstens, Raymond, dass du ein sehr, sehr dicker kleiner Junge bist.«

Janice nickte mir zu. Und ich sah sie an. Und obwohl ich mich wirklich furchtbar zusammenriss, merkte ich, wie sich mein Gesicht verzog und ich zu weinen begann, und dann erzählte ich Janice, wie der Schulleiter meine Mam direkt von der Arbeit in sein Büro zitiert hatte und wie ich von der Schule geflogen war. Und ich erzählte ihr die Sache mit Dolly und wie sich meine Mam schon wieder über mich aufgeregt hatte und dass ich überhaupt eine solche Zumutung für meine Mam war, dass sie mich nicht mehr lieb hatte und mit mir zum Analpsychotiker gegangen war. Und am Schluss nahm Janice mich einfach in den Arm und sagte zu mir, alles sei gut, jetzt werde alles wieder gut. Das sagte sie mehrere Male: »Es wird alles gut, Raymond. Mach dir keine Sorgen, alles wird wieder gut.«

Und ich nickte und hörte auf zu weinen, denn komischerweise glaubte ich es, wenn Janice das sagte. Janice gab mir den Glauben, dass irgendwann irgendwie alles wieder gut werden würde.

Sie gab mir ein Papiertaschentuch und fragte lächelnd: »Möchtest du gern nach Hause?«

Ich nickte und Janice sagte: »Ich glaube, das lässt sich machen. Ich muss nur noch kurz mit deiner Mam reden. Okay?«

»Regt sich meine Mam immer noch über mich auf wegen gestern Abend?«, fragte ich.

»Na ja, ist doch klar, dass sie sich aufregt, oder?«, sagte Janice.

»Sagen Sie's ihr?«, fragte ich. »Ich weiß nämlich, dass meine Mam Ihnen glauben wird. Sagen Sie ihr bitte, dass ich mich gestern Abend bestimmt nicht ...«

Janice lächelte mich an und erhob sich. »Ja«, erwiderte sie. »Ich sag's deiner Mam.«

Dann zwinkerte sie mir zu. Und ich sah ihr nach, wie sie durch den großen Krankensaal ging.

Und als sie ganz am Ende angekommen war, drehte sie sich noch mal um und winkte.

Später erzählte mir meine Mam, dass ihr durch Dr. Janice langsam einiges klar wurde. Meine Mam sagte, sie sei damals vor lauter Sorge ganz außer sich gewesen. Aber Dr. Janice erklärte ihr, dass es ihr nicht gut tat, sich so viel Sorgen zu machen, und mir auch nicht. Und Dr. Janice sagte meiner Mam auch, dass sie endlich aufhören müsse, Dinge zusammenzukleistern, die nicht zusammengehörten; zum Beispiel die Angst, dass mein Dad vielleicht ein bisschen verrückt war. Dr. Janice erklärte, meine Mam würde dann so etwas wie diese Angst auf das draufkleistern, was ich unten am Kanal getan hatte.

»Aber diese Dinge gehören einfach nicht zusammen«, sagte Dr. Janice zu meiner Mam.

Meine Mam erzählte, Dr. Janice sei sogar richtig wütend geworden und habe Kraftausdrücke benutzt. Sie war nicht wütend auf meine Mam. Aber als die Rede auf das Fliegenfangen kam, sagte Dr. Janice: »Und worum ging es damals, Shelagh? Jetzt mal ganz ehrlich, worum ging es? Um ein paar Jungs und die haben mit ihrem Ding gespielt und sich ein bisschen Schweinkram mit ein paar Fliegen ausgedacht. Eine Lappalie; bis sich so ein jämmerlicher Wichser von Schulleiter darauf gestürzt und es tatsächlich geschafft hat, ein geniales, wenn auch vielleicht ein bisschen schmuddeliges Spiel in einen skandalösen, schmutzigen, obszönen Akt zu verwandeln.«

Janice nickte meiner Mam zu. Und dann sagte sie richtig wütend: »Aber dieser bescheuerte Schulleiter ist ein richtiges Arschloch, Shelagh!«

Meine Mam sagte, sie habe mit offenem Mund dagesessen. Sie hatte bis dahin aus dem Mund einer Ärztin noch nicht mal das Wort »verdammt« gehört, geschweige denn Wörter wie »bescheuert« und »A...«.

»Ein richtiges Arschloch!«, wiederholte Janice. »Und diesem Scheißschulleiter hätte es wahrscheinlich gut getan, wenn er früher selber mal mit seinem Pimmel ein paar Fliegen gefangen hätte!«

Meine Mam sagte, sie sei knallrot geworden. Aber Dr. Janice schien gar nicht drauf zu achten und fuhr, immer noch wütend, fort: »Aber für Sie, Shelagh, ist dieser Schulleiter über jeden Zweifel erhaben, stimmt's? Ja! Weil Sie ständig in Angst gelebt haben! Sie haben ja genau auf so einen Vorfall gewartet! Weil sie schon viele Jahre lang mit der Angst herumlaufen, dass Raymonds Vater geisteskrank gewesen sei. Und all diese Jahre haben Sie gewartet ... auf irgendein Anzeichen, dass auch Raymond vielleicht ... nicht ganz richtig im Kopf ist. Und als er wegen dieser Fliegensache Ärger kriegt, sind Sie fast erleichtert, weil sich die jahrelange Angst endlich bestätigt. Es gibt natürlich keinerlei Zusammenhang. Es gibt nicht den mindesten Zusammenhang. Aber das ist Ihnen egal, Shelagh, weil Sie voller Angst sind, und der klebrige Leim der Angst pappt alles zusammen. Sie nehmen diese Sache mit dem Fliegenfangen« – Janice hob die geballte Hand, als habe sie etwas darin, und meine Mam saß da und starrte auf diese Faust voll schmuddeliger Vorgänge am Kanal – »und was tun Sie damit, Shelagh?« Jetzt hob Janice die andere Hand und sagte zu meiner Mam: »Sie kleistern sie da dran. Sie verbinden diese Sache mit der Familienangst, wozu sie jedoch nicht passt. Sie verbinden diese Sache mit dem exzentrischen Wesen Ihres Mannes, wozu sie ebenfalls nicht passt! Und als Nächstes kleistern Sie dann alles Mögliche zusammen, Shelagh. Ihr Sohn sagt was Unanständiges zu seiner Kusine. Völlig harmlos! So etwas haben Kinder schon immer gemacht! Aber das sehen Sie nicht, Shelagh. Nein, für Sie passt es genau ins Bild. Sie sehen plötzlich einen Jungen vor sich, der unbedingt zum Psychotherapeuten muss. Sie sehen Schweinereien und moralische Verderbtheit, Sie sehen einen Sohn, der geistig offenbar noch viel schwerer gestört ist, als es sein Vater je war. Und wenn Ihr Sohn in den Kanal springt, sehen Sie natürlich einen Sohn, der sich umbringen wollte.«

Meine Mam und Janice starrten einander an. Meine Mam war ganz verwirrt und Janice atmete schwer.

Und dann fragte meine Mam sehr leise: »Ja, wollte er das denn nicht? Hat er denn nicht versucht, sich ... umzubringen?«

Dr. Janice schüttelte den Kopf. »Nein«, sagte sie, »meiner Ansicht nach nicht.«

Und da sei sie vor lauter Erleichterung in Tränen ausgebrochen, sagte meine Mam.

»Was er getan hat, war sehr gefährlich«, fuhr Dr. Janice fort, »und es hätte durchaus ... Aber wenn wir hier über Vorsatz reden – nein. Ich glaube keine Sekunde, dass Raymond sich umbringen wollte. Auf seine Art hat er sogar ganz ... rational gehandelt, indem er nach einer Möglichkeit suchte, wieder zu einem netten Jungen zu werden.«

Meine Mam seufzte und tupfte sich mit ihrem Taschentuch die Augen. Und dann fragte sie Dr. Janice: »Wird er so etwas je wieder tun?«

Dr. Janice sah meine Mam an und meinte: »Shelagh, ich bin Psychiaterin, keine Prophetin.«

Meine Mam nickte nur. Und dann sagte Janice: »Na ja, als Psychiaterin sollte ich das eigentlich gar nicht sagen ... aber ... nein, ich glaube nicht, dass er es noch einmal tun wird. Vorausgesetzt ... Sie können ihm klarmachen, dass Sie ihm ... nicht mehr böse sind. Mit etwas Glück kommen Sie und Raymond bestimmt drüber weg.«

»Und dieses wirre Gerede gestern Abend«, sagte meine Mam, »dass er gesagt hat, er sei gar nicht mein Sohn ... er sei der Falsche Junge ...«

Jetzt stand Janice lächelnd auf und geleitete meine Mam aus dem Sprechzimmer in den Korridor. Und während sie nebeneinander hergingen, sagte Dr. Janice zu meiner Mam: »Kennen Sie die Comics, in denen er immer schmökert, seine *Marvel*-Comics? Haben Sie da mal reingeschaut?«

Meine Mam schüttelte den Kopf.

»Das sollten Sie gelegentlich tun«, sagte Janice. »Da wimmelt es nur so von Figuren mit zwei Gesichtern, Figuren, die mutieren, Figuren, von denen eine andere Persönlichkeit Besitz ergreift, Figuren, die von zwei Mächten beherrscht werden, dem Guten und dem Bösen. Ich behaupte nicht, dass er das ganz bewusst so einem Comic entnommen hat. Aber wenn man sich mal Raymonds Phantasie anschaut, kann man leicht nachvollziehen, wie es zu dieser Vorstellung vom Falschen Jungen kam.«

Dann legte Janice ihren Arm um meine Mam und sagte: »Nehmen Sie ihn einfach mit. Nehmen Sie ihn einfach mit nach Hause. Und denken Sie an das, worüber wir gesprochen haben, Shelagh – dass manchmal Dinge zusammengepappt werden, die nicht zusammengehören.«

Meine Mam nickte. Jetzt waren sie am Ende des Korridors angelangt. Meine Mam sagte: »Es ist alles meine Schuld, nicht wahr? Das geht alles auf mich zurück.«

Aber Janice schüttelte den Kopf und sagte zu meiner Mam: »Das ist keine Frage von Schuld, Shelagh. Sie haben nicht –«

»Nein, hören Sie«, unterbrach meine Mam sie. »Sie haben ganz Recht. Was Sie da vorhin sagten ... dass ich immer diese ... Angst hatte. Sie haben Recht. Ich habe Angst. Ich hab immer Angst gehabt. Und auf diese Angst ist sicher viel zurückzuführen, oder?«

Janice zuckte nur die Schultern. Und meine Mam sagte: »Also, hiermit lege ich ein Versprechen ab, Frau Doktor. Sie haben mein Wort, dass ich mir ab jetzt alle Mühe geben werde, gegen die Angst anzugehen, denn Sie haben Recht und ich bin Ihnen dankbar und ich sehe jetzt, dass ich oft ganz schön dumm war.«

Meine Mam sagte mir später, es sei ganz komisch gewesen: Als sie Janice hinterherschaute, wie sie durch den Korridor ging, wäre sie ihr am liebsten nachgerannt und für immer bei ihr geblieben. Weil sie sich, sagte meine Mam, bei Janice irgendwie sicher und geborgen fühlte.

Aber meine Mam wusste, dass es dumm war, eine Frau, eine Ärztin aufhalten zu wollen, die sie gar nicht richtig kannte, einfach nur, um dieser Frau weiterhin nahe zu sein.

Also blieb meine Mam stehen und wiederholte das feierliche Versprechen, das sie sich selbst gegeben hatte; das Verspechen, alles zu tun, was Janice ihr gesagt hatte, und ab jetzt gegen die Angst zu kämpfen, sich keine Sorgen mehr zu machen und nicht alle möglichen Dinge so lange aneinander zu pappen, bis sie ihr wie Wackersteine im Magen lagen.

Und als ich mich im Bett umdrehte, dachte ich, es käme wieder eine Krankenschwester. Aber es war meine Mam. Und sie hatte meine Kleider dabei und lächelte mich an, als habe sie mich wieder richtig lieb.

Und sie sagte: »Komm, Junge. Wir gehen heim.«

Und es war wie ein Neuanfang, als wir an jenem Tag das Krankenhaus verließen. Meine Mam sagte, jetzt habe sie alles verstanden und dieser Schulleiter sei ein richtiger Mistkerl, weil er die ganze Schuld auf mich geschoben hätte.

»Und diese Mütter mit ihren dummen Gören«, sagte meine Mam, »die uns wie den letzten Dreck behandelt haben! Und dabei hätte man gar nicht erst über diese Sache reden müssen, hat Dr. Janice gesagt. Und wenn mir so eine junge Ärztin sagt, dass es einfach nur eine Kinderei, ein Jungenstreich war, dann genügt mir das. Die können mir alle den Buckel runterrutschen, diese verdammten Mrs. Weatherbys und Mrs. Bradwicks und Donna Duckworths!«

Und dann hakte sich meine Mam bei mir ein und zog mich an sich. »Die können mir den Buckel runterrutschen«, wiederholte sie. »Das ganze Pack. Und zwischen uns beiden wird jetzt alles wieder gut, nicht wahr?«

Ich sah meine Mam an und nickte, weil ich wusste, dass wirklich alles wieder gut werden würde, denn jetzt verstand sie mich und war wieder meine richtige Mam und schaute mich nicht mehr so an, als ob ich ein falscher Junge wäre.

Ich erinnere mich noch ganz genau, wie die Sonne schräg durch die Bäume fiel, als wir die Krankenhauseinfahrt hinuntergingen, und die hellgelben Lichtkeile, die durch die Lücken in der Baumallee drangen, kamen wie Strahlen direkt aus dem Himmel herab. Ich glaube eigentlich nicht an den Himmel, jedenfalls nicht so, wie er in der Bibel, im Religionsunterricht und im Gottesdienst beschrieben wird. Aber meine Oma sagte immer, so etwas wie den Himmel gebe es ganz bestimmt, und zwar hier auf Erden, obwohl das manchmal schwer vorstellbar sei, wenn man an so fürchterliche Dinge wie das Arndale-Einkaufscenter, organisierte Religion oder Rolf Harris denke.

»Aber wenn du wachsam bist«, sagte meine Oma, »und deine Vorstellungskraft nicht an irgendwelche Nebensächlichkeiten verschwendest und nicht zulässt, dass dich die Fähigkeit, grausam zu sein, die ja in jedem von uns steckt, aushöhlt und erschöpft – wenn du dich dafür offen halten kannst, dann wirst du merken, dass es wirklich so etwas wie den Himmel gibt, Raymond; und wenn du wachsam bist und Glück hast, dann wirst du vielleicht sogar eines Tages belohnt werden und einen winzigen, flüchtigen Blick drauf erhaschen dürfen.«

Und ich habe ihn gesehen; an jenem Tag, als ich mit meiner Mam unter den von einem Glorienschein umgebenen Platanen ging, habe ich so etwas Ähnliches wie den Himmel gesehen. Und ich glaube, meine Mam hat ihn auch gesehen; denn als wir das Ende der Krankenhauseinfahrt erreichten, sah ich, dass meine Mam lächelte, als sei ihre Seele von heiterer Klarheit erfüllt. Und ich wusste, dass die Tränen, die ihr aus den Augen stürzten, nichts mit Trauer oder Sorge zu tun hatten, sondern dass nur etwas von dieser Klarheit und Heiterkeit hervorquoll. Als sie merkte, dass ich sie ansah, lachte sie. Und ich lachte auch. Und dann blieb sie stehen, zog ein Taschentuch heraus und sagte zu mir: »Wie geht's dir?«

»Gut«, antwortete ich.

»Und du bist nicht mehr müde?«, fragte sie. »Oder noch zu erschöpft von all dem, was passiert ist?«

Als ich den Kopf schüttelte, hakte sich meine Mam wieder bei mir ein. »Schön«, sagte sie ganz aufgeregt, »dann komm! Wir fahren noch nicht nach Hause! Wir gehen in die Stadt. Wir gehen jetzt zu Pizza Pacino's und bestellen uns dort die allergrößte Pizza, die es gibt – wenn wir wollen, mit fünfundzwanzig verschiedenen Sachen drauf! Und danach gehen wir ins Kino. Und danach … danach gehen wir zum Bowling!

Und wir bestellen uns Chantilly-Milchshakes und leckere Donuts und leisten uns für die Heimfahrt ein Taxi. Na los«, sagte sie. »Wir zwei machen's uns heute richtig schön!«

Und es war wirklich ein herrlicher Tag mit meiner Mam. Und am allerschönsten fand ich nicht die Pizza oder das Bowling, ja nicht mal das Kino. Am allerschönsten fand ich, dass meine Mam so glücklich war. Zu allererst ließ sie sich bei Urdu's die Haare machen. Und als wir auf dem Weg zu Pizza Pacino's durch die Kings Street kamen, blieb meine Mam kurz vor dem Schaufenster einer Boutique stehen und betrachtete ein Kleid.

»Warum gehst du nicht einfach rein und kaufst es, Mam?«, fragte ich. Aber meine Mam lachte nur und sagte: »Na hör mal!«

Und sie erklärte mir, solche Boutiquen mit ohrenbetäubender Discomusic, in denen lauter gertenschlanke Mädchen einkaufen, seien nichts mehr für Frauen ihres Alters. Sie sagte, da würden sich doch alle fragen, warum so eine alte Frau wie sie nicht bei Dorothy Perkins einkaufe, wo sie hingehörte. Ich runzelte die Stirn. Meine Mam war überhaupt nicht alt! Als noch Freunde zu mir nach Hause kamen, hatten die immer gesagt, meine Mam säh gar nicht wie eine Mam aus, eher wie ein Filmstar oder ein Model, weil sie so sagenhaft hübsch sei! Und obwohl mich das manchmal ein wenig verlegen machte, war ich doch sagenhaft stolz, eine Mam zu haben, die nicht wie eine Mam aussah.

Und deshalb sagte ich zu ihr, als wir vor der Boutique standen: »Du bist überhaupt nicht alt! Du solltest dir das Kleid unbedingt kaufen.«

Aber meine Mam lächelte nur und schüttelte den Kopf und wir gingen weiter. Aber dann blieb meine Mam plötzlich mitten auf dem Gehweg stehen, schaute mich an und sagte: »Nein! Du hast Recht, mein Junge! Du und Dr. Janice, ihr habt ja völlig Recht. Wir haben jetzt lang genug Angst gehabt. Komm.«

Und sie machte auf dem Absatz kehrt und marschierte zur Boutique zurück.

Dort kaufte sie sich nicht nur das neue Kleid, sondern auch noch neue Schuhe. Und sie bat die Verkäuferin, ihr die alten Schuhe und das alte Kleid einzupacken, weil sie die neuen Sachen gleich anbehalten wollte. Meine Mam sah phantastisch aus. Sie sah viel besser aus als diese gertenschlanken Mädchen. Und als wir im Pizza Pacino's saßen, zwinkerte der Kellner mit der Pfeffermühle und dem Schnauzbart meiner Mam die ganze Zeit zu und sagte: *»Ciao, bella«*, obwohl man genau merkte, dass er aus Prestwick oder Stockport stammte. Meine Mam sagte, der sei ja ganz schön aufdringlich und das gehe doch wirklich ein bisschen zu weit. Aber man merkte genau, dass sie es gar nicht so meinte. Und normalerweise nervt es mich, wenn meiner Mam jemand zuzwinkert und »Ciao, bella« zu ihr sagt, aber an diesem Tag nervte es mich überhaupt nicht. Ich war einfach nur froh, dass meine Mam so glücklich aussah. Und so hübsch. Und so jung, wie sie wirklich war.

Und als ich sie fragte, welchen Film sie sehen wolle, schaute sie mich entgeistert an, als sei diese Frage völlig überflüssig, und sagte: »Natürlich *Die Rückkehr der Jedi-Ritter*!«

Jetzt war *ich* überrascht. Denn eigentlich fand meine Mam *Star Wars* furchtbar langweilig und vor einiger Zeit war sie in *Die Rückkehr der Jedi-Ritter* sogar eingeschlafen. Und dabei hatten wir uns den Film erst das fünfte Mal angeschaut!

Ich sagte, es müsse wirklich nicht unbedingt ein *Star Wars*-Film sein und sie könne sich gern irgendwas anderes aussuchen. Aber meine Mam beharrte drauf und sagte: »Nein! Ich will *Die Rückkehr der Jedi-Ritter* sehen!«

Erst dachte ich, sie tue es mir zuliebe, weil ich im Krankenhaus gewesen war. Aber dann hatte ich das Gefühl, dass sie der Film wirklich interessierte, und als wir aus dem Kino kamen und zum Bowling gingen und leckere Donuts mampften, löcherte mich meine Mam die ganze Zeit mit Fragen, zum Beispiel, was man tun müsse, um ein Jedi-Krieger zu werden, und warum die Wookies und die Ewoks keine Lichtschwerter hätten. Und sie wirkte keine Sekunde gelangweilt. Und als sie sogar Obi-Wan Kenobis Namen richtig aussprach, da wusste ich, dass ihr Interesse echt war. Denn wenn ich meiner Mam bisher von *Star Wars* erzählt hatte, hatte sie den Namen immer falsch verstanden und irgendwas Dummes gesagt, zum Beispiel Obi-*John* Kenobi oder so.

Aber an jenem Tag, als sie mich vom Krankenhaus abholte und mit mir in die Stadt ging, an jenem Tag, als sie so jung und hübsch aussah und sich fest vornahm, ihre Angst abzuschütteln – an jenem Tag war nichts von dem, was meine Mam sagte oder tat, auch nur im Mindesten dumm.

Alle Dummheit passierte an jenem Tag woanders; dort, wo sich gewisse Dinge ereigneten. Dinge, von denen ich nichts wusste – noch nicht. Dinge, von denen ich erst viele Jahre später erfahren sollte.

Ich war mit meiner Mam in der Stadt. Und davor war ich im Krankenhaus gewesen. Deshalb hatte ich nichts davon gehört. Und am Abend zuvor hatte sich meine Mam solche Sorgen um mich gemacht, dass sie weder das Radio noch den Fernseher eingeschaltet hatte. Und deshalb hatten weder ich noch meine Mam die *North West News* angeschaut oder die Nachrichten auf GMR gehört. Und deshalb wussten wir nichts von dem kleinen Mädchen, das verschwunden war; wir wussten nichts von der Suche im Park, wir wussten nicht, dass man Schuppen, abgelegene Wege und Garagen durchkämmt hatte. Wir wussten nichts von der Sandale, die man am Rand eines Schrebergartens gefunden hatte, von der zerschrammten braunen Sandale mit der kaputten Schnalle.

Weder ich noch meine Mam hatten etwas davon gehört.

Und wir wussten auch nicht, dass eine Pressekonferenz stattfand und die Eltern des Mädchens sich an die Öffentlichkeit wandten; der Vater legte seiner Frau den Arm um die Schultern und appellierte an jeden, der vielleicht irgend etwas beobachtet hatte, sich zu melden und die Polizei bei der Suche nach seiner schönen, geliebten, fröhlichen kleinen Tochter zu unterstützen. Dann brach er weinend zusammen. Doch seine Frau weinte nicht. Seine Frau saß da wie tot. Und der Detective Sergeant sagte dem Reporter, das sei oft so, wenn ein Mensch plötzlich so einen Alptraum durchmacht; den schlimmsten aller Alpträume, den Alptraum, vor dem allen Eltern graut.

Und dann folgten Bilder von der Mahnwache; die Nachbarinnen, die Mütter, die das Kind kannten, standen im Dunkeln vor dem Haus, hielten Kerzen in der Hand und schworen, so lange wie nötig auszuharren; sie erklärten der Frau von den *Granada News*, dass sie notfalls ewig dort stehen und für das kleine Mädchen beten würden, für dieses kleine Mädchen, das immer gelächelt habe und so ein fröhliches, lebhaftes Kind sei. Und die Frau mit dem Mikrofon fragte Mrs. Machonochie, ob sie die kleine Paulette für die Zuschauer vielleicht mit einem Wort charakterisieren könne. Und Mrs. Machonochie unterdrückte ein Schluchzen, wischte sich mit einem Taschentuch die Augen und sagte an die Zuschauer gewandt, es gebe so *viele* schöne Wörter, die auf die kleine Paulette zuträfen. Und dann brach Mrs. Machonochie in Tränen aus und wurde von Mrs. Kershall getröstet und die Interviewerin nickte mitfühlend und verständnisvoll und die Kamera verweilte auf Mrs. Machonochies gequältem Gesicht, und kurz bevor wieder ins Studio zurückgeschaltet wurde und die Werbepause kam, zeigte man noch ein Foto des kleinen Mädchens; es trug eine Schuluniform und lächelte; vielleicht etwas ängstlich, aber es lächelte und gab sich alle Mühe, wie ein nettes kleines Mädchen auszusehen.

Aber dieses Foto kannten wir nicht, meine Mam und ich.

Wir hatten nicht ferngesehen oder die ganze Nacht Radio gehört, wie es die Nachbarinnen taten, die während ihrer Kerzenwache stündlich die neuesten Meldungen hörten und es fast als persönlichen Verrat empfanden, als die Topmeldung im Lauf der Nacht immer weiter nach hinten rückte, zu einer

Nachricht unter vielen wurde und von neueren Tragödien, aktuelleren Dramen verdrängt zu werden drohte.

Und dann, als es, wie Mrs. Keogh sagte, »schon fast so aussah, als hätte diese verdammte Welt da draußen unsere arme kleine Paulette vergessen«, fiel in den Sechs-Uhr-Nachrichten auf GMR der Name Paulette Patterson plötzlich wieder an erster Stelle und der Sprecher verkündete mit ernster Stimme, es gebe jetzt »neue Erkenntnisse« bei der Suche nach dem vermissten Kind.

Die Nachbarinnen scharten sich ums Radio, schlossen die Augen und wagten kaum zu atmen, als der Polizeisprecher von dem Kleidungsstück berichtete, das man auf einem öffentlichen Grundstück am Rand eines Schlackenwegs gefunden hatte. Es sei noch zu früh, meinte der Polizeisprecher, um etwas Genaueres zu sagen, aber er könne bestätigen, dass es sich um Damenunterwäsche handle. Ja, und die Größe des betreffenden Wäschestücks deute darauf hin, dass es einem Kind gehöre.

Die Nachbarsfrauen warfen sich gequälte Blicke zu; Mrs. Machonochie begann zu weinen.

Aber ich und meine Mam, wir wussten nichts von den Nachbarinnen, nichts von den Gebeten und Kerzen, nichts von den Mahnwachen, die in der Abenddämmerung begannen und bis zum Morgengrauen währten.

Wir wussten auch nichts von dem zwangspensionierten Milchmann aus Gatley, der, statt im Bett rumzuliegen und über sein Schicksal nachzugrübeln, lieber früh aufstand und mit seinem Hund einen schönen Morgenspaziergang machte – den Treidelpfad entlang, unter den alten Brücken hindurch und dann an der Schleuse vorbei.

Wir wussten nichts von ihm. Auch nicht, dass sein Hund, der sonst immer aufs Wort gehorchte, an jenem Morgen auf die Schuppen und die verlassenen Gebäude zugerannt war, dort bellend und jaulend stehen geblieben und trotz mehrfachen Rufens nicht zu seinem Herrchen zurückgekommen war.

All das wussten wir nicht.

Wir wussten nicht, dass der Milchmann vom Treidelpfad zu den verlassenen Gebäuden hinübergelaufen war, um den kläffenden Hund auszuschimpfen und wieder an die Leine zu nehmen.

Von all dem wussten wir nichts; auch nicht, dass der Milchmann einen Schreck bekam, ungläubig die Augen aufriss, dass sein Herz wild hämmerte, als er durch das rostige Metallgitter ins Dunkel hinabspähte – und dort im Schatten das kleine Gesichtchen entdeckte, aus dem schreckgeweitete Augen zu ihm emporstarrten.

All das wussten wir nicht, ich und meine Mam.

Zuerst dankte die kleine Schar der Nachbarinnen Gott, dass man das Kind lebend gefunden hatte. Sie umarmten und küssten sich, sie lächelten und weinten vor Freude über diese wundervolle Nachricht und die Menge wurde größer, es gesellten sich Neugierige und Schaulustige hinzu, zufällig vorbeikommende Passanten. Doch während alle noch wartend herumstanden und überlegten, wie sie das Kind willkommen heißen sollten, kamen Gerüchte auf: Das Kleid des Mädchens sei zerrissen gewesen, sie habe keine Unterwäsche mehr angehabt, ihre Beine seien blutig und zerkratzt gewesen, ihre Arme von Prellungen übersät.

Als dann die Einzelheiten bekannt wurden, stellte man die Dankgebete ein. Nach Auskunft der Polizei glich Paulette einem völlig verängstigten, zitternden kleinen Tier und stand noch zu sehr unter Schock, um etwas auszusagen. Sie habe ein so schweres Trauma erlitten, sie habe so Schreckliches durchgemacht, sagte ein Polizeisprecher, dass sie vielleicht nie mehr sprechen werde.

Ungeachtet dessen kündigte derselbe Polizeisprecher an, dass man alles tun werde, um den Täter zu finden, der für diese schlimme Tat und das unsägliche Leiden des hilflosen Kindes verantwortlich sei.

Und dann fragte jemand, wo man das Mädchen eigentlich

gefunden habe. Und jemand, der es von jemand anderem erfahren hatte, der sich ganz sicher war, sagte: »Am Kanal!«

Von all dem wussten ich und meine Mam nichts. Wir ließen uns die Pizza schmecken und vertrugen uns wieder wunderbar. Deshalb schmeckte mir meine Pizza auch wie die allerbeste Pizza im ganzen Universum: weil meine Mam sich wieder mit mir vertrug. Ich fühlte mich glücklich und geborgen – weil ich wusste, dass ich mir um nichts in der Welt Sorgen machen musste, solange meine Mam und ich nur fest zusammenhielten.

Aber ich ahnte ja nicht, was passiert war. Und meine Mam ahnte es auch nicht.

Wir ahnten nichts von den Nachbarinnen, die ihre Dankgebete inzwischen eingestellt hatten und sich jetzt erinnerten, dass zu Beginn des Sommers doch irgendetwas unten am Kanal passiert war. Sie hatten damals doch irgendwas von unschuldigen Kindern, grauenvollen Vorgängen, unaussprechlichen Dingen gehört. Und von einem Jungen! Einem Jungen vom anderen Ende der Siedlung, der seinen Jahren weit voraus war, wie es hieß; ein Junge, den man eigentlich gar nicht mehr als Jungen bezeichnen konnte, eine Bestie von einem Jungen, ein Sittenstrolch!

Und damals, zu Beginn des Sommers, damals, als alles anfing, damals, als die Kinder vom anderen Ende der Siedlung zum Kanal gelockt und zu unsäglichen Dingen gezwungen worden waren, damals hatten alle gesagt, dass da bestimmt noch was nachkommen würde und dass man etwas unternehmen müsse. Weil solche Kinder, die einen schlechten Einfluss haben und ihre arglosen Spielgefährten verderben und zu hässlichen Dingen verführen, weil solche Kinder eigentlich gar keine Kinder sind; weil so ein Junge, wenn man ihn nicht im Auge behält, eine tickende Zeitbombe ist.

Aber davon wussten wir nichts, ich und meine Mam.

Wir schauten uns die Ewoks, die Wookies, Han Solo, Obi-Wan Kenobi und den Rest der Bande an.

Und jetzt war das kleine Mädchen im Krankenhaus, und im Hintergrund des Zimmers standen ihre Mam und ihr Dad und der Polizist und die Polizistin, während die Ärztin vor Paulette kniete, ihre Prellungen betupfte, ihre Kratzer eincremte und ganz beiläufig fragte: »Irgendjemand hat dir wehgetan, Paulette, nicht wahr?«

Paulette sah zuerst die Ärztin an. Dann sah sie an ihr vorbei nach hinten, wo ihre Mam und ihr Dad mit der Polizei standen. Paulette starrte ihren Vater mit weit aufgerissenen Augen an, ohne zu zwinkern, und er starrte zurück und auf seiner Oberlippe glänzten kleine Schweißperlen, als die Ärztin Paulette erneut fragte: »Kannst du uns sagen, wer das gewesen ist, Paulette?«

Niemand sah das Gesicht ihres Vaters; niemand außer Paulette sah die Warnung, die Drohung in seinem Blick.

»Hör mal, Paulette«, sagte die Ärztin. »Du weißt doch, dass wir dich vorhin untersucht haben, als du hier angekommen bist, nicht wahr?« Die Ärztin nickte lächelnd. »Und deshalb wissen wir es, Paulette; deshalb wissen wir, dass dir jemand etwas sehr Schlimmes angetan hat.«

Paulette starrte an der Schulter der Ärztin vorbei und sah ihre Mutter, die wie ein Zombie auf den Boden stierte; sie sah die Polizistin, der die Tränen übers Gesicht strömten.

»Die Person, die das getan hat«, fragte die Ärztin, »kennst du diese Person, Paulette?«

Paulette Patterson, die immer noch starr ihren Vater ansah, nickte langsam.

Die Warnungen, die Drohungen in den Augen ihres Daddys zählten jetzt nicht mehr; nicht hier. Jetzt war es ganz leicht, wo doch die Ärztin da war und der Polizist und die Polizistin.

»Kannst du es mir sagen?«, fragte die Ärztin. »Kannst du mir den Namen der Person nennen?«

Paulette Patterson nickte erneut *und starrte immer noch ihren Vater an*, als sie leise sagte: »Er.«

Paulette beobachtete, wie der Kopf ihres Vaters gegen die Wand sank, sein Mund stand weit offen.

Und wenn die Ärztin dem Blick des Mädchens gefolgt wär, hätte sie es vielleicht erraten. Wenn der Polizist nicht damit beschäftigt gewesen wär, seine in Tränen aufgelöste Kollegin zu trösten, hätte er es vielleicht bemerkt.

Doch die Ärztin folgte dem Blick des Mädchens nicht. Sie sah Paulette fragend an und sagte: »Wer? Paulette, wer ist *er*?«

Und in diesem Moment kam Paulettes Daddy zurück; er löste den Kopf von der Wand, ihr richtiger Daddy; der Daddy, in dessen Gesicht keine Drohung oder Warnung mehr stand, der nicht zornig die Kiefer zusammenbiss, dem nicht die kalte Wut in den Augen stand; nur noch stumme Verzweiflung, ängstliches Flehen; ein hilfloser Appell.

Und in diesem Blick sah Paulette, was sie unbedingt brauchte und sehen wollte; in diesem Blick sah sie Liebe, Fürsorge, Reue, Bedauern und Gewissensbisse. Paulette sah in den Augen ihres Vaters Liebe; die einzige Liebe, die sie je gekannt hatte.

Und als die Ärztin noch einmal fragte: »Wer, Paulette, wen meinst du mit *er*?«, holte Paulette Patterson tief Luft, wandte den Blick von ihrem Vater ab, sah die Ärztin direkt an und sagte: »Der Sittenstrolch.«

Aber davon wussten meine Mam und ich nichts.

Wir spielten Bowling und aßen leckere Donuts. Und selbst auf dem Heimweg im Taxi wussten wir es noch nicht.

Der Taxifahrer sagte zu meiner Mam: »Ihr beiden seht ja aus, als hättet ihr euch prächtig amüsiert!«

Und meine Mam erwiderte: »Ja, wir haben uns wunderbar amüsiert!« Sie nahm mich in den Arm und fragte mich lächelnd: »Nicht wahr, Raymond?«

Ich nickte und sie sagte zu dem Taxifahrer: »Wir hatten einen herrlichen Tag zusammen, mein Sohn und ich.«

Meine Mam wandte sich wieder zu mir und lächelte mich an. Und dann, als wir in unsere Straße einbogen und meine

Mam nach ihrer Tasche griff, um den Geldbeutel herauszuholen, hörte ich den Taxifahrer plötzlich sagen: »Oje! Was wollen denn die Bullen hier?«

Und ich sah, dass vor unserem Haus ein Polizeiauto parkte, neben dem zwei Polizisten standen. Einen Moment hatte ich ein mulmiges Gefühl. Aber dann sagte meine Mam: »Oh, schau mal! Das ist ja Eric! Und der andere ... wie heißt er noch gleich? Sein Kumpel ... ach ja, Dave, die zwei, die dich ins Krankenhaus gebracht haben! Guck mal«, sagte sie zu mir, »die wollen einfach mal schauen, wie's dir geht! Ist das nicht nett? Na komm«, sagte sie und bezahlte den Taxifahrer. »Die werden sich freuen, wenn sie dich sehen!«

Wir stiegen aus dem Taxi, ich und meine Mam in ihren neuen Schuhen, ihrem neuen Kleid und ihrer Urdu-Frisur.

»Hallo!«, rief sie, während wir die paar Schritte auf die Polizistin zugingen. »Da staunen Sie, was?«, sagte sie, legte den Arm um mich und zog mich sanft mit. »Kerngesund ist er wieder, und die Ärztin hat gesagt, wir bräuchten uns keine Sorgen zu machen!«

Und dann holte sie den Schlüssel aus der Tasche und fragte: »Hätten Sie vielleicht Zeit für ein Tässchen Tee?«

Und jetzt fiel meiner Mam plötzlich auf, dass die zwei Polizisten nicht ganz so freundlich aussahen wie am Abend zuvor. Einer sah verlegen weg. Und der andere öffnete die hintere Wagentür.

»Was ist denn los?«, fragte meine Mam.

Und da stieg ein Mann aus dem Wagen und sagte: »Mrs. Marks? Ich bin Detective Sergeant Culshaw, Kriminalpolizei. Könnte ich Sie bitte einen Moment sprechen?«

»Es geht ihm wieder gut«, sagte meine Mam mit besorgter Miene und zog mich näher an sich. »Es ist alles wieder in Ordnung!«

Der Kriminalbeamte räusperte sich und nickte zum Haus hin. »Wir sollten wohl lieber hineingehen.«

Meine Mam zögerte einen Moment. Und dann sah sie Mrs.

Caldicott, die Nachbarin von gegenüber, durchs Fenster starren.

Jetzt öffnete meine Mam die Tür und ließ ihn hinein.

Er sagte zu meiner Mam, es sei vielleicht das Beste, wenn sie sich ungestört unterhalten könnten, und sah mich dabei an. Und meine Mam kapierte sofort und schickte mich in mein Zimmer rauf. Ich könne mich doch schon mal fürs Bett fertig machen, sagte sie, sie komme gleich nach. Aber ich wollte nicht ins Bett. Ich wollte meine Mam nicht allein lassen. Sie hatte immer noch ihr neues Kleid und ihre neuen Schuhe an, trug immer noch ihre neue Frisur. Aber es war nicht mehr dasselbe. Denn jetzt sah meine Mam wie eine richtige Mam aus.

»Raymond!«, sagte sie scharf. »Geh in dein Zimmer hinauf!«

Und ich stieg die Treppe rauf und ging auch wirklich in mein Zimmer, aber nur, damit meine Mam deutlich die Dielen knarren hörte. Dann schlich ich mich leise zum Treppenabsatz zurück.

Als Erstes hörte ich meine Mam mit hoher, erstaunter Stimme fragen: »Was soll das heißen, ›wo er war‹? Er war am Kanal. Fragen Sie doch die beiden da! Die haben ihn schließlich rausgezogen!«

Ich schlich die Treppe runter, bis ich bei der dritten Stufe von unten angekommen war und übers Geländer ins Wohnzimmer spähen konnte. Die beiden normalen Polizisten saßen auf dem Sofa und der Kriminalbeamte schaute gerade in sein Notizbuch.

»Da war es ... 18.35 Uhr, als ihn die beiden Kollegen entdeckten und aus dem Wasser fischten. Aber davor, Mrs. Marks, können Sie mir ungefähr sagen, wann sie Ihren Sohn zum letzten Mal gesehen haben?«

»Wie?«, fragte meine Mam. »Gestern Abend?«

»Genau«, sagte er. »Wir wissen, wo er ab 18.35 Uhr war, da haben ihn ja die beiden Kollegen entdeckt. Aber davor, Mrs.

Marks, um welche Zeit haben Sie ihn davor zum letzten Mal gesehen?«

»Warum wollen Sie das von mir wissen?«, fragte meine Mam.

Doch niemand schien sich für die Fragen meiner Mam zu interessieren, denn der Detective Sergeant sagte nur: »War es zehn Minuten vorher, eine halbe Stunde, eine Stunde ... wann?«

Alle schwiegen und ich wusste, dass meine Mam jetzt nachdachte. »Ich kann es nicht mit hundertprozentiger Sicherheit sagen«, meinte sie dann, »aber ich glaube, es war gegen halb sechs. Ich weiß noch, es war kurz nach unserer Rückkehr vom ...«

Der Detective Sergeant sah auf, als meine Mam stockte. Dann fragte er lächelnd: »Nach Ihrer Rückkehr von wo, Mrs. Marks?«

Meine Mam nickte. »Vom ... Psychotherapeuten«, sagte meine Mam. Der Detective Sergeant sah sie an. Meine Mam lachte nervös und winkte ab. »Es war nichts«, sagte sie, »nichts. Es stimmt alles mit ihm. Dr. Janice hat es mir jetzt genau erklärt.«

Der Detective Sergeant räusperte sich. Und dann schniefte er. Aber ich sah, wie er den beiden andern Polizisten einen Blick zuwarf. »Na gut«, sagte er. »Aber zurück zu ... wie spät dürfte es also gewesen sein, als Sie vom ... Psychotherapeuten zurückkamen?«

Meine Mam dachte angestrengt nach. Dann sagte sie: »Na ja, es muss so gegen halb sechs gewesen sein. Ich kann es natürlich nicht mit letzter Sicherheit sagen, aber ...«

»Halb sechs«, unterbrach er meine Mam und machte sich eine Notiz. »Dann können Sie also nicht bezeugen, wo Ihr Sohn in der Zeit zwischen 17.30 und 18.35 Uhr gewesen ist.«

»Was soll das heißen?«, sagte meine Mam. »Natürlich kann ich es bezeugen, ich kann Ihnen ganz genau sagen, wo er war. Er hat draußen im Garten gesessen!«

Jetzt trat eine Pause ein, als wisse der Detective Sergeant nicht, was er dazu sagen solle. Und dann fragte meine Mam: »Aber warum wollen Sie das denn alles wissen? Was zum Teufel ist denn los?«

»Hätten Sie etwas dagegen«, erwiderte der Detective Sergeant »wenn ich mal kurz aus dem Fenster schaue?«

»Aus dem Fenster?«, erwiderte meine Mam. »Nein, natürlich habe ich nichts dagegen. Warum sollte ich?«

Wieder wurde es einen Moment still. Dann hörte ich die Stimme des Detective Sergeant von weiter hinten. »Als Ihr Sohn draußen im Garten saß, Mrs. Marks, da waren Sie also bei ihm?«

»Nein«, antwortete meine Mam. »Ich war nicht im Garten. Ich war hier im Wohnzimmer.«

»Die ganze Zeit?«, fragte er. »Sie haben also die ganze Zeit, während Ihr Sohn draußen im Garten war, hier gesessen?«

»Ja«, bestätigte meine Mam.

»Wie können Sie dann so sicher sein«, fragte der Mann und kam wieder zurück, »dass Ihr Sohn definitiv draußen im Garten war?«

»Weil er eben da war!«, antwortete meine Mam. »Er hat draußen gesessen und mit seinen *Star Wars*-Figuren gespielt.«

Wieder hörte ich den Detective Sergeant schniefen. Und dann sagte er: »Aber ganz sicher können Sie sich nicht sein, Mrs. Mark, oder? Sie haben mir doch gerade gesagt, dass Sie hier in diesem Zimmer waren. Und selbst wenn Sie am Fenster gesessen hätten, Mrs. Marks, hätten Sie trotzdem nicht wissen können, ob Ihr Sohn da draußen ist. Ich habe nämlich gerade bemerkt, dass man von diesem Zimmer aus nicht in den Garten sehen kann.«

Jetzt wurde meine Mutter richtig sauer und sagte: »Also, hören Sie mal! Sie kommen hier rein, stellen mir alle möglichen Fragen und schauen aus dem Fenster und ich habe nicht den blassesten Schimmer, worum es hier eigentlich geht! Ich weiß nicht, auf was Sie hinauswollen, aber ich sage Ihnen ein für alle Mal: Ich weiß, wo mein Sohn gewesen ist. Er hat draußen im Garten gesessen und geschmollt und ich war hier drin und das weiß ich deshalb noch so genau, weil zwischen uns immer noch Funkstille herrschte; ich war wütend über ein paar Dinge, die er gesagt hatte! Er ist einfach mit seinen *Star Wars*-Figuren in den Garten gegangen und hat dort gespielt. Und ich saß hier drin. Sie können doch nicht einfach hier reinkommen und mir erzählen, was passiert ist und was nicht, wenn ich Ihnen sage, dass Raymond im Garten war!«

Jetzt klang der Detective Sergeant plötzlich ganz sanft und betroffen und sagte zu meiner Mam, es tue ihm Leid.

»Ganz bestimmt«, sagte er. »Glauben Sie mir, Mrs. Marks, ich finde es ja selber schrecklich, dass ich den Leuten lästig fallen und ihnen alle möglichen Fragen stellen muss. Aber Sie sind nicht die Einzige«, sagte er, »ich muss alle möglichen Leute befragen. Doch glauben Sie mir, Mrs. Marks, ich tue es nicht gern. Es wird einfach von mir verlangt, dass ich zu den Leuten hingehe und bestimmte Nachforschungen anstelle. Die Leute werden quasi auf einer Liste abgehakt. Ich bin sozusagen das Mädchen für alles. Ich muss einfach überprüfen, wo sich gewisse Personen zu welcher Zeit aufgehalten haben, und dann werden sie auf der Liste abgehakt, das ist alles.«

Als meine Mam wieder sprach, merkte ich gleich, dass seine Masche funktioniert hatte: Sie empfand jetzt fast ein bisschen Mitleid für ihn und all seine Probleme.

»Ich will Ihnen Ihre Arbeit ja nicht noch schwerer machen«, sagte meine Mam, »aber wenn ich nur wüsste, worum es geht! Ich weiß ja noch gar nicht, was eigentlich los ist!«

Jetzt lachte der Detective Sergeant und sagte: »Hey, Mrs. Marks! *Sie* wissen nicht, was los ist? Was soll *ich* da erst sagen? Ich werde einfach losgeschickt, um den Leuten ein paar Fragen zu stellen. Mehr erfahre ich auch nicht. Ich weiß ja selber nicht, um was es geht! Vermutlich irgendeine Bagatelle. Irgendein Kinderstreich, über den sich ein Nachbar beschwert hat. Völlig belanglos. Aber wir müssen beweisen, dass wir tätig werden. Also werde ich alter Esel losgeschickt, um ein paar Erkundigungen einzuziehen.«

Jetzt klang meine Mam richtig erleichtert. »Sie können mir glauben«, sagte sie, »dass Raymond bestimmt nichts angestellt hat. Im Grunde hat er ja die ganzen Sommerferien über kaum das Haus verlassen!«

Der Detective Sergeant nickte. »Tja, wie gesagt, das beruhigt die Öffentlichkeit, wenn ich einfach so ein bisschen herumfrage. Dann sehen die Leute, dass wir was tun.«

Auch ich war erleichtert. Wenigstens ein bisschen. Denn irgendwie kam mir die Sache komisch vor; wenn es *wirklich* nur um irgendeinen Kinderstreich ging, warum saßen dann hier zwei uniformierte Polizisten und der Detective Sergeant in unserem Wohnzimmer?

Aber vielleicht war ja doch alles in Ordnung. Denn jetzt klang meine Mam nicht mehr ängstlich und besorgt. »Warum haben Sie das denn nicht gleich gesagt?«, fragte sie. »Als Sie sagten, Sie seien Detective Sergeant, da hab ich einen Riesenschreck gekriegt. Ich hab immer gedacht, ein Detective Sergeant sei jemand ganz Wichtiges. Ich hab gedacht, dann muss es sich um etwas sehr Schlimmes handeln. Ich hab nicht gewusst, dass Detective Sergeants so etwas machen müssen, Leute befragen, wenn ein paar Kinder irgendwas angestellt haben!«

»Oh, Sie würden sich wundern!«, erwiderte er lachend. »Bei uns gibt es nicht immer nur Action und Glamour, wie man es aus dem Fernsehen kennt. Das Meiste ist Routine, Mrs. Marks. Öde, langweilige, stumpfsinnige Routine.«

»Das kann ich Ihnen lebhaft nachfühlen!«, erwiderte meine Mam. »Ich arbeite als Kassiererin bei KwikSave.«

»Hey!«, rief er kumpelhaft, als sei er mit meiner Mam schon ewig dick befreundet. »Da können Sie wirklich von Glück reden. Im Vergleich zu meinem Job kommt mir eine Supermarktkasse wie das Paradies vor!«

»Oje«, erwiderte meine Mam lachend, »der Glamour von Konservendosen und Strichcodes!«

Der Detective Sergeant gluckste. »Also dann, vielen Dank, Mrs. Marks, dass Sie sich so viel Zeit für uns genommen haben«, sagte er. »Wenn alle Leute so hilfsbereit und offen wären wie Sie, dann wär unser Job nicht ganz so öde!«

Und die beiden Polizisten forderte er auf: »Na dann, packen wir's.«

Als ich sah, wie sie vom Sofa aufstanden, huschte ich wieder zum Treppenabsatz rauf und duckte mich, damit sie mich nicht entdeckten, wenn sie in den Flur kamen. Ich war heilfroh, dass sich anscheinend alles in Wohlgefallen auflöste. Ich wusste ja, dass ich nichts ausgefressen hatte. Aber wenn plötzlich drei Polizisten vor der Tür stehen, denkt man natürlich, man hätte vielleicht doch irgendwas angestellt, auch wenn man gar nicht weiß, was. Aber jetzt war ja alles in Ordnung. Als sie in den Flur kamen, sagte der Detective Sergeant zu den beiden Polizisten: »Ich bin sicher, dass Mrs. Marks was Besseres zu tun hat, als ihre Zeit an uns zu verschwenden.«

Lachend erwiderte meine Mam, die ihnen zur Tür gefolgt war: »Ja, da haben Sie Recht. Ich war den ganzen Tag weg und hab noch nicht mal die Waschmaschine angestellt.«

»Na, wer sagt's denn!«, erwiderte der Detective Sergeant. »Das ist bestimmt kein Honigschlecken, arbeiten zu gehen und gleichzeitig noch einen Jungen großzuziehen. Man hat's nicht immer leicht mit Kindern, wie?«

»Das können Sie laut sagen!«, stimmte meine Mutter lachend zu. Und von meinem Platz aus sah ich durchs Treppengeländer, wie meine Mam ihnen die Haustür öffnete.

Alles war okay. Gleich waren sie weg und ich würde schnell ins Bett schlüpfen und meine Mam würde in mein Zimmer raufkommen. Sie würde mir eine gute Nacht wünschen und mich erinnern, dass ich nicht mehr allzu lange lesen solle, »weil das nicht gut für deine Augen ist, bei künstlichem Licht!« Ich überlegte gerade, ob ich lieber ein Buch lesen sollte oder doch meine Comics, als plötzlich der Detective Sergeant zu meiner Mam sagte:

»Ach ja, da fällt mir noch ein: Die Sache ist doch hoffentlich wieder in Ordnung?«

»Wie bitte?«, fragte meine Mam. »Ich verstehe nicht …«

»Der Streit«, erklärte er, »oder habe ich das vorhin falsch verstanden? Ich dachte, es hätte einen Streit gegeben zwischen Ihnen und Ihrem Sohn; Sie sagten doch was von Funkstille oder so ähnlich.«

»Ach so«, sagte meine Mam und lachte. »Ja, ja, das ist mehr als in Ordnung!«

»Freut mich für Sie«, meinte der Detective Sergeant. »Die Kinder heutzutage! Wegen jeder Kleinigkeit gibt es gleich Zoff, nicht wahr? Was machen sie einem oft für Ärger!«

»Nein, nein«, erwiderte meine Mam, »das war es nicht. Ich könnte wirklich nicht sagen, dass er mir ›Ärger gemacht‹ hat. Im Grunde lag es an mir. Ich hab mich nur aufgeregt, weil er eine, wie soll ich sagen, eine schmutzige Bemerkung gemacht hat. Na ja, und dann macht man sich eben Sorgen, nicht wahr? Und irgendwann bin ich dann eben mit ihm zum Arzt gegangen.«

»Zum Psychotherapeuten?«, fragte er.

»Ja. Aber das war lächerlich«, erwiderte meine Mam. »Ich habe einfach überreagiert.«

»Hm, ich weiß nicht«, sagte der Detective Sergeant und klang immer noch total kumpelhaft und verständnisvoll. »Ich glaube, es war Ihr gutes Recht, sich so aufzuregen, Mrs. Marks. Ein kleiner Junge wie Raymond, der seiner Mutter mit Schweinereien kommt!«

»O nein, nicht mir«, entgegnete meine Mam. »Er hat etwas zu seiner kleinen Cousine gesagt, zu Dolly.«

Meine Mam bemerkte nichts. Aber mir entging nicht, wie der Detective Sergeant die beiden Polizisten ansah. Aber als er jetzt hinwarf: »War wohl ein bisschen gewagt, was er da zu der Kleinen gesagt hat?«, tat er immer noch ganz freundlich und verständnisvoll.

»Ach nein, eigentlich nicht«, erwiderte meine Mam. »Ich

habe mich damals nur aufgeregt, weil mein Bruder bei uns war, und der macht immer gleich aus jeder Mücke einen Elefanten. Es war halt ein bisschen schweinigelig. Aber das ist bei Kindern völlig normal, hat Janice gesagt. Sie fand das gar nicht schlimm, Dr. Janice im Krankenhaus.«

Er nickte. »Manche Leute« sagte er, »regen sich einfach viel zu schnell über jede Kleinigkeit auf, hab ich Recht?«

»Also, ich glaube ja«, fuhr meine Mam fort, »dass Jason, mein Bruder, schon immer ein bisschen neidisch war. Die kleine Dolly ist halt keine große Leuchte. Und Raymond hat so eine blühende Phantasie. Das hat Dr. Janice auch gesagt. Und ich denke mal, dass Dolly und Raymond einfach nicht so gut zusammenpassen. So viel ich weiß, hat Raymond ihr bloß einen Witz erzählt.«

»O bitte, Mrs. Marks«, gluckste der Detective Sergeant, »spannen Sie uns nicht auf die Folter! In unserem Job braucht man ab und zu mal was zum Lachen. Sie werden uns doch nicht wegschicken, ohne uns verraten zu haben, was er gesagt hat?« Er gluckste wieder. »Nur Mut, wir werden auch ganz bestimmt nicht rot!«

Jetzt lachte meine Mam. Und dann sagte sie: »Na ja, eigentlich war es ja lustig, wenn ich jetzt dran zurückdenke. Sie hätten Dollys Gesicht sehen sollen, als sie hereinkam und verkündete, Prinzessin Leia sei tot! Raymond hatte ihr nämlich vorgeflunkert, man hätte Prinzessin Leia aus *Star Wars* töten müssen, weil sie in Wirklichkeit eine Prostituierte gewesen sei und es mit sämtlichen Soldaten getrieben hätte!«

Ich sah die Gesichter der Polizisten, vor allem das des Detective Sergeant. Jetzt lachte keiner mehr. Und deshalb blieb auch meiner Mam das Lachen im Hals stecken. Sie zuckte die Achseln und sagte: »Tja!«

»Wie alt ist es denn«, sagte der Detective Sergeant, »das kleine Mädchen, zu dem er solche Dinge gesagt hat? Wie alt ist es?«

»Sieben«, sagte meine Mam ein wenig ratlos.

»Und Raymond ist … elf«, meinte er. Und er ließ das einfach so im Raum stehen, als sei es irgendwie bedeutsam. Und währenddessen wartete meine Mam, dass sie endlich gingen. Die Haustür stand immer noch offen. Aber die Polizisten dachten gar nicht mehr daran, zu gehen.

Stirnrunzelnd fragte der Detective Sergeant: »Kommt das öfter vor, dass er solchen Schweinkram erzählt?«

»Natürlich nicht«, erwiderte meine Mam, »glauben Sie vielleicht, dass er so etwas dauernd tut? Na, da täuschen Sie sich. So viel ich weiß, war es das allererste Mal!«

»Ach ja?«, fragte der Detective Sergeant. Er sah meine Mam stirnrunzend an und fuhr fort: »Sie wollen mir also erzählen, dass Sie Ihren Sohn wegen eines einzigen derartigen Vorfalls zum Psychotherapeuten schleppen? Kommen Sie, Mrs. Marks«, sagte er. »Das war bestimmt nicht das erste Mal, dass er so etwas getan hat, oder?«

»Doch, wie ich schon sagte«, beharrte meine Mam. »Er hat so was noch nie getan!«

Sie sah ihn mit empörter Miene an, dann sagte sie: »Jetzt haben Sie ja all Ihre Fragen gestellt und ich muss mich um meine Wäsche kümmern. Also, wenn ich bitten darf.«

Meine Mam trat einen Schritt vor und hielt ihm die Tür auf. Doch der Detective Sergeant rührte sich nicht vom Fleck. Er sagte: »Sie haben ein schlechtes Gedächtnis, Mrs. Marks. Ihr Sohn hat so etwas noch nie getan? Warum ist er dann von der Binfield Junior School geflogen? Doch wohl, weil er damals eine ganze Gruppe von Jungs zu grob anstößigen Handlungen verleitet hat.«

Meine Mam starrte ihn entsetzt an und hob unwillkürlich die Hand zum Mund.

»Sind Sie … sind Sie … deswegen hier?«, fragte sie. »Es war nicht grob … anstö … es war nichts dergleichen, das hat Dr. Janice gesagt, Dr. Janice! Reden Sie mit Dr. Janice im Krankenhaus, die wird Ihnen alles erklären!«

»Ich brauche mit keiner Ärztin zu reden«, erwiderte er.

»Ich habe schon mit genügend Leuten geredet. Zum Beispiel mit seinem damaligen Schulleiter, Mrs. Marks. Und mit anderen Eltern hier in der Stadt. Ich habe den größten Teil des Tages damit verbracht, mit allen möglichen Leuten zu reden, Mrs. Marks. Ich weiß ganz genau, was damals am Kanal passiert ist.«

»Hören Sie«, rief meine Mutter. »Das war ein bisschen Schweinkram, sonst nichts!« Sie schüttelte fassunglos den Kopf. »Ein bisschen Schweinkram!«, wiederholte sie und streckte fast flehentlich die Arme aus. Aber der Detective Sergeant stand bloß da und starrte meine Mam an. »Und ich kann Ihnen sagen«, fuhr sie fort, »wir haben bitter dafür bezahlt! Wir haben wegen diesem bisschen Schweinkram schon genug durchgemacht! Dieser Schulleiter!« fuhr sie fort. »Dieser Mistkerl, kann er uns nicht endlich in Ruhe lassen? Wieso schaltet er wegen so was die Polizei ein? Wegen einer Sache, die doch längst vorbei ist?«

Der Detective Sergeant schüttelte langsam den Kopf. »Wir sind nicht auf Betreiben des Schulleiters hier«, sagte er. »Den haben wir nur im Rahmen unserer allgemeinen Ermittlungen befragt. Aber wir sind nicht seinetwegen hier.« Er hielt einen Moment inne, dann sagte er: »Heute Abend, Mrs. Marks, bin ich wegen des kleinen Mädchens da.«

Meine Mam runzelte die Stirn. »Wegen welchem kleinen Mädchen?«, fragte sie.

Der Detective Sergeant schnaubte ungläubig und sagte: »Das kleine Mädchen, das sexuell missbraucht wurde!«

Meine Mam starrte ihn an und riss plötzlich entsetzt die Augen auf. »O mein Gott!«, sagte sie und sank seitlich gegen die Treppe. »Unsere Dolly! Kommen Sie wegen Dolly?«

Er schüttelte den Kopf. »Nein«, sagte er. »Sie heißt nicht Dolly. Sie heißt Paulette. Paulette Patterson. Aber sie ist kaum älter als Ihre kleine Nichte, Mrs. Marks. Irgendjemand hat sie in ein leer stehendes Lagerhaus gelockt. Und als dieser Jemand mit ihr fertig war, hat er sie dort gelassen, eingesperrt im Keller. Achtzehn Stunden hat sie dort zugebracht. Als wir sie fanden, war sie in einem fürchterlichen Zustand, voller Schnittwunden, Prellungen, Schrammen, nur noch spärlich bekleidet. Eigentlich hätten wir das ärztliche Gutachten gar nicht mehr gebraucht. Aber die Untersuchung hat es natürlich bestätigt. Tja, Mrs. Marks, bevor er sie dort allein im Keller zurückließ, hat sich jemand an ihr ... vergangen.«

Meine Mam lehnte immer noch an der Treppe und starrte den Detective Sergeant entsetzt an, voller Mitgefühl für das fürchterliche Unglück, das diesem armen Kind widerfahren war.

»Und die Sache ist die«, fuhr der Detetctive Sergeant fort. »Das leer stehende Lagerhaus, wo wir Paulette gefunden haben, dieses Lagerhaus, Mrs. Marks, befindet sich zufällig am Kanal. Kaum fünfzig Meter von der Stelle entfernt, an die ihr Sohn damals seine kleinen Freunde mitgenommen hat. Fünfzig Meter von der Stelle entfernt, wo ihn gestern Abend zwei Polizisten aus dem Wasser gefischt haben.«

Es trat Totenstille ein. Was meinte er denn?! Ich kauerte oben auf dem Treppenabsatz und sah wie in Zeitlupe das Gesicht meiner Mam: Ihre Miene verzerrte sich, der Mund klappte auf und in ihren Augen stand blankes Entsetzen. Ich konnte es einfach nicht glauben. Ich konnte nicht glauben, was hier geschah. Und meiner Mam ging es genauso. Dann stieß sie einen Laut aus – es klang wie der klagende Schrei eines verwundeten Tiers.

»Raymond?«, rief sie. »Sie glauben, *Raymond* könnte etwas damit zu tun haben? Er ist doch noch ein Junge!« Ihre Stimme wurde immer klagender und höher. »Er ist ja selber noch ein Kind!« Meine Mam stieß sich von der Treppe ab und wich vor dem Detective Sergeant und den Polizisten zurück. Ihr Gesicht war zu einer Maske des Grauens verzerrt. »Ein Junge«, wimmerte sie, »ein Kind!«

Der Detective Sergeant schüttelte den Kopf. »Heutzutage gibt es keine Kinder mehr. Die Zeiten sind vorbei.«

Meine Mam starrte ihn voller Abscheu an. Und dann zeigte sie plötzlich auf die Tür. »Raus!«, sagte sie. »Alle raus! Verlassen Sie sofort mein Haus!

Aber sie reagierten nicht! Der grauenhafte Kriminalbeamte ging einfach auf meine Mam zu, die bis zur Küchentür vor ihm zurückwich.

»Jetzt hören Sie mir mal gut zu«, sagte er. »Hören Sie mir gut zu. Eine Mutter versucht instinktiv, ihren Sohn zu schützen. Das kann ich verstehen. Aber Sie wissen doch genauso wie ich Bescheid; Sie wissen, was er seinen kleinen Freunden angetan hat, unten am Kanal. Sie haben sich doch auch Sorgen um ihn gemacht, nicht wahr, Mrs. Marks? Deshalb sind Sie ja mit ihm zum Psychiater gegangen, oder? Weil eine Mutter so etwas spürt, Mrs. Marks. Eine Mutter kennt ihren Sohn besser als jeder andere Mensch. Sie haben mir ja von seiner blühenden Phantasie erzählt und anscheinend macht es ihm Spaß, einem siebenjährigen Mädchen etwas über Prostitution zu erzählen, über Dinge, die nun wirklich nicht für die Ohren eines siebenjährigen Mädchens bestimmt sind!«

Meine Mam stand da, und ich sah ihr an, dass sie sich gegen seine Worte sperrte. Sie starrte einfach geradeaus und versuchte gar nicht hinzuhören.

»Und vermutlich wissen Sie auch«, fuhr er fort, »dass er gestern Abend gar nicht draußen im Garten gespielt hat. Also fragen Sie sich doch selbst; wenn er nicht im Garten war, wo war er dann in der betreffenden Stunde? Wo hat er gesteckt? Und was hat er getan?«

In diesem Moment brach der Schrei aus mir raus. Ich wusste nicht, woher er kam, ich wusste nicht mal, dass ich es war. Ich hörte nur diesen verängstigten, halb erstickten Schrei: »Ich war im Garten! Ich war im Garten!«

Und meine Mam kam die Treppe raufgestürmt, riss mich an sich und rief genauso klagend und weinend wie ich: »Ich weiß, Kind, ich weiß! Ich weiß, dass du im Garten warst! Ich weiß, dass du niemals … Ich weiß, du könntest nie … Was sagen die denn da, Raymond? Was sagen die denn da?«

Und plötzlich stand er vor uns. Oben an der Treppe. Wir kauerten im Dunkeln auf dem Treppenabsatz und er starrte uns an.

»Wir sagen Folgendes, Raymond«, begann er, »wenn du deine Mam lieb hast, und davon gehe ich einfach mal aus, dann erzählst du uns jetzt am besten, was du mit der kleinen Paulette gemacht hast. Ich weiß, dass du anschließend Schuldgefühle hattest, Raymond, nicht wahr? Sonst wärst du nicht ins Wasser gesprungen. Du hast dich doch umbringen wollen, Raymond, stimmt's?

»Komm mit, komm mit!«, sagte meine Mam plötzlich und führte mich am Treppenabsatz entlang. »Hör nicht auf ihn«, sagte sie, »komm einfach mit, Kind, komm!«

Sie drängte sich an dem grässlichen Kriminalbeamten vorbei und führte mich die Treppe runter. »Sag nichts«, befahl sie. »Komm einfach mit.«

»Wo wollen Sie denn hin, Mrs. Marks?«, hörte ich ihn von oben rufen.

Aber meine Mam gab keine Antwort. Und als wir unten waren, schnappte sie sich unsere Mäntel, die über dem Treppengeländer hingen, und sagte: »Zieh das an.«

Sie half mir in meinen Mantel. Und ich hörte einen der beiden normalen Polizisten sagen: »Was machen Sie denn da? Wo wollen Sie denn hin?«

»Keine Angst, Kind«, beruhigte sie mich, ohne auf ihn zu achten. »Die können uns nicht aufhalten. Bestimmt nicht.«

Jetzt kam der Detective Sergeant die Treppe runter und sagte: »Sie können nicht einfach weglaufen. Glauben Sie etwa, damit helfen Sie ihm? Das Beste wäre, Sie würden der Wahrheit ins Gesicht blicken und ihn dazu bringen, jetzt alles zuzugeben. Er würde Hilfe bekommen, richtige Hilfe, nicht von irgend so einem Quacksalber von Psychiater!«

»Komm«, sagte meine Mam. Und wir verließen unser Haus, in dem sich immer noch die Polizei aufhielt. Aber das schien meiner Mam ganz egal. Sie drängte nur immer wieder: »Komm, schnell. Komm!«, und fegte wie ein Derwisch die Straße entlang, so schnell, dass ich rennen musste, um mitzukommen. Und als wir die Hauptstraße erreichten, wäre sie fast überfahren worden, weil sie einfach mitten auf die Straße rannte und einem Taxi zuwinkte, das im letzten Moment zum Stehen kam, direkt vor meiner Mam, mit quietschenden Reifen und kreischenden Bremsen. Der Fahrer schrie meine Mam an, ob sie bescheuert sei oder was, aber sie ignorierte ihn einfach, riss die Tür auf und sagte, er solle uns ins Krankenhaus fahren.

Er sagte irgendwas Gemeines wie »Sie gehören wohl eher ins Irrenhaus!«

»Warum?«, fragte ich meine Mam. »Warum fahren wir denn ins Krankenhaus?«

Meine Mam nahm meine Hand und drückte sie ganz fest.

»Schon gut«, sagte sie. »Alles wird gut. Wir fahren zu Janice. Wir fahren zu Dr. Janice und dann wird alles gut. Dann wird alles wieder gut, ganz bestimmt, ganz bestimmt!«

Und dann saß meine Mam da, starrte vor sich hin und nickte die ganze Zeit wie ein kleiner Spatz. Und manchmal murmelte sie vor sich hin: »Es wird alles gut ... ganz bestimmt ... es wird alles wieder gut.«

Ihre Stimme klang völlig verzweifelt und sie hielt meine Hand so fest umklammert, dass ich Angst hatte, sie würde mir die Finger brechen. Aber trotzdem zog ich meine Hand nicht weg. Denn obwohl es wehtat, war ich doch froh, dass meine Mam mich fest hielt. Das Einzige, was mir jetzt noch real vorkam, war meine Mam. Alles andere war wirr und verrückt wie ein absurder Alptraum. Aber so lange ich meine Mam hatte, so lange mir meine Mam glaubte, dass ich dem kleinen Mädchen nichts getan hatte, war mir alles andere egal. Es war ja alles vollkommen idiotisch und es musste sich um einen Irrtum handeln, denn ich war doch nur ein kleiner Junge. Wie konnte ich denn etwas getan haben, was böse Männer kleinen Mädchen antun? Und so lange mir meine Mam glaubte, so lange sie meine Hand umklammert hielt und sagte, alles wird gut, so lange wusste ich auch, dass alles gut werden würde. Es war mir ganz egal, was er gesagt hatte, dieser verdammte Detective Sergeant. Es war mir ganz egal, was irgendein Detective Sergeant der Welt über mich behauptete, so lange ich nur bei meiner Mam war, und meine Mam mir glaubte, dass ich dem kleinen Mädchen nichts getan hatte. Ich wusste, dass es sehr tapfer von meiner Mam war, einfach an den Polizisten vorbeizulaufen, einfach aus dem Haus zu rennen und alles hinter sich zu lassen. Und jetzt wollte sie die ganze Sache klären, indem sie ins Krankenhaus zurückfuhr und mit Dr. Janice redete. Und das war genau das Richtige, weil Dr. Janice alles verstand. Die wusste, dass ich nichts von all dem getan hatte, was der Detective Sergeant mir unterstellte; sie wusste, dass ich »meinen kleinen Freunden« nichts »angetan« hatte, dass ich nicht versucht hatte, mich umzubringen, und dass es mir auch nicht »Spaß machte«, schmutzige Dinge zu meiner kleinen Kusine zu sagen. Und weil sie Ärztin war, würde Dr. Janice der Polizei alles erklären und die würden ihr zuhören müssen und dann würden sie wissen, dass ich noch ein Junge war, und zwar ein Junge, der es niemals fertig gebracht hätte, etwas zu tun, was böse Männer kleinen Mädchen antun.

Doch Dr. Janice war nicht da. Und meine Mam schien das erst gar nicht zu begreifen.

»Aber sie *muss* da sein«, sagte meine Mam.

Ich sah, dass es die Krankenschwester nervte. »Nein, sie ist nicht mehr hier!«, wiederholte sie.

Meine Mam runzelte die Stirn. »Soll ich dann morgen wiederkommen?«

Die Schwester schüttelte den Kopf. »Dr. Barnes wird auch morgen nicht da sein!«, sagte sie. »Dr. Barnes ist hier nicht fest angestellt. Sie hat heute nur eine Vertretung übernommen.«

Meine Mam sah sich um, als könne sie Dr. Janice doch noch irgendwo im Flur entdecken, wenn sie nur lange genug suchte.

»Es tut mir Leid«, sagte die Schwester. »Aber ich kann Ihnen nicht weiterhelfen.«

Sie wandte sich zum Gehen, doch da sagte meine Mam: »Wo ist sie? Wo kann ich sie finden?«

Die Schwester drehte sich wieder um und seufzte vernehmlich. »Hören Sie«, sagte sie. »Selbst wenn ich wüsste, wo man Dr. Barnes erreicht, dürfte ich Ihnen keine Auskunft darüber geben.«

»Aber es ist wichtig«, sagte meine Mam, »es ist sehr wichtig! Könnten Sie sie nicht anrufen und ihr sagen, dass ich sie sprechen muss? Sagen Sie ihr, es ist Mrs. Marks! Und Raymond!«

»Das geht nicht!«, erwiderte die Schwester. »Von allem andern mal ganz abgesehen wüsste ich gar nicht, wo sie zu erreichen ist. Ich hab Ihnen ja gesagt, Dr. Barnes übernimmt nur Vertretungen. Ich weiß nicht, wo sie morgen arbeitet. Sie könnte in Leeds oder in London sein. Sie könnte heute Abend direkt von hier zum Flughafen gefahren und nach Kanada oder Neuseeland geflogen sein oder sonst wohin.«

Meine Mam stand da. Sie runzelte angestrengt die Stirn und sah sich ratlos um. »Könnten Sie nicht einfach –«

»Entschuldigung, aber hätten Sie was dagegen, wenn ich mich jetzt wieder um meine Station kümmer?«, sagte die Schwester. »Ich habe heute besonders viel zu tun und wäre Ihnen sehr dankbar, wenn Sie jetzt gingen.«

Da schien meine Mam endlich zu verstehen. Und sie sah aus, als würde sie gleich zusammenbrechen. Sie holte tief Luft und das klang so, als würde jemand noch einmal aufschluchzen, nachdem er fürchterlich geweint hat. Und als sie wieder ausatmete, war ein winziger wimmernder Seufzer daraus geworden. »Entschuldigung«, sagte sie.

Aber ich glaube, die Schwester hörte es gar nicht mehr.

Und meine Mam drehte sich um und ging durch den Korridor zurück. Ich lief einfach neben ihr her. Und ich musste meiner Mam sagen, wo man links abbiegen muss, um wieder zur Pforte zu kommen, weil sie einfach weiterlief, als wisse sie gar nicht, wo sie sich befand, und als sei es ihr auch egal.

Als wir den Eingang erreicht hatten, blieb meine Mam einfach stehen. Und ich stand bei ihr und wartete, dass sie mir sagen würde, wie es jetzt weiterging.

Aber sie rührte sich nicht.

Und da fragte ich: »Mam, was machen wir denn jetzt?«

Und sie schaute mich an, als sei sie innerlich viel zu weit weg, um mich wahrzunehmen. Und eine Krankenschwester, die gerade vorbeikam, blieb stehen und fragte: »Alles in Ordnung, mein Junge? Ist mit deiner Mam alles okay?«

Ich nickte nur. Und die Krankenschwester sagte: »Ganz bestimmt?«

Und als ich wieder nickte, ging die Schwester weiter.

Und ich weiß nicht mal, warum ich der Schwester gesagt habe, es sei alles okay. Denn es war überhaupt nichts okay. Gar nichts war in Ordnung, so wie meine Mam es erwartet hatte, wenn sie mit Dr. Janice hätte sprechen können. Aber Dr. Janice war nicht mehr da. Dr. Janice war in Leeds oder saß gerade im Flugzeug. Und meine Mam stand einfach nur da, am Eingang des Krankenhauses, und wusste nicht mehr, wie es weitergehen sollte.

»Mam«, sagte ich. »Was machen wir jetzt? Wo gehen wir jetzt hin?«

Aber eigentlich wusste ich, dass sie mir nicht antworten konnte. Ich wusste, dass sie keine Ahnung hatte, wie es weitergehen sollte, und dass ich etwas unternehmen musste.

»Komm.« Ich zupfte sie am Mantelärmel. »Komm«, sagte ich. »Wir können hier nicht stehen bleiben, Mam.«

Meine Mam schüttelte langsam den Kopf. Und dann sagte sie: »Nicht zurück. Nicht zurück. Ich fahr nicht nach Hause zurück.«

»Das musst du auch nicht.« sagte ich. »Komm, Mam.« Ich führte meine Mam raus, und wir gingen zum Taxistand rüber.

Meine Oma konnte es kaum glauben, als sie nachts um halb zwölf die Tür aufmachte und ich und meine Mam davorstanden. Meine Oma warf nur einen kurzen Blick auf meine Mam, dann schlang sie den Arm um ihre Schultern und führte sie ins Haus. Und meine Oma stellte nicht eine Frage, sie führte meine Mam einfach nur ins Wohnzimmer und sagte zu mir, ich solle raufgehen und ein paar Decken runterbringen. Meine Mam saß mit untergeschlagenen Beinen in dem großen gemütlichen Sessel und meine Oma wickelte meine Mam in die Decken und stopfte sie seitlich und unter den Füßen fest. Dann sagte meine Oma, ich solle eine Wärmflasche machen, und als ich sie brachte, saß meine Oma auf der Armlehne des Sessels und hielt meine Mam in den Armen. Und da wurde mir zum ersten Mal richtig bewusst, dass meine Oma die Mam meiner Mam war. Meine Oma war lieb zu ihrem Kind. Und ich wusste, meiner Mam tat es gut, dass meine Oma so lieb zu ihr war. Und während ich so dastand, begann ich zu weinen, ganz leise, weil ich meine Mam nicht stören wollte, denn es sah aus, als würde sie gleich in den Armen meiner Oma einschlafen.

Meine Oma sah, dass ich weinte. »Es ist alles in Ordnung«, flüsterte sie mir zu. »Es ist alles in Ordnung.«

Und so war es auch. Zumindest ein bisschen. Jetzt, wo wir bei meiner Oma waren.

Wir schlichen uns in die Küche, ich und meine Oma, und ließen meine Mam schlafend in dem großen gemütlichen Sessel zurück. Und nachdem meine Oma leise die Küchentür zugemacht hatte, sagte sie: »Also!«

Und ich dachte, jetzt wolle sie alles ganz genau wissen. Aber sie sagte bloß: »Willst du lieber Erdnusstaler oder Garibaldis?«

Wir entschieden uns schließlich für die Garibaldis. Und meine Oma freute sich, denn ein Keks, sagte sie, ein Keks, der nach dem Vater der italienischen Einigung benannt ist, der habe doch etwas Erhebendes. Wogegen es sich beim Erdnusstaler um einen Keks handle, dessen bedauerlichen Mangel an historischer Bedeutung die Amerikaner mit zu viel Zucker wettzumachen versuchten.

»So sind sie eben, die Yankees!«, sagte meine Oma, als sie den Wasserkessel aufsetzte und die Garibaldis vom Schrank holte. »Zum Teil sehr klug, wirklich sehr klug! Aber zu viel Zucker! Und einer Nation tut es nie gut, Raymond, wenn sie zu viel Süßigkeiten isst!«

Ich saß am Tisch, nickte ab und zu und lauschte meiner Oma, die jetzt über Amerika und Mark Twain sprach und sagte, die Amerikaner wüssten vielleicht nicht, wie man Kekse macht, doch andererseits könne man eine Nation, die uns den Huckleberry Finn geschenkt hat, auch nicht in Bausch und Bogen verdammen. Und es tat mir gut, einfach dazusitzen und zuzuhören, wie meine Oma vom Hundertsten ins Tausendste kam. Sie stellte mir überhaupt keine Fragen. Sie kochte Tee und erzählte mir von der Weltwirtschaftskrise in den Dreißigerjahren und von den Reichen in Kalifornien, die das Obst mit Kreosot spritzten, damit die Armen keine Orangen essen konnten.

Und erst als der Tee fertig war und wir am Tisch saßen und Garibaldikekse in die Tassen tunkten, sah mich meine Oma an und sagte: »So, mein Junge. Ich glaube, jetzt hab ich genug geredet, findest du nicht auch? Jetzt halt ich mal den Mund und überlasse dir das Reden, Raymond.«

Sie saß da und starrte mich an. »Also, was ist passiert?«, fragte sie.

Wir sind nicht mehr in unser Haus zurückgegangen, meine Mam und ich. Meine Oma sagte, das sei zu gefährlich für uns. Ich verstand nicht, was sie meinte. Aber sie sagte, jetzt sei keine Zeit, sie werde es mir später erklären.

»Im Augenblick, mein Junge«, sagte sie, »muss etwas geschehen, und zwar schnell; wenn ihr nicht alles verlieren wollt, du und deine Mam.«

Sie rief meinen Onkel Jason an und befahl ihm, er solle sofort mit dem Lieferwagen kommen, schnell!

Ich hörte, wie er ins Telefon bellte, es sei mitten in der Nacht und ob sie den Verstand verloren hätte!

Aber meine Oma sagte nur: »Hör mal, Jason, so viel ich weiß, bist du an Nachtarbeit gewöhnt! Und wenn du nicht willst, dass deine heimlichen Aktivitäten bekannt werden, dann komm jetzt sofort mit dem Lieferwagen, und bring zur Unterstützung noch ein paar von deinen dubiosen Helfern mit!«

Ich hörte ihn empört protestieren, es gebe weder irgendwelche dubiosen Helfer noch heimliche Aktivitäten! Aber meine Oma sagte nur: »Ach ja? Und wo kommen dann all die Backsteine und Schieferplatten und Säcke mit Fertigbeton für deinen neuen Anbau her?«

Danach hängte meine Oma einfach ein und trug mir auf, in der Tasche meiner Mam nach dem Hausschlüssel zu suchen. Als ich mit ihm zurückkam, hatte meine Oma schon ihren Mantel an. Ich fragte sie, was los sei, wohin sie wolle.

Da setzte sich meine Oma auf einen Stuhl. Und dann nahm sie meine Hände und sagte: »Jetzt hör mir mal zu, mein Junge. Manchmal passieren Dinge, die sind einfach nicht fair. Zum Beispiel das, was dir gerade passiert. Das ist alles andere als fair! Aber manchmal, Raymond, kann man kaum etwas dagegen machen. Ich weiß, was sie euch in der Schule beibringen. Dass man Polizisten trauen kann und dass wir in einer gerechten Gesellschaft leben und dass der Unschuldige nichts zu fürchten hat.«

Meine Oma nickte und sah mich scharf an.

»Und zum Glück«, fuhr sie fort, »trifft das meistens auch zu, mein Junge. Aber manchmal, wenn es um ganz bestimmte Dinge geht, kann man sich nicht auf das verlassen, was man in der Schule hört. Verstehst du?«, sagte sie. »Verstehst du, welche Dinge ich damit meine?«

Ich nickte. »Ich glaub schon«, antwortete ich.

Auch meine Oma nickte wieder. »Dinge, die mit Sex zusammenhängen«, sagte sie. »Mit Sexualität.«

Ich schüttelte den Kopf und brach erneut in Tränen aus. »Ich hab's nicht getan, Oma!«, schluchzte ich. »Ich hab das kleine Mädchen nicht angerührt!«

»Das weiß ich doch!«, sagte meine Oma, nahm meinen Kopf in ihre Arme und presste mich an ihren Busen. »Ich weiß, dass du es nicht warst, mein Junge.« Und jetzt weinte auch meine Oma, als sie fortfuhr: »Du? Du bist genauso weich und sanft wie dein Vater und ich weiß, dass du einem kleinen Mädchen nie wehtun könntest.«

Meine Oma wiegte mich in ihren Armen und sagte immer wieder, sie wisse genau, dass ich so was gar nicht getan haben konnte. Und dann nahm sie meinen Kopf zwischen beide Hände und sah mich mit nassen Augen an. »Ich weiß, dass du vollkommen unschuldig bist, Raymond«, sagte sie. »Aber manchmal reicht es schon, dass man irgendeiner Tat beschuldigt wird – ganz egal, ob man unschuldig ist oder nicht –, allein schon die Beschuldigung reicht aus und schon tritt das zivilisierte Verhalten in den Hintergrund und der gesunde Menschenverstand löst sich in nichts auf. Und es ist dein Pech, mein Junge«, sagte meine Oma, »dass angesichts dessen, was sie dir vorwerfen, womöglich alle Unschuld der Welt nicht reichen wird, um dich zu schützen. Deshalb ist es zu gefährlich für dich und deine Mam, wieder nach Hause zurückzugehen, mein Junge. Wenn es darum geht, dass ein kleines Mädchen sexuell missbraucht worden ist, dann musst du nicht nur Angst vor der Polizei haben. Man hat dich beschuldigt, mein Junge. Und manchen Leuten reicht das völlig aus, ihr Urteil zu fällen.«

Es klopfte an der Tür und meine Oma ließ Onkel Jason rein. Als er in die Küche kam und mich sah, verzog er mürrisch das Gesicht. Wir hatten uns seit der Aufregung um Prinzessin Leia nicht mehr gesehen.

»Was macht denn *der* hier?«, fragte er meine Oma. »Hat

dir Shelagh nicht gesagt, was er getan hat? Was er zu unserer kleinen Dolly gesagt hat?«

»Er hat es mir selber erzählt«, antwortete meine Oma. »Du kannst dir dein Getratsche also sparen. Im Moment haben wir viel größere Sorgen als das empfindsame Seelchen unserer kleinen Dolly. Los«, sagte sie. »Fahren wir. Ich hoffe nur, dass wir noch rechtzeitig kommen und alles erledigen können, bevor sich die Sache in der ganzen Siedlung rumgesprochen hat.«

Jetzt runzelte mein Onkel Jason die Stirn. »Welche Sache?«, fragte er. »Was ist denn los?« Er starrte mich wieder mürrisch an. »Was hat der kleine Scheißkerl denn *diesmal* angestellt?«

Meine Oma drehte sich um und knurrte ihn warnend an: »Hey! Er hat überhaupt nichts angestellt! Raymond hat nicht das Geringste getan! Hast du mich verstanden?«

Onkel Jason zuckte die Achseln und fühlte sich sichtlich unbehaglich. »Schon recht!«, erwiderte er mit dünner Stimme. »Schon recht, schon recht. Hab ich irgendwas gesagt?«

Meine Oma funkelte ihn böse an und sagte: »Nein! Und dabei wird es auch bleiben; du hältst gefälligst den Mund! Es wird bald leider viel zu viele Leute geben, die viel zu viel reden. Damit müssen wir uns abfinden. Aber ich warne dich, Jason«, sagte sie und starrte meinen Onkel finster an. »Wenn ich je erfahre, dass du dich an dem Geschwätz beteiligt hast, wenn ich auch nur den kleinsten Hinweis erhalte, dass du unseren Raymond verurteilt und verdammt hast, auf keiner anderen Grundlage als diesem boshaften Klatsch und der Behauptung eines fiesen Polizisten; wenn ich je erfahre, dass du mitgeholfen hast, den Namen dieses Jungen in den Dreck zu ziehen, dann werde ich persönlich dafür sorgen, dass du für jedes Gramm Fertigbeton bezahlst, das nicht genau dorthin kam, wo es hin sollte! Hast du mich verstanden? *Hast du mich verstanden*?«

Ich wusste nicht, worauf meine Oma anspielte. Aber mein Onkel Jason wusste es offenbar genau, denn plötzlich hatte er einen ganz verschlagenen Blick. »Also los!«, sagte er eingeschnappt. »Ich dachte, es eilt! Los, komm!«

Und er verließ die Küche und marschierte durch den Flur.

»Gut«, meinte meine Oma. »Falls deine Mam aufwacht, Raymond, bevor ich zurück bin, bring sie in mein Bett, ja? Ihr könnt beide heute Nacht dort schlafen.«

Noch einmal fragte ich meine Oma, wohin sie gehe. Aber sie sagte nur tschüss und gab mir einen Kuss. Ich ging ins Wohnzimmer, holte mir ein paar Kissen und legte mich aufs Sofa. Und von dort aus betrachtete ich meine Mam, die immer noch tief schlafend im Sessel kauerte.

Und als wir am nächsten Morgen aufwachten, Morrissey, da wusste ich, wo meine Oma in der Nacht gewesen war. Denn der ganze Flur und das Gästezimmer standen voll mit unseren Möbeln und noch anderen Gegenständen aus unserem Haus. Meine Oma sagte, sie hätten so viel wie möglich mitgenommen. Dann zeigte sie auf eine Schachtel und sagte, sie habe auch all meine Comics und Bücher mitgenommen, weil ich doch so dran hinge.

»Und so viele Möbel, wie wir nur schleppen konnten«, sagte sie zu meiner Mam. »Ich hab deine Kleider ins Gästezimmer gebracht, Shelagh.«

Meine Mam stand nur da und betrachtete stirnrunzelnd all unsere Möbel am falschen Ort. Sie wirkte fassungslos. Und dann sagte sie: »Was hast du bloß getan, Mutter? Was soll das?«

»Wir fahren heute Nachmittag noch mal hin«, erwiderte meine Oma. »Wenn Jason ein paar Stunden geschlafen hat. Dann holen wir die Teppiche und ein paar Kleinigkeiten, die noch fehlen.«

Meine Mam sah meine Oma an. »Das ist alles ganz unnötig«, meinte sie. »Wir ziehen nicht bei dir ein.«

Meine Oma sah kurz zu mir her. Dann fragte sie meine Mam: »Und wo willst du *sonst* wohnen, Shelagh?«

Meine Mam runzelte die Stirn. »In unserem Haus natürlich!«, sagte sie.

»Ach ja? Und was meinst du, wie lange es dauert, Shelagh, bis dieser Detective Sergeant verlauten lässt, dass er gegen Raymond leider nichts unternehmen kann?«

Meine Mam starrte meine Oma verständnislos an.

»Und wenn das bekannt wird, Shelagh«, fuhr meine Oma fort, »wenn den Leuten hier allmählich klar wird, dass die Polizei den Täter zwar kennt, aber nichts gegen ihn unternehmen kann, weil er noch zu jung ist und es keine Beweise gibt – glaubst du wirklich, dass die sich achselzuckend umdrehen und zur Tagesordnung übergehen? Wenn du das glaubst, Shelagh, dann ist dein Glaube an die Menschheit stärker, als es meiner je war.«

Meine Oma ging in die Küche und wir folgten ihr. Meine Oma setzte den Kessel auf, dann starrte sie aus dem Fenster und sagte: »Ich weiß, dass er nur ein kleiner Junge ist, Shelagh, ein Junge, der niemandem etwas zuleide getan hat, und es ist hundsgemein, dass es so kommen musste. Aber jetzt ist es so gekommen. Und wenn man es mit Leuten zu tun hat, die nur das glauben, was sie glauben *wollen*, dann ist das ziemlich schlimm. Mag sein, dass wir hier im modernen Failsworth leben, Shelagh; mag sein, dass wir uns am Ende des zwanzigsten Jahrhunderts befinden, wo jeder seinen Wintergarten hat und wo man seine Topfpflanzen im Gartencenter kauft und zur Andacht in die voll klimatisierten Konsumtempel läuft. Aber lass dich davon nicht täuschen. Zivilisation! Ein dünner Firniss, Shelagh! Hinter dem Einkaufswagen im Supermarkt trottet noch mancher Neandertaler. Und wenn man mal die Topfpflanzen weglässt, Shelagh, dann laufen in den Gartencentern massenweise Sadisten rum. Glaub nur nicht allzu fest an die so genannte Zivilisation, Shelagh; wenn es nur irgend ginge, würden auf den Parkplätzen vor den Einkaufscentern und Supermärkten bald wieder regelmäßig Menschen gehenkt, verprügelt und als Hexen verbrannt. Und alle wären sie da, in ihren Armani-Anzügen, mit ihren gestylten Frisuren, ihren Topfpflanzen, ihrem Perrier-Wasser und dem marinierten Tunfisch, den sie sich dann mittags auf den Holzkohlengrill legen, um ihn genüsslich im Garten zu verzehren, nachdem sie dem Henker den ganzen sonnigen Vormittag auf dem Supermarkt-Parkplatz beim Köpfen zugeschaut haben.«

Meine Mam schrie meine Oma an, sie solle um Himmels willen aufhören; ob nicht schon alles schlimm genug sei, auch ohne dass sie einen solchen Mist über Sadisten im Supermarkt rede.

»Aber genau damit kriegt ihr's bald zu tun, Shelagh«, sagte meine Oma. »Mit der Mentalität des Mobs. Und deshalb müsst ihr hier bleiben, bei mir. Bis sich etwas andres gefunden hat.«

Meine Oma brühte Tee auf. Und meine Mam entschuldigte sich, dass sie sie angeschrien hatte; sie wisse ja, meine Oma meine es nur gut.

»Aber trotzdem: Es wird nicht nötig sein«, fuhr meine Mam fort. »Wir müssen nicht hier bleiben. Ich werde Jason anrufen und ihn bitten, dass er das ganze Zeug heute Nachmittag wieder zurückschafft.«

Aber wir fuhren nicht mehr zurück. Und wir bekamen auch unsere Teppiche nicht mehr. Denn am selben Tag schüttete um die Mittagszeit irgendjemand Benzin durch unseren Briefkastenschlitz. Und warf ein brennendes Streichholz hinterher.

Meine Oma tat ihr Bestes. Sie sagte, wir könnten bei ihr wohnen, so lange wir wollten. Aber irgendwann mussten wir dann doch ausziehen. Diese Wochen bei meiner Oma waren furchtbar, Morrissey, und ich durfte nirgends hin, weil meine Oma immer sagte, es sei zu gefährlich. Auch für meine Mam war es furchtbar. Sie erzählte es meiner Oma zwar meistens nur, wenn ich außer Hörweite war, aber manchmal vergaß sie, dass ich im Kämmerchen unter der Treppe hockte, und dann hörte ich zum Beispiel, dass man meine Mam auf der Straße anspuckte. Oder dass die Kunden im KwikSave zu einer anderen Kasse gingen, obwohl überall lange Schlangen standen und die Kasse meiner Mam ganz leer war. Und eines Tages sagte die Abteilungsleiterin zu ihr, es tue ihr wirklich sehr, sehr Leid, aber meine Mam müsse wieder als Packerin arbeiten. Ich wusste, dass das alles für meine Mam furchtbar war. Und manchmal hörte ich sie zu meiner Oma sagen: »Ach Mutter, wie soll es nur weitergehen?«

Aber anscheinend wusste nicht mal meine Oma, wie es weitergehen sollte, denn sie seufzte und antwortete erschöpft: »Ich weiß es nicht, Liebes, ich weiß es nicht.«

Und manchmal fiel meiner Mam plötzlich ein, dass ja im September das neue Schuljahr begann, und dann sagte sie: »Hier geht es nicht. Ich kann ihn unter keinen Umständen hier auf die Gesamtschule schicken.«

Es war furchtbar, Morrissey. Im Haus meiner Oma herrschte von morgens bis abends Trübsinn. Manchmal versuchte mich meine Oma ein bisschen aufzuheitern und fragte mich, ob ich nicht Lust hätte, mir mit ihr zusammen die spanischen Satellitennachrichten anzusehen. Aber ich hatte zu nichts Lust. Ich wollte nur in dem Kämmerchen unter der Treppe sitzen, wo ich vor allen Blicken geschützt den ganzen Tag meine Comics katalogisieren konnte.

Meine Oma wusste es, meine Mam wusste es, und ich wusste es natürlich auch: dass ich dem kleinen Mädchen nichts angetan hatte. Daran versuchte ich immer zu denken, während ich überprüfte, ob meine Comics alle in Ordnung waren und jedes Heft in der richtigen Plastikhülle steckte, auf die vorn feinsäuberlich der Titel draufgedruckt war. Früher, bevor man mir unterstellte, ich hätte dem kleinen Mädchen so etwas Schlimmes angetan, war es das allerschönste Gefühl für mich gewesen, meine Comics zu katalogisieren, da hatte ich mich gefreut, wie schön die Titelseiten glänzten und wie ordentlich jedes Heft in seiner Plastikhülle steckte, mit dem Titel vorn drauf. Nur … jetzt war die Freude über meine schöne Comicsammlung erloschen. *Nichts* machte mir mehr Freude, seitdem es geheißen hatte, ich hätte dem kleinen Mädchen so etwas Schreckliches angetan; die ganze Zeit versuchte ich, mir klarzumachen, dass ich ja überhaupt nichts Falsches oder Böses getan hatte. Aber wie sehr ich es auch versuchte, ich hatte doch immer das Gefühl, befleckt und beschmutzt zu sein. Es war, als hätte man mich besudelt. Und wie zum Beweis wuchsen mir jetzt unter den Armen und zwischen den Beinen dunkle Haarbüschel. Und irgendwie wusste ich, dass ich nie mehr ein netter Junge sein würde, jetzt nicht mehr. Er war für immer verschwunden, der Junge mit der glatten Haut und dem Sinn für die Freuden des Comickatalogisierens. Jetzt war ich *wirklich* zum Falschen Jungen geworden.

Mit freundlichen Grüßen
Raymond Marks

Busbahnhof Gibbet Street,
Huddersfield,
West Yorks

Lieber Morrissey,

ich bin immer noch hier! Ich hatte ja dort im Restaurant *al dente* gesessen und an dich geschrieben, und als ich plötzlich merkte, wie spät es war, bin ich zurückgerast, den ganzen Weg vom Lokal zum Busbahnhof. Aber als ich dort ankam, war es zu spät. Der Siebzehn-Uhr-Bus nach Grimsby bog gerade aus dem Bahnhof und brauste davon.

Die Frau im Fahrkartenverkauf sagte, das sei heute der letzte nach Grimsby gewesen. Ich stand da und überlegte, was ich tun sollte. Aber die Fahrkartenfrau war sehr nett. Ich glaube, sie hatte irgendwie Mitleid mit mir.

»Alles in Ordnung?«, fragte sie.

»Ich muss nach Grimsby«, sagte ich. »Meine Mam wird sich wahnsinnige Sorgen machen, weil ich ihr versprochen hab, dass ich gleich anrufe, wenn ich dort bin, und wenn ich sie nicht anrufe, denkt sie bestimmt, mir ist was passiert.«

Die Fahrkartenfrau schüttelte mitfühlend den Kopf. »Das tut mir Leid«, sagte sie, »aber der nächste Bus nach Grimsby geht erst morgen früh.«

Ich stand da und nickte. Dann überlegte ich weiter, was ich tun könnte.

»Wollten Sie nach Hause fahren?«, fragte sie. »Kommen Sie aus Grimsby?«

Ich schüttelte den Kopf. Und wenn sie nicht so nett gewesen wär, hätte ich diese Unterstellung als schwere Beleidigung empfunden.

»Nein«, sagte ich, »aber ich soll dorthin, um einen Job anzutreten, und meine Mam war wahnsinnig glücklich, weil es der erste Job meines Lebens ist!«

»Ja, ja«, sagte die Fahrkartenfrau, »es ist doch immer das Gleiche mit euch jungen Burschen! Ihr brecht euren Müttern das Herz. Warum rufen Sie Ihre Mam nicht einfach an und sagen ihr, dass es Ihnen gut geht?«

»Würde ich ja tun«, erwiderte ich, »aber man hat mir meine Brieftasche gestohlen und ich hab kein Geld.«

Die Fahrkartenfrau schüttelte den Kopf und sagte: »Ihr jungen Leute, ich weiß nicht … Immer gibt's ein Problem!« Sie hielt mir fünfzig Pence hin. »Na los, jetzt rufen Sie Ihre Mam an und sagen ihr, dass es Ihnen gut geht.«

Ich war furchtbar verlegen. »Nein! Hören Sie«, sagte ich, »ich wollte auf keinen Fall schnorren. Ich wollte nur …«

»Schon gut«, meinte sie, »da vorn an der Ecke ist eine Telefonzelle. Und zurückzahlen können Sie mir's später mal, wenn Sie mit Ihrer Gitarre berühmt geworden sind. Was singen Sie denn so? Simon and Garfunkel? Mögen Sie die?«

Ich starrte sie an. Wie konnte es sein, dass so eine nette, freundliche Person dermaßen kranke, finstere Gedanken hegte?

»›Bridge over Troubled Water‹«, sagte sie. »Können Sie das singen?«

Ich schüttelte den Kopf. Hoffentlich sah sie nicht, dass ich dem Erbrechen nahe war.

Ich glaube, es ist sehr schwierig, ein netter Mensch zu sein; die haben anscheinend alle einen schweren Sparren! Als wären sie gegen Peinlichkeiten hundertprozentig immun und könnten deshalb fröhlich rumlaufen, unbeschwert von ihrem widernatürlichen Hang zu Ekel erregend entsetzlichen Songs.

»Und die Eagles«, fuhr sie fort. »Die mag ich auch sehr gern. ›Tequila Sunrise‹ – können Sie das spielen?«

Ich war schon in Versuchung, ihr die fünfzig Pence wieder zurückzugeben!

Aber dann schüttelte ich doch nur den Kopf und die Fahrkartenfrau lächelte teilnahmsvoll und sagte: »Na ja, Übung macht den Meister! Ich bin sicher, dass Sie das eines Tages spielen können!«

Dann seufzte sie und sah mich ein bisschen wehmütig an. »Schade, dass mein Junge nicht ein bisschen mehr so ist wie Sie«, meinte sie schließlich. »Wenn er sich doch endlich aufraffen und sich einen Job suchen würde. Aber nein! Doch nicht unser Derek! Der hockt lieber tagaus tagein in seinem Zimmer und hört sich diesen morbiden, monströsen, wie heißt er doch gleich ... *der* geht mir vielleicht auf die Nerven!«, sagte sie. »Kennen Sie ihn zufällig, diesen Morrissey?«

Die Fahrkartenfrau schauderte zusammen und fuhr fort: »Wie kann man sich nur freiwillig ein solches Gejaule anhören?«

Sie schüttelte seufzend den Kopf.

Und ich stand da und überlegte krampfhaft, wie ich es zur Telefonzelle schaffen sollte, ohne mich umzudrehen, weil ja quer über den Rücken meines T-Shirts in großen Lettern *Morrissey* steht!

Natürlich hätte es mir ganz egal sein sollen und ich war dir gegenüber auch bestimmt nicht illoyal, Morrissey. Aber ich wollte die Fahrkartenfrau einfach nicht verärgern, weil ich ja wusste, sie konnte nichts dafür. Sie war wie meine Mam; ältere Leute verstehen Morrissey eben nicht. Nur meine Oma wäre da eine Ausnahme gewesen, Morrissey. Meine Oma hätte gesagt, du seist so sagenhaft sarkastisch! Und ihre Augen hätten verschwörerisch gefunkelt, wenn sie jemals Gelegenheit gehabt hätte, »Cemetery Gates« oder »Headmaster Ritual« oder »Barbarism Begins At Home« zu hören.

Aber normale ältere Leute verstehen das eben nicht.

Immerhin war es von der Fahrkartenfrau sehr nett gewesen, mir fünfzig Pence zu leihen. Und als ich mich jetzt rückwärts vom Fahrkartenschalter entfernte, damit sie mein T-Shirt nicht sah, setzte sie noch eins drauf und rief mich zurück. Sie blätterte in einem Heft und sagte: »Mir ist da gerade was eingefallen! Heute Abend um halb sieben fährt noch ein Charterbus!«

Sie erklärte mir, der Einzelhandelsverband von North Lincolnshire habe den Bus gechartert. »Die hatten hier eine Tagung«, sagte die Fahrkartenfrau. »Aber heute Abend fahren sie wieder zurück.«

»Ist das nicht ein Privatbus?«, fragte ich.

Die Fahrkartenfrau tippte sich an die Nase und zwinkerte mir zu. »Wenn Sie mit Ihrer Mam telefoniert haben, kommen Sie wieder her und dann schau ich mal, was ich tun kann.«

Das hob meine Stimmung ein wenig.

Als ich meine Mam anrief, hielt ich es für das Beste, sie gar nicht mit den genauen Details meiner bisherigen Reise zu behelligen. Es war schon ein bisschen schlimm für mich, meiner Mam vorzuflunkern, ich sei bereits in Grimsby angekommen. Aber noch schlimmer wär es für meine Mam gewesen, wenn sie erfahren hätte, dass mir mein ganzes Geld geklaut wurde, dass man mich in Halifax fast verhaftet hätte und ich immer noch in Huddersfield festsaß.

Deshalb tat ich so, als riefe ich aus Grimsby an.

Meine Mam war furchtbar aufgeregt, als sie meine Stimme hörte. »Ach Junge«, sagte sie, »ich bin ja so froh, dass du wohlbehalten angekommen bist! Ist alles gut gegangen? Wie ist es denn dort? Schön? Kannst du von da, wo du stehst, den Hafen sehen?«

Ich stand in der Telefonzelle am Ende der Gibbet Street und sah vor mir das Panorama aus Pizzerien, Burgerbars, Spielhallen und Scharen von Städtern mit hängenden Schultern, müde und erschöpft vom endlosen Reigen der Alltags.

Aber davon sagte ich meiner Mam natürlich nichts!

Meiner Mam sagte ich, ich sähe den Hafen vor mir und in der linden Brise schaukelten sanft die Fischerboote.

Und meine Mam rief: »Ach Junge, ach Junge, das klingt ja wundervoll!«

Und die glückliche Stimme meiner Mam machte mich so froh, dass ich ihr sogar erzählte, auf dem gepflasterten Kai hockten ein paar ältere Männer, silberbärtige Fischer mit gütigem Blick, und sie würden den Sonnenschein genießen und die salzige Luft einatmen und dabei ihre Netze flicken und dabei erzählten sie sich gegenseitig ihre Abenteuer und sängen mit rauen, aber ehrlichen Stimmen leise Seemannslieder.

Meine Mam gurrte vor Vergnügen und sagte, das höre sich ja an wie Shangrila. »Raymond, ich freue mich ja so für dich!«, sagte sie. »Ich finde es so toll, dass du endlich auf eigenen Füßen stehst!«

Als Nächstes wollte sie wissen, wie ich untergebracht sei. Und ich erzählte ihr von dem Gästehaus, ganz oben auf der Klippe, von Rosen und Efeu umrankt, und ich vergaß auch nicht den Panoramablick auf den strahlend blauen Ozean und die reizende Pensionswirtin, eine Kreuzung aus Mary Poppins und Mutter Teresa, und ich sagte meiner Mam, sie müsse sich wirklich keine Sorgen machen, weil Mrs. Hovis sich um mich kümmern werde wie um ihren eigenen Sohn.

Und da merkte ich, dass ich mich ein bisschen vergaloppiert hatte, denn plötzlich fragte meine Mam misstrauisch: »Wer? Mrs. …?«

Aber da hatte es schon zu piepsen begonnen und ich sagte meiner Mam, ich würde sie in ein paar Tagen wieder anrufen. Und als Letztes hörte ich noch, wie meine Mam sagte: »Raymond! Das ist doch nicht wieder so wie damals die Geschichte mit Malcolm?«

Aber da brach die Verbindung ab und ich konnte nicht mehr antworten. Ich fühlte mich schrecklich. Denn ich hatte meine Mam angerufen, damit sie sich freute. Und jetzt machte sie sich wieder Sorgen um mich. Denn Malcolm oder den Falschen Jungen hatte sie schon ewig nicht mehr erwähnt.

Malcolm hatte ich damals erfunden – nachdem wir von meiner Oma in Failsworth in die Maisonettewohnung nach Wythenshawe gezogen waren.

Damals, Morrissey, hatte ich noch nie etwas von dir oder Johnny Marr gehört. Und so wusste ich auch nicht, dass dein wunderbarer musikalischer Mitstreiter in Wythenshawe geboren war. Aber selbst wenn ich es gewusst hätte, Morrissey, wäre es kein großer Unterschied gewesen; denn ich hasste Wythenshawe. Der Ort sah aus, als sei er von einem besonders brutalen sowjetischen Stadtplaner erbaut und dann von einer Horde Vandalen wieder halb niedergerissen worden.

Ich hasste Wythenshawe. Und meine Mam hasste es auch. Aber anfangs gab sie sich tapfer. Sie sagte, wenigstens könne ich jetzt in die Secondary School gehen und den versäumten Unterrichtsstoff nachholen. Und sie sagte, ich würde bestimmt bald neue Freunde finden, jetzt, wo wir nicht mehr in Failsworth lebten und niemand etwas über uns wusste. Mir war klar, dass sich meine Mam unglaublich anstrengte, das Beste aus der Sache zu machen, und ich strengte mich auch an. Aber durch die ganze Aufregung und die lange Zeit, die ich untätig bei meiner Oma verbracht hatte, bevor wir endlich nach Wythenshawe zogen, war ich noch dicker geworden. Und so war ich in der neuen Schule nur der lächerliche Fettwanst, der erst mitten im Schuljahr anfing, der keine Menschenseele kannte und der sich sogar in der Schule verlief. Deshalb kam ich nämlich gleich am ersten Tag zu spät. Und als ich endlich das Klassenzimmer gefunden hatte und die Tür öffnete, rief Barry Tucknott: »Ach du Scheiße! Guckt euch den Fettwanst an!«

Worauf die ganze Klasse in Gelächter ausbrach. Und der Lehrer musste Tucknott zurechtweisen, weil er Sch… gesagt hatte. Aber ich sah schon, dass der Lehrer am liebsten selber mitgelacht hätte. Er befahl den andern weiterzuarbeiten und winkte mich zu seinem Pult.

»Du kommst zu spät, Junge! Gleich am ersten Tag kommst du zu spät. Warum?«

Doch bevor ich anworten konnte, rief Steven Spanswick: »Wahrscheinlich ist er im Schultor stecken geblieben, Sir.«

Als der Lehrer ihn streng ansah, lachte Spanswick und arbeitete weiter.

Dann sah der Lehrer mich an. »Na gut!«, sagte er. »Lassen wir das. Aber wenn du morgen zu spät kommst, gibt's Ärger. Okay, wie heißt du?«

Und da meldete sich Spanswick erneut zu Wort und rief: »Moby Dick!« Alle brachen in Gelächter aus und diesmal lachte der Lehrer lauthals mit.

Und es wurde nicht besser. Ich machte gar nicht erst den Versuch, mit irgendwem Freundschaft zu schließen, weil ich sie alle hasste – Spanswick und Tucknott und Mustapha Golightly. Sie behaupteten, ich hätte Titten! Ich hatte aber keine Titten! Ich war nur ein bisschen dick, sonst nichts. Aber sie sagten, ich hätte oben mehr vorzuweisen als Irene Broadbent. Und dann sagten sie, ich sei schwul. Ich sei HIV-infiziert. Und wenn sie neben mir sitzen mussten oder im Sport im gleichen Team wie ich aufgestellt wurden, beschwerten sie sich so laut, dass es einen Anschiss vom Lehrer gab und sie *gezwungen* wurden, neben mir zu sitzen oder mich in ihr Team zu lassen. Und deshalb hassten sie mich nur noch mehr. Und ich hasste sie. Und eines Tages, als ich allein auf dem Schulhof stand, kamen Spanswick und Tucknott und Mustapha Golightly steil auf mich zu. Erst standen sie nur da und glotzten. Dann sagte Golightly: »Hey, Moby Dick! Du hast mal in Failsworth gewohnt, stimmt's?«

Ich sah ihn nur an. Dann sagte ich: »Na und?«

Jetzt warf er den andern einen Blick zu und meinte: »Ich hab's euch ja gesagt!« Dann wandte er sich wieder mir zu und sagte: »Ein Cousin von mir wohnt in Failsworth.«

Ich zuckte die Achseln. War mir doch egal, wo sein blöder Cousin wohnte. Aber auf einmal drohte er: »Ich mach dich kalt, Marks!«

Da wollte ich weglaufen, aber Spanswick stieß mich zurück und sagte: »Bleib, wo du bist, du fette Sau!«

Und Tucknott fügte hinzu: »Perverses Schwein!«

Und da wusste ich, dass das nicht eine ihrer üblichen hirnlosen Beleidigungen war. Ich schaute mich nach dem Lehrer um, der Pausenaufsicht hatte, sah aber überall nur Kinder. Plötzlich stach mir Golightly brutal mit dem Finger in den Bauch, zeigte mir dann ins Gesicht und sagte: »Mein Cousin hat mir alles über dich erzählt, Moby Dick! Auch was du der armen Kleinen angetan hast!«

Ich schüttelte den Kopf und sagte: »Dein Cousin ist offenbar genauso bescheuert wie du; ich hab niemand was angetan!«

»Du verdammter Lügner!«, sagte Tucknott.

Und Golightly packte mich vorn am T-Shirt und sagte: »Nenn mich nie mehr bescheuert, du perverses Schwein!«

Und dann schleuderte er mich so brutal gegen die Wand, dass mir fast die Luft wegblieb. Aber gleichzeitig riss sich irgendwas in mir los! Ich spürte es richtig, wie sich der Laut in mir formte und aus meinem Bauch nach oben drang, vermischt mit Wut und Zorn. Und als ich den Mund öffnete und der Schrei rauskam wie der Schrei eines waidwunden Tiers, klang es so schrecklich, dass ich selber Angst bekam. Aber *sie* kriegten auch Angst. Golightly ließ mich los, wich zurück, und jetzt starrten mich alle an, mit Augen groß wie Untertassen, und ich stand vor ihnen und brüllte! Ich brüllte sie an, ich klagte sie an – sie und ihren Spott, ihre Dummheit, ihre primitive Grausamkeit. Und während sie mich anstarrten, verunsichert durch diesen Ausbruch von Wahnsinn, den sie entfesselt hatten, hörte ich mich schreien: »Seht mich an! SEHT MICH AN! Ihr denkt wohl, ich bin einfach nur Raymond Marks, ja? Nur Raymond, den ihr auslachen und verspotten und wie den letzten Dreck behandeln könnt? Aber ich rate euch, wenn ihr euch je wieder mit mir anlegt, denkt dran: Ich bin nicht nur Raymond Marks!«

Sie starrten mich immer noch an, als wüssten sie nicht, was sie tun sollten. Und jetzt hätte ich weglaufen sollen, ohne ein weiteres Wort. Es war wirklich dumm von mir; ich weiß nicht mal, warum ich es eigentlich gesagt habe. Aber als sie mich alle so unsicher und erschrocken anstarrten, fuhr es mir plötzlich heraus: »In Zukunft solltet ihr euch lieber in Acht nehmen! Ich bin nämlich ... der Falsche Junge!«

Tucknott lachte als Erster, dann fielen die andern mit ein. Und ich lief weg. Aber sie rannten mir nach, brüllten vor Gelächter und riefen immer wieder: »Der Falsche Junge! Der Falsche Junge!« Und dann sagte Golightly: »Der hält sich wohl für Clark Kent ...« Und jetzt lachten sie noch hysterischer, verfolgten mich immer weiter und riefen: »Zeig uns doch mal deinen Falschen Jungen, Raymond!«

Ich weiß, ich hätte es nicht sagen sollen. Aber es war nun mal passiert. Und zumindest schienen sie vor lauter Lachen vergessen zu haben, dass sie mich eigentlich verprügeln wollten, weil ich pervers war. Aber dass ich pervers war, würde ihnen bestimmt bald wieder einfallen. Und am nächsten Tag würde es die ganze Schule wissen.

Und so kam es, dass ich nicht mehr hinging.

Ich wollte meine Mam nicht anlügen. Ich wollte nicht einer von diesen verlogenen Kerlen sein, die heuchelten, in die Schule zu gehen, wenn ich mich in Wirklichkeit den ganzen Tag in der Stadt rumtrieb, bis es Zeit war, nach Hause zu gehen. Abend für Abend würde mich meine Mam unweigerlich fragen, ob ich endlich einen Schulfreund hätte. Aber ich schüttelte nur den Kopf, machte den Fernseher an und wünschte mir, sie würde endlich nicht mehr fragen. Es schien ihr so furchtbar wichtig. Mir war es egal. Es war leichter, wenn es mir egal war, denn dann machte es mir nichts mehr aus. Aber meiner Mam machte es etwas aus. Und eines Abends weinte sie und sagte, es breche ihr das Herz, dass ich keinen einzigen Freund hätte. Ich wollte aber nicht, dass meine Mam weinte und es ihr das Herz brach. Deshalb erfand ich Malcolm. Einzig und allein, um meiner Mam eine Freude zu machen.

Malcolm war phantastisch. Ich machte ihn zum Amerikaner und erzählte meiner Mam, er sei in Baton Rouge geboren.

Ich behauptete, sein Dad sei Musiker, ein Bassist, der hier in Europa auftrete, und Malcolm sei mitgekommen und gehe jetzt auf unsere Schule. Meine Mam war zufrieden gestellt. Und Malcolm und ich waren vom ersten Tag an, als er in unsere Englischstunde kam, die besten Freunde. Ich erzählte meiner Mam, ich hätte an jenem Tag einen englischen Aufsatz vorlesen müssen, über den danach diskutiert wurde. Und als Mr. Fuller ihn nach seiner Meinung fragte, sagte Malcolm: »Also, Sir, ich sag es ganz direkt: Raymonds Aufsatz ist sensationeller als das Turiner Grabtuch! Wow! Das hat mich glatt umgehauen, Raymond!«

Meine Mam strahlte. Und seit Malcolm mein Freund war, wirkte sie wieder jünger und fröhlicher und sagte manchmal, vielleicht gehe es jetzt ja doch ein bisschen bergauf, nach all dem, was wir durchgemacht hatten. Meine Mam kochte uns wieder richtige Mahlzeiten mit frischem Gemüse und es gab keine Fertiggerichte und keine Tiefkühlkost mehr. Meine Mam wollte immer ganz genau wissen, was Malcolm und ich alles zusammen machten. Und ich erzählte von den amerikanischen Spielen auf dem Schulhof; und ich erzählte ihr, Malcolm müsse unter seinem Hemd zwei Sweatshirts tragen, weil er sich nach all den Jahren in Baton Rouge, wo es ja immer schwül und sonnig war, einfach nicht an das englische Wetter gewöhnen könne. Und Malcolm habe gesagt: »Mensch, Ray, dieses Wetter hier in Wythenshawe! Da friert sich ja ein Eisbär die Eier ab!«

Meine Mam bog sich vor Lachen, als ich ihr das erzählte, und fand es natürlich schon ein bisschen unanständig.

»Aber«, fuhr sie lächelnd fort, »wahrscheinlich ist das einfach Malcolms Art. Und dieses Wetter muss ja auch schrecklich sein für einen Jungen, der bei solchen Temperaturen aufgewachsen ist wie Malcolm. Ach«, sagte sie, »er tut mir richtig Leid. Armer Malcolm, das ist ja furchtbar, dass er hier auf diesem bitterkalten Schulhof frieren muss!«

Und deshalb kaufte sie ihm den Pullover! Einen großen,

dicken, grob gestrickten Pullover. Sie brachte ihn am nächsten Abend von Marks and Spencer's mit nach Hause und packte ihn schön ein. Und ich sollte ihn tags darauf mit in die Schule nehmen und Malcolm geben. Was sollte ich nur mit dem Pullover machen? Ich musste ihn den ganzen Tag durch die Stadt schleppen. Irgendwann wollte ich ihn einem Obdachlosen schenken, der vor dem Arndale Center hockte und um Geld bettelte, weil er angeblich einen Hirntumor habe und seinem hungrigen Hund eine Dose Pedigree Pal kaufen wolle.

»Ich hab zwar kein Geld«, sagte ich, »aber Sie können das hier haben, wenn Sie wollen.«

Er schnappte sich das Päckchen und riss das Papier auf. Als er den Pullover sah, sagte er, nicht mal im Sarg würde er was von Marks and Spencer's tragen. Er schmiss mir den Pullover hin und sagte: »Verpiss dich dahin, wo du herkommst, zu Blue Peter oder Unicef!« Also, ich glaub, in Wirklichkeit hatte der gar keinen Hirntumor.

Am Ende warf ich den Pullover einfach in eine Mülltonne, doch ich hatte schreckliche Gewissensbisse. Denn er war nagelneu und meine Mam hatte ihn für teures Geld gekauft. Aber eigentlich konnte ich ja nichts dafür. Malcolm war schuld. Langsam hatte ich genug von Malcolm. Und als mich meine Mam fragte, wie ihm der Pullover gefallen habe, spielte ich kurz mit dem Gedanken, ihr einfach zu sagen, Malcolm müsse wieder nach Amerika zurück. Aber sie sah mich so begierig und erwartungsvoll an, dass ich ihr erzählte, Malcolm sei von dem Geschenk begeistert gewesen und habe freudestrahlend gesagt: »Wow! Ray! Den hat deine Mom für mich gekauft?« Und dann habe er mit feuchten Augen noch einmal nachgefragt: »Extra für mich?« Jetzt habe Malcolm nicht mehr weitersprechen können und zu Boden geschaut. Dann habe er den Kopf geschüttelt und sich zusammengerissen und den Pullover an sich gedrückt, als wolle er ihn nie mehr hergeben. Und dann habe er gesagt: »Ray ... deine Mom ... ich glaube, sie ist ... ein ganz besonderer Mensch.«

Was Malcolm sonst noch alles über den Pullover gesagt hatte, brauchte ich meiner Mam nicht zu erzählen, denn jetzt strömten ihr die Tränen übers Gesicht, und sie rannte raus, um ein Stück Küchenrolle zu holen.

Und als ihre Tränen versiegt waren, sagte meine Mam: »Ist es nicht ein schöner Gedanke, dass es so einen liebenswerten Jungen wie Malcolm gibt? Was hört man nicht alles über die Jugendlichen von heute«, sagte sie, »dauernd Probleme, nicht in den Griff zu kriegen, kein Respekt und keine Manieren; schwänzen die Schule, treiben sich den ganzen Tag in der Stadt rum, brüllen unflätiges Zeug, begehen Ladendiebstahl, bringen sich in Schwierigkeiten …«

Meine Mam schüttelte den Kopf, und ich überlegte, ob sie am Ende herausgekriegt hatte, dass ich nicht mehr zur Schule ging. Und dass ich manchmal Sachen klaute. Eigentlich war es kein schlimmer Ladendiebstahl. Angefangen hatte es mit ein paar Nudelpackungen. Und eigentlich war es idiotisch, weil ich sie ja nicht mal kochen konnte. Aber dann fand ich heraus, dass sie irgendwann richtig weich werden, wenn man mit viel Spucke lange genug drauf rumkaut. Und am Ende schmeckten sie mir sogar ganz gut. Nur das Stehlen gefiel mir nicht. Ich hatte ein ziemlich schlechtes Gewissen. Und als meine Mam von den Jugendlichen sprach, die sich den ganzen Tag in der Stadt herumtreiben und Ladendiebstahl begehen, dachte ich, jetzt sei alles aufgeflogen, meine Mam wisse Bescheid und ich müsse ihr alles beichten. Im Grunde war ich sogar froh drüber. Denn ich wollte kein Ladendieb mehr sein und ich wollte auch nicht mehr die Schule schwänzen und meine Mam andauernd belügen. Klar, erst mal würde sie mich anschreien und sich furchtbar aufregen. Aber dann würde sie verstehen und mir helfen, damit alles wieder in Ordnung kam. Und deshalb war ich froh, als sie das mit den Jugendlichen sagte, die in Schwierigkeiten kommen.

Doch als ich meine Mam ansah, wurde mir klar, dass sie mich gar nicht meinte. Ja, scheinbar hatte sie mich ganz vergessen, denn als sie jetzt weitersprach, starrte sie geistesabwesend in die Ferne: »Ist das nicht wundervoll, wenn da plötzlich einer wie Malcolm auftaucht? Er ist so ein guter und netter Junge, er gibt einem glatt den Glauben an die heutige Jugend zurück.«

Meine Mam saß da und blickte verträumt in die Ferne. Und da regte sich plötzlich Eifersucht in mir. Das klang ja, als habe sie Malcolm *lieb*; als habe sie ihn lieber als mich! Und ich warf ein: »Na ja, das kann man auch nicht gerade sagen, dass er immer ein guter und netter Junge ist.«

Meine Mam starrte mich ungläubig an und runzelte die Stirn. »Was soll das heißen?«, fragte sie.

Ich zuckte die Achseln. »Manchmal«, sagte ich, »... trickst er.«

Jetzt sah mich meine Mam richtig angewidert an. »Er trickst?«, fragte sie. »Was meinst du damit, Raymond – er *trickst*?«

»Er trickst«, wiederholte ich. »Wenn wir zum Beispiel eine Englischarbeit schreiben. Statt selber Antworten zu finden, schaut er mir einfach über die Schulter und schreibt ab.«

Meine Mam wirkte richtig verärgert. Das freute mich, weil ich dachte, sie ärgere sich über Malcolm. Aber da sagte sie: »Mach dich nicht lächerlich, Raymond! Malcolm und tricksen? Malcolm würde nie tricksen! Ein Junge wie Malcolm hat das nicht nötig.«

Ich starrte sie an. Woher zum Teufel wollte sie das wissen? Sie kannte ihn doch gar nicht!

»Doch!«, beharrte ich. »Er trickst. Er trickst andauernd, weil er –«

»Hör mal«, unterbrach mich meine Mam. »Pass jetzt lieber auf, was du sagst, Raymond Marks! Wenn jemand nur mal kurz seine Antworten vergleicht, trickst er doch nicht!«

Sie sah mich böse an, als wolle sie mich am Weiterreden hindern. Aber ich ließ mich nicht hindern, weil sie doch nicht einfach behaupten konnte, Malcolm trickse nicht, wo ich schließlich direkt neben ihm saß! Ich hatte ihn ja überhaupt erst erfunden! Und wenn ich wollte, dass Malcolm in Englisch trickste, dann war das meine Sache und ging sie gar nichts an.

»Hm, er hat seine Antworten nicht einfach nur *verglichen*. Er hat meine Antworten abgeschrieben und sie für seine ausgegeben; das ist doch getrickst, oder?

Meine Mam saß da, starrte mich finster an und kräuselte die Lippen, als sauge sie eine Zitronenscheibe aus. Dann nickte sie langsam und sagte: »Du solltest dich mal reden hören. Du solltest dich reden hören, Raymond! Ich dachte immer, ich hätte dir ein bisschen Rücksicht beigebracht auf Menschen, die nicht so gut dran sind wie wir. Aber anscheinend war das reine Zeitverschwendung! Da redet der arme Malcolm sein Leben lang amerikanisches Englisch und plötzlich landet er mitten in Groß-Manchester, wo alles anders ist als bei ihm zu Hause: Es ist eiskalt, der Verkehr läuft falsch rum, es gibt nur vier Fernsehkanäle, und wenn er mal Lust hat, Baseball zu spielen, dann ist das hier gar nicht so einfach. Und neben dem allen muss er auch noch lernen, in einer neuen Sprache zu denken; er muss alles über *faucets* und *diapers* und *sidewalks* vergessen. Und sich stattdessen an *taps, nappies* und *pavements* gewöhnen, an *lifts* statt *elevators* und tausend andere komische Dinge. Aber wenn er mal ein bisschen Hilfe braucht, wenn er bloß mal kurz überprüfen will, ob er in der neuen fremden Sprache auch die richtigen Wörter verwendet, was muss er da feststellen? Dass du dich über ihn ärgerst, du, sein Freund! Dass du dich über ihn ärgerst und ihn einen Trickser nennst. Lass dir ein für alle Mal gesagt sein, Raymond Marks: Malcolm ist kein Trickser! Und du solltest dich schämen, so was zu behaupten!«

Es war absurd! Meine Mam war total sauer auf mich, und dabei hatte ich doch gar nichts getan. Sondern Malcolm! Er war es doch, der dauernd trickste, nicht ich. Jetzt wurde ich allmählich auch sauer. Ich schaute zu meiner Mam hinüber, die den Fernseher anstarrte, obwohl er gar nicht lief.

»Und er flucht!«, sagte ich. »Malcolm flucht ständig!« Meine Mam schüttelte den Kopf und starrte weiter auf den Fernseher, als höre sie mir gar nicht mehr zu.

»Sogar, wenn ein Lehrer dabei ist«, fuhr ich fort. »Gestern zum Beispiel hat ihn Mr. Fuller beim Abschreiben erwischt und mit Nachsitzen bestraft. Da hat Malcolm sein Heft an die Wand geschmissen und gerufen: ›*Das* soll eine Schule sein, dieser verdammte Saustall? Das ist doch eher ein scheiß Gefängnis!‹«

Jetzt drehte sich meine Mam um und sah mich an. Dann stand sie auf, furchtbar gereizt, und fuhr mich an: »Mag sein. Vielleicht flucht Malcolm gelegentlich. Aber wenn er solche Freunde hat wie dich und dann noch Lehrer, die ihn nicht verstehen und ihn nachsitzen lassen, wer kann es ihm da verdenken, dass er ab und zu mal einen Kraftausdruck benutzt?«

Es war nicht zu fassen! Wenn *ich* zu einem Lehrer das Wort Sch… gesagt hätte, wäre meine Mam ausgerastet und an die Decke gegangen. Aber da es ja der *märchenhafte* Malcolm war, mein *phantastischer* Freund, der mit Schimpfwörtern um sich warf, fand meine Mam alle möglichen Entschuldigungen für ihn! Sie stand da und schaute mich bitterböse an, als hätte ich etwas sehr, sehr Schlimmes angestellt. Und dann sagte sie: »Ich weiß wirklich nicht, was in dich gefahren ist, dass du den Namen deines besten Freunds in den Schmutz ziehst! Na gut, vielleicht hat Malcolm den einen oder andern kleinen Fehler, aber ich finde, du hast wirklich keinen Grund, dich so aufzuspielen. Malcolm rutscht vielleicht manchmal ein Schimpfwort raus. Aber du kannst sicher sein, dass er nie so etwas getan hätte wie du unten am Kanal. Malcolm würde nie etwas tun, das ihn und seine Mutter zwingt, von Failsworth in so ein gottverlassenes Nest wie Wythenshawe zu ziehen!«

Ich konnte es einfach nicht glauben. Meine Mam hatte doch immer gesagt, dass es nicht meine Schuld war. Und jetzt plötzlich doch! Und insgeheim hatte sie mir wahrscheinlich schon immer die Schuld gegeben, dass wir von Failsworth nach

Wythenshawe ziehen mussten. Wütend sagte ich: »Du schiebst alles auf mich, wie? Du hast mir zwar gesagt, es sei nicht meine Schuld, aber das war gelogen, weil du eben *doch* glaubst, dass ich schuld bin – an allem. Und ich wette, du denkst genau wie alle andern in Failsworth, *ich* hätte Paulette was getan!«

Jetzt protestierte meine Mam und sagte nein, das denke sie überhaupt nicht. Aber ich hörte nicht hin. »Deshalb hast du mich nicht mehr lieb«, sagte ich. »Ich weiß, dass du mich nicht mehr lieb hast und dass du lieber einen Sohn wie Malcolm hättest! Malcolm kann tun, was er will, ihm machst du nie einen Vorwurf, aber mir die ganze Zeit!«

Jetzt sah mich meine Mam erschrocken an, kam auf mich zu und sagte: »Aber nein, nein … na komm, komm schon.« Und ich wusste genau, dass sie mich umarmen wollte, aber ich wollte jetzt nicht von ihr in den Arm genommen werden. Ich sah ihr direkt in die Augen und sagte: »Tja, du wirst dir Malcolm leider aus dem Kopf schlagen müssen. Malcolms Vater hat nämlich ein Angebot bekommen, bei den Beach Boys in Amerika mitzuspielen, und er nimmt Malcolm wieder mit!«

Meine Mam sah aus, als hätte man ihr einen Eimer eiskaltes Wasser über den Kopf geschüttet. Es war schrecklich, welcher Schock, welcher Schmerz sich in ihrem Gesicht spiegelte. Aber für mich wurde dadurch alles nur noch schlimmer; denn sie war ja nicht meinetwegen so verzweifelt! Sondern wegen Malcolm! Wenn sie meinetwegen so verzweifelt gewesen wäre, dann wär ich bestimmt nicht weggelaufen.

Es war das erste Mal überhaupt, dass ich von zu Hause weglief. Aber wahrscheinlich zählt das gar nicht, weil ich ja nicht *richtig* weglief, zum Beispiel nach Liverpool oder London; nein, ich setzte mich einfach in den nächsten Bus nach Failsworth und fuhr zu meiner Oma zurück. Aber dort angekommen, bereute ich es gleich, denn auf mein Läuten hin öffnete mir mein Drecksonkel Jason. Und ich wusste sofort, warum er da war, denn als ich durch den Flur lief, hörte ich meine fiese Tante Fay im Wohnzimmer auf meine Oma einreden: »Schau doch mal, Vera – achtundvierzig internationale Kanäle! Was für eine Verschwendung! Ich weiß wirklich nicht, was du mit all diesen Sendern anfängst, wo du doch überhaupt so selten guckst!«

Die ließen nicht locker! Mein Drecksonkel Jason und meine Fürchterliche Tante Fay. Von Anfang an hatten sie ein Auge auf diese Satellitenschüssel geworfen. Schon an dem Tag, als mein Opa vom Dach gestürzt war und noch als lauwarme Leiche auf der Terrasse lag, hatte mein Drecksonkel Jason sofort zu meiner Oma gesagt: »Na, jetzt brauchst du diese vielen Sender ja nicht mehr!«

Aber meine Oma hatte ihm unmissverständlich klargemacht, dass sie ihre Satellitenschüssel auf alle Fälle behalten werde, weil den Medien die Zukunft gehöre und weil es für sie ein tröstlicher Gedanke sei, via Satellitenfernsehen auf elektronischem Wege mit dem Reichtum und der Vielfalt des europäischen Festlands verbunden zu sein.

Onkel Jason sagte, das sei doch alles Quatsch. Aber meine Oma achtete gar nicht auf ihn, sondern fragte sich laut (wie schon so oft), warum sich ihre erste Leibesfrucht zu einer dickhäutigen, sauren, bitteren Grapefruit entwickelt habe. Onkel Jason wurde ärgerlich und Tante Fay schalt meine Oma ein böses altes Weib. Und aus Protest drohte Tante Fay, dass sie und Onkel Jason vielleicht nicht zur Beerdigung meines Opas kommen würden.

»Ist mir doch egal«, hatte meine Oma gerufen, als sie hoch erhobenen Hauptes zur Haustür hinausstolzierten. »*Ich* komme ganz bestimmt nicht!«

Und meine Oma war tatsächlich nicht gekommen. Während mein Opa beerdigt wurde, besuchte sie ein Treffen der Progressiven Pensionäre und beteiligte sich an einer lebhaften, teils sogar hitzigen Debatte um die Wirkung von Marihuana auf über sechzigjährige Konsumenten.

Nach diesem Vorfall redeten Onkel Jason und Tante Fay eine Ewigkeit nicht mehr mit ihr. Sie nannten sie eine dumme alte Kuh, gleichgültig und herzlos. Aber am Ende überwog die grenzenlose Gier nach der Satellitenschüssel doch ihre moralische Entrüstung. Onkel Jason und Tante Fay schauten wieder ab und zu bei meiner Oma vorbei, machten unablässig Anspielungen auf die Satellitenschüssel und versuchten es mit allen möglichen Strategien. So auch an jenem Abend, als ich aus Wythenshawe kam. Und ich kam gerade noch rechtzeitig, denn ich glaube, sie hatten meine Oma fast weich geklopft. Als sie mich in der Tür stehen sah, rief sie: »Ach, Raymond! Komm her, mein Herzblatt, komm her, gib deiner Oma einen Kuss!«

Und als ich es tat, warfen sich meine Tückische Tante und mein Ominöser Onkel finstere, missbilligende Blicke zu. Mein Onkel sagte: »Ich weiß wirklich nicht, was du hier verloren hast, verdammt noch mal! Dass du es überhaupt wagst, dich hier noch mal blicken zu lassen, nach allem, was du getan hast!«

»Hey! Gar nichts hat er getan!«, erklärte meine Oma. Sie zeigte mit spitzem Finger auf Onkel Jasons Nase und fuhr fort: »Er hat niemandem etwas getan. Also lass ihn gefälligst in Ruhe! Das hier ist mein Haus und Raymond ist mir Tag und Nacht willkommen!«

Meine Oma starrte meinen Obskuren Onkel böse an, und falls er noch irgendwas sagen wollte, blieb ihm das Wort im Halse stecken, denn der böse Blick meiner Oma war legendär; ein böser Blick von ihr hatte schon ganz andere Männer als meinen Onkel »Grapefruit« Jason zum Schweigen gebracht. Er stand da, kaute auf seinem Kaugummi rum und sah zu meiner Tante Fay hinüber, die mich anstarrte wie den Inhalt eines Papiertaschentuchs, in das sie sich gerade geschnäuzt hatte. Meine Oma ignorierte sie beide, nahm lächelnd meine Hand und hielt sie ganz fest.

»Was meinst du dazu, mein Junge?«, fragte sie dann. »Was meinst du zu diesem ganzen Theater um meine Satellitenschüssel?«

»Ich weiß nicht, Oma«, antwortete ich.

»Ich würde aber gern deine Meinung hören«, sagte sie, »denn ehrlich gesagt, frage ich mich langsam, ob sich der ganze Ärger überhaupt lohnt. Vielleicht sollte ich in meinem Alter die technologische Revolution und all die neuen Medien nicht mehr so wichtig nehmen.«

Ich sah aus den Augenwinkeln, wie sich Tante Fay und Onkel Jason einen hoffnungsvollen, triumphierenden Blick zuwarfen. Ich konnte es kaum fassen, dass meine Oma ernsthaft überlegte, ob sie den beiden nachgeben sollte!

Wieder zuckte ich die Achseln und Tante Fay drängte: »Sag's ihr, Raymond. Sag ihr, wie viel Strom das frisst, wenn man so viele Kanäle hat! Das ist nicht so, wie wenn man sich nur die BBC anschaut. Die BBC kostet so gut wie keinen Strom, weil sie ja nur aus London kommt. Aber wenn man Kanäle hat, die aus dem Ausland rüberkommen, dann kostet das ein Vermögen an Strom! Und meine allergrößte Sorge ist eine Unterkühlung! Man kennt das doch von alten Leuten. Jeder Kälteeinbruch kann ihr Ende bedeuten. Deine Oma könnte eines Tages erfroren vor dem Fernseher sitzen, weil der ganze Strom von den Satellitenkanälen aufgefressen wurde und nichts mehr für die Heizung übrig geblieben ist!«

Meine Tante nickte bedeutsam und meine Oma sagte seufzend: »Tja, das will ich natürlich nicht. Ich will hier nicht wie eine tiefgekühlte Lammkeule vor dem Fernseher hocken.«

Was war denn mit meiner Oma los? Wieso hörte sie sich das dumme Gewäsch meiner Tante überhaupt an?

»Oma, du müsstest nicht dasitzen wie eine tiefgekühlte Lammkeule«, sagte ich. »Satellitenfernsehen verbraucht überhaupt keinen zusätzlichen Strom.«

Diese Bemerkung ging meinem Onkel Jason total gegen den Strich. »Hey!«, warf er ein, »was verstehst du denn davon? Du hast doch keine Ahnung, also halt dich da raus!«

Aber ich ignorierte ihn und fuhr fort: »Und noch was, Oma. Wie willst du denn weiter Spanisch lernen, wenn du dir die Neun-Uhr-Nachrichten wieder in Englisch anschauen musst?«

Und ich dachte, das würde sie überzeugen, denn wenn sich meine Oma etwas im Satellitenfernsehen anschaute, dann waren es die spanischen Nachrichten. ITV hatte sie nie interessiert, und die BBC, sagte sie, sei heutzutage viel zu oberflächlich, wo denn der Tiefgang geblieben sei? Aber dann hatte sie die spanischen Nachrichten entdeckt und sie kam voll auf ihre Kosten; denn der spanische Nachrichtensprecher war eine eindrucksvoll ernste Erscheinung mit markant-morbiden Gesichtszügen und trug die abendliche Litanei von Tragödien, Tod und Katastrophen so vor, als sei ihm alles persönlich zugestoßen. Meine Oma sagte immer, er gebe ihr den Glauben an die Fernsehnachrichten zurück und sporne sie gleichzeitig dazu an, etwas Spanisch zu lernen. Und ich fand es toll, dass meine Oma Spanisch zu lernen versuchte, wenn sie auch nie über *Buenas noches senor* hinauskam.

Aber mein Obskurer Onkel sagte: »Spanisch! Spanisch lernen! Ich hör wohl nicht recht!« Dann sah er kurz zu seiner grässlichen Gattin hinüber und fügte kopfschüttelnd hinzu: »Manchmal frage ich mich, wie ich mich mit so einer Mutter geistig normal entwickeln konnte!«

Ich schaute meine Oma an, weil ich erwartete, dass sie ihm wieder ihren bösen Blick zuwerfen würde. Aber anscheinend hatte sie ihm gar nicht zugehört. Sie hielt immer noch meine Hand umklammert und lächelte mich an, als sei sie ein bisschen verwirrt. Und ich sagte: »Also, Oma, du willst deine Satellitenschüssel doch behalten, nicht wahr?«

Erst blinzelte sie ein bisschen. Dann lächelte sie mich strahlend an, als sei ich gerade erst hereingekommen, und sagte: »Hallo, mein Junge! Schaut nur«, sagte sie zu meiner Tante und meinem Onkel, »schaut nur, wer gekommen ist! Raymond, mein Herzblatt. Na komm, gib deiner Oma einen dicken Kuss.«

Und im ersten Moment dachte ich, dass sie mit diesem

Trick allen weiteren Diskussionen über Satellitenschüsseln einen Riegel vorschieben wollte. Und es schien wirklich zu funktionieren, denn Tante Fay stand auf und meinte: »Komm, Jason, der Wellensittich ist bestimmt schon ganz unruhig.« Während sie ihren Mantel zuknöpfte, drehte sie sich zu meiner Oma um und sagte: »Wir wollten nur dein Bestes, Vera. Spanisch lernen – das wird dir viel nützen, wenn du hier in der Kälte sitzt und Erfrierungen und Faulbrand kriegst und man dir beide Beine amputieren muss! Aber das ist deine Sache, Vera. Niemand wird sagen können, wir hätten dich nicht gewarnt, Jason und ich. Diese Satellitenschüssel hat schon mal einem Familienmitglied den Tod gebracht. Und ich bete zu Gott, Vera, ich bete zu Gott, dass dieser Winter nicht ein zweites Todesopfer fordert!«

Dann waren sie weg. Und ich fragte meine Oma: »Oma, geht's dir gut?«

»Ja«, sagte sie, »jetzt schon, wo sie endlich weg sind.«

Und deshalb dachte ich, meiner Oma fehle nichts Ernstes. Ich dachte, sie hätte sich einfach ein bisschen dumm gestellt, um die zwei Satellitenhaie loszuwerden.

»Aber was ist mit dir?«, fragte sie. »Geht's dir auch gut? Wieso kommst du denn allein den weiten Weg von Wythenshawe hierher?«

Und so erzählte ich meiner Oma die ganze Geschichte. Ich erzählte ihr vom Streit mit meiner Mam. Und ich erzählte ihr von Malcolm. Ich sagte: »Diesen Jungen hab ich einfach erfunden, Oma. Anfangs ist auch alles gut gegangen, aber jetzt nicht mehr, weil Mam über nichts anderes mehr reden möchte; Malcolm hier und Malcolm da, Malcolm morgens, mittags, abends. Und Mam hat Malcolm lieb gewonnen, und deshalb war ich furchtbar eifersüchtig, obwohl ich weiß, wie dumm das ist, weil ich Malcom ja bloß erfunden habe! Irgendwie ist er … mal abgesehen von seinem amerikanischen Akzent … der Junge, der ich mal war vor der Sache mit dem Kanal. Und bevor das mit dem kleinen Mädchen passiert ist.«

Meine Oma starrte mich an und nickte. Und ich glaubte, sie höre mir aufmerksam zu und denke über das nach, was ich ihr gerade erzählte. »Ich weiß, dass es idiotisch ist, auf ihn eifersüchtig zu sein«, fuhr ich fort, »wo er doch nur das ist, was ich mal war. Aber ich bin nun mal eifersüchtig, Oma. Weil ich nicht in *Wirklichkeit* so sein kann wie er, jedenfalls jetzt nicht mehr. Ich kann nicht mehr der Junge sein, der ich früher mal war. Ich versuch's ja, Oma. Ich versuche ja, brav zu sein. Aber anscheinend schaff ich's nicht.«

Jetzt sah mich meine Oma scharf an und ich befürchtete schon, dass es sie vielleicht schockieren und traurig machen würde, wenn sie auch noch den Rest zu hören bekam. Aber ich musste es ihr einfach sagen, ich musste es jemandem erzählen. Und ich wusste, auch wenn sich meine Oma über mich aufregte, würde sie mich doch verstehen und mir vielleicht sogar einen Rat geben können. Deshalb fuhr ich fort: »Ich war seit Monaten nicht mehr in der Schule, Oma. Ich hab die Schule geschwänzt und mich in der Stadt rumgetrieben und ich hab alle Briefe weggeschmissen, die die Schule an Mam geschickt hat!«

Und als ich meiner Oma dann das Allerschlimmste erzählte, konnte ich ihr gar nicht in die Augen sehen, sondern starrte auf den Kaminsims: »Ich bin ein Dieb geworden, Oma. Ich klaue in Läden und eigentlich will ich damit aufhören, aber ich kann nicht anders, und wenn man mich erwischt, wird das für Mam einfach ganz, ganz fürchterlich sein!«

Ich starrte weiter auf den Kaminsims und wartete darauf, dass meine Oma was sagte. Aber sie sagte nichts und ich dachte schon: Jetzt ist sie zum ersten Mal in ihrem Leben so schockiert, dass es ihr die Sprache verschlagen hat. Ich sah sie an. Aber sie lächelte. Und plötzlich sagte sie: »Isst du gern Kentucky Fried Chicken, mein Junge?«

Ich starrte sie an. Das war vor meiner Erleuchtung gewesen, bevor ich Vegetarier geworden bin. Und so schrecklich ich es jetzt finde, damals habe ich Kentucky Fried Chicken wirklich gern gegessen. Aber warum zum Teufel redete meine Oma in diesem Moment plötzlich von Kentucky Fried Chicken? Ich hatte ihr gerade Dinge anvertraut, die ich sonst keinem Menschen auf der ganzen Welt erzählen konnte! Doch meine Oma sagte bloß: »Oh, ich ess sie furchtbar gern! Es geht doch nichts über ein knuspriges Kentucky Fried Chicken!«

Und jetzt hätte ich es eigentlich merken müssen. Ich hätte merken müssen, dass mit meiner Oma etwas nicht stimmte. Denn normalerweise hätte meine Oma über die Banalität von paniertem, in gewachsten Pappschalen serviertem Fastfood-Geflügel die Nase gerümpft. Aber ich *wollte* einfach nicht, dass meiner Oma etwas fehlte. Und ich glaube, deshalb ignorierte ich ihre gelegentlichen Aussetzer; ich wollte einfach, dass meine Oma genauso war wie immer. Und als sie sagte: »Komm, hol mir meinen Mantel aus dem Flur, dann gehen wir zwei Hübschen heute Abend Kentucky Fried Chicken essen«, holte ich ihr den Mantel und wir zogen los. Und bis auf diese bizarre Veränderung ihrer Essgewohnheiten kam mir meine Oma wieder ganz normal vor. Sie erzählte mir von Wilfred Pickles, der im Krieg als Nachrichtensprecher tätig war, weil die Deutschen seinen Yorkshire-Akzent nicht verstanden. Sie erzählte mir, dass es während der großen Grippeepidemie in den Fünfzigerjahren so viele Tote gab, dass man sie teils in den großen Gefrierschränken der Metzgereien lagern musste, weil die Leichenhallen überquollen. Sie erzählte mir von den Blizzards 1947, die großes Leid verursachten und viele Todesopfer forderten, und von den verdorbenen Corned-Beef-Konserven, die in den Sechzigerjahren Tausenden von Menschen das Leben kosteten. Und weil das schrecklich interessant war wie alles, was meine Oma erzählte, fiel mir gar nicht auf, dass sie eigentlich nur von Dingen erzählte, die sich in der fernen Vergangenheit zugetragen hatten. Kein einziges Mal erwähnte sie Malcolm oder dass ich die Schule schwänzte und klaute. Es war, als hätte sie das alles gar nicht gehört.

Und als ich mit dem Bus nach Wythenshawe zurückfuhr,

kam mir sogar der Gedanke, dass meine Oma sich vielleicht nur weigerte, all das zu glauben, was ich ihr erzählt hatte.

Vielleicht konnte sie es einfach nicht ertragen, dass sich ihr Lieblingsenkel zu einem Jungen entwickelte, der die Schule schwänzte und Briefe an seine Mam abfing. Und in der Stadt Ladendiebstahl beging. Ich wollte nicht, dass meine Oma sich für mich schämte. Und ich wollte auch nicht beim Klauen erwischt werden und schuld daran sein, dass es meiner Mam ganz, ganz schlecht ging. Und deshalb schwor ich mir an jenem Abend im Bus, dass ich von jetzt an nie mehr klauen würde. Ich würde sogar wieder in die Schule gehen und es einfach ertragen, wenn sie sagten, ich sei schwul und HIV-positiv. Und wenn sie mich verprügelten, weil sie mich für einen Perversen hielten, dann musste ich mich eben damit abfinden. Malcolm würde für immer nach Amerika zurückkehren, wo er hingehörte. Irgendwann würde meine Mam drüber hinwegkommen und dann war alles wieder gut. Und als ich zu Hause ankam, fühlte ich mich schon viel besser. Ich ging ins Wohnzimmer, wo meine Mam vor dem Fernseher hockte und den dunklen Bildschirm anstarrte. »Es ist alles in Ordnung, Mam«, sagte ich. »Tut mir Leid, dass ich abgehauen bin, aber jetzt bin ich wieder da und ab jetzt wird alles wieder gut, Mam, das verspreche ich dir.«

Aber gar nichts war gut. Denn meine Mam wandte ganz langsam den Kopf und starrte mich an. Und da wurde mir klar, dass sie gar nicht *bemerkt* hatte, dass ich weg gewesen war!

»Wann?«, fragte sie nur. »Wann?«

»Wann was?«, erwiderte ich.

»Wann gehen sie zurück? Malcolm und sein Dad?«

Ich sah meine Mam stumm an. Ich hätte es ihr so gern gesagt. Ich hätte ihr so gern gesagt, dass das alles Unsinn war und dass weder Malcolm noch sein Dad jemals existiert hatten. Aber ich wusste, das wäre für sie noch schlimmer gewesen, als wenn die beiden jetzt in die USA zurück mussten.

Also zuckte ich die Achseln, schüttelte den Kopf und erklärte, ich wisse es nicht genau. Meine Mam stand auf und sagte, sie wolle früh ins Bett. Und ich sah ihr nach, als sie zur Tür wankte. Sie wirkte völlig erschöpft, als hätte man ihr alle Energie aus den Knochen gesaugt. An der Tür drehte sie sich noch mal um und sagte: »Ich würde Malcolm gern kennen lernen ... nur ein einziges Mal, bevor er nach Amerka zurückkehrt. Frag ihn doch, ob er und sein Dad mal irgendwann zum Abendessen kommen ... vor ihrer Abreise.«

Ich konnte es nicht ertragen! Ich konnte es einfach nicht ertragen, dass meine Mam so verzweifelt war. Ich weiß, ich hätte es nicht tun sollen, ich hätte Malcolm einfach nach Baton Rouge zurückschicken sollen. Ich hätte einfach am nächsten Tag zur Schule gehen sollen, wie ich es mir fest vorgenommen hatte. Aber jetzt musste ich nachdenken und dazu kam ich nicht, wenn ich mir den ganzen Tag von irgendwelchen Spanswicks und Tucknotts und Golightlys anhören musste, dass ich ein fettes, schwules, HIV-infiziertes Arschloch sei. Und deshalb ging ich wieder in die Stadt, aber ich klaute nichts. Ich lief den ganzen Tag rum und hielt es kaum aus, bis es endlich vier Uhr nachmittags wurde und ich meiner Mam daheim erzählen konnte, dass sich die Beach Boys aufgrund künstlerischer Differenzen überraschend getrennt hätten und deshalb keinen Bassisten mehr bräuchten.

Meine Mam traute ihren Ohren nicht, als ich hereingestürzt kam und verkündete, Malcolm müsste jetzt doch nicht nach Amerika zurück. Sie sprang auf und umarmte mich und ich entschuldigte mich, dass ich behauptet hatte, Malcolm würde tricksen und Kraftausdrücke benutzen, ich sei eben selber so durcheinander gewesen, dass mein Freund nach Amerika zurück musste. Da drückte mich meine Mam noch inniger an sich und es war wunderschön. Und auch sie entschuldigte sich und sagte, sie hätte mich nicht so anschreien sollen. Dann sagte sie, das sei ja wundervoll, das seien ja ganz wundervolle Neuigkeiten! Und es war wirklich wundervoll, als meine Mam mich an jenem Abend in die Arme schloss. Es störte mich nicht mehr, dass wir in einer hässlichen Maisonettewohnung in Wythenshawe lebten. Es störte mich nicht mal mehr, dass ich ein dicker Ladendieb ohne Freunde war, der schon seit einer Ewigkeit die Schule schwänzte. Nichts von alldem störte mich mehr, weil Malcolm dablieb und meine Mam glücklich war. Und deshalb war es mir völlig egal, dass Malcolm gar nicht existierte. Was machte das schon? Meine Oma sagte ja auch immer, Gott existiere nicht. Und trotzdem gab es auf der ganzen Welt Trillionen von Menschen, die sich an den Glauben klammerten, dass es ihn gab. Wer weiß, vielleicht brauchte meine Mam den Glauben an Malcolm? Ich tat ja nichts Böses. Es wurde nur ein bisschen kompliziert, als meine Mam später am Abend plötzlich sagte: »Hör mal, Raymond, ich weiß ja, dass sie jetzt doch nicht nach Amerika zurück müssen, aber wär es nicht trotzdem nett, wenn Malcolm und sein Dad mal zum Abendessen kämen?« Sie sah total glücklich und erwartungsvoll aus. Und während ich verzweifelt nach einer Ausrede suchte, wurde ihr Gesicht plötzlich sehr nachdenklich. »Malcolms Dad muss ja ziemlich einsam sein«, sagte sie. »Was er wohl für ein Mensch ist? Ob er auch so blondes Haar hat wie Malcolm?«

Und es war dieser ganz bestimmte Ausdruck in den Augen meiner Mam, dieser sehnsüchtige Blick, der mich stutzig machte. Ich runzelte die Stirn. Als sie es bemerkte, lachte sie fast ein bisschen verlegen und fragte: »Was ist denn? Was hast du?« Aber ich schüttelte nur den Kopf und da brach meine Mam in Gelächter aus und sagte: »Was ist denn los? Ich hab doch nur gesagt, dass ich ihn *kennen lernen* möchte!«

Aber ich wusste es besser. Und meine Mam wusste, dass ich es wusste. Denn plötzlich packte sie mich, kitzelte mich und rief: »Ich lade ihn doch nur zum Abendessen ein, du Dummerchen! Ich will ihn doch nicht heiraten!«

Nachdem sie mit Kitzeln fertig war, saß sie neben mir auf der Couch und starrte an die Wand. Und ich sah, dass sie weit,

weit weg war. Und obwohl sie es vorhin abgestritten hatte, wusste ich, dass meine Mam gerade davon träumte, einen blonden Bassisten aus Baton Rouge zu heiraten. Und wenn er real gewesen wär, hätte ich das ganz schrecklich gefunden. Aber da Malcolms Vater ja nur meiner Phantasie entsprungen war, störte es mich kein bisschen, dass meine Mam von einem erfundenen blonden Bassisten schwärmte.

Aber dass die beiden zum Abendessen kamen, war natürlich unmöglich!

Und so erklärte ich meiner Mam, dass Malcolm und sein Dad strenggläubige Muslime seien und es gegen ihre religiösen Vorschriften verstoße, in einem nichtmuslimischen Haus zu essen. Meine Mam zog ein Gesicht und sagte, das sei aber schade. Aber dann hellte sich ihre Miene wieder auf, und sie meinte, auch wenn uns vielleicht manches seltsam vorkomme, müssten wir die Religion anderer Menschen doch respektieren. Wir hätten auch so schon genug Grund zur Dankbarkeit, sagte sie. Vielleicht konnten die beiden ja nicht zum Abendessen kommen, aber das Wichtigste sei ja, dass sie nicht nach Baton Rouge zurückmussten! Dann stand meine Mam auf und ging in die Küche. Und als sie so vor sich hinträllerte, das Brot in die Hand nahm und auf den Küchenfliesen ein paar Tanzschritte machte, steckte sie wieder voller Energie.

Und so spann ich die Geschichte mit Malcolm weiter und erzählte meiner Mam wieder jeden Abend, was Malcolm gesagt und was Malcolm getan hatte. Und wenn ich mal zwischendurch Gewissensbisse kriegte, brauchte ich nur meine Mam anzuschauen und zu sehen, wie sie lächelte oder vor sich hinsang. Und dann dachte ich immer: Es kann ja nichts Schlimmes passieren.

Und es passierte auch nichts.

Bis kurz vor meinem Geburtstag.

Ich hätte es merken müssen. Ich hätte merken müssen, dass meine Mam irgendwas im Schilde führte. Aber ich merkte es leider erst, als es zu spät war. Ich wusste ja nicht, dass sie sich eine wundervolle Überraschung für mich ausgedacht hatte. Sie war zu Mrs. Babu Daruwalla gegangen, die im Einkaufsviertel den Eight Till Late führte, und hatte sie gefragt, ob sie ihr vielleicht ein muslimisches Restaurant empfehlen könne. Mrs. Babu Daruwalla war sehr hilfsbereit und gab ihr die Telefonnummer vom Vindaloo Village. Woraufhin meine Mam für meinen Geburtstag einen Tisch für vier Personen reservierte. Sie gab dort sogar eine Geburtstagstorte in Auftrag. Und dann rief sie in der Schule an!

Und als sie mit Mr. Wilson verbunden wurde, bat sie ihn um Entschuldigung für die Störung, aber sie plane für meinen Geburtstag eine Überraschungsparty und wäre ihm wirklich sehr dankbar, wenn er mal heimlich mit meinem amerikanischen Freund Malcolm sprechen und ihn mit seinem Dad für Mittwoch Punkt halb acht Uhr abends ins Vindaloo Village einladen könnte. Aber es müsse unbedingt geheim bleiben, weil es ja eine Überraschung für mich sei. Und ob Mr. Wilson deshalb bitte dafür sorgen könne, dass ich von dem Gespräch mit Malcolm auch ganz bestimmt nichts mitbekam?

Es trat eine Pause ein. Und dann sagte Mr. Wilson am anderen Ende der Leitung: »Entschuldigung, *wer* ist am Apparat?«

»Mrs. Marks«, antwortete meine Mam, »Raymonds Mutter.«

Wieder trat eine Pause ein. Und dann sagte Mr. Wilson zu meiner Mam: »Mrs. Marks, könnten Sie bitte sofort in die Schule kommen?«

Meine Mam fragte ihn, warum.

Darauf räusperte sich Mr. Wilson und sagte, das würde er lieber nachher persönlich mit ihr besprechen.

»Aber ich habe heute Nachmittag Schicht«, erwiderte meine Mam. »Es ist doch nichts passiert, Mr. Wilson? Raymond geht es doch gut?«

»Woher soll ich das wissen?«, fragte da Mr. Wilson. »Raymond war schon seit fast zwei Monaten nicht mehr in der Schule!«

Und während meine Mam kaum fassen konnte, was sie da gerade gehört hatte, teilte ihr Mr. Wilson noch das Allerschlimmste mit: »Und ich weiß auch nicht, welchen amerikanischen Jungen Sie meinen, Mrs. Marks«, sagte er. »So viel ich weiß, haben wir hier keine amerikanischen Schüler.«

Ich wusste es sofort. Noch bevor ich Mr. Wilson auf dem Sofa sitzen sah, wusste ich, dass die Bombe geplatzt war. Meine Mam wandte mir den Rücken zu und starrte aus dem Fenster, als könne sie meinen Anblick nicht ertragen. Der Fernseher lief ohne Ton und ich stand einfach da und starrte auf den Bildschirm. Jetzt begann meine Mam zu weinen. Dann drehte sie sich um, ging an mir vorbei in die Küche und knallte die Tür hinter sich zu. Ich starrte weiter auf *Blue Peter*. Wäre es ein normaler Abend gewesen, dann hätten wir jetzt auf ITV umgeschaltet und uns *Blockbusters* angeschaut. Und es hätte Milchkaffee und überbackenen Käsetoast gegeben, brutzelnd heiß wie der Straßenasphalt im Hochsommer. Und ich hätte meiner Mam erzählt, was Malcolm heute so alles gemacht hatte. Und wenn Bob mal wieder so richtig bescheuert oder die *Blockbusters* zwischendurch mal wieder zu blöd gewesen wären, hätte ich meiner Mam die lustigsten Sachen von Malcolm erzählt. Und meine Mam hätte gelacht. Und sich gefreut. Wenn es ein ganz normaler Abend gewesen wäre. Aber nichts war normal. Meine Mam weinte in der Küche. Mr. Wilson saß auf unserem Sofa und hatte eine Mappe auf dem Schoß. Der Toast lag ungetoastet im Brotkasten, der Kaffee wartete als Pulver in der Dose. Und auf ITV blockbusterten Bob und die *Blockbusters*, was das Zeug hielt. Und das alles ohne mich und meine Mam.

»Raymond«, hörte ich Mr. Wilson sagen. »Niemand wird dich ausschimpfen.«

Ich starrte weiter auf den Bildschirm. Meine Mam kam aus

der Küche, blieb an der Tür stehen und tupfte sich mit einem Stück Küchenrolle die Augen trocken.

»Wie konntest du nur?«, fragte sie. »Wie konntest du mir das antun? Ich hab ihn liebgehabt. Ich hab ihn richtig lieb gehabt, den Jungen!«

Sie brach wieder in Tränen aus. Und ich hätte auch gern geweint. Aber es ging nicht.

»Raymond, ich habe mich vorhin lange mit deiner Mam unterhalten«, sagte Mr. Wilson jetzt. »Sie hat mir einiges von dem erzählt, was passiert ist, bevor ihr nach Wythenshawe gezogen seid.«

Ich nickte und starrte weiter auf *Blue Peter* ohne Ton.

»Zum Beispiel ... zum Beispiel, wie dich damals die Polizisten aus dem Wasser gezogen haben«, fuhr er fort. »Erinnerst du dich, Raymond?«

Ich nickte wieder.

»Und dass, äh ... dass du ... wie war das noch gleich, Raymond ... der *Falsche Junge* gewesen bist.«

Ich zuckte die Achseln. Es war komisch, in *Blue Peter* gab es gerade mal wieder einen Aufruf an die Kinder, ihre gebrauchten Sachen zu schicken, damit die Obdachlosen es im Winter warm hatten. Hoffentlich kriegten sie nicht zu viele Klamotten von Marks and Spencer's, weil sonst die Obdachlosen zu den *Blue Peter*-Moderatoren sagen würden, sie sollten sich verpissen. Und das kommt bei *Blue Peter* bestimmt nicht gut, wenn Obdachlose so etwas sagen.

»Das fand ich sehr interessant, Raymond«, meinte er. »Ja. Ich fand es wirklich sehr interessant, was mir deine Mam da von dieser, äh ... Episode mit dem Falschen Jungen erzählt hat. Und von diesem, äh, diesem ... Malcolm, Raymond. Ich finde das, äh ... faszinierend, Raymond. Sehr faszinierend.«

Ich starrte weiter auf den Bildschirm. Aber da sagte meine Mam: »Sie hätten ihn hören müssen, Mr. Wilson! Sie hätten hören müssen, wie er Malcoms Stimme nachmachte ... ich schwöre bei Gott, Mr. Wilson, Sie hätten ihm auch geglaubt!

Sie hätten hundertprozentig geglaubt, dass es Malcolm wirklich gibt.«

Mr. Wilson hob beschwichtigend die Hand und sagte zu meiner Mam: »Shelagh, machen Sie sich keine Sorgen. Glauben Sie mir, ich weiß genau, wie überzeugend ein Mensch in einer solchen, äh … Situation wirken kann. Ich habe nicht den geringsten Zweifel, dass es vollkommen glaubhaft war, Shelagh. Das weiß ich aus den Fallgeschichten, die ich studiert habe. Sehen Sie, Shelagh, wenn ich mich nicht irre, dachte Raymond vermutlich *wirklich*, dass er die Wahrheit sagt. Ist es nicht so, Raymond? Als du deiner Mam alles über diesen … Malcolm erzählt hast, da hast du ihr doch keine Lügen aufgetischt, oder?«

Ich sah ihn bloß an. War er bekloppt oder was? Natürlich hatte ich ihr Lügen aufgetischt!

Riesige fette Monsterlügen! Er war dumm. Er gefiel mir nicht. Und vor allem gefiel es mir nicht, dass er meine Mam dauernd »Shelagh« nannte.

Ich drehte mich weg und starrte wieder auf den Bildschirm. Und er fuhr fort: »Was dich betrifft, Raymond, war dieser Malcolm real, nicht wahr? Er war doch real?«

Ich starrte auf den Nachspann von *Blue Peter*.

»Hab ich Recht, Raymond?«, fragte er. »Du hast doch geglaubt, dass dieser amerikanische Junge eine reale Person ist?«

Ich nickte. Denn auf eine Art war Malcolm tatsächlich real gewesen. »Er *war* real«, sagte ich.

Aber da brach meine Mam wieder in Tränen aus und sagte: »Du! Du! Wie kannst du so etwas sagen? Das war gemein, was du getan hast, richtig gemein!«

Wilson beruhigte meine Mam und sagte, ein Wort wie »gemein« sei hier überhaupt nicht angebracht. Meine Mam erwiderte, es tue ihr Leid und sie bemühe sich ja, das alles zu verstehen, aber wenn man so belogen und betrogen und zum Narren gehalten worden sei, dann sei es nicht immer so leicht,

Verständnis zu zeigen. Mr. Wilson sagte, er wisse genau, was meine Mam empfinde.

»Aber trotzdem sollte uns das nicht davon abhalten, die Sache so nüchtern wie möglich anzugehen«, erklärte er meiner Mam. Und mich fragte er: »In welcher Hinsicht, Raymond? In welcher Hinsicht war dieser Malcolm für dich ein realer Junge?«

»Er war es eben«, antwortete ich, während im Fernseher *John Craven's Newsround* begann. »Malcolm *war* real. Weil er ich war.«

Ich sah Mr. Wilsons Spiegelbild auf dem Bildschirm. Er warf meiner Mam einen Blick zu und nickte langsam, als hätte ich ihm gerade irgendwas bestätigt.

»Wie meinst du das, Raymond: Malcom war du?«, fragte er.

Ich zuckte die Achseln. »Weil er es eben war«, sagte ich. »Malcolm war der Junge, der ich früher einmal gewesen bin.«

Mr. Wilson nickte erneut. Dann sagte er: »Aha. Dann warst du früher also ein amerikanischer Junge, Raymond?«

Ich schüttelte nur den Kopf und sah zu, wie sich John Craven in Afrika oder sonstwo sehr nett mit irgendwelchen Leuten unterhielt.

»Nein«, sagte ich. »Das hab ich erfunden, dass er Amerikaner war. Und dass er einen Vater hat.«

Jetzt brach meine Mam erneut in Tränen aus. »Und sie strenggläubige Muslime sind«, sagte sie. »Damit sie ja nicht zum Abendessen kommen.« Und dann fiel ihr noch etwas anderes ein. »Der Pullover!«, sagte sie. »Ich habe Malcolm doch einen Pullover gekauft und weiß noch nicht mal, was mit dem passiert ist. Und du«, sagte sie, »du hast die Frechheit, mir zu sagen, dass du Malcolm warst!« Jetzt schrie sie mich an, sie schrie und weinte gleichzeitig. »Ich weiß jetzt genau, dass das einfach du warst, einfach nur du! Aber du rückst ein bisschen spät damit raus, findest du nicht? Du rückst ein bisschen spät damit raus, dass du mir bloß was vorgeflunkert hast!«

Mr. Wilson stand vom Sofa auf, ging zu meiner Mam rüber und sagte, es sei für alle Beteiligten besser, wenn sie doch bitte versuchen könnte, ruhig und vernünftig zu bleiben. Meine Mam nickte und bat ihn wieder um Entschuldigung.

Und Mr. Wilson sagte: »Schon gut, Shelagh, schon gut.«

Und da ich nicht wollte, dass er mit meiner Mam redete, drehte ich mich zu ihr um und sagte: »Du brauchst dich nicht zu entschuldigen. Ich muss mich entschuldigen. Aber ich hab dir nicht nur was vorgeflunkert. Ich hab Malcolm erfunden, weil ich wusste, dass du ihn lieb haben würdest. So wie du mich früher mal lieb gehabt hast. Und am liebsten hätte ich mich selber nach Amerika zurückgeschickt und dir Malcolm dagelassen!«

Ich beobachtete das Gesicht meiner Mam, als ich das zu ihr sagte. Und ihr Gesicht verzog sich zum Weinen, aber ganz anders als vorhin. Und ich weiß, alles wäre wieder gut geworden, wenn wir allein gewesen wären, ich und meine Mam, und wenn sie in aller Ruhe mit mir geredet und mir gesagt hätte, dass sie mich nie für einen anderen Jungen eintauschen würde, egal welche Probleme wir auch hatten, nicht mal für einen so wundervollen Jungen wie Malcolm.

Aber nicht meine Mam redete mit mir, sondern Wilson. Und der sagte jetzt: »Raymond ... schon gut, Raymond. Du siehst, deine Mam versteht dich. Sie ist natürlich ziemlich ärgerlich. Das wäre jede Mutter. Aber wie ich ja schon sagte: Deine Mam ist eine intelligente Frau. Und wenn sie dich vorhin auch ein bisschen angeschrien hat, ist ihr im Grunde doch bewusst, dass wir uns mit diesem Problem so vernünftig und erwachsen wie möglich befassen sollten.«

Ich wollte einfach nur, dass er den Mund hielt! Ich wollte, dass er endlich ging und mich und meine Mam allein ließ. Aber es sah so aus, als wolle er nie mehr gehen, denn jetzt setzte er sich auf die Armlehne des Sofas und sagte: »Raymond, ich will, dass du mir mal gut zuhörst. Tust du mir den Gefallen?«

Ich weiß nicht, warum er mich das überhaupt fragte, denn

was blieb mir schon anderes übrig? Er redete ja ununterbrochen!

»Tust du mir den Gefallen?«, wiederholte er.

Ich nickte.

»Also, Raymond,«, sagte er, »ich weiß zwar nicht, wie viel du davon verstehen wirst, aber ich möchte dir jetzt etwas erklären. Zu deiner Mam habe ich schon gesagt, dass ich mich in diesen Dingen kaum als Experte bezeichnen kann. Aber ich habe nicht nur langjährige Erfahrung als Lehrer, sondern ich bin auch so eine Art Student, Raymond. Das überrascht dich, was?«

Nein, es überraschte mich überhaupt nicht. Das Einzige, was mich überraschte, war die Tatsache, dass Typen wie er auf die Menschheit losgelassen wurden!

»Also«, fuhr er fort, »ich weiß nicht, ob du schon mal was von der Open University gehört hast, Raymond.«

Er machte eine Pause, als warte er auf eine Antwort. Aber da konnte er lange warten. Ich mochte ihn nicht. Ich mochte Männer nicht, die sich einfach auf unsere Sofalehne setzten und meine Mam »Shelagh« nannten, obwohl sie sie kaum kannten. Und außerdem gefiel es mir nicht, dass er so tat, als hätte ich noch nie etwas von der Open University gehört. *Jeder* kennt die Open University. Ich hatte sie schon oft mit meiner Oma im Fernsehen angeschaut und einiges gelernt, zum Beispiel über Prometheus, den man an einen Felsen geschmiedet hatte, oder über das intelligente Ampelsystem in Pontin Le Frith.

»Psychologie«, sagte er. »Ich bin zwar Lehrer, aber gleichzeitig auch Psychologiestudent, Raymond. Das klingt jetzt so großartig und du brauchst es auch gar nicht zu verstehen. Aber dieses Wissen, Raymond, kommt mir sehr zugute. Früher wäre ein solches Zusatzstudium während der Tätigkeit als Lehrer kaum möglich gewesen. Aber die Open University macht's möglich. Tempora mutantur, die Zeiten ändern sich!«

Hatte er da gerade was von »Mutant« gesagt? Genau! Das

war er, ein *Mutant*! Ein widerlicher, fieser, todlangweiliger Mutant, der sich in unserer Maisonnettewohnung breit machte! Ich hörte ihm gar nicht mehr zu. Er laberte und laberte, dass ich der Falsche Junge sei und dass ich Malcolm sei und was das alles bedeuten könnte. Aber ich hörte ihm gar nicht mehr zu, weil ich mir gerade einen Film mit dem Titel *Landung der Mutanten* oder *Das Mutantenmassaker* vorstellte und in dem Film ging es um die Invasion der Mutanten, die plötzlich in der amerikanischen Provinz auftauchen. Aber anfangs erkennt man die Mutanten nicht, weil sie sich als Lehrer der Open University verkleiden, sodass es alle ganz normal finden, wenn sie ein bisschen komisch sind. Aber dann häufen sich mysteriöse Todesfälle, der Friseur und der Briefträger und der Getränkemann sterben und niemand kann sich erklären warum. Und bald gibt es so viele Leichen, dass der Platz auf dem Friedhof knapp wird und die Leute, die noch leben, die Leichen ihrer Nachbarn und Verwandten in der Tiefkühltruhe aufbewahren müssen. Aber das Komische ist, dass von den Mutanten keiner stirbt. Die Mutanten leben ganz normal weiter, laufen weiter mit ihren komischen Frisuren und ihren grellbunten Krawatten rum und labern über die Stadtplanung in Preston und über die Peloponnesischen Kriege. Und der Einzige, der Verdacht schöpft, ist der Schuhputzerjunge, der zwar stottert und hinkt, aber trotzdem von allen geliebt wird, weil er so gescheit ist und weil er die Schuhe so schön wienert, Mann, dass man sich glatt drin spiegeln kann! Aber als der Schuhputzerjunge eines Morgens einem Mutanten die Schuhe putzt, hört er zufällig mit, wie der sich mit einem andern Mutanten unterhält. Und weil der Junge stottert und hinkt, halten ihn die Mutanten für dumm und taub und deshalb reden sie so, als sei er gar nicht da. Aber der Schuhputzerjunge hört alles mit an, und jetzt weiß er, dass die Mutanten für all die Toten verantwortlich sind und dass sie nicht nur an fortgeschrittene Hydroponik oder die Stadtplanung in Preston denken, sondern an die totale Weltherrschaft! Der Schuhputzerjunge putzt weiter und versucht sich seine Angst nicht anmerken zu lassen. Aber da bemerkt einer der Mutanten, dass die Hände des Jungen beim Schuheputzen zittern. Und der eine Mutant schaut den andern an, und beide wissen, dass der Junge alles mit angehört hat, und deshalb muss er sterben. Sie zerren ihn in den hinteren Teil des Raums, und während der eine Mutant ihm die Arme hinterm Rücken festhält, beginnt der andere mit einem Vortrag über die Bodenerosion im Nationalpark Snowdonia. Und der Schuhputzerjunge merkt, wie seine Augen glasig werden, und verliert rasch jeden Lebenswillen. Und plötzlich weiß er, mit welcher Geheimwaffe die Mutanten all die Einwohner getötet haben: mit Langeweile! Die Mutanten haben ihre Opfer zu Tode gelangweilt! Und jetzt ist der Schuhputzerjunge dran. Die Bodenerosion in Snowdonia hat ihn schon ganz schwach und krank gemacht und jetzt wollen ihn die Mutanten töten – mit einer kurzen Unterrichtseinheit über neofolkloristische Tendenzen in der zeitgenössischen Supermarktplanung. Jetzt wird der Schuhputzerjunge ohnmächtig und es sieht ganz so aus, als wäre schon wieder jemand den Mutanten zum Opfer gefallen. Aber dann! Dann kommt plötzlich der Sheriff durch die Seitentür. Die Mutanten drehen sich um und wollen den Sheriff mit einem niederschmetternden Bericht über das viktorianische Abwassersystem außer Gefecht setzen. Doch der Sheriff steht da, zieht grinsend die Pistole aus dem Halfter und sagt zu den Mutanten: »Das könnt ihr euch für den Richter aufheben!« Und dann deutet der Sheriff auf seine Ohren. Und die Mutanten sehen, dass sie keine Chance haben, den Sheriff zu Tode zu langweilen, weil der Sheriff nämlich Ohrenschützer trägt!

Nachdem er die Mutanten eingesperrt hat, besucht der Sheriff den Schuhputzerjungen im Krankenhaus. Und obwohl die Mutanten den Jungen schon fast zu Tode gelangweilt hatten, hat er sich wie durch ein Wunder erholt und stottert nicht mehr und hat sogar sein Hinken verloren. Und als er aus dem

Krankenhaus kommt, jubelt ihm die ganze Stadt zu und alle klatschen und rufen, er sei ein Held und dann …

Aber ich konnte mir nicht mehr ausdenken, was mit dem Rest der Mutanten passiert, und schaffte es nicht mehr bis zum Nachspann, denn plötzlich fiel mir wieder der wahre Mutant ein, Mr. Wilson, der immer noch in unserem Wohnzimmer saß.

Gerade sprach er davon, dass ich ab morgen wieder in die Schule gehen sollte. Und so starrte ich einfach weiter auf den Fernseher und auf John Craven, der sich immer noch irgendwo in Afrika sehr nett mit irgendwelchen Leuten unterhielt.

»Ich geh aber nicht zurück!«, sagte ich. »Ich geh nicht in diese Schule zurück! Ich geh nie mehr in diese Schule zurück!«

Und da schrie mich meine Mam schon wieder an, aber das war mir egal. Keine zehn Pferde würden mich zurückbringen. Wilson beruhigte meine Mam und schlug vor, sie solle doch mal Tee einschenken. Und während sie es tat, fragte er mich: »Raymond, könntest du mir mal erklären, nur mir, *warum* du eigentlich nicht mehr in die Schule willst?«

Und ich nickte, starrte weiter auf den Fernseher und sagte: »Weil die mich alle hassen.«

Er fragte, wer mich denn hasse.

Ich sagte: »Alle.«

Und Mr. Wilson wiederholte: »Alle?«

Ich nickte und er sah mich an und machte: »Hmmm. Hmmm«, und nickte ebenfalls. Dann sagte er: »Sind es nur die Leute an der Schule, die dich hassen, Raymond?«

»Nein, alle«, erwiderte ich. »Alle hassen mich!«

Jetzt stieß er einen tiefen Seufzer aus und nickte sehr besorgt. Dann setzte er sein wohlwollendstes Lächeln auf und fragte: »Und was ist mit mir, Raymond? Du glaubst doch nicht etwa, dass ich dich hasse?«

Natürlich glaubte ich das nicht. Wilson gehörte zu den Typen, die dich nicht mal hassen würden, wenn dein Leben davon abhinge. Aber ich hasste ihn! Ich wollte nicht, dass er noch länger auf unserem Sofa hockte und meine Mam Shelagh nannte.

Und deshalb sagte ich: »Ich weiß, dass Sie mich hassen, alle hassen mich!« Ich starrte ihn böse an und er starrte zurück. Und ich hatte natürlich keine Ahnung; ich hatte keine Ahnung, dass ihm in diesem Moment zum ersten Mal ein ganz bestimmter Gedanke kam; ich hatte keine Ahnung, dass sich damals, als er auf der Armlehne unseres Sofas saß und mich anstarrte, in sein fürsorgliches, ruhiges, teilnahmsvolles Gemüt das Wort »paranoid« einschlich.

Ich wusste nicht, dass er mich, während er langsam nickte, bereits als »faszinierenden Fall« betrachtete, als einen Jungen, der sich manchmal für den Falschen Jungen hielt; einen Jungen, der bereitwillig paranoide Tendenzen zugab und offenbar bereits einen Selbstmordversuch hinter sich hatte; einen Jungen, der manchmal Stimmen hörte; einen Jungen, dem durchaus der Missbrauch eines anderen, jüngeren Kindes zuzutrauen war; ein Junge, der sich eine so perfekte Phantasiewelt und einen so glaubhaften Phantomfreund geschaffen hatte, dass seine Mutter jetzt um einen amerikanischen Jungen trauerte, der nie existiert hatte!

Aber ich wusste natürlich nicht, was dem Mutanten alles durch den Kopf ging. Ich dachte, er überlege nur, wie er mich wieder in die Schule zurücklocken könnte. Deshalb sagte ich: »Mir ist ganz egal, was Sie mit mir machen! Ich geh nie mehr in die Schule zurück!«

Meine Mam wollte schon wieder losschimpfen. Doch Wilson hob beide Hände und bat sie, ruhig zu bleiben.

Dann lächelte er mich an und sagte: »Raymond, Raymond! Hab ich ein Wort davon gesagt, dass du wieder in die Schule musst?«

Ich starrte ihn verständnislos an und ein winziges Hoffnungsfünkchen keimte in mir auf.

Aber da sagte meine Mam: »Natürlich geht er wieder in die Schule! Er *muss* in die Schule zurück!«

Doch Wilson schüttelte den Kopf und erklärte meiner Mam, das müsse nicht unbedingt sein.

Ich traute meinen Ohren nicht und fühlte mich maßlos erleichtert, als er fortfuhr: »Es liegt in jedermanns Interesse, Shelagh, dass wir jetzt ein wenig Zeit und Mühe investieren, um hinter dieses ... Schuleschwänzen zu kommen. Und vielleicht herausfinden, was wirklich dahinter steckt.«

Und dann schlug er mir einen Deal vor. Er sagte, dass wir die Schule für die nächsten zwei Wochen vergessen könnten.

»Aber Deal ist Deal, Raymond«, fuhr er fort. »Und deshalb musst auch du etwas dazu beitragen. Meinst du, das geht?«

Ich nickte rasch. Ich hätte fast alles getan, um nicht mehr in die Schule zu müssen.

»Na gut, Raymond«, sagte er. »Dein Beitrag zu diesem Deal besteht darin, dass du dich einer Einschätzung unterziehst und deshalb an zwei bis drei Nachmittagen pro Woche in die psychologische Beratungsstelle gehst.«

»Warum?«, fragte ich argwöhnisch. »Warum soll ich das tun?«

Er sah mich an und lachte. »Raymond! Raymond!«, sagte er. »Du scheinst ja nicht viel Vertrauen in Erwachsene zu haben, wie?«

Ich zuckte nur die Achseln.

»Aber mir kannst du vertrauen, Raymond«, sagte er. »Hundertprozentig. Ich kann mir vorstellen, wie du deine Lehrer erlebt hast, Raymond; als Autoritätspersonen, die dich im Stich gelassen haben; die dir vielleicht sogar Dinge vorgeworfen haben, für die du gar nichts konntest. Mit mir wirst du das nicht erleben, Raymond. Ich glaube nicht an Schuldzuweisungen. Ich weiß, es gibt viele Leute, die einem Kind, das Probleme hat, allzu gern die Schuld dafür in die Schuhe schieben. Aber ich nicht, Raymond; das ist nicht meine Art. In den meisten Fällen ist es doch so: Wenn ein Schüler Probleme an einer bestimmten Schule hat, dann schiebt man alles auf den Schüler und sagt, es sei ausschließlich seine Schuld. Aber diesen Ansatz lehne ich ab, Raymond.« Er nickte mir zu. »Und weißt du warum?«

Ich schüttelte den Kopf.

»Weil das Problem vielleicht die Schule ist, Raymond«, sagte er, »und der Schüler gar nichts dafür kann!«

Jetzt sah er ziemlich selbstzufrieden aus. Aber ich muss sagen, ich war auch zufrieden. Weil er nämlich Recht hatte. Wenn es eine nette Schule gewesen wär, hätte ich ja nie geschwänzt!

»Und das ist der einzige Grund«, sagte er. »Ich will dich einschätzen lassen; denn vielleicht stellt sich ja heraus, dass deinen schulischen Bedürfnissen eine andere, passendere Einrichtung besser gerecht wird.«

»Eine andere Schule?«, fragte meine Mam.

Wilson nickte. »Vielleicht, Shelagh«, sagte er, »vielleicht.«

Jetzt sah mich meine Mam an. »Was hältst du davon?«, fragte sie.

Ich nickte. »Ja, ich glaub, das wär gut«, antwortete ich.

»Du wirst es also tun?«, fragte sie. »Du wirst tun, was Mr. Wilson sagt, und in die psychologische Beratungstelle gehen?«

Ich nickte wieder. Und dann bat mich meine Mam, ihr und Mr. Wilson zu versprechen, dass ich auch wirklich hingehen und nicht wieder schwänzen würde.

Ich versprach es beiden.

Dann sagte meine Mam: »Und eigentlich solltest du dich bei Mr. Wilson bedanken, oder?«

Und als ich mich bedankte, meinte ich es wirklich ernst und hatte sogar Gewissensbisse, weil ich ihn als Mutanten bezeichnet hatte; denn obwohl er so langweilig und herablassend war und so viel laberte, war ich ihm unglaublich dankbar, dass ich nicht mehr in die Schule musste. Meine Mam dankte ihm ebenfalls und sagte, sie wisse wirklich nicht, was sie ohne seine Hilfsbereitschaft getan hätte.

Da lächelte er meine Mam an und sagte, schon auf dem Weg zur Tür: »Shelagh, wenn ich einer Frau wie Ihnen einen kleinen Gefallen tun kann, ist das doch das reinste Vergnügen für mich!«

Ich wusste nicht, was er damit meinte – »einer Frau wie Ihnen«. Und komisch, jetzt lachte meine Mam ganz verlegen und abwehrend, zuckte die Achseln und schlug die Augen nieder. Was war denn mit ihr los? Sie benahm sich ja plötzlich wie ein Teenager!

Aber jetzt wandte sich Wilson noch einmal an mich. »Raymond«, sagte er. »Ich überlege gerade, ob …« Aber dann brach er ab, schüttelte den Kopf und sagte: »Nein! Nein, lieber nicht.«

Und er war schon halb zur Haustür hinaus, da fragte meine Mam: »Was denn, Mr. Wilson? Was wollten Sie eben sagen?«

Er kratzte sich am Kopf und meinte: »Nun ja … es ist nur … mir kam nur plötzlich der Gedanke – ich habe doch vorhin mein Psychologiestudium erwähnt. Nun ja, im Rahmen dieses Studiums muss ich einen jungen Menschen betreuen. Eine Art Fallstudie. Und da habe ich mir gerade überlegt, ob Raymond eventuell mitmachen würde. Es wäre fast kein Aufwand damit verbunden. Ich müsste Raymond nur ab und zu sehen, ein paar Fragen an ihn richten und quasi ein Persönlichkeitsprofil erstellen.«

Aber dann sah er wohl meinen finsteren Blick.

»Tja, vielleicht lieber nicht«, meinte er. »Ich sehe schon, Raymond ist nicht gerade begeistert von dieser Idee.«

Da hatte er allerdings Recht! Raymond war von dieser Idee überhaupt nicht begeistert. Aber nun schaltete sich plötzlich meine Mam ein: »Doch, Mr. Wilson! Raymond würde das bestimmt gern für Sie tun, nicht wahr, Raymond?« Und zu mir sagte sie: »Du würdest Mr. Wilson doch gern bei seinem Studium helfen?«

Und ohne meine Antwort abzuwarten, drehte sie sich wieder um und teilte ihm mit: »Raymond würde sich freuen, Ihnen helfen zu können, Mr. Wilson. Nachdem Sie so freundlich zu uns waren«, sagte sie, »wäre das eine Freude für ihn.

Für uns beide. Und wenn es Ihnen bei Ihrem Studium hilft, ist das ja das Mindeste, was wir tun können.«

Dann drehte sie sich wieder zu mir und fragte: »Hab ich Recht, Raymond?«

Und ich stand da wie vor den Kopf geschlagen, stumm, gelähmt, mit schiefem Lächeln und nickte pflichtbewusst.

Und so begann die Invasion der Mutanten, Morrissey; und Wilson, der Obermutant schlich sich in mein Leben ein und in das meiner Mam. Nachdem sie ihn an jenem Abend hinausbegleitet hatte, sagte sie zu mir, ich hätte sehr, sehr großes Glück, dass sich ein Mann wie Mr. Wilson für mich interessiere. Und da ich heilfroh war, nicht mehr in die Schule zu müssen, stimmte ich ihr zu. Dann sagte meine Mam, dieser Mr. Wilson scheine ja ein sehr, sehr netter Mann zu sein. Und wahrscheinlich hätten schon damals sämtliche Alarmglocken bei mir schrillen müssen. Aber er war so ein Typ in Strickjacke, Cordhose und braunen Wildlederschuhen! Und außerdem wirkte er viel älter als meine Mam. Deshalb hörte ich kaum hin, als meine Mam erwähnte, Mr. Wilson habe selbst keine Kinder.

»Er hat mir vorhin erzählt«, sagte meine Mam, »dass er seine Frau verloren hat, kurz vor der letzten Olympiade. Sie war noch ganz jung. Lebensmittelvergiftung. Offenbar Muscheln. Während des Urlaubs in der Dordogne. Da sind sie jedes Jahr hingefahren.« Meine Mam schüttelte teilnahmsvoll den Kopf. »Ist das nicht schrecklich?«, fragte sie.

Ich nickte. Und in Gedanken sah ich diese Frau vor mir am Tisch: Sie ist nach vorn gekippt, und ihr gegenüber sitzt ihr Mann, der Mutant, und redet immer noch auf sie ein und labert und labert und hat gar nicht bemerkt, dass seine Frau, brutal zu Tode gelangweilt, umgekippt ist und ihr Kopf jetzt mit dem Gesicht nach unten leblos in der vollen Muschelschüssel liegt.

»Wahrscheinlich hat er deshalb sein Psychologiestudium

begonnen«, sagte meine Mam, »um diese große Lücke auszufüllen.«

Und vielleicht hatte meine Mam ganz Recht; vielleicht füllte er ja wirklich eine Lücke aus. Aber damals wusste ich nicht, dass ich aus diesem Grund nach Sunny Pines musste. Und dann nach Swintonfield. Ich wusste nicht, dass Wilson einen Bericht über mich schrieb; dass er am selben Abend den anderen Psychologie studierenden Mutanten der Open University von einem »interessanten Fall« erzählen würde; von einem Jungen, den er kenne, einem Jungen, für den er sich persönlich interessiere; von einem Jungen, der viele klassische Symptome einer psychischen Störung aufweise, die vermutlich aus einer latenten funktionellen Psychose resultierten, welche sich im Lauf der Zeit durchaus deutlicher manifestieren könne!

Von all dem wusste ich damals nichts, Morrissey; noch nicht.

Mit freundlichen Grüßen
Raymond Marks

Ein Bus,
Motorway M62,
unterwegs nach Grimsby

Lieber Morrissey,

ich dachte mir ja schon, dass es in Grimsby grauenvoll werden wird. Aber falls die Busfahrt irgendwelche Rückschlüsse auf später erlaubt, scheine ich die wahre Dimension des abgrundtiefen Grauens selbst in meinen schlimmsten Alpträumen drastisch und dramatisch unterschätzt zu haben! Ich weiß, ich sollte dankbar sein, weil es ein Privatbus ist; und wenn sie mich nicht mitgenommen hätten, hätte ich die ganze Nacht in Huddersfield festgesessen. Aber so hässlich Huddersfield auch sein mag, es wär mir vielleicht doch lieber gewesen, als fünfeinhalb Stunden auf engstem Raum mit Grimsbys Einzelhändlerelite zusammengepfercht zu sein. Da es lauter Geschäftsinhaber sind, hätte ich eigentlich erwartet, dass sie einen gewissen Grad jener Kultiviertheit und Mäßigung besitzen, die doch im Allgemeinen von kleinbürgerlichen Rotariern so geschätzt wird. Aber sie waren alle sturzbesoffen! Es waren zwar Herrschaften mittleren Alters, doch kaum hatte sich der Bus in Bewegung gesetzt, brachen sie in Jubelgeschrei aus wie Schulkinder, die einen Ausflug machen. Und wir hatten noch nicht mal die M62 erreicht, da grölten sie schon »My Way« und »New York, New York«. Dann trat eine dramatische Wende zum Schlimmeren ein, als plötzlich eine Frau mit fülligem Busen und hochtoupierter Frisur von ihrem Sitz aufstand und »Lady in Red« anstimmte und alle einfielen und auch noch die Arme überm Kopf schwenkten! Ich saß zusammengekauert am Fenster, machte mich ganz klein und versuchte, mich von dem trostlosen Treiben zu distanzieren. Aber plötzlich drehte sich eine andere Frau, die direkt vor mir saß, um und sagte: »Komm schon, mach mit. Es ist ganz leicht und macht Spaß!«

Ich wollte ihr gerade sagen, dass mir das etwa genauso viel Spaß machen würde wie ein vereiterter Backenzahn! Doch im letzten Moment fiel mir ein, dass sie mich schließlich mitgenommen hatten; also zuckte ich die Achseln und schwieg. Ich hatte aber nicht bemerkt, dass die großbusige hochtoupierte Frau jetzt singend durch den Gang schlenderte. Plötzlich packte sie meine Hand und zog mich vom Sitz. Und eh ich mich versah, hatte sie schon ihre Arme um mich geschlungen und ich befand mich in der unsäglich grauenhaften Lage, dass mich eine Frau mit hochtoupiertem Haar umklammerte, Busen und Schenkel an mich presste und mir ins Ohr sang, während wir uns zu dieser Ekel erregend sentimentalen Ballade von Chris de Burgh im Stehblues durch den Gang schoben! Und es kam noch schlimmer, denn jetzt hörte sie auf zu singen und flüsterte mir etwas ins Ohr. Erst glaubte ich, ich hätte mich verhört. Sie sagte, sie spüre ganz deutlich, dass ich »spitz wie Nachbars Lumpi« sei. Ich hustete nur! Doch sie lächelte und presste sich noch enger an mich. Ich wollte zurückweichen, aber da drückte sie mich gegen einen Sitz. Hilfesuchend sah ich mich um. Aber niemand nahm Notiz, weil sie immer noch alle »Lady in Red« sülzten und dabei wie in Trance die Arme schwenkten. Und schon flüsterte mir die Frau wieder mit rauer Stimme ins Ohr: »Ich wette, du kannst es kaum erwarten, bis du auf meinen Startknopf drücken darfst, stimmt's?«

Ich starrte sie entsetzt an, weil ich mir gar nicht erst ausmalen wollte, was sie damit meinte. Doch sicherheitshalber erwiderte ich: »Tut mir Leid, ich kenn mich mit Computern nicht aus!«

Ich hörte ihr dunkles, heiseres Lachen an meinem Ohr. Und dann bewegte sie ihre Zunge zwischen den Lippen hin und her, während sie mir direkt in die Augen starrte. Kurz darauf flüsterte sie mir wieder ins Ohr: »Hast du schon mal mit einer Frau geschlafen … während im Hintergrund … Chris de Burgh lief?«

Und das war so entsetzlich ekelhaft, dass ich mich fast übergeben musste! »Ich würde mir nicht mal einen Toast machen, während im Hintergrund Chris de Burgh läuft!«, erwiderte ich.

Aber das hörte sie wahrscheinlich gar nicht mehr, denn jetzt erhob sich vorn im Bus ein Mann und rief: »Tina!«

Sie ließ mich sofort los. Und ich kletterte wieder auf meinen Sitz und versuchte mit dieser traumatischen Erfahrung fertig zu werden. Noch ein paar Sekunden, dann hätte sie wahrscheinlich an mir rumgefummelt! Ich saß also wieder zusammengekauert am Fenster und hoffte inständig, weiteren Begegnungen der peinlichen Art zu entgehen. Aber kaum hatte ich mich etwas erholt, bemerkte ich plötzlich, dass sich meine Vorderfrau auf ihren Sitz gekniet hatte und mich lächelnd anstarrte.

Als ich ihr vorsichtig zunickte, sagte sie: »Ich kann mich natürlich täuschen; aber ich hab so das Gefühl, dass Sie … nicht aus Grimsby sind, stimmt's?«

Als ich den Kopf schüttelte, bekam sie vor Aufregung ganz glänzende Augen. »Oooh«, sagte sie, »das ist doch nicht etwa Ihr erstes Mal? Oooh! Waren Sie etwa noch nie im Kabeljaukorb des Ostens?«

Ich sah sie stirnrunzelnd an und fragte mich, ob das schon wieder eine Begegnung der peinlichen Art war.

Sie stupste ihren Mann an und sagte: »Walter! Walter! Der junge Mann hinter uns – ein Frischling! Er war noch nie in seinem Leben in Groß-Grimsby!«

Ich dachte, dieser erschütternd belanglose Umstand werde Walter wohl kaum überwältigen. Aber schon kniete er neben seiner Gattin, streckte mir die Hand hin und sagte: »Schlagen Sie ein, junger Freund! Schlagen Sie ein!«

Dieses kumpelhafte Getue war schon peinlich genug; aber

jetzt hielt er auch noch eine Ewigkeit meine Hand fest, zerquetschte mir beinahe die Finger und schüttelte meinen Arm so heftig, dass ich fast auf und nieder hopste.

»Walter Walmsley!«, sagte er mit strahlend gebleckteem Gebiss. Dann blähte er sich auf und sagte: »Auch bekannt als der König des Kabeljaus!«

Wahrscheinlich hätte ich jetzt irgendwas sagen sollen, aber leider hatte mir der Anblick dieser zwei, die mich entzückt anstarrten wie ein exotisches Tier, plötzlich die Sprache verschlagen.

»Ach, Sie kleiner Schnösel«, sagte Walter, »Sie kleiner Schnösel, wie ich Sie beneide! Und wissen Sie auch warum?«

Ich schüttelte den Kopf und starrte ihn ungläubig an, weil mir schleierhaft war, warum sich ein Mann, der einen unbescholtenen Mitmenschen mit »Sie kleiner Schnösel« ansprach, nicht längst in Sicherheitsverwahrung befand.

»Was gäb ich nicht drum, Sie kleiner Schnösel«, fuhr er fort, »noch mal in Ihrem Alter zu sein! Noch so jungfräuliche Augen im Kopf zu haben, die zum ersten Mal unser herrliches Grimsby erblicken dürfen! Oh …«, sagte er. »Sie werden nie mehr derselbe sein! Sie kennen doch den Spruch? Sie kennen doch den Spruch über Grimsby?«

Ich schüttelte wieder den Kopf. Und Walter mit Gattin plärrten unisono: »Am liebsten kommst du nach Grimsby, wenn's dir in Grimsby kommt!«

Beide brüllten vor Lachen. Und dann sagte Walters Eheweib: »Na, na, Sie brauchen nicht so schüchtern zu sein, Sie sind hier ja unter lauter netten Leuten aus Grimsby, und wir legen keinen Wert auf Förmlichkeiten. Na los, packen Sie Ihre Gitarre aus, und singen Sie uns was vor!«

Und bevor ich protestieren konnte, erhob sich der König des Kabeljaus und verkündete: »Alle mal herhören! Hier sitzt ein Schnösel, der uns was vorsingen will!«

Ich schüttelte den Kopf und sagte: »Nein, nein, nein, kommt gar nicht infrage!«

Aber Walter ignorierte mich einfach, schnappte sich meinen Gitarrenkoffer und packte meine Gitarre aus. Alle applaudierten und drehten sich auf ihren Sitzen um, weil sie sehen wollten, wer ihnen hier was vorsingen wollte. Ich wär am liebsten im Erdboden versunken! Außer in meinem Zimmer hatte ich doch noch nie Gitarre gespielt! Und jetzt saßen da zirka fünfzig Leute aus Grimsby und Umgebung und starrten mich an; und Walter, der König des Kabeljaus, zog mich von meinem Sitz hoch und drückte mir die Gitarre in die Hand. Plötzlich klatschte, jubelte und pfiff der ganze Bus und der Lärm legte sich erst, als Walter beide Hände hob und mich fragte: »Sagen Sie, mein Junge, wie heißen Sie eigentlich?«

Ich murmelte meinen Namen und sagte noch einmal, ich wolle auf keinen Fall singen. Aber er hörte mir gar nicht zu, sondern wandte sich schon ans »Publikum«: »Meine Damen und Herren, hier ist ein junger Bursche, ein Schnösel, der sich auf seiner allerersten Reise zum Kabeljaukorb des Ostens befindet!« Wieder allgemeiner Jubel und Applaus, dann fuhr Walter fort: »Geben wir ihm das Gefühl, dass er zu uns gehört! Geben wir ihm das Gefühl, zu Hause zu sein, noch bevor er überhaupt angekommen ist! Meine Damen und Herren, ich bitte um eine ganz herzliche Begrüßung für RAYMOND MARKS!«

Und dann explodierte etwas in meinen Ohren, und erst als der Krach allmählich abflaute, merkte ich, dass es Applaus gewesen war. Ich blickte den Gang entlang und viele Augenpaare starrten zurück. Da konnte ich nur noch eines tun: Ich schloss die Augen und tat, als sei ich gar nicht da, sondern allein in meinem Zimmer. Ich griff die ersten Akkorde, die mir in den Kopf kamen. Erst dachte ich, ich müsse jeden Moment tot umfallen. Aber dann hörte ich diese Stimme und merkte, dass es meine eigene Stimme war und dass ich sang. Und jetzt kommt das Verrückte, Morrissey, ja, es war wirklich verrückt: Ich sang weiter und schaffte es bis zum Ende der ersten Strophe, da wo der Refrain kommt, und plötzlich merkte ich, dass ich gut war! Und das war noch nicht alles: Ich merkte, dass ich mich langsam entspannte und Spaß an der Sache bekam! Ich schlug sogar die Augen auf! Und irgendwie war es ... herrlich zu spielen und zu singen, nicht nur in meinem Zimmer, nicht nur vor meinem Spiegel, sondern vor anderen Leuten; es war ... phantastisch. Es war irgendwie ... ganz natürlich ... es war göttlich, Morrissey; es war, als hätte ich mich in jemand andern verwandelt. Und ich sah ihn vor mir, wie er da mit der Gitarre im Gang des Busses stand, wie seine Finger mühelos über den Bund des Instruments glitten und sicher die Akkorde griffen, und seine Stimme klang kräftig, ja sogar ... sogar irgendwie gefühlvoll. Und ich war erstaunt, Morrissey, erstaunt über diese andere Person. Es war fast so, als hätte ich Drogen genommen; nicht die, mit denen sie mich in Swintonfield voll gepumpt haben; die machten mich ganz stumpf, und es war ein Gefühl, als hätte ich Watte im Kopf. Das hier war genau das Gegenteil: Es war ein Gefühl, als würde etwas wahnsinnig Lebendiges durch meine Adern pulsieren, als sei ich der Mittelpunkt des Universums; als sei ich unsterblich!

Und dann, viel zu schnell, war alles vorbei, und der Schlussakkord hallte noch nach und hing sekundenlang wie ein magischer Nebel im Bus, bevor er sich auflöste. Und da erst bemerkte ich das ohrenbetäubende Dröhnen absoluter Stille.

Einen Moment dachte ich, die Leute seien genauso ergriffen wie ich und scheuten sich nach einem so atemberaubenden Auftritt einfach zu applaudieren. Aber dann merkte ich, dass mich alle fürchterlich feindselig anstarrten. Und in diesem Moment dämmerte es mir, was ich gerade gesungen hatte. Ich stand vor einem Publikum aus lauter Einzelhändlern, kleinen Ladenbesitzern, rechtschaffenen Rotariern und ihren Ehefrauen und diese Gesellschaft hatte sich soeben den Text von »Shoplifters of the World Unite« – *Ladendiebe aller Länder, vereinigt euch* – anhören müssen!

Ich nuschelte vor mich hin, ich würde ihnen noch einen anderen Song vortragen, diesmal vielleicht etwas Passenderes, aber da sprang Walter wie von der Tarantel gestochen von seinem Sitz auf und sagte: »Unterstehen Sie sich! Ich glaube, wir haben genug gehört, Bursche, uns reicht's!«

Und irgendwie fand ich es schrecklich, dass sie jetzt alle wütend auf mich waren. Wenn ich nicht so nervös gewesen wär, hätte ich doch niemals ausgerechnet *diesen* Song in *dieser* Umgebung gesungen! Ich versuchte den Schock etwas zu mildern und sagte: »Ich wollte niemanden vor den Kopf stoßen! Im Grunde ist dieser Text eher satirisch und ironisch gemeint!«

Aber Walter schüttelte den Kopf und sagte, in Grimsby bräuchten sie keine Satire und Ironie. »Für mich ist das nichts als Anstiftung zum Diebstahl!«, meinte er. »Kein Wunder, dass wir alle immer mehr mit Ladendiebstahl zu kämpfen haben, wenn so verkommene Subjekte wie Sie Diebstahl und Raub auch noch rechtfertigen!«

»Aber das tu ich doch gar nicht!«, rief ich. «Ehrlich!«

Doch er nahm keine Notiz von mir, und jetzt rief jemand von weiter vorn, man solle anhalten und mich rauswerfen. Und ein anderer schlug vor, mich rauszuwerfen, *ohne* anzuhalten!

Und ich glaube, die hätten das wirklich gemacht, wenn Walter nicht beschwichtigend die Hand gehoben hätte. »Na, na, na!«, sagte er. »So weit wollen wir uns doch nicht herablassen, Herrschaften! Bloß weil da einer keine Manieren hat, sollten wir uns nicht gleich auf dieselbe Stufe mit ihm begeben! Vergesst nicht, dass wir aus Grimsby stammen! Und wir Grimsbyer sind über eine Provokation wie diese doch wohl erhaben!«

Er sah mich an, als sei er gerade in einen Kackhaufen getreten. Dann sagte er: »Komm, Janine.« Er ließ mich einfach stehen, steuerte mit seiner Frau nach vorn auf zwei leere Sitze zu und rief der hochtoupierten Tina zu, nach diesem deprimierenden Zwischenfall wären bestimmt alle froh, wenn sie jetzt etwas Positives und Erhebendes anstimme, zur Erinnerung an den wahren Geist von Grimsby.

Ich packte meine Gitarre wieder ein und sank, während die hochtoupierte Tina mit leidenschaftlicher Stimme »Abide with Me« schmetterte, auf meinen Sitz zurück. Da saß ich dann, als hätte ich mich plötzlich in den Sohn Satans verwandelt.

Das einzig Gute war, dass mich jetzt alle in Ruhe ließen. So konnte ich mein Songbook aus der Tasche ziehen, Morrissey, und dir schreiben. Und komisch: Obwohl ich mich in diesem feindseligen Bus sehr unbehaglich fühlte, blieb das warme, glühende Gefühl in mir, Morrissey, das mich durchströmt hatte, als ich deinen Song spielte. Ich weiß natürlich, dass ein einziger Song – noch dazu in einem Bus voller aufgebrachter, stinksaurer Ladenbesitzer und Einzelhändler – wohl kaum als Auftritt bezeichnet werden kann. Und wahrscheinlich ist es unerhört dreist, die kleine Darbietung im selben Atemzug mit deinen eindrucksvollen Auftritten zu nennen. Aber das Entscheidende, Morrissey, ist: Ich hab es gespürt! Ich hab gespürt, was es heißt, dazustehen und zu singen. Und irgendwie hab ich verstanden, wie es für dich sein muss, was du empfindest, wenn *du* auf der Bühne stehst und dich in diese andere Person verwandelst, als würdest du die Haut deines wirklichen Ichs abstreifen, um jemand oder etwas ganz anderes zu werden. Das ist wie mit den Behinderten, die ich schon manchmal im Freibad gesehen hab, Morrissey. Die haben alle ganz unbeholfene, steife Bewegungen und scheinen sich in ihrem Körper total fremd zu fühlen. Und als ich das erste Mal beobachtete, wie man sie in ihren Rollstühlen zum Schwimmbecken karrte, kam mir das dumm und grausam vor. Sie wirkten sehr ängstlich, und auch ich hatte Angst um sie und glaubte, sie fänden es schrecklich, in das Becken zu müssen. Aber kaum waren sie drin, Morrissey, lächelten sie und strahlten und schimmerten vor lauter Schönheit; das Wasser wusch alles Unbeholfene von ihnen ab und befreite *den* Menschen, der eigentlich in ihnen steckte.

Und so geht es einem ja manchmal, Morrissey, nicht wahr? Manchmal stellt sich heraus, dass gerade das, wovor man sich am meisten fürchtet, gar nicht so schlimm ist, und man merkt, dass man gleiten und schwimmen kann und nicht im dunklen, bedrohlichen Wasser untergeht. So wie ich mich vor der Sonderschule gefürchtet hab.

Meine Mam sagte: »Das *ist* keine Sonderschule! Heutzutage gibt es keine Sonderschulen mehr. Mr. Wilson hat mir alles genau erklärt. Es ist eine *Förder*schule, Raymond.«

Ich starrte meine Mam mürrisch an, weil sie Wilson erwähnte. Er hatte nie etwas von einer Sonderschule gesagt. Ich hatte geglaubt, ich würde einfach nur eingeschätzt, um in eine andere normale Schule zu gehen. Wenn ich gewusst hätte, dass die mich in so eine scheiß Sonderschule schicken wollten, wär ich nie zu dieser verdammten Beratungsstelle gegangen und nie zu diesem scheiß *So*zialbetreuer! Und wenn er nicht genau bei *Blockbusters* aufgetaucht wäre, hätte er vielleicht sowieso einen ganz anderen Eindruck von mir gekriegt. Meine Mam dachte erst, er sei der Fensterputzer. Er kam in Jeans und trug einen Pullover, den sie nicht mal bei der Kleidersammlung annehmen würden. Aber dann sagte er, er sei der Sozialbetreuer von der Schule. Er meinte, es wär vielleicht ganz gut, wenn er mit mir mal unter vier Augen sprechen könnte. Meine Mam verstand den Wink und ging einkaufen. Wär ich bloß mitgegangen! Er stand also mitten im Zimmer und sagte: »So! Schalten wir jetzt vielleicht mal den Fernseher aus, Raymond?«

Keine Ahnung, warum er überhaupt fragte, denn bevor ich antworten konnte, hatte er sich schon die Fernbedienung geschnappt und den *Bescheuerten Bob* und die *Blockbusters* ausgeschaltet.

»Es ist sehr unhöflich, Raymond«, sagte er, »vor dem Fernseher zu sitzen, wenn man Besuch hat.«

»Nicht halb so unhöflich, wie in ein fremdes Wohnzimmer zu kommen und einfach den Fernseher auszuschalten!«, gab ich zurück.

Doch er ging nicht drauf ein, sondern sagte: »So! Jetzt wollen wir uns mal bekannt machen, Raymond. Ich bin Neville.«

Ich schaute ihn bloß an! Er nickte, als wolle er mich aus der Reserve locken. »Und?«, fragte er. »Und?«

»Und was?«, erwiderte ich.

»Und wie heißt *du*?«, fragte er.

Ich runzelte die Stirn.

»Na los«, sagte er, »willst du dich mir nicht vorstellen, Raymond?«

Ich wurde allmählich besorgt! Der war wohl nicht ganz dicht.

»Na los«, wiederholte er, »sag mir, wer du bist.«

»Sie wissen doch, wer ich bin!«, erwiderte ich.

Aber er schüttelte grinsend den Kopf und sagte: »Nein, Raymond, das glaube ich nicht.«

»Aber sicher!«, sagte ich. »Sie haben mich doch schon dreimal beim Namen genannt.«

Aber er schüttelte immer noch dämlich grinsend den Kopf.

»Hast du gewusst, Raymond«, sagte er, »dass die Ureinwohner von North Dakota glaubten, wenn man jemandem seinen Namen nennt, macht man ihm ein Geschenk? Hast du das gewusst?«

Ich starrte ihn nur an.

Er nickte. »Tja, so ist das«, sagte er. »Wenn jemand dem andern seinen Namen nennt, macht er ihm das Geschenk der Freundschaft; er erklärt, dass er keine Feindseligkeit empfindet. Und deshalb fände ich es sehr gut, Raymond, wenn du dich mir vorstellen könntest. Also, versuchen wir's noch mal? – Ich bin Neville.«

Ich zuckte die Achseln.

»Und ich bin genervt!«, sagte ich.

Ich dachte, das würde ihn zum Schweigen bringen, aber er

schien eher erfreut. Er setzte sich, schlug seinen Ordner auf und sagte: »Siehst du, Raymond, Feindseligkeit. Du begegnest mir mit Feindseligkeit, nicht wahr?«

Ich nickte.

Er nickte ebenfalls und fuhr fort: »So. Vielleicht versuchen wir jetzt mal, das ein wenig genauer zu erforschen, Raymond. Hast du eine Ahnung, warum du solche Aggressionen gegen mich empfindest?«

»Ja!«, sagte ich. »Ich wollte *Blockbusters* sehen, aber Sie haben den Fernseher ausgemacht!«

Er sah mich an und nickte. »So. Wollen wir das vielleicht mal ein bisschen genauer untersuchen?«, fragte er. »Im Grunde hast du gerade Folgendes gesagt: Wenn du die Wahl hast, mit einer leblosen Kiste oder mit einem Menschen zu interagieren, würdest du dich für den Fernseher entscheiden. Ist das richtig?«

Ich nickte.

»Und ... hast du eine Ahnung, warum?«, fragte er.

»Ja«, antwortete ich, »weil Fernsehen nicht langweilig ist.«

Er sah mich an. »Aber *mich*«, sagte er, »einen Mitmenschen, findest du langweilig?«

»Extrem«, sagte ich.

Er nickte. »Hm, das ist interessant, Raymond«, sagte er, »weil du mich ja gerade erst kennen gelernt hast, wogegen mich sehr viele Menschen, die mich schon wesentlich länger kennen, alles andere als langweilig finden!«

»Prima«, sagte ich. »Dann reden Sie doch mit denen und ich schau mir inzwischen die *Blockbusters* an.«

Aber er klappte nur seinen Block auf und begann sich Notizen zu machen. Während er vor sich hin kritzelte, fragte ich: »Könnten wir jetzt vielleicht wieder den Fernseher anmachen?«

Doch er ignorierte mich einfach und fragte: »So! Wollen wir jetzt mal über deine Feindseligkeit reden, Raymond?«

Jetzt ignorierte ich ihn auch. Ich wusste nicht mal, wovon er sprach. Ich saß nur da und starrte auf den dunklen Fernseher.

»So, Raymond«, drängte er.

Ich sah ihn an. »Nennt man Sie deshalb *So*zialbetreuer?«, fragte ich.

»Wie meinst du das?«, fragte er verblüfft.

»So«, sagte ich. »So, so, so. Das sagen Sie die ganze Zeit!«

Er starrte mich an. Dann meinte er: »Passiert das öfter, Raymond?«

»Was denn?«, erwiderte ich.

»Dass dir die Wörter durcheinander geraten«, sagte er, »dass du sie in einen anderen Zusammenhang bringst.«

»Sie sind mir nicht durcheinander geraten! Ich hab überhaupt nichts in einen anderen Zusammenhang gebracht«, sagte ich. »Sie sagen es doch andauernd! So, Raymond. So, wollen wir das mal genauer untersuchen? So, wollen wir vielleicht mal darüber reden? So, so, so! Deshalb sind Sie der *So*zialbetreuer.«

Er wirkte etwas verärgert.

Aber ich zuckte nur die Achseln. »So! Schalten wir jetzt den Fernseher wieder an?«

Er ignorierte mich erneut. Dann blätterte er in seinem Ordner und sagte: »Du hast mit Mr. Wilson gesprochen, nicht wahr?«

»Ja«, antwortete ich, »der Mutant.«

»Wie bitte?«, fragte er.

»Der Mutant!«, wiederholte ich. »Wilson der Mutant!«

Er runzelte die Stirn. »Warum nennst du ihn so?«

Ich zuckte die Achseln. »Weil er es gesagt hat. Er hat irgendwas von Mutant gesagt.«

Der *So*zialbetreuer runzelte wieder die Stirn. »Willst du damit sagen«, fragte er, »dass Mr. Wilson behauptet hat, er sei ein ... *Mutant?*«

Ich nickte. »Genau«, sagte ich. »Ein Mutant! Und sie drohen, die Weltherrschaft zu erringen, die Mutanten. Passen Sie nur auf. Aber wahrscheinlich wissen Sie das schon.«

Der *So*zialbetreuer starrte mich an. Dann schaute er wieder in seinen Ordner und sagte: »Als du noch kleiner warst, da hat dich deine Mam doch mal zu einem Arzt gebracht, einem ganz speziellen Arzt, nicht wahr?«

Ich nickte. »Stimmt«, sagte ich. »Zum Analpsychotiker.«

Er sah mich mit zusammengekniffenen Augen an. Dann sagte er: »Sag das noch mal.«

»Zum Analpsychotiker«, wiederholte ich.

Er starrte mich immer noch an.

»Was ist denn los?«, fragte ich.

Er fragte: »Hast du das schon immer gemacht?«

»Was denn?«, erwiderte ich.

»Wörter verdrehen«, sagte er, »und neu zusammensetzen.«

Ich zuckte die Achseln. »Das passiert eben manchmal«, sagte ich. »Wie mit der Hexe, die dauernd irgendwas schwören muss, zum Beispiel, dass sie die Kinder umbringt.«

Er saß stirnrunzelnd da und wirkte verwirrt.

»Die böse Hexe, die einen Eid geschworen hat, dass sie die Kinder umbringt!«, wiederholte ich. »Wenn man lesen lernt, muss man doch überlegen, aus welchen Wörtern sich ein Wort zusammensetzt. Und das war das erste zusammengesetzte Wort, das ich laut vorlesen musste. Ich musste es dem Lehrer erklären. Und als ich es erklärte, hatte ich fürchterliche Angst, weil ich dachte, Peter und Jane würden vielleicht von der bösen Hexe gefangen und getötet, und dann würden wir das Märchen nie mehr lesen können.«

Der *So*zialbetreuer starrte mich verständnislos an.

Also fuhr ich fort: »Aber dann ging es doch gut aus, weil die Eid-Hexe gar keinen Eid geschworen hatte, die Kinder umzubringen. Es hatte also nie Gefahr bestanden, dass Peter und Jane von der bösen Eid-Hexe gefangen wurden. Und kaum hatte ich mich dran gewöhnt, die zwei Teile zu einem Wort zusammenzufassen, da war es ein Tier, das seinen Schwanz abstoßen kann.«

Er starrte mich mit offenem Mund an und hatte die Stirn in tausend Falten gelegt. »Wie bitte?«, fragte er.

»Die Eidechse«, sagte ich.

Er starrte mich noch einen Moment an. Dann machte er sich wieder ein paar Notizen. Aber plötzlich sah er wieder auf und fragte: »Also war es schon früher so, als du noch ganz klein warst, dass du in etwas so Harmlosem wie einer Eidechse lauter schlimme Dinge gesehen hast – das Böse und Angst und ... ja, diese ... Schwärze?«

Jetzt starrte *ich* ihn stirnrunzelnd an. »Was meinen Sie denn damit«, fragte ich. »Welche Schwärze?«

Aber er schüttelte nur wortlos den Kopf. Da wusste ich, dass er mit Wilson über mich geredet hatte; der *So*zialbetreuer und der Obermutant hatten ihre Notizen verglichen. Doch *mich* hatte noch keiner wegen der Schwärze gefragt!

Es war in der Beratungsstelle; da gab es zum Beispiel diese blöde Kunsttherapie. Wilson kam immer mal wieder vorbei, um sich meine Bilder anzuschauen. Dann stand er hinter mir und blickte mir schweigend über die Schulter. Manchmal ging er mit einem meiner Bilder zum Kunsttherapeuten und dann unterhielten sie sich leise und der eine sah gelegentlich zu mir her und der andere nickte. Aber *mich* fragte niemand. Kein Mensch kam zu mir und fragte: »Sag mal, Raymond, warum verwendest du eigentlich in deinen Bildern immer nur *Schwarz*?«

Stattdessen betrachteten sie mit viel sagendem Nicken all die schwarzen Dinge, die ich malte – die schwarze Sonne, den schwarzen Mond, die schwarzen Bäume, den schwarzen Schnee – und kamen zu dem Schluss, dass ich auf diese Weise zum Ausdruck brachte, welche Schwärze in meinem Innern herrschte. Aber in meinem Innern war es gar nicht schwarz, und wenn ich gefragt worden wär, hätte ich es ganz leicht erklären können: Da ich ganz hinten saß und alle andern Kinder größer waren als ich, kam ich jedes Mal als Letzter an die Schachtel mit den Wachsmalkreiden und kriegte nur noch das doofe Schwarz ab. Doch keiner kam je auf die Idee, mich danach zu fragen.

Die sahen immer nur das, was sie sehen wollten. Und als die Beurteilung abgeschlossen war und sie ihr Persönlichkeitsprofil erstellt hatten, erklärte Wilson meiner Mam, dass ich viel besser in die fürsorgliche, verständnisvolle Atmosphäre einer Förderschule passen würde.

Die Schule heiße Sunny Pines, sagte meine Mam. »Klingt doch hübsch, Sunny Pines, oder?«, fragte sie.

Aber ich fand, dass es überhaupt nicht hübsch klang. Es klang wie ein Geruchsvertilger fürs Klo. Da wollte ich nicht hin.

Ich hatte die Sonderschüler schon manchmal gesehen. Man erkannte sie gleich, weil sie nicht im normalen Bus mitfuhren, sondern an der Parkbucht auf ihren privaten Kleinbus warten mussten. Und die Sonderschüler wurden immer gehänselt; sie wurden angespuckt und als Dumpfbacken und Spatzenhirne beschimpft – von all den netten, normalen Kindern, die nette, normale Schulen besuchten; haut ab in eure Deppenschule!, hieß es immer. Und in der Sonderschule war es grauenhaft, weil alle Lehrer furchtbar streng und böse waren; das mussten sie auch sein, dort gab es nämlich richtig große Jungs, die sich sogar mit den Lehrern anlegten, ganz zu schweigen von den kleinen Erstklässlern, die sie zu furchtbaren Dingen zwangen und in der Pause verprügelten. Ich wollte nicht verprügelt werden. Ich wollte auf gar keinen Fall in so eine Schule. Und ich wäre auch nie hingegangen und hätte mich strikt geweigert, wenn nicht meine Oma krank geworden wär und meine Mam sich so große Sorgen um sie gemacht hätte. Das war, nachdem meine Oma aus Schottland zurückgekommen war. Ich hatte schon sehnlichst auf ihre Rückkehr gewartet, denn ich wusste, wenn meine Oma hörte, dass meine Mam mich auf eine Sonderschule schicken wollte, würde sie ausrasten und meine Mam fragen, ob sie denn wahnsinnig geworden sei, mich mit all diesen Dyslektikern, Neurotikern und sonstigen Problemfällen in die gleiche Schule zu schicken? Meiner Oma wäre es schnurzegal gewesen, dass man das heute »Förderschule« nennt. Sie würde sagen: »Ja! Und Wasser nennt man neuerdings Perrier. Aber dass es ein bisschen sprudelt und einen schicken französischen Namen hat, ändert doch nichts dran, dass es nass ist!«

Doch es kam alles anders; denn als meine Oma aus Schottland zurückkehrte, war sie nicht mehr so wie früher. Mr. McGough, der die Progressiven Pensionäre leitete, besuchte meine Mam und erzählte, es sei ganz schrecklich gewesen. Die Progressiven Pensionäre hatten eine zweiwöchige Busreise gemacht. Das Motto der Reise lautete: »Schottlands Leiden: Schauplätze des kaledonischen Unglücks«. Und anfangs kam meine Oma voll auf ihre Kosten; sie besichtigte all die Schauplätze des Leidens und der Gemetzel und auch die Katakomben in Edinburgh, wo man während der Beulenpest einfach die Straßen absperrte und die Kranken elendig verrecken ließ. Meine Oma war hoch zufrieden und sagte, es sei die reinste Wohltat, durch ein Land zu fahren, das so viel Unglück durchgemacht hatte und dessen Einwohner so angemessen ernst und düster wirkten.

Aber dann hielt der Bus in der Nähe von Dumfries, damit die Progressiven Penisonäre das Haus besichtigen konnten, in dem Robert Burns so viel Not und Entbehrungen erlitten hatte, bevor er tragischerweise zu früh verstarb, an Überarbeitung und chronischem Gelenkrheuma – und an dem idiotischen Arzt, der ihm Quecksilber zu trinken gab und ihn dann bis zum Hals im eisigen Wasser der Solway Firth stehen ließ. Mr. McGough wusste, dass sich meine Oma auf diesen Teil des Ausflugs, der im Allgemeinen als der tragische Höhepunkt der Reise galt, ganz besonders gefreut hatte. Doch bei der Ankunft sagte meine Oma, sie fühle sich ein bisschen erschöpft; das viele Unglück setze ihr offenbar doch ziemlich zu. Sie wolle lieber im Bus sitzen bleiben. Und Mr. McGough dachte sich nichts dabei. Er zog mit den anderen Pensionären los. Doch als er mit ihnen zum Bus zurückkehrte, saß meine Oma mit einem Schaf da. Alle blieben stehen und starrten sie an. Aber sie tätschelte den Kopf des Tiers und sagte: »Keine Angst, das ist ein sehr braver Hund. Lammfromm, der beißt bestimmt nicht!«

Die Pensionäre sahen sich betreten an. Dann fragte Mr. McGough: »Aber Vera, was soll denn das?«

»Das ist Rex!«, erwiderte meine Oma. »Rex, mein Hund.«

Und da sagte Sylvia Mortimer zu meiner Oma: »So ein Unsinn, Vera! Wie kann denn das dein Rex sein? Du hast mir doch selber erzählt, dass dein Rex gestorben ist! Wurde der nicht im Trafford Park von einem Oberleitungsbus überfahren, als du zwölf Jahre alt warst?«

Da runzelte meine Oma die Stirn, drehte sich um und sah das Schaf an. Dann hob sie langsam die Hand vor den Mund und ihre Augen füllten sich mit Tränen. »O je, wie konnte mir denn das passieren?«, fragte sie.

Meiner Oma war die Sache sehr peinlich, und sie sagte, sie wisse überhaupt nicht, was in sie gefahren sei! Aber die andern waren alle schrecklich nett zu ihr. Und Mr. McGough (der meine Oma schon immer besonders gern gehabt hatte) sagte: »Vera, vergiss es. Das war einfach eine kleine Fehlleistung. So was kommt in unserem Alter eben vor, Vera; das hat jeder von uns schon mal erlebt.«

Meine Oma sagte, diesen gönnerhaften Schwachsinn könne er sich sparen. Und da war Mr. McGough beruhigt, weil er wusste, dass mit meiner Oma jetzt wieder alles in Ordnung war. Aber leider stimmte das nicht. Kurz darauf ging sie nämlich in Galashiels verloren, und man musste die Polizei verständigen. Als man sie fand, stand meine Oma weinend vor dem Tor der dortigen Grundschule und schluchzte, jetzt werde sie bestimmt Stockhiebe kriegen, weil sie ihre Hausaufgaben vergessen habe.

Und von da an sei es immer schlimmer geworden, berichtete Mr. McGough. Irgendwann beschloss er, es sei das Beste, meine Oma nach Hause zu bringen und die Progressiven Pensionäre dem Rest des schottischen Unglücks allein zu überlassen.

Meine Mam fuhr sofort zu meiner Oma. Aber die wirkte ganz normal, beklagte sich, dass Mr. McGough sie aus Schottland zurückgebracht hatte, und nannte ihn einen hysterischen Trottel!

Meine Mam war unglaublich erleichtert. Und weil sie nicht *wollte*, dass meine Oma krank war, redete sie sich ein, Mr. McGough habe vermutlich maßlos überreagiert. Erst beim Weggehen entdeckte sie auf der Anrichte die drei Dosen Pedigree Chum. Und da fragte meine Mam: »Was ist denn das, Mutter? Wem gehört denn das Hundefutter?«

Meine Oma betrachtete die Dosen und runzelte die Stirn. »Mir jedenfalls nicht!«, sagte sie.

»Wem denn dann?«, fragte meine Mam.

»Also hör mal!«, antwortete meine Oma. »Rex natürlich!«

Der Arzt fand, es sei schwer zu sagen. Manchmal sei so etwas einfach auf Sauerstoffmangel zurückzuführen. Körperlich sei meine Oma für ihr Alter noch in sehr guter Verfassung. Und als er sie nach verschiedenen Dingen fragte, zum Beispiel nach ihrem Namen, ihrem Geburtsdatum und dem Namen des derzeitigen Premierministers, verdrehte meine Oma die Augen und sagte, wenn er hier schon so ein blödes Quiz veranstalte, solle er ihr wenigstens ein paar anständige Fragen stellen. Der Arzt lächelte und sagte: »Na gut, Vera ... also ... wer war während des Krimkriegs für das Gesundheitswesen verantwortlich?«

»O je«, sagte meine Oma, »das liegt schon eine ganze Weile zurück, nicht wahr?«

»Na los«, sagte der Arzt. »Sie wollten eine schwierige Frage und da ist sie. Wie hieß er und was war das Bemerkenswerteste an ihm?«

Meine Oma starrte den Doktor wütend an. Aber plötzlich lächelte sie und sagte: »Ganz leicht. J. M. Barry! Andere Schreibweise, aber der gleiche Name wie der kleine Schotte, der *Peter Pan* geschrieben hat. Und erst als J. M. Barry – also der von der Krim – starb, entdeckte man, dass er in Wirklichkeit eine Frau war!«

Der Arzt schien beeindruckt. Er lächelte meine Mam an, und als er sein Stethoskop einpackte, sagte er: »Ich wüsste wirklich nicht, was mit ihrem Verstand nicht stimmen soll.«

Und im Hinausgehen meinte er noch: »Ich glaube, ihr fehlt wirklich nichts. Behalten Sie sie einfach im Auge.«

Meine Mam war außer sich vor Freude. Alles falscher Alarm, sagte sie. Wahrscheinlich habe es am Sauerstoffmangel gelegen, weil meine Oma die ganze Woche mit den andern in diesem Bus zusammengepfercht gewesen sei! Aber die Erleichterung war nur von kurzer Dauer, denn am Sonntagabend standen Onkel Jason und Tante Fay vor der Tür. Ich wollte mir eigentlich *The Antiques Roadshow* angucken, verstand aber kein Wort, weil mein Drecksonkel Jason, kaum war er im Wohnzimmer, sofort von meiner Oma erzählte. Er sei von der Polizei verständigt worden, weil meine Oma am Sonntagmorgen um sechs Uhr vor dem Kentucky Fried Chicken gestanden habe. Und auf die Frage der Polizisten, was sie denn wolle, habe meine Oma erwidert: »Ich warte hier auf meine leckeren Hähnchenflügel und eine Portion Chips!«

Onkel Jason sagte, sie hätten meine Oma mit zu sich nach Hause nehmen und den ganzen Tag dabehalten müssen. Und ihr schönes Sonntagsessen sei ihnen verdorben worden, weil sich meine Oma strikt weigerte, Roastbeef zu essen, und dauernd wissen wollte, was denn nun mit ihren Chips und den leckeren Hähnchenflügeln sei.

Onkel Jason sagte, so könne es nicht weitergehen, man müsse drüber nachdenken, meine Oma in ein Pflegeheim zu tun. Meine Mam war entsetzt.

»Du spinnst wohl!«, sagte sie. »Das ist doch nicht nötig! Nur ein bisschen Sauerstoffmangel. Mit ihrem Verstand ist alles in Ordnung. Sie ist nur ein bisschen daneben, das ist alles!«

Aber Onkel Jason knurrte: »Weißt du, was *ich* daneben finde, Shelagh? Deine sture Weigerung, endlich zu akzeptieren, was sich direkt vor deiner Nase abspielt! Ob es dir passt oder nicht: Unsere Mutter ist nicht mehr ganz bei Trost! Wenn du mich fragst, war sie es noch nie, aber in letzter Zeit hat sie sich dümmer aufgeführt, als die Polizei erlaubt! Es muss etwas geschehen! Für dich ist das Problem weit weg hier in Wythenshawe. Aber wir haben es direkt vor der Haustür. *Wir* müssen die Suppe auslöffeln.«

Meine Mam starrte diesen widerlichen Wichtigtuer an. »Mir ist es ganz egal, was du sagst, Jason«, erwiderte sie. »Ich bin jedenfalls anderer Meinung. Ich glaube nicht, dass es so schlimm um sie steht.«

»Nicht so schlimm?«, bellte Onkel Jason. »Eine über siebzigjährige Frau, die mitten in der Nacht in der Stadt rumgeistert und sich Pommes und Hähnchenflügel kaufen will, und du sagst, es steht nicht schlimm um sie?«

»Kann doch sein, dass sie Hunger hatte!«, fuhr meine Mam ihn an.

»Und kann auch sein, dass sie nur mit viel Glück einem Überfall entgangen ist!«, sagte mein Onkel. »Um diese Zeit durch die Straßen zu geistern, wo sich wer weiß was für Gesindel in der Stadt rumtreibt – Drogenabhängige und junge Leute, die sich von der Gesellschaft abgewendet haben! Sie hatte verdammtes Glück, dass sie nicht von einer Gang vergewaltigt und halbtot liegen gelassen wurde!«

»Um Himmels willen«, fuhr meine Mam ihn an, »sei doch endlich still! Meinst du, ich mache mir nicht schon genug Sorgen, auch ohne dass du hier rumtönst wie ein Revolverblatt?«

Und da merkte sogar mein beschränkter Onkel, dass meine Mam am Ende ihrer Kraft war. Also versuchte er's jetzt auf die vernünftige, weltkluge Tour und sagte: »Schau mal, Shelagh. Wir sind natürlich alle durcheinander. Total durcheinander. Ich finde es ganz furchtbar, Shelagh, wirklich, ich finde es ganz furchtbar, dass meine Mutter Altersheimer hat! Aber so ist es nun mal, Shelagh, wir müssen den Tatsachen ins Auge blicken. Irgendjemand muss sich ja um sie kümmern. *Wir* können es nicht – mit zwei Kindern und einem kranken Wellensittich. Und du kannst es auch nicht, oder? Du hast dein eigenes Kreuz zu tragen.«

Ich wusste genau, dass er mich damit meinte. Aber ich schaute ihn nicht an. Ich versuchte mich weiter auf die Sendung zu konzentrieren, wo sich die Frau mit der Goldbronze-Uhr scheinbar interessiert gerade anhörte, was Hugh Scully ihr über die Details und das wundervolle Räderwerk erzählte, und dabei interessierte sie doch in Wirklichkeit nur, was die Uhr wert war. Aber da hörte ich meine Mam weinend sagen, dass ihr alles zu viel werde und sie nicht mehr aus noch ein wisse. Tante Fay ging zu ihr hin, schlang die Arme um sie und sagte: »Ach … du Ärmste, du Ärmste! Wir wissen, wie schwer du es hast, Shelagh; nicht wahr, Jason? Sagen wir nicht immer zueinander, unsere Shelagh ist die reinste Märtyrerin?«

Sie machte mich ganz krank, meine Fürchterliche Tante Fay. Also drehte ich mich wieder um und schaute fern. Jetzt fragte Hugh Scully die Frau mit der Goldbronzeuhr, ob sie das Stück denn versichert habe; da wusste ich, dass die Uhr wahrscheinlich ein Vermögen wert war. Doch ob es wirklich stimmte, kriegte ich leider nicht mit, weil Tante Fay in dem Moment meine Mam fragte, ob sie vielleicht Lust hätte, am nächsten Samstag abends zum Fondue zu kommen und sich dann später mit ihnen gemeinsam auf Sky den »Spielfilm der Woche« anzuschauen.

Ich fuhr in meinem Sessel herum und starrte sie an. Und meine Mam starrte sie ebenfalls an.

»Ich wusste ja gar nicht, dass ihr Sky kriegt«, sagte meine Mam, schnäuzte sich und steckte ihr Taschentuch weg.

Tante Fay und Onkel Jason schauten sich an.

»Doch, doch«, sagte Tante Fay, »hatte ich nicht erwähnt, dass wir jetzt Satellitenempfang haben?«

»Nein«, erwiderte meine Mam, »eigentlich nicht.«

»Ist absolut phantastisch!«, sagte Onkel Jason. »Wir haben jetzt die volle Auswahl, Shelagh! Uns kommen die Programme schon fast zu den Ohren raus, stimmt's Fay?«

»Oh, wir können uns anschauen, was wir wollen und wann wir wollen!«, sagte Tante Fay. »Stell dir bloß vor, Shelagh, an einem Abend, dienstags, glaub ich, können wir sage und schreibe zwischen *neunundzwanzig* verschiedenen Gameshows wählen, Shelagh! Neunundzwanzig; stell dir das mal vor!«

Meine Mam starrte die beiden wortlos an, bis Onkel Jason fragte: »Sag mal, Shelagh, ist was?«

»Wo kommen die denn her?«, fragte meine Mam.

»Wer?«, fragte Tante Fay.

»Euere Satellitenprogramme«, sagte meine Mam, »wo kommen die her?«

»Na, was glaubst du wohl?«, sagte Onkel Jason.

»Ich hab *euch* gefragt«, erwiderte meine Mam.

Onkel Jason sah sie an, aber meine Mam zuckte nicht mit der Wimper. Sie erhob sich und sagte: »Habt Ihr etwa meiner Mutter ihre Satellitenschüssel geklaut?«

Jetzt erhob sich auch Fay und rief empört: »Shelagh!«

»Also«, beharrte meine Mam. »Eure neunundzwanzig verschiedenen Gameshows, kriegt ihr die über die Satellitenschüssel meiner Mutter?«

»Ich hab's ja gewusst!«, bellte Onkel Jason. »Nein, von Dixons! Unser System ist von Dixons in der Hauptstraße, verdammt noch mal!«

»Gut!«, erwiderte meine Mam. »Wenn ich also morgen meine Mutter besuche, sehe ich dann *ihre* Satellitenschüssel immer noch auf dem Dach?«

Onkel Jason starrte sie einen Moment an, als falle ihm nichts mehr ein. Aber dann fing er sich wieder. »Natürlich nicht!«, polterte er. »Und weißt du auch, warum? Weil sie ihre Satellitenschüssel verhökert hat, deshalb! Über eine Kleinanzeige! Sie hat sie für einen Pappenstiel verscherbelt – an einen pakistanischen Kinderarzt aus Prestwick, der behauptete, er hätte kein Geld. Sie wollte ihm die Satellitenschüssel geben, damit er sein Gudscharati nicht verlernt. Hab ich Recht, Fay?«

Tante Fay nickte schnell.

»So, so«, sagte meine Mam. »Und wenn ich meine Mutter morgen besuche, wird sie mir das bestätigen, Jason, nicht wahr?«

Wieder sahen sich Onkel Jason und Tante Fay an. Dann sagte Tante Fay: »Shelagh, wir versuchen doch schon die ganze Zeit, dir klarzumachen, dass es deiner Mutter nicht gut geht. Und wenn bei alten Leuten erst mal der Verstand nachlässt, Shelagh, dann bilden die sich alle möglichen Sachen ein. Zum Beispiel, als deine Mutter heute bei uns war, konnten wir ihr noch so oft sagen, dass unser nagelneues Satellitensystem von Dixons stammt; es war ihr einfach zu hoch, Shelagh. Sie hat den ganzen Nachmittag dagesessen, auf den Decoder gestarrt und vor sich hingeleiert: ›Das gehört mir, das gehört mir, das gehört mir‹. Und egal, wie oft wir's ihr erklärt haben, Shelagh, sie hat es sich nun mal in ihren wirren Kopf gesetzt, dass wir *ihre* Satellitenschüssel geholt hätten! Als ob wir einer armen, alten, gebrechlichen Frau, die plötzlich alle Anzeichen von Alzheimer hat, so was antun würden, Shelagh!«

»Und deshalb«, warf mein Onkel Jason blitzschnell ein, »müssen wir etwas unternehmen, Shelagh! Sie muss in ein Pflegeheim und du solltest dich langsam an den Gedanken gewöhnen.«

Und ich merkte, dass er meine Mam an einem wunden Punkt getroffen hatte und sie drauf und dran war, das Thema Satellitenschüssel fallen zu lassen. Deshalb warf *ich* blitzschnell ein: »Wie heißt er denn?«

Alle drehten sich um und starrten mich an.

»Wie heißt er, Onkel Jason?«, wiederholte ich. »Wie war noch mal sein Name?«

Er verzog das Gesicht. »Wen meinst du, verdammt?«, sagte er.

»Den Kinderarzt aus Prestwick«, erwiderte ich.

Er starrte mich an, als sei ich gerade unter einer ranzigen Speckscheibe hervorgekrochen.

»Woher soll ich seinen verdammten Namen wissen?«, fragte er.

Ich zuckte die Achseln. »Na ja, du weißt doch anscheinend sonst alles über ihn«, sagte ich. »Welchen Beruf er hat, welche Sprache er spricht, woher er kommt und wo er wohnt. Ich dachte schon, du schreibst vielleicht gerade an seiner Biografie.«

Mein Drecksonkel Jason und meine Fiese Tante Fay warfen mir aus zusammengekniffenen Augen einen vernichtenden Blick zu. Aber ich starrte einfach zurück.

Da wandte sich Tante Fay plötzlich an meine Mam, als sei ich Luft, und sagte: »Er fängt jetzt bald in der Sonderschule an, Shelagh, nicht wahr?«

»Es *ist* keine Sonderschule«, erklärte meine Mam. »Es ist eine *Förder*schule, Fay. Eine Förderschule.«

Tante Fay nickte. »Ach ja, natürlich«, sagte sie. »Eine Förderschule.«

Dann drehte sie sich nach mir um und lächelte so ähnlich wie die Queen, wenn sie sich in Afrika aufhält. »Besteht denn Hoffnung, dass er dort gefördert werden kann, Shelagh?«

»Es ist keine Schande«, sagte meine Mam. »Heutzutage ist das keine Schande mehr, hat Mr. Wilson gesagt. Er hat sogar gemeint, dass einige der Kinder, die nach Sunny Pines gehen, zu den intelligentesten Kindern im ganzen Land zählen!«

Die Fürchterliche Tante Fay zog eine Augenbraue hoch und nickte bedächtig. »Was du nicht sagst, Shelagh!«, erwiderte sie.

Und meine Mam versuchte ihr klarzumachen, dass ich in Sunny Pines wahrscheinlich viel besser aufgehoben sei, weil die Atmosphäre einer Förderschule laut Mr. Wilson einfach besser für mich passte. Aber ich merkte an der Stimme meiner Mam, dass ihr Kampfgeist erloschen war. Denn sie wusste ja, wenn es um Schule und Erziehung ging, konnte sie nicht konkurrieren, sondern musste sich höchstens noch anhören, dass Tante Fay ihre scheußliche Brut kürzlich in der Manchester Grammar School angemeldet hatte. Deshalb sagte meine Mam nur: »Ach, weißt du, ich bin im Moment ein bisschen durch den Wind und hab noch ziemlich viel zu …«

Aber da marschierten Tante Fay und Onkel Jason schon in Richtung Tür und meinten, sie hätten auch gar nicht so lange bleiben wollen. Und an der Tür blieb Tante Fay noch mal stehen und sagte: »Also, Shelagh, dann bis bald! Zum Fondue und zum ›Spielfilm der Woche‹!«

»Mal sehen«, erwiderte meine Mam.

Im Hinausgehen sagte mein widerlicher Onkel dann noch: »Und denk dran, Shelagh: Wegen Mutter müssen wir etwas unternehmen.«

Als sie weg waren, sagte mir ein Blick auf meine Mam, dass sie wirklich erschöpft war und ganz in Gedanken versunken. Und deshalb machte ich kein Theater mehr wegen Sunny Pines. Mein Drecksonkel Jason hatte die Satellitenschüssel gestohlen; meine Oma litt an Alzheimer und meine Mam trug alle Sorgen der Welt auf ihren Schultern und war am Ende ihrer Kraft.

Ich fand es grässlich! Ich fand es grässlich, auf diesen blöden Kleinbus zu warten und dann ewig fahren zu müssen, bloß weil an allen möglichen Haltestellen noch Kinder zustiegen. Eigentlich hätte in Sunny Pines alles besser sein müssen, weil die Klassen dort irre klein waren. Aber meist lief es so: Man saß da, schrieb an irgendeiner Arbeit, und es war leidlich still, doch plötzlich hörte man einen schrillen Schrei oder lauten

Krach und machte sich fast in die Hose vor Angst, bis man merkte, dass es nur mal wieder einer von Elvis Fitzsimmons' Anfällen war oder dass Deborah Johnstone ihren Stuhl gegen die Heizung geschleudert hatte, weil es angeblich nicht der richtige Stuhl war, weil es nicht ihr Stuhl war, weil es der falsche Stuhl war und diese verdammten Arschlöcher ihren Stuhl versteckt hatten, ihren Lieblingsstuhl! Und wenn sie sich endlich wieder beruhigt hatte, wenn der Lehrer Deborah endlich klargemacht hatte, dass es sich wirklich nicht um ein Stuhlkomplott handle, dann war die scheiß Stunde schon um. Den andern war es offenbar total egal, ob sie was lernten. Im Grunde taten sie mir ja Leid, Deborah und Elvis Fitzsimmons und Ambrose McFadden. Aber trotzdem gingen sie mir tierisch auf die Nerven, sie und Chantelle Smith und all die andern, die irgendeine Störung hatten und dauernd ausflippten und den Unterricht so massiv behinderten, dass man kein bisschen weiterkam. In Sunny Pines fühlte man sich wie im Gefängnis. Gleich am ersten Mittwoch, als ich hörte, dass wir im Garten arbeiten müssten, hatte ich die Schnauze voll; und ich beschloss, dass der Sunny-Pines-Minibus künftig ohne mich von Wythenshawe abfahren würde.

Gartenarbeit! Nicht zu fassen! Erst hielt ich es für einen dummen Witz. Aber dann musste ich mit den gleichaltrigen Jungen zu den Beeten hinaus, wo uns ein Mann erwartete, der mich an eine fette Vogelscheuche erinnerte. Aber es war ein Lehrer! Er trug riesige Gummistiefel und einen Bart, der aussah, als würden Vögel drin nisten.

Bei meinem Anblick rastete er völlig aus. »Das hat mir mal wieder keiner gesagt!«, rief er. »Keiner hat mir gesagt, dass heute ein neuer Junge anfängt! Was soll ich jetzt machen? Es gibt keine freien Beete mehr! Ich hab keine freien Beete mehr für neue Jungs, die einfach hier auftauchen, ohne dass man mir vorher Bescheid gibt. Was soll ich denn machen, wenn kein Beet mehr frei ist?«

Ich sah ihn bloß an und zuckte die Achseln. Ich hatte nicht

die leiseste Ahnung. Schließlich war *er* der Lehrer, nicht ich! Mir waren die Beete sowieso scheißegal. Ich hatte ohnehin keine Lust auf die bescheuerte Gartenarbeit! Und so stand ich einfach da, während er an die andern Jungen Spaten und Hacken verteilte und alle an ihre Plätze gingen. Ich dachte schon, ich käm drum rum. Aber da reichte er mir plötzlich so ein Teil und sagte: »Da, nimm die Hacke. Du kannst fürs Erste mal auf einem der Drittklässler-Beete arbeiten.«

Und er zeigte auf ein Beet und sagte: »Mach da mal weiter mit Jäten.«

Aber wie das ging, zeigte er mir nicht, denn inzwischen bewarfen sich die andern Jungs aus meiner Klasse mit Dreck und er lief schnell hin, um ihnen einen Anschiss zu verpassen. Und während er noch dabei war, brach plötzlich Ambrose McFadden, der einen schrecklichen Tick und einen noch schrecklicheren Haarschnitt hatte, in Tränen aus und beschwerte sich, dass sein Spaten einen blauen Griff hätte, wo er doch eigentlich einen grünen haben müsste! Die andern lachten ihn aus, was alles noch schlimmer machte, bis er schließlich den Spaten wegschleuderte, sich mitten ins Beet hockte und heulend rief, sie sollten sich alle verpissen.

Es ging zu wie im Kindergarten! Ambrose plärrte und alle andern lachten. Ich war froh, dass ich für mich allein war. Ich tat, was mir der Lehrer aufgetragen hatte, hackte das lange grüne Unkraut raus und war stinksauer auf meine Oma, denn wenn sie nicht krank geworden wär, hätte sie mich vor all dem bewahren können. Ich wusste zwar, dass meine Oma keine Schuld traf und ich eigentlich nicht auf sie wütend sein durfte. Aber ich war auf alle wütend: auf meine Oma, auf meine Mam, auf Wilson und meinen Drecksonkel Jason; wütend, weil ich in dieser Sonderschule war, in einer Klasse voller Idioten, die es für den Gipfel des Vergnügens hielten, Ambrose McFadden zu hänseln und sich, als sie schließlich davon genug hatten, den Rest der Stunde mit Dreck zu bewerfen. Je länger ich Unkraut jäten musste, desto wütender wurde ich.

Und am Ende hackte ich das ganze Unkraut kurz und klein, bis fast nichts mehr übrig war.

Ich hatte ja keine Ahnung! Bis diese fette Vogelscheuche von Lehrer angerannt kam und schrie: »Um Himmels willen, Junge, um Himmels willen ... was *machst* du denn da!?!«

»Ich jäte Unkraut«, antwortete ich, »wie Sie's mir gesagt haben!«

Aber er sah aus, als würde er gleich in Ohnmacht fallen. Mit knallrotem Gesicht rief er: »Unkraut! Das ist doch kein Unkraut, du kleiner Idiot!«

Er riss mir die Hacke aus der Hand, und die andern Jungen scharten sich um uns und lachten, als er sagte: »Das ist Kohlrübenkraut, Junge! Du hast ein ganzes Beet voll Kohlrübenkraut zerhackt!«

Alle starrten jetzt auf das Beet mit dem kleingehackten Kohlrübenkraut. Und dann sagte der Junge mit dem Zucken und dem schrecklichen Haarschnitt: »Das ist Gonzos Beet!«

Und Elvis Fitzsimmons sagte mit einem blutrünstigen Glitzern in den Augen: »Au Backe! Na warte, wenn das Gonzo mitkriegt!«

Und ein anderer sagte: »Das ist der Neue, der Dicke. Der hat Gonzos Kohlrüben kaputt gehackt!«

Und dann rief Elvis Fitzsimmons, bevor er zum Schulgebäude rannte: »Ich sag's ihm! Ich lauf zu Gonzo und sag's ihm!«

Ich sah den Lehrer an und verteidigte mich: »Ich kann doch nichts dafür! Woher soll ich denn wissen, wie man gärtnert? Ich lebe in einer Maisonettewohnung! Sie haben mir's ja nicht erklärt! Sie haben mir ja nicht gesagt, was hier Unkraut ist!«

Aber er ignorierte mich, sammelte die Hacken und Spaten wieder ein und murmelte irgendwas von frühzeitiger Pensionierung und von Kindern, die Jahr für Jahr dümmer würden. Dann ging er einfach weg, weil gerade die Schulglocke ertönte und zum Mittagessen rief.

Die Kohlrübenkatastrophe musste sich wie ein Lauffeuer verbreitet haben, denn als die Kinder in den Pausenhof kamen, rannten viele von ihnen gleich schnurstracks zu den Gärtnerbeeten rüber, bis es mir vorkam, als sei ich von Hunderten von Kindern umringt; und alle starrten auf das Kohlrübenkraut und riefen »Ach du Scheiße!« und »Verdammter Mist!« und »Au Backe, da kriegt aber jemand mächtig Ärger mit Gonzo!«.

Erst wollte ich einfach ganz normal weggehen. Als mich aber niemand durchließ und alle nur um mich rumstanden und mich anstarrten, wollte ich mich durchzwängen. Aber ein größerer Junge stieß mich einfach zurück und ich stolperte in eines der andern Beete. Da sagte jemand: »Bleib, wo du bist, Fettkloß!« Einige kreischten vor Lachen.Und ein paar andere skandierten: »Fettkloß! Fettkloß! Fettkloß!«

Ich stand da und riss mich mit aller Kraft zusammen; denn ich wusste, wenn ich jetzt vor allen andern weinte, war ich in diesem scheiß Sunny Pines für immer erledigt. Und statt in Tränen auszubrechen, hatte ich plötzlich das Gefühl, als würde etwas in mir zerreißen. Auf einmal brach die ganze Wut aus mir raus und alles ließ mich kalt: Es ließ mich völlig kalt, ob ich verprügelt und fertig gemacht wurde; scheiß drauf, es ließ mich absolut kalt. Ich wollte nicht in dieser dummen, beschissenen Schule bleiben, bei diesen dummen, beschissenen Kindern und dieser dummen beschissenen Gartenarbeit. Und deshalb knurrte ich wütend: »Also, wo steckt er denn, euer dämlicher Gonzo?«

Und da hörte ich von ganz hinten eine Stimme: »Hier, du Arsch!«

Aber als sich die Menge teilte, war meine Wut plötzlich wie weggeblasen, und ich stand da und machte mir fast in die Hose vor Angst. Ich sah einen großen, hässlichen, lockigen Kerl. Er kam mit geblähten Nüstern und starrem Blick auf mich zu und blieb dicht vor mir stehen. Schweigend sah er mich an. Dann drehte er langsam den Kopf und sagte ruhig: »Platz da!« Ein paar Kinder wichen zurück und gaben den Blick auf das zerhackte Kohlrübenkraut frei – in all seiner welkenden Pracht. Dann drehte sich Gonzo wieder um, und ich stand da, starrte ihn an und wartete auf Prügel. Und da dämmerte es mir; während wir uns, umringt von der halben Schule, zwischen den Beeten gegenüberstanden, dämmerte es mir; plötzlich sah ich einen Jungen vor mir, der nicht ganz so groß und stark war wie dieser Gonzo, zwar mit der gleichen Lockenfrisur, aber ohne die ersten Stoppeln auf den Wangen; einen Jungen, dem mal ein Pitbullterrier gehört und der Chinesen als »Scheißschlitzaugen« bezeichnet hatte; einen Jungen, der immer böse und aggressiv gewesen war; bis auf ein einziges Mal, an einem Tag vor langer Zeit, als ich noch ganz klein war und einen Silberstern in die Höhe gehalten und gesungen hatte: »Zu Bethlehem geboren«. Und damals hatte dieser Gonzo ganz liebevoll Twinky McDevitt vom Esel gehoben und die Ersatzmaria zärtlich auf seinen kräftigen Armen getragen.

Und während ich noch in sein finsteres Gesicht emporsah, sagte ich: »Joseph, der Zimmermann!«

Er kniff die Augen zusammen und starrte mich bestürzt an.

Ich sagte: »Du bist gar nicht Gonzo! Du bist Norman Gorman aus Failsworth!«

Er legte den Kopf schief, beäugte mich misstrauisch und fragte: »Und wer zum Teufel bist du?«

»Raymond Marks!«, sagte ich. »Ich hab früher mal in Failsworth gewohnt. Du warst in der obersten Klasse der Binfield Road Juniors, als ich in der achten war!«

Er starrte mich eine Ewigkeit an. Manche Kinder wurden schon ungeduldig, drängten ihn, mir endlich eine reinzuhauen, und erinnerten ihn an seine zerstückelten Kohlrüben. Aber Norman Gorman starrrte mich weiter an, als ob er angestrengt nachdächte. Und plötzlich hellte sich seine Miene auf. Er zeigte auf mich und sagte: »*Du* bist das gewesen, stimmt's? Nachdem ich und Twink schon nicht mehr in dieser scheiß Schule waren. Du bist doch dieser Kleine! Mit den Fliegen! Der kleine Fliegenfänger! Hey, das warst doch du, stimmt's?«

Er zeigte immer noch auf mich, und ich wusste nicht, was ich sagen sollte. Ich wollte nicht, dass die Sache mit dem Fliegenfangen hier bekannt wurde. Aber dann sagte Norman Gorman: »Das Fliegenfangspiel! Hey, das war echt geil!«

Ich sah ihn nur an. Aber jetzt lächelte er und starrte mich mit einer Art ehrfürchtiger Bewunderung an. »Scheiße, Mann!«, sagte er. »Als wir davon gehört haben, Twink und ich, waren wir echt platt. Twink war wahnsinnig neidisch! Er hat sich geärgert, dass ihm das nicht selber eingefallen ist; weil das war total geil, Mann, absolute Spitze! Twinky hat damals gesagt: ›Der Junge, der sich das ausgedacht hat, der sollte die Duke-of-Edinburgh-Medaille kriegen!‹«

Norman Gorman schüttelte den Kopf. »Und das warst du, stimmt's?«

Jetzt nickte ich vorsichtig. Aber da sagte Ambrose McFadden: »Dann haust du ihm also keine rein, Gonzo?«

Norman Gorman sah mich an und sagte: »*Dem* eine reinhauen?« Er lächelte. Und dann drehte er sich zu Ambrose McFadden um und erklärte: »Dem hau ich natürlich *keine* rein, du Arschgesicht!«

Er zeigte auf mich und sagte: »Raymond Marks! Eine Legende, verdammt noch mal! Ich hau doch einer Legende keine rein bloß wegen ein paar scheiß Kohlrüben! Und wo er doch nicht mal die Duke-of-Edinburgh-Medaille gekriegt hat, oder?«

Ich schüttelte den Kopf. Und Norman sagte: »Hey, im Gegenteil, verdammte Scheiße!« Er wandte sich an die andern und sagte: »Geflogen ist er! Von dieser scheiß Schule geflogen!«

Norman drehte sich wieder zu mir und fragte: »Stimmt's, Raymond?«

Ich nickte. Und da machte Norman einen Schritt auf mich

zu, legte mir den Arm um die Schultern und verkündete: »Ich und Raymond, wir sind Brüder! Uns hat beide dieser Neue Schulleiter von Binfield Road auf dem Gewissen, dieses Riesenarschloch! Der ist schuld, dass ich hier gelandet bin, bei diesen scheiß Hirnis und Deppen! Ich und Raymond! Dieses Arschloch hat uns beide reingeritten!«

Es war komisch, hier mitten in der Menge neben Norman Gorman zu stehen, der so tat, als seien wir beide vom gleichen Terrorregime unterdrückt worden. Aber es war ein gutes Gefühl. Plötzlich rief ein Kind von ganz hinten: »Was soll das denn gewesen sein, das Fliegenfangen?«

Aber zum Glück musste ich nicht antworten, denn Norman Gorman sagte: »Das Fliegenfangen! Hey, das ist echt geil! Also, man holt sein Ding raus, irgendwo im Freien. Und dann geht das so ähnlich wie beim Angeln. Bloß dass man statt 'ner Angelrute seinen Schwanz benutzt!«

Ich traute meinen Ohren nicht! Wie konnte Norman Gorman so was sagen? Es waren doch auch ein paar Mädchen dabei, von denen jetzt ein paar schockiert kreischten und lachten. Aber Norman fuhr ungerührt fort: »Okay! Man hat also sein Ding draußen. Und dann zieht man einfach die Haut zurück, die Vorhaut, damit die Schwanzspitze rausschaut!«

Ein Kind rief skeptisch dazwischen: »Ach, das ist doch bloß Wichsen!«

»Nein, verdammt noch mal!«, erklärte Norman. »Beim Wichsen würde man ja die Hand bewegen, du Idiot! Aber man bewegt sie eben grade nicht, darum geht's. Man hält total still! Als würde man so 'ne scheiß Bombe entschärfen! Keinen Muskel darf man bewegen – wenn der Schwanz nämlich nur ein kleines bisschen zittert, merkt das die scheiß Fliege und ist weg! Man wartet also wie so 'n scheiß Standbild, total reglos, mit dem Schwanz in der Hand. Man wartet und wartet.«

Norman Gorman machte es vor und stand reglos da, als sei er selber ein Standbild. Und die Kinder starrten ihn an, ganz fasziniert, wie kleine Kinder beim Kasperletheater. Und jetzt senkte Norman die Stimme fast zu einem Flüstern: »Und dann ... hört man sie ...« Er drehte den Kopf hin und her und guckte in der Luft rum und ein paar Kinder machten es ihm nach. Dann sagte er: »Erst total leise ... aber sie ist da ... bzzzzz ... bzzzzz ... bzzzzzz; sie kommt immer näher und näher und man ist verdammt aufgeregt, darf sich aber ja nicht rühren, sonst ist sie weg. Bzzzzz ... bzzzzz ... bzzzzz ... immer lauter, je näher sie kommt. Und jetzt siehst du sie sogar, diese verdammte Fliege, wie sie da in der Luft rumschwirrt und auf dich zukommt; und du kannst nichts tun, du stehst bloß da, ganz still, aber du betest, du betest die ganze Zeit, verdammt, und lockst sie in Gedanken zu dir her, mit aller Kraft. Und dann ... dann ... dann haut die scheiß Fliege wieder ab ...«

In Norman Gormans Miene spiegelte sich der blanke Frust und ein paar Jungen stöhnten und murrten vor Enttäuschung.

»Aber dann«, fuhr Norman plötzlich ganz aufgeregt fort, »dann macht sie kehrt! Die scheiß Fliege macht kehrt! Und rast direkt auf dich zu wie so 'ne Kugel und dann: BINGO! Dann landet sie! Genau in der Mitte! Absolut perfekt! Ganz genau vorn auf deinem Schwanz, verdammt noch mal! Und jetzt schlägst du zu! ZACK! Und drüber mit der verdammten Vorhaut! Bingo! Die scheiß Fliege sitzt fest! *Das* ist Fliegenfangen!«

Jetzt brachen alle in Jubel aus und riefen durcheinander, das sei echt geil, absolut genial, und Norman legte mir wieder den Arm um die Schulter, zeigte mit dem Finger auf mich und sagte: «Und das hat Raymond erfunden!«

Jetzt sahen sie mich alle mit ganz andern Augen. Und ein paar riefen: »Das mach ich auch mal! Geiles Spiel! Los, probieren wir's doch gleich aus. Fliegenfangen, hey, geil!«

Sie rannten in alle Richtungen davon und ein paar riefen Norman Gorman zu: »Na los, Gonzo! Komm mit! Fliegenfangen!«

Aber Norman sagte nur: »Verpisst euch. Ich geh mit Raymond zu Twink.«

Ich sah ihn erstaunt an, während er mich zwischen den Kindern hindurchführte. »Twinky McDevitt?«, fragte ich.

Norman nickte. »Ja«, sagte er. »Die haben Twinky hierher geschickt. Er natürlich, der Neue Schulleiter, das blöde Arschloch.«

Und nach einer kleinen Pause fügte er hinzu: »Aber ich hab's ihm heimgezahlt!«

»Wem?«, fragte ich.

»Hey, diesem scheiß Schulleiter von Binfield Road!«

Ich sah Norman Gorman an. »Wie denn?«

Norman zuckte die Achseln. »Ich hab ihm seinen scheiß Wintergarten zerlegt. Das war 'ne Sache von zwei Minuten, dann stand der Dreckskerl in seinem Trümmerhaufen und hatte die Hose voll, weil er dachte, jetzt mach ich gleich Hackfleisch aus ihm!«

Ich starrte Norman Gorman an und fragte mich, warum ich mich hier mit einem Psychopathen abgab, der eine krankhafte Neigung zu Flüchen und Kraftausdrücken hatte! Aber anscheinend erriet Norman meine Gedanken, denn als wir uns dem Eingang der Schule näherten, runzelte er plötzlich die Stirn, schaute mich verlegen an und sagte: »Aber so 'ne Scheiße würd ich heute nie mehr machen! Hey, echt nicht, Raymond!«

Und es schien Norman Gorman wahnsinnig wichtig zu sein, dass ich ihm glaubte. Also nickte ich und er fuhr fort: »Damals konnte ich noch nicht mit meinen scheiß Gefühlen umgehen, verstehst du? Ich war total daneben; scheiß aggressiv und brutal und so weiter. Aber das war, bevor ich gelernt hab, mit meinen verdammten Gefühlen umzugehen und mein wahres Ich zu erforschen und Kontakt zu dem verdammten inneren Kind in mir zu kriegen und dieser ganze Scheiß, damit ich nicht immer gleich ausraste und durchdrehe. Hey, und deshalb steh ich nicht mehr auf Konfrontation und so 'n

Scheiß«, sagte er. »Weil ich jetzt nämlich soziale Kompetenz hab verdammt noch mal! Strategien zur Konfliktbewältigung und dieser ganze Scheiß, und außerdem kann ich mich jetzt verdammt geil artikulieren, kapierst du, was ich meine?«

Ich starrte Norman Gorman unverwandt an. Und er strahlte stolz, als er die Tür aufmachte und sagte: »Komm, Raymond. Twink flippt aus vor Freude, wenn er dich sieht!«

Ich erkannte ihn auf den ersten Blick, Twinky McDevitt. Er nahm an der Ballettstunde der Mädchen teil. Norman und ich öffneten die Tür einen kleinen Spalt und spähten durch die Lücke im Vorhang, weil es Jungen verboten war, während der Ballettstunde in die Halle zu kommen. Ich flüsterte Norman zu: »Wieso darf Twinky da mitmachen?«

Norman zuckte die Achseln. »Typisch Twink, wie? Wenn der sich mal was in seinen verdammten Kopf gesetzt hat! Ist einfach stur jeden Mittag hergekommen, im Tutu und in Ballettschuhen, und irgendwann hat ihn diese scheiß Miss Coppleshaw dann mitmachen lassen. Hey, und sie hat's nicht bereut – er ist verdammt gut, besser als der Rest, schau doch mal!«

Und Norman Gorman hatte Recht. Die Mädchen gaben sich große Mühe und einige tanzten auch wirklich sehr hübsch durch die Halle. Aber bei Twinky McDevitt sah es fast aus, als schwebe er durch die Luft.

»Ich hab gedacht, Twinky sei beim Psychiater gewesen«, flüsterte ich, »und hätte danach nie mehr getanzt?«

Norman nickte und spähte weiter durch den Vorhangspalt. Komischerweise schniefte er jetzt und wischte sich verstohlen mit der Hand über die Augen. Und eine Sekunde dachte ich, er habe vielleicht eine Träne weggewischt. Was für ein lächerlicher Gedanke: Er war doch schließlich Norman Gorman – Gonzo! Aber da sah er mich mit verlegenem Lächeln an und sagte: »Das war ich.«

»Was denn?«, fragte ich.

»Ich hab Twink wieder zum Tanzen gebracht«, flüsterte Norman. »Als ich hier ankam und ihn wiedersah, hatte ihn dieser scheiß Psychiater total fertig gemacht. Und da hab ich ihn wieder zum Tanzen gebracht verdammt noch mal. Erst seine Pirouetten. Aber dann richtig, mit allem Drum und Dran, so wie da.«

Wir spähten wieder durch den Spalt.

Norman Gorman flüsterte vor sich hin: »Scheiße ... ist das nicht ... wunderschön?

Und da wusste ich es! Da wusste ich, dass Norman Gorman vorhin wirklich eine Träne weggewischt hatte! Und ich wusste, dass Norman Gorman in Twinky McDevitt verliebt war. Und als hätte Norman meine Gedanken erraten, drehte er sich wieder zu mir und nickte. Und seine Augen standen voller Tränen, als er sagte: »Scheiße, ich kann nichts dafür! Ich kann nichts dagegen machen verdammt noch mal.«

Und da sagte ich zu Norman Gorman: »Schon gut, Norman. Eigentlich finde ich es sehr schön!«

Und Norman strahlte mich durch einen Tränenschleier an und sagte: »Hey, du bist echt okay, Raymond! Echt okay!«

Und Norman streckte die Hand aus und gab mir einen liebevollen Klaps auf den Rücken. Und da hätte ich fast auch das Heulen angefangen; denn plötzlich wurde mir klar: Ich hatte einen Freund!

Und Sekunden später hatte ich sogar *zwei* Freunde. Denn da stand auf einmal Twinky McDevitt in seinem Balletttrikot. Er hatte sich ein Handtuch um den Hals gelegt und seine Augen funkelten vor Freude, als Norman Gorman mich aufgeregt (und mit vielen Kraftausdrücken) als den legendären, genialen Fliegenfänger von Failsworth vorstellte. Twinky McDevitt starrte mich verblüfft an, dann schüttelte er den Kopf und sagte: »Sagenhaft säuisch, orgiastisch obszön, grandios grotesk!« Und dann lächelte er mich strahlend an und sagte: »Hallo, Fliege!«

Und es war einfach toll! Ich hatte innerhalb weniger Minuten zwei Freunde *und* einen Spitznamen bekommen! Bis dahin hatte ich noch nie einen Spitznamen gehabt. Aber Twinkys »Fliege« blieb an mir kleben und ab jetzt nannten mich alle so. Ich fand es herrlich, dass sie mich Fliege nannten. Weil ich mich als etwas ganz Besonderes fühlte. Und ich *war* auch etwas ganz Besonderes, damals in Sunny Pines, mit Twinky und Norman, meinen besten Freunden. Wir waren so unzertrennlich, dass man uns »Das Trio aus Failsworth« nannte. Ein paar Jungen wurden richtig neidisch, und als Norman und ich eines Tages auf Twinky warteten, der noch in der Handarbeitsstunde saß, kam Peter Pollock vorbei und sagte: »Hey, super, Hanni und Nanni und warten auf Fanni!« Aber wir ignorierten ihn einfach. Als Nächstes behauptete Pollock dann, wir hielten ja nur zusammen, weil wir alle aus Failsworth stammten, und in Failsworth wohnten lauter arrogante Arschlöcher. Norman sagte, er solle sich verpissen, und der wahre Grund, warum wir so fest zusammenhielten, sei der, dass uns im Gegensatz zu Pollock und all den andern Hirnis und Deppen als Einzigen nichts fehlte.

Da sagte Pollock: »Ja! Außer, dass ihr schwul seid!«

Und das traute sich Peter Pollock auch nur, weil er genau wusste, wie wahnsinnig hart Norman in seinen Gruppensitzungen an sich gearbeitet hatte, zum Beispiel mit Übungen wie *Artikuliere deine Angst* und *Zügle deinen Zorn*. Und deshalb haute ihm Norman keine rein, sondern dachte einen Moment ganz, ganz scharf nach und sagte dann: »Verpiss dich, du dyslektisches Arschloch!«

Und dann ließen wir ihn einfach stehen. Aber ich wusste natürlich, dass Norman wahnsinnig wütend war. Und nach einer Weile sagte er: »Scheiße, ich bin nicht schwul, Fliege!«

»Ja, Norman, ich weiß«, erwiderte ich.

»Das sagen diese verdammten Arschlöcher doch bloß«, fuhr Norman fort, »weil ich Twinky so wahnsinnig liebe. Aber ich kann nichts dafür, Fliege verdammt noch mal. Scheiße, ich liebe ihn einfach! Hab ihn mit elf Jahren von diesem scheiß Esel runtergehoben und das war's; wo ich ihn doch bis dahin nicht ausstehen konnte verdammt noch mal. Twinky McDevitt. Das kleine schwule Arschloch. Hey, wo ich diese scheiß Schwulen doch so hasse! Wo ich die doch nicht abkann! Wie hätt ich wissen sollen, dass ich mich mal in ihn verliebe? Da heb ich ihn von diesem scheiß Esel runter und peng! war ich verknallt, Mann. Hals über Kopf, bis heute; ich liebe ihn, Fliege, ich liebe ihn wahnsinnig!«

»Ich weiß«, sagte ich. »Ich weiß, Norman!«

Norman nickte. »Dich hab ich ja auch lieb, Fliege. Nicht so wie Twinky natürlich. Weil das ist, na ja, das ist was ganz Spezielles. Aber dich hab ich auch lieb, Fliege, du weißt schon, was ich meine.«

Ich nickte. »Ja«, sagte ich. »Ich glaub, ich weiß, was du meinst, Norman. Mir geht's nämlich genauso, ich hab euch auch lieb, dich und Twink.«

Da legte mir Norman den Arm um die Schultern und sagte: »Ist das nicht ... echt geil, Fliege? Dass wir uns alle drei lieben. Ist das nicht ... verdammt, ist das nicht das schönste Gefühl von der Welt?«

Und es war wirklich das schönste Gefühl von der Welt, so wunderbare Freunde zu haben. Wir passten aufeinander auf und kümmerten uns um den andern. Und deshalb sagte Twinky auch zu mir, ich müsse Diät halten und Gymnastik machen. Er sagte, solange ich noch so »korpulent« sei, hätte es gar keinen Sinn, wenn wir drei nach London zum Vorsprechen gingen. Twinky sagte, er betrachte es als seine Aufgabe, den Jungen aus mir zu machen, der ich wirklich sei. Ich hatte Twinky und Norman alles erzählt, auch das mit dem Falschen Jungen. Ich war nicht im Mindesten befangen, denn Norman und Twinky konnte ich alles erzählen, sie würden mich immer verstehen. So war es zum Beispiel auch, als ich ihnen das mit dem Falschen Jungen erzählte. Norman zuckte nur die Achseln und sagte: »Hey, Fliege, das ist noch gar nichts; du solltest mal mit zu so 'ner scheiß Gruppensitzung kommen.

Das haut dich voll um, hey! Da hocken so ein paar Hirnis und Deppen, die sich für alles Mögliche halten. Einer hält sich zum Beispiel für Trevor McDonald von den *News at Ten*; das geht die ganze Zeit ›bong ... bong ... bong ... Und jetzt die Nachrichten mit mir, Trevor McDonald!‹ Voll gestört, Mann. Und da ist dieses Mädchen, das sich für 'ne Kommode hält. 'ne scheiß Kommode! Erst hab ich gedacht, das soll 'n Witz sein. Ich hab zu ihr gesagt: »Hängen dir deshalb die Schubladen raus?« Aber das gab einen Anschiss und die blöde Kommode hat zwei Monate nicht mehr den Mund aufgemacht. Hör mal, Fliege, was du da gedacht hast, der Falsche Junge, das ist gar nichts, das ist nichts im Vergleich zu so 'ner scheiß Kommode!«

Und Twinky sagte: »Fliege, das liegt doch auf der Hand, mein Schatz, wenn du es nicht aushältst, du selbst zu sein, ist es doch das Normalste von der Welt, dass du dich versteckst. Deshalb hast du es auch zugelassen, dass du so korpulent geworden bist, Fliege. Aber du musst dir drüber im Klaren sein, Süßer, dass du kein ehrlicher Dicker bist. Du bist künstlich dick, Raymond. Und Künstlichkeit, Raymond, Künstlichkeit wirkt auf der Bühne nie attraktiv! Wenn du *ehrlich* und wahrhaftig dick bist, dann ist es was anderes. Aber um auf *attraktive* Weise dick zu sein, musst du auch innerlich dick sein; schau mal«, sagte er, »wie die da.«

Und Twinky zeigte auf das Gemälde mit den üppigen Frauen und sagte, die seien wunderschön, weil sie vollkommen ehrlich dick seien und sich in ihrer Leibesfülle wohl fühlten.

Eigentlich sollten wir gar nicht in der Galerie sein. Eigentlich hätten wir draußen sein müssen, bei den andern, die für die Teilnahme am Humangeografieprojekt ausgesucht worden waren. Aber Twinky hatte gesagt, er habe keine Lust, denn er habe sich nur deshalb freiwillig gemeldet, weil er dachte, Humangeografie bedeute ungefähr, dass man schöne, attraktive Menschen studieren dürfe. Doch in Wirklichkeit musste man mit einem Clipboard und einem Fragebogen im Stadtzentrum stehen und Passanten fragen, ob sie sich die Straßenbahnen zurückwünschten. Und deshalb weigerte sich Twinky mitzumachen. Erst versuchte es McKenzie mit Strenge, aber Twinky stolzierte einfach davon und sagte, er habe keinesfalls die Absicht, auf einer dreckigen Straße zu stehen und mit hässlichen Menschen über ein hässliches und veraltetes Transportmittel zu sprechen. Mr. McKenzie befahl ihm, sofort zurückzukommen, aber Twinky erklärte, er gehe in die Kunstgalerie, wo es Schönheit im Überfluss gebe; das passe besser zu einem sensiblen Ästheten wie ihm. Mr. McKenzie schüttelte seufzend den Kopf und rief Twinky hinterher, er solle aber ja nirgendwo anders hingehen als in die Kunstgalerie und ganz bestimmt rechzeitig wieder am Kleinbus sein. In dem Moment wollte Norman, der schon den ganzen Tag furchtbar schweigsam gewesen war, auch gehen, und Mr. McKenzie sagte: »Gorman, wo zum Teufel willst *du* denn jetzt hin?«

»In die Kunstgalerie!«, sagte Norman. »Mit Twinky.«

»Nein!«, sagte McKenzie. »Du bleibst hier!«

»Ich denk nicht dran«, gab Norman zurück. »Wer passt denn auf Twinky auf, wenn ich hier bin, und er ist in der Kunstgalerie?«

»Ich bin sicher, Twinky kann ganz gut auf sich selber aufpassen«, beharrte Mr. McKenzie.

»Verdammt, kann er nicht!«, sagte Norman. »Den holen die Skins. Hier wimmelt's von diesen scheiß Skinheads. Die warten doch verdammt nur auf 'nen Schwulen. Genau deshalb werd ich hier nicht rumstehen verdammt noch mal und irgendwas von Straßenbahnen und so 'nem Scheiß labern, wenn Twinky womöglich gerade von diesen verdammten Arschlöchern verprügelt wird!«

Mr. McKenzie seufzte, schloss die Augen und sagte: »Norman, Norman. Ich dachte, wir arbeiten an den Flüchen und Kraftausdrücken, Norman!«

Aber Norman hatte offenbar gerade keine Lust, an den

Flüchen und Kraftausdrücken zu arbeiten, denn er sagte nur: »Ach, scheiß drauf, Sir, mir platzt bald der Kopf!«

Mr. McKenzie wollte etwas erwidern, aber inzwischen waren sich Elvis Fitzsimmons und Chantelle Smith in die Haare geraten, wer von ihnen die Rentnerin interviewen durfte, die gesagt hatte, sie habe früher mal bei der Straßenbahn gearbeitet und könne deshalb einen äußerst wichtigen Beitrag zu dieser Umfrage leisten. Und während Mr. McKenzie durch den Streit zwischen Chantelle und Elvis abgelenkt war, lief Norman weg. Nach ein paar Schritten blieb er aber noch mal stehen und rief mir zu: »Na los, Fliege! Komm doch mit in diese scheiß Kunstgalerie, verdammt, nackte Weiber angucken!«

Eigentlich hatte ich keine besondere Lust, nackte Weiber anzugucken. Aber genauso wenig reizte es mich, hier auf der eisigen Straße über Straßenbahnen zu quatschen, während meine beiden besten Freunde ohne mich in die Kunstgalerie gingen.

Ich sah zu Mr. McKenzie rüber. Er würde nichts merken, denn jetzt hielt Chantelle Smith die Luft an und würde gleich ihren Anfall kriegen, wie immer, wenn sie nicht ihren Willen bekam. Ich rannte los und holte Norman ein. Eigentlich hoffte ich, dass Norman jetzt etwas bessere Laune haben würde; aber auf dem Weg zur Kunstgalerie war er immer noch total schweigsam und schien mit seinen Gedanken meilenweit weg zu sein; langsam kam mir der Verdacht, ich hätte ihn vielleicht irgendwie verärgert. Deshalb fragte ich: »Alles in Ordnung, Norman?«

Aber er nickte nur und starrte weiter vor sich hin. Und er schwieg die ganze Zeit, bis wir die Treppen zur Kunstgalerie hinaufstiegen. Da fragte er auf einmal: »Deine Mam und dein Dad, Fliege, sind die eigentlich … noch zusammen?«

Ich schüttelte den Kopf und sagte zu Norman: »Nein. Mein Dad hat uns verlassen, als ich noch ganz klein war.«

Norman blieb mitten auf der Treppe stehen, setzte sich auf

eine Stufe und starrte vor sich hin. Ich setzte mich neben ihn. Und so saßen wir beide eine Weile da und starrten auf den Verkehr und die Passanten. Und dann stieß Norman einen tiefen Seufzer aus und sagte: »Wenn meiner doch auch endlich abhauen würde!«

Ich sah ihn an. »Dein Dad?«, fragte ich.

Norman nickte.

»Ist er kein netter Mensch, Norman?«, fragte ich.

»Ein richtiger Scheißkerl!«, erwiderte Norman.

»Was hat er denn gemacht, Norman?«, fragte ich.

Norman sah mich an. Dann zog er einen Shirtzipfel aus seiner Hose und sagte: »Da, schau!«

Ich starrte sprachlos auf die riesige rote Prellung seitlich auf Normans Rippen. Dann schaute ich Norman an. Seine Augen füllten sich mit Tränen.

»Heute Morgen«, sagte Norman. »Da hat er mich erwischt, der Scheißkerl, als ich gerade mal nicht aufgepasst hab; hat mich einfach niedergeschlagen, die Drecksau.«

Ich starrte die schreckliche Prellung an und sagte: »Warum hat er das denn getan?«

Norman schüttelte den Kopf, als wisse er es nicht. Aber dann, als er sein Shirt in die Hose zurückstopfte und zwinkerte, damit die Tränen weggingen, sagte er: »Weil dieses Arschloch weiß, dass ich mit Twink rumhänge, deshalb.« Und mit einem Achselzucken fügte er hinzu: »Aber wenn er mich deshalb nicht prügeln würde, dann eben für was anderes. Er hat mich schon immer geprügelt, seit ich denken kann. Und ich würd am liebsten zurückschlagen, Fliege. Obwohl er so groß und stark ist, dieser Scheißkerl, würd ich am liebsten zurückschlagen, schon seit ich dreizehn bin. Hey, und wenn da nicht diese ganzen Strategien wären und meine scheiß Konfliktbewältigung, hätt ich ihn längst gekillt. Aber das macht mir echt Sorgen, Fliege; das heute Morgen hat nämlich scheiß wehgetan. Dieses verdammte Schwein! Ich war kurz davor, Fliege! Ich war verdammt kurz davor, einfach zurückzuschlagen!«

Norman starrte auf die Straße, und die Tränen, die er bis jetzt zurückgedrängt hatte, liefen ihm übers Gesicht. Da nahm ich seine Hand. Und wir saßen nebeneinander auf der Treppe zur Kunstgalerie.

Und Norman drückte meine Hand wahnsinnig fest und sagte: »Aber ich lass diesen Scheißkerl nicht gewinnen, Fliege! Denn das würde ich ja tun, wenn mir die Sicherung rausfliegt und ich auf ihn losgeh, genau das würde ich ja tun: alles hinschmeißen, was ich gelernt hab, den ganzen Scheiß, alles, was mich so verdammt stolz macht, zum Beispiel, dass ich in so 'ner Scheißsituation nicht ausraste und mich verdammt unter Kontrolle hab, Fliege, unter Kontrolle. Und das alles würde ich hinschmeißen, oder? Den ganzen Scheiß, den ich gelernt hab. Wenn ich ihm eine reinhaue, würd ich das doch alles hinschmeißen, stimmt's, Fliege?«

Und Norman sah mich aus nassen Augen flehend an. Und ich nickte und sagte: »Du bist wirklich tapfer, Norman. Ich finde, du bist ein sehr bewundernswerter Mensch!«

Da musste Norman lächeln. Und sogar ein bisschen lachen. Und er wischte sich mit dem Ärmel über die Augen und sagte: »Hey, Fliege, du verzapfst vielleicht 'nen Scheiß!«

Aber dann legte er mir den Arm um die Schulter, und wir saßen noch eine Zeit lang da, ich und mein misshandelter bester Freund.

Und ich hatte eigentlich Glück, dass ich so etwas nicht ertragen musste, einen Vater, der mich windelweich prügelt. Ich hatte gerade in letzter Zeit immer mal wieder über meinen Vater nachgedacht und mich gefragt, ob all das, was mir zugestoßen war, vielleicht nicht passiert wär, wenn mein Dad bei uns geblieben wäre. Wenn er sich nicht dauernd in seine Musikinstumente verliebt, sondern stattdessen den Rasen verlegt hätte und einfach ganz normal gewesen wär. Aber als mir Norman erzählte, dass ihn sein Vater verprügelte, dachte ich, vielleicht war es besser so, dass uns mein Dad verlassen hat. Wer weiß, vielleicht hätte er mich irgendwann verprügelt. Oder gar meine Mam. Und außerdem brauchte ich sowieso keinen Dad. Ich hatte ja meine Mam; und obwohl meine Oma jetzt ein bisschen an Alzheimer litt, hatte ich ja auch sie noch. Und außerdem hatte ich noch meine zwei wunderbaren Freunde! Aber dieser Gedanke war andererseits auch wieder schlimm; da saß ich neben Norman und hatte solches Glück und mein Freund war so traurig!

Aber dann sagte Norman: »Ach, scheiß drauf, Fliege!«, und er umarmte mich ganz fest und sagte: »Scheiß drauf! Wir fahren ja bald nach London, oder? Und dann kann er mich nicht mehr verprügeln, stimmt's? Den Teufel kann er, weil dann sind wir in London, und Twinky wird ein wahnsinnig berühmter Star in der wunderbaren Welt des West End. Und ich bin dann sein Bodyguard und sein Koch, und du, Fliege, du bist sein ... Agent oder irgend so was Schlaues. Und wir drei, Fliege, hey, wir bleiben immer zusammen, und keiner von uns wird noch mal von so 'nem Arschloch verprügelt!«

Jetzt lächelte Norman mich an. Und dann sagte er: »Komm, wir suchen Twink.«

Wir standen auf und gingen die letzten paar Stufen zum Eingang der Galerie rauf. Aber kurz davor blieb Norman stehen und sagte: »Aber sag ihm ja nichts, Fliege, okay? Sag Twink ja nichts von dem, was ich dir gerade erzählt hab.«

»Bestimmt nicht, Norman«, erwiderte ich. »Ehrenwort.«

»Ich will auf keinen Fall, dass er sich aufregt, verdammt noch mal«, sagte Norman. »Twink hat schon genug Scheiße am Hals, weil er schwul ist und so.«

Ich nickte. Und ich fand es einfach wunderbar, wie Norman sich um Twinky kümmerte, fast mehr als um sich selbst.

Aber so war es eben, wir kümmerten uns damals jeder um den andern, als wir das Trio aus Failsworth waren. An der Sache mit Normans Vater konnte ich zwar nichts ändern, aber ich hatte noch fünfzig Pence von meinem Essensgeld übrig. Und als wir durch den Laden gingen, durch den man zur Galerie gelangt, entdeckte ich die Karte und kaufte sie.

Als ich sie Norman gab, sah er mich überrascht an. »Was ist denn das?«, fragte er.

»Schau mal«, sagte ich und zeigte ihm das Bild. »Das ist Mahatma Ghandi.«

Norman starrte ihn an und runzelte die Stirn. »Ist das so ein scheiß Pakistani?«

»Nein«, sagte ich. »Er war Inder. Meine Oma hat mir alles über ihn erzählt. Er war ein Held und hat in seinem ganzen Leben nie jemandem wehgetan.«

Norman sah mich an.

Ich sagte: »Deshalb hab ich dir die Karte gekauft, Norman.«

»Für mich?«, fragte Norman.

Ich nickte. »Ja«, sagte ich, »weil ich glaube, dass du auch ein Held bist.«

Ich merkte, dass es Norman die Sprache verschlagen hatte. Er schluckte. Dann sah er sich hilflos um. Schließlich zuckte er die Achseln und meinte: »Ach, Scheiße, Fliege! Los, gehen wir nackte Weiber gucken!«

Aber ich merkte, dass er sich freute. Denn er steckte die Postkarte ganz vorsichtig in seine Tasche und schaute immer wieder nach, ob sie noch da war.

Wir fanden Twinky vor dem Bild mit den fülligen Frauen. Doch Norman meinte, die seien alle viel zu dick, die Nackten nebenan gefielen ihm wesentlich besser.

Aber Twinky widersprach: »Nein, Norman. Schau sie dir doch an. Schau dir diese Frauen doch mal genau an.«

Norman betrachtete das Bild erneut. Dann sagte er: »Doch, Twinky, sie sind dick. Unheimlich dick.«

Twinky nickte zu dem Bild hin. »Dick ja«, sagte er, »aber wunderschön. Schau mal, Norman. Schau dir ihre Augen an. Du auch, Fliege!«

Wir standen zu dritt da und schauten den dicken nackten Frauen in die Augen. Und plötzlich sagte Norman: »Hey, das ist ja, als wären die lebendig, stimmt's? Als würden die einen anschauen!«

»Das kommt, weil sie wirklich lebendig sind, Norman«, sagte Twinky.

Jetzt runzelte Norman ein bisschen die Stirn. Aber Twinky sagte: »Sie leben, weil so viel Leben in ihnen steckt. Und das strömt aus ihnen raus, Norman, dieses geballte Leben strömt aus ihnen raus und stürzt wie ein Wasserfall über ihre wonnigen, wuchtigen Rundungen. Sie sind wunderschön«, sagte Twinky, »und sie sind stolz und glücklich, dass sie da oben in diesem Rahmen sind und ihre kolossale Korpulenz zur Schau stellen können.«

Und wenn man die fülligen Frauen *so* betrachtete, hatte Twinky Recht; dann sahen sie nicht mehr nur wie dicke Frauen aus; sie waren herrlich.

Und Norman sagte: »Wisst ihr, was ich mit denen am liebsten machen würde? Am liebsten würd ich die von oben bis unten abschlecken!«

Wir brachen alle in ein Gelächter aus. Und als wir uns wieder beruhigt hatten und einfach nur dastanden, sagte ich: »Ich bin auch dick!«

Norman und Twink schauten mich an. Und Norman meinte: »Hey, Fliege, kann schon sein, aber *dich* möchte ich nicht von oben bis unten abschlecken!«

»Ich weiß«, sagte ich. »Aber jedenfalls bin ich dick.« Und nachdem ich noch einmal das Bild betrachtet hatte, fügte ich hinzu: »Aber ich fühle mich nicht so, wie diese Frauen sich fühlen.«

Jetzt nickte Twinky und sagte: »Und weißt du auch, warum, Raymond?«

Ich schüttelte den Kopf und Twinky erklärte: »Weil du eigentlich gar nicht dick bist, Fliege.«

Ich sah ihn stumm an, und er fuhr fort: »Du bist nicht dick, Fliege! Du bist in Wirklichkeit ein ganz schlanker Mensch. Aber den hast du versteckt. Den schlanken Menschen hast du hinter diesen Fettbergen versteckt!«

Ich nickte nur und sagte: »Das kommt von den vielen Pizzas und Kuchen und Nudeln. Ich hab mir das einfach so angewöhnt. Und jetzt find ich es wahnsinnig schwer, damit aufzuhören.«

Twinky sah mich an und schüttelte den Kopf.

»Doch, Twink«, sagte ich. »Wirklich. Du weißt nicht, wie das ist, weil du ja …«

»Norman!«, unterbrach mich Twinky. »Wie hab ich ausgesehen?«

Norman schüttelte den Kopf und sagte: »Ich konnte es nicht glauben, Mann. Scheiße, ich hab dich erst gar nicht wiedererkannt, Twink, stimmt's?«

Ich wusste nicht, um was es ging. Aber da hakte sich Twinky bei mir ein und sagte: »Du hast mich nie gesehen, Fliege, nicht wahr? Du hast mich nie mehr gesehen, seit ich mit Tanzen aufgehört hatte?«

Ich schüttelte den Kopf.

Und Twinky forderte Norman auf: »Sag's ihm, Norman, erzähl's ihm.«

Norman breitete weit die Arme aus und sagte: »Scheiße, soo dick war er! Richtig fett, Mann; stimmt's Twink?«

Twinky nickte und sah mich unverwandt an.

»Ich konnte es kaum glauben«, fuhr Norman fort. »Als ich nach Sunny Pines kam, Mann, und ihn in diesem verdammten Zustand gesehen hab. Scheiße noch mal. Ich hab geheult, stimmt's Twink, ich hab Rotz und Wasser geheult. Beim letzten Mal war er bloß so 'n Strich in der Landschaft gewesen; leicht wie 'ne Feder. Hey, ich hätte ihn mit *einer* Hand von diesem scheiß Esel runterheben können! Und anderthalb Jahre später in Sunny Pines hätte ich's nicht mal mehr mit 'nem verdammten Gabelstapler geschafft!«

Ich sah Twinky stirnrunzelnd an. Aber Twinky nickte mir zu. »Er hat Recht, Fliege.«

Ich runzelte immer noch die Stirn. »Aber warum?«, fragte ich ihn.

Twinky zuckte die Achseln. »Ich hab es einfach nicht mehr

auf die Reihe gekriegt, Fliege«, sagte er. »Nach dieser ganzen Scheiße wegen der Jungfrau Maria hab ich es einfach nicht mehr auf die Reihe gekriegt. Das war irgendwie so, als ob ich nicht mehr wüsste, wer ich bin.« Twinky starrte mich total eindringlich an. Dann sagte er: »Weißt du, was ich meine, Fliege?«

Ich nickte und er fuhr fort: »In meinem Innern war alles leer. Und je mehr ich diese Leere mit Essen füllen wollte, desto größer wurde sie. Bis ich am Ende ein richtiger Fettkloß war.«

Ich starrte Twinky kopfschüttelnd an. »Das hab ich gar nicht gewusst«, sagte ich, »das hab ich ja gar nicht gewusst, Twink.«

Twinky nickte und sagte: »Aber es stimmt, Fliege.«

Und dann glitt ein wunderschönes scheues Lächeln über Twinkys Gesicht, als er Norman ansah und sagte: »Und ich wär heute immer noch so und würde immer noch dicker, wenn Norman nicht gewesen wäre.«

Norman wurde ein bisschen rot, doch man merkte ihm an, dass er sich wahnsinnig freute.

»Was hast du denn gemacht, Norman?«, fragte ich ihn.

Norman zuckte die Achseln und wehrte ab: »Ach, Scheiße, das war doch nichts.«

Aber Twinky sagte: »Na los, Norman. Sag's ihm. Sag ihm, was du gemacht hast!«

Und Norman sah richtig stolz aus, als er erzählte: »Ich hab 'nen Brief geschrieben, hey. Hab niemand was davon gesagt, nicht mal Twinky. Aber ich hab mich erkundigt, wo ich hinschreiben muss. Und da hab ich diesen Brief geschrieben, ganz allein, an Petula Clark, und ihr alles erzählt von Twinky und dass er sie immer so geliebt und bewundert hat und immer nach ihren Songs getanzt hat, seine Pirouetten und so. Und dass er jetzt voll in der Scheiße steckt und nicht mehr tanzen kann und ein richtiger Fettkloß geworden ist und völlig fertig im Kopf.« Norman nickte und fuhr fort: »Und weißt du was, Fliege? Petula hat echt zurückgeschrieben, nur einen

Tag später! Nicht bloß *einen* Brief, nein, gleich zwei, das ist doch geil; einen an mich ›*Mein lieber scheiß Norman, ...*‹, fing er an. Und einen an Twink, scheißlang, und da stand drin, wie verdammt Leid es ihr tät, dass er das alles durchgemacht hat und dass er nicht mehr tanzt verdammt noch mal. Und noch tausend andere Sachen, echt geil, lauter wahnsinnig nette Sachen; weil Petula nämlich echt super ist, echt okay. Und sie hat gesagt, dass sie nicht weiß, ob es Twink hilft, aber in Bezug auf dieses scheiß Gewichtsproblem, da würde sie mal einen Diätplan beilegen, den hätte sie persönlich ausprobiert, und der hätte verdammt gut gewirkt bei ihr, als sie mal selber ›ihre kleinen Sorgen mit den Pfunden‹ hatte. Und im PS, weißt du, was sie noch im PS geschrieben hat, Fliege? Wir sollen sie auf dem Laufenden halten, wie's Twink geht! Und deshalb schreiben wir ihr immer noch, stimmt's, Twink?« Twink nickte. »Und sie schreibt jedes Mal zurück, Fliege, stell dir das mal vor. Echt geil. Hat's noch nie vergessen. Und irgendwann lernen wir sie mal kennen, stimmt's?«, sagte Norman zu Twink. »Wenn wir nach London abhauen, besuchen wir Petula.«

Twinky starrte mich an. Dann sagte er: »Also, Fliege. Machst du mal einen Versuch? Oder willst du deine hübschen Wangenknochen bis in alle Ewigkeit verstecken und so tun, als ob du glücklich bist, wo du doch gar kein ehrlicher Dicker bist?«

»Ich helf dir auch, Fliege«, sagte Norman. »Wir können mittags zusammen laufen, wenn Twink tanzt oder Handarbeit hat.«

Ich stand da und sah meine Freunde an. Und dann sagte Twinky: »Na los, Raymond, du kannst doch nicht in alle Ewigkeit der Falsche Junge bleiben!«

Als ich dankend ablehnte, sah mich meine Mam wie eine schecht gelaunte Kassiererin an.

»Aber das isst du doch sonst immer so gern«, sagte sie. »Milchkaffee und Käsetoast, der richtig schöne Blasen wirft, das magst du doch am liebsten!«

Ich schüttelte den Kopf. »Ich will aber nicht«, sagte ich. »Solche Sachen ess ich jetzt nicht mehr. Ich bin auf Diät. Twinky und Norman helfen mir beim ...«

Aber sie drehte sich abrupt um und lief in die Küche. Ich hörte, wie sie den Toast in den Treteimer warf und vor sich hinschimpfte: »Twinky und Norman! Twinky und Norman! Ich kann's nicht mehr hören! Die zwei Burschen gehen mir wirklich auf die Nerven!«

»Aber du kennst sie doch gar nicht«, protestierte ich, »jedenfalls nicht richtig, wie können sie dir dann auf die Nerven gehen?«

Jetzt stand sie an der Tür und sah mich mit blitzenden Augen an. »Ich werd dir sagen warum! Weil bei dir zurzeit jedes zweite Wort Twinky und Norman heißt! Twinky sagt dies, Norman tut das, Twinky und Norman denken so und so! Das geht mir auf die Nerven! Die Welt, wie Twinky und Norman sie sehen – mir reicht's!«

»Aber das sind doch meine Freunde«, erwiderte ich. »Ich dachte, du freust dich, dass ich Freunde gefunden hab.«

»Normale Freunde, Raymond!«, sagte sie. »Normale Freunde, Jungen in deinem Alter, darüber würde ich mich freuen. Aber *den* Gefallen tust du mir natürlich nicht, *du* konntest dir nicht einfach ein paar nette Freunde aussuchen! Nein, *du* doch nicht, *du* musst dich natürlich mit zwei verhaltensgestörten Außenseitern zusammentun!«

»Das sind keine Außenseiter!«, erklärte ich. »Und sie sind auch nicht verhaltensgestört.«

»Keine Außenseiter! Keine ...!«, sagte meine Mam. »Hältst du mich für blöd? Ich erinnere mich doch noch genau an sie aus unserer Zeit in Failsworth! Dieser Norman, das ist doch ein Schläger!«

»Ist er nicht!«, sagte ich.

»Ach, red keinen Quatsch«, beharrte meine Mam. »Vor Sunny Pines war er in einer Schule für schwer erziehbare Jungen!«

»Aber so ist Norman schon längst nicht mehr«, erwiderte ich. »Norman hat nämlich jetzt seine Strategien und arbeitet an seiner Wut. Er ist mein Freund, und er ist sehr nett, und wenn ich ihn und Twinky mal einladen dürfte, würdest du es selber sehen!«

»Ich hab's dir schon mal gesagt«, antwortete meine Mam. »Die zwei kommen mir nicht ins Haus! Ich brauch sie gar nicht erst zu sehen; Ted hat mir schon gesagt, was das für welche sind.«

Das brachte mich nun wirklich auf die Palme. Schlimm genug, dass sie ihn neuerdings Ted nannte, Wilson, den Mutanten. Aber jetzt erzählte er ihr auch noch irgendwelchen Mist über meine Freunde, obwohl er sie doch gar nicht kannte!

»Was weiß er schon über sie?«, fragte ich meine Mam. »Er ist ja nicht mal Lehrer in Sunny Pines, woher zum Teufel will er dann wissen, wie Twinky und Norman wirklich sind?«

»Er weiß es eben!«, sagte sie. »Ted hat es sich zur Aufgabe gemacht, das herauszufinden! Er hat mir versprochen, sich um dein Wohl zu kümmern, deshalb.«

Ich sah sie nur an. »An *mir* hat der doch gar kein Interesse!«

Sie betrachtete mich voller Abscheu. »Wie kannst du es wagen, so etwas zu sagen?«, fragte sie. »Wie kannst du so über Ted reden, wo er doch immer vorbeikommt, um nach dir zu schauen, wo er doch dauernd anruft, um zu fragen, wie's dir geht? Willst du das vielleicht auch abstreiten?«

Ich schüttelte den Kopf. Und meine Mam sagte: »Warum behauptest du dann, er hätte kein Interesse an dir?«

Ich zuckte die Achseln. Ich hatte es satt. Ich hatte es satt, dass sie dauernd auf meine Freunde losging. Und auf mich. Deshalb sagte ich: »Weil er nicht an *mir* interessiert ist, sondern an *dir*!«

Ihre Augen wurden ganz schmal. Sie legte den Kopf schief und machte einen Schritt auf mich zu. »Was willst du damit sagen?«, fragte sie. »Was willst du damit sagen?«

Ich zuckte wieder die Achseln. »Nichts«, erwiderte ich. »Nur die Wahrheit, das ist alles. Er macht dir den Hof!«

Sie sah mich an. Sie stand nur da und sah mich an. Und dann sagte sie: »Sei nicht albern! Er und mir den Hof machen! Mir? Schau mich doch an! Ich bin völlig kaputt, mit den Nerven am Ende, hab nichts als Probleme, mit meiner Mutter und mit dir. Mir den Hof machen? Dass ich nicht lache! Er ist ein gebildeter Mann. Und er versucht einfach nur, dir zu helfen. Red doch nicht so dumm daher! Er und mir den Hof ...! Großer Gott!«

Sie stand da und starrte mich an. Dann fuhr sie fort: »Ted interessiert sich einzig und allein dafür, dass es dir gut geht. Du solltest ihm dankbar sein. Er hat ein ganz persönliches Interesse an dir gefasst. Und wenn Ted meint, dass dir normale Freunde besser täten, dann stimm ich ihm zu; und ich finde, du solltest etwas dafür tun, statt dich dauernd mit diesem kleinen Rowdy rumzutreiben und mit diesem McDevitt, der sich nicht entscheiden kann, ob er ein Mädchen oder ein Junge ist.«

Ich fand es schrecklich, wenn sie so daherredete. Ich fand es schrecklich, wenn sie sich so dumm benahm, denn in Wirklicheit war meine Mam überhaupt nicht dumm. Ich wusste ja, dass sie am Ende ihrer Kräfte war und dass es an ihr zehrte, jeden Tag zu meiner Oma fahren zu müssen, damit sie nicht ins Pflegeheim kam. Ich wusste ja, dass meine Mam eine Menge am Hals hatte. Aber all das war nicht schuld an ihrem dummen Verhalten; er war schuld, Wilson, der Mutant. Jedes Mal, wenn sie mit ihm geredet hatte, sagte meine Mam so dumme Sachen; wie zum Beispiel jetzt, dass Twinky nicht wisse, ob er ein Mädchen oder ein Junge sei.

Da gab ich zurück: »Natürlich ist Twinky ein Junge! Und das weiß er auch ganz genau! Er ist nur zufällig ein homosexueller Junge, das ist alles.«

Sie sah mich an. »Du solltest dich schämen!«, sagte sie. »Du solltest dich schämen, so daherzureden – ein Junge in deinem Alter!«

Ich fragte sie, was denn mein Alter damit zu tun habe. Aber sie sagte, sie hätte jetzt keine Lust zum Streiten und außerdem müsse sie dringend zum Bus, um rechtzeitig bei meiner Oma zu sein.

Dann ging sie. Und wir sagten nicht mal tschüss. Es war furchtbar, die ganze Zeit mit meiner Mam zu streiten. Dabei wollte ich doch gar nicht mir ihr streiten. Aber es war, als hätte meine Mam keine Lust mehr, selbst zu denken. Es war, als hätte sie mich verlassen und sei zu Wilson gegangen und würde jetzt nur noch das wiederkäuen, was Wilson sagte. Nun ja, wenn ihr das Spaß machte, war das ihre Sache. Sie lebte auf der einen Straßenseite bei Wilson dem Mutanten. Und ich lebte auf der andern Straßenseite bei Norman und Twinky. Und ich fand es wunderbar, bei meinen Freunden zu sein. Auch wenn es meine Mam nicht interessierte, dass ich Diät hielt und wieder zu dem Menschen werden wollte, der ich wirklich war – Twinky und Norman kümmerten sich um mich. Und mit Hilfe meiner Freunde, Morrissey, hab ich es geschafft, wieder zu dem Menschen zu werden, der ich eigentlich bin. Norman war mein persönlicher Fitnesstrainer und machte jeden Tag Dauerlauf mit mir, und Twinky spornte mich ständig an und sorgte dafür, dass ich mich genau an Petula Clarks Schlankheitsdiät hielt. Es war nicht leicht, Morrissey, jedenfalls anfangs nicht. Aber im Laufe der Wochen und Monate wurde alles immer leichter und ich wurde schlanker. Pizzas und Pasta waren passé und die Pfunde purzelten. Und eines Mittags, als Twinky mal ausnahmsweise keinen Unterricht hatte und mitkam, rannten wir zu dritt durch die Felder um Sunny Pines und wir lachten zusammen, atmeten zusammen, rannten zusammen durchs Feld und über den Bach, den Pfad unter den Bäumen entlang, und die Sonne leuchtete durchs Laub, und wir waren ganz gesprenkelt und da dachte ich, dass meine Oma Recht gehabt hatte und dass es so etwas wie den Himmel wirklich gibt.

Und wenn man sich einfach wünschen könnte, dass die

Zeit stehen bleibt, dann hätte ich sie genau dort angehalten; damals, als ich schlank war und dreizehn Jahre alt und mich mit Norman und Twinky fast im Himmel befand; und als ich noch glaubte, dass das Glück, wenn man es erst einmal gefunden hat, nie mehr aufhört.

Mit freundlichen Grüßen
Raymond Marks

Rasenstück beim Shell Shop
und den Zapfsäulen,
Ferrybridge Services,
M62

Lieber Morrissey,

die sind einfach ohne mich weitergefahren! Die Leute im Bus. Das hätten sie mir doch sagen können! Die hätten mir doch sagen können, dass sie mich nicht mehr in ihrem blöden Bus haben wollen! »Pinkelpause«, hieß es. Aber als ich vom Klo zurückkam, war der verdammte Bus weg. Nur mein Gepäck und meine Gitarre lagen mitten auf dem Parkplatz; einfach zurückgelassen wie ich. Aber eigentlich ist es mir egal. Ich will doch nicht in einem Bus mitfahren, in dem mich jeder hasst!

Das heißt allerdings, dass ich jetzt immer noch eine Mitfahrgelegenheit brauche. Doch das lässt mich kalt. Manchmal hab ich das Gefühl, dass mich inzwischen alles total kalt lässt. Ich glaub, Scott hatte weniger Probleme, zu diesem scheiß Südpol zu kommen, als ich nach Grimsby. Nicht mal Trampen kann ich, jedenfalls vorerst nicht. Als ich nämlich hier ankam, standen schon sechs Leute in einer Reihe; sie sahen aus wie Studenten und jeder hielt ein Stück Pappe mit seinem Reiseziel vor sich, lauter lausige Nester wie Hull, Doncaster oder Goole.

Aber als ich mich einfach dazustellte und den Daumen rausstreckte, drehten sich alle um und starrten mich an, als hätte ich gefurzt.

»Was ist denn los?«, fragte ich.

Und das Mädchen mit der Glatze und den Unmengen Metall am Körper sagte: »Hey, Moment mal! Hier kann man sich nicht einfach so vordrängeln!«

Ich fragte: »Wie meinst du denn das?«

Aber sie starrte mich nur mürrisch an und saugte an ihrem Zungenpiercing. »Stell dich gefälligst hinten an«, klärte mich der Junge auf, der vor ihr stand, »und warte, bis du dran bist, verdammt noch mal! *So* meint sie das!«

Ich zuckte nur die Achseln. »Entschuldigung«, sagte ich. »Mir war nicht klar, dass beim Trampen neuerdings die gleichen Regeln gelten wie bei der internationalen Flugsicherung.«

Da ich jetzt nur böse Blicke erntete, kam ich zu dem Schluss, dass garantiert kein Comeback der Studentenunruhen drohte, und stellte mich brav ganz hinten in der Schlange an. Vermutlich kann ich hier noch stundenlang warten. Denn auf dem Stück Pappe, das der Typ vor mir in der Hand hält, steht ein sehr seltsames Reiseziel. Von mir aus kann ja jeder nach seiner Fasson selig werden, Morrissey, aber wenn ich erst an die Reihe komme, nachdem *ihn* jemand mitgenommen hat, warte ich hier bis zum Sankt Nimmerleinstag; statt Goole, Hull oder Nottingham steht auf seinem Pappkarton nämlich das Wort ERLÖSUNG. Er hat mich vorhin gefragt, wo ich hin will. Und als ich sagte »nach Grimsby«, hat er nur den Kopf geschüttelt und gemeint: »Tut mir Leid, mein Freund, aber da bist du auf dem falschen Weg!«

Ich kriegte einen Schreck und dachte schon, ich sei auf der falschen Seite der Autobahn gelandet. Aber er fügte hinzu: »Nein, mein Freund, es gibt nur ein einziges Ziel. Und wer dieses Ziel erreichen will, reist mit dem Herrn!«

Und deshalb hoffe ich, Morrissey, dass der Herr heute Abend hier vorbeikommt. Und zwar möglichst auf unserer Seite der M62, weil ich sonst nämlich hinter diesem erlösungsbedürftigen Heilssucher warten muss, bis ich schwarz werde. Wär mir im Grunde egal, aber da er nun schon mal diese christliche Einstellung hat, dachte ich, vielleicht ist er ja ein barmherziger Samariter und lässt mir den Vortritt. Ich erklärte ihm, dass ich heute noch den ganzen weiten Weg nach Grimsby vor mir hätte, und fragte, ob es ihm was ausmachen würde, mich vorzulassen.

Da schüttelte er den Kopf und sagte: »Mein Freund, es wäre ganz gleichgültig, wie weit du in der Schlange aufrücken würdest. Denn deinen wahren Bestimmungsort, mein Freund, wirst du niemals erreichen! Jedenfalls nicht, so lange du weiterhin ein falsches Idol anbetest.«

Ich entgegnete, dass ich eigentlich gar kein Idol anbeten würde. Aber da wies er mit einer Kopfbewegung auf mein T-Shirt und lächelte überheblich, als hätte er mich ertappt. »So, so!«, sagte er. »Bringt dich etwa Morrissey nach Grimsby?«

Ich sagte, nein, ich erwartete keineswegs, dass Morrissey mich nach Grimsby bringen würde.

Darauf er: »O doch, natürlich erwartest du das!« Und dann stand er einfach da und starrte mich an mit diesem selbstgewissen Grinsen im Gesicht.

Ich beschloss, den Mund zu halten. Meine Oma sagte immer, eine der wenigen Gewissheiten im Leben sei, dass man selbstgewisse Leute ganz gewiss meiden solle. Aber leider konnte ich ihn nicht meiden, weil er direkt vor meiner Nase stand. Gerade sagte er: »Weißt du, mein Freund, auch ich war früher einmal dort, wo du jetzt bist.« Er nickte grinsend und fuhr fort: »Auch ich habe einst meinen Glauben in ein hohles Gefäß gefüllt. Auch ich besaß die T-Shirts und Poster, die LPs und Singles!«

Ich blickte überrascht auf. »*Du* hast mal auf Morrissey gestanden?«, fragte ich.

Er schüttelte den Kopf und sagte: »Nein. Nicht auf Morrissey. Das Gefäß, in das ich damals versehentlich meinen Glauben füllte, war ein Mann namens Billy Bragg.«

Plötzlich tat er mir aufrichtig Leid. Wenn ich auf Billy Bragg gestanden hätte, wär ich vielleicht auch irgendwann mal in der Kirche gelandet! Da gibt's zumindest bessere Musik!

»Sie sind überall«, fuhr er fort, »diese schäbigen, löchrigen

Gefäße: die Billy Braggs, die Morrisseys, die Michael Jacksons mit ihren verlockenden, aber leeren Verheißungen. Wo führen sie dich hin, mein Freund? Wird Morrissey dich zur Erlösung führen?«

»Hör mal«, sagte ich, »ich finde es schon schwer genug, nach Grimsby zu kommen; deshalb ist mir die Erlösung momentan eigentlich nicht so wichtig.«

Er starrte mich an. Dann nickte er wieder selbstgefällig. »Ich sehe schon, mein Freund, du bist noch nicht bereit für das Wort des Herrn!«

»Genau«, erwiderte ich. »So wird's sein.«

Ich hoffte, er würde jetzt vielleicht aufgeben und sich wieder in die Schlange einreihen. Aber er stand nur da, deutete mit dem Finger auf mich und sagte: »Doch der Tag wird kommen, mein Freund; gewiss wird der Tag auch für dich anbrechen, so wie er für mich angebrochen ist; und an jenem Tag wirst du merken, dass du dich auf der falschen Straße befindest und dem falschen Führer nachläufst! Mr. Morrissey lockt dich in eine Sackgasse. Die Erlösung liegt anderswo!«

Allmählich wurde ich sauer. »Hör mal«, sagte ich, »wenn du so genau weißt, wo die Erlösung liegt, warum haust du nicht einfach ab und lässt mich in Ruhe?«

Und er ließ mich tatsächlich in Ruhe und stellte sich wieder an. Wär er lieber gleich in dieser scheiß Schlange geblieben! Irgendwie war er mir unheimlich. Es gefiel mir auch nicht, wie er über dich gesprochen hat, Morrissey. Der hatte doch keinen blassen Schimmer, wovon er sprach! So jemand würde das sowieso nicht verstehen. Deshalb hab ich auch gar nicht erst versucht, ihm zu erklären, dass du tatsächlich meine Erlösung warst, Morrissey. Und wenn du nicht gewesen wärst, wär es mir vielleicht nie besser gegangen. Das sagt sogar meine Mam; meine Mam sagt, der Tag, an dem es mir zum ersten Mal wieder besser ging, war der, an dem ich anfing, Gitarre zu spielen, Morrissey. Aber ich hätte ja nie Gitarre gespielt, Morrissey, wenn du nicht gewesen wärst. Als ich dich gehört hab, bin ich wieder lebendig geworden; damals, als ich aus Swintonfield entlassen wurde und nur noch ein halber Mensch war.

Eigentlich hätte ich gar nicht in Swintonfield landen dürfen. Ich weiß, dass alles mit Norman und Twinky anfing, aber es war nicht ihre Schuld. Es lässt mich kalt, was die Leute sagen, ich weiß, dass Twinky und Norman nicht schuld waren. Sie konnten nicht anders handeln. Und deshalb geb ich ihnen auch keine Schuld. Wilson, dem geb ich Schuld, Wilson, dem Mutanten! Ihm und Paulette Pattersons Vater. Denen geb ich die ganze Schuld. Und meinem Drecksonkel Jason; meinem Drecksonkel Jason und meiner Tückischen Tante Fay. Denn wenn sie nicht gewesen wären, hätte man meiner Oma keine rote Clownsnase verpasst und sie hätte mir an dem Abend, als es passierte, vielleicht sogar helfen können. Aber meine Oma konnte mir nicht mehr helfen. Denn mein Onkel und meine Tante, das grauenhafte Paar, waren eines Tages bei ihr aufgekreuzt; an einem Sonntagmorgen, weil sie wussten, dass da meine Mam nicht bei meiner Oma war. Und die beiden sagten zu meiner Oma, es sei so ein schöner Sommertag, dass sie spontan beschlossen hätten, mit ihr einen Ausflug aufs Land zu machen. Wenn meine Oma noch wirklich sie selbst gewesen wär, wäre sie niemals mitgefahren, jedenfalls nicht im Sommer. Die Jahreszeit hat sie nämlich nie gemocht. Sie sagte immer, im Sommer sei alles viel zu oberflächlich, besonders auf dem Land, da sei alles viel zu grün und zu bunt, und die Vögel machten einen Heidenlärm. Nein, die beste Zeit, um aufs Land zu fahren, sagte meine Oma immer, sei der Winter, wenn die Bäume dunkel und melancholisch wirkten und die Vögel sich zu benehmen wüssten. Aber meine Oma hatte alles vergessen; sie hatte vergessen, dass Butterblumen, Gänseblümchen und Löwenzahn ganz oberflächliche Blumen sind, sie hatte vergessen, dass sie Tante Fay doch gar nicht leiden konnte, sie hatte vergessen, dass sie »schöne Sonntagsausflüge« eigentlich hasste; sie hatte überhaupt vergessen, wer sie eigentlich war. Und deshalb fuhr sie mit diesen zwei Verrätern mit.

Nur als der Wagen in die Einfahrt des großen Gebäudes bog, sagte meine Oma verblüfft: »Komisch, ich dachte, wir fahren aufs Land?«

»Tun wir ja auch«, erwiderte Tante Fay. »Wir wollten hier nur mal kurz vorbeischauen, Vera. Wir dachten, du würdest vielleicht gern mal ein richtiges Schloss sehen!«

»Ein Schloss?«, fragte meine Oma.

»Na klar«, sagte mein Onkel Jason, als sie auf den Parkplatz bogen. »Schau dir mal dieses wunderschöne Gelände an, diesen hübschen Rasen! Na komm, jetzt steigen wir aus und machen erst mal einen kleinen Spaziergang.«

Und wenn meine Oma nicht völlig vergessen hätte, wer sie war, dann hätte sie es gemerkt – gleich nach dem Aussteigen, als sie über den Rasen gingen und es von hochbetagten Menschen nur so wimmelte; manche klammerten sich an einen Gehwagen, andere wurden von Pflegerinnen im Rollstuhl geschoben. Aber meine Oma merkte nichts. Sie trottete folgsam über den »Schlossrasen«. Und erst als sie aufsah und plötzlich merkte, dass mein Onkel und meine Tante verschwunden waren, reagierte sie ein bisschen verstört. Und als sie die beiden im Laufschritt zum Parkplatz eilen sah, geriet meine Oma dann doch in Panik. Denn sie erinnerte sich zwar nicht mehr genau, wer die beiden waren, aber sie wusste, dass sie eigentlich bei diesen zwei Personen sein sollte, die jetzt rasch ins Auto stiegen und ohne sie davonbrausten. Meine Oma geriet also in Panik, rief hinter ihnen her und weinte. Und sie war dankbar, als zwei nette Pflegerinnen kamen, sie trösteten und ins Haus führten. Dort bekam sie eine Tasse Tee, und die netten Pflegerinnen wussten sogar, wie meine Oma hieß. Und dann fragte die eine, ob sie jetzt vielleicht ihr Zimmer sehen wolle. Meine Oma sagte, ja, das wäre sehr schön. Und nur ganz selten, wenn einen winzigen Moment lang ihr Erinnerungsvermögen aufflackerte, wusste meine Oma noch, wer sie war und dass es sich bei diesem »Schloss« in Wirklichkeit um das Seniorenheim in Stalybridge handelte.

Erst machte meine Mam einen Riesenstunk. Sie wollte sofort nach Stalybridge fahren und meine Oma dort rausholen! Aber Tante Fay und Onkel Jason, diese heuchlerischen, scheinheiligen Lügner, stellten es so dar, als sei das Seniorenheim in Stalybridge eine Art Paradies für Pensionäre, in dem meine Oma einen glücklichen Lebensabend verbringen würde, gehegt und gepflegt von engelsgleichen Pflegerinnen, ergötzt und vergnügt durch ein abwechslungsreiches Tagesprogramm, zu dem unter anderem Aquarell-, Ikebana- und Tanzkurse zählten sowie unterhaltsame Besuche von Künstlern aus der näheren Umgebung, etwa von Zauberern, Märchenerzählern und Folkloregruppen. Eigentlich hätte meine Mam wissen müssen, dass das für meine Oma die Hölle auf Erden bedeutete.

Doch meine Mam war durch die mühevolle Pflege meiner Oma ausgelaugt und erschöpft. Deshalb räumte sie nach einer Weile widerstrebend ein, es sei vielleicht wirklich das Beste, wenn sich professionelle Pflegekräfte um meine Oma kümmerten. Onkel Jason und Tante Fay konnten kaum ihr zufriedenes Feixen unterdrücken. Und ich weiß, Morrissey, ich weiß, ich hätte damals besser aufpassen müssen.

Wenn ich weniger mit mir selbst beschäftigt gewesen wär, hätte ich genau gesehen, was meine verlogenen Verwandten im Schilde führten und dass sie meine Oma nur deshalb in ein Pflegeheim steckten, damit sie sich ihr Häuschen unter den Nagel reißen und es verkaufen und das Geld dann für einen Super-Luxus-Winterurlaub an den Silberstränden der Seychellen verprassen konnten. Wenn ich aufmerksamer gewesen wär, hätte ich gemerkt, was die verkommenen Verräter im Schilde führten, und hätte meine Mam warnen können.

Aber ich war nicht aufmerksam, Morrissey. Ich passte nicht auf. Denn es interessierte mich nicht mehr, Morrissey. Aus heutiger Sicht kommt mir das schrecklich vor, aber damals, als ich noch in Sunny Pines war, fast vierzehn Jahre alt, interessierten mich die Probleme meiner Mam eigentlich kaum noch; meine Mam, Tante Fay, Onkel Jason, die waren einfach ... *da* wie die Tapete und der Teppich und die Dreizimmerwohnung. Und genauso wenig, wie man auf die Tapete oder den Teppich achtet, achtete ich auf das, was bei uns zu Hause passierte.

Selbst ihn beachtete ich kaum noch, Wilson, den Mutanten. Er hing ständig bei uns rum; schaute zum Tee oder einfach nur zum Plaudern vorbei. Manchmal brachte er meine Mam mit dem Auto nach Stalybridge. Und manchmal fuhr er auch einfach so mit ihr weg. »Deine Mam braucht mal ein bisschen Abwechslung, Raymond«, sagte er dann. Und eines Tages fragte er meine Mam sogar, ob sie nicht Lust hätte, ihn mal zu einem seiner Meetings zu begleiten; das würde sie doch ein bisschen ablenken. Heute ist mir klar, ich hätte besser aufpassen müssen.

Aber das war alles so langweilig, Morrissey. Jedenfalls längst nicht so aufregend, wie wenn ich mit meinen Freunden Norman und Twink, zusammen war. Eigentlich wollte ich nur noch die ganze Zeit mit Norman und Twink zusammen sein; wir unterhielten uns und schmiedeten Pläne und brachten einander zum Lachen; wir waren einfach schrecklich gern zusammen. Meine Oma verstand das. Selbst als sie schon geistig verwirrt war, merkte meine Oma gleich, was für eine ganz besondere Freundschaft Norman, Twinky und mich verband.

Wir besuchten sie nämlich.

Wir fuhren mit dem Bus nach Stalybridge. Und bevor wir ins Altenheim gingen, kaufte ich ihr eine Schachtel Garibaldikekse. Ich wusste zwar nicht, ob sich meine Oma erinnern würde, dass sie die mal so gern gegessen hatte, aber ich kaufte sie trotzdem.

Die Pflegerin sagte, das sei aber mal nett von uns, dass wir so einen weiten Weg gemacht hätten, nur um eine arme alte Frau zu besuchen.

Es gefiel mir nicht, wie die Pflegerin über meine Oma

sprach. Meine Oma war keine arme alte Frau, sie war meine Oma!

»Also«, sagte die Pflegerin und fuhr mit dem Finger eine Liste von Namen entlang, »Vera, stimmt's? Vera Bradwell.«

Ich nickte und die Pflegerin wiederholte: »Ja, Vera Bradwell.« Dann lachte sie und meinte augenzwinkernd: »Wir nennen sie hier Vera Madeira.« Sie lachte wieder. »Die kriegen hier alle einen Spitznamen«, sagte sie. »Das finden die toll.«

Ich sah sie an und versuchte mir vorzustellen, dass meine Oma mit »Vera Madeira« angesprochen wurde und das auch noch toll fand.

»Sie ist beim Konzert«, erklärte die Pflegerin. »Kommt mit, ich zeig euch den Tagesraum. Ihr könnt euch hinten reinsetzen und warten, bis es aus ist. Dann kannst du zu deiner Oma.«

Wir liefen durch die Flure an vielen Zimmern vorbei. Bei manchen stand die Tür offen und man sah die alten Leute im Sessel sitzen oder im Bett liegen.

»Die meisten von ihnen«, sagte die Pflegerin leise, »sind schon zu verwirrt, um an unserem Unterhaltungsprogramm teilnehmen zu können. Sie bleiben lieber gemütlich auf ihrem Zimmer. Natürlich versuchen wir manchmal, sie zum Lachen zu bringen wie alle unsere Gäste. Aber die hier sind schon viel zu verwirrt.«

Sie sahen eigentlich gar nicht so furchtbar verwirrt aus, die alten Leute in ihren Zimmern; nur traurig und verschrumpelt. Mir taten sie Leid. Und Twinky empfand wohl das Gleiche, denn er winkte ihnen zu und schenkte ihnen sein schönes, strahlendes Lächeln.

Norman aber lächelte nicht. Norman trottete mit hochgezogenen Schultern und gesenktem Kopf neben uns her. Dabei runzelte er so finster die Stirn, dass seine Augenbrauen fast zusammenstießen. »Was hast du denn?«, flüsterte ich.

Doch Norman schüttelte nur den Kopf und seine Miene verdüsterte sich noch mehr. »Die machen mir Angst, Fliege!«, flüsterte er.

»Wer denn?«, fragte ich leise.

Norman schüttelte wieder den Kopf und sagte leise: »Die alten Leute! Die machen mir Angst. Ich will heim.«

»Norman, gleich geht's dir besser«, beruhigte ich ihn. »Hab keine Angst. Meine Oma wirkt ganz bestimmt nicht alt. Im Grunde *ist* meine Oma gar keine alte Frau.«

Und das stimmte, weil ich mir meine Oma wirklich nie als alte Frau vorstellte; jedenfalls nicht so wie die alten Leute dort, denen Twinky die ganze Zeit grüßend zuwinkte, als sei er ein prominenter Besucher. Und ich glaube, die Pflegerin, die uns den Weg zeigte, wurde sauer, als sie merkte, dass er plötzlich fehlte. Eine der alten Frauen hatte Twinky nämlich lächend zurückgewinkt, worauf er einfach in ihr Zimmer getanzt war; dort versicherte er ihr dann überschwänglich ein ums andere Mal, wie wunderschön ihr Bettüberwurf bestickt sei! Als die Pflegerin ihn holen wollte, unterhielt er sich mit der alten Frau gerade über Stickereien und beteuerte, dass er wirklich noch nie in seinem ganzen Leben eine so schöne, so dekorative Decke gesehen habe! Das tat der alten Frau sichtlich gut, ihre Augen leuchteten vor Freude. Sie saß da, hielt Twinkys Hand mit ihren Spatzenfingern umklammert und betonte, dass sie jeden einzelnen Stich selbst gestickt habe, denn früher seien ihre Hände noch flink und beweglich gewesen.

Aber da hüstelte die Pflegerin und sagte laut, als sei die alte Frau blöde oder taub: »So Margaret! Diese Besucher sind nicht wegen Ihnen gekommen! Die wollen zu Vera Madeira!«

Und im Flur meinte sie zu Twinky: »Margaret geht einem echt auf den Geist! Völlig humorlos. Margaret *Thatcher* nennen wir sie immer, Maggie Thatcher! Die mit ihren langweiligen Stickereien!«

»Ich fand sie überhaupt nicht langweilig«, widersprach Twinky. »Ich hätte mich stundenlang mit ihr unterhalten können. Ich sticke nämlich auch!«

»Ach so?«, sagte die Pflegerin und betrachtete Twinky von

oben bis unten wie einen Haufen Dreck. »Na ja! Jedem Tierchen sein Pläsierchen.«

Twinky hob den Kopf, reckte das Kinn vor und drehte eine elegante Pirouette. Aber sie ignorierte ihn und sagte zu mir: »Komm, ich zeig dir jetzt, wo deine Oma ist.«

Und sie öffnete die Tür und führte uns in den großen Tagesraum.

Ich konnte meine Oma nirgends entdecken, weil wir ganz hinten standen, hinter den im Tagesraum zusammengepferchten Senioren. Sie saßen in Sesseln oder Rollstühlen und jeder hielt eine Schnur umklammert, an der ein Luftballon schwebte. Vorn auf einem kleinen Podium stand eine dieser Folkbands, bei denen die Männer lange Rauschebärte tragen und die Frauen dünnes strähniges Haar und kein Make-up. Richtig kernige Typen. Gerade rief der Boss der Band den alten Leuten zu: »So, Kinder, wir machen uns heute mal einen richtig netten Nachmittag zusammen! Okay, jetzt erst mal einen Riesenapplaus, weil wir hier heute Nachmittag einen Mordsspaß zusammen haben!«

Aber ich glaube kaum, dass die alten Leute einen »Mordsspaß« hatten. Die Einzigen, die jubelten und klatschten, waren die zahlreich vertretenen Pflegerinnen. Die Senioren, soweit sie nicht sowieso vor sich hindösten, starrten den bärtigen Barden gleichgültig an. Aber das schien ihn nicht aus dem Konzept zu bringen, denn jetzt reckte er triumphierend die Faust empor und rief: »Jaaa Kinder! Genau! Einen Mordsspaß! Wir lassen's heute mal so richtig krachen, Kinder, stimmt's oder hab ich Recht? Und zum Beweis, wie viel Spaß wir heute hier zusammen haben, möcht ich doch gleich mal sehen, wie alle ihre schönen bunten Luftballons wackeln lassen! Auf die Plätze, fertig los! Eins, zwei, drei – wackelt mit den Luftballons!«

Aber das hätte er sich sparen können! Die meisten Senioren hatten dermaßen zittrige Hände, dass die scheiß Luftballons sowieso die ganze Zeit wackelten. Doch nicht mal das schien ihm aufzufallen, denn er feuerte sie dauernd an: »Prima! Prima! So ist's recht! Wackelt mit den Luftballons, wackelt mit den Luftballons, jaaa, das wird heute 'n Mordsspaß hier, wir lassen's heute mal so richtig krachen!«

Und jetzt stimmte die Band einen grauenhaften Song über einen wilden Vagabunden an, der sein Vagabundenleben an den Nagel hängen wollte.

Twinky, der neben mir stand, sah mich an. »Fliege«, sagte er, »ich glaub, mir kommt's gleich hoch!«

Und Norman starrte auf diese kernigen Kotzbrocken, die im weiteren Verlauf des Songs immer kerniger und ekelhafter wurden, und sagte: »Scheiße, warum hat man nie ein Maschinengewehr zur Hand, wenn man eins braucht!?«

Und dann dachte ich einen Moment verblüfft, es habe wirklich jemand eine Waffe dabei, denn plötzlich gab es einen lauten Knall, und alle zuckten zusammen. Aber es stellte sich rasch heraus, dass nur ein Ballon geplatzt war, und eine Pflegerin ging vor, um nachzusehen.

Kurz darauf hörte ich sie schelten, als habe sie es mit einem unartigen Kind zu tun : »Also, Vera! Haben Sie das etwa mit Absicht getan? Das ist aber wirklich nicht nett von Ihnen! Jetzt schauen Sie nur, was Sie mit Ihrem schönen Luftballon gemacht haben!«

Und plötzlich hörte ich die Stimme meiner Oma: »Scheiß auf den blöden Luftballon!«

Und dann sah ich sie; sie stand ganz vorn und schlängelte sich jetzt zwischen den Stühlen durch, die Pflegerin ihr auf den Fersen. »Vera!«, mahnte die Pflegerin, »wo wollen Sie denn hin? Das Konzert ist doch noch nicht zu Ende, Vera!«

Aber man sah, dass meine Oma diesbezüglich ganz anderer Meinung war. Mit finsterer Miene strebte sie zur Tür und meinte: »Ich hab Ihnen doch gesagt, dass ich nicht herkommen wollte. Diese scheiß Luftballons! Dieses idiotische Gesinge! Ich hör mir das nicht länger an. Nein, ganz bestimmt nicht. Nein!«

Twinky, Norman und ich standen an der Tür. Und als meine Oma uns erreicht hatte, traten Twinky und Norman beiseite, um sie vorbeizulassen. Aber ich blieb einfach stehen, bis meine Oma aufsah und mich direkt anstarrte. Da sagte ich lächelnd: »Hallo, Oma!«

Aber meine Oma starrte mich nur an. Sie stand ganz krumm da und sah jetzt wirklich aus wie eine alte Frau. Argwöhnisch beäugte sie mich, dann schüttelte sie finster den Kopf und drängte sich an mir vorbei zur Tür hinaus.

Es war schrecklich. Ich hatte mich so gefreut, als ich sah, dass es meine *Oma* war, die ihren Luftballon zerstochen hatte. Vielleicht hieß das ja, dass meine Oma sich wieder daran erinnerte, wer sie wirklich war. Aber andererseits hatte sie direkt vor mir gestanden und mich nicht erkannt. Und jetzt schlurfte sie durch den Korridor und die Pflegerin lief hinterher und sagte: »Vera Madeira! Also, ich weiß wirklich nicht, was heute in Sie gefahren ist, Vera!«

Wir drei standen im Korridor und sahen meiner Oma nach.

Und Norman sagte: »Scheiße, Fliege! Ich will *nie* alt werden, hey!«

Ich nickte. Mir ging es schrecklich schlecht wegen meiner Oma. Und wegen meiner Freunde. Ich hatte mir doch so gewünscht, dass sie meine Oma kennen lernen würden, meine richtige Oma! Nicht diese Person, die sich so sehr verändert hatte, die mich gar nicht mehr erkannte.

Wir gingen den Korridor zurück, auf die *Ausgang*-Schilder zu. Und da dämmerte es mir – als ich drüber nachdachte, wie stark sich meine Oma in dieser kurzen Zeit verändert hatte! Mir wurde plötzlich klar, dass sich ja nicht nur meine Oma verändert hatte! Vielleicht lag es ja gar nicht an ihrem Geisteszustand, dass sie mich nicht erkannt hatte.

»Los, kommt!«, rief ich Norman und Twink zu und rannte den Korridor entlang. Und als ich um die Ecke bog, wollten meine Oma und die Pflegerin gerade in ein Zimmer.

»Oma!«, rief ich. »Oma!« Sie drehte sich um und sah mir

entgegen. »Oma!«, sagte ich lächelnd. »Ich bin's! Ich bin's, Raymond!«

Zuerst runzelte sie die Stirn. Aber dann blitzte er in ihren Augen auf, der Funke des Wiedererkennens. Und dann verzog sich ihr Gesicht in tausend Falten und sie begann zu weinen. Aber gleichzeitig streckte sie die Arme nach mir aus, zog mich an sich und sagte: »Ach Junge ... ach Junge ... Raymond ... was ist denn los? Was ist denn mit dir passiert?«

»Oma! Oma!«, sagte ich. »Es ist alles okay! Nichts ist mit mir passiert, Oma! Ich bin nur wieder dünn geworden, das ist alles. Deshalb hast du mich vorhin nicht erkannt, weil ich so stark abgenommen hab, schau mal!«

Ich trat einen Schritt zurück und ließ mich von meiner Oma betrachten.

»Schau mich an!«, sagte ich. »Ich bin es wirklich! Ich bin einfach wieder schlank geworden, so wie früher, das ist alles.«

Meine Oma starrte mich unverwandt an. Und dann fragte die Pflegerin, die ein wenig misstrauisch dabeigestanden hatte: »Kennen Sie ihn, Vera? Kennen Sie diesen jungen Mann?«

Meine Oma wandte langsam den Kopf und starrte sie böse an. »Fragen Sie nicht so blöd!«, sagte meine Oma. »Ob ich ihn kenne? Natürlich kenn ich ihn!«

Die Pflegerin schüttelte den Kopf und warf meiner Oma einen beleidigten Blick zu. Dann sagte sie zu mir: »Nun ja, dann überlass ich sie euch. Viel Spaß.« Und im Weggehen fügte sie hinzu: »Also, ich weiß wirklich nicht, was heute in Sie gefahren ist, Vera. Das sind doch gar nicht Sie!«

Aber da täuschte sich die Pflegerin. Genau das *war* meine Oma, wie sie leibte und lebte! Sie sah der Pflegerin nach und brummte: »Ja, verpiss dich! Wackel mit deinen blöden Luftballons und lass mich bei meinem wunderbaren Enkel!«

»Oma«, sagte ich. »Ich hab dir ein paar Kekse mitgebracht!«

»Ach!«, rief meine Oma, als ich sie ihr gab. »Garibaldis! Das ist genau das Richtige, mein Junge! Ich sehne mich nach einem Keks, der ein bisschen Charakter hat. Die Kekse, die man hier kriegt«, meinte sie, »sind doch nur aufgeblähte kleine Dinger ohne Rückgrat und Biss!«

Und da wusste ich defintiv, dass meine Oma wieder meine Oma war. Ich stand da und lächelte sie an. Aber dann fielen mir Norman und Twinky ein, die ein paar Meter entfernt warteten.

»Schau mal, Oma«, sagte ich, »ich hab dir meine Freunde mitgebracht!«

Meine Oma spähte den Gang entlang, wo Twinky und Norman standen. »So, so«, sagte sie blinzelnd, »wer ist denn das?«

»Das sind Twinky und Norman, Oma«, erklärte ich ihr. »Twinky und Norman haben mir geholfen, wieder schlank zu werden.«

Meine Oma starrte sie einen Moment an. Dann kniff sie die Augen zusammen und sagte zu Twinky: »Dich kenne ich doch, nicht wahr?«

Twinky nickte und meine Oma fuhr fort: »Natürlich! Bist du nicht der kleine homosexuelle Junge, der so wunderbar die Jungfrau Maria gespielt hat?«

Twinky nickte erneut. Und dann glitt ein strahlendes Lächeln über sein Gesicht, als er sagte: »Ja. Und sind Sie nicht die böse alte Hexe aus Failsworth, die mir so wahnsinnige Angst eingejagt hat, weil sie mich im Supermarkt zum Tanzen bringen wollte?«

Meine Oma lächelte Twinky an. »Aber ich hab's nicht geschafft, wie?«, sagte sie. »Nach der Sache mit dem Krippenspiel hast du ja nicht mehr getanzt.«

»Aber jetzt tanzt er wieder, Oma«, sagte ich.

Meine Oma sah Twinky an. »Komm«, sagte sie, »führ uns doch mal eine deiner Pirouetten vor.«

Twinky erfüllte ihre Bitte, und meine Oma applaudierte mit leuchtenden Augen, als er durch den Korridor auf sie zuwirbelte und ihr schließlich in einem wunderbaren, wenn auch etwas theatralischen Knicks zu Füßen sank.

Meine Oma bückte sich und half Twinky auf. Und er stand

da und sah meine Oma an. Und an seinem Lächeln merkte ich, dass er hingerissen war. Aber jetzt spähte meine Oma wieder den Korridor entlang, wo immer noch Norman stand. Man merkte ihm an, wie unbehaglich und nervös er sich fühlte.

»Und was ist mit dir?«, fragte meine Oma. »Du siehst ja aus, als hättest du eine Zitrone ausgelutscht, Junge. Was fehlt dir denn?«

Norman zuckte die Achseln und stammelte: »Ich ... es ist nur ... ach, sch ... ich bin nur ... ich mag es nicht!«

»Norman hat ein bisschen Angst, Oma«, erklärte ich, »weil es ihm hier drin nicht gefällt. Er hat ein bisschen Angst vor diesen vielen alten Leuten.«

»Das kann ich ihm nicht verübeln!«, sagte meine Oma. »Ich hab ja selber Angst vor denen. Aber ich sag euch mal was, die machen mir nicht halb so viel Angst wie die Pflegerinnen!« Jetzt packte mich meine Oma am Arm und hielt mich fest umklammert. Sie wirkte auf einmal ganz jämmerlich. »Die wollen mich dauernd unterhalten!«, klagte sie. »Die wollen uns dauernd zum Lachen bringen! An meinen vergesslichen Tagen geht's ja noch, da ist es mir egal. Aber dann hab ich zwischendurch Tage wie heute, und diese Pflegerinnen lassen einfach nicht locker, Raymond, die wollen mich dauernd zum Lachen bringen!«

Ich streichelte ihren Arm. »Jetzt ist es ja gut, Oma«, sagte ich. »Jetzt sind wir ja da. Und wir wollen dich auf keinen Fall zum Lachen bringen, stimmt's Twink?«

Twinky schüttelte den Kopf und sah meine Oma sehr ernst an, bis sie erleichtert sagte: »Ihr seid gute Jungs, alle drei, gute Jungs!«

Dann warf sie wieder einen Blick auf Norman und meinte: »Bei ihm besteht garantiert nicht die Gefahr, dass er sich plötzlich albern und oberflächlich benimmt, oder?«

»Komm!«, rief sie Norman zu. »Komm mit in mein Zimmer, Norman, dann essen wir ein paar Garibaldis!«

Norman kam langsam auf uns zugetrottet. Meine Oma wartete. Und als er bei uns angekommen war, nahm sie ihn am Arm. Ich sah, wie schwierig es für Norman war, von einem alten Menschen angefasst zu werden, und wie unbehaglich er sich fühlte. Aber er zog seinen Arm nicht weg. Und meine Oma hielt ihn fest und sagte zu uns: »Ihr solltet Norman nicht auslachen! Nur weil er sich nicht so gern bei alten Leuten aufhält, solltet ihr ihn nicht auslachen!«

»Tun wir auch gar nicht, Oma«, antwortete ich. »Wir lachen Norman nie aus.«

»Das wär auch nicht nett von euch«, sagte sie. »Denn Norman hat ganz Recht, wenn er sich fürchtet. Und wisst ihr auch, warum? Wisst ihr, warum Norman sich hier fürchtet?«

Twinky und ich schüttelten den Kopf.

»Weil Norman ihn spürt«, sagte meine Oma, »weil er ihn überall um sich herum spürt.«

»Wen denn, Oma?«, fragte ich. »Wen soll Norman spüren?«

»Den Tod!«, antwortete meine Oma. »Den Tod!«

Twinky und ich standen da und starrten meine Oma an. Aber sie nickte und sagte: »O ja, er ist überall! In so einem Heim ist er überall, in den Wänden, in der Luft, überall. Und deshalb hat Norman Angst und fühlt sich nicht wohl in seiner Haut. Hab ich Recht, Norman?«

Norman starrte auf meine Oma hinunter. Dann senkte er langsam den Kopf und nickte. Und meine Oma fuhr fort: »Natürlich hab ich Recht. Und wer könnte es dir verübeln? Ein Junge wie du, voller Leben. Du hast jedes Recht der Welt, Angst zu haben, Norman. Wenn man noch so jung und lebendig ist wie ihr, da will man doch nicht bei denen sein, die fast am Ende angelangt sind und bald sterben werden! Für Jungen in eurem Alter«, schloss meine Oma, »ist der Tod doch bloß ein dummes Arschloch!«

Norman starrte meiner Oma ins Gesicht. Er lächelte sogar ein bisschen, als er diesen Kraftausdruck hörte. Und ich wusste, dass ihn meine Oma erobert hatte, denn als sie jetzt seinen

Arm losließ, um in ihr Zimmer zu gehen, nahm Norman rasch ihre Hand und legte sie wieder auf seinen Arm zurück. Und so geleitete Norman meine Oma in ihr Zimmer und Twinky und ich folgten. »Aber wenn du mal in mein Alter kommst, Norman«, sagte meine Oma, »dann gibt es kaum noch Gründe, sich vor dem Tod zu fürchten. Es sei denn, ich habe irgendwas falsch verstanden und dort oben gibt es wirklich einen Himmel. Das wäre allerdings ein Grund zum Fürchten.« Sie setzte sich in ihren Sessel und Norman kniete sich neben sie.

»Meine Güte!«, sagte meine Oma. »Der Himmel! Hier unten ist es schon schlimm genug, mit diesen Luftballons und den fröhlich zwitschernden Pflegerinnen und diesem scheiß Gesinge und den verdammten Waffelkeksen in irgendwelchen Phantasiefarben und ohne jeden Biss! Wer weiß«, sagte meine Oma, »was für eine Hölle das wär, wenn man im Himmel landen würde.«

Twinky und ich saßen auf dem Bett und nickten.

Aber Norman saß meiner Großmutter zu Füßen und sah sie jetzt mit einer Art ehrfürchtiger Bewunderung an. Und dann sagte er: »Scheiße, ich glaub, Sie haben Recht, Oma. Das könnte ein total beschissenes Drecksloch sein, dieser verdammte Himmel, wie?«

Meine Oma starrte Norman an. Ich schaute Twinky an. Aber der hatte vor Verzweiflung über Normans Ausdrucksweise die Augen geschlossen und schüttelte langsam den Kopf. Dann sah ich wieder meine Oma an. Und sie lächelte, strich Norman übers Haar und sagte: »Ja, Norman, so seh ich das auch.«

Es war ein herrlicher Tag. Der letzte Tag, an dem ich meine Oma richtig gesehen hab. Ich wusste, dass Twinky und Norman meine Oma genauso toll fanden wie ich. Twinky fragte meine Oma, ob er sie frisieren dürfe. Und meine Oma sagte, ja, solange er sich eine gewisse Zurückhaltung auferlege. Er dürfe ihr die Haare nicht zu straff zurückkämmen, ihr keine Schmachtlocken drehen und nicht irgendwas Fremdes aus ihr machen. Twinky sagte, er denke ja gar nicht dran, ihr Haar zurückzukämmen, weil es so schön füllig und natürlich sei, genau wie das von Katharine Hepburn. Und meine Oma freute sich, weil sie immer zu sagen pflegte, Katie Hepburn sei der einzige Filmstar, den sie je bewundert habe, da sie mit dem gebührenden Ernst auftrete und einigermaßen intelligent aussehe.

Wir saßen also in ihrem Zimmer und mampften Garibaldis, während Twinky meiner Oma eine intelligent wirkende Frisur verpasste und meine Oma uns alles Mögliche über Gott und die Welt erzählte. Und kurz bevor wir gingen, erzählte sie uns dann noch etwas von Giuseppe Garibaldi.

Twinky sagte: »Da weiß ich überhaupt nichts drüber, Oma.«

Und Norman sagte: »Scheiße, ich hab gedacht, so heißen bloß die Kekse, Oma!«

Und so erzählte uns meine Oma von Giuseppe Garibaldi und dass er die Straße von Messina durchqueren musste, bevor Italien zur Einigung geführt werden konnte. Doch Garibaldi hatte nur ein leckes Schiff, ein paar zerlumpte Freiwillige, kaum Waffen und für seine Männer nur ein paar Salamibrote.

»Und deshalb«, erzählte meine Oma, »hat keiner geglaubt, dass er es jemals schaffen würde. Keiner gab ihm die geringste Chance. Aber wisst ihr, was niemand bemerkte oder zumindest erst, als es zu spät war? Dass Giuseppe Garibaldi und seine Männer etwas in sich trugen, was die fehlende Salami und den Mangel an brauchbaren Waffen mehr als wettmachte. Sie waren sich einig, sie hatten ein Ziel; und sie hatten eine Liebe für einander.«

Meine Oma nickte uns zu. »Daran solltet ihr immer denken, Jungs«, sagte sie. »Die Liebe für den andern zu pflegen. Und wenn ihr daran festhaltet, Kinder, wenn ihr euch immer umeinander kümmert und aufeinander aufpasst, dann werdet ihr auch immer einen Weg finden, die Straße von Messina zu durchqueren.«

Und bevor wir an diesem Abend gingen, versprachen wir meiner Oma, immer zusammenzuhalten und aufeinander aufzupassen. Und ich weiß, dass wir in diesem Moment auch alle drei daran glaubten. An jenem Abend zweifelten wir keine Sekunde, dass wir, wenn es sein musste, alle drei gemeinsam die Straße von Messina durchqueren würden.

An jenem Abend war ich richtig glücklich. Ich konnte mein Glück kaum fassen – eine Oma wie meine zu haben und Freunde wie Twinky und Norman. Aber ich hätte es wissen müssen! Ich hätte wissen müssen, wie gefährlich es ist, so glücklich zu sein.

Es war Chantelle Smith, die mir den Brief übergab, kurz vor der letzten Stunde am Dienstagnachmittag. Es war ein beschissener Tag gewesen, weil ich Twinky und Norman nicht gesehen hatte. Sie waren nicht in die Schule gekommen, und ich hatte mir den ganzen Tag eingeredet, dass es keinen Grund zur Sorge gebe und dass Twinky wahrscheinlich nur erkältet war oder Norman verschlafen und den Bus verpasst hatte. Wenn nämlich einer von beiden mal nicht in die Schule konnte, blieb auch der andere weg. Also hatte ich mir so etwas eingeredet. Aber als die nächste Stunde anfing und ich im oberen Stockwerk durch den Korridor ging, kam mir Chantelle Smith entgegen. Sie warf mir den Umschlag einfach zu und sagte: »Da! Die kleine Schwuchtel hat gesagt, ich soll dir das geben! Ich wette, es ist ein Valentinsgruß. Und dabei ist doch erst nächste Woche Valentinstag!«

Chantelle rannte davon. Und ich stand da und betrachtete den Umschlag. Und ich wusste es, bevor ich ihn aufgemacht hatte!

Ich wusste es!

Lieber Raymond, liebster Fliege,
wir sind weg. Es ging nicht anders, Fliege! Eigentlich wollten wir dich ja mitnehmen. Aber das wär nicht gut gewesen, Fliege, weil wir ganz schön Ärger kriegen würden, wenn wir dich mitgenommen hätten, wo du doch noch so jung bist. Bis jetzt dachten wir immer, wir könnten warten, bis du alt genug bist. Weil wir dich doch lieb haben, Fliege. Und deshalb dachten Norman und ich, wir könnten warten, bis du sechzehn bist und alt genug, die Schule zu verlassen. So hatten wir es geplant, weil wir ja eigentlich auf dich warten wollten. Aber jetzt konnten wir nicht mehr warten. Es ist wegen Normans Dad, Fliege. Gestern Abend kam Norman zu uns. Sein Dad hatte ihn wieder mal verprügelt. Ich musste Norman ins Krankenhaus bringen, und die haben gesagt, es seien ein paar Rippen gebrochen. Aber es kommt noch schlimmer, Ray, denn das, was dieser Dreckskerl ihm angetan hat, hat Norman auch das Herz gebrochen. Und ich weiß, dass Norman es nicht mehr ertragen kann. Ich weiß, wenn ihn sein Dad noch ein einziges Mal anrührt, geht Norman auf ihn los. Und wenn er das tut, könnte für ihn alles aus sein, denn dann bringt er seinen Dad vermutlich um oder verletzt ihn so schlimm, dass er genau die Schwierigkeiten kriegt, denen er jetzt so lange erfolgreich aus dem Weg gegangen ist.

Und deshalb, Fliege, hauen wir ab, Norman und ich. Wenn irgendjemand dich nach uns fragt, sag einfach, du wüsstest nicht, wo wir hingegangen sind, doch wahrscheinlich sehr weit weg, wo man uns niemals finden wird.

Wenn wir uns zurechtgefunden haben und irgendwo untergekommen sind, schreib ich dir wieder. Ich weiß, dass dir das wehtun wird, Fliege, und ich wünschte mir von ganzem Herzen, dass ich dir diesen Brief nicht schreiben müsste. Aber ich muss es tun, Fliege. Und es tut mir so Leid, dass du nicht mit uns kommen kannst!

Norman sendet dir liebe Grüße und sagt, ich soll dir schreiben, dass es ihm auch Leid tut. Und er sagt auch, dass wir eines

Tages auf jeden Fall wieder zusammen sein werden. Und ich weiß, dass er Recht hat. Ich weiß, dass der Tag kommen wird, an dem wir *alle drei zusammen* die Straße von Messina durchqueren werden.

Alles Liebe
Twinky und Norman

PS: Bitte entschuldige meine Schrift. Ich weiß, sie ist grässlich. Aber das ist etwas, das ich nie richtig gelernt habe.

Ich stand da, starrte auf den Brief und meine Augen füllten sich mit Tränen. Twinkys schöne, gestelzte Schrift sah aus, als würden die Worte auf dem Wasser schwimmen, während ich sie verständnislos anstarrte.

Ich begriff überhaupt nichts! Das war doch nicht möglich! Das musste ein Irrtum sein! All die Pläne, die wir gemeinsam geschmiedet hatten; dass wir drei immer zusammenbleiben würden; dass wir drei zusammen nach London fahren würden; dass wir drei zusammen in der wundervollen Welt des West End leben würden; und jetzt waren sie ohne mich gefahren. Twinky und Norman hatten mich zurückgelassen!

Dass ich weinte, merkte ich erst an dem Geflüster rings um mich rum: »Er weint! Scheiße, Fliege weint!«

Man fragte mich, was denn los sei. Aber ich drehte mich auf dem Absatz um, lief den Korridor lang und rannte die Treppen runter. Die andern riefen mir nach, wo ich hinwolle, aber ich rannte einfach weiter – die Treppen runter, aus der Schule raus und übers Feld, ich rannte und rannte, so schnell ich konnte, fast blind vor Tränen und voller Schmerz, vermischt mit Panik und dem Gefühl, dass alles auseinander brach. Sie hatten mich verlassen! Twinky und Normann hatten mich zurückgelassen! Ich rannte aus Leibeskräften, wie Norman es mir beigebracht hatte; ich rannte und rannte, übers Feld, über den Graben und hinein in den Wald, so wie ich mit Twinky und Norman gerannt war; ich rannte und weinte und schrie ihre Namen, ich rannte aus Leibeskräften, wie Norman es mir gezeigt hatte, um den Schmerz zu überwinden, die Barriere zu durchbrechen, damit es nicht mehr wehtat. Doch egal wie schnell ich rannte, diesmal hörte der Schmerz nicht auf.

Ich lehnte an unserem Baum und las den Brief noch einmal, versuchte alles zu verstehen, sagte mir selber, dass ihnen keine andere Wahl geblieben war und Norman es nicht mehr ausgehalten hatte. Und *das* verstand ich ja sogar. Ich wollte nicht, dass mein Freund immer weiter misshandelt und verprügelt wurde und Schwierigkeiten kriegte; aber trotzdem, sie waren weg. Meine Freunde … sie waren weg!

Ich stand eine Ewigkeit unter dem Baum, wo Norman und ich, und manchmal auch Twinky, gesessen hatten, um uns auf halber Strecke vom Laufen auszuruhen; wo Norman mir immer den Pulsschlag nach dem Laufen und nach der Pause gemessen hatte. Und dann hatte er immer gesagt: »Hey, echt geil, Fliege, super! Super gut!«

Aber das war jetzt vorbei. Und es spielte keine Rolle mehr, ob mein Puls nach der Pause »super gut« und ich wieder so schlank wie früher war. Sie waren weg.

Während ich unter der Buche stand, wurde der Wind stärker und heulte durchs Geäst. Und plötzlich spürte ich, wie kalt es war. Der Boden war steinhart gefroren, und der fiese Februarwind pfiff durch die kahlen Zweige, die vor dem dunkler werdenden Himmel zitterten. Einst hatte durch dieselben Äste die Sonne geschienen und es war wie im Paradies gewesen. Aber jetzt gab es keine Sonne mehr.

Ich wollte nicht heimgehen. Ich wollte nicht, dass meine Mam mich fragte, was los sei. Meine Mam würde es nicht verstehen. Sie hatte das mit Norman und Twinky ja noch nie verstanden. Sie hatte eigentlich überhaupt nichts mehr verstanden, seit *er* da war, seit der Invasion des Mutanten! Ich wollte nicht nach Hause zurück. Ich wollte nach London. Zu meinen Freunden. Aber ich war noch zu jung, um nach London abzuhauen. Ich hatte ja nicht mal genug Geld. Und selbst wenn ich es bis London schaffte, hätte ich gar nicht gewusst, wo ich Norman und Twinky finden könnte. Mir blieb nichts anderes übrig, als nach Hause zu gehen.

Als ich zur Schule zurückkam, war sie bereits geschlossen und der Minibus abgefahren. Es wurde dunkel und ich musste den ganzen Weg nach Wythenshawe zu Fuß gehen. Aber das ließ mich kalt. Und auch der schneidende Wind ließ mich kalt. Mir war nichts mehr wichtig. Alles hatte für mich keinen Sinn mehr, jetzt, wo meine Freunde ohne mich abgehauen waren. Es ließ mich sogar kalt, dass meine Mam mich nicht verstehen würde. Alles ließ mich kalt; glaubte ich zumindest.

Aber dann bog ich in Wythenshawe kurz vor unserem Wohnblock um die Ecke und ging auf den Parkplatz zu.

Ich war nicht mal überrascht! Ich war wie gelähmt, so als wär ich auf ein Zehntausendvoltkabel getreten, als ich das Auto des Mutanten sah. Und drin im Wagen, gegen das Licht, das aus der Maisonettewohnung unter uns fiel, sah ich zwei dunkle Silhouetten. Ich wollte es nicht glauben. Ich wollte mich einfach umdrehen und weglaufen. Aber meine Beine waren wie zwei in die Erde gerammte Pfosten, und meine Füße waren wie Bleiklumpen, deshalb blieb ich reglos im Dunkeln stehen, starrte hinüber und hoffte, dass es jemand anderes war; dass es jemand anderes war, der sich zum Beifahrersitz rüberneigte; dass es jemand anderes war, der die Arme nach ihm ausstreckte und ihn umschlang, jemand anderes, der umarmt wurde; zwei andere Leute, nicht sie! Nicht meine Mam! Nicht meine Mam und der Mutant, die da im Wagen saßen und sich küssten! Doch dann ging die Beifahrertür auf und meine Mam stieg aus; und da musste ich es glauben. Ich sah, wie sie ihm zum Abschied lächelnd zuwinkte. Und ich sah auch, wie ihr Lächeln gefror, als sie übers Wagendach schaute und mich stehen sah, im Schatten der Maisonettewohnungen.

Es war, als würde meine Stimme nicht mehr richtig funktionieren, die Worte kamen ganz dünn und leise raus, als ich meine Mam fragte: »Was machst du denn da?«

Sie hob die Hand. »Jetzt mal ganz ruhig«, sagte sie, »ganz ruhig!«

»Was machst du denn da?«, wiederholte ich lauter, von Entsetzen gepackt. »Was machst du denn da?«

Aber da öffnete sich die Fahrertür. Und *er* stieg lächelnd aus dem Wagen! »Hallo, Raymond!«, sagte er. »Ich hab nur mal eben deine Mam nach Hause gebracht.«

Und da schrie ich los. Ich schrie! Ich schrie meine Mam an: »WAS MACHST DU DENN DA?«

Und dann! Dann sahen sie einander an. Er ging um den Wagen rum. Und nahm meine Mam bei der Hand. Und ich hörte meine Mam sagen: »Nein, Ted, nicht jetzt, nicht jetzt!«

Aber er sagte: »Doch, Shelagh. Alles andere wäre nicht fair. Raymond verdient eine Erklärung.«

Er drehte sich um und lächelte mich wieder an. Und ich wusste es! Noch bevor er den Mund aufmachte, wusste ich, was er sagen würde! Tödliche Wörter, Wörter wie Kugeln, wie vergiftete Pfeile, Wörter, mit denen er direkt auf mich zielte, als er jetzt um den Wagen kam. Und ich hob schnell die Hände, um mir die Ohren zuzuhalten, denn jetzt feuerte er die erste Salve ab und sagte, immer noch lächelnd: »Raymond, deine Mam und ich haben Neuigkeiten für dich.«

Ich presste die Hände auf die Ohren, versuchte mich zu schützen, zu retten. Aber ich hörte sie trotzdem, die halb erstickten Wortsalven.

»Also«, sagte er, »ich habe deine Mam nämlich gefragt, ich habe Shelagh gefragt, ob sie mir die große Ehre erweisen würde, meine –«

Da begann ich zu schreien. Ich hielt mir immer noch krampfhaft die Ohren zu und wollte meinen Kopf mit meinen eigenen Wörtern füllen, damit seine Wörter draußen blieben; ich schrie »Ohrenschützer, Ohrenschützer, Ohrenschützer!!!«, immer wieder, ununterbrochen, in einer Tour, damit ich ihn nicht hören musste, »Ohrenschützer, Ohrenschützer, Ohrenschützer, Ohrenschützer, Ohrenschützer, bloß nicht hinhören, bloß nicht hinhören, bloß nicht hinhören, er will mich töten, bloß nicht hinhören, Ohrenschützer, Ohrenschützer, Ohrenschützer, die schützen mich, er darf mich nicht töten, bloß nicht hinhören, bloß nicht hinhören, Ohrenschützer, Ohrenschützer, Ohrenschützer ...!!!«.

Ich sah, wie meine Mam kopfschüttelnd zu Boden blickte. Ich sah ihn auf mich zukommen, sein Mund bewegte sich, seine Lippen bewegten sich, weil er andauernd weiterredete, weil er nicht aufhörte, weil er redete und redete und redete, die ganze Zeit, er wollte mich kriegen, er wollte mir wehtun, er zielte mit den Wörtern direkt in meine Ohren, er wollte mich töten!

»Ohrenschützer, Ohrenschützer, holt den Sheriff, Ohrenschützer, Ohrenschützer, er will mich töten, die sollen draußen bleiben, die Wörter, die Wörter, Ohrenschützer, Ohrenschützer, draußen bleiben, draußen bleiben, er will mich töten, er will mich töten, er will mich töten ...!!!«

Ich sah, dass meine Mam den Mund aufmachte und mich anschrie, anbrüllte, aber ganz stumm, denn jetzt hörte ich nichts mehr, nur noch meine eigenen Wörter im Kopf, die die anderen Wörter aussperren sollten, mit denen mich der Mutant töten wollte. »Mam, Mam, Mam, lass nicht zu, dass er mich tötet, nicht, Mam, nicht, bitte, Mam, bitte, bitte, er hat sie umgebracht! Er hat seine Frau umgebracht, Mam! Es waren nicht die Muscheln, es waren nicht die Muscheln, Mam! Er hat sie umgebracht, er hat sie umgebracht, er hat sie umgebracht! Und dich wird er auch töten, so wie er es bei mir versucht, so wie er den Schuhputzerjungen töten wollte! Ohrenschützer, Ohrenschützer, Ohrenschützer, Mam, er darf dich nicht töten, setz deine Ohrenschützer auf ...!!!«

Aber meine Mam reagierte nicht, meine Mam lehnte nur am Wagen, und jetzt kam er auf mich zu, mit ausgestreckten

Armen kam er auf mich zu, und seine Lippen bewegten sich immer noch, und er redete und redete und redete, während er immer näher kam. Und ich wusste, wusste, wusste ganz genau, wenn er mich erreichte, dann würde er mich mit den Wörtern, Wörtern, Wörtern, Wörtern töten. Ich wich zurück, ich wich vor ihm zurück, wich vor seinem Blick zurück, seinem erschrockenen Blick, seinem erschrockenen, bestürzten Blick; denn er wusste es, er wusste, dass ich es herausgefunden hatte. Der Mutant, der Mutant, der Mutant, er wollte mich fangen, er wollte mich kriegen! Aber ich rannte, rannte, rannte über den Parkplatz, rannte zwischen den Häuserblocks hindurch in die Dunkelheit hinein; nur weg, weg, weg von dem Mutanten; ich rannte, ich ließ ihn zurück, ich lief mir den Elch, damit sie mich nicht mehr treffen konnten; die Wörter, die er auf mich abfeuern wollte! Ich wusste, diese Dumdumgeschoss-Wörter würden beim Aufprall zerspringen und mich mit Splittern durchbohren; sie würden mich töten!

Morrissey, ich weiß! Ich weiß, dass das klingt, als sei ich verrückt geworden. Und wahrscheinlich war ich an dem Abend wirklich verrückt. Aber nicht so, wie sie es dann alle dargestellt haben. Der wahre Wahnsinn, Morrissey, der lähmende, obszöne Wahnsinn lag in dem, was er mir hatte mitteilen wollen! Meine Mam! Und dieser Mutant! Meine Mam verheiratet mit *ihm*! *Das* war verrückt! Das war der Wahnsinn; der schizoide, psychotische, gestörte, aberwitzige Wahn, der keinerlei Sinn mehr ergab. Das war die eigentliche Verrücktheit, Morrissey. Die Verrücktheit, vor der ich davonrannte, rannte, rannte, rannte.

Wenn ich nämlich an jenem Abend wirklich verrückt gewesen wär, so wie sie es später alle behauptet haben, dann hätt ich doch versucht, den ganzen weiten Weg nach London zu rennen. Aber ich habe es nicht versucht! Ich rannte dorthin, wo ich auf geistige Normalität, auf geistige Gesundheit hoffte, Morrissey; ich rannte zu dem einen Menschen, dem einzigen Menschen auf der ganzen Welt, der das alles irgendwie in Ordnung bringen konnte!

Die Pflegerin fragte mich, ob ich okay sei, ich sähe ja völlig durchgefroren aus, und warum ich denn in so einer bitterkalten Nacht keinen Mantel anhätte? Aber ich antwortete, mir sei kein bisschen kalt und ich wolle meine Oma besuchen. Als ich ihr den Namen meiner Oma nannte, wirkte die Pflegerin irgendwie nervös und bat mich, einen Moment zu warten. Dann verschwand sie im Büro und kurz darauf kam eine andere Pflegerin raus. Die teilte mir mit, meiner Oma gehe es nicht sehr gut. Sie erklärte mir, meine Oma habe einen kleinen Rückschlag erlitten. Und man warte auf den Arzt. Ich glaube, das war der Moment, als ich in Tränen ausbrach. Die Pflegerinnen dachten, ich weinte nur wegen meiner Oma, und deshalb sagten sie, wenn ich nicht allzu lange bliebe, dürfe ich zu ihr reingehen.

Als mich die Pflegerin ins Zimmer führte, saß meine Oma zusammengesunken im Sessel. Ich sah, wie sie mich beobachtete. Aber sonst schien nichts mehr zu funktionieren. Ihr Mund stand offen und an einer Seite rann Speichel raus.

»Schauen Sie nur, Vera!«, rief die Pflegerin munter. »Schauen Sie nur, wer gekommen ist! Ihr Enkel!«

Aber meine Oma rührte sich nicht. Und die Pflegerin redete weiter, als sei meine Oma taub und doof. »Er kann nicht lange hier bleiben, Vera, weil wir ja auf den Doktor warten! Wir glauben nämlich, dass Sie ein winzig kleines Schlaganfällchen gehabt haben, Vera!«

Jetzt beugte sich die Pflegerin zu meiner Oma runter und sagte: »Ach, arme Vera Madeira!« Sie wollte nach der Hand meiner Oma greifen, aber da rollte meiner Oma plötzlich dieses rote Ding vom Schoß. Die Pflegerin bemerkte es nicht. Aber ich fragte: »Was ist denn das? Was ist das?«

Die Pflegerin hob es vom Boden auf.

»Oh, schauen Sie nur, Vera!«, rief sie. »Das ist ja Ihre Clownsnase!«

Und zu mir sagte sie: »Dabei hat sie sich doch so wunderbar amüsiert! Wir haben doch heute alle unsere Nasen anprobiert und für den ›Clownsnasentag‹ geprobt. Und alle haben sich so drauf gefreut! Wir hatten da diese wunderbare Idee, dass alle unsere Gäste am Clownsnasentag den Komiker ihrer Wahl spielen sollen. Da gibt's dann Sahnetorte und Clownsmützen und Knallbonbons und Tröten! Heute Nachmittag haben wir zum ersten Mal geprobt. Stimmt's, Vera? Und es war ja soo lustig! Wo man hinschaute, überall Arthur Askeys, Frankie Howerds und Tommy Coopers, Hylda Bakers und Beryl Reids. Und Charlie Chaplins? Es waren doch auch ein paar tolle Charlie Chaplins dabei!« Sie drehte sich zu meiner Oma um. »Stimmt's, Vera?«, rief sie laut. »Waren nicht auch ein paar wundervolle Charlie Chaplins dabei?«

Aber meine Oma starrte sie nur an und die Pflegerin nickte und fuhr fort: »Ich kann dir sagen, deine Oma war wirklich toll! Ich bin mir nur nicht ganz sicher, ob wir auch alle verstanden haben, welchen Komiker sie darstellen wollte. Deine Oma hat wohl irgendwann mal im Ausland gelebt?«

Ich runzelte die Stirn und schüttelte den Kopf.

»Na ja«, sagte sie, »der Name klang jedenfalls ausländisch. Als wir deine Oma gefragt haben, welchen Komiker sie heute darstelle, hat sie diesen Namen genannt. Ich glaube, es war ein deutscher Name. Na ja, selbst die Deutschen werden wohl ein paar Komiker haben, oder?«

Ich hatte keine Ahnung, wovon sie sprach. Und dann hörte ich dieses röchelnde Geräusch.

»Wie bitte, Vera?«, fragte die Pflegerin.

Und meine Oma holte mühsam Luft und wiederholte: »Wit… Wit… Wit…«

Die Pflegerin verstand nicht, was sie meinte, und sagte: »Ja, ja, der Doktor wird jeden Moment da sein, Vera«, und da meiner Oma der Speichel aus dem Mundwinkel rann, wollte ihn die Pflegerin abwischen. Aber meine Oma schob ihren Arm zur Seite und sagte: »Witt… Witt… Witt…gen … stein.«

»Ja, genau!«, rief die Pflegerin. »So hieß der Komiker, den deine Oma dargestellt hat! Vitgen, genau … Vitgen noch was. Ich hab dir ja gesagt, dass es deutsch klang. Sie haben Ihre Sache sehr gut gemacht, Vera. Sie haben uns wirklich alle zum Lachen gebracht, nicht wahr?«

Die Pflegerin trat einen Schritt zurück und sah meine Oma an. »Ach«, sagte sie, »sie hat sich prächtig amüsiert!«

Dann nickte sie meiner Oma zu und fragte: »Wollen wir sie wieder aufsetzen, Vera? Na gut.« Und dann hob sie das rote Plastikding vom Boden auf und steckte es meiner Oma auf die Nase.

Und so hab ich meine Oma das letzte Mal gesehen. Kurz darauf kam eine andere Pflegerin rein und schickte mich weg, weil der Arzt jetzt da war. Und dieses Bild wurde ich sehr, sehr lange nicht mehr los. Immer wenn ich an meine Oma dachte, sah ich sie so vor mir: unfähig zu sprechen, mit einer roten Plastiknase im Gesicht, eine im Sessel zusammengesackte Gestalt, der es vor so viel Komik die Sprache verschlagen hatte – Wittgenstein, der Philosoph mit der Clownsnase!

Ich weiß nicht, warum ich noch mal hingegangen bin. Ich wohnte ja nicht mehr dort. Twinky und Norman auch nicht mehr. Und meine Oma würde nie mehr zurückkommen. Ich weiß nicht, warum ich noch mal hingegangen bin. Aber wo hätte ich sonst hingehen sollen? Ich lief einfach ziellos durch die Gegend; ich lief durch Failsworth, wo ich früher mal gewohnt hatte. Ich wusste ja nicht, dass Wilson nach mir suchte. Ich lief einfach rum, schaute mir die Orte von früher an; meine alte Schule in der Binfield Road, wo ich Norman und Twinky kennen gelernt hatte; den Freizeitpark, wo ich früher mal mit meinen Freunden Fußball und Superman gespielt und im Sommer gezeltet hatte; unser altes Haus, das jetzt ganz anders aussah, seitdem es von der Stadt renoviert worden war; die Tür und das Gartentor hatten eine andere Farbe. Dann ging ich zum Haus meiner Oma und dachte, es würde zwar dunkel sein und leer stehen, aber doch immer noch so aussehen wie früher. Aber das Haus stand nicht leer und es war auch nicht dunkel. Drinnen brannte überall Licht und es sah ganz nach einer Party aus. Vor der Haustür befand sich ein neuer Glasvorbau. Und auf dem Dach prangte eine nagelneue Satellitenschüssel. Ob meine Mam das wohl wusste? Ob meine Mam wohl wusste, dass mein Drecksonkel das Haus meiner Oma verkauft hatte?

Aber es ließ mich kalt. Meine Oma würde nie mehr zurückkommen. Mein Drecksonkel, seine eklige Frau und die grässlichen Gören konnten sich jetzt nach Herzenslust auf irgendwelchen Pazifikinseln austoben. Es ließ mich kalt. Jetzt ließ mich alles kalt.

Aber, Morrissey, das, was dann später alle behaupteten, hab ich nicht getan. Ich weiß noch, dass ich plötzlich die Abkürzung nahm, an der Bäckerei vorbei, durchs Tor und runter, an den Schrebergärten vorbei. Aber das, was sie behauptet haben, Morrissey, war nicht der Grund. Es war das Eis! Das Eis! Deshalb konnte ich nicht zurück; wegen dem Eis! Ich sah den Frost auf dem Boden; und oben am sternklaren Himmel den großen, gelben Mond, der alles in taghelles Licht tauchte und meinen Schatten hinter mir in die Länge zog, als ich vom Weg abbog und über die Brücke ging und dann runter, an der Rückseite der Bungalows vorbei. Und natürlich wusste ich, wohin ich ging! Ich wusste ganz genau, wohin ich ging. Aber der Grund, Morrissey, der Grund, warum ich dorthin ging, der hatte nichts mit Verrücktheit und irgendwelchen Mutanten, Ohrenschützern, Muscheln und Analpsychotikern zu tun, nichts mit Eidhexen, schurkischen Onkeln, fiktiven Freunden und ihren amerikanischen Vätern oder sonst irgendwas, das in Wilsons Akte stand.

Der einzige Grund, Morrissey, der einzige Grund, warum ich dort gelandet bin und warum ich auf einmal am Kanalufer stand, der einzige Grund war, dass sich mein Herz anfühlte, als sei es gebrochen. Und *natürlich* wär es nicht einfach dadurch wieder heil geworden, dass ich dort am gefrorenen Kanal stand, an der Stelle, wo ich irgendwann einmal verschwunden war! Das *weiß* ich ja! Das wusste ich auch schon damals, als ich dort stand; ich wusste ja, es würde sich nichts dadurch bessern, es würde mir nicht meine Freunde zurückbringen, es würde meine Oma nicht wieder in eine richtige Oma zurückverwandeln, es würde meine Mam nicht davon abhalten, diesen entsetzlichen Mann zu heiraten. Ich *wusste*, dass es überhaupt nichts ändern würde, wenn ich dorthin zurückging. Ich ging einfach nur hin! Das ist alles. Ich ging einfach nur hin! Weil ich *sonst nirgends hinkonnte*! Deshalb! Dehalb bin ich dorthin gegangen. Und das Einzige, was ich dort unten tat, war, dass ich nachdachte. Ich stand am Kanalufer und dachte nach. Ich dachte über alles nach, was mir zugestoßen war. Mir. Und dem kleinen Mädchen. Ich dachte über die Kleine nach. Und ich überlegte, was wohl aus ihr geworden war. *Ihr* hatte ich nie einen Vorwurf gemacht, Morrissey. Der Kleinen hatte ich nie einen Vorwurf gemacht. Denn was sie erlebt hatte, war viel schrecklicher als alles, was mir zugestoßen war. Aber wenn sie nicht behauptet hätte, ich sei es gewesen, dann hätte ich jetzt bestimmt nicht dort gestanden, am Kanal. Mir klapperten die Zähne, der Wind wehte schneidend durch mein T-Shirt, und ich überlegte, dachte nach und betrachtete das Abbild des Mondes auf der spiegelglatten Oberfläche des zugefrorenen Kanals.

Und irgendwann wär ich dann eben doch heimgegangen, Morrissey. Ich hätte mich umgedreht und wär einfach heimgegangen. Denn ich wusste ja, dass es keine Antworten für mich gab, jedenfalls nicht hier unten am Kanal. Ich glaube, ich wusste schon damals, dass es eigentlich überhaupt keine Antworten gibt. Wie hat meine Oma immer gesagt: »Es sind die Fragen, mein Junge, auf die es ankommt; die Fragen; mit den Antworten braucht man sich gar nicht erst abzugeben.«

Irgendwann hätte es mir dann gereicht, in Failsworth herumzuirren und halb erfroren am Kanal zu stehen. Und ich hätte mich noch an etwas anderes erinnert, was meine Oma immer gesagt hat, nämlich, dass man mit Selbstmitleid noch keine einzige Kartoffel geschält gekriegt hat.

Und deshalb hätte ich es nie getan, Morrissey, nicht das, was die alle behauptet haben. Ich wollte mich sogar gerade umdrehen, vom Wasser abwenden. Und es war der Schock, der plötzliche Schock; dieser laute Schrei, der plötzlich durch die ruhige Luft drang! Ich erschrak einfach, als plötzlich diese riesige Gestalt auf mich zugestürzt kam und der Schrei in der stillen, kalten Nachtluft explodierte: »RAYMOND!!!«

Ich spürte, wie ich das Gleichgewicht verlor, wie ich ausrutschte und mein Fuß keinen Halt mehr fand; das Eis auf der Abdeckplatte zog mir die Füße weg und ich kippte nach hinten. Ich war schon ins Wanken geraten, ich ruderte schon mit den Armen, suchte verzweifelt nach Halt, griff aber nur in die dünne Luft, als ich sah, wer mich mit seinem Schrei so erschreckt hatte: er, der Mutant, der jetzt von der Brücke auf den Treidelpfad zugerannt kam und schrie: »Nein, Raymond, nein!! TU'S NICHT!!!«

Ich tat's ja auch gar nicht, Morrissey; ich tat überhaupt nichts. Es *passierte* einfach. Und ich konnte es nicht verhindern. Denn ich stürzte bereits und schug mit dem Kopf gegen die steinerne Uferbefestigung, bevor ich aufs Eis krachte. Da lag ich und spürte, wie das warme Blut über mein kaltes Gesicht rann. Und eine winzige Sekunde lang dachte ich, alles sei in Ordnung und ich könnte gleich wieder aufstehen und das Ufer hinaufklettern. Ich streckte schon den Arm aus, um mich aufzustützen. Aber da hörte ich es, das Kreischen des Eises; ein schriller, qualvoller Schrei, als es langsam unter mir brach; dann sprang es pötzlich klaffend auf, während die eisigen Finger des Wassers nach mir griffen, und ich erstarrte, als sie mich hinabzogen, unters Eis, in den Kanal. Ich versuchte wieder hochzukommen, Morrissey. Trotz des Schmerzes in meinem Kopf, trotz der lähmenden Kälte des Wassers versuchte ich hochzukommen. Aber da war das Eis, Morrissey, verstehst du, das Eis; es hatte sich wieder über mir geschlossen und öffnete sich nicht mehr, jedenfalls nicht von unten. Ich drückte immer wieder dagegen und versuchte die Stelle zu finden, an der ich eingebrochen war. Aber der Schmerz in meinem Kopf, Morrissey. Und die Starre, Morrissey; von unten gegen das Eis zu drücken war ein Gefühl, als müsste ich die ganze Welt hochstemmen; es bewegte sich nichts. Und je mehr ich drückte, desto schwächer wurden meine Arme. Bis es mir irgendwann sinnlos vorkam weiterzudrücken. Irgendwie war es sogar ein schönes Gefühl, aufzugeben, nachzugeben. Selbst der Schmerz in meinem Kopf ließ nach. Und die lähmende Kälte des Wassers kam mir gar nicht mehr kalt vor; eher wie eine Decke, die mich warm einhüllte.

Und da sah ich ihn, den Netten Jungen. Er schwamm direkt auf mich zu, hob lächelnd den Arm, um mir grüßend zuzuwinken, und streckte die Hand aus. Und mit dem letzten bisschen Kraft, das mir noch geblieben war, ergriff ich seine Hand. Und dann sank ich sanft hinab, immer tiefer, immer tiefer hinab, ganz sanft; in die dunkelsten Tiefen des Wassers.

Mit freundlichen Grüßen
Raymond Marks

Ein Friedhof,
Plinxton,
North Derbyshire
(glaub ich jedenfalls!)

Lieber Morrissey,

ich weiß, ich sollte eigentlich nicht hier sein, ich sollte gar nicht in dieser Gegend sein. Ich hatte auch gar nicht vor, nach Plinxton zu fahren. Bis heute Abend hatte ich von diesem Ort nie was gehört. Aber ich musste herkommen, Morrissey; auch wenn das heißt, dass ich jetzt meilenweit von meinem eigentlichen Ziel abgekommen bin; viele, viele Meilen. Doch ich musste nach Plinxton. Es ist nämlich was passiert, Morrissey. Und deshalb musste ich herkommen!

Ich dachte immer, diese Country & Western-Typen seien zu bedauern. Und unbedingt zu meiden! Ich dachte, die sind wie Moriskentänzer und Briefmarkensammler, wie Leute, die Dampfmaschinen polieren und über den herrlichen Geschmack von echtem Ale ins Schwärmen geraten; harmlos, aber schrecklich!

Erst hatte ich fast ein schlechtes Gewissen, als ich in den Van stieg; vor allem, weil ich im Nachrücksystem der Anhalter erst an dritter Stelle kam und der Heilssucher und das glatzköpfige Piercing-Girl noch vor mir dran gewesen wären. Aber der Van war an beiden vorbeigefahren und hatte extra für mich angehalten. Ich saß immer noch im Gras, als plötzlich jemand rief:

»Na los, Kumpel, steig ein!«

Das ließ ich mir nicht zweimal sagen. Jemand öffnete die hintere Tür, ich sprang rein, und der Heilssucher und das Mädchen mit dem Zungenpiercing schimpften hinter mir her, das sei ja oberfies, sich einfach so vorzudrängeln!

Aber schließlich hatte man nicht für sie angehalten, sondern für mich. Die Dewsbury Desperadoes hatten nämlich beim Anblick meiner Gitarre gedacht, ich sei auch als Country& Western-Sänger auf dem Weg zum Country-Music-Festival in Plinxton, das im Vereinigten Metzger- und Architektenklub stattfindet. Und als nette Countrykumpel hatten die Dewsbury Desperadoes angehalten und mich mitgenommen. Erst als ich dann auf einem Koffer saß und der Bus anfuhr, nahmen sie mich genauer unter die Lupe. Und ich glaube, beim Anblick meines Morrissey-T-Shirts waren sie alle ein bisschen enttäuscht. Aber sie waren zu höflich, um mich einfach wieder rauszuwerfen. Und deshalb machte ich es mir auf dem Koffer so bequem wie möglich, während mich die Dewsbury Desperadoes anstarrten.

Irgendwann wies Cindy-Charlene, die Countrysängerin der Desperadoes, mit dem Kopf auf mein T-Shirt und fragte: »Wer ist denn das?«

»Edith Sitwell«, sagte ich.

Cindy-Charlene nickte vorsichtig. Und der Desperado namens Deak, der ziemlich magenkrank wirkte, fragte mit finsterer Miene: »Wer?«

»Edith Sitwell«, wiederholte ich. Aber Deak starrte mich ausdruckslos an; und da ich ihn für den Drummer der Gruppe hielt, fügte ich hinzu: »Dichterin zur Zeit von König Edward, Performancekünstlerin und englische Exzentrikerin.«

»Und potthässlich!«, sagte Deak. »Schau dir diese Fresse an!«

Ich sagte nichts, dachte aber, dass Dolly Parton und Emmylou Harris bestimmt auch nicht mehr so knackig aussehen werden, wenn sie mal fast neunzig sind!

Danach ließen sie mich einfach links liegen. Und Sowerby Slim, der bullige Bassist, offenbar der Boss der Desperadoes, sagte, sie müssten sich jetzt langsam einsingen. Deak der

Drummer maulte, ob das denn unbedingt nötig sei, worauf Cindy-Charlene ihm vorwarf, er sei nicht nur ein beschissener Schlagzeuger, sondern auch noch ein richtiger Miesepeter.

»Ja, es muss unbedingt sein«, sagte sie, »wir *müssen* uns einsingen. Und wir müssen dort auftreten. Ob's dir passt oder nicht, wir ziehen das durch; für den Cowboy; zum Andenken an ihn.«

Ich wusste nicht, wen sie meinte. Aber jetzt begann Sowerby Slim zu singen und die andern fielen ein. Und ich saß wehrlos da, während diese musikalisch retardierten Vollidioten mit einem bunten Reigen Grauen erregender Countryklassiker die Luft verpesteten – zum Beispiel »I've Never Been to Bed with an Ugly Woman, But I've Sure Woken up with a Few.«

Es war alles so deprimierend und melancholisch, dass ich mich fast schon wieder wie zu Hause fühlte. Aber dann, mitten in einem geradezu mörderisch grässlichen Song mit dem Titel »The Dog Don't Wag his Tail since You've Been Gone«, schlug Desperado Deak plötzlich mit der Faust gegen den Van und rief gequält: »Es ist falsch! Wir sollten's nicht tun! Es ist mir scheißegal, was ihr sagt, aber wir sollten's nicht tun! Es ist falsch, ausgerechnet dort zu spielen, wo alles passiert ist! Es ist einfach nicht recht!«

Cindy-Charlene wollte ihn wieder zurechtweisen, aber da bat Sowerby Slim alle um Ruhe und sagte: »Deak, ich weiß, es ist schwer, es ist für uns alle schwer, Kumpel! Aber du musst jetzt stark sein, Deak, du musst jetzt ganz stark sein. Sag einfach, du tust es für den Cowboy. Zum Andenken an den Cowboy!«

Deak nickte und schniefte ein bisschen. Cindy-Charlene gab ihm ein Papiertaschentuch, aber er verschmähte es mannhaft und wischte sich die Nase mit dem Handrücken ab. Barmherzigerweise wurde die Probe nicht fortgesetzt. Stattdessen hockten jetzt alle deprimiert und ernüchtert da.

Und ich weiß eigentlich gar nicht, warum ich die Frage

stellte; denn mich hat Countrymusik noch nie interessiert, geschweige denn ihre Vertreter, die glauben, sie müssten diese Musik einer Welt aufdrängen, die sowieso schon genug leidet. Aber plötzlich sagte ich: »Was ist denn passiert? Mit dem Cowboy?«

Jetzt drehten sich alle um, als hätten sie mich ganz vergessen gehabt. Und ich dachte schon, meine Frage sei zu neugierig oder taktlos gewesen. Aber das Gegenteil war der Fall. Sie verhielten sich wie trauernde Hinterbliebene, die die Erinnerung an einen lieben Toten dadurch wieder aufleben lassen, dass sie einem geduldigen Zuhörer alles über den Verstorbenen erzählen.

Cindy-Charlene fragte mich nach meinem Namen, und als ich sagte »Raymond«, fing sie gleich an: »Ach, Raymond, wenn du ihn gesehen hättest! Wenn du ihn doch persönlich kennen gelernt hättest! Den Kexborough Cowboy. Was für ein Mann!«

Ich nickte nur. Eigentlich hörte ich gar nicht richtig zu. Ja, wenn sie mir was über *dich* erzählt hätten, Morrissey, oder über die Smiths, *das* wär was anderes gewesen. Aber für diesen obskuren Countrysänger mit dem ziemlich schrägen Namen konnte ich mich einfach nicht begeistern.

»Wir haben ja gar nicht gewusst, wer er ist«, sagte Cindy-Charlene. »Wir kannten ihn damals noch nicht als den Cowboy. Er stand einfach eines Tages da, ohne Ankündigung. Kam aus dem Westen.«

Ich sah Cindy-Charlene an und nickte. »Amerika?«, fragte ich.

»Nein, Bolton«, erwiderte sie. »Bolton oder Burnley oder so, irgendwo in Lancashire; seinem Dialekt nach jenseits der Moore. Wir waren ihm noch nie zuvor begegnet, jedenfalls nicht in der Countryszene. Er war einfach der Fremde. Der Fremde, der plötzlich bei dieser Probe auftauchte.«

»Wir waren gerade am Zusammenpacken«, sagte Sowerby Slim. »Wir hatten drei Tage neue Gitarristen ausprobiert. Aber es klappte einfach nicht. Wir hatten tausend Leute angehört. Aber egal, wer mit uns spielte, irgendwie ... sprang nie der Funke über. Na ja, jedenfalls waren wir am Abend des letzten Tages ziemlich geknickt; keiner sagte was, und wir packten gerade unser Zeug zusammen und fragten uns, ob wir je einen passenden Gitarristen finden würden.«

»Da hörten wir es«, sagte Cindy-Charlene, »es kam irgendwo aus dem halb dunklen Saal; dieses Hüsteln. Und dann diese Stimme, zögernd und fast ein bisschen schüchtern: ›Äh ... Entschuldigung, dass ich, äh ... es tut mir sehr Leid, dass ich euch stör, aber ich hab gehört, dass ihr vielleicht einen Gitarristen sucht?‹ Und dann stand er da, der Fremde; er tauchte plötzlich aus dem Dunkel auf und stand am Fuß der Bühne, mit seiner Gitarre in der Hand.«

»Eigentlich hatte ich keine Lust«, sagte Deak. »Ich hatte schon mein Hi-Hat und das Fußpedal auseinander gebaut. Aber Slim stupste mich an und nickte zu dem Fremden rüber. Und da sah ich die Gitarre.«

Ach, Morrissey! Inzwischen bereute ich es längst, dass ich mich überhaupt nach diesem scheiß Kexborough Cowboy erkundigt und nicht einfach meine große Klappe gehalten hatte. Eigentlich hatte ich ja nur wissen wollen, was mit ihm passiert war. Aber die Dewsbury Desperadoes ließen sich Zeit, wie in einem Roman von Marcel Proust! Lange ertrug ich das nicht mehr; ich wollte sie schon bitten, anzuhalten und mich rauszulassen. Aber dann, Morrissey, erzählte Sowerby Slim weiter und auf einmal ging das, was im Van der Dewsbury Desperadoes passiert war, mich selber an! Denn plötzlich wurde mir klar, was Sowerby Slim meinte, als er von jenem Moment im Probenraum erzählte und die Gitarre schilderte, die *Der Fremde* dabei gehabt hatte!

»Eine akustische Guild aus der Vorkriegszeit, abgeschrägt, mit kleinem Korpus«, sagte Sowerby Slim. Und ehrfürchtig fügte er hinzu: »Mit dem gesprenkelten Perlmuttschlagbrett. Und den Originalstimmwirbeln aus Elfenbein.«

Sowerby Slim sah, dass ich ihn mit aufgerissenen Augen und offenem Mund anstarrte.

»Alles in Ordnung, Junge?«, fragte er.

Ich nickte. Und dann fragte ich: »*Alle?* Alle *sechs* Originalelfenbeinwirbel?«

Sowerby Slim beugte sich vor, tätschelte mein Knie und sagte: »Das gefällt mir, Junge, dass jemand aufs Detail achtet, wenn es um so ein ernstes Thema wie Musikinstrumente geht.« Dann hob Slim den Finger und fuhr fort: »Komisch, dass du gerade die Wirbel erwähnst, Junge. Die waren nicht vollständig, nein. Ein Wirbel fehlte. Nur ein einziger, wohlgemerkt. Und ich erinnere mich deshalb so genau dran, weil irgend wer diesen fehlenden Wirbel ersetzt hatte und zwar richtig plump. An so ein Spitzeninstrument hätte ich mich nie rangewagt! Aber wer immer den fehlenden Wirbel ersetzt hatte – er hatte einfach ein stinknormales billiges Silberteil genommen. Und ... das war wirklich ein Verbrechen! So ein Spitzeninstrument zu reparieren, indem man einfach nur ...«

Und jetzt ließ sich Slim lang und breit über die Schludrigkeit mancher Instrumentenbauer aus. Doch ich hörte nicht mehr zu, Morrissey. Ich wollte nichts mehr über die Gitarre hören. Ich wollte etwas über den Fremden erfahren, dem sie gehört hatte.

»Was ist denn passiert?«, fragte ich.

Die Desperadoes sahen sich lächelnd an, selbst Deak der Drummer lächelte. Und Sowerby Slim sagte: »Junge, es gibt vorspielen und *vorspielen*. Und ich kann mit ziemlicher Sicherheit behaupten, dass ich so was wie damals nie mehr erleben werde.«

»War er gut?«, fragte ich. »Hat er gut gespielt?«

»Gut?«, erwiderte Cindy-Charlene. »Gut? Er kam zu uns auf die Bühne und wir sagten: ›Okay, Kumpel, was würdest du denn gern spielen?‹ Da zuckte er verlegen die Achseln. Und dann sagte er sehr, sehr leise: »Ich überlege gerade, ob ihr ›Country Boy‹ kennt?«

Cindy-Charlene machte eine Pause und starrte mich an. Sie nickte vielsagend.

»Tja, und da wussten wir«, fuhr Cindy-Charlene fort, »dass uns einiges erwartete. Ein Stück wie ›Country Boy‹ schlägt man kaum vor, wenn man nichts vom Gitarrespielen versteht.«

»Genau«, pflichtete Slim bei. »Ich hab schon viele Gitarristen – viele gute Gitarristen! – an ›Country Boy‹ scheitern sehen. Selbst Albert Lee ist an manchen der besonders schnellen Stellen dieses tückisch schweren Stücks mit dem Fingersatz durcheinander gekommen.«

Slim saß da und nickte, ganz in Erinnerung versunken. Aber dieser scheiß Albert Lee interessierte mich nicht.

»Und der Cowboy?«, fragte ich. »Wie war die Fingertechnik des Cowboys?«

»Seine *Fingertechnik*?«, sagte Sowerby Slim. »Seine Fingertechnik … das glaubt man erst, wenn man's gesehen hat.«

»Seine *Fingertechnik*?«, wiederholte Cindy-Charlene. »Wir gaben ihm den Takt vor, vier Schläge auf Deaks Snaredrum; und er kam auch gleich rein in dieses erste Solo, schlug mit dem Fuß perfekt den Takt wie ein Metronom, warf den Kopf zurück, hatte die Augen zu wie in Trance. Und die Finger! Ich hab noch nie Finger gesehen, die das Griffbrett so schnell rauf und runter flitzen konnten wie damals bei diesem Cowboy.«

Die Desperadoes versanken in Schweigen. Auf ihren Gesichtern lag ein Lächeln, als sie noch einmal die Erinnerung an jenen Moment auskosteten. Und auch ich lächelte; es war ein strahlendes, herzliches Lächeln, das aus den Tiefen meiner Seele zu kommen schien.

Und ich sagte zu den Desperadoes: »Das muss ja phantastisch gewesen sein! Das muss ja absolut phantastisch gewesen sein, den Cowboy so spielen zu sehen!«

Die Desperadoes sahen mich an. Und ich erwiderte ihren Blick, immer noch mit diesem strahlenden, herzlichen Lächeln im Gesicht. Aber da schüttelte Cindy-Charlene langsam den Kopf und wirkte jetzt irgendwie bedrückt.

»Aber er *hat* ja gar nicht gespielt!«, sagte sie. »Darum geht's! Er hat nicht *gespielt*. Nur seine Finger sind rasend schnell hin und her geflitzt. Doch kein einziger Ton hatte die geringste Ähnlichkeit mit ›Country Boy‹; nicht mal mit etwas, das man im weitesten Sinn als Musik bezeichnen könnte!«

Sowerby Slim schüttelte seinen bärtigen Kopf und sagte bekümmert: »Es war furchtbar. Wirklich furchtbar.«

»Und richtig peinlich«, fügte Cindy-Charlene hinzu. »Weil wir nicht wussten, was wir tun sollten. Wir wollten ihn doch nicht kränken. Und deshalb mussten wir weitermachen, als sei es eine ganz normale Probe. Und jedes Mal, wenn eines seiner Solos kam, juchzte er vor Freude, sprang in die Luft oder ließ sich auf ein Knie fallen, hängte sich voll rein und stemmte den Gitarrenhals von sich weg, als sei er Hendrix, Clapton, Django Reinhardt und Chet Atkins in einer Person.«

»Und das Schlimmste kam am Schluss«, erzählte Deak weiter. »Am Ende der Nummer stand er da, lächelte uns alle an und fragte, ob er den Job jetzt kriege.«

»Wir haben erst mal gar nichts gesagt«, erklärte Cindy-Charlene. »Weil wir ja sahen, weil wir schon damals sahen, was für ein ... ach, was für ein sanfter, argloser Mensch er war. Ich zerbrach mir den Kopf nach einer diplomatischen Lösung und überlegte, ob wir's ihm nicht irgendwie schonend beibringen konnten. Aber da warf Deak einfach seine Stöcke in die Luft und sagte: ›Den Job? Er fragt uns, ob er den verdammten Job kriegt! Wir suchen einen Gitarristen, Kumpel, keinen Typen mit zwei linken Händen, der eine Viertelnote nicht von 'nem Kriegsbeil unterscheiden kann!‹«

Bei der Erinnerung an diesen grauenhaften Moment schüttelte Cindy-Charlene den Kopf. »Er tat mir furchtbar Leid«, sagte sie. »Er tat mir so schrecklich Leid, als Deak das zu ihm sagte. Es mag ja die Wahrheit gewesen sein, aber es ist nicht leicht, wenn einem jemand sagt, dass man nicht gut ist.«

»Und das Komische war«, meldete sich Sowerby Slim wieder zu Wort, »das Komische war, dass es ihm gar nichts auszumachen schien.«

Cindy-Charlene nickte und sagte: »Stimmt. Er war überhaupt nicht gekränkt. Nein, er bedankte sich bei uns allen, sogar bei Deak, und sagte, er sei uns sehr, sehr dankbar und es sei eine ganz besondere Ehre für ihn gewesen, uns vorspielen zu dürfen. Und dann stieg er einfach von der Bühne runter, die Gitarre im Arm, und steuerte auf den Ausgang zu.«

Cindy-Charlene schüttelte traurig den Kopf. »Und das war's dann«, sagte sie. »Oder vielmehr, das *wär* es gewesen, wenn der Hausmeister nicht schon vorn abgeschlossen hätte. Er dachte, wir seien fertig und würden hinten rausgehen. Als der Fremde ins Foyer kam, waren die Türen zu. Und da er kein Aufhebens machen wollte, setzte er sich auf eine Bierkiste und wartete geduldig, bis jemand zum Aufschließen kam.«

»Aber das wussten wir nicht«, erzählte Slim. »Wir wussten nicht, dass er draußen im Foyer saß. Wir saßen im leeren Saal, ziemlich deprimiert von den drei Tagen, in denen wir erfolglos tausend Gitarristen ausprobiert hatten, und vor allem deshalb, weil dieser Fremde mit den zwei linken Händen und der abgeschrägten Guild noch einmal so große Hoffnungen in uns erweckt, aber sie dann gleich wieder zerstört hatte.«

»Und als wir es hörten«, sagte Cindy-Charlene, »dachten wir erst, da hätte jemand eine Platte aufgelegt.«

»Ja, aber was für eine Platte!«, warf Deak ein.

»Wie meinst du das?«, fragte ich.

»Na ja, wir saßen so rum«, erklärte Cindy-Charlene, »und da haben wir's eben gehört.«

»Diesen … Sound«, sagte Slim, »ein Sound, der … dein Herz einwickelt. Ein Sound, bei dem man am liebsten geweint … und gleichzeitig vor Freude gejauchzt hätte.«

Ich sah Sowerby Slim an. »Was soll das heißen? Was für ein Sound?«

»Gesang.« Sowerby Slim schloss die Augen. »Eine Melodie. Eine Stimme … die sang. Aber so, wie du es in deinem ganzen Leben noch nie gehört hast.«

»Es war eine Stimme«, sagte Cindy-Charlene, »eine Stimme wie eine wunderbare süßsaure Sauce; gleichzeitig süß und scharf; voll, weich und rund wie eine Frau, aber gleichzeitig hart und muskulös wie ein Mann; brüchig und doch geschmeidig; gleichzeitig sanft und rau. Die Stimme klang, als sei sie in den Küchen des Himmels mariniert worden. Und jeder Ton schwebte wie auf Engelsschwingen zu uns rüber in den leeren Saal.«

»Und wir saßen da«, sagte Deak, »und dachten, wir lauschten einer Schallplatte, einer unschätzbaren Rarität. Aber irgendwann schauten wir uns an, weil uns dämmerte, dass es keine Schallplatte sein konnte. Sonst hätten wir ja auch Instrumente gehört. Und plötzlich brach die magische Melodie mittendrin ab, und wir hörten George, den Hausmeister, irgendwas ins Foyer rufen. Dann hörten wir Schlüssel klirren. Und da sprangen wir alle auf und rannten durch den leeren Saal ins Foyer. Aber dort trafen wir nur noch auf George, der den Fremden hinausgelassen hatte und gerade wieder hinter ihm abschloss.«

»Eine Sekunde«, sagte Cindy-Charlene, »starrten wir George an und fragten uns, ob *er* so unglaublich gesungen hatte.«

»Mir kam sogar allmählich der Verdacht, dass wir uns alles nur eingebildet hätten«, sagte Slim, »aber da zeigte Cindy-Charlene durch die Glastüren und sagte: ›Schaut mal!‹«

»Und da sahen wir ihn«, fuhr Cindy-Charlene fort, »den Fremden. Er schlenderte gerade über den Parkplatz.«

»Ich konnte es kaum glauben«, meinte Deak. »Das wollte mir einfach nicht in den Kopf. Nach dem Mist, den er kurz zuvor auf der Gitarre produziert hatte. Ich konnte nicht glauben, dass das ein und derselbe Mensch war!«

»Aber ich wusste es«, fuhr Cindy-Charlene fort. »Ich wusste es! Ich kriegte die Tür gar nicht schnell genug auf. Inzwischen war der Fremde bereits fast außer Sicht. Wir hetzten wie die Irren über den Parkplatz. Und als wir ans Tor kamen, dachten wir schon, wir hätten ihn aus den Augen verloren. Aber dann sahen wir ihn auf der Hauptstraße. Er stand vor Hendleys Music Mart und starrte ins Schaufenster. Als wir ihn einholten, wollte er gerade den Laden betreten. Er war völlig perplex, als er uns sah. Aber ich sagte einfach nur: ›Sing uns was vor!‹«

»Er wollte nicht«, erzählte Slim weiter. »Er stand nur da und wurde rot und fragte uns verlegen, warum er denn singen solle.«

»Schließlich begann ich einfach selber zu singen«, sagte Cindy-Charlene. »Die Leute an der Bushaltestelle starrten uns an, als seien wir nicht ganz dicht. Und ich stand singend mitten auf der Straße und wollte den Fremden zum Mitsingen animieren. Aber er lächelte nur und sagte immer wieder, es sei wirklich wunderschön. Und ich wollte schon aufhören, weil ich dachte, wir hätten vielleicht gar nicht seine Stimme gehört.«

»Aber dann«, sagte Deak, »als wir schon aufgeben wollten, machte der Fremde den Mund auf und begann leise, anfangs wirklich nur ganz leise, mit Cindy-Charlene mitzusingen.«

»Und wie herrlich die beiden harmonierten!«, sagte Slim. »Wie wunderbar das klang; Cindy-Charlene übernahm die erste Stimme und er sang perfekte Drittel dazu; und dann tauschten sie und dieser Gesang zu zweit klang so wunderbar, dass er eine verlorene Seele getröstet hätte. Es war, als flösse Honig durch die Straße. Die Leute an der Bushaltestelle trauten ihren Ohren nicht; sie standen hingerissen da; mindestens drei Busse kamen vorbei und keiner dachte auch nur im Traum daran einzusteigen. Und der Fahrer des letzten Busses blieb einfach bei geöffneten Türen stehen und lauschte gemeinsam mit den Fahrgästen dem überirdischen Gesang in dieser alltäglichen Straße.«

»Und dann der Applaus!«, erzählte Deak. »Die Rufe und Pfiffe, als der Song zu Ende war!«

»Aber *er* stand nur da«, erinnerte sich Cindy-Charlene, »und runzelte die Stirn. Als begreife er gar nicht, warum alle klatschten!«

»Aber wir zögerten keinen Moment«, meinte Slim. »Wir hatten zwar gar nicht nach einem Sänger gesucht, doch jetzt fragten wir ihn dort mitten auf der Straße, ob er Lust hätte, bei den Dewsbury Desperadoes mitzumachen.«

»Du hättest sein Gesicht sehen sollen!«, sagte Cindy-Charlene. »Er guckte von einem zum andern, als traue er seinen Ohren nicht. Und dann ging ein Leuchten über sein Gesicht. Er schloss einen Moment die Augen, als habe man ihm gerade das kostbarste Geschenk der Welt gemacht. Und als er die Augen wieder öffnete, fragte er: ›Ist das euer Ernst? Ist das wirklich euer Ernst?‹«

»Wir sagten: ›Natürlich ist das unser Ernst‹«, meinte Deak. »Und jetzt schien ihm langsam klar zu werden, dass es sich um ein ernst gemeintes Angebot handelte.«

»Ja«, sagte Slim. »Und *uns* wurde langsam auch etwas klar. Jetzt hob er nämlich seine Guild-Gitarre an die Lippen, küsste sie und sagte: ›Endlich, altes Mädchen. Endlich haben wir's geschafft! Jetzt geht's aufwärts!‹«

Sowerby Slim nickte mir zu. »Genau«, sagte er. »Er dachte, wir wollten ihn als Gitarristen!«

Sowerby Slim und Deak schüttelten den Kopf und Deak sagte: »Ich begreif es einfach nicht. Hab es noch nie begriffen; wenn er sang, konnte ich manchmal vor Rührung weinen. Aber wenn er Gitarre spielte, konnte ich nur noch kotzen.«

»Wir haben ihm zugeredet«, sagte Cindy-Charlene. »Wir sind alle zum Klub zurückgegangen und haben ihm zugeredet, dass es ein Verbrechen wär, mit so einer Stimme nicht aufzutreten. Aber er runzelte bloß die Stirn und sagte: ›Also ich weiß nicht. Ich weiß nicht recht.‹«

»Du bist ein Sänger«, sagten wir, »ein Sänger, kein Gitarrist.«

»Aber irgendwie wollte ihm das nicht in den Kopf und er

fragte: ›Heißt das … heißt das, ich kann mit euch singen … aber ich muss die Gitarre aufgeben?‹ Und der Blick, mit dem er sein Instrument anschaute, brach mir fast das Herz.«

»Aber da hatte ich eine Idee«, sagte Slim, »als ich sah, dass er die Guild anschaute, als sei sie sein Lieblingshund, der gleich eingeschläfert werden soll, kam mir eine Idee. Ich wusste zwar nicht, wie er es aufnehmen würde, aber ich sagte: ›Hör mal, wie wär's mit einem Kompromiss? Du … du trittst bei uns als Sänger auf … und nimmst deine Gitarre mit auf die Bühne … aber … aber du … stöpselst sie nicht ein!‹ Na ja, zuerst runzelte er sehr, sehr skeptisch die Stirn. Und ich dachte schon, ich hätte alles vermasselt. Aber dann sagte er: ›Auf die Bühne? Ich darf die Gitarre mit auf die Bühne nehmen?‹ Wir nickten. ›Aber ich bin nicht eingestöpselt?‹ Wir nickten erneut, diesmal etwas vorsichtiger. Und dann warteten wir und beobachteten ihn; und er stand eine Ewigkeit da, ging mit sich selbst zurate und rang um eine Entscheidung. Und als er endlich aufsah, meinte er: ›Tja, wahrscheinlich muss man irgendwann im Leben mal etwas realistisch sein, wie?‹

Wir trauten uns kein Wort zu sagen. Wir standen nur da, starrten ihn an und drückten die Daumen. Dann nickte er und sagte vor sich hin: ›Ich wollte nie Sänger sein. Hab mich immer für einen Musiker gehalten. Hab immer gedacht, ich singe mit den Fingern. Ich hätte nie dran gedacht, mit meiner Stimme zu singen.‹ Dann sah er mich an und sagte noch einmal: ›Aber ich darf die Gitarre mit auf die Bühne nehmen?‹

Und wieder nickten wir alle heftig.

Da meinte er: ›Na ja, vielleicht ist es am besten so. Wie gesagt, manchmal muss man einfach realistisch sein, nicht wahr?‹ Und er lächelte uns alle an und sagte: ›Na gut. Ich nehm euer Angebot, ein Dewsbury Desperado zu werden, gern an.‹«

Sowerby Slim seufzte. Und Deak und Cindy-Charlene seufzten ebenfalls. Und plötzlich wurde die Stimmung im Van wieder ganz melancholisch.

»Was ist denn los?«, fragte ich. »Ihr wolltet doch alle, dass er mitmacht.«

Cindy-Charlene seufzte von Neuem. »Klar«, sagte sie.

»Warum seid ihr dann plötzlich wieder so traurig und deprimiert?«, fragte ich.

Cindy-Charlene wandte den Kopf und starrte aus dem Fenster. Und Sowerby Slim sagte zu mir: »Kümmere dich nicht um Cindy-Charlene, Junge. Es ist eine quälende Erinnerung für sie; für uns alle.«

»Aber wieso denn?«, fragte ich. »Wieso denn quälend? Das war doch toll, dass ihr den Cowboy zum Singen gebracht habt. Welchen Sinn hätte es denn gehabt, wenn er ewig so getan hätte, als wär er ein richtiger Gitarrist, wo er doch keiner war? Und dabei hatte er ja die ganze Zeit ein Instrument, auf dem er wirklich spielen konnte, ein Instrument, das er hervorragend beherrschte ...«

Ich brach ab, weil ich merkte, wie meine Stimme kippte und mir die Tränen in die Augen stiegen. Also zwinkerte ich und schwieg. Aber Sowerby Slim meinte: »Hey, immer mit der Ruhe. Du brauchst dich doch nicht aufzuregen, Junge.«

Ich nickte und sagte: »Tut mir Leid, ich ... es ... ich bin ...« Aber ich brachte es nicht raus, weil mir alles Mögliche durch den Kopf schoss. Und ich wusste nicht, ob ich's ihnen sagen sollte. Aber dann drehte sich Cindy-Charlene wieder um und sagte zu mir: »Es ist deshalb für uns alle quälend, weil wir uns schuldig fühlen!«

»Aber wieso denn?«, fragte ich wieder. »Warum fühlt ihr euch schuldig, wo ihr dem Cowboy doch die Augen geöffnet habt? Ihm gezeigt habt, dass er ein guter Sänger ist? Hat ihn das denn nicht glücklich gemacht? Hat es ihn nicht glücklich gemacht, ein guter Sänger zu sein?«

Sowerby Slim nickte und sagte: »O doch, er war glücklich. Solange er seine Gitarre mit auf die Bühne nehmen konnte, sang er die ganze Nacht. Es waren ein paar wundervolle Jahre mit dem Cowboy.«

Ich sah Cindy-Charlene an und sagte: »Also, warum sollte sich dann irgendjemand schuldig fühlen?«

Und Cindy-Charlene sagte: »Weil ... weil wenn wir ihn nicht zu den Desperadoes geholt hätten, dann wär er *ihr* nie begegnet. Dann hätte er sich nie mit ihr eingelassen.«

»Mit wem denn?«, fragte ich.

Cindy-Charlenes hübsches Gesichtchen verzerrte sich zu einer Maske des Abscheus und Ekels, als sie sagte: »Die Schlampe! *Sie*. Diese Schlampe aus Silkstone Common, die für jeden die Beine breit machte!«

Deak der Drummer schüttelte den Kopf und sagte: »Er hatte keine Chance. Nicht bei ihr. Der Cowboy war nämlich ein sehr, sehr gütiger, sanftmütiger Mensch. Er war in der ganzen Countryszene bekannt für seine Weichherzigkeit. Der Mann war sanft wie ein Schmetterling und hatte das Herz einer Taube.«

»Und deshalb«, ergänzte Cindy-Charlene finster, »hatte sie leichtes Spiel mit ihm. Sie hat ihn wie ein Lamm zur Schlachtbank geführt, diese schamlose Schlampe!«

Und dann erzählten mir die Desperadoes von dieser Frau namens Patsy, die der Cowboy kennen gelernt und geheiratet hatte. Das Countrymusik-Groupie, das nichts anbrennen ließ.

»Sogar an ihrem Hochzeitstag hat sie ihn betrogen«, sagte Cindy-Charlene. »Die Tinte auf dem Trauschein war noch nicht trocken, da machte sie schon für einen andern die Beine breit. Angeblich wollte sie in der Küche nach den Blätterteigrollen im Ofen schauen. Aber die Blätterteigrollen wurden schwarz! Weil sie nämlich gar nicht nach ihnen schaute, sondern es in der Speisekammer mit diesem widerlichen Mandolinenspieler aus Halifax getrieben hat. Aber was tat der Cowboy, als er an der Küche vorbeikam und die verbrannten Blätterteigrollen roch? Was tat er, als er auf der Suche nach Topfhandschuhen, mit denen er die heißen Backbleche rausholen wollte, die Tür zur Speisekammer öffnete und diese Hure von Braut mit dem Mandolinenspieler ertappte, ineinander verkrallt, keuchend und wimmernd vor Lust – was hat der Cowboy da getan? Ist er auf diese Schlampe losgegangen? Hat er den Lustmolch am Kragen gepackt und ihm seine scheiß Mandoline in den Hals gerammt?«

Ich starrte Cindy-Charlene an. »Und?«, fragte ich, »Hat er?«

Aber Cindy-Charlene schüttelte den Kopf. »Nein!«, antwortete sie. »Der Cowboy ließ neue Blätterteigrollen holen!«

»So war er«, sagte Sowerby Slim bewundernd und seine Augen füllten sich mit Tränen. »So war er, der Cowboy.«

Und danach schwelgten alle in Erinnerungen an den gehörnten Cowboy, der es während seiner langjährigen Ehe immer wieder geschafft hatte, auch noch die andere Wange hinzuhalten.

Cindy-Charlene zuckte die Achseln und sagte: »Ich werde es nie verstehen. Bis zu meinem Tod werde ich es nicht verstehen. Aber leider hat er die Schlampe immer noch geliebt.«

Deak und Slim nickten und bezeugten feierlich die tiefe, hoffnungslose Liebe, die der Cowboy für dieses nichtswürdige Miststück aus Silkstone empfand.

»Er hat alles ertragen«, erklärte Sowerby Slim. »Das Herz des Cowboys war größer als das Herz eines Buckelwals. Und er trug all diese Kränkungen und Demütigungen in seinem riesengroßen Herzen. Er liebte sie! Und das war das Einzige, was für den Cowboy zählte. Es war genau wie mit seiner Gitarre. Für ihn spielte es keine Rolle, dass er nicht spielen konnte, dass er sie nicht einstöpseln durfte. So lange er sie nur bei sich hatte, war alles in Ordnung! So war es auch bei *ihr;* sie sollte nur bei ihm bleiben, mehr verlangte er nicht.«

Cindy-Charlene schüttelte angeekelt den Kopf und sagte: »Er verschloss Augen und Ohren vor allem, was passierte. Die Leine, an der er sie laufen ließ, war so lang, dass sie zweimal um die ganze Welt gereicht hätte, aber ihr reichte das immer noch nicht! Weißt du, was sie tat?«

Offenbar tat die Frau des Kexborough Cowboys Folgendes: Sie behauptete, sie fahre nach Todmorden zu einer Tupperwareparty. Als sie drei Tage später zurückkam, mit einem *Küss mich!*-T-Shirt aus Blackpool und einem zufriedenen Grinsen im Gesicht, lächelte der Cowboy sie bloß liebevoll an und fragte: »Na, Patsy, hast du dir ein paar schöne Tupper-Schüsseln gekauft?«

Und da eröffnete Patsy dem Cowboy, dass sie gar nicht in Todmorden gewesen sei und dass es nie eine Tupperwareparty gegeben hatte. Die Verführerin mit dem Herz aus Stein erzählte dem Cowboy begeistert bis ins letzte Detail, dass sie drei Tage in Blackpool verbracht hatte und zwar mit dem Pedalsteelgitarristen von den Hebden Bridge Hoboes, der mit dem Pferdeschwanz. Anschließend sagte sie dem Cowboy noch, dass sie ihn, wenn der Hund nicht gewesen wär, schon vor Jahren verlassen hätte; und dann packte Patsy ihren Koffer, umarmte und küsste Duke, den Hund, und war verschwunden.

In dieser Stunde der Not scharte sich die Countrygemeinde um den verlassenen Cowboy, und alle waren erbittert und versuchten, den Sänger zu beruhigen; sie sagten, seine süße Patsy sei ja schon immer eine unersättliche Schlampe gewesen und er solle die Sache doch mal positiv sehen und ihren Auszug als Segen betrachten. Und der Cowboy nickte lächelnd und bedankte sich leise für so viel Mitgefühl.

»Wir dachten eigentlich alle, er kommt drüber hinweg«, erklärte Cindy-Charlene. »Und im Lauf der Monate sprach der Cowboy immer seltener von ihr.«

»Wir dachten fast, er hätte es langsam verwunden, nicht wahr?«, meinte Sowerby Slim. »Er redete nicht mehr von ihr, und wir dachten schon, er hat sich damit abgefunden. Wir hätten doch nie dieses Engagement beim Vereinigten Metzger- und Architektenklub angenommen, wenn uns klar gewesen wär, dass sich hinter seiner stoischen Haltung immer noch ein gebrochenes Herz verbarg!«

»Wir hätten das Engagement auf keinen Fall annehmen

dürfen!«, rief Deak. »Wir hätten sofort absagen müssen, als wir hörten, mit wem wir zusammen auftreten sollten. Dann wäre der Cowboy heute noch bei uns!«

»Deak«, entgegnete Cindy-Charlene, »er hat es so gewollt! Der Cowboy hat gesagt, er komme damit klar. Immer wieder hat er uns versichert, es mache ihm nichts aus, dass wir mit den Hebden Bridge Hoboes auftreten, er hat gesagt, er hätte nichts gegen sie, nicht mal gegen ihren Steelgitarristen. Er hat gesagt, er komme damit klar! Wir hatten keine Wahl, wir mussten dort auftreten!«

Und die Dewsbury Desperadoes traten auf. Und anscheinend, darin waren sich alle einig, sang der Kexborough Cowboy an jenem Abend einmalig schön und zart; man hätte fast meinen können, er habe eine Vorahnung gehabt, dass der Auftritt im Vereinigten Metzger- und Architektenklub sein Schwanengesang war.

»Es hätte dir das Herz gebrochen, wenn du ihn an jenem Abend gehört hättest!«, erzählte Cindy-Charlene, und ihre Augen glänzten, als sie sich an jenen besonders ergreifenden Auftritt erinnerte. »Bei unserem ersten Set waren die Hoboes noch nicht da, und ich dachte schon, wir hätten vielleicht Glück. Wenn sie bloß das eine Set nach uns spielten, konnten wir ihnen ja möglicherweise aus dem Weg gehen.«

Cindy-Charlene starrte einen Moment zum Fenster raus. Dann fügte sie hinzu: »Aber es hat nicht sollen sein. Wir hatten unser Set schon halb hinter uns, der Cowboy war schon beinahe beim ersten Refrain von ›Silver Dagger‹ angelangt, als ich in den Saal schaute und sie hinten durch die Doppeltür reinkommen sah. Sie gingen zur Bar im hinteren Teil der Halle: der Steelgitarrist mit dem Pferdeschwanz und das Flittchen mit dem Teflonherz; ihr Rock hatte an der Seite einen Schlitz bis ganz oben, und ab und zu sah man nackte Haut und einen dunkelblauen Strapsgürtel aufblitzen; sie hatte eben keinerlei Schamgefühl; und das Risiko einer Blasenentzündung schien sie auch nicht zu kümmern! Wir warfen uns oben auf der Bühne Blicke zu und fragten uns, ob er sie wohl auch gesehen hatte, der Cowboy. Eigentlich waren sie nicht zu übersehen; sie standen lachend an der Bar und turtelten lüstern miteinander. Aber der Kexborough Cowboy, der ein richtiger Profi geworden war, stand auf der Bühne des Metzger- und Architektenklubs und sang an jenem Abend wundervoller denn je. Er faszinierte die Zuhörer, schlug sie alle in seinen Bann. Bis auf sie, die Hure mit den Slingpumps und den Steelgitarristen, die sich vor aller Augen benahmen, als wollten sie den Cowboy quälen und verhöhnen; sie lehnten an der Bar, befummelten sich in einer Tour, knutschten rum und schoben sich gegenseitig Zunge, Speichel und geröstete Erdnüsse in den Mund.«

Bei dieser gruseligen Erinnerung schauderte Cindy-Charlene zusammen, und Sowerby Slim erzählte weiter: »Und obwohl wir ja wussten, dass er so sanft und gutherzig war wie Jesus von Nazareth, fanden wir diese öffentliche Provokation doch derart unerhört, dass wir es für besser hielten, zu den Hebden Bridge Hoboes eine gewisse Distanz zu wahren. Und deshalb wollten wir den Cowboy, als wir nach unserem ersten Set von der Bühne gingen, von der Künstlergarderobe fern halten, denn dort würden die Hoboes und ihr Steelgitarrist in Kürze eintreffen, um sich für ihren eigenen Auftritt vorzubereiten. Um ihn abzulenken, schlug ich vor: ›Komm, Cowboy, wir könnten doch mal die Ausstellungsstücke im Trophäenraum bewundern!‹«

Und der Kexborough Cowboy, der sich in tranceartigem Zustand befand, ließ sich lammfromm aus der Garderobe in den stillen Hafen des Trophäenraums führen, wo ihn dann sein treu ergebener Bassist abzulenken versuchte, indem er ihm die verschiedenen Artefakte, Trophäen und Erinnerungsstücke zeigte, die dort schimmernd und glänzend in den Vitrinen lagen. Sowerby Slim lauschte mit halbem Ohr auf die ersten Takte, die bezeugen würden, dass die Hoboes und ihr Steelgitarrist endlich auf der Bühne waren, und schlenderte mit dem Cowboy von einem Exponat zum nächsten; dabei machte er möglichst kompetente Kommentare über die Zeichenfedern der Architekten, deren kunstvolle Schöpfungen man noch heute in Plinxton und Umgebung bewundern könne, lange nachdem die Erbauer gestorben waren; und über die glänzenden Hackbeile und scharfen Messer, die in den flinken Händen stiernackiger Metzger zahllose Herzen herausgeschnitten, Fleisch vom Knochen geschabt hatten und das mit so viel Schwung und Geschick, wie man es beim heutigen Metzgerhandwerk (das diesen Namen oft gar nicht mehr verdiene) so häufig vermisse. Und gerade als Slim nichts mehr einfiel, was er noch zum Großen Goldenen Filetiermesser sagen könnte, das die Metzger von Plinxton im erbittert ausgetragenen Schweinefiletierwettbewerb von 1963 den Metzgern von Burnley zum dritten und letzten Mal weggeschnappt hatten, hörte Sowerby Slim die ersten Takte von ›Orange Blossom Special‹ – und da wusste er, dass die Hebden Bridge Hoboes jetzt endlich auf der Bühne standen. Sowerby Slim ging voraus, auf die großen Eichentüren des Trophäenraums zu, und sagte zum Cowboy: ›Jetzt können wir wieder in die Garderobe gehen, Cowboy.‹

Aber an der Tür sagte der Kexborough Cowboy plötzlich: ›Ich will nicht in die Garderobe, vielen Dank, Slim; ich möcht gern an die Bar und mir ein Bier bestellen.‹

Da pflanzte sich Sowerby Slim vor dem Cowboy auf, legte den Kopf schief und sagte skeptisch: ›Hör mal, Cowboy; du weißt doch, wer da draußen ist. Erspar dir das lieber!‹

Doch freundlich wie stets bedankte sich der Cowboy bei dem bulligen Bassisten für seine Anteilnahme und sagte: ›Slim, ein gebrochenes Herz bricht man nicht noch einmal.‹

Und Sowerby Slim, der über diesen tiefsinnigen Satz erst mal nachdenken musste und gleich überlegte, ob das nicht ein guter Titel für einen neuen Countrysong wär, trat einfach beiseite; und der Kexborough Cowboy ging an ihm vorbei zur Bar und bestellte ein Bier. Und während es gezapft wurde, sah er an der Bar entlang und entdeckte seine eigene Frau. Sie lehnte mit dem Rücken am Tresen, schlug mit einem ihrer hochhackigen Sling-Pumps den Takt zur Musik und umschloss mit rot lackierten Fingern ein hohes, schmales Glas, das einen Cocktail namens Do-It-Till-Dawn enthielt. Der Cowboy trank einen Schluck Bier, drehte einen Moment seinen Krug zwischen den Händen und sagte dann mit starrem Blick auf den cremigen Schaum: ›Du fehlst mir, Patsy. Mir und dem Hund. Du fehlst uns.‹

Da drehte das Flittchen den Kopf und schaute den Cowboy an, während sie weiter ihren Kaugummi kaute. Und als der Cowboy jetzt den Blick vom Bierglas hob und sie ansah, brach diese hartherzige Schlampe in schrilles Gelächter aus; dann wandte sie ihre Aufmerksamkeit wieder der Bühne zu, wo ihr neuer, aufregender Lover, der sich des prächtigsten Pferdeschwanzes in der ganzen britischen Countryszene rühmte, gerade die ersten Takte von ›One More Tequila Sheila And We'll Make The Border Tonight‹ spielte.

Der Cowboy rückte an der Bar entlang ein bisschen näher zu seiner Frau und sagte: ›Es hat mir das Herz gebrochen, Patsy. Und kein Leim der Welt kann es wieder zusammenkleben. Mein Herz ist in Stücke zersprungen, Patsy. Und dem Hund geht's genauso. Es hat uns beiden das Herz gebrochen, Duke und mir, dass du nicht mehr bei uns bist, Patsy.‹

Aber die gnadenlose Patsy ignorierte ihn und starrte wieder lüstern auf ihren Steelgitarristen, der beim Spielen immer wieder zur Bar hinsah.

›Ich weiß ja, dass du wegen mir nie zurückkommen würdest‹, redete der Cowboy weiter auf sein Flittchen von Ehefrau ein. ›Aber was ist mit dem Hund, Patsy? Der Hund hat dir doch nichts getan, Patsy. Könntest du nicht wenigstens dem Hund zuliebe zurückkommen?‹

Der Steelgitarrist starrte finster von der Bühne herab und verpatzte den Einsatz für sein Solo.

›Nicht meinetwegen, Patsy‹, sagte der Cowboy jetzt zu seiner Frau, ›nur dem Hund zuliebe. Weißt du, der Hund frisst nicht mehr richtig, seit du weg bist, und ich kann nur hilflos zusehen. Und wenn du nicht zurückkommst, Patsy, muss ich Duke zum Tierarzt bringen und ihn einschläfern lassen.‹«

Jetzt wandte Patsy langsam den Kopf. Mit geblähten Nüstern, die grellrot geschminkten Lippen vor Abscheu fest zusammengepresst, knallte sie ihr Glas mit dem neoexotischen Cocktail auf den Tresen und zischte: ›Du herzloser Mistkerl!‹

Und da ließ der Steelgitarrist sein Plektron sinken und stand auf und auch die übrigen Hoboes brachen den Song ›One More Tequila Sheila And We'll Make the Border Tonight‹ mittendrin holprig ab.

Eine unheimliche Stille senkte sich auf den Vereinigten Metzger- und Architektenklub, eine Stille, die jeder im Raum bemerkte, bis auf den Cowboy, dessen flehende Worte jetzt durch den totenstillen Saal hallten: ›Patsy, das Schicksal von unserem Duke liegt in deinen Händen!‹

Doch dieser Hilfsappell verhärtete Patsys hartes Herz nur noch mehr. Sie griff nach ihrem Drink und sagte: ›Ist mir doch scheißegal! Dann lass ihn halt einschläfern. Was soll ich noch mit einem Hund? Ich brauch keinen Hund mehr zum Streicheln!‹ Und dann nickte sie zur Bühne hin, wo der Steelgitarrist mit dem Pferdeschwanz stand und finster herüberstarrte, und sagte: ›Schau dir mal diesen Pferdeschwanz an!‹ Und nachdem sie das Gesicht wieder dem Cowboy zuwandte, fügte sie mit dreistem, triumphierendem Blick hinzu: ›Da oben ist jemand, der mir alle Streicheleinheiten gibt, die ich brauche!‹

›Bitte‹, bat der Cowboy, ›bitte, Patsy, bitte!‹, und streckte die Hand aus, um ihren Arm zu berühren.

Aber da knurrte es mit tiefer Stimme von der Bühne herunter: ›Hey! Cowboy!‹

Und als sich der Cowboy umdrehte, sah er den Steelgitarristen, der mit dem Finger auf ihn zeigte.

›Hey, was machst du da?‹, fragte der Steelgitarrist.

Der Cowboy sah zur Bühne hinauf und sagte: ›Was ich hier mache, braucht dich überhaupt nicht zu kümmern!‹

Der Steelgitarrist starrte ihn mit zusammengekniffenen Augen an und sagte: ›Tut es aber, Cowboy.‹

›Es braucht dich aber nicht zu kümmern‹, erwiderte der Cowboy. ›Ein Mann wird doch wohl noch das Recht haben, mit seiner Frau über den gemeinsamen Hund zu reden!‹

Jetzt drehten sich alle zur Bühne und sahen den Steelgitarristen an. Und der Bassist der Hoboes zuckte die Achseln und meinte, das sei doch okay, wenn ein Mann mit seiner Frau über den Hund rede, oder? Und da er die Sache für erledigt hielt, zählte er vier Takte vor, damit die andern Hoboes wieder in ›One More Tequila Sheila‹ reinkamen. Aber der Steelgitarrist blieb reglos stehen, und ›One More Tequila Sheila‹ ging erneut den Bach runter.

Der Steelgitarrist deutete mit ausgestrecktem Finger auf den Cowboy. ›Jetzt hör mir mal gut zu, Cowboy!‹, rief er. ›Patsy ist nicht mehr deine Frau. Die süße Patsy ist jetzt *meine* Frau!‹

Und der Steelgitarrist warf der süßen Patsy, dem immer geilen Flittchen, einen Blick zu. Sie genoss die Situation in vollen Zügen, und ihr Dekolleté wogte vor Stolz auf ihren streitbaren Steelgitarristen.

›Und ich will nicht, dass du mit ihr sprichst‹, sagte der Steelgitarrist jetzt zum Cowboy. ›Nicht über Hunde, noch sonst über irgendwas, kapiert?‹

Jetzt starrten alle erwartungsvoll den Cowboy an. Aber der Cowboy tat nichts; er schaute nur. Und der Steelgitarrist streckte wieder den Finger aus und befahl: ›Lass jetzt die süße Patsy gefälligst in Ruhe! Los, hau ab!‹

Aus der Menge kamen vereinzelte Rufe, der Cowboy solle sich das bloß nicht gefallen lassen, andere riefen, er solle doch diesem Steelgitarristen draußen vor der Tür eine Abreibung verpassen. Einige schrien sogar, er sei sowieso ein beschissener Steelgitarrist, und der einzige Grund, dass er noch in der Band mitspielen dürfe, sei sein Pferdeschwanz! Jedenfalls waren sich alle einig, dass er sich unmöglich benommen hatte und deshalb eine Tracht Prügel vom Cowboy verdiente.

Aber all diese Ratgeber kannten ja nicht das sanfte Wesen des Cowboys und seine ghandihafte Herzensgüte. Und statt ihren Ratschlägen zu folgen, nickte der Cowboy dem Steelgitarristen zu und sagte: ›Ja, verstehe. Patsy ist jetzt deine Frau.‹

Da schrien wieder ein paar aus der Menge, das könne er doch nicht mit sich machen lassen, und jemand kreischte: ›Sei kein Frosch, und steig da rauf, Cowboy! Zeig diesem Lümmel mit dem Pferdeschwanz, wo's langgeht!‹

Doch trotz dieser leidenschaftlichen Appelle stellte der Kexborough Cowboy nur seinen Bierkrug hin, drehte sich um und ging langsam aus dem Saal. Die Hebden Bridge Hoboes stimmten zum dritten Mal ›One More Tequila Sheila And We'll Make the Border Tonight‹ an und übertönten das frustrierte, verärgerte Geschrei des Publikums. Und die süße Patsy, schon ganz schwach vor Begierde, leckte sich lüstern die Lippen und starrte zu ihrem Pferdeschwanzhelden hinauf.

Der Cowboy lief einfach weiter. Er wusste nicht, wohin, und es war ihm egal. Er lief und lief, bis er irgendwann an eine Kirche kam. Und obwohl er kein besonders religiöser Mensch war, zog der Kexborough Cowboy, der des Trosts bedurfte, den Riegel des Kirchhoftors zurück und setzte sich auf eine Bank unter eine uralte knorrige Eibe. Und dort wurde sein Blick von einer angestrahlten Tafel gebannt, auf deren hellgelber Hartfaserplatte in dunkelroten Buchstaben die Worte standen: ›Selig sind die Sanftmütigen, denn sie werden das Himmelreich besitzen.‹ Und obwohl diese Worte eigentlich diejenigen trösten sollten, die gar nichts besaßen, und den Kummer derer lindern sollten, auf denen immer nur herumgetrampelt wird, hatte die schlichte Seligpreisung auf ihn genau den gegenteiligen Effekt. Der Cowboy dachte über sein sanftmütiges, friedfertiges Verhalten nach und kam zu dem Schluss, dass es ihm keineswegs das Himmelreich beschert hatte, sondern nur ein kaltes, einsames Haus in Kexborough, einen traurigen Hund und ein gebrochenes Herz. Und als der Cowboy sich von der Bank erhob, packte er mit seinen sonst so sanften Händen den Pfosten, an dem die Lügentafel befestigt war; und mit einer aus jahrelanger Selbstbeherrschung und Demütigung geborenen Wut riss er den Pfosten aus dem Boden und drosch die Tafel mit der Seligpreisung so lange in den Boden, bis die Worte nicht mehr zu entziffern waren. Er wusste jetzt, er wusste es in seinem hämmernden, aufgewühlten Herzen, dass die Sanftmütigen überhaupt nichts besaßen und dass die Bösen, Unzuverlässigen, Grausamen, Brutalen, die Starken, Harten, Skrupellosen alles, alles kriegten. Und während der Cowboy wieder zum Metzger- und Architektenklub zurücklief, diesmal zielstrebig und entschlossen, lachte er laut; er lachte und lachte, über seine eigene Verrücktheit und darüber, dass er sich seiner Patsy gegenüber wie eine Taube verhalten hatte, so nachgiebig und sanft, und dass er allen Ernstes geglaubt hatte, sie werde ihm seine Rücksichtnahme und Freundlichkeit mit Liebe vergelten. All die Jahre hindurch war er eine Taube gewesen, und sie hatte ihn für diesen Stecher, diesen Steelgitarristen mit Pferdeschwanz und fragwürdiger Grifftechnik verlassen.

Und als der Kexborough Cowboy hysterisch lachend an den Häusern und Cottages vorbeimarschierte, war er bereits fest überzeugt, das Herz der geliebten Frau nur dadurch zurückerobern zu können, dass er die Taube fliegen ließ und die Bestie herausließ!«

»Wir waren unterwegs und suchten ihn«, erzählte Cindy-Charlene weiter. »Die Hoboes hatten nur noch wenige Nummern, und dann kam unser zweiter Auftritt. Wir kurvten mit dem Van kreuz und quer durch Plinxton, aber der Cowboy war nirgends zu sehen. Also mussten wir wohl oder übel zum Klub zurückfahren und dem Konzertveranstalter sagen, dass wir unseren zweiten Auftritt leider nicht wahrnehmen konnten. Aber der Mann hatte gerade ganz andere Sorgen, denn er und ein paar weitere Ausschussmitglieder rannten hektisch im Foyer rum und schauten alle paar Sekunden vor die Tür, ob nicht bald die Polizei käme. Andere erzählten schnaufend jedem, der es hören wollte, dass man sich wirklich nicht wundern müsse, wo doch zwei Drittel der Jugendlichen von Plinxton regelmäßig Ekstasy, LSD und Kokain konsumierten. Und der Grund für diesen ganzen Tumult war, dass irgendjemand im Trophäenraum eine Glasvitrine eingeschlagen und das Große Goldene Filetiermesser gestohlen hatte.«

»Da erstarrte mir das Blut in den Adern«, sagte Sowerby Slim. »Als ich die zerbrochene Vitrine sah, wusste ich plötzlich, warum wir den Cowboy erfolglos in den Straßen von Plinxton gesucht hatten.«

Sowerby Slim machte eine Pause. Er hatte die Augen weit aufgerissen, als sähe er alles wieder genau vor sich. »Denn als wir nach ihm suchten, war der Kexborough Cowboy schon wieder im Klub, schlug mit der Faust die Glasvitrine ein und schnappte sich das Große Goldene Filetiermesser. Es stammte aus den Stahlwerken in Sheffield und hatte eine scharfe Klinge!«

»Ich hab gesehen, wie dir das Blut aus dem Gesicht wich«, erinnerte sich Cindy-Charlene, »und bekam Angst. Und als du mir auf meine Frage, was denn los sei, nicht geantwortet hast, sondern plötzlich auf die Saaltüren zugestürmt bist, da wusste ich, dass etwas Furchtbares passieren würde!«

»Ich wusste, dass er durchgedreht war«, erklärte Sowerby Slim. »Denn auch der sanfteste, gütigste Mensch ist wie eine Gitarrensaite. Es mag die feinste und edelste Saite sein, aber wenn man sie zu stark spannt, reißt sie! Und deshalb rannte ich in den Saal ...«

»Doch wir dachten, es sei wegen ihr«, sagte Deak. »Wir dachten, er geht auf *sie* los. Deshalb sind wir alle zur Bar gerannt.«

»Ich bin nicht gerannt!«, erklärte Cindy-Charlene. »Sie hat es so gewollt, die geile Schlampe! Wenn sie den Cowboy so bitter verhöhnen konnte, dass er durchdreht, dann war sie ganz allein schuld.«

»Ich hab mir ja nicht um *sie* Sorgen gemacht«, sagte Slim, »sondern um den Cowboy. Weil ich wusste, wenn er ihr in seinem Wahn irgendwas antat, würde er es sein Leben lang bereuen. Deshalb bin ich in den Saal gerannt. Weil ich dort mit ihm gerechnet hatte.«

»Doch als wir an die Bar kamen«, sagte Deak, »war der Cowboy nirgends zu sehen. Aber *sie* stand immer noch dort und starrte wie gebannt auf die Bühne. Ihr Steelgitarrist war gerade mitten in einem Solo; er peitschte die Menge hoch und kreiste so heftig mit dem Kopf, dass sein blöder Pferdeschwanz rotierte, und dabei zog er auf seiner Steelgitarre eine Riesenshow ab.«

»Und sie stand immer noch mit wogendem Busen und feuchten Lippen da«, sagte Cindy-Charlene, »und bewegte langsam die Hüften im Takt. Sie hatte nicht die leiseste Ahnung, dass dieser sanftmütige Mann wegen ihr ausgerastet war; dass dieser Mann eine Glasvitrine zerschmettert und sich das mörderische Filetiermesser geholt hatte!«

»Sie merkte, dass ich sie ansah«, erzählte Slim weiter. »Sie fragte mich sogar noch, was es denn da zu gaffen gebe. Und dann grinste sie spöttisch und wandte sich wieder der Bühne zu. Dieses dreiste Flittchen ahnte ja nicht, dass sie mir vielleicht gleich dankbar sein würde, wenn der Cowboy erschien. Denn ich wusste, wenn ich bei ihm war, bevor er sie erreichte, dann konnte ich mit ihm reden und ihn wieder zur Vernunft bringen. Mich würde er nicht verletzen, das wusste ich. Und wenn ich ihn dazu bringen konnte, mir das Große Goldene Filetiermesser auszuhändigen, bevor die Bobbys aufkreuzten, dann war kein allzu großer Schaden entstanden.

Deak schüttelte seufzend den Kopf und sagte: »Aber wir hatten uns geirrt. Wir standen an der falschen Stelle. Wir hätten hinter der Bühne sein sollen.«

Slim nickte und sagte: »Ich stand da, mit dem Rücken zur

Bühne, und beobachtete *sie*, ihr Gesicht. Und als ich plötzlich sah, wie sie die Augen aufriss, als ich sah, wie ihr mitten im Kaugummikauen der Mund offen stehen blieb, da war mir alles klar. Ich folgte ihrem Blick und drehte mich um. Und dort auf der Bühne, hinter den ahnungslosen Hebden Bridge Hoboes, sah ich das, was ich so gefürchtet hatte: den Cowboy, der durch die Bühnenverkleidung kam, mit einem mörderischen, irren Flackern in den Augen und dem Großen Goldenen Filetiermesser in der Hand. Ein paar Zuschauer riefen Beifall, weil sie dachten, das gehöre zum Auftritt der Hoboes. Und der Steelgitarrist bezog die Beifallsrufe auf sich und produzierte sich noch mehr; er legte ein Feuerwerk auf der Slidegitarre hin und grinste selbstgefällig ins Publikum, weil er sich für so toll hielt. Er kreiste immer schneller mit dem Kopf, immer schneller, bis ihm sein Pferdeschwanz wie ein Propeller um den Kopf wirbelte und kaum noch zu erkennen war.

»Und die meisten Zuschauer«, sagte Deak, »saßen da und jubelten.«

»Die konnten es ja nicht wissen«, erklärte Slim. »Aber wir wussten es. Und *sie* wusste es.«

»Sie fing an zu kreischen«, sagte Cindy-Charlene. »Als der Cowboy einen Schritt nach vorn tat, kreischte die Schlampe los.«

»Aber es war zu spät«, sagte Slim. »Es war für uns alle zu spät. Ich wollte mich durch die Menge zur Bühne vordrängen. Aber dann hörte ich den Schrei! So einen Schrei hatte ich noch nie in meinem Leben gehört und will ich auch nie mehr hören. Die Hoboes hörten zu spielen auf, drehten sich um und erstarrten entsetzt beim Anblick der furchtbaren Erscheinung des Cowboys, der mit irrem Blick im Bühnenhintergrund stand und das rasierklingenscharfe Filetiermesser umklammert hielt. Und jetzt wussten es alle, jetzt wusste es der ganze Saal. Alle starrten stumm zur Bühne. Selbst die Polizisten, die gerade eingetroffen waren, standen wie versteinert da und wagten sich nicht zu rühren, und vorn auf der Bühne standen der Cowboy, die Hoboes und der Steelgitarrist wie gelähmt, als wär plötzlich die Zeit stehen geblieben. Und dann! Dann versuchte der Steelgitarrist wegzulaufen! Aber der Cowboy war schneller. Als der Steelgitarrist in Panik auf die Vorhänge zurannte, machte der Cowboy einen Satz auf ihn zu, packte ihn und riss ihn an seinem legendären Pferdeschwanz zurück. Der Steelgitarrist stürzte, er schrie und flehte, strampelte und wehrte sich, doch der Cowboy schleifte ihn zur Mitte der Bühne. Jetzt erhob sich ein allgemeiner Tumult, alle schrien durcheinander, am lautesten die Schlampe; die Mitglieder des Veranstaltungskomitees brüllten, und die Bobbys rannten zur Bühne, blieben aber wie angewurzelt stehen, als der Cowboy das Messer hob. Der ganze Saal verstummte; der ganze Saal, bis auf den völlig verängstigten Steelgitarristen, der hilflos wimmernd auf der Bühne lag. Die eiserne Faust des Cowboys hielt ihn am Schopf, das Filetiermesser schwebte über ihm und konnte jeden Augenblick herabstoßen.

In diesem Moment sah der Cowboy ins Publikum; er ließ seinen Blick über die Zuschauer schweifen, bis er Patsy entdeckte. Und dann sagte er: ›So, Patsy, jetzt wirst du gleich eine Überraschung erleben!‹ Und mit trauriger Stimme fuhr er fort, während er mühsam die Tränen zurückdrängte: ›Du hast mich nie geliebt, Patsy. Du hast nicht mal unsern Duke geliebt! Und dieser Hund, Patsy, dieser Hund hat dich vergöttert! So wie ich! Aber wir haben beide unsere Zeit verschwendet, Patsy. Es war reine Zeitvergeudung, dass wir so gut zu dir waren, ich und Duke. Weil du noch nie jemanden lieb gehabt hast, der gut zu dir war, Patsy. Dir hat es immer nur gefallen, wenn jemand böse und gemein zu dir war, stimmt's?‹

Jetzt machte der Cowboy eine Pause und betrachtete die flehenden Augen, das gequälte Gesicht seiner zitternden Frau. ›Ich kann auch gemein sein!‹, sagte er, während er langsam das Filetiermesser hob. ›Ich kann so böse und gemein sein, wie du es brauchst, Patsy! Es ist ganz leicht‹, sagte er, während aller Augen auf die funkelnde Goldklinge des Filetiermessers gerichtet waren, das sich jetzt wie das Fallbeil einer Guillotine hob und dann reglos über dem Hals des Steelgitarristen schwebte.

›Du möchtest, dass ich gemein bin?‹, fragte der Cowboy. ›Na gut, Patsy. Ich tu dir den Gefallen. Wie wär es damit?‹

Das Große Goldene Filetiermesser sauste auf den Nacken seines Opfers runter. Und mit einem einzigen rasiermesserscharfen Schnitt trennte es den Pferdeschwanz vom Kopf des Steelgitarristen ab!

Eine Sekunde schien es, als könnten die Leute nicht recht fassen, was passiert war. Dann hörte man irgendwen sagen: ›Scheiße! Ab jetzt heißt er nicht mehr der ‚Cowboy'. Ab jetzt heißt er ‚der Apache'!‹

Und wie auf ein Stichwort hin brach jetzt eine Art Pandämonium los. Der Cowboy schwenkte in wildem Triumph den abgetrennten Pferdeschwanz über dem Kopf und schrie Patsy zu, ob sie ihn jetzt liebe, nachdem sie gesehen habe, zu welcher Gemeinheit er fähig sei? Aber der Cowboy erhielt keine Antwort, weil sich jetzt die restlichen Hebden Bridge Hoboes auf ihn warfen und ihn zu Boden rissen und der Steelgitarrist brutal auf ihn eintrat, während er dauernd den Stumpf an seinem Hinterkopf befingerte und den Cowboy anbrüllte, für diese Verstümmelung werde er ihn umbringen. Die Bobbys gaben sich alle Mühe, zur Bühne zu kommen, wurden aber immer wieder abgedrängt, weil jetzt überall in der Menge lautstarke Auseinandersetzungen und Schlägereien ausgebrochen waren. Der Konzertveranstalter und die anwesenden Mitglieder des Veranstaltungskomitees rannten durch den Saal und baten um Ruhe. Und mitten in diesem Tohuwabohu gelang es Deak und mir, auf die Bühne zu steigen und einige der Hoboes vom Cowboy wegzuzerren, der sich trotz seiner früheren taubenhaften Sanftmut tapfer seiner Haut wehrte. Als Deak und ich dem Cowboy beisprangen, kam es bald zu einer Art Patt; wir standen auf einer Seite der Bühne, die Hebden Bridge Hoboes auf der andern. Und da kam sie heraufstolziert, die Schlampe mit ihrem Strapsgürtel und ihrer tief dekolletierten Busenpracht. Und der Cowboy, Gott schütze ihn, dieser sanftmütige Cowboy dachte, sie käme zu ihm und er habe sie mit seiner bösen Tat zurückerobert. ›Schau, Patsy‹, sagte er, ›ich kann so böse und gemein sein, wie du es brauchst. Und er‹, er wies mit einem Nicken auf den Steelgitarristen, ›schau ihn dir an! Jetzt siehst du, was er in Wirklichkeit ist, Patsy; ein sanftes kleines Pferdchen, das nicht mal mehr einen Schwanz besitzt!‹

Sie starrte den Cowboy an und fuhr sich mit der Zunge über die kirschroten Lippen. Der Steelgitarrist rief ihr von der anderen Bühnenseite zu: ›Patsy ... komm schon, Pats... wir gehen!‹ Aber sie achtete nicht auf ihn. Mit starrem Blick, wackelnden Hüften und wogendem Busen stöckelte sie über die Bühne. Sie blieb dicht vor dem Cowboy stehen, presste ihre Brüste an ihn, warf den Kopf in den Nacken und starrte ihm ins Gesicht. Und der Cowboy sah sie an, mit dem frohen Gesichtausdruck eines Mannes, dessen gebrochenes Herz gleich wieder zusammenheilen wird. Und er umarmte sie und sagte: ›Patsy ... Patsy! Unser Duke wird heute Abend ganz aus dem Häuschen sein, wenn er sieht, dass du wieder da bist!‹

Aber sie entwand sich seinem Griff, kräuselte angewidert die Lippen und sagte mit blitzenden Augen: ›Glaubst du wirklich, dass ich zu dir zurückkomme? Glaubst du vielleicht, bloß weil du ihm ein paar Haare abgeschnitten hast, hat sich mein Hengst in ein kleines Pony verwandelt? Weißt du was, Cowboy? Du kannst mich am Arsch lecken! Du glaubst, du hättest ihm seinen Schwanz geraubt? Dann lass dir Folgendes gesagt sein: Er ist jetzt vielleicht ein bisschen kurz geschoren. Aber meinem Hengst ... wächst bald ein neuer Schwanz! Dafür werde ich sorgen. Du weißt doch, was nötig ist, Cowboy? Du weißt doch, was nötig ist, damit einem Hengst ein schöner Schwanz wächst? Das Reiten! Dass er geritten wird! Und ich ... oh, ich werde meinen Hengst reiten; ich werde ihn reiten, immer wieder reiten, meinen wunderschönen Hengst!

Und dann hat er bald einen dicken, starken Schwanz! Von so einem Schwanz kann einer wie du nicht mal träumen!‹

Mit diesen Worten wandte sie sich ab und stöckelte wieder über die Bühne zurück. Und als ich den Cowboy ansah, merkte ich, dass das Licht aus seinen Augen gewichen war. Und ich wusste, er war ein gebrochener Mann.

Ein paar junge Bobbys waren auf der Bühne und näherten sich dem Cowboy ziemlich vorsichtig, weil er immer noch das Filetiermesser in der Hand hielt. Aber sie hatten nichts mehr von ihm zu befürchten. Sein Kampfgeist war für immer erloschen. Ich nahm ihm das Goldene Filetiermesser ab, wand es ihm sanft aus den Fingern und gab es den Bobbys, die den Cowboy durch die Saaltüren des Metzger- und Architektenklubs abführten.«

Sowerby Slim, Cindy-Charlene und Deak, der Drummer, schwiegen jetzt in Gedanken versunken. Und vielleicht hatte sie der Bericht zu sehr erschöpft, um auch noch den Rest der Geschichte zu erzählen. Oder vielleicht scheuten sie die Erinnerung an das, was dann mit dem Cowboy passiert war.

Deshalb half ich ihnen weiter und sagte: »Und danach hat er seine Stimme verloren, nicht wahr?«

Sie starrten mich verblüfft an, als hätten sie mich vergessen gehabt. Cindy-Charlene fragte argwöhnisch: »Woher weißt du denn das? Wie kannst du das wissen?«

Ich zuckte die Achseln. »Keine Ahnung«, sagte ich. »Hab einfach geraten.«

Cindy-Charlene nickte. Und da wusste ich es, Morrissey, da wusste ich es ganz sicher.

»Wie?«, fragte ich. »Wie ist es passiert?«

Die Dewsbury Desperadoes sahen sich an. Und dann erzählten sie mir, was an jenem Abend nach der Verhaftung des Cowboys passiert war. Bevor sie den Cowboy zur Polizeistation brachten, kam noch einmal ein Polizist in den Klub zurück und sagte, der Cowboy habe nach seiner Gitarre verlangt.

»Und wir hatten ja keine Ahnung«, fuhr Cindy-Charlene

fort. »Wir waren nur froh, dass die Bobbys ihm erlaubten, sie mitzunehmen. Wir wussten ja, dass es vielleicht ein kleiner Trost für ihn war, wenn er seine geliebte Gitarre bei sich hatte.«

»Wir haben es einfach nicht kapiert«, sagte Slim. »Ich hatte zwar gesehen, dass er ein gebrochener Mann war, aber *wie* tödlich sie ihn verwundet hatte, das wusste ich nicht. Wir gaben dem Bobby die Gitarre, und dann brachten sie ihn weg.«

»Eigentlich«, sagte Cindy-Charlene, »hätten sie nicht zulassen dürfen, dass er die Gitarre mit in die Zelle nahm. Aber da der Cowboy wieder wie früher war, friedfertig und sanft, und da der wachhabende Sergeant ganz gern mal einen Countrysong hörte, befand man, dass es auf keinen Fall schaden könne; vielleicht würde es sogar die langen Nachtstunden verkürzen, wenn man dem Cowboy erlaubte, ein paar Songs zu spielen. Und deshalb durfte er die Gitarre mit in die Zelle nehmen.«

»Aber er hat nicht versucht, drauf zu spielen«, sagte Slim. »Anscheinend saß er nur zusammengekauert in der Ecke seiner Zelle und hielt die Gitarre umschlungen, als hielte er zärtlich seine Patsy im Arm, während er sich leise durch die einsamen Stunden sang, alle traurigen Songs, die er kannte.«

Der wachhabende Beamte sagte, er könne sich nicht erinnern, dass es samstagabends in den Zellen jemals so still gewesen sei. Der melancholische Gesang des Cowboys schien alle Inhaftierten zu besänftigen; die Sauf- und Raufbolde, die Rowdys, die Wochenendschläger und Gelegenheitsarbeiter in den andern Zellen störten nicht wie sonst, sondern lauschten lammfromm den schwermütigen Songtexten und tränenreichen Melodien, die durch die Gitterstäbe von Zelle neunundzwanzig drangen.

»Und niemand hat nach ihm geschaut«, sagte Cindy-Charlene. »Solange sie ihn singen hörten, dachten sie, alles sei in Ordnung. Aber sie ahnten nicht, dass der Cowboy nach ein oder zwei Stunden seine Gitarre nicht mehr im Arm wiegte, sondern langsam die Saiten abmachte, dabei aber die ganze Zeit weitersang, damit alle glaubten, er sitze immer noch in seiner Zellenecke.«

»Doch in Wirklichkeit traf er seine Vorbereitungen,«, sagte Deak. »Er löste die E-Saite, die A-Saite, dann die D-Saite. Und knüpfte sie zusammen.«

»Dabei hörte er keine Sekunde zu singen auf«, fuhr Slim fort. »Er sang die ganze Zeit, während er die Silbersaiten zusammendrehte und dann das eine Ende zu einer Schlinge knüpfte.«

»Und das andere Ende …«, sagte Deak. »Er sang die ganze Zeit leise weiter … während er das andere Ende an der Lampe befestigte … während er einen Stuhl holte und ihn vorsichtig unter die Lampe stellte … während er auf diesen Stuhl stieg … sich die Schlinge um den Hals legte, immer noch singend … immer noch singend … In allen andern Zellen hörten sie den Cowboy singen. Bis …!«

Deak schüttelte den Kopf. In seinen Augen standen Tränen. Da er nicht mehr weitersprechen konnte, fuhr Slim fort: »Bis der Gesang plötzlich abbrach.«

Slim machte ein kummervolles Gesicht. Cindy-Charlene starrte auf ihre hochhackigen Stiefeln, und Deak begann zu weinen.

»Die andern Gefangenen«, sagte Slim, »riefen: ›Hey, Kumpel, weitersingen, nicht aufhören, Kumpel!‹ Und als ihre Worte keine Wirkung zeigten, schlugen sie gegen die Gitterstäbe und riefen dem Sergeant zu, er solle doch mal mit dem Sänger reden und ihn bitten, noch ein bisschen weiterzusingen. Der Sergeant schimpfte, sie sollten das Maul halten, sie seien ja der letzte Abschaum und so was dürfe eigentlich gar nicht auf der Welt sein. Aber da er wusste, dass der traurige Gesang des Cowboys diesen Abschaum in den Zellen ruhig gehalten hatte, gab der Sergeant nach und ging zu Zelle neunundzwanzig, um den Cowboy zu bitten, doch noch ein bisschen weiterzusingen.«

»Und so hat man ihn gefunden«, sagte Cindy-Charlene. »So hat ihn der Sergeant gefunden, aufgehängt an den Saiten seiner eigenen Gitarre.«

Bei dieser Erinnerung schauerte Cindy-Charlene zusammen.

»Der Sergeant konnte ihn retten«, sagte sie, »und hat ihn gerade noch rechtzeitig abgeschnitten.«

Sowerby Slim senkte seinen großen, bärtigen Kopf und schüttelte ihn traurig. »Aber seine Stimme war nicht mehr zu retten. Die Saiten hatten seine Stimmbänder verletzt.«

Deak nickte und wischte sich mit dem Handrücken über die Augen.

Und ich saß da, auf dem Transportkoffer, völlig durcheinander und aufgewühlt und wusste nicht mehr, was ich denken oder sagen oder tun sollte. Denn was kannst du denken oder tun, wenn du gerade lauter Dinge erfahren hast, die du noch nicht wusstest; über deinen eigenen Vater! Und nicht nur das; du hast sogar erfahren, dass du ihn kennst! Dass du ihn damals Tag für Tag in Swintonfield gesehen hast, dass ihr an Sommernachmittagen zusammengesessen seid und gezuckerten Tee mit wenig Milch getrunken und gemeinsam dem Rauschen des Windes in den Zweigen des großen Kastanienbaums gelauscht habt. Und nie, kein einziges Mal, hat dich auch nur die leiseste Ahnung beschlichen, dass eben dieser Gärtner, der Mann, der seine Stimme verloren hatte, der Mann, der dir seine Gitarre zum Geschenk machte – dass dieser Mann dein eigener Vater war.

Darüber dachte ich gerade nach, Morrissey, als ich Deak sagen hörte: »So, da wären wir.« Ich blickte auf und sah, dass wir am Ortsschild von Plinxton vorbeifuhren.

»Wo wolltest du noch mal hin?«, fragte mich Slim. Und als ich »Grimsby« sagte, schauten mich alle überrascht an.

Deak sagte: »Verfluchte Scheiße, da hättest du ja schon vor einer Ewigkeit an der M81 aussteigen müssen!«

Ich zuckte nur die Achseln. »Macht nichts«, sagte ich.

Deak starrte mich an, als sei ich nicht ganz dicht.

Wir bogen auf einen Parkplatz ein. Und als wir alle ausgestiegen waren, stand ich direkt vor dem Metzger- und Architektenklub. Viele Leute mit Stetson-Hüten und Bierbäuchen warteten in einer Schlange vor dem Eingang. Manche von ihnen trugen sogar Sporen und grässliche T-Shirts, auf denen Sätze standen wie: *»I'm doing fine. I'm walking the line: now that I'm into Country.«*

»Kommst du mit rein?«, fragte Cindy-Charlene. »Du könntest dir unsern Auftritt anhören, wenn du Lust hast.«

Aber noch bevor ich den Kopf schütteln konnte, sagte Deak: »Um Himmels willen, Charlene! Das ist doch nicht dein Ernst!«

»Wie bitte?«, fragte sie.

Aber da sagte Deak zu mir: »Hör mal, ich will dich nicht kränken, aber mit *den* Klamotten in so ein Konzert, das bringt's nicht, Junge.«

Cindy-Charlene wollte schon protestieren, aber ich nickte nur und erwiderte: »Schon gut. Ich muss sowieso los.«

Ich brachte es nicht übers Herz, Deak zu sagen, dass ich lieber den Dritten Weltkrieg erleben würde als ihr Konzert. Also bedankte ich mich bei Cindy-Charlene und sagte, ich müsse weiter. Deak war sichtlich erleichtert. Slim schüttelte mir die Hand und wünschte mir alles Gute für die Fahrt nach Grimsby. Dann drängte er Deak, allmählich die Anlage auszuladen. Und da die Desperadoes ja auf ihre Art sehr nett zu mir gewesen waren, konnte ich nicht einfach gehen, ohne es ihnen zu sagen. Wir standen um das Heck des Vans. Deak und Slim wollten gerade anfangen, die Verstärker und Transportkisten rauszuschieben. Da verkündete ich: »Bevor ich verschwinde, möchte ich euch noch etwas sagen.«

»Und das wäre?«, warf Deak gleichgültig hin, während er mit Slim eine der Transportkisten anpackte.

»Na ja, ich wollte euch nur sagen, woher ich wusste, dass

der Kexborough Cowboy seine Stimme verloren hatte: weil er mein Dad war. Er war mein Vater.«

Sie starrten mich an. Ich nickte ihnen zu. Sie tauschten verlegene Blicke. Dann trugen Deak und Slim den Transportkoffer auf den Eingang des Klubs zu. Und ich hörte Deak lachend sagen: »Ich hab's dir ja gleich gesagt, Slim, wir hätten ihn nicht mitnehmen sollen. Sieht man doch auf den ersten Blick, dass dieser Typ aus 'ner therapeutischen Wohngemeinschaft kommt!«

Beide verschwanden im Klub. Ich nickte Cindy-Charlene zu, die mich mit besorgter Miene anstarrte. Aber ich lächelte nur, sagte tschüss und ging. Ich hatte schon fast die Parkplatzschranke erreicht, als sie hinter mir hergerannt kam. Und als ich mich umdrehte, wirkte sie noch besorgter als zuvor. »Hör mal«, sagte sie, »bist du sicher, dass du weiter willst? Es wird schon bald dunkel.«

Ich zuckte die Achseln. »Ich schaff es schon«, sagte ich.

Aber sie schien nicht überzeugt. Sie runzelte die Stirn und fragte: »Weißt du auch ganz bestimmt, wo du hinwillst?«

»Klar«, erwiderte ich, »nach Grimsby!«

»Aber *wie* kommst du hin?«, fragte sie. »Hast du überhaupt Geld?«

»Schon gut«, sagte ich. »Ich brauch kein Geld. Ich komm schon zurecht!«

»Hier«, sagte sie, machte ihre Handtasche auf und holte etwas Geld raus.

»Hör mal«, sagte ich, »das ist wirklich nicht nötig, das ...«

Aber sie drängte: »Na komm schon, nimm es.«

»Es ist wirklich alles in Ordnung«, sagte ich. »Ich bin nicht bekloppt. Du brauchst dir keine Sorgen zu machen.«

Aber ich sah, dass sie sich immer noch Sorgen machte – um einen Schwachsinnigen, den sie jetzt gleich allein lassen musste, an einem ihm fremden Ort. Ich nahm das Geld und bedankte mich bei ihr. Und dann sagte ich: »Aber es stimmt. Er war wirklich mein Dad.«

Sie nickte blinzelnd und sagte: »Ja, sicher … sicher.«

Aber genauso haben die Leute damals mit mir geredet, als ich in Swintonfield war; deshalb wusste ich, dass sie mir nicht glaubte.

»Pass auf dich auf, ja?«

Ich nickte. Dann drehte sie sich um und wollte zum Klub zurück. In dem Moment fiel mir ein, was ich die ganze Zeit in der Hand trug. Und ich rief ihr nach: »Charlene …! Cindy-Charlene, warte!«

Und noch während ich auf sie zuging, zog ich den Reißverschluss meiner Gitarrenhülle auf. »Schau mal«, sagte ich.

Cindy-Charlene runzelte die Stirn. »Was?«

Und da schlug ich die Hülle zurück, und der Gitarrenhals mit dem fehlenden Elfenbeinwirbel kam zum Vorschein. Cindy-Charlene riss die Augen auf, hob unwillkürlich die Hand zum Mund und flüsterte: »O mein Gott!« Dann sah sie mich an. »O mein Gott!«, wiederholte sie, die Augen voller Tränen. Und mit erstickter Stimme sagte sie: »Ich hab ihn geliebt!«

Ich nickte.

»Ich weiß!«, sagte ich. »Ich weiß. Und ich wünschte, er hätte dich geliebt, statt … na ja, du weißt schon.«

Cindy-Charlenes Gesicht verzog sich zum Weinen. Aber dann riss sie sich zusammen und sagte: »Komm! Komm mit zurück in den Klub! Zeig sie ihnen, zeig Deak und Slim die Gi-«

Aber ich schüttelte den Kopf und zog den Reißverschluss der Hülle wieder zu. »Nein, schon gut«, erwiderte ich. »Ich wollte nur, dass du es weißt. Aber jetzt muss ich gehen.«

Sie packte mich am Arm. »Wo ist er jetzt?«, fragte sie. »Was macht er? Geht's ihm gut?«

Ich zuckte nur die Achseln. »Ich weiß es nicht«, sagte ich. »Es ist schon Jahre her, dass ich ihn das letzte Mal gesehen hab. Und damals wusste ich gar nicht, dass er mein Dad ist.«

Cindy-Charlene runzelte die Stirn.

Und achselzuckend fügte ich hinzu. »Aber er war nicht mehr der Kexborough Cowboy.«

Jetzt weinte Cindy-Charlene. In diesem Moment rief Deak ihr vom Bühneneingang zu, es sei Zeit für den Soundcheck. Cindy-Charlene nickte. Dann umarmte sie mich. Und als sie zurücktrat, nahm sie meinen Kopf in beide Hände und starrte mich an. »Er war ein Star, dein Dad«, sagte sie. »Er war ein richtiger Star.«

Sie zwinkerte die Tränen weg, bis Deak rief, sie solle sich beeilen. Und Cindy-Charlene, die meinen Vater geliebt hatte, drehte sich um und stöckelte zum Bühneneingang des Vereinigten Metzger- und Architektenklubs zurück. Das Letzte, was ich von ihr sah, war ihre Silhouette im Lichtschein, der aus dem Bühneneingang fiel. Sie warf mir eine Kusshand zu.

Und stellvertretend für meinen Dad warf ich Charlene eine Kusshand zurück.

Mit freundlichen Grüßen
Raymond Marks

Der Big Bite Service,
A1 (M),
Nähe Doncaster

Lieber Morrissey,

es ist schön, hier zu sitzen, mit Blick auf die Autobahn; man schaut raus und sieht im Dunkeln nur lauter Scheinwerfer und Schlusslichter vorbeiflitzen. Hier ist es ganz still. Wahrscheinlich, weil es so spät ist. Und die Leute da unten in ihren Autos und Lastwagen, die wollen vermutlich alle nach Hause.

Aber hier drin ist es ganz nett. Die Lichter sind gedimmt und es ist ruhig; wie nachts im Krankenhaus, wo man nur weit entfernte Geräusche hört, die man nicht so recht einordnen kann.

Ich hab mir ein Taxi genommen. Von dem Geld, das mir Cindy-Charlene gegeben hatte, bin ich mit dem Taxi zurück zur Autobahn gefahren. Ich weiß, ich hätte eigentlich gleich weitertrampen sollen. Aber dann bin ich hier reingegangen, um erst mal was zu essen.

Und es tut mir Leid, Morrissey; es tut mir wirklich Leid. Aber plötzlich kam es mir nicht mehr so wichtig vor. Wenn auf der Speisekarte ein annehmbares vegetarisches Gericht gestanden hätte, dann hätte ich's bestellt. Aber als ich reinkam, war mir ein bisschen flau zumute; so als bräuchte ich was, das mich von innen her aufwärmt und füllt, damit ich nicht mehr so leer bin.

Es tut mir Leid, Morrissey. Ich weiß, ich könnte es einfach für mich behalten, dann würdest du's gar nicht erfahren. Aber das bring ich nicht fertig. Ich kann nicht an dich schreiben,

Morrissey, wenn ich dir irgendwas verheimliche und dir nicht die ganze Wahrheit sage.

Und die Wahrheit ist, ich hab es getan!

Ich hab mir ein Brathähnchen bestellt. Und es aufgegessen!

Ich will mich nicht rechtfertigen, Morrissey, aber immerhin hab ich mich erst bei der Frau an der Theke erkundigt, und die hat mir versichert, dass sie ausschließlich frei laufende Hühner verwenden, die mit Körnern gefüttert wurden. Also hat das Brathähnchen zumindest ein relativ gesundes und höchstwahrscheinlich auch ein recht glückliches Leben hinter sich gehabt. Jetzt bist du vermutlich zutiefst verletzt und entsetzt, Morrissey. Normalerweise wär ich ja selber entsetzt gewesen bei dem Gedanken, dass ich mein vegetarisches Gelübde so leicht breche. Aber nach dem, was passiert war; nach dem, was ich da über meinen Dad erfahren hatte, kam es mir irgendwie sinnlos vor, mir groß Gedanken übers Essen zu machen.

Ich wusste ja nicht, Morrissey, dass mein Dad versucht hatte, sich umzubringen.

Genau das hatten sie *mir* unterstellt, in jener Nacht, als man mich unterm Eis vorzog. In jener Nacht, als man mich nach Swintonfield brachte.

Es hieß, ich sei zu einer Gefahr für mich selber geworden. Es hieß, man müsse mich vor mir selber schützen. Deshalb hat meine Mam die Einwilligungserklärung unterschrieben. Was hätte sie auch sonst tun sollen? Meine Mam dachte, so würde sie mir helfen, so würde sie mich schützen. Und deshalb mache ich meiner Mam auch keinen Vorwurf; ich mache ihr keinerlei Vorwürfe, denn damals erklärten ihr alle, in Swintonfield sei ich am besten aufgehoben.

Heute sagt meine Mam, dass ich damals krank war, das hätte nichts mit meinem Dad zu tun gehabt. Sie sagt, *falls* ich damals überhaupt verrückt war, dann nur, weil mich all das, was passierte, verrückt gemacht hat. Und meine Mam sagt, wenn sie irgendwem etwas vorzuwerfen hat, dann nur sich selbst. Aber ich gebe ihr keine Schuld. Paulette Pattersons Dad, meinem Drecksonkel Jason und Wilson, der Mutant – die waren schuld.

An dem Abend, als sie mich hinbrachten, an dem Abend, als ich unters Eis geraten war, sagten sie, auf der Station in Swintonfield sei ich am sichersten aufgehoben. Ich konnte einfach nicht mehr aufhören zu plappern; plappern, plappern, nicht mehr mit dem Plappern aufhören, konnte nicht mehr aufhören zu plappern, plappern.

Schon als man mich mit einer Gehirnerschütterung und halb bewusstlos unterm Eis vorzog, war es so, Morrissey. Ich plapperte die ganze Zeit vor mich hin und wiederholte unablässig die gleichen Dinge.

Wilson sagte zu meiner Mam, er habe diesen jüngsten Selbstmordversuch schon seit geraumer Zeit vorhergesehen. Er habe alle möglichen Anzeichen dafür bemerkt. Und dann riet er meiner Mam, unbedingt die Einwilligungserklärung zu unterschreiben, weil das der einzige Weg sei, mich wirksam vor mir selbst zu schützen.

Alle sagten, Mr. Wilson sei ein Held; weil er das Eis aufgebrochen und sein eigenes Leben riskiert habe, um mich aus dem kalten Wasser zu ziehen. Meine Mam wusste, dass sie allen Grund hatte, Mr. Wilson dankbar zu sein. Alle sagten, er sei ein Held. Und niemand sagte auch nur *ein* Wort davon, dass er ein Arschloch war; denn wenn er nicht plötzlich aus dem Nichts aufgetaucht wär und mich zu Tode erschreckt hätte, dann hätt er mich gar nicht erst zu retten brauchen; aber davon sprach niemand. Alle sagten nur, er sei ein Held.

Und Corkerdale, der Chefarzt, meinte, Mr. Wilson habe beachtlichen Weitblick bewiesen, da er genau wusste, wo ich mich an jenem Abend aufhalten würde. Mr. Wilson tat natürlich ganz bescheiden; er erklärte dem Chefarzt, für jemanden, der mein Verhalten schon über einen relativ langen Zeitraum beobachten konnte, habe es keiner besonderen Kombinationsgabe bedurft, zu wissen, wohin es mich an jenem Abend ziehen würde. Und er danke Gott, dass er gerade noch rechtzeitig eingetroffen sei. Doch der Chefarzt beharrte, dass man nicht nur Gott danken müsse, sondern auch Mr. Wilson großen Dank schuldig sei.

Sie verstanden sich prächtig, Mr. Wilson und der Chefarzt. Mr. Corkerdale sagte, in solchen Fällen sei es immer eine große Hilfe, einen intelligenten, redegewandten Dritten hinzuziehen zu können, der in Bezug auf den Patienten wesentliche Erkenntnisse und Informationen zu liefern imstande sei. Und Mr. Wilson fragte den Arzt, ob er vielleicht mal einen Blick in die Akte werfen wolle, die er im Rahmen seines Open-University-Studiums angelegt habe; er wolle den Fachleuten aber keinesfalls auf die Füße treten!

Ganz im Gegenteil, versicherte ihm der Arzt; manchmal könne gerade der gebildete Laie jene Hinweise und Erkenntnisse liefern, die dem besten Experten entgingen. O ja, Wilson und Corkerdale verstanden sich prächtig. Sie waren sich einig, dass es das Beste sei, wenn meine Mam die Einwilligungserklärung unterschrieb.

Der Pfleger sagte, ich hätte mich die letzten Tage mucksmäuschenstill verhalten. Er meinte, seitdem man es mit dem neuen Medikament versuche, sei ich erheblich ruhiger geworden. Das unablässige Plappern, Schwatzen, Plappern habe aufgehört.

Und deshalb dachte er, jetzt könne man wohl den Besuch zu mir lassen. Brendan sagte, er habe gedacht, ich würde mich vielleicht sogar freuen, meinen Retter wiederzusehen, diesen mutigen Mann, der sein Leben für mich riskiert hatte.

»Raymond«, hörte ich die Stimme des Pflegers Brendan wie von weit weg. »Raymond, schau mal, wer gekommen ist! Hallo, du hast Besuch!«

Aber ich wollte nicht gestört werden. Ich wollte nur daliegen, mit geschlossenen Augen, ganz weit weg von allem.

Aber Pfleger Brendan rüttelte mich sanft an der Schulter und sagte: »Na komm schon, Raymond. Schau mal, wer da ist!«

Und ich dachte: Wenn ich ganz kurz die Augen aufmache und den Besuch anschaue, wer immer es ist, lässt Pfleger Brendan mich vielleicht in Ruhe. Also konzentrierte ich mich, konzentrierte mich ganz stark, öffnete mühsam die Augen und schaute hin. Und da sah ich *ihn* am Fußende des Betts stehen. Und ich brüllte los, und Pfleger Brendan versuchte mich zu beruhigen und meinte, das komme wohl von der Gehirnerschütterung. Aber es kam nicht davon, und ich ließ mich nicht beruhigen, denn am Fußende meines Betts stand ein Mutant, ein Mutant, der mich holen kam, und ich sagte es dem Pfleger, ich sagte zum Pfleger: »Der soll weg, der soll weg, der soll weg.« Ich strampelte und zappelte im Bett, wollte fliehen, mich bewegen, fliehen, fliehen. Doch Pfleger Brendan ließ mich nicht und drückte mich aufs Bett zurück und rief nach Unterstützung. Und ich brüllte und brüllte und schrie weinend: »Der Mutant hat meine Mam gekidnappt, der Mutant ist schuld, dass ich gestürzt und durchs Eis gebrochen bin!« Und ich schrie, die Mutanten wollten die Welt beherrschen! Meine Welt. Ich schrie und wehrte mich und Brendan versuchte mich immer noch fest zu halten. Und plötzlich war überall Blut, und Brendan hielt sich die Hand vor die Nase, und zwischen seinen Fingern sickerte Blut durch, und dann erschienen andere Pfleger und packten mich und drückten mich aufs Bett, während ich brüllte, immer weiterbrüllte: »Das ist der Mutant, das ist der Mutant; der Mutant, wegen dem ich durchs Eis gebrochen bin, der Mutant, der meine Mam gekidnappt hat; und jetzt steht er dort, da unten am Bett und will mich holen!«

Ich wollte es ihnen erklären. Ich versuchte es. Aber sie hörten nicht zu. Und je mehr ich schrie und brüllte, desto fester drückten sie mich aufs Bett. Dann sagte irgendwer zu jemand anderm, er solle zurücktreten. Und einer sagte: »Geben Sie mir seinen Arm, geben Sie mir seinen Arm.« Dann stach er mit einer Nadel hinein. Zuerst brüllte ich einfach weiter. Aber dann rückte wieder alles in weite Ferne.

Und das war schön; es war schön, dass alles in die Ferne rückte und meine Augen sich langsam schlossen. Und der Mutant war weg und stand nicht mehr am Fußende des Betts.

Danach wusste ich lange Zeit kaum noch, ob ich wachte oder träumte. Manchmal kam es mir vor, als stünden andere Leute unten am Bett, zum Beispiel meine Mam, die mit den Tränen kämpfte, als sie sagte, ich sei eine Gefahr für mich selbst geworden. Aber das interessierte mich nicht. Mich interessierte nur, wie es ihr wohl gelungen war, den Mutanten zu entfliehen. Als sie nach meiner Hand griff, als sie mir einen Kuss gab, fragte ich sie, wie sie das bloß geschafft habe. Aber sie sah mich nur verwirrt an. Und von dem weit entfernten Ort in meinem Kopf holte ich mühsam die Wörter herbei und sagte: »Spitzenmäßig, Mam. Wirklich absolute Spitze, dass du den Mutanten weggelaufen bist!«

Und da brach sie in Tränen aus. Und sie stammelte, bestimmt werde alles wieder gut, bestimmt gehe es mir bald wieder besser, und wenn die erst mal die richtigen Medikamente rausgefunden und mich stabilisiert hätten, dann würde ich mich nicht mehr so verhalten und dürfe wieder heim.

Dann fügte sie hinzu: »Ted sagt, wenn die dich auf die richtigen Medikamente eingestellt und dich stabilisiert haben, geht es dir wieder gut.«

Da riss ich meine Hand weg; denn jetzt wusste ich, dass diese Person nicht meine Mam war; jetzt wusste ich, dass sie auch eine Mutantin war, eine Mutantin, die sich als meine Mam verkleidet auf die Station geschlichen hatte. Hier war ich nicht sicher! Hier drin war ich nicht sicher! Die Mutanten waren auf dem Vormarsch! Die Mutanten übernahmen die Macht und strömten von überall her, und ich konnte nicht einfach im Bett liegen und warten, warten, bis sie mich holten. Die Frau tat immer noch so, als sei sie meine Mam, und rief: »Raymond! Wo willst du denn hin? Komm zurück ins Bett!«

Aber mir machte sie nichts vor. Ich ging nicht zurück, auf keinen Fall, in welches Bett auch immer. Ich blieb doch nicht hier, wo jederzeit ein Mutant hereinspazieren konnte, um mich zu holen! Wenn die Pfleger die Mutanten nicht abwehren konnten, blieb ich doch nicht hier. Sie sahen mir zu, die Pfleger, als ich nach vorn ging und die Tür aufziehen wollte. Und der Glatzkopf mit dem Ohrring sagte lachend: »Raymond! Wo zum Teufel willst du eigentlich hin?«

»Raus!«, rief ich und zog an der Tür. »Raus, wo mich die Mutanten nicht erwischen. Ich bleib nicht hier! Die Mutanten sind hier, die Mutanten sind hier! Sie sind überall! Ich muss hier raus, ich muss hier raus!«

Aber ich brachte die Tür nicht auf! Die Tür ließ sich nicht öffnen. Und der Pfleger mit dem kahl rasierten Kopf schwenkte lachend einen Schlüsselbund und sagte: »Raymond! Schau mal!«

Die Türen waren abgeschlossen, es waren abgeschlossene, abgeschlossene Türen. Und jetzt kam die Mutantin, die sich als meine Mam verkleidet hatte, auf mich zu und ich saß in der Falle. Da rannte ich los, an der Mutantin vorbei, auf die Tür am anderen Ende der Station zu. Und überall hörte ich Gelächter, überall wurde gelacht, als ich auf die Tür zurannte, auf die Tür zu, auf die Tür zu! Aber sie war abgeschlossen! Sie war abgeschlossen. Und jetzt brüllte ich, brüllte, sie sollten die Tür aufschließen und mich rauslassen. Aber sie ließen mich nicht raus. Sie ließen mich nicht raus, und da sank ich zu Boden, kauerte zusammengerollt an der Türschwelle und flehte die Pfleger wimmernd an, sie sollten die Mutanten verjagen. Pfleger Brendan hob mich auf; er hob mich einfach vom Boden auf und trug mich wieder ins Bett.

Und dann setzte er sich zu mir. Er sagte, es sei alles in Ordnung, ich solle mich wieder beruhigen. Aber ich konnte mich nicht beruhigen, weil ja die Mutantin immer noch da war, an der Tür; sie schaute weinend zu mir her und tat immer noch so, als sei sie meine Mam. Aber ich wusste es! Ich wusste, wer sie in Wirklichkeit war. Und ich wurde erst ruhiger, als sie endlich aufgab und der andere Pfleger die Tür aufschloss, um sie rauszulassen. Ich beobachtete sie, behielt sie die ganze Zeit im Auge, damit sie auch wirklich ging und nicht bloß wieder die Pfleger täuschte. Sie drehte sich um und winkte mir zu, damit alle glauben sollten, sie sei meine richtige Mam. Aber ich winkte nicht zurück. Ich beobachtete sie nur, ich beobachtete sie ganz genau, als sie durch die Tür verschwand. Und erst als der Pfleger hinter ihr abschloss, erst als ich wusste, dass ich wieder in Sicherheit war, erst da beruhigte ich mich allmählich.

Dann fragte mich Pfleger Brendan, warum ich mich denn vor meiner eigenen Mutter so gefürchtet hätte? Und ich sagte: »Das war nicht meine Mutter.«

Er zog eine Augenbraue hoch und sah mich an. »Tatsächlich?«, fragte er.

Ich nickte. Und dann erklärte ich ihm, dass es eine Mutantin war, die sich als meine Mam verkleidet hatte. »Und ihr solltet keinen von denen reinlassen«, sagte ich. »Die sind nämlich gefährlich, diese Mutanten.«

Brendan schaute mich überrascht an.

»Ach, wirklich?«, sagte er. »Und ich hab noch gedacht, was für eine nette Frau deine Mutter ist!«

Ich schüttelte den Kopf. »Nein«, erwiderte ich, »so sind sie, die Mutanten. Sie wirken immer nett! Aber so schleichen sie sich ein; so schleichen sie sich überall ein, weil sie so nett wirken und alle denken, sie seien ganz harmlos. Aber in Wirklichkeit sind die Mutanten furchtbar gefährlich. Deshalb bin ich ja hier, wegen den Mutanten; wegen dem Boss der Mutanten; er hat mich nämlich durchs Eis brechen lassen. Alle denken, er sei nett, weil er mich unterm Eis vorgezogen hat. Aber in Wirklichkeit ist er alles andere als nett, denn wegen ihm bin ich überhaupt erst eingebrochen!«

Brendan nickte und starrte mich an. »Aha«, sagte er, »so war das also. Jetzt versteh ich das erst. Dann waren es also diese ... wie nennst du sie, Raymond, diese ... Mutanten? Die haben dich also ans Wasser runtergejagt und dich dann einbrechen lassen?«

Ich nickte. »Die wollen mich töten«, sagte ich. »Die Mutanten.«

Brendan starrte mich an, nickte und tätschelte meinen Arm. »Meine Güte, Raymond«, sagte er. »Mach dir mal keine Sorgen. So ein paar Mutanten? Denen werden wir's zeigen!«

Ich schüttelte den Kopf. »So einfach geht das nicht«, erwiderte ich. »Die Mutanten wird man nicht so leicht los.«

Er wirkte überrascht. »Also hör mal, Raymond«, sagte er. »Eine Hand voll Mutanten? Wir haben hier drin schon viel Schlimmeres erlebt als so ein paar blöde Mutanten. Schau dir *ihn* an«, Brendan nickte zum gegenüberliegenden Bett. »Das ist Tony; als der hier eingeliefert wurde, Raymond, war er wirklich verrückt. Er wurde Tag und Nacht verfolgt, und zwar nicht bloß von so ein paar blöden Mutanten. Bei Tony waren es Fische, Piranhas; die kamen von überall her; er konnte nicht baden, nicht aufs Klo, er konnte nicht mal ein Glas Wasser trinken aus lauter Angst vor Piranhas. Aber schau ihn dir jetzt an.«

Ich schaute den Jungen an. Er saß im Sessel neben seinem Bett und starrte vor sich hin.

Pfleger Brendan rief: »Tony, wie geht's dir?«

Und Tony drehte langsam den Kopf, als müsse er erst mal rausfinden, woher die Stimme kam.

»Tony!«, wiederholte Brendan. Und jetzt sah der Junge den Pfleger an.

»Alles okay, Tony?«, fragte Brendan. Und Tony lächelte und nickte langsam.

»Ich hab es Raymond gerade erzählt«, sagte der Pfleger, »das mit den Fischen, den Piranhas.«

Tony nickte wieder. Dann sagte Brendan: »Wo sind sie denn, Tony? Wo sind die Piranhas jetzt?«

Da lächelte Tony und sagte heiser: »Weg!« Er nickte immer noch lächelnd und fuhr schleppend fort: »Die ... haben ... sich ... verpisst. Sind ... jetzt ... weg, die Fische.«

»Siehst du!«, sagte Brendan triumphierend zu mir. »Wir

hatten sie alle hier auf der Station, Raymond: die CIA, den MI5, Aliens, Mörder, Napoleon, die haben Schlange gestanden, um hier reinzukommen und die Patienten zu belästigen. Aber wir haben so unsere Methoden, Raymond. Wir haben unsere Methoden, sie alle in Schach zu halten. Und wenn wir die Piranhas daran hindern können, durchs Klo raufzukommen, Raymond, dann werden wir wohl auch mit ein paar Mutanten fertig.«

Doch Brendan irrte sich. Selbst wenn sie nicht am Fußende des Betts standen, drangen die Mutanten in meinen Kopf ein, Tausende und Abertausende, und alle hatten das Gesicht und die Stimme von Wilson. Und es war, als sähe ich all diese Mutanten von irgendwo hoch oben, während sie scharenweise auf dieses große, weite Feld strömten, und in der Mitte stand ein großes weißes Zelt, ein Festzelt, und davor standen die Mutanten Schlange und wollten rein. Und obwohl das Zelt aussah, als würde es nicht mehr als fünfzig oder sechzig Leute fassen, strömten Tausende und Abertausende Mutanten hinein. Ich wollte nicht mit; ich wollte nicht in dieses Festzelt hinein. Ich sträubte mich dagegen, ich wollte draußen bleiben. Aber dann schaute ich hinunter, und da das Zelt kein Dach hatte, sah ich Tausende und Abertausende von Mutanten. Und da wusste ich, warum sie hergekommen waren. Es war die Hochzeit! Und vorn sah ich meine Mam. Sie hatte sich bei ihm eingehakt. Und sie wandte sich ihm zu, sah lächelnd zu ihm auf. Und dann hob er einen Schleier vom Gesicht meiner Mam, und Tausende und Abertausende Mutanten begannen zu klatschen, als er seinen Zylinder abnahm und seine riesigen, roten, wulstigen Lippen dem Gesicht meiner Mam näherte! Und ich wusste, ich musste sofort hin, bevor es zu spät war. Ich musste aus diesem Bett und irgendwie zu diesem Feld kommen, um meine Mam zu retten. Ich wusste, dass ich es konnte, ich wusste, dass ich es schaffen würde, ich wusste, dass ich schnell genug laufen konnte, durch die Schmerzgrenze hindurch, dass ich laufen konnte wie flüssig flüssig flüssig. Mühelos mühelos mühelos wie Norman, wie Norman es mir beigebracht hatte, mit dem Kopf laufen, mit dem Atem, mit den Muskeln, und sogar Pirouetten, Pirouetten drehen wie Twinky, laufen, Pirouetten drehen, schweben, schweben, um meine Mam zu retten, meine Mam zu retten.

Schluck das, schluck das, schluck das, Raymond. Es ist nur eine Tablette. Na gut, na gut, schlucken und weiterlaufen, Pirouetten drehen, schweben, schluck deine Medikamente, schluck deine Medikamente, macht nichts, schluck deine Medikamente ... Medikamente ... Me...di...ka...men...te ... Medi...kam...ente ... schlucken ... Med...ika...ika... lang... sam ... lang...samer ... Medik...amen... Medi...kamen...te-medi...kamente ... schlu...cken ... laaaaang...saaaaaaam ... jetzt ist es Zeit ... jetztis ... Jetztzeit ... schlu...cken ... Medik...aaa...meen...te.

Alles weg.

So ging das, Morrissey, nachdem die mich stabilisiert und auf die richtigen Medikamente eingestellt hatten. Nach ein paar Wochen hörten dann die Besuche der Mutanten auf. Nachdem man mich stabilisiert und auf die richtigen Medikamente eingestellt hatte, wurde in meinem Kopf alles langsamer, und das blieb auch so. Es gab keine Mutanten mehr; und falls doch, ließen sie mich kalt; sie störten mich nicht mehr. Meine Mam war wieder einfach meine Mam und Mr. Wilson war Mr. Wilson. Sie kamen gemeinsam zu Besuch; und auch das störte mich nicht, bis auf den Umstand, dass ich viel lieber im Aufenthaltsraum geblieben wär und mir weiter *Lucky Ladders* oder *Going for Gold* angeschaut hätte oder sonst irgendwas. Aber Brendan sagte, ich müsse auf die Station und meinen Besuch begrüßen. Meine Mam umarmte mich, wie sie mich jedes Mal umarmte. Trotzdem wär ich lieber wieder in den Aufenthaltsraum gegangen. Aber man ließ mich nicht. Ich musste neben meinem Bett sitzen und meine Mam gab mir irgendein Mitbringsel; und Mr. Wilson tätschelte mein Knie und sagte, es gehe mir ja schon viel besser. Und ich nickte nur und starrte beide an. Oder starrte zu Boden. Und ich sehnte mich die ganze Zeit in den Fernsehraum zurück.

Mr. Wilson sagte, es gehe mir ja schon wieder richtig gut, richtig gut. Meine Mam fragte, warum ich denn meine Geschenke nicht auspackte. Mr. Wilson sagte, es sei erstaunlich, wie sehr sich schon alles zum Besseren gewendet habe. Meine Mam fragte, ob sie mir vielleicht helfen solle, meine Geschenke auszupacken. Mr. Wilson sagte, er habe ein langes Gespräch mit dem Chefarzt geführt, der mit mir sehr zufrieden sei. Meine Mam hielt das Buch in die Höhe, das sie inzwischen für mich ausgepackt hatte, und sagte, sie habe gedacht, ich würde mich drüber freuen. Mr. Wilson sagte, das seien ja wirklich ganz außerordentliche Fortschritte. Und wenn ich so weitermachte, bekäme ich nachmittags bald mal ein paar Stunden Ausgang. Und dann würden wir irgendwo hinfahren, wo es schön sei, er werde uns im Auto mitnehmen, mich und meine Mam. Meine Mam sagte: »Das Buch hier, die Autobiographie von Bob Geldof, soll sehr gut sein.« Und dann las sie mir ein paar Zeitungskritiken vor, die hinten auf dem Einband standen. Mr. Wilson sagte zu meiner Mam, jetzt sei sie doch bestimmt sehr erleichtert, wie gut ich auf die Behandlung anspräche. Aber meine Mam antwortete nicht.

Denn jetzt hatte meine Mam den Kopf gesenkt, als läse sie in dem Bob-Geldof-Buch. Aber in Wirklichkeit weinte sie. Und eigentlich hätte es mir nahe gehen müssen, dass meine Mam dasaß und heimlich weinte. Aber es ging mir nicht nahe. Es ließ mich kalt. Ich wusste, es hätte mich traurig machen müssen; ich wusste, es hätte Trauer und Besorgnis in mir auslösen müssen, dass meine Mam dasaß und stumm vor sich hin weinte. Aber ich war nicht traurig; ich war nicht besorgt; ich war überhaupt nichts mehr. Es war, als sei irgendwas in meinem Innern zugemacht und abgeschlossen worden; der Bereich, in dem man sonst Trauer, Kummer und Sorge empfindet.

Mr. Wilson sagte, es grenze an ein Wunder, was man heute alles mit der richtigen Behandlung erreichen könne. Er sagte, man lerne Tag für Tag mehr über meinen Zustand. Und das wiederholte er dann noch zehn Mal in leicht abgewandelter Form. Aber es ließ mich kalt, denn es war wie in den Gameshows im Fernsehen, bei denen auch immer und immer wieder das Gleiche passiert; deshalb schaute ich sie mir ja so gern an, weil alles immer gleich blieb. Aber Mr. Wilson merkte nicht, dass meine Mam weinte; er schwadronierte weiter über die Wunder der modernen Medizin und merkte gar nicht, dass meine Mam weinte, während sie sich über das Bob-Geldof-Buch beugte.

Erst als sie sich mit einem Taschentuch die Augen wischte, fragte er: »Alles in Ordnung, Shelagh?«

Und meine Mam erwiderte, sie hätte nur was im Auge gehabt. Daraufhin sah er sie missbilligend an und meinte, ja, wahrscheinlich Wimperntusche. Meine Mam nickte. Und dann meinte er genervt, er könne einfach nicht verstehen, dass meine Mam sich mit dem Zeug anmale wie eine ganz gewöhnliche Person, wo ihre Augen im natürlichen, ungeschminkten Zustand doch viel besser wirkten.

Meine Mam würdigte ihn keines Blicks. Sie nickte nur und lächelte mich krampfhaft an, während Wilson vom Make-up zu ihren Schuhen überging und bemängelte, ihre Absätze seien viel zu hoch und eigentlich sowieso überflüssig. Es sei doch heutzutage allgemein bekannt, dass solche Schuhe später zu erheblichen Bandscheibenproblemen führen könnten. Meine Mam nickte wieder und starrte mich weiter an. Dann sagte er, dieser schlechte Geschmack bei der Wahl ihres Schuhwerks resultiere aus unglücklichen Verhaltensmustern in ihrer Jugend. Aber wenn sie erst mal verheiratet seien, fuhr er fort, dann werde er seine Mitgliedschaft im Wanderverein in eine Doppelmitgliedschaft umwandeln, und wenn meine Mam dann erst mal draußen an der frischen Luft durch die wilden, unwegsamen Moore wandere, werde sie stabiles Schuhwerk schätzen lernen und es schon bald nicht mehr entbehren wollen.

Er laberte noch eine Ewigkeit weiter. Doch meine Mam hörte ihm gar nicht zu. Denn meine Mam sah die ganze Zeit mich an. Und dann, als er sich gerade mutantenhaft weitschweifig darüber ausließ, welch unentbehrliches Kleidungsstück doch ein wasserdichter Anorak für jeden sei, der sich auf einen Streifzug durchs Hochmoor wage, selbst noch im Juli, da griff meine Mam nach meiner Hand, drückte sie ganz fest und sagte: »Es wird alles wieder gut, Kind. Bald geht es dir wieder besser, das weiß ich, denn …«

Aber er unterbrach sie gereizt und sagte, natürlich werde es mir bald wieder besser gehen, das sehe doch jeder, dass ich wunderbare Fortschritte mache.

Ich wollte ihm nicht zuhören! Ich wollte meiner Mam zuhören, ich wollte hören, was meine Mam mir zu sagen hatte. Aber er ließ meine Mam gar nicht zu Wort kommen. Immer, wenn sie *irgendwas* sagen wollte, unterbrach er sie gleich und führte den Satz für sie zu Ende, als wisse er besser als meine Mam, was sie eigentlich meinte. Und am Ende gab meine Mam einfach auf, überließ ihm das Reden und saß nur da, als sei sie eine Art Ersatzteil. Und irgendwo weit weg in meinem Kopf, hinter dem wattigen Nebel der Medikamente, begriff ich, dass meine Mam eine Gefangene war. Aber ich konnte sie nicht retten, das war mir klar. Ich hatte nicht die Kraft, irgendwen zu retten. Ich konnte nur dasitzen und hörte nicht mal, was Wilson laberte und laberte, bis es Zeit war, zu gehen; und dann gab meine Mam mir einen Kuss und umarmte mich, umarmte mich ganz, ganz fest, bis Wilson sagte: »So, Shelagh, das reicht jetzt. Der Junge kriegt ja keine Luft mehr!«

Aber meine Mam hielt mich noch ein paar Sekunden länger im Arm. Und dabei flüsterte sie mir ins Ohr: »Es tut mir Leid, Kind, es tut mir so schrecklich Leid!«

Ich war froh; ich war froh, dass ich auf die richtigen Medikamente eingestellt und stabilisiert worden war und mich innerlich weit weg befand. Denn so machte es mich nicht traurig, mit ansehen zu müssen, wie meine Mam jetzt mit den Tränen kämpfte, wie Wilson sie durch den Krankensaal führte und wie sie sich immer wieder winkend umdrehte. Dann waren beide weg. Und ich war froh, weil ich jetzt wieder ins Fernsehzimmer konnte. *Going for Gold* war zu Ende. Aber *The Sullivans* lief noch. Also schaute ich mir die an. Ich saß sehr gern im Aufenthaltsraum und guckte die Gameshows, Quizshows, Talkshows, die Koch- und Kindersendungen und sämtliche Serien; all diese Fernsehsendungen, in denen nie etwas passiert. Und in denen das Nichts, das ständig passiert, mit Gelächter und lautem Applaus quittiert wird.

Und plötzlich stand sie da, meine Mam, ganz allein. Und ich wusste nicht, ob es noch der gleiche Tag war oder nicht. Ich weiß nicht mal, ob sie wirklich da war oder ob ich mir das damals nur vor dem Fernseher zusammengeträumt habe.

»Sag's mir!«, bat sie mich. »Sag mir, wo sie in Failsworth wohnen, dann gehe ich hin! Und wenn *er* nicht dabei ist, bring ich sie mit her!«

Ich sah sie an. Ich kapierte nicht, was sie meinte. Aber sie beugte sich zu mir runter, nahm meine Hände, starrte mich eindringlich an und sagte: »Ich bring sie dir, deine Freunde! Sag mir einfach, wo sie wohnen!«

Da wurde mir klar, dass sie Twinky und Norman meinte. Ich schüttelte den Kopf und da verzog sich das Gesicht meiner Mam, als wolle sie gleich wieder weinen. »Komm schon, Raymond!«, drängte sie. »Sag mir einfach, wo sie wohnen! Ich dachte, du *willst* sie gern sehen!«

Da runzelte ich die Stirn. Nein, ich wollte sie nicht sehen, nicht mehr. Ich wollte meine Freunde jetzt nicht sehen; jetzt, wo ich wieder dick geworden war. Ich war zwar nicht richtig dick, nicht äußerlich. Aber innerlich, da war ich dick; da war ich dick und deprimiert und lahm und dumm und mein Hirn funktionierte nicht mehr, ich wollte über nichts mehr nachdenken. Deshalb sagte ich zu meiner Mam: »Sie sind weg. Meine Freunde sind weg.«

»Wie meinst du das?«, fragte sie besorgt und kauerte sich vor mich hin. »Wie meinst du das, Raymond?«

Ich zuckte nur seufzend die Achseln und sagte: »Die wohnen nicht mal mehr in Failsworth, Twinky und Norman. Sie sind nach London gegangen.«

Ich wollte weiter fernsehen. Aber meine Mam hielt meine Hände umklammert und schüttelte sie und sagte: »Na gut! Dann sag mir einfach, wo in London, dann nehm ich dort Kontakt zu ihnen auf. Das macht gar nichts.«

Aber ich schüttelte den Kopf. Und ich weiß bis heute nicht, ob ich all das nur geträumt hab. Denn als ich das nächste Mal aufblickte, war meine Mam verschwunden. Und ich glaub, es war nicht mal mehr der gleiche Tag. Denn jetzt war es Nachmittag und im Fernsehen lief *Emmerdale*.

Und statt meiner Mam stand *er* da, direkt zwischen mir und dem Fernseher, sodass ich meinen Sessel zur Seite rücken musste, um was zu sehen.

Da zog er sich einen Stuhl her und setzte sich neben mich. Ich dachte, vielleicht wolle er mit mir *Emmerdale* anschauen. Aber er begann sofort zu reden. »Raymond«, sagte er. »Ich fürchte, deine Mam wird heute Abend nicht kommen können. Sie wollte gern, Raymond. Aber ich konnte sie überzeugen, dass, äh … nun ja, dass ich unter … unter den gegebenen Umständen heute Nachmittag besser allein komme.«

Er sah mich von der Seite an. Aber ich schaute mir immer noch *Emmerdale* an. Dann spürte ich seine Hand auf meinem Arm. Ich starrte ihn an.

Und in gebührend feierlichem Ton sagte er: »Es ist wegen deiner Oma, Raymond.«

Ich starrte ihn an. »Was ist mit meiner Oma?«, fragte ich.

Er seufzte ein bisschen, runzelte die Stirn und sagte: »Deine Oma ist von uns gegangen.«

»Wohin?«, fragte ich.

Er sah auf den Teppich. »*Von uns gegangen*, Raymond!«, wiederholte er. »Für immer.«

Ich spürte, wie es aus meinem Innern aufstieg; und wie es sich über mein ganzes Gesicht ausbreitete: ein strahlendes Lächeln. Er sah vom Teppich auf und blickte mich streng an.

»Raymond«, mahnte er, »hast du gehört, was ich gerade gesagt habe? Deine Oma ... ist *von uns gegangen*. Verstehst du, was ich meine, Raymond?«

Ich nickte. Und dann wandte ich mich ab und starrte wieder den Fernseher an. Nur dass ich jetzt nicht mehr *Emmerdale* anschaute. Stattdessen sah ich meine Oma vor mir, wie sie gehetzt die Einfahrt des Seniorenheims in Stalybridge runterrannte – und alle liefen ihr hinterher, alle verfolgten sie, die Clowns und Komödianten, die kernigen Folksänger und die allzeit vergnügten Pflegerinnen, mit Luftballons in den Händen und roten Plastiknasen im Gesicht, alle rannten meiner Oma nach und wollten sie fangen. Aber sie hatten keine Chance, denn meine Oma war einfach zu schnell und stand wie der Blitz draußen auf der Straße, genau in der Sekunde, als der Bus kam; der große schwarze Bus mit den dunklen Reifen machte einen Bogen und fuhr etwas langsamer, als der äußerst elegant gekleidete Schaffner im schwarzen Gehrock, mit langen weißen Haaren, sich von der Plattform herunterbeugte und die Hand ausstreckte; und meine Oma machte einen Satz, packte die Hand und wurde auf den großen schwarzen Bus raufgezogen. Und da standen die beiden nebeneinander auf der Plattform, während der Bus davonbrauste und die allzeit vergnügten Pflegerinnen mit den knallroten Nasen, die kernigen Folksänger und all die Spaßmacher für immer zurückließ.

Dann kam der große schwarze Bus auf mich zu. Und als er an mir vorbeifuhr, verlangsamte er für einen Moment seine Fahrt, nur für einen Moment. Und da winkten die beiden von der Plattform runter und meine Oma lächelte mir zu; und neben ihr stand Thomas Hardy, der Meister des Elends.

»Hast du gehört, Raymond«, sagte er. »Ich muss dir leider mitteilen, dass deine Oma gestorben ist.«

Ich nickte. »Ich weiß«, sagte ich, »und sie wird sehr froh drüber sein.«

Er sah mich an. Dann stand er seufzend auf, ohne mich aus den Augen zu lassen. Aber da er mir den Blick auf den Fernseher versperrte, musste ich mit dem Sessel wieder ein Stück zur Seite rücken. Er seufzte nochmal und schüttelte den Kopf. Dann meinte er: »Und deine Mam hatte *so* gehofft, dass du an der Beerdigung teilnehmen kannst!«

Ich fand es völlig daneben; irgendwo tief in meinem Innern, ganz hinten in meinem Kopf fand ich es völlig daneben, dass alle schwarze Kleider trugen und zur Beerdigung meiner Oma gingen. Es war doch gut, dass sie tot war! Und ich sprach es auch aus, auf dem Rücksitz der großen schwarzen Limousine.

»Es ist doch gut, dass Oma tot ist, oder?«, sagte ich.

Sie warfen sich viel sagende Blicke zu; bis auf Berney und Dolly, die mich unverwandt anstarrten, seitdem ich in den Wagen gestiegen war.

Mr. Wilson tätschelte meinen Arm und meinte: »Schon gut, Raymond.« Dann lächelte er Onkel Jason und Tante Fay an, die uns gegenübersaßen.

»Kümmern Sie sich nicht um Raymond«, erklärte er. »Das ist heute natürlich alles sehr viel für ihn. Sie müssen bedenken, er ist es gar nicht mehr gewohnt, sich frei in einer ganz normalen Umgebung zu bewegen!«

Onkel Jason glotzte mich finster an und Tante Fay warf mir einen nervösen Blick zu. Dann meinte sie: »Das ist sehr nett von Ihnen, Mr. Wilson ... Ted. Das ist wirklich sehr nett von Ihnen. Es gibt nicht viele, die das auf sich nehmen würden. Es ist ja doch eine große Verantwortung, wenn jemand in so einem Zustand ist.«

Sie nickte in meine Richtung, ohne mich anzusehen. »Nun«, erwiderte Mr. Wilson, »so groß ist die Verantwortung auch wieder nicht, Fay. Raymond und ich, wir verstehen uns ja und kommen gut miteinander aus; stimmt's, Raymond?«

Ich nickte.

Und dann lächelte er Tante Fay an und fügte hinzu: »Normalerweise hätte die Klinik darauf bestanden, dass ein Wärter mitkommt. Aber Raymonds Arzt hielt das nicht für nötig, allerdings unter der strikten Bedingung, dass Raymond die ganze Zeit unter meiner Aufsicht bleibt.«

»Natürlich«, erwiderte Tante Fay, »die vertrauen Ihnen, Mr. Wilson, nicht wahr? Die Ärzte wissen ja, ein Mann wie Sie, der kennt sich aus mit solchen Dingen, mit der Seele und so, nicht wahr?«

Mr. Wilson lächelte erneut.

Ich beugte mich vor und sah zu meiner Mam rüber, die links von ihm saß. Sie wirkte so traurig und kummervoll und trotzdem schön. Aber sie sah mich nicht an. Sie starrte aus dem Fenster in die Ferne. Und ich wusste, dass sie an meine Oma dachte, die ihre Mam gewesen war; und jetzt hatte meine Mam keine Mam mehr. Und ich hatte keine Oma mehr.

Ich lehnte mich wieder in meinen Sitz zurück.

»Es ist doch gut, dass sie tot ist, nicht wahr?«, sagte ich.

Aber mein Onkel Jason knurrte gereizt: »Um Himmels willen, kann das nicht jemand mal abstellen?«

»Raymond!«, sagte meine Mam ruhig.

Und da seufzte ich und sagte nichts mehr und beobachtete Blödmann Berney, der gerade seinem Dad etwas ins Ohr flüsterte.

Aber er flüsterte so laut, dass es alle hörten: »Raymond ist verrückt, Dad, stimmt's? Er ist verrückt.«

Tante Fay sagte, er solle den Mund halten und einfach aus dem Fenster schauen.

Doch da musste sich natürlich gleich wieder Wilson einmischen. »Wir versuchen, auf Wörter wie ›verrückt‹ zu verzichten, Berney«, sagte er. »Deinem Cousin geht es schlecht, Berney, das stimmt. Aber wenn es einem Menschen psychisch schlecht geht, Berney, dann verdient er ebenso viel Mitgefühl, ebenso viel Verständnis wie jemand, dem es physisch schlecht geht!«

Blödmann Berney starrte Wilson mit offenem Mund an und sank neben seinem Dad in sich zusammen, während er angestrengt überlegte, ob Wilson ihn gerade verarscht hatte oder einfach nur unglaublich eingebildet war. Tante Fay lachte nervös und kam ihm zu Hilfe. »Oh, *genau* das hat er gemeint, Mr. Wilson; nicht wahr, Berney? Du hast einfach nur gemeint, dass es Raymond schlecht geht, stimmt's?«

Aber inzwischen wusste Blödmann Berney gar nicht mehr, was er eigentlich gemeint hatte, und gaffte Mr. Wilson bloß weiter an; es folgte eine peinliche Stille.

Da sagte ich: »Es ist doch gut so, denn wenn meine Oma nicht tot wär, würde sie nicht zu dieser Beerdigung kommen, oder?«

»Um Himmels willen«, brauste Onkel Jason auf, »ich weiß wirklich nicht, ob ich das noch lange ertrage!«

Wieder mahnte meine Mam: »Raymond!«, und ich verhielt mich ganz still.

Die Doofe Dolly starrte zu mir rüber. Ich lächelte sie einfach an. Aber da rückte sie näher an ihre Mam ran und wimmerte: »Mummy, der guckt mich an, der guckt mich die ganze Zeit an!«

Aber ich lächelte sie weiter an. Irgendwie konnte ich mich dumpf erinnern, dass sie mich ankotzte und ich sie eigentlich gar nicht leiden konnte. Aber anscheinend störte mich das im Moment nicht mehr. Anscheinend störte mich überhaupt nichts mehr, nicht mal, dass meine Oma beerdigt wurde. Ich wusste, eigentlich hätte meine Oma gar kein christliches Begräbnis bekommen dürfen. Eigentlich hätte ich sie alle anschreien sollen: Dieser Gottesdienst ist die reinste Blasphemie, wo meine Oma doch immer die Kirche gehasst hat, wo sie doch immer gesagt hat, das sei ein Quell falscher Hoffnungen und eine Erfindung für die Kleinmütigen. Meine Oma hatte nie auf einem Friedhof beerdigt werden wollen, sondern sich immer gewünscht, später in einer biologisch abbaubaren Kiste unter einer majestätisch-melancholischen Eiche begraben zu werden.

Und deshalb war ich froh, dass sie wirklich tot war; denn so bekam sie nichts von dieser Beerdigung mit; und deshalb war es egal; es war alles egal. Deshalb tat ich einfach, was sie wollten, und ging mit.

Und auf der Fahrt zum Friedhof, auf dem Rücksitz der schwarzen Limousine, sagte ich nur noch: »Also, ich freue mich für meine Oma, und es ist eigentlich ganz unwichtig, in was für einer Kiste sie liegt, denn sie ist mit dem Meister des Elends auf und davon und schwelgt jetzt wahrscheinlich im Unglück!«

Da platzte Onkel Jason der Kragen. Er fuhr meine Mam an, jetzt sei es genug, und wenn sie mich nicht gleich zum Schweigen bringe, werde er den Wagen anhalten lassen und ich könne zu Fuß zur Kirche laufen.

Meine Mam antwortete ruhig, ich würde nirgendwohin laufen.

Daraufhin ereiferte sich Onkel Jason, so etwas müsse er sich nicht gefallen lassen, ausgerechnet heute, wo er in tiefer Trauer um seine geliebte Mutter sei.

Und ich weiß nicht, warum es mir in diesem Moment wieder einfiel; ich weiß nicht, ob es dran lag, dass Onkel Jason meine Mam anfuhr oder dass er Trauer heuchelte, wo er meine Oma doch sein ganzes Leben lang beklaut und betrogen hatte. Zum Beispiel hatte er ihre Satellitenschüssel gestohlen! Und da fiel mir wieder ein, wie ich in jener eiskalten Nacht in Failsworth zum Haus meiner Oma gegangen war. Nur dass es nicht mehr ihr Haus gewesen war. Weil es nämlich einen neuen Vorbau hatte und drinnen eine Party stattfand. Und im Garten hatte ich einen Pfosten mit einem Schild gesehen: ZU VERKAUFEN; und drüber hatte jemand das Wort VERKAUFT geklebt.

»Na ja, jedenfalls«, sagte ich, »ist es gut, dass sie tot ist, denn –«

»Okay! Das war's!«, knurrte Onkel Jason. »Ich lass den Wagen jetzt anhalten! Ich bin zu traurig, um so was zu ertragen. Ich lass jetzt anhalten und dann kann er aussteigen und zu Fuß weiterlaufen.«

Aber ich redete einfach weiter: »... denn wenn meine Oma nicht tot wär, dann wär sie jetzt obdachlos. Sie könnte ja nirgends mehr wohnen, oder?«

Ich fixierte Onkel Jason und Tante Fay, die mich jetzt anstarrten wie zwei Kinder, die man im Supermarkt mit Anoraktaschen voller Marsriegel erwischt hat.

»Sie könnte ja nirgends mehr wohnen«, fuhr ich fort, »weil man ihr Haus verkauft hat, während sie im Seniorenheim in Stalybridge war!«

Sie starrten mich an wie zwei Kaninchen, die der Lichtkegel der Autoscheinwerfer erfasst hat. Doch da schaltete sich wieder Mr. Wilson ein und sagte: »Na komm, Raymond, versuch jetzt mal, ein Weilchen still zu sitzen.« Und dann strahlte er meinen Onkel und meine Tante an und erklärte, es sei langsam Zeit für meine Medikamente.

»Man merkt es an Raymonds Verhalten«, erklärte er, »wann er seine nächste Dosis braucht; dann wiederholt er sich nämlich ständig, und was er sagt, ergibt immer weniger Sinn.«

Tante Fay nickte rasch und meinte: »Ja, das dürfen wir wohl nicht vergessen, Ted. Schließlich ist es eine Krankheit, nicht wahr? Wahrscheinlich weiß er meistens selber nicht, was er daherredet, nicht wahr?«

Ich sah, wie sich mein Onkel und meine Tante wieder etwas entspannten; sie waren gerade noch mal vom Haken geflutscht. Und fast wären sie einfach so davongekommen. Wilson erklärte ihnen, dass die Betroffenen oft paranoiden Täuschungen zum Opfer fielen und dann alle möglichen Anschuldigungen vorbrächten. Und das Diebsgesindel dachte wirklich, es komme ungeschoren davon.

Aber da beugte sich plötzlich meine Mam vor und starrte mich verblüfft an.

Sie ignorierte Wilson und die andern und fragte mich: »Was hast du da eben gesagt?«

»Shelagh«, warf Wilson ein, »reg dich nicht auf, er weiß doch gar nicht, was er –«

Doch meine Mam achtete nicht auf ihn und bat: »Sag das noch mal, Raymond, das mit Omas Haus.«

Jetzt sahen mich alle an. Und ich kam mir vor, als säße ich beim *Bescheuerten Bob* und den *Blockbusters* und alle starrten mich an und warteten auf die Antwort.

Da bekam ich es wieder ein bisschen mit der Angst zu tun, und ich fragte mich, ob es vielleicht wieder so wie mit den Mutanten war, nicht real, nur in meinem Kopf, und ob das Haus meiner Oma vielleicht gar nicht verkauft worden war; vielleicht hatte Mr. Wilson ja Recht, und der Hass gegen meinen Drecksonkel Jason kam nur deshalb in mir wieder hoch, weil es allmählich Zeit für meine Medikamente war.

Ich gab meiner Mam keine Antwort, sondern zuckte nur die Achseln. Und mein Drecksonkel Jason schüttelte den Kopf, als sei er voller Anteilnahme und Mitgefühl. »Das muss ja schlimm sein«, sagte er seufzend, »wenn man nicht mehr zwischen irgendwelchen Sinnestäuschungen und der Wirklichkeit unterscheiden kann.«

Und er schüttelte wieder den Kopf.

Mr. Wilson sagte, sobald ich meine Medikamente genommen hätte, ginge es mir wieder gut. Und er erklärte Onkel Jason, dass die Medikamente hemmend wirkten und alles Unangenehme in meinem Gehirn unterdrückten, sodass ich stets ausgeglichen und ruhig sei. Und Onkel Jason nickte, als würde ihn das wirklich interessieren. Aber ich merkte genau, dass Mr. Wilsons Geschwätz sogar meinen Drecksonkel Jason furchtbar langweilte.

Und da kam mir seit langer Zeit zum ersten Mal wieder in den Sinn, dass Wilson ja ein Mutant war. Und ich überlegte, ob er, mit etwas Glück, meinen Onkel Jason vielleicht einfach *zu Tode* langweilen könnte.

Doch bevor sich die Chance ergab, waren wir schon an der Kirche angekommen und stiegen aus. Und als ich auf dem Gehweg stand, trat meine Mam mit dem Gesicht einer leidgeprüften Frau auf mich zu, hakte sich schnell bei mir unter und sagte: »Komm, mein Junge. Wir gehen zusammen rein.«

Mir war das recht, denn ich wollte bei meiner Mam sein.

Aber da sagte Mr. Wilson: »Shelagh! Shelagh! Er muss doch seine Medikamente einnehmen!«

Jetzt sah meine Mam noch trauriger aus. »Es dauert doch nur eine Stunde oder so«, sagte sie stirnrunzelnd. »Hat das nicht noch eine Stunde Zeit?«

Da blickte Wilson meine Mam an, als benehme sie sich sehr, sehr dumm und kindisch.

Meine Mam nickte. Ihr Arm glitt aus meinem. Und sie ging allein in die Kirche, während mich Mr. Wilson in die Sakristei führte und Wasser in einen Becher laufen ließ, damit ich meine Tabletten einnehmen konnte.

Mr. Wilson sagte, es sei außerordentlich wichtig, dass ich die Medikamente jeden Tag exakt zur selben Zeit einnehme; es gehe nämlich um das Gleichgewicht, sagte er; das Gehirn sei chemisch aus dem Gleichgewicht geraten, sagte er, und deshalb laufe alles aus dem Ruder.

»Und an einem Tag wie diesem, der sowieso schon sehr anstrengend ist, Raymond«, sagte er, »wollen wir dich ja nicht mehr belasten als unbedingt nötig.«

Ich schüttelte den Kopf. Er reichte mir den Wasserbecher und suchte in seinen Taschen nach meinen Tabletten.

Ich nahm meine Tabletten gern ein. Wenn ich meine Tabletten einnahm, spürte ich nichts mehr. Und ich wollte nichts spüren, ich wollte mir nichts vorstellen; ich wollte nicht, dass wieder so komische Sachen mit mir passierten.

Und deshalb weiß ich eigentlich gar nicht, warum ich es tat!

Aber vielleicht hing es mit meiner Mam zusammen und damit, dass sie vorhin ganz allein in die Kirche gegangen war, ohne mich.

Er legte mir die Tablettten vorsichtig in die Hand. Dann stand er da, beobachtete mich und sagte: »Na los, Raymond. Nimm sie, dann gehen wir rein.«

Und gerade, als ich die Hand hob, um meine Tabletten zu schlucken, kam dieser neue junge Pfarrer in die Sakristei und sagte: »Guten Tag! Alles in Ordnung hier?«

Mr. Wilson drehte sich schnell um und erwiderte: »Guten Tag, Herr Pfarrer. Ja, alles bestens. Raymond hat nur ein bisschen Wasser für seine Tabletten gebraucht. Wie geht's Ihnen denn so?« Und er trat auf den Pfarrer zu und schüttelte ihm die Hand. Dann fragte er ihn, wie ihm seine neue Pfarrstelle gefalle und ob er sich schon gut in Failsworth eingelebt habe.

Und da merkte ich, dass sie mir beide den Rücken zuwandten. Und ich sah, dass noch immer der Wasserhahn lief. Und während sich Mr. Wilson weiter mit dem Pfarrer unterhielt, schnipste ich die Tabletten einfach ins Waschbecken und sah zu, wie sie sich auflösten und im Abfluss verschwanden. Ich starrte in den Ausguss und überlegte, warum ich das eigentlich getan hatte.

In dem Moment drehte Mr. Wilson sich wieder um und ich trank rasch einen Schluck Wasser aus dem Becher, als wolle ich die Tabletten runterspülen.

»Na, Raymond?«, fragte er. »Alles unten?«

Ich nickte. Und er nahm mir den Becher aus der Hand und spülte ihn unterm Wasserhahn aus.

»Komm jetzt, Raymond«, sagte er dann. »Hier entlang.« Und er nahm mich am Arm und schob mich aus der Sakristei in die Kirche.

Da wurde ich plötzlich unruhig. Denn ohne die Medikamente kam ja die Chemie in meinem Hirn aus dem Gleichgewicht. Ich geriet richtig in Panik und konnte gar nicht begreifen, warum ich so dumm gewesen war. Ich wusste nicht, was jetzt passieren würde.

Aber dann waren wir in der Kirche und er führte mich nach vorn in eine Bank. Es war aber nicht die Bank, in der meine Mam saß; ich und Mr. Wilson saßen hinter ihr, bei ein paar Freunden meiner Oma, von den Progressiven Pensionären.

Meine Mam drehte sich um und wies auf den leeren Platz neben sich. Aber Mr. Wilson beugte sich vor und flüsterte: »Bei mir ist er besser aufgehoben, Shelagh, außen an der Bank. Dann stört es keinen, falls ich mal mit ihm raus muss.«

Meine Mam starrte ihn eine Sekunde an. Dann nickte sie langsam und drehte sich wieder nach vorn. Ich wollte bei ihr sein. Ich wollte neben meiner Mam sitzen. Deshalb sagte ich zu Mr. Wilson: »Schon gut, ich muss bestimmt nicht raus. Ich will vorn sitzen. Ich will bei meiner Mam sitzen.«

Ich stand auf. Aber da packte er meinen Arm und hielt mich eisern fest.

»Nein, nein, nein, nein, nein«, sagte er lächelnd. »Komm, Raymond, setz dich wieder hin.« Er zog mich auf die Bank. »Du bleibst jetzt hier sitzen, dann ist alles in Ordnung.«

Und da sah ich es, eingebrannt in seine Stirn, das Wort »Mutant«. Hätte ich doch meine Medikamente genommen! Die Mutanten kehrten zurück. Es passierten wieder komische Sachen mit mir. Ich geriet in Panik. Und deshalb hielt ich es für besser, alles zu tun, was er sagte, und setzte mich wieder hin.

Und alles war in Ordnung, weil er jetzt wieder Mr. Wilson war. »So ist's recht«, sagte er, »brav, mein Junge.«

Ich saß also neben ihm und hoffte inständig, dass alles gut gehen würde. Dass ich nicht wieder aus dem Gleichgewicht geriet. Im Hintergrund hörte ich leise Orgelmusik und versuchte, mich drauf zu konzentrieren.

Aber es passierte doch wieder was! Denn plötzlich sah ich, wie Tante Fay tröstend den Arm um meine Mam legte, als ob sie es gut mit ihr meinte. Und ich wusste doch, dass sie es gar nicht gut mit ihr meinte. So wie sie es auch mit meiner Oma nie gut gemeint hatte! Wahrscheinlich ärgerte mich das. Ich konnte nicht anders; es rutschte mir einfach so raus.

»Ihr habt es verscheuert!«, hörte ich mich plötzlich sagen. »Du und mein Drecksonkel Jason, ihr habt das Haus meiner Oma verscheuert!«

In unserer Kirchenbank drehten sich ein paar Progressive Pensionäre her und starrten mich an. Mr. Wilson lächelte und nickte ihnen zu, während er mir zuflüsterte: »Raymond, du bist hier nicht in der Klinik! Das hier ist eine Kirche. Du kannst hier nicht einfach so mit irgendwelchen Bemerkungen rausplatzen wie in der Klinik!«

Ich entschuldigte mich bei ihm.

Aber dann sah ich, dass meine Mam mich immer noch anstarrte.

Und die Tückische Tante Fay sagte: »Einfach ignorieren, Shelagh. Du musst heute schon genug ertragen, du Ärmste. Achte einfach nicht auf ihn, und überlass das Ted; der kennt sich aus.«

Dann legte sie wieder den Arm um meine Mam, als wolle sie sie trösten. Und ich versuchte ganz still zu sein. Ich versuchte, still dazusitzen und brav zu sein, aber es rutschte mir einfach raus: »Doch, Mam, es stimmt!«, sagte ich. »Die haben Oma nach Stalybridge geschafft und dann ihr Haus verkauft, da war sie noch nicht mal tot!«

»Sei still!«, zischte Mr. Wilson und funkelte mich böse an. »Raymond, beruhige dich!«

Dann schlug er mein Gesangbuch auf und befahl: »So, da schaust du jetzt rein … dieses Lied singen wir in ein paar Minuten. Los, schau jetzt da rein!«

Aber ich schaute meine Mam an. Sie weinte. Und da wusste ich, dass ich sie traurig gemacht hatte. Ich hätte meine Tabletten nehmen sollen. Bestimmt war meine Mam jetzt traurig, weil sie sah, dass die Paranoia zurückkam.

Deshalb sagte ich: »Bitte entschuldige, Mam. Das wollt ich nicht sagen, Mam. Das wollt ich nicht sagen, wollt ich nicht sagen!«

Aber meine Mam sah mich nicht mehr an. Und anscheinend wollte sie auch nicht getröstet werden; denn als Tante Fay es versuchte, schüttelte meine Mam ihren Arm einfach ab und Tante Fay sah verblüfft und beleidigt aus.

Ich starrte ins Gesangbuch. Und als die Orgelmusik dröhnend anschwoll, stand ich wie alle andern auf. Wär ich doch nur nicht so dumm gewesen, meine Tabletten in den Ausguss zu spülen! Tante Fay stand vor mir, mit ihren zwei kleinen Kretins; alle schluchzten, als der Sarg reingetragen wurde, alle tupften sich mit dem Taschentuch die Augen und taten, als ob sie traurig seien, obwohl sich keiner von ihnen jemals was aus meiner Oma gemacht hatte. Ich spürte, wie ich sie hasste! Wie ich sie alle hasste.

Aber ich wusste, dass ich nichts sagen durfte, weil jetzt die Paranoia zurückkehrte. Ich hätte wirklich meine Medikamente einnehmen sollen. Aber jetzt war es zu spät. Also versuchte ich es so. Ich versuchte mich zu konzentrieren, gegen die Gefühle anzukämpfen und meine Gedanken in die Ferne schweifen zu lassen. Ich betrachtete das große farbige Glasfenster und versuchte mich auf das Bild zu konzentrieren.

Aber plötzlich bildete ich mir wieder Dinge ein!

Zuerst sah es wie ein ganz normales farbiges Glasfenster aus. Die Sonne schien rein und man sah in der Luft die funkelnden Stäubchen tanzen. Das Bild stellte Jesus von Nazareth als Jungen dar, und er war vermisst worden, seine Mam und sein Dad waren vor Sorge ganz außer sich gewesen. Aber jetzt hatten sie ihn wieder gefunden, er hatte sich die ganze Zeit im Tempel aufgehalten. Man sah Maria und Josef ihre große Freude und Erleichterung an, weil sie ihren Sohn wiederhatten und alles in Ordnung war.

Also starrrte ich weiter das Glasfenster an und versuchte alles andere zu vergessen, während mein diebischer Onkel Jason und die anderen Sargträger mit dem Sarg an mir vorbeischritten. Ich schaute gar nicht hin. Ich wollte meinen Drecksonkel Jason gar nicht sehen. Und den Sarg auch nicht, weil er nicht aus biologisch abbaubarem Karton war, wie meine Oma es sich immer gewünscht hatte, um möglichst bald eins mit den Würmern zu werden.

Ich starrte einfach weiter auf das Glasfensterbild von Jesus und seinen Eltern.

Und da geschah es!

Plötzlich waren es nicht mehr die Gesichter von Jesus, Maria und Josef; nein, jetzt blickte Normans Gesicht auf mich herab, aus Josefs Kopf; und das Gesicht der Jungfrau war zu Twinkys Gesicht geworden; Twinkys Gesicht mit dem schönen strahlenden Lächeln, das er mir manchmal geschenkt hatte. Und aus dem Gesicht des jungen Jesus sah mich der Nette Junge an; der Nette Junge, der ich mal gewesen war.

Erst machte es mir Angst, diese drei Gesichter zu sehen. Aber andererseits war es auch schön, sie dort oben wieder vereint zu sehen – das Trio aus Failsworth.

Ich wusste, es waren die chemischen Stoffe in meinem Hirn, die mich ausrasten ließen, weil sie ihre Medikamente nicht kriegten. Ich zwinkerte, ich zwinkerte ganz stark, während alle andern zu singen begannen, Mr. Wilson neben mir besonders laut. Aber die Gesichter des Trios aus Failsworth starrten immer noch auf mich runter. Deshalb schloss ich einfach die Augen. Und ich hielt sie fest geschlossen, bis das Lied zu Ende war. Und als ich sie wieder aufmachte, schaute ich nicht mehr zu dem farbigen Glasfenster rauf. Ich sah auf den Pfarrer und hörte ihn sagen, obwohl er nicht das Vergnügen gehabt habe, meine Oma persönlich kennen zu lernen, sei es ihm in den letzten Tagen doch gelungen, sich ein Bild von ihr zu machen, ein sehr lebhaftes Bild, das sich aus den Erinnerungen jener Menschen zusammensetze, die sie gekannt und geliebt hätten; und damit meine er insbesondere die tapferen Pflegerinnen in Stalybridge, die keine Zeit und Mühe gescheut hätten, meiner Oma am Ende ihres Lebens noch ein paar wirklich reiche, glückliche Monate auf Erden zu bereiten.

»Und als ich ... den Erinnerungen jener Pflegerinnen lauschte«, sagte der Pfarrer, »und ihre … Geschichten … und … Eindrücke hörte, da … hatte ich das Gefühl … durch … ihre … gemeinsamen … Erinnerungen … einen Blick auf die … *wirkliche* … Vera Bradwell … zu erhaschen.«

Jetzt lächelte der Pfarrer.

»Oder wie … ihre lieben Freunde in Stalybridge … sie zärtlich nannten … Vera … *Madeira.*«

Er gluckste. Und dann hörte ich Wilson neben mir ebenfalls glucksen. Ich wollte sofort meine Tabletten! Ich wollte ganz weit weg sein!

»In Erinnerung an Vera Bradwell«, fuhr der Pfarrer fort, »wollen wir versuchen … in unseren Herzen das wunderbare Bild dieser sorglosen, unbekümmerten … Frau, Vera … *Madeira* zu bewahren.«

Ich hielt es nicht mehr aus! Ich hielt es nicht mehr aus! Er war ein Mutant! Der Pfarrer war ein Mutant! Ich begann in meinem Kopf drin zu reden, damit ich das nicht mehr mit anhören musste, ich redete redete redete mit mir selbst, sagte nichts, sagte etwas, sagte nichts, redete, hörte nicht zu, hörte nicht zu, hörte nicht zu. Ich war dumm, ich war dumm, hatte meine Pillen nicht genommen, hatte sie runtergespült, hätte ich nicht tun sollen, hätte sie einnehmen sollen, meine Medikamente Medik…amen…te… Medikamente. Ich versuchte mich zu konzentrieren, zu konzentrieren, ruhig, ruhig zu bleiben, ruhig zu bleiben. Dann sah ich ihn, den Sarg, den Sarg, den Sarg im Altarraum. Es war gut so, es war gut so. Starrte hin, starrte hin; es beruhigte mich, beruhigte mich, dass meine Oma, meine tote Oma, meine Oma tot war, sie war nicht da, gut so, gut so; weil sie es nicht mit anhören musste, war es egal, was sie sagten; war egal, war jetzt egal, ganz egal.

Es war gut so. Jetzt war die Stimme des Pfarrers nur noch ein Geleier. Ein fernes Geleier. Und es tat gut, nur auf den Sarg zu starren; das mutantenhafte Geleier des Pfarrers war nur noch irgendein Geräusch im Hintergrund.

Ich starrte auf den glänzenden Sarg, und das Sonnenlicht,

das durch das Glasfenster in den Altarraum fiel, malte Streifen auf den Sargdeckel. Es war gut so. Es war g–

Und da sah ich sie!

Auf dem Sarg. Direkt vor den Blumen. Oben auf dem Sarg. Eine Schachtel.

Eine Schachtel Garibaldikekse!

Mein Herz hüpfte vor Freude.

Aber dann fiel mir ein, dass ich ja meine Tabletten nicht genommen hatte. Deshalb waren die Garibaldikekse wahrscheinlich gar nicht da und ich bildete sie mir nur ein. Jetzt wusste ich ganz genau, dass die chemischen Stoffe in meinem Hirn außer Kontrolle geraten waren. Denn so was tat doch niemand; man legte Blumen auf einen Sarg, aber doch keine Schachteln mit Garibaldikeksen! Aber ich sah sie immer noch. Während des ganzen Gottesdienstes sah ich sie auf dem Sarg liegen. Und selbst als der Sarg an mir vorbeigetragen wurde, sah ich immer noch die Schachtel auf dem Deckel liegen.

Und als alle die Kirche verließen und sich draußen ums Grab versammelten und der Sarg dastand, um gleich hinabgelassen zu werden, sah ich die Keksschachtel immer noch. Und obwohl ich wusste, dass es nur die aus dem Gleichgewicht geratenen chemischen Stoffe in meinem Gehirn waren, trat ich einen Schritt vor, um mir die Schachtel genauer anzusehen. Da packte mich Wilson am Arm. »Hier geblieben, Raymond«, sagte er. »Bleib einfach bei mir, dann ist alles in Ordnung.«

Der spielte sich ja auf wie ein Gefängniswärter! Und ich blieb eigentlich nur stehen, weil ich mir nicht traute, so lange ich mir alles Mögliche einbildete. Ich wollte nicht wieder mit irgendwas rausplatzen und riskieren, dass sich meine Mam wieder aufregen musste. Sie war schon traurig genug, das sah ich ihr an. Sie stand auf der anderen Seite, aber ein paar Schritte vom Grab entfernt, als könne sie den Anblick nicht ertragen. Sie stand dort ganz allein und starrte vor sich hin, starrte einfach vor sich hin. Ich sah, dass mein Onkel und meine Tante sie zu sich rüberwinkten. Aber meine Mam schüttelte nur den Kopf und schaute sie nicht mal an; man merkte, dass meine Mam für sich sein wollte. Sie wollte keinen Menschen bei sich haben, keinen. Als sei sie ganz abgekapselt, allein mit ihrer Trauer. Ich konnte meine Mam kaum ansehen, so viel Trauer lastete auf ihr. Und deshalb schaute ich weg, weit weg zur Mauer hinter der Kirche.

Und da sah ich sie!

Es war wie in einem Traum; sie bewegten sich ganz langsam, als schwebten sie zwischen den Grabsteinen hin und her, dicht über der Erde, die beiden Gestalten, die ganz genau wie Twinky und Norman aussahen.

Ich schloss schnell die Augen! Ich kniff sie zu, so fest ich konnte, damit es wegging, dieses schreckliche, schmerzhafte Bild meiner zwei besten Freunde, die auf mich zuschwebten, als seien sie wirklich da. Ich vermisste meine Freunde. Ich vermisste sie so sehr! Aber wenn die Medikamente wirkten, wenn alles ganz weit weg blieb, dann war es gut, dann dachte ich nicht so viel über sie nach, und falls ich es doch tat, dann war es, als seien Twinky und Norman und Sunny Pines eine weit zurückliegende Erinnerung. Aber jetzt, wo die Wirkung der Medikamente nachließ, jetzt, wo ich halluzinierte und mir einbildete, ich sähe sie vor mir, jetzt hätte ich am liebsten geweint über den Verlust meiner Freunde, die ich geliebt hatte.

Und deshalb stand ich so am Grab meiner Oma: mit fest zusammengekniffenen Augen, aus denen Tränen sickerten. Und ich öffnete die Augen nur deshalb, weil Wilson plötzlich sagte: »Was zum … Was zum Teufel …!«

Ich sah ihn zum Sarg eilen, der auf der andern Grabseite stand. Und dann sah ich, wie er sich bückte und schnell die Keksschachtel vom Sarg entfernte!

Ich starrte ihm nach, als er mit der Keksschachtel zum Abfalleimer an der Ecke der Kirche eilte.

Sie waren echt!

Die Garibaldi-Kekse existierten nicht nur in meiner Einbildung, sie waren echt! Wilson klappte den Abfalleimer auf und warf die anstößigen Kekse rein. Und gegenüber meckerte Tante Fay, das sei ja widerlich, wer tue denn so was, auf der letzten Heimstatt einer Toten eine Keksschachtel liegen zu lassen! Aber ich hörte nicht auf das Geschwätz meiner entsetzten entsetzlichen Tante.

Die Kekse waren echt! Und wenn die Garibaldis echt waren, dann –

Ich schaute wieder auf! Und da waren sie! Sie waren es wirklich, sie waren echt, es waren *wirklich* Twinky und Norman.

Und falls ich noch irgendwelche Zweifel hatte, wurden sie vollends beseitigt, als meine grässliche Tante Fay fauchte: »Was machen *die* denn hier?«

Sie stieß meinen Onkel Jason an und zeigte auf Twinky und Norman, die sich ernst und traurig dem Grab näherten. Normans Gesicht war ganz verheult, und beide sahen aus, als würden sie jeden Moment wieder in Tränen ausbrechen. Sie kamen auf mich zu und dann umschlang mich Norman mit seinen bärenstarken Armen und sagte mit halb erstickter Stimme: »Scheiße, Fliege, ich hab immer gedacht, wir sehen sie noch mal!«

Dann nahm Twinky meine Hand, drückte sie ganz, ganz fest und sagte: »Alles okay, Fliege? Alles okay mit dir?«

Und ich nickte und weinte, während gleichzeitig ein strahlendes Lächeln in mir hochstieg und sich auf meinem Gesicht ausbreitete, als ich Twinky sagte: »Mir geht's super, Twinky. Echt super!«

Und dann umarmten wir uns alle drei, Twinky, Norman und ich, und wandten uns so, Arm in Arm, wieder dem Sarg meiner Oma zu – das Trio aus Failsworth. Schweigend standen wir da, starrten den Sarg an und erwiesen meiner Oma so was wie die letzte Ehre. Bis Norman plötzlich mit feuchten Augen und rauer Stimme fragte: »Ach du Scheiße, wo sind denn Omas Kekse hingekommen?«

Und genau da war Wilson wieder am Grab angelangt und

fuhr Norman und Twinky an: »Wart *ihr* das? Habt *ihr* die Kekse da hingelegt?«

Norman nickte. Und Wilson betrachtete ihn voller Ekel. »Das soll wohl ein Witz sein?«, fragte er. »Ist das eure Art von Humor?«

Norman runzelte die Stirn. »Nein!«, sagte er. »Das ist kein Witz! Das waren Garibaldis. Wir wollten, dass sie ein paar Kekse hat, wenn sie drüben ankommt.«

»Ihre Lieblingskekse«, fügte Twinky hinzu.

Wilson starrte die beiden an. Und dann meldete *er* sich zu Wort, mein Onkel Jason: »Los, verschwindet!«, rief er von der andern Seite des Grabs her. »Na los, macht, dass ihr wegkommt! Das hier ist ein Familienbegräbnis!«

Und da begann es in mir zu sprudeln, es sprudelte und sprudelte. Twinky und Norman sahen sich ratlos an.

Jetzt mischte sich auch noch meine Tante Fay ein: »Na los, wird's bald!«, keifte sie. »Ihr zwei habt hier nichts zu suchen!«

Norman sah ganz bestürzt aus. »Aber wir sind doch mit dem Bus gekommen«, sagte er, »wir sind doch extra mit dem Bus aus London gekommen!«

»Na, dann fahrt eben einfach wieder zurück!«, sagte Onkel Jason.

Und Wilson fügte hinzu: »Na los, ihr seht doch, dass das für die Familie ein schwerer Augenblick ist!«

Ich spürte das Sprudeln, das Sprudeln in mir; es war die sprudelnde Freude darüber, dass meine Freunde wieder da waren, aber auch vermischt mit dieser prickelnden, sprudelnden Hysterie. Aber das war jetzt egal! Jetzt würde alles wieder gut werden. Jetzt würde wieder eine glückliche, herrliche Zeit beginnen, weil meine Freunde zu mir zurückgekommen waren!

Norman zuckte die Achseln und sagte zu Wilson: »Wir wollten doch nur tschüss sagen. Wir wollten Oma doch nur tschüss sagen.«

»Oma!«, kreischte Tante Fay empört. »Oma! Wer hat *dir* denn erlaubt, sie Oma zu nennen? Du hast sie doch nicht mal gekannt! Jetzt aber los, Abmarsch! Macht, dass ihr fortkommt!«

»Nein!«, schrie ich plötzlich meine fiese Tante an. »Sie gehen nirgendwo hin! Diebin! Hausräuberin! Verlogene Kuh!«

Ich hielt meine Freunde weiter im Arm und sagte zu ihnen: »Geht nicht weg, geht nicht weg! Hört nicht auf sie, ihr müsst nirgends nirgends nirgends hin ... geht nicht nicht nicht!«

Jetzt brüllte mich Onkel Jason an. Er zeigte auf meine Mam und brüllte sie ebenfalls an: Man hätte mir nie erlauben sollen, zur Beerdigung zu kommen, wo doch jeder auf den ersten Blick sehe, was für ein bescheuerter Volltrottel ich sei!

Ich achtete gar nicht auf ihn, sondern hielt weiter meine Freunde im Arm und sagte zu ihnen: »Es ist alles okay, alles okay, kümmert euch nicht um ... keine Angst, das ist nur dieser diebische, räuberische Schuft; kümmert euch gar nicht um ihn.«

Jetzt starrte mich Wilson wütend an. Er trat einen Schritt vor und sagte: »Hör mal, Raymond, diese zwei bringen hier alles durcheinander!«

»Sie bleiben da!«, erwiderte ich und zog Twinky und Norman noch enger an mich. »Die gehen nirgendwo hin! Das sind meine Freunde, die sind zu mir zurückgekommen!»

Ich starrte ihn trotzig an, und jetzt drang ihm sein Mutantentum aus allen Poren, als er mit dünn zusammengepressten Lippen stocksauer dastand, zurückstarrte und dann achselzuckend seine Taktik änderte und zu meiner Mam rüberrief: »Shelagh, ich fürchte, ich muss Raymond in die Klinik zurückbringen!«

Ich sah, wie meine Mam langsam den Kopf hob, als erwache sie aus einer Art Trance. Dann schaute sie mich verwirrt an, als sehe sie mich zum ersten Mal.

»Er stört die Feier, Shelagh«, erklärte Tante Fay plötzlich. »Er macht uns die ganze Feier kaputt.«

»Wahrscheinlich war es einfach zu viel für ihn«, sagte Wilson. »Es wird für uns alle das Beste sein, wenn wir ihn wieder zurückbringen.« Er packte mich am Arm und wollte mich von meinen Freunden wegziehen. »Na los, Raymond!«, sagte er. »Los, wir fahren jetzt in die Klinik zurück!«

Da hörte ich meine Mam plötzlich klar und deutlich sagen: »Nein! Nein, nein, nein!«

Und dann stand sie neben mir, zog Wilsons Arm von mir weg und befahl: »Lass ihn in Ruhe! Lass Raymond in Ruhe!«

Wilson starrte sie mit offenem Mund an. »Shelagh«, sagte er, »hör auf meinen Rat und überlass das mir!«

Doch meine Mam schüttelte den Kopf. Und jetzt sah ich ihren Blick; ich sah das Feuer, den stählernen Eigensinn, den ich früher immer im Blick meiner Oma gesehen hatte. Und eine Sekunde war es fast so, als hätte sich meine Mam in meine Oma verwandelt! Alle starrten sie an.

»Du lässt jetzt sofort meinen Sohn in Ruhe«, sagte sie zu Wilson. »*Und* seine Freunde. Du lässt jetzt sofort diese Jungs in Ruhe.«

Er sah meine Mam böse an. Und dann erwiderte er mit halb erhobenem Finger: »Schau, Shelagh, ich verstehe ja, dass du eine sehr anstrengende Zeit hinter dir hast, aber mein Ratschlag wäre …«

»Ich sagte: *Lass sie in Ruhe!*«, beharrte meine Mam. »Ich habe die beiden *gebeten*, heute hierher zu kommen. Ich habe nach London geschrieben und sie eingeladen. Und deshalb lässt du sie gefälligst in Ruhe. Und mich auch!«

Wilson stand da und sah meine Mam stirnrunzelnd an. Und im Hintergrund meckerte mein Onkel Jason, er werde es auf keinen Fall zulassen, dass seine Mutter in der Gegenwart von zwei Schwuchteln beerdigt werde!

»Shelagh, was redest du denn da?«

Und da nahm sie meine Hand. Und mit der andern nahm sie Normans Hand. Bis wir vier, meine Mam, ich, Norman und Twinky Hand in Hand am Grab standen. Und ich glaube, in diesem Moment liebte ich meine Mam mehr als je in meinem ganzen Leben; in diesem Moment, als sie mich und meine Freunde an der Hand hielt.

Und dem Mutanten den Rücken zukehrte.

Und ich merkte gar nicht, dass ich die Worte laut aussprach, ich dachte, sie seien nur in meinem Kopf, in meinem frohen, frohen Kopf: »Meine Mam ist frei, sie ist frei, sie ist frei, sie ist den Mutanten endlich entkommen. Entkommen, entkommen, frei, frei, frei. Mam Mam Mam, meine Mam ist frei, Mam ist frei.«

Aber Mutanten geben nicht so schnell auf.

Denn jetzt ging Wilson zu meinem Drecksonkel Jason rüber. Und dann kamen beide auf uns zu, begleitet von einem der Männer, die vorhin den Sarg getragen hatten.

Und Wilson sagte zu meiner Mam: »Es tut mir Leid, Shelagh, aber ich fürchte, der Kummer beeinträchtigt deine Urteilskraft. Ich muss leider darauf bestehen, Shelagh; du magst seine Mutter sein, aber am heutigen Tag hat man mir die Verantwortung für Raymonds Wohlergehen übertragen. Und das heißt, dass ich, solange ich in *loco parensis* agiere, darauf bestehen muss, Raymond zu seinem eigenen Besten wieder in die Klinik zurückzubringen.«

Meine Mam umklammerte meine Hand fester, starrte Wilson an und schüttelte den Kopf.

Und ich sagte: »Gut gut gut gut, Mam, ich will nicht, will nicht gehen, nein! Ich bin bei meinen Freunden, meinen Freunden, ich habe meine Freunde lieb, bin bei der Liebe ...«

Da sagte mein Drecksonkel: »Das ist ja zum Kotzen!«, und drängte sich mit dem Sargträger an Wilson vorbei. Und ich wusste, sie wollten mich packen und von meiner Mam wegreißen und dann musste ich mit dem Mutanten nach Swintonfield zurück, im Auto eingeschlossen mit dem Mutanten, und dann wurde ich auf der Station eingesperrt und meine Freunde würden nicht mehr da sein, Twinky und Norman würden nicht mehr da sein und dann würde der Mutant meine Mam einfangen und ich hatte nichts und niemanden mehr, nur noch das Gefühl in meinem Kopf, von allem weit, weit weg zu sein.

Und deshalb ließ ich die Hand meiner Mam los; deshalb machte ich einen Satz übers offene Grab und rannte los. Bevor mein Drecksonkel mich packen konnte. Bevor Wilson mich festhalten konnte. Jetzt wusste ich, warum Twinky und Norman in Wirklichkeit gekommen waren. Sie waren gekommen, um mich mit nach London zu nehmen. Wir mussten es nach London schaffen! Wir mussten rennen, schnell, schnell, schnell; Norman und Twinky rannten hinter mir her und baten mich, stehen zu bleiben. Aber ich hetzte durchs Gras, wich den Grabsteinen aus und rief meinen Freunden zu: »Los, Twinky, Norman Norman Norman, los, schnell, die kriegen uns nicht, die kriegen uns nie mehr, weil wir zu schnell sind, das Trio aus Failsworth leichtfüßig scheller als der Wind, los, kommt!«

Ich kletterte über die Friedhofsmauer und sprang auf die Straße, rannte den Gehsteig entlang, und Twinky und Norman versuchten mich einzuholen und schrien die ganze Zeit: »Halt! Warte doch!«

Aber ich verstand nicht, was das sollte, weil wir uns doch beeilen mussten, wir alle, wir mussten den Bus erwischen, den Bus den Bus! Sonst fuhr er ohne uns ohne uns los, nach London, fuhr ohne uns, ohne uns, wenn wir uns nicht beeilten beeilten beeilten Twinky beeil dich Norman. Wir mussten den Bus erwischen, wir mussten den Bus erwischen, den Bus in die Stadt Stadt, und von dort fuhr dann der Bus Bus Bus nach London. Ich rannte rannte rannte die Straße lang, Twinky und Norman hinter mir her, rannten rannten hinter mir her, aber sie holten mich nicht ein, schafften es nicht schafften es nicht, nicht mal Norman und er war doch mein Train Train Trainer gewesen, holten mich nicht ein weil, ich so so schnell war so so schnell und ohne sie ohne sie die Haltestelle erreichte und auf sie wartete und dann lachte lachte lachte ich, ich krümmte mich vor Lachen und zeigte lachend auf Twinky und Norman, als sie aufs Bushäuschen zugerannt kamen, krümmte mich vor

Lachen und zeigte lachend auf sie und rief, ihr seid nicht fit ihr seid nicht fit, und die Leute im Bushäuschen schauten mich an, schauten mich an, wichen zurück, wichen zurück damit ich mehr Platz Platz Platz hatte.

»Wir fahren nach London«, erzählte ich ihnen. »Ich und meine Freunde, meine Freunde, schauen Sie nur, das sind meine Freunde, das sind Twinky und Norman, meine Freunde!«

Die Leute an der Bushaltestelle sahen verlegen weg, und ich lachte lachte, als meine Freunde mich endlich eingeholt eingeholt hatten und auf mich zugerannt kamen, und sie starrten mich keuchend an und ich sagte lachend zu den Leuten in der Schlange: »Wir sind das Trio aus Failsworth, aber wenn wir nach London kommen London kommen, werden wir höchstwahrscheinlich das Soundso-Trio Soundso-Trio Piccadilly Pickadill Pickadillydillydilly Picadilly Pimpernell!«

Ich lachte, ich lächelte alle Leute Leute in der Warteschlange an und lachte lachte lachte.

Und dann nahmen Twinky und Norman mich sanft bei der Hand und führten mich aus dem Bushäuschen, weg von den Leuten bis zu einer Mauer. Und ich lachte weiter, lachte und lachte jedes Mal, wenn ich meine tollen Freunde anschaute und spürte, wie die herrliche sprudelnde Freude in meinem Innern hochquoll und über mir zusammenschlug, sodass ich einfach nur noch lachen lachen lachen konnte.

Aber meine Freunde lachten nicht. Twinky und Norman lachten kein bisschen. Norman sah richtig bestürzt aus. Und Twinky starrte mich nur an. Dann brach Norman in Tränen aus und schluchzte kopfschüttelnd: »Verdammte Scheiße, Fliege! Was haben die denn mit dir gemacht?«

Ich wollte es ihm sagen, ich wollte Norman sagen, dass niemand irgendwas mit mir gemacht hatte. »Super, Norman«, sagte ich, »echt super!« Und ich lachte wieder, damit Norman merkte, wie gut es mir ging.

Aber Twinky und Norman schauten sich nur an. Und es war dumm, weil sie es anscheinend nicht begriffen nicht begriffen nicht verstanden hatten, und da sagte sagte ich: »Wir fahren, wir fahren, wir fahren, und diesmal fahren wir alle zusammen, nicht wahr, wir überqueren die Straße von Messina zusammen!«

Da sah ich den Bus, rannte zum Bushäuschen zurück und rief: »Kommt, kommt, das ist er, das ist er, der fährt zum Busbahnhof, kommt, sonst fährt der Bus, sonst fährt der Bus nach London, sonst fährt er ohne uns!«

Twinky und Norman folgten mir, sie folgten mir ins Bushäuschen. Und ich erzählte ihnen, erzählte allen Leuten in der Schlange vor uns, dass wir uns jetzt auf den Weg machten, ich und meine Freunde, auf den Weg nach London. Inzwischen stand ich ganz vorn, und alle Leute vor mir waren schon im Bus. Und ich wollte gerade den Fuß aufs Trittbrett setzen. Aber da spürte ich, wie jemand mich von hinten umschlang, und konnte mich nicht mehr bewegen. Der Fahrer schaute zu uns runter und fragte: »Na los! Steigt ihr jetzt ein oder was?«

Und da sah ich, dass Twinky neben mir langsam den Kopf schüttelte. Und ich wurde hochgehoben und zum Bushäuschen zurückgetragen, während sich zischend die Türen schlossen und der Bus anfuhr, und ich konnte konnte konnte nicht mehr mit dem Plappern Plappern Plappern aufhören und sagte meinen Freundenmeinenfreunden, dass wir jetzt den Bus verpasst hätten BusverpasstBusverpasst! Und so wie Twinky mich ansah und Norman mich festhielt und sich bei mir entschuldigte, wusste wusstewusstewusste wusste ich es. Ich weinte ich weinteweinteweinte weil ich es wusstewusstewusstewusste ichwusstewusste es. Ich würde nicht fahren.

Twinky sagte: »Fliege, du weißt, dass wir dich lieb haben. Aber wir müssen dich jetzt nach Hause bringen. Nicht nach London, Fliege. Wir müssen dich heimbringen, zu deiner Mam.«

Und Norman, dem die Tränen übers Gesicht liefen, sagte: »Scheiße, Fliege, du musst uns vertrauen. Ich und Twink, wir hätten wahnsinnig gern, dass du mit uns nach London kommst.

Aber Fliege, *so* kannst du nirgends hin, nicht in diesem Zustand. Scheiße, Fliege, du solltest dich mal hören; ehrlich gesagt: Du bist total durchgeknallt!«

Und ich wusste es auch. Ich wusste, dass ich wirklich total durchgeknallt war. Ich wusste, dass ich nirgends hinkonnte.

Twinky hielt jetzt meine Hand. »Schaffst du das, Fliege?«, fragte er. »Glaubst du, du schaffst es, Norman und mir zu vertrauen?«

Ich nickte. Und unter Tränen sagte ich zu Twinky: »Du weißt du weißt du weißt, dass ich euch vertraue. Ich ververtraue traue dir und Norman mehr, als ich jejejejeje sonst irgendirgendjemand vertraut hab.«

Da lockerte Norman seinen Griff.

Und Twinky sagte: »Na komm, mein Schatz, jetzt bringen wir dich erst mal heim zu deiner Mam.«

Die Sache ist die, Morrissey, dass meine Mam keine Wahl hatte. Sie sagte, sie würde alles in Bewegung setzen, damit ich möglichst schnell dort rauskäme. Aber erst mal müsse ich zurück. Sie nahm mich in den Arm. Und sie sagte mir noch einmal, zum hundertsten Mal, wie Leid es ihr tue und wie dumm, furchtbar dumm es von ihr gewesen sei, sich mit Wilson einzulassen. Meine Mam sagte, sie bezweifle, dass ich je in Swintonfield gelandet wär, wenn Wilson sich nicht eingemischt hätte. Aber trotzdem mache sie sich auch selber Vorwürfe; sie mache sich Vorwürfe, weil sie verzweifelt gewesen sei, wegen mir und wegen der Vorstellung, nicht verheiratet zu sein und vielleicht bis an ihr Lebensende allein zu bleiben. Und weil sie so verzweifelt gewesen war, hatte sie dazu auch noch die Dummheit begangen, sich einwickeln zu lassen von einem abscheulichen Besserwisser, der sich in alles einmischte und sich offenbar am Unglück anderer Menschen mästete.

Meine Mam entschuldigte sich sogar bei Twinky und Norman. Sie schäme sich, sagte sie. Sie habe sich von Wilson gegen Norman und Twinky aufhetzen lassen, ohne sie zu kennen, und das, obwohl sie zwei so nette Jungen seien und mir die ganze Zeit so gute Freunde gewesen seien.

Jetzt musste ich wieder weinen. Als meine Mam das sagte und als ich merkte, dass sie meine Freunde mochte, musste ich wieder weinen; ich brach einfach mitten im Gelächter in Tränen aus.

Und meine Mam erklärte mir, warum sie mich unbedingt zurückbringen musste. »Schau, Raymond«, sagte sie, »sogar deine Freunde sehen, dass es dir nicht gut geht, stimmt's, ihr beiden?«

Twinky und Norman nickten. Aber meine Mam hätte mir eigentlich gar nichts erklären müssen. Sie hätte eigentlich gar nicht sagen müssen, dass es ihr Leid tat, denn ich merkte selber, dass es mir nicht gut ging; im einen Moment weinte ich und im nächsten plapperte ich vor mich hin und lachte wie nicht gescheit über Dinge, die eigentlich gar nicht lustig waren. Ich weinte um meine Oma, und gleich darauf erzählte ich meiner Mam, Twinky und Norman lachend von dem großen schwarzen Bus und dem Meister des Elends, der gekommen war, um meine Oma abzuholen, aber er würde sie nicht mit in den Himmel nehmen, weil der Himmel für meine Oma die Hölle wär, und wenn man sich's mal genau überlegte, hätte Norman damals ganz Recht gehabt, als er meinte, der Himmel sei wahrscheinlich ein total beschissenes Drecksloch.

Sie brachten mich im Taxi hin, Norman, Twinky und meine Mam. Sie waren alle sehr lieb zu mir und hielten mich an der Hand. Und ich erfuhr erst lange, lange Zeit später, dass sie mich festgehalten und geschützt hatten, während ich den ganzen Weg zurück nach Swintonfield plapperte, weinte und lachte und ihnen tolle Ideen präsentierte wie etwa die, dass wir doch alle nach Swintonfield zurückrennen könnten! Und deshalb wollte ich dauernd die Wagentür öffnen, weil ich glaubte, es könne mir überhaupt nichts passieren, wenn ich aus dem fahrenden Taxi sprang.

Morrissey, ich überlege schon die ganze Zeit, was du wohl denkst, wenn du diese Briefe liest; vermutlich könntest du durchaus zu dem Schluss kommen, dass ich wirklich nur ein armer Irrer bin. Und ich würde dir nicht mal einen Vorwurf machen, Morrissey; denn alle möglichen Leute, Leute die mich kannten, haben damals gedacht, ich sei verrückt, irgendwas stimme nicht mit mir und ich würde nie wieder normal werden. Aber es kam anders, Morrissey.

Deshalb möchte ich dich beruhigen; weil ich weiß, dass eine öffentliche Person wie du sehr viel unerwünschte Aufmerksamkeit erhält und häufig Briefe von Leuten kriegt, die nicht ganz bei Trost sind. Aus Gesprächen mit andern Fans weiß ich, dass es eine ganze Menge Leute gibt, die irgendwann den Kontakt zur Realität verlieren und plötzlich denken, sie hätten eine persönliche Beziehung zu dir. Aber so bin ich nicht, Morrissey.

Ich weiß, mir ging es nicht gut. Aber wenn ich damals den Kontakt zur Realität verloren hatte, dann nur wegen dem, was passiert war. Meine Mam sagt, wenn ich damals vielleicht wirklich ein bisschen verrückt gewesen bin, dann nur deshalb, weil mich all das, was passiert war, in den Wahnsinn *getrieben* hat.

Es war nur eine Phase, Morrissey, nur eine Phase, die ich damals durchmachte. Und nachdem ich endlich aus Swintonfield entlassen worden war, hatte ich keinerlei Anfälle mehr. Sie sagten damals, das komme von all dem Stress und Druck, von meinen Angstzuständen. Und die Medikamente würden mir die Ruhe geben, die ich so dringend bräuchte.

Aber ich sagte, ich hätte gar keinen Druck oder Stress, ich hätte gar keine Angstzustände. Nach dem Begräbnis, als mich meine Mam, Twinky und Norman zurückbrachten, sagte ich ihnen, ich sei kein bisschen deprimiert. Selbst beim Weinen war ich glücklich! Und als meine Mam und meine Freunde mich durch die diversen Türen zur Anmeldung führten, war ich völlig überdreht, richtig aufgekratzt, in Hochstimmung;

mir fuhren tausend Ideen durch den Kopf und sprudelten gleich aus mir raus – was wir alles zusammen unternehmen würden und dass uns niemand dran hindern könnte; und dass wir alles, alles tun könnten, was wir nur wollten, ohne Zögern und Zaudern, ohne Angst und ohne dass es Konsequenzen hätte. Während meine Mam mit der Schwester an der Pforte sprach, sagte ich Twinky und Norman, sie könnten beide bei mir auf der Station wohnen und meine Mam würde uns leckere Sachen zum Essen mitbringen und dann könnten wir im Krankenzimmer Picknicks veranstalten. Twinky sagte, das klinge ja himmlisch. Und Norman nickte.

Aber als sie sich ansahen, hatten sie Tränen in den Augen.

Und dann waren da plötzlich Brendan, sein kahl rasierter Kollege und noch ein paar andere Pfleger. Sie nahmen mich links und rechts am Arm und redeten mir zu wie einem kleinen Kind. Dann führten sie mich zum Lift. Aber Twinky, Norman und meine Mam kamen nicht mit. Sie waren nicht mehr da. Ich wollte mich nach ihnen umdrehen, aber die Pfleger führten mich unerbittlich weiter. Und da *musste* ich mich ja wehren, weil sie nicht stehen blieben und ich mich nicht nach meiner Mam und meinen Freunden umdrehen durfte! Ich wollte wirklich niemandem wehtun und niemanden schlagen. Ich wollte einfach nur, dass sie mich LOSLIESSEN, damit ich mich umdrehen konnte. Und als ich losbrüllte, wollte ich damit niemandem Angst einjagen, auch nicht der alten Frau, die gerade aus dem Lift stieg. Ich wollte nur, DASS SIE MICH LOSLIESSEN. Ich wollte mich doch nur noch mal nach meinen Freunden und meiner Mam umdrehen. Aber SIE LIESSEN MICH NICHT. Brendan und die andern Pfleger LIESSEN MICH NICHT LOS. Und nur aus diesem Grund ließ ich mich zu Boden sacken und rief heulend nach meinen Freunden und meiner Mam, zappelte, strampelte und schrie, bis sie MICH AUFHOBEN, in den Lift trugen und mich dort festhielten; und da endlich gelang es mir, mich mühsam umzudrehen, kurz bevor die Türen zugingen; und ich sah Twinky, Norman und meine

Mam; sie standen immer noch bei der Aufnahme; meine Mam hatte erschrocken die Hand auf den Mund gelegt, Norman hatte sich mit gesenktem Kopf abgewandt. Nur Twinky sah zu mir her, die Hand halb zum Winken erhoben, und dann gingen die Lifttüren zu und mir war, als seien alle für immer verschwunden.

Ich leugne nicht, dass ich krank war, Morrissey. Ich weiß, dass ich krank war. Das würde ich auch nie abstreiten. Als mich meine Mam am Tag nach der Beerdigung besuchte, war sie über meinen Zustand so schockiert, dass sie mich gleich mit nach Hause nehmen wollte. Das sinnlose Geplapper und Gequassel hatte zwar aufgehört, aber es schien, als hätte auch alles andere aufgehört. Als hätte mein Gehirn alle Funktionen eingestellt, sagte meine Mam. Ich hätte dagelegen wie ein schwabbeliger Klumpen.

Sie sagte den Pflegern, dass sie mich mit nach Hause nehmen werde. Sie versuchte sogar, mich aus dem Bett zu holen und anzuziehen. Brendan wollte sie dran hindern und erklärte, das komme nur von den Medikamenten, die man mir gegen den manischen Zustand verabreicht hätte. Aber meine Mam weinte und wollte mich immer noch anziehen und mit nach Hause nehmen. Da holte man den Chefarzt, Dr. Corkerdale, und der erklärte meiner Mam, dass ich wie ein ausgewrungener Putzlappen daläge, sei nur das Resultat von Depression und Therapie. Er sagte, das sei völlig normal. Es sei viel besser, dass ich jetzt ruhig sei, statt in einem fort manisch vor mich hinzuplappern, denn in diesem Zustand stellte ich die größte Gefahr für mich selbst dar. Weil ich dann nämlich größenwahnsinnig und voll hochfahrender Pläne sei.

»In solchen Phasen«, sagte er zu meiner Mam, »kann bei dem Patienten die Illusion entstehen, dass er unverwundbar sei. Und das wollen wir doch nicht, Mutti, oder? Sie wollen doch nicht, dass er von einer Brücke, aus einem Hochhaus oder vor einen Zug springt. Oder wieder in einen Kanal?«

Und als meine Mam angstvoll den Kopf schüttelte, stellte ihr der Chefarzt lächelnd in Aussicht, dass ich bei ihrem nächsten Besuch wahrscheinlich schon viel munterer sei. Und sobald er davon ausgehen könne, dass die manische Phase vorbei sei, werde er auch das Lithium reduzieren und dann wäre ich wieder so wie früher.

Aber das stimmte nicht, Morrissey, jedenfalls nicht, solange ich in Swintonfield war; ich wurde nicht mehr wie früher.

Anfangs versuchte ich ihnen immer wieder zu erklären, dass das Ganze nur ein Irrtum sei und ich nie einen Selbstmordversuch begangen hätte. Aber da lächelte Dr. Corkerdale nur, fuhr mir mit der Hand durchs Haar und sagte zu seinen Studenten: »Sehen Sie, das ist ein typisches Beispiel für Bipolarität. Dieser Junge hat schon mindestens zwei Suizidversuche hinter sich und leugnet sie immer noch ab; vermutlich, weil manche bipolaren Persönlichkeiten eine Tendenz zu schizoaffektiven Störungen aufweisen. In seinem jetzigen – kontrollierten – Zustand werden Ereignisse, die mit der vorausgegangenen manischen Phase in Verbindung stehen, einfach geleugnet oder gar nicht erst wahrgenommen.«

Die Studenten nickten eifrig und machten sich Notizen, während der Chefarzt lächelnd an seinem Manschettenknopf rumnestelte.

Ich versuchte es noch eine Zeit lang; ich beteuerte immer wieder, ich hätte mich bestimmt nicht umbringen wollen; und die Person, über die sie dauernd redeten, sei gar nicht ich.

Aber Corkerdale fuhr mir nur jedes Mal mit der Hand durchs Haar und erklärte seinen Studenten, bei schizoaffektiven Störungen gebe es oft auch Symptome einer multiplen Persönlichkeit.

Und dann sagte er noch, ich sei ein guter Junge, und rauschte, seine Studenten im Schlepptau, davon.

Und ich glaube, damals fing es wieder an, dass ich mir alle möglichen Sachen einbildete! Als ich Corkerdale nachsah, dem seine Studenten mit ihren weißen Mänteln und umgehängten

Stethoskopen im Gänsemarsch folgten, wurde aus diesem Ensemble plötzlich ein langes, aufgedunsenes Wesen, das sich wie eine fette, blasse Raupe durch den Krankensaal wand und durch die Tür verschwand.

Danach sah ich dann alles Mögliche; zum Beispiel Rübenkraut, das aus den Wänden wuchs, und den Mann, dem der Kopf verkehrt rum saß. Seine Kleider waren ihm zu klein. Und er wollte mir wehtun. Manchmal tauchte er nach Einbruch der Dunkelheit am Fenster auf, winkte mir zu und rief, ich solle mitkommen. Deshalb bat ich die Nachtschwestern, die Vorhänge richtig zuzuziehen, richtig, richtig zu, nicht halb zu, nicht halb offen, nicht mit Schlitzen, Spalten und klaffenden Lücken, nicht so, dass sie sich in der Mitte nicht ganz trafen; nein, zu, zu, zu, richtig zugezogene Vorhänge, damit der Mann mit dem verkehrten Kopf nicht hereinsschauen konnte.

Aber die Nachtschwestern verstanden es nicht. Manchmal fuhren sie mich gereizt an: »Um Himmels willen, Raymond, lass uns doch endlich mit diesen verdammten Vorhängen in Ruhe! Sie sind zu, sie sind zu, sie sind ganz zu! Schau doch hin.«

Aber sie waren nicht zu!

Und ich lag nächtelang wach und wusste, dass er mich beobachtete, der Mann mit dem verkehrt rum sitzenden Kopf.

Ich glaube, deshalb war ich auch die ganze Zeit so müde. Deshalb wollte ich nicht aufstehen; ich kam ja nachts nie zum Schlafen, wegen der Geräusche, mit denen das Rübenkraut aus der Wand wuchs, und wegen dem Mann, der mich durch die Schlitze im Vorhang anstarrte.

Jetzt weiß ich es, Morrissey, jetzt weiß ich natürlich, dass sich das alles nur in meinem Kopf abspielte und dass ich Dinge sah, die gar nicht existierten. Manchmal auch schöne Dinge. Es kam zum Beispiel vor, dass ich meine Oma sah und sie hatte Jaffakekse, eine Flasche voller Löwenzahn und Kletten und eine Tüte mit gefüllten Waffeln bei sich. Und ich wusste, dass sie mich abholte, um etwas mit mir zu unternehmen, so wie früher, als ich noch klein war und wir zum Picknick auf irgendeinen Friedhof in Groß-Manchester fuhren.

Das gefiel mir; wenn ich schöne Dinge sah, wenn ich Menschen wie meine Oma sah oder meine Freunde.

Manchmal, wenn ich aufblickte, saßen Twinky und Norman am Fußende meines Betts; sie lächelten mich an und erzählten mir, dass sie bei Petula Clark Tee getrunken hätten.

Und einmal sagten sie sogar, dass sie übers Wochenende nach Failsworth zurückgefahren seien, um Twinkys Mam zu besuchen. Die hätte einen schlimmen Schock erlitten, weil ihr Cockerspaniel von einem Call-a-Pizza-Lieferwagen überfahren worden sei. Und als sie ankamen, sagte Norman, habe ganz Failsworth darüber gesprochen.

Ich dachte, er meine den Hund von Twinkys Mam. Aber Twinky sagte, dem Hund gehe es gut, der habe sich nur ein Bein gebrochen.

Es war nicht der Hund, über den ganz Failsworth sprach; es waren die Neuigkeiten! Man hatte Paulette Pattersons Vater verhaftet und es hieß, das sei schon jahrelang so gegangen; vor Paulette seien es ihre älteren Schwestern gewesen. Bis die älteste Schwester, die jetzt verheiratet war, endlich beschlossen hatte, ihr Schweigen zu brechen.

Das erzählten mir also Twinky und Norman oder ich *glaubte* zumindest, dass sie es mir erzählten. Deshalb war ich anfangs auch froh, weil jetzt endlich alle wussten, dass ich es nicht getan hatte, dass ich dem kleinen Mädchen nie etwas angetan hatte. Vielleicht konnten wir ja jetzt wieder nach Failsworth zurück, ich und meine Mam. Das sagte ich auch zu Twinky und Norman, aber als ich aufschaute, war niemand mehr da. Twinky und Norman waren verschwunden. Und da wurde ich traurig, weil es wohl wie mit dem Rübenkraut war und ich mir das alles nur eingebildet hatte.

Und als dann meine Mam am Bettrand saß und mir von dem kleinen Mädchen das Gleiche erzählte, was ich schon von Twinky und Norman gehört hatte, achtete ich gar nicht mehr drauf, sondern starrte bloß aus dem Fenster und wartete, bis sie wieder verschwand; ich hörte gar nicht recht zu, als sie sagte, sie habe sich beim Wohnungsamt erkundigt, ob wir vielleicht wieder von Wythenshawe nach Failsworth umziehen könnten, wo wir doch schließlich hingehörten. Ich starrte nur aus dem Fenster und fragte mich, ob die Nachtschwester heute dran denken würde, die Vorhänge richtig zu schließen.

Ich weiß nicht genau, wie lange ich auf der Station in Swintonfield war, ich weiß nur noch, dass ich im Winter dort eingeliefert wurde. Und als ich wieder raus durfte, war der Sommer fast vorbei.

Und weißt du, was ich immer dachte, Morrissey? Dass die Zeit in Swintonfield ein vergeudeter Abschnitt meines Lebens war. Als täte sich da eine Lücke auf.

Dr. Corkerdale sagte zu meiner Mam, er wolle mein Bewusstsein auf einem möglichst niedrigen Aktivitäts- und Funktionsniveau halten. Wie eines dieser modernen Fernsehgeräte, erklärte er meiner Mam begeistert, eines dieser Fernsehgeräte, die man auf Stand-by schalten kann, sodass das Gerät fast, aber nicht *ganz* ausgeschaltet ist!

Auch mein Bewusstsein sollte *fast* ausgeschaltet sein. Denn Corkerdale hatte die Theorie, dass sich das Bewusstsein am besten selber heile, wenn man es ganz in Ruhe ließ. Und die Medikamente, erklärte er, seien nur das Mittel, um mein Bewusstsein von Druck, Stress und Angst zu befreien.

Deshalb hielt ich diese Zeit für vergeudet; die Zeit, als ich nur ein heruntergeschalteter Fernseher war, eine angehaltene Uhr. Als ich nichts war. Als mein Leben zum Stillstand gebracht worden war. Einfach nur leere Zeit, in der nichts passierte.

Aber damals wusste ich das nicht. Wie hätte ich es auch wissen können.

Irgendwann hieß es dann, ich müsse unbedingt Gymnastik machen. Aber ich hatte keine Lust. Es machte mir nicht mal was aus, dass ich wieder dick wurde. Ich wollte einfach nur im Bett liegen bleiben.

Sie baten meine Mam, mir gut zuzureden. Und meine Mam sagte, jetzt, wo das Wetter wieder wärmer werde, könnten wir doch ein bisschen im Park spazieren gehen. Und nur weil meine Mam mich begleitete, war ich dazu bereit.

Als er mich das erste Mal sah, war sie bei mir. Er musste sie also auch gesehen haben. Sonst hätte er mich ja gar nicht erkannt. Aber meine Mam sah ihn nicht. Er versteckte sich nämlich schnell hinter dem Kastanienbaum. Und als wir vorbeigingen, sah ich, dass er hinter dem Baumstamm hervorlugte und uns beobachtete. Ich wusste nicht, ob er wirklich existierte. Manchmal hielt ich ihn für den Mann, der im Kastanienbaum lebte. Er war immer da und spähte jedes Mal hinter dem Baum vor, wenn meine Mam und ich vorbeikamen. Und manchmal dachte ich doch wieder, er sei real. Deshalb zupfte ich meine Mam am Ärmel und zeigte hin. Aber gleich darauf hielt ich es wieder für ein Hirngespinst, denn als meine Mam hinsah, war er verschwunden. Wenn meine Mam hinschaute, war er nie zu sehen, der Mann, der im Kastanienbaum lebte; der Mann mit den warmen, sanften Augen, der jedes Mal hinterm Baumstamm hervorspähte, wenn meine Mam mit mir vorbeikam.

Wenn mich statt meiner Mam aber eine Krankenschwester begleitete, trat er hinter dem Baum vor. Dann winkte er mir immer lächelnd zu, wenn ich vorbeiging. Aber ich konnte nie lächeln oder zurückwinken, weil meine Lider immer noch schwer wie Sandsäcke waren und mein Hirn wie aus Watte, und meine Beine fühlten sich an, als watete ich durch einen tiefen, dunklen, breiten Strom.

Erst als es mir langsam besser ging, weil Dr. Corkerdale die Dosis reduzierte, merkte ich, dass es den Mann wirklich gab; dass er der Gärtner war, der sich um den Park von Swintonfield kümmerte.

Und eines Tages kam er direkt auf mich zu; eines Tages

ging er neben mir und der Krankenschwester her. Er deutete auf mich und formte mit den Fingern irgendwelche Zeichen. Die Schwester nickte lächelnd und antwortete ihm, als habe er ihr eine Frage gestellt: »Raymond. Genau, Raymond; unser Neuzugang, der junge Raymond Marks.«

Er nickte lächelnd. Aber dann sah es aus, als kämpfe er mit den Tränen. Er öffnete den Mund zum Sprechen. Aber es kamen nur verstümmelte, erstickte Laute raus, als ringe er um Luft. Seine Augen leuchteten warm, aber seine Stimme machte mir solche Angst, dass ich stehen blieb und die Hand der Schwester umklammerte. Aber sie sagte: »Schon gut, Raymond, du brauchst keine Angst zu haben. Er will dir nur hallo sagen und nett zu dir sein. Nicht wahr, John?« Er stand da und nickte, während die Schwester mich beruhigte und mir versicherte, dass mir der Gärtner bestimmt nichts tun werde. Er könne nur nicht mehr sprechen, sagte sie; man habe ihm die Stimmbänder entfernt.

»Aber wenn du schon so lange hier wärst wie ich, Raymond«, fuhr die Schwester fort, als wir uns wieder in Bewegung setzten, »dann würdest du seine Zeichensprache und sein Gekrächze verstehen; nicht wahr, John?« Er nickte. Und dann gingen wir zu dritt weiter.

Später, Morrissey, als die Medikamentendosis schon seit Wochen herabgesetzt war, ohne dass es wieder zu einer manischen Phase mit wirrem Geplapper gekommen war und ohne dass ich versucht hatte, mich aus dem Fenster zu stürzen, durfte ich auch allein im Park spazieren gehen. Und von da an sah ich John den Gärtner jeden Tag. Ich mochte ihn. Wir saßen vor seiner Hütte hinter dem großen Kastanienbaum und tranken gezuckerten Tee mit wenig Milch. Und die Schwester hatte ganz Recht gehabt. Denn obwohl er keine Stimme mehr hatte, lernte ich sein Gekrächze und Gegurgle und seine Fingerzeichen rasch zu verstehen. So unterhielten wir uns. Er fragte mich, wie ich nach Swintonfield gekommen war, und ich erzählte John dem Gärtner alles, woran ich mich noch erinnern konnte; dass Twinky und Norman nach London abgehauen waren und dass meine Mam fast den Mutanten geheiratet hätte; ich erzählte ihm von meiner Oma und dass sie an einem Schlaganfall gestorben war. Und ich erzählte ihm vom Falschen Jungen. Nicht alles, nicht das mit dem Fliegenfangen und so, aber ich erzählte ihm einfach, wie ich zum Falschen Jungen geworden war. Und dass ich meiner Mam immer nur wehgetan hatte.

Wenn ich ihm solche Dinge erzählte, betrachtete mich John der Gärtner mit seinen tieftraurigen Augen. Und manchmal schien er richtig zornig zu werden; dann starrte er mich stirnrunzelnd an, schüttelte den Kopf und stieß ein Knurren aus, das ich nicht richtig verstand. Denn ich hatte ja keine Ahnung!

Ich hatte ja keine Ahnung, dass er mein Dad war.

Er knurrte, weil es ihn wütend machte, was seinem Sohn alles zugestoßen war.

Warum hat er es mir nicht gesagt, Morrissey? Erwachsene Menschen sollten doch nicht so dumm sein. Warum hat er es mir nicht gesagt? Hat er geglaubt, ich würde ihn nicht mögen? Weil er nicht sprechen konnte? Weil er ein Gärtner war? Und viele Jahre zuvor hatte er es nicht mal geschafft, mir und meiner Mam einen Rasen auszulegen. Ich weiß nicht, warum er es mir nicht gesagt hat, Morrissey, aber jedenfalls tat er es nicht. Erst als er mir seine Gitarre schenkte, *da* hat er es mir in gewisser Weise gesagt. Eines Tages verschwand er in seiner Hütte. Und dann kam er mit dieser altmodischen, zerschrammten Gitarre wieder raus. Er hielt sie mir hin. Aber ich sagte skeptisch, ich könne doch gar nicht Gitarre spielen. Das schien er nicht zu verstehen. Er nickte und hielt mir das Instrument immer noch beharrlich hin, bis ich es schließlich entgegennahm. Und er stand da, sah mich an und ermunterte mich nickend, doch mal einen Versuch zu machen. Aber es klappte nicht. Jedenfalls nicht richtig. Ich hab nur so ein bisschen drauf rumgeklimpert. Das Einzige, was mir noch aus der

Blockflötenstunde in der Schule einfiel, war eine einstimmige Melodie. Es sollte »Hänschen klein« sein, klang aber ganz holprig und nicht im Takt und war als Lied kaum zu erkennen.

Und trotzdem schien John der Gärtner hoch beglückt. Er klatschte in die Hände, hüpfte vor Freude auf und ab und rief aufgeregt: »Jaaaaa! Jaaagaaaaa! Waaabaaaaar!«, was bei ihm so viel hieß wie: »Ja! Ja, genau! Wunderbar!«

Mir war schleierhaft, wie jemand bei einer so langweiligen, mühsam gezupften Melodie dermaßen aus dem Häuschen geraten konnte. Das hätte doch jeder spielen können. Aber wenn man John den Gärtner hörte, hätte man meinen können, ich hätte gerade ein komplettes Gitarrenkonzert hingelegt. Aber so sind Väter, nicht wahr? So sind sie, wenn es um ihre eigenen Kinder geht. Wenn mein Dad damals nicht weggegangen wär und mir stattdessen als Kind beim Legobauen zugeschaut hätte, hätte er vermutlich vor den Nachbarn geprahlt, ich würde bestimmt mal ein Stararchitekt. Oder wenn er mir beim Kicken zugeschaut hätte, hätte er vielleicht behauptet, ich würde sicher mal ein berühmter Fußballer. Er hätte wahrscheinlich alles Mögliche gesagt und getan; wenn er damals nicht weggegangen wär.

Und ich wär wahrscheinlich nie in Swintonfield gelandet.

Morrissey, das mit dem Hähnchen tut mir Leid. Ich hab es nur aus Hunger und Selbstmitleid gegessen. Aber jetzt schäme ich mich, Morrissey. Weil ich das, was ich über meinen Dad erfahren hab, und das, was ich dabei empfand, als Rechtfertigung missbraucht hab, mich danebenzubenehmen. Dabei mag ich Hähnchen nicht mal!

Jetzt weiß ich, dass es keinen Sinn hat, rumzusitzen und in Selbstmitleid zu versinken. Und in Mitleid für meinen Vater.

Es hat mich traurig gemacht. Aber auch wütend. Alles, was sich mein Vater je wünschte, hat er die ganze Zeit in Gestalt seiner Stimme besessen! Das Musikinstrument, das er so gern spielen wollte, hat er die ganze Zeit gehabt, in Gestalt seiner Stimme, seiner Stimmbänder. Und er hat alles zerstört, alles kaputt gemacht. Das einzige Instrument, das er je beherrscht hat; seine einzige Möglichkeit, die Melodien auszudrücken, die er im Herzen trug – er hat es einfach weggeworfen, und wofür? Für seine hoffnungslose Liebe zu einer Schlampe aus Silkstone Common, die ihn zum Narren gemacht hat.

Und seit ich hier so sitze, Morrissey, denke ich die ganze Zeit, dass es sinnlos und sentimental ist, jetzt im »Was-wäre-gewesen-wenn« herumzuwühlen. Denn eigentlich war mein Dad ja nie mein richtiger Dad. Ich hab ihn gar nicht gekannt. Die Dewsbury Desperadoes kannten ihn besser als ich. Wenn ich je einen richtigen Dad gehabt habe, dann war das meine Oma; sie ist wie ein Dad für mich gewesen. Sie hat mir alles Wichtige beigebracht. Zum Beispiel das mit dem Selbstmitleid und den Kartoffeln. Und deshalb kann ich hier nicht länger rumhocken, voll trauriger Erinnerungen an einen Dad, den ich nie hatte, und voller Trauer über sein Leben.

Ich bin ohne ihn aufgewachsen. Daran lässt sich nichts mehr ändern. Meine Oma sagte immer, das Verlangen nach etwas, das er nie bekommen konnte, hat die Seele meines Vater in die falsche Richtung gelenkt.

»Das Leben vieler Menschen, Raymond«, sagte sie immer, »das Leben vieler Menschen besteht nur aus Frustration und Verzweiflung, weil sie das wollen, was sie nicht kriegen können. Schau mich an! Meinst du nicht, dass ich lieber Simone de Beauvoir oder Daphne du Maurier gewesen wär? Natürlich. Das hätte mir sogar sehr gefallen – all diese Teegesellschaften draußen auf dem Rasen und die Lakaien, die mir die Rinde vom Brot abschnitten. Das hätte mir allerdings gefallen, Raymond. Aber es war nicht vorgesehen, mein Junge; ich war nun mal nicht Daphne du Maurier. Und ich konnte es auch nie werden. Also musste ich versuchen, die beste Vera Bradwell zu sein, die ich sein konnte.«

Und meine Oma hatte Recht; das wusste ich. Ich wusste,

dass mein Dad sein ganzes Leben damit verbracht hatte, sich etwas zu wünschen, das er unmöglich erreichen konnte. Und deshalb hat er nie das Leben gelebt, das ihm geschenkt worden war.

Ich weiß, was ich zu tun hab, Morrissey; ich muss weiterziehen; mich wieder an die Autobahn stellen, um nach Grimsby zu kommen.

Und ich muss versuchen, der beste Raymond Marks zu sein, der ich sein kann.

Mit freundlichen Grüßen
Raymond Marks

17. Juni 1991
Ein Unterstand,
Strandpromenade,
Cleethorpes,
Lincs
(Montagmorgen)

Lieber Morrissey,

manchmal frag ich mich, was aus mir geworden wär, wenn ich mich so wie die andern entwickelt hätte; wenn ich einfach ein ganz normaler Mensch geworden wär, wie die Darren Duckworths und die Geoffrey Weatherbys, die Kevin Cowleys, Albert Goldbergs und so weiter.

Manche von ihnen sehe ich gelegentlich in der Stadt, vor allem die, die arbeitslos sind. Manchmal grölen sie mir irgendwas zu, besonders wenn sie auf einer Bank zusammenhocken oder vor einem Getränkekiosk rumlungern. Sie rufen so blödes Zeug wie: »Hey Marks! Suchst du Spencer?«

Das finden sie dann zum Brüllen komisch. Manchmal grölen sie auch »Psycho!« oder »Spasti!« oder »Mongo!«. Und wenn sie in absoluter Hochform sind, johlen sie: »Guckt mal, da kommt der retardierte Raymond!«

Ich ignoriere sie einfach. Und meistens ignorieren sie mich auch. Als stammten wir von zwei verschiedenen Planeten.

Manche wie etwa Geoffrey Weatherby studieren irgendwo. Andere haben Jobs, arbeiten in einer Bank oder Bausparkasse. Manchmal sehe ich sie in Failsworth und Umgebung. Wir schauen uns nicht an. Sie werden bei meinem Anblick nervös; ich könnte ja auf die Idee kommen, sie anzusprechen. Das wär ihnen schrecklich peinlich, weil sie dann ja so tun müssten, als würden sie mich nicht kennen, oder noch schlimmer, sie müssten womöglich stehen bleiben – mit ihren Unisexfrisuren, ihren abgewetzten Jeans und ihren Hushpuppy-Mokassinimitaten – und Angst haben, dass jemand sie mit mir zusammen sieht!

Sie ahnen ja nicht, dass mir das noch viel viel peinlicher wär! Um nichts in der Welt möchte ich dabei gesehen werden, wie ich mich mit so grauenhaft normalen Leuten unterhalte.

Deshalb hat es mir nie was ausgemacht, wenn sie einfach an mir vorbeigingen. Eigentlich war ich sogar jedes Mal froh drüber! Selbst bei Geoffrey Weatherby. Und als er mir eines Tages mit seiner Freundin im Einkaufszentrum entgegenkam – sie hielten sich lachend umschlungen – und plötzlich stehen blieb, da wär es mir wirklich lieber gewesen, er wäre weitergegangen, hätte mich ignoriert und so getan, als ob er mich gar nicht kennen würde.

Aber plötzlich ließ er seine Freundin vor WH Smith's stehen und kam zu mir her.

Er nickte mir zu und fragte mich, wie es mir gehe. Ich zuckte die Achseln. Ich wusste wirklich nicht, warum er stehen geblieben war. Er hatte ja kein Wort mehr mit mir gewechselt, seit er vor vielen Jahren an mir vorbeigeradelt war und mich fette Sau genannt hatte.

»Ich bin jetzt ja an der Uni«, begann er, »und da bin ich nicht mehr so auf dem Laufenden über das, was hier passiert. Aber ich ... hab gehört ... ich hab gehört, dass es dir nicht besonders gut gegangen ist.«

Ich sah seine Freundin vor Smith's stehen und ins Schaufenster gucken. Sie war wirklich hübsch. Bestimmt hatte er sie an der Universität kennen gelernt.

»Also«, fuhr er fort, »es geht um Folgendes.« Und dann räusperte er sich und sah ziemlich verlegen aus. »Ich wollte nur ... ich meine ...« Mit einem kurzen Blick überprüfte er, ob seine Freundin noch außer Hörweite war. Dann senkte er die Stimme und fuhr fort: »Du weißt doch ... äh ... vor vielen Jahren! Damals, als wir noch in der ... du erinnerst dich doch an die Sache damals ... am Kanal ... mit Albert Goldberg und den andern?«

Jetzt sah ich ihn zum ersten Mal richtig an. Und plötzlich freute ich mich! Auch wenn es erst nach so langer Zeit geschah und eigentlich keinen Unterschied mehr machte, freute ich mich, dass Geoffrey Weatherby es endlich zugab und sich bei mir entschuldigen wollte. Früher war er ja mal mein allerbester Freund gewesen. Und ich hatte es immer bedauert, dass er zu dem Dreckskerl geworden war, der unser Geheimdokument zerrissen und nie mehr mit mir gesprochen hatte. Deshalb freute ich mich jetzt.

»Also, die Sache ist die«, sagte er, »damals, als wir noch klein waren, wollte ich dir immer sagen ... na ja ... ich wollte dir sagen ... dass die andern sich wirklich schweinisch benommen haben, Goldberg, Duckworth und Kev Cowley ... das war richtig beschissen, dass die damals alles auf dich geschoben haben und du das ganz allein ausbaden musstest!«

Er nickte wieder und streckte sogar die Hand aus, als wolle er meinen Arm berühren. Aber dann ließ er es sein und schloss: »Ich wollte nur, dass du das weißt. Die Typen waren wirklich fies zu dir.«

Ich starrte ihn nur an!

Der faulig süßliche Gestank seiner gönnerhaften Phrasen brachte mich fast zum Kotzen. Plötzlich wusste ich, warum in den Augen der Obdachlosen und Bettler immer auch Hass liegt, wenn sie lächelnd ein Almosen entgegennehmen.

Ich blickte ihm nach, als er zu seiner Freundin zurückging, und dann schlenderten beide weiter. Sie sah sich über die Schulter nach mir um und lachte über irgendeine Bemerkung von ihm.

Aber es machte mir nichts aus! Die ließen mich alle ganz kalt. Denn ich hatte etwas, das keiner von ihnen jemals haben würde. Deshalb konnte ich sie einfach ignorieren.

Ich setzte meinen Weg zum Musikladen fort, um mir einen neuen Satz Saiten zu kaufen.

Sie waren mir egal. Irgendwie taten sie mir sogar fast Leid. Ich hätte es grässlich gefunden, so zu sein wie sie – Auto, Karriere, samstagabends mit der Clique durch die Klubs ziehen; und ihre scheiß CDs und Studentenausweise; ich hasste das alles. Deshalb pfiff ich auf sie und wollte nichts von dem, was sie besaßen.

Bis auf eine Freundin!

Sie sah wirklich nett aus, die Freundin von George Weatherby.

Aber selbst das ließ mich kalt.

Denn ich hatte etwas, das fast so gut war wie eine Freundin. Ich hatte etwas, das keiner von ihnen je haben würde; ich hatte dich, Morrissey. Und deshalb fand ich es so schön, allein in meinem Zimmer in Failsworth zu sein, morgens aufzuwachen und überall dich an der Wand zu sehen. Bevor ich aufstand, lag ich noch eine Weile im Bett und betrachtete jedes einzelne Poster, Foto, jede Plattenhülle von dir und den Smiths und das war so ein gutes, warmes Gefühl und erinnerte mich jedes Mal dran, wie sehr ich ein Teil von etwas war. Und deshalb fand ich es so schön.

Und jetzt?

Jetzt bin ich hier, Morrissey, hocke wie ein Flüchtling zusammengekauert in einem hölzernen Unterstand und schaue aufs Meer. *Hier!*

Ich bin HIER, Morrissey! Zwei Meilen von Grimsby entfernt.

Und eine Million Meilen von daheim.

Mein Onkel hat immer gesagt: »Du tust doch eigentlich überhaupt nichts; hockst bloß den ganzen Tag in deinem Zimmer, hörst deine Schallplatten oder klimperst auf deiner blöden Gitarre rum. Also würdest du doch gar nichts aufgeben, oder? Du gehst nie aus. Du machst überhaupt nichts, also, was hast du denn zu verlieren? Du führst hier in Failsworth doch ein total nichtsnutziges Leben, oder?«

Ich hab's ihm nie erklärt, Morrissey; er hätte es ja sowieso nicht verstanden, mein unglückseliger Onkel; wie hätte er auch begreifen können, dass ich keineswegs »überhaupt nichts« tat.

Ich war ein Morrissey-Fan!

Das war meine Beschäftigung, vierundzwanzig Stunden am Tag, sieben Tage die Woche! Ich hörte zu und las und dachte nach und träumte. Und ich schrieb. Den ganzen Tag schrieb ich in mein Songbook. Meine Worte, meine Songs, meine Ideen, meine Gedanken über dich, Morrissey, und die Smiths. Und noch andere Dinge, über meine Oma. Und sogar ein paar Sachen über mich selbst.

Ich war kein »Faulenzer«. Ich war die ganze Zeit beschäftigt; ich war damit beschäftigt, ich selbst zu sein. Denn das hast du mir erst möglich gemacht, Morrissey, du hast es mir möglich gemacht, ich selbst zu werden. Und es war wundervoll: zu wissen, dass ich okay war; zu wissen, dass es absolut, vollkommen, tausendprozentig okay war, nicht normal zu sein. Dass es sogar besser war! Ja, dass es überhaupt das Allerbeste und Tollste war, nicht normal zu sein.

Genau das hatte ich gesehen, Morrissey, als ich dich zum ersten Mal im Fernsehen sah; deine großartige Nicht-Normalität.

Im Fernseher in unserem Wohnzimmer. Damals wusste ich nicht mal, wer du warst. Ich hatte bis dahin eigentlich kaum Popmusik gehört. Ich wusste nichts von The Smiths. Aber ich saß gebannt auf unserem Sofa, in einem aufgewühlten Zustand ekstatischer Heiterkeit, als ich dich »Half a Person« singen hörte und »Cemetery Gates«, und »The Boy With the Thorn In His Side«. Und in einer Woge des Wiedererkennens, die über mir zusammenschlug, wusste ich plötzlich, dass jemand *mich* kennt! Dass *mich* jemand versteht.

Sonst schien mich nämlich niemand zu verstehen.

Meine Mam sagte dauernd, sie habe es langsam satt, dass ich immer nur zu Hause rumhocken und die kostbarste Zeit meines Lebens verschwenden würde.

»Seit du aus der Klinik entlassen bist«, sagte sie, »hast du eigentlich noch *gar* nichts getan, Raymond. Und ich hab immer gedacht, wenn wir erst wieder in Failsworth wohnen, gehst du aus dir raus und reißt dich zusammen!»

Das sagte meine Mam immer wieder. Das hatte sie immer gedacht.

Kaum waren wir nach Failsworth zurückgezogen – nachdem man den Vater des kleinen Mädchens festgenommen hatte und mir keiner mehr die Schuld geben konnte –, dachte meine Mam, jetzt könnten wir einfach noch mal ganz von vorn anfangen. Wahrscheinlich wollte sie, dass ich der Junge wurde, zu dem ich bestimmt war. Aber das ging nicht. Denn inzwischen war viel Zeit vergangen. Und ich war ein anderer Junge geworden.

Ich versuchte ihr zu erklären, dass sie sich keine Sorgen um mich machen müsse. Weil ich vollkommen glücklich sei.

Und das war ich auch, Morrissey; von dem Tag an, als ich dich entdeckte, bin ich immer glücklich gewesen. Selbst als ich herausfand, dass ich furchtbar spät dran war, weil sich The Smiths bereits getrennt hatten, war ich immer noch glücklich, denn ich hatte dich gefunden. Ich meine damit nicht, dass ich auf oberflächliche, leichtsinnige Weise glücklich war; nicht übertrieben, überschwänglich, überspannt, nicht albern glücklich, nicht närrisch-nichtsnutzig glücklich, nein. Es war ein *echtes* Glück, Morrissey; ein ruhiges, stilles Glück tief in mir drin. Als wär ich wieder ein Kind und könnte mich mit meinen schönen katalogisierten Comics beschäftigen.

Ich war kein »stinkfauler Müßiggänger«!

Ich war Morrissey-Fan. Und ich war ich selbst. Deshalb hab ich sie auch rausgeholt, Morrissey, aus dem Verschlag unter der Treppe, wo sie monatelang vergessen und missachtet vor sich hingegammelt hatte. Ich war schon drauf und dran gewesen, sie wegzuwerfen oder zu verschenken, denn jedes Mal wenn ich sie sah, erinnerte sie mich bloß an Swintonfield. Und deshalb war sie im Verschlag unter der Treppe geblieben: die Gitarre – bei meinen *Star Wars*-Sachen, meiner eingestaubten Comicsammlung und all den andern Dingen, aus denen ich rausgewachsen war; bei all dem Kram, der mal zu einer Person gehört hatte, an die ich mich kaum noch erinnern konnte.

Aber jetzt, als ich dich gefunden hatte, Morrissey, jetzt, als ich von dir lernte, ja sogar selber anfing, Songs zu schreiben, jetzt, als ich unter all dem Plunder und Trödel und Krimskrams die Gitarre hervorholte, jetzt war es, als würde ich einen kostbaren, lange vermissten Schatz heben.

Und dabei hatte ich sie erst gar nicht haben wollen!

Ich hatte es John, dem Gärtner gesagt; ich war zu ihm gegangen und hatte ihm gesagt, dass ich ab jetzt nicht mehr für ihn Gitarre spielen könne; dass wir ab jetzt nicht mehr zusammen den köstlichen Zuckertee mit wenig Milch trinken oder an Sommernachmittagen dem lauen Wind in den Zweigen der mächtigen Kastanie lauschen könnten. Denn ich wurde entlassen. Und wenn ich gewusst hätte, Morrissey, wer er *wirklich* war, dann hätt ich seinen Gesichtsausdruck richtig gedeutet. So aber dachte ich im ersten Moment, er sei krank. Ich dachte an einen Herzanfall. Denn plötzlich verzerrte sich sein Gesicht vor Schmerz, und er stieß einen wimmernden Laut aus, den ich noch nie bei ihm gehört hatte und deshalb nicht übersetzen konnte. Und obwohl ich den wahren Grund nicht kannte, spürte ich doch, welch übermenschliche Anstrengung es ihn kostete, mir lächelnd mit der Hand durchs Haar zu fahren und dabei seine halb erstickten knurrenden Laute auszustoßen, die ich schon kannte; ich wusste, dass er zu mir sagte: »Gut! Gut, freut mich für dich, dass du hier rauskommst. Und dass du heim darfst, wo du hingehörst!«

Und als ich am nächsten Morgen, dem Tag meiner Entlassung, aufwachte, stand die Gitarre neben meinem Bett. Ich wollte sie doch gar nicht!

Aber ich wusste, dass ich sie annehmen musste.

Und als meine Mam mich abholen kam und fragte, woher die Gitarre denn stamme, sagte ich, vom Gärtner. Und wir müssten noch unbedingt zu ihm; ich wolle mich bedanken; und mich von ihm verabschieden.

Aber als wir hinkamen, war natürlich niemand da. Die Hütte stand leer wie jedesmal, wenn ich mit meiner Mam vorbeigekommen war.

Wie es wohl gewesen wär, wenn er mich richtig spielen gehört hätte, Morrissey? Ich meine natürlich nicht brillant, denn ich werde nie so brillant Gitarre spielen wie der geniale Johnny Marr. Aber ich hab genug gelernt, Morrissey. Nachdem ich die Gitarre aus dem Treppenverschlag gerettet, aufpoliert und neu bespannt hatte, übte ich jeden Tag; anfangs taten mir vom Greifen und vom Niederdrücken der Saiten schrecklich die Finger weh; aber irgendwann wurden die Finger dann geschmeidiger, die Kuppen glatter und härter, und es tat nicht mehr weh.

Und dann erarbeitete ich mir Tag für Tag neue Griffe, indem ich die Songs immer wieder anhörte; ich brachte mir die Griffe zu »Hatfull of Hollow« und »Handsome Devil« bei, zu »Back to the Old House«, »Ask«, »Panic« und »Cemetery Gates« und zu »Please Please Let Me Get What I Want This Time«.

Und es war wirklich wie im Titel dieses letzten Songs, Morrissey: als hätte ich alles bekommen, was ich wollte; denn ich hatte einen Weg gefunden, ich selbst zu sein.

Und deshalb ließen sie mich kalt, die Darren Duckworths und die Kev Cowleys. Deshalb konnte ich weitermachen, ohne mich um irgendwelche Geoffrey Weatherbys zu scheren. Und um die Freundinnen, die ich nicht hatte. Es war egal. Ich lebte mein eigenes Leben.

Bis!

Letzte Nacht, Morrissey, als er mich in dem silberfarbenen Mercedes mitnahm, konnte ich es kaum glauben. Es hätte die Mitfahrgelegenheit des Jahrhunderts sein können! Ich hatte noch nie zuvor einen *echten* Amerikaner kennen gelernt! Und vor allem noch nie eine Person mittleren Alters, die fast alle Songs von beiden Seiten der *Smiths' Single*-Kassette kannte. Er sagte, er habe deine Musik durch seinen Sohn in New York kennen gelernt. Und nur deshalb habe er für mich angehalten, denn normalerweise würde er es sich zweimal überlegen, so spät abends einen Anhalter mitzunehmen. Aber er habe mein T-Shirt gesehen und Edith Sitwell erkannt. Ich hatte nicht mal den Daumen rausgehalten, sondern einfach nur bei der Tankstelle gesessen.

Und dann hörte ich jemand sagen: »Hey, Junge! Suchst du eine Mitfahrgelegenheit?«

Ich blickte auf und sah ihn neben seinem Wagen stehen.

»Wo willst du denn hin?«, fragte er.

Und als ich sagte: »Grimsby«, meinte er, »da hast du Glück, steig ein!«

Er wohne nur ein paar Meilen südlich davon, sagte er, und könne mich ohne weiteres in Grimsby rauslassen.

Ich weiß, Morrissey! Ich weiß, ich hätte über diese tolle Mitfahrgelegenheit vor Freude ganz aus dem Häuschen sein müssen. Vor allem, als ich in diesem großen luxuriösen silberfarbenen Mercedes mit Ledersitzen und Klimaanlage über die Autobahn glitt und aus den Lautsprechern die herrliche Musik der *Smiths' Singles* ertönte. Ich hätte mich phantastisch fühlen müssen, es war aber nicht so. Der Amerikaner war wirklich nett. Er *tat* nicht nur so, als würde er deine Musik mögen, wie gewisse Pfarrer und Lehrer, die sich gebärden, als würden sie Musik gut finden, für die sie viel zu alt sind, und die deshalb als oberpeinliche Beispiele menschenähnlicher Existenz enden. Aber so war der Amerikaner überhaupt nicht. Es schien, als verstehe er dich und deine Songtexte *wirklich*, Morrissey. Er sagte, manchmal könne ihn eine Zeile von dir zu Tränen rühren, und er empfinde »seltsamerweise einen beglückenden Herzschmerz«. Und manchmal, sagte er, raube ihm die »schiere Kühnheit einer Morrissey-Zeile« den Atem.

Darum hätte es eigentlich die wundervollste Mitfahrgelegenheit meines Lebens sein müssen, Morrissey. Aber sie war es nicht. Denn mit jedem Song kamen wir meinem Ziel näher. Ich glaube, der Amerikaner hat es gemerkt. Denn irgendwann schwieg er, als würde er mich verstehen.

Und es war, als würdest *du* mich verstehen, Morrissey. Denn bei jeder Zeile, die du sangst, kam es mir vor, als würdest du sie zum allerersten Mal singen; und zwar nur für mich; als wüsstest du, dass es jetzt aus war, dass es jetzt kein Entrinnen mehr gab, keinen Aufschub. Diesmal fuhr ich wirklich nach Grimsby! Um zu arbeiten. Um erwachsen zu werden!

Ich schaute aus dem Fenster und sah jenseits der Felder in der Ferne die Lichter von Scunthorpe flackern. Mit jeder Meile lastete es schwerer auf mir, das Gewicht meines Ziels, und das Gewicht dessen, was ich hinter mir ließ. Das Gewicht dessen, was ich von jetzt an machen würde.

Es tut mir Leid, Morrissey!

Ich will nicht, dass du es als Verrat betrachtest. Du musst verstehen, Morrissey, dass es auf einer Baustelle einfach ums nackte Überleben geht! Sie würden es nicht kapieren, Morrissey. Du wirst immer in meinem Herzen wohnen, Morrissey, innen drin. Aber ... äußerlich ...

Das heißt nicht, dass ich jetzt nicht mehr dein Fan bin, dass ich dich nicht mehr so achte und liebe wie bisher. Es heißt nur, Morrissey, dass ich da durchkommen will, ohne dauernd gehänselt zu werden, ohne die ganze Zeit unglücklich zu sein.

Das ist der einzige Grund, warum ich einverstanden war, Morrissey. Deshalb hab ich meiner Mam erlaubt, mir die schwarzen Pullunder zu kaufen! Sie hat sie aus dem Army-&-

Navy-Store, auch die Jacke und die Bauarbeiterstiefel, die stonewashed Jeans, die graue Freizeithose und die V-Pullover für die Abende und Wochenenden, wenn ich mit meinen neuen Freunden ausgehe!

Meine Mam sagte, sie stünden mir wirklich gut, die schwarzen Pullunder. Ich würde schon noch hineinwachsen, wenn ich Muskeln kriegte und ein bisschen zunahm. Und mit Jeans, sagte sie, mit Jeans, Stiefeln und Pullunder könne man mich fast für den jungen Bruce Springsteen halten.

»Und so jemand«, sagte meine Mam, »jemand wie Bruce Springsteen, der würde auf einer Baustelle nie fehl am Platz wirken.«

Morrissey, es tut mir Leid!

Das ist der eigentliche Grund, warum ich das Brathähnchen gegessen hab!

Damit ich mich schon mal dran gewöhnen kann. Damit ich nicht mehr so anders wirke; damit ich nicht mehr so fehl am Platz bin.

Morrissey, das heißt aber nicht, dass ich dich vergessen werde. Selbst wenn ich dann total durchschnittlich und normal aussehe, selbst wenn ich mir dann so unverzeihliche Dinge wie U2 anhören und lernen muss, wie man Witze erzählt und primitive Sprüche ablässt, wie das nur Männer können, werde ich dich trotzdem nie vergessen, Morrissey.

Ich weiß, du wirst denken, ich verrate dich. Und mich selbst dazu.

Gestern Nacht, als ich in dem silberfarbenen Mercedes saß, hatte ich sogar das Gefühl, den Amerikaner zu verraten. Er dachte, er unterhalte sich mit einem echten Morrissey-Fan. Und dabei wusste ich die ganze Zeit, dass ich mein Edith-Sitwell-T-Shirt schon bald mit etwas anderem vertauschen würde. Die ganze Fahrt über erklingen deine großartigen Songs. Und auf dem Rücksitz steht die Reisetasche mit meinen nagelneuen, ganz normalen und gewöhnlichen Kleidern. Das erschien mir wirklich wie ein einziger Verrat. Deshalb hab ich nur aus dem Fenster gestarrt, in die Dunkelheit raus. Irgendwann fuhren wir dann an Immingham vorbei, das wie ein hell erleuchtetes Raumschiff in der Nacht lag. Dann wieder Dunkelheit, unterbrochen nur durch Straßenschilder: WILLKOMMEN IN GRIMSBY – NAHRUNGSMETROPOLE EUROPAS. Und: GRIMSBY ZENTRUM 5 MEILEN.

Ich starrte auf die Vororte, die verschlossenen Läden und die Billigmärkte; die Neonreklamen, die verlassenen Bushaltestellen, die Pubs, die Häuser, die Tankstellen, die Plakatwände mit der Reklame für Flugreisen und Bier, Büstenhalter und Fischstäbchen, Gewürzgurken und Hotels, Filme und Autos. Ich starrte auf Schulhöfe und Kinderspielplätze, Bürohäuser, Lagerhallen, Bauplätze; auf die Schilder, die zum Hafen, zu den Museen und Fähren wiesen; und auf einem Schild neben der Ampel stand FISCH DOCK NR. 9.

Und daneben, mit einer Schnur befestigt, hing ein Stück gelbe Pappe mit einem schwarzen Pfeil, unter dem zu lesen stand: KINO-KOMPLEX 200 YARDS. ALLE BAUFAHRZEUGE UNBEDINGT BEI DER BAULEITUNG MELDEN!

Auf dieses Pappschild starrte ich, als der Wagen auf einmal langsamer fuhr und der Amerikaner fragte: »Wo wohnst du noch mal – wie hieß gleich die Straße?«

Ich zog den Zettel aus der Tasche und sagte: »Slinger Street.«

»Hast du eine Ahnung, wo das ist?«, fragte er.

Ich schüttelte den Kopf. »Ich weiß nur, irgendwo in der Nähe der Docks«, erwiderte ich.

Er nickte, sah aus dem Fenster und hielt an. »Tja, ich glaube, das sind schon die Docks. Aber ich habe keinen blassen Schimmer, wo die Slinger Street sein könnte.«

»Macht nichts«, sagte ich. »Sie können mich hier rauslassen, dann find ich's schon.«

Er runzelte skeptisch die Stirn. »Bestimmt?«, fragte er.

»Ja«, antwortete ich, »ich frag einfach jemand.«

Ich stieg aus. Da stieg er auch aus und meinte: »Hör mal,

es ist schon ziemlich spät. Woher weißt du, ob dich überhaupt noch jemand reinlässt?«

»Geht schon in Ordnung«, sagte ich, »die wissen, dass ich komme. Hat mein Onkel arrangiert.«

Er nickte. »Okay«, meinte er dann. »Pass gut auf dich auf!«

Und kurz bevor er wieder in sein Auto stieg, fragte er noch: »Wie heißt du eigentlich, Junge?«

Ich sagte es ihm. »Also«, meinte er, »war schön, dich kennen zu lernen, Ray. Übrigens, ich heiße Ralph, Ralph Gallagher.«

Er schüttelte mir die Hand. Und ich bedankte mich für die tolle Mitfahrgelegenheit. »Ich hätte gar nicht gedacht«, sagte ich, »dass ein Mensch in Ihrem Alter Morrissey-Fan sein könnte.«

Er sah mich an. Dann fragte er: »Willst du etwa sagen, dass ich alt bin, Raymond?«

Ich schüttelte den Kopf und entschuldigte mich. Aber er meinte lachend: »Hey! Schon okay, war doch nur ein Scherz!«

Ich nickte.

Dann sagte er: »Also, viel Glück, Raymond.« Er schüttelte mir noch mal die Hand und stieg ein.

Und als ich schon wegging, hörte ich ihn rufen: »Hey, Ray!«

Ich blieb stehen. Er lehnte sich aus dem Beifahrerfenster.

»Was ich dich noch fragen wollte: Was steht eigentlich in diesem Buch?«

Ich wusste erst nicht, was er meinte, und starrte ihn fragend an.

Er zeigte auf mich und sagte: »Seit du eingestiegen bist, hast du es die ganze Zeit umklammert, als hinge dein Leben davon ab.«

Jetzt merkte ich, dass er mein Songbook meinte, und zuckte die Achseln. »Das ist nur mein Buch«, antwortete ich. »Da schreib ich Sachen rein.«

Jetzt war es an ihm, mich fragend anzustarren. »Ach ja?«, sagte er. »Was zum Beispiel? *Was* schreibst du da rein?«

»Songtexte«, erwiderte ich. »Meine Songtexte. Und Einfälle und so weiter. Und Briefe, an Morrissey.«

Er starrte mich an und nickte. »Songtexte«, wiederholte er. »Macht dir das Spaß? Songtexte zu schreiben?«

Ich nickte. Er schien einen Moment drüber nachzudenken, mir war nur nicht klar, warum.

Aber dann schüttelte er lächelnd den Kopf, kurbelte das Fenster wieder hoch und fuhr davon.

Ich sah dem Wagen nach. Und plötzlich fragte ich mich, ob ich mir das alles nur eingebildet hatte: den netten Amerikaner mit dem silbernen Wagen, dem grau melierten Haar und dem aufrichtigen Gefühl für die Songs, die ich liebte. Vielleicht hatte ich ja alles nur geträumt. Aber es war einer jener Träume, aus denen man nie erwachen möchte, weil man genau weiß, dass nach dem Aufwachen alles wieder normal ist und man das tun muss, was nun mal getan werden muss. Deshalb wollte ich nicht, dass er wegfuhr und mich stehen ließ neben dem Schild mit der Aufschrift: FISCH DOCK NR. 9.

Als ich den silberfarbenen Wagen wegfahren sah, fiel mir etwas ein, das mir meine Mam einmal vor Jahren erzählt hatte: dass sie sich im Flur eines Krankenhauses ganz sicher und geborgen gefühlt hatte, weil Dr. Janice bei ihr war.

Und als Dr. Janice wegging, hätte meine Mam sie am liebsten festgehalten, um sich weiter so sicher und geborgen zu fühlen. Aber meine Mam wusste, dass es albern war, einen Menschen festhalten zu wollen, noch dazu eine Ärztin, die man kaum kannte, nur um weiter bei diesem Menschen sein zu dürfen.

So hab ich mich auch gefühlt, Morrissey, als der Amerikaner wegfuhr. Ich wollte nicht, dass er mich zurückließ, an dieser Straßenecke bei den Docks in Grimsby. Denn bei ihm fühlte ich mich sicher und geborgen. Aber genau wie meine Mam wusste ich, dass es albern war, in der Nähe eines Menschen bleiben zu wollen, den man kaum kannte; damit man sich weiter sicher und geborgen fühlt.

Deshalb dachte ich, ich träumte schon wieder, als plötzlich die Rücklichter aufleuchteten und der Wagen anhielt. Und dann stieg der Amerikaner aus und winkte mich her.

Ich rannte los, als hätte ich Flügel! Als würde ich hochgehoben und über die Straßen, Häuser, Läden von Grimsby hinweggetragen, als flöge ich auf und davon und ließe Baustellen, schwarze Pullunder und Fisch Dock Nr. 9 hinter mir.

Aber noch während ich auf den Wagen zurannte, deutete der Amerikaner auf ein Schild und rief mir zu: »Schau mal, ich hab sie zufällig entdeckt! Die Slinger Street!«

Ich lief langsamer. Fiel wieder Richtung Erde. Ich lächelte gezwungen und sagte: »Danke.«

»Also«, meinte er, »dann ist ja alles in Ordnung, oder?«

Ich nickte.

Und er winkte mir zu, stieg wieder in den Wagen und sagte: »Hey, Raymond, halt die Ohren steif, okay? Halt die Ohren steif!«

Ich nickte wieder. Und schaute dem Wagen nach, bis er verschwunden war. Dann bog ich in die Slinger Street. Und ich dachte, was für tolle Amerikaner die Amerikaner doch waren. So was können nur sie. Wenn nämlich irgendein Engländer zu mir gesagt hätte, *halt die Ohren steif*, hätte ich wahrscheinlich kotzen müssen! Aber Amerikaner können so was ungestraft sagen; denn Amerikanern ist es nicht peinlich, dass sie Amerikaner sind.

Solchen Gedanken hing ich nach, während ich nach der Pension suchte.

Und eigentlich hätte ich es wissen müssen, Morrissey, noch bevor ich an die Tür klopfte und auf die Kligel drückte. Im Grunde machte es mir nicht mal was aus.

Sie sagte: »Es spielt keine Rolle, ob Sie reserviert haben. Solange Sie keine Anzahlung machen, kann ich Ihnen kein Zimmer geben.«

»Aber ich hab Ihnen doch gesagt, dass mir mein ganzes Geld gestohlen wurde«, erwiderte ich. »Morgen fang ich hier an zu arbeiten. Da kriege ich bestimmt einen Vorschuss und kann Ihnen die Anzahlung geben.«

»Sehr gut!«, sagte sie. »Tun Sie das. Aber heute können Sie hier jedenfalls ohne Anzahlung nicht übernachten.«

Ich versuchte es noch mal, ohne Erfolg. Schließlich gab ich's auf und ging durch den Flur zur Haustür zurück.

»Ich führe ein Geschäft!«, erklärte sie. »Ich kann es mir nicht leisten, Zimmer für Leute freizuhalten, die hier mitten in der Nacht aufkreuzen und dann keine Anzahlung machen können.«

Sie laberte noch weiter, aber ich ging einfach aus dem Haus.

Ich war froh! Es roch nach Katzenpisse und Kabeljau!

Da hätte ich sowieso nicht bleiben wollen.

Ich lief einfach weiter. Es machte mir nichts aus, im Freien zu sein, so lange es so warm war.

Irgendwann kam ich nach Cleethorpes. Das ist ganz nah bei Grimsby, sieht aber aus wie ein Seebad. Jetzt bin ich gerade in so einem hölzernen Sonnenunterstand auf der Strandpromenade. Hier sitzen wohl tagsüber die Pensionäre, füttern die Möwen und unterhalten sich über ihren Ischias. Die Bänke sind ein bisschen hart, aber ich hab meine Reisetasche als Kopfkissen benutzt und konnte tatsächlich ein paar Stunden schlafen. Doch dann ging schon sehr früh die Sonne auf, und ich fand keinen Schlaf mehr.

Hier ist es total altmodisch, Morrissey: ein Pier, Karussells und alle möglichen Passagen, Cafés und Zuckerwattebuden. So früh am Morgen hat natürlich alles zu. Und vielleicht ist es hier deshalb so schön, Morrissey: bevor Cleethorpes erwacht, bevor es zu Bewusstsein kommt und zum schrillen Schauplatz oberflächlicher Vergnügungen wird.

Noch aber ist alles ruhig und klar, in der heiligen Stille der leeren Straßen, der verlassenen Strandpromenade. Und weit, weit jenseits des Sands, Morrissey, sehe ich in der Ferne die

Silhouetten der Schiffe und Boote, die den Humber hinaufkriechen und immer kleiner und undeutlicher werden, je mehr sie sich dem südlichen Teil der Flussmündung nähern, Kurs auf die Nordsee nehmen und schließlich irgendwann verschwinden.

Dort schaute ich hin, starrte einfach über den Sand, als ich sie bemerkte.

Sie lief in ziemlich großer Entfernung am Strand entlang, eine dunkle Silhouette vor dem silbernen Gleißen des sonnenbeschienenen Wassers.

Oder vielleicht sah ich sie gar nicht! Vielleicht hab ich sie mir ja nur eingebildet.

Aber es wirkte so real, wie sie da mit federnden Schritten über den Sand der Morgensonne entgegenlief, die Schuhe in der Hand.

Doch im Grunde weiß ich, dass es nur eine Phantasie war. Denn was wollte *sie* an einem Ort wie Cleethorpes – das Mädchen mit den Kastanienaugen?

Ich redete mir ein, dass es wohl vom Schlafmangel kam, Morrissey. Deshalb phantasierte ich mir jetzt alle möglichen Dinge zusammen. Aber ein wenig besorgt war ich doch, Morrissey. Denn seit man mich aus Swintonfield entlassen hatte, war das nie mehr passiert. Es war nicht mehr vorgekommen, dass ich irgendwas sah, was nicht existierte, Morrissey, wie die Mutanten, das Rübenkraut oder den Mann hinterm Vorhang, den Mann mit dem verkehrt rum sitzenden Kopf.

Und außerdem war es jetzt anders, denn diesmal sah ich ja etwas Schönes: das Mädchen mit den Kastanienaugen.

Aber trotzdem sah ich eine Person, die nicht existierte, trotzdem sah ich etwas, das nicht real war!

Es konnte auch niemand anders sein, irgendein anderes Mädchen am Strand, das zufällig genauso aussah wie sie. Das weiß ich deshalb, weil ich zum Pier hinüberging, wo die Fernrohre stehen, und ein Fünfzigpencestück einwarf. Da war sie! Ganz nah, dicht vor mir, und ihre Augen glänzten genauso dunkel, wie ich sie immer in Erinnerung gehabt hatte. Sie drehte sich wirbelnd im Kreis, mit ausgestreckten Armen. Und wenn es noch eines Beweises bedurft hätte, brauchte ich bloß auf ihr T-Shirt zu schauen; es war das sehr, sehr seltene T-Shirt mit dem Bild der australischen Version des *Viva Hate*-Albums und dem falschen Titel *Education In Reverse*!

Deshalb wusste ich, Morrissey, dass es niemand anders sein konnte als sie.

Aber dann waren die fünfzig Pence aufgebraucht.

Und als ich wieder zum Strand hinüberschaute, war er leer.

Deshalb machte ich mir Sorgen. Ich wollte nicht wieder irgendwelche Dinge sehen, die gar nicht da waren, nicht einmal so schöne Dinge wie das Mädchen mit den Kastanienaugen. Und den Mann!

Den Amerikaner mit dem silberfarbenen Wagen und den Smiths-Kassetten. Hatte ich mir das alles nur eingebildet? Zusammenphantasiert?

Ich bin müde, Morrissey; müde und erschöpft. Vielleicht hab ich sie gesehen, weil ich sie sehen *wollte*.

Denn was ich auf *keinen* Fall will, ist das, was ich jetzt tun muss: die Straße zurücklaufen, Richtung Fisch Dock Nr. 9; zu der Baustelle gehen, auf der man mich erwartet, auf der ich ab heute arbeiten und ein ganz normaler Mensch sein werde, jemand, der dazugehört. Deshalb muss ich jetzt schnell den blöden Pullunder, die stonewashed Jeans und die Arbeitsstiefel anziehen. Und das Schlimmste von allem, Morrissey: Ich muss meine Stirnlocke auskämmen.

Unten an der Promenande befindet sich eine öffentliche Toilette. Dort kann ich mich umziehen.

Hoffentlich kannst du verstehen, Morrissey, dass ich keine andere Wahl hab. Ich *muss* es tun. Ich tue es nicht, weil ich mich schäme oder weil ich die Vergangenheit auslöschen will.

Ab jetzt wird eben alles ganz anders. Vielleicht find ich unter den Leuten, die hier arbeiten, ja wirklich ein paar Freunde. Und dann muss ich vermutlich alle möglichen langweiligen und peinlichen Dinge tun, von denen du sicher gar nichts hören möchtest; zum Beispiel in Bars gehen oder nach der Arbeit mal ein Bier trinken; und manchmal wahrscheinlich sogar Fußball schauen. Ich weiß, davon willst du bestimmt nichts hören, Morrissey. Deshalb werd ich dich später auch nicht damit behelligen. Von jetzt an, Morrissey, werd ich wahrscheinlich sowieso nicht mehr viel in mein Songbook schreiben.

Vermutlich gibt es Tausende von Leuten wie mich, Morrissey, die so von dir und deinen Songtexten verzaubert waren, dass sie glaubten, sie könnten ebenfalls schreiben; aber eines haben wir alle vergessen, Morrissey: dass du ein Genie bist und wir andern alle ziemlich durchschnittlich sind. Nicht sehr bemerkenswert. Ich glaube, das ist auch der Grund, warum ich die Gitarre zurückgelassen hab, Morrissey. Das war keine Absicht. Ich hab sie einfach vergessen. Er hatte sie in den Kofferraum gelegt. Und sie fiel mir erst wieder ein, als er weg war. Aber das macht nichts. Ich brauch ja keine Gitarre mehr!

Es ist nämlich so ... ich hab dich angelogen, Morrissey, ich bin nicht nur nach Grimsby gekommen, weil mich mein Onkel dazu gezwungen hat. Ich hätte mich ja weigern können. Ich hätte meine Mam bitten können, mir das zu ersparen, oder ich hätte so tun können, als ginge es mir wieder schlechter. Aber ich hab es nicht getan, Morrissey. Und deshalb muss ich es dir wohl sagen: Ich denke, es ist nur fair, wenn ich dir sage, Morrissey, dass ich aus einem ganz andern Grund hergekommen bin! Ich bin nach Grimsby gekommen, weil ich ... *dich hinter mir lassen wollte!*

Morrissey, es tut mir Leid! Es tut mir wirklich sehr, sehr Leid!

Aber ich kann nichts dafür, Morrissey.

Ich bin einfach erschöpft. Es hat mich zu viel Anstrengung gekostet, *nicht* normal zu sein, ständig kritisiert und abgelehnt zu werden, die spöttischen Blicke und Bemerkungen, das höhnische Grinsen zu ertragen; die Isolation und die Einsamkeit.

Morrissey, ich kann ganz gut allein sein. Ich finde es eigentlich gar nicht schlimm, allein zu sein. Aber *gewünscht* hab ich es mir nie. Es hat sich einfach so ergeben. Und ich hab versucht, das Beste draus zu machen. Dabei hast du mir geholfen, Morrissey. Und in gewisser Weise war es okay, dass ich mich einsam und missverstanden fühlte, denn ich hatte ja meine Liebe zu dir und alles, was damit zusammenhing: die Schallplatten, Poster und Videos und all die Erinnerungen und Erinnerungsstücke. Die besaß ich ja in Hülle und Fülle.

Aber manchmal dachte ich auch über die Zukunft nach, Morrissey. Und dann bekam ich es mit der Angst zu tun. Denn natürlich ist es völlig okay, wenn man sich mit neunzehn Jahren ein bisschen einsam fühlt; da kann man diese Einsamkeit ja noch cool und trotzig und irgendwie geheimnisvoll zur Schau tragen; so als hätte man sich bewusst dafür entschieden. Aber wenn man dann irgendwann mal nicht mehr neunzehn ist, Morrissey, wenn man dann irgendwann älter wird und immer noch einsam in seinem Zimmer rumhockt, mit einer tollen Sammlung von Smiths- und Morrissey-Memorabilia, was dann? Ich hab sie gesehen, Morrissey, ich hab sie auf Morrissey-Treffen gesehen, wo sich deine ganzen Fans versammelten, um dir und The Smiths zu huldigen. Ich hab sie gesehen, die *älteren* Fans, die Fans der ersten Stunde, die Fans, die dabei waren, als ihr, du und The Smiths, gerade erst angefangen hattet und *sie* erst neunzehn oder Anfang zwanzig waren. Damals müssen sie super gewesen sein, diese Fans, Morrissey, mit ihren Stirnlocken, dem schüchternen Lächeln, der Fleisch-ist-Mord- und Morrissey-Mania. Sie müssen herrlich ausgesehen haben in ihrer selbst gewählten Einsamkeit, ihrer abgedrehten Nicht-Normalität und abgehobenen Indie-Überlegenheit. Aber als sie dann zehn Jahre später immer noch auf Fanclub-Treffen rumhingen, mit welk und schütter gewordener Stirnlocke, da wirkten diese Fans nur noch jämmerlich und irgendwie unglaubwürdig, und ihre rätselhafte Einsamkeit glich eher stiller Verzweiflung. Und weißt du, was mir da für ein Gedanke kam, Morrissey? Mir kam der Gedanke, dass du solche Fans bestimmt *verachtest*. Fans, die dir so ergeben sind, dass sie in der Falle sitzen, gefangen in ihrer eigenen Götzendienerei; Fans, die sich krampfhaft an diese abgöttische Verehrung klammern, weil sie nicht loszulassen wagen; denn sonst hätten sie vielleicht entdeckt, dass sie unabhängig von dir, Morrissey, und außerhalb der Mauern ihres eigenen Bewusstseins gar nicht existieren. Und deshalb sind sie immer noch da, auf allen Konzerten, allen Fanklubtreffen, mit den richtigen Büchern, den seltenen Platten und Fotos, den richtigen Posen und korrekten Meinungen, den richtigen Fakten, Daten und Zahlen, Diskographien, Biographien, Trivia und Morrissey-Geschichten; die Fans, die dir eine Idee zu lange gehuldigt haben, Morrissey; die Fans, deren Liebe so armselig und bedürftig ist, dass sie blind sind für diesen Ausdruck in deinen Augen, Morrissey: den Ausdruck gequälter *Verachtung*.

Und deshalb musst du verstehen, Morrissey, dass ich das alles nicht nur für mich selbst getan habe; ich tu das auch für dich, Morrissey. Weil ich mir geschworen hab, dir das niemals anzutun, zu einem Fan zu werden, dem du nur noch mit Verachtung begegnen kannst.

Ich tu es also für uns beide, Morrissey, für mich und für dich.

Und jetzt versuch ich einfach weiterzumachen. Deshalb trage ich diese blöden Jeans, das T-Shirt und die robusten Arbeitsstiefel. Und obwohl mir beim Gedanken an diesen Job eigentlich graust und ich ein bisschen Angst davor hab, werd ich versuchen, mein Allerbestes zu geben. Wer weiß, Morrissey, vielleicht gefällt mir der Job ja mit der Zeit. Und wenn er mir Spaß macht und ich Freunde finde, dann lern ich ja vielleicht auch irgendwann ein Mädchen kennen. Dann werd ich vermutlich so glücklich sein, dass ich kaum noch Zeit hab, über Songtexte nachzudenken und über dich, Morrissey; und über die Zeiten, als ich eine Stirnlocke trug und alle Welt sehen konnte, dass ich ein Morrissey-Fan bin.

Mit freundlichen Grüßen
Raymond Marks

Lieber M…

Ich weiß nicht …

Lieber Mor… ich kann nicht, ich …

Was? … Ich weiß nicht … Morrissey? … Was … hab ich getan, was hab ich getan?

Wo bin … ich?

Es ist … dunkel … ich sollte nicht …

Lie… lieber Morri… ich hab versucht … vergib mir, Mor…

Ich … weiß nicht … ich hab mich … geirrt … schrecklich geirrrt …

Ich sollte eigentlich nicht … Es ist … Wo? Lieber …

Ich glaube …

Wo bin ich? … Morrissey bitte … komm zurück … ich wollte nicht … wo bin ich

Ich kann nicht … ich … kann einfach … nicht …

Morrissey … bist du noch da?

Morrissey, MORRISSEY? Hilf mir, Morrissey …

Bitte … hilf mir … MORRISSEY

The Grounds,
Mittwoch

Lieber Morrissey,

die Wände waren weiß. Und es standen Blumen da! Auf dem Nachttisch stand eine Vase mit Blumen. Hoch oben befand sich ein Fenster in der dicken weißen Wand, durch das ein gelber Sonnenstrahl fiel.

Ich bewegte mich nicht, ließ nur den Blick durch das weiße Zimmer schweifen und sah den grauen Schrank am Ende des Betts, so wie die Schränke im Krankenhaus, in denen man seine persönlichen Dinge aufbewahrt, Hausschuhe und Bademantel. Solche Zimmer kannte ich doch! Das waren Nebenzimmer, Zimmer, in die man die schwersten Fälle legte. Oder wenn jemand auf der Station durchgedreht war und sediert werden musste, dann kam er auch für ein paar Tage in so ein Nebenzimmer.

Ich bewegte mich nicht. Ich versuchte, mich nicht zu bewegen. Denn ich wusste, es würde wehtun! Sogar jetzt, wo ich ganz still dalag, brannte und zwickte es an den Schultern, am Hals und überall am Rücken. Und mein Kopf! Es war dieser dumpfe Schmerz: der schwere, bleierne Schmerz, als hätte man meinen Schädel mit kiloweise Watte ausgestopft; der Kopfschmerz, den man hat, wenn man nach einer sehr starken Medikation allmählich wieder zu sich kommt. Ich bewegte mich nicht. Ich lag nur da und versuchte mich zu erinnern; versuchte mich ... zu erinnern ... bruchstückhaft ... Stück ... für ... Stück ... erinnerte mich an ... die Brieftasche ... *meine* Brieftasche ... aber davor ... die gleißende Sonne ... die brannte ... das Kopfweh ... meine Augen ... der rasende Schmerz hinter den Augen … und dass ich überlegte, wie ich es meiner Mam beibringen würde … ob ich überhaupt nach Hause konnte … zurück … nach Failsworth … und mein Drecksonkel … würde mich beschimpfen, mich beschimpfen und sagen, ich brächte überhaupt nichts zustande …

Aber ich hab's versucht! … Ich weiß, ich hab mein Bestes getan … ich hab alles aufgegeben. Sogar dich, Morrissey! Und trotzdem hat's nicht geklappt!

Jetzt weiß ich es!

Jetzt weiß ich … dass ich nie in so einem Job arbeiten könnte. Aber ich hab's versucht.

Deshalb hab ich die Stiefel, die albernen Jeans und den grässlichen Springsteen-Pullunder angezogen! Deshalb hab ich mich nicht rumgestritten und bin nicht patzig geworden und hab nicht mal geantwortet, sondern nur schweigend die Achseln gezuckt, als ich am Morgen auf der Baustelle erschien und dieser Gangster zu mir sagte, ich sähe ja richtig bescheuert aus!

Dann wollte er wissen, warum ich mein Gepäck mit auf die Baustelle brächte, und ich erklärte ihm, dass ich nicht in mein Zimmer gekommen sei, weil ich kein Geld hatte.

»Und deshalb wollte ich fragen«, fuhr ich fort, »ob ich vielleicht bis zum Wochenende einen Vorschuss kriegen könnte, nur ein paar Pfund, um die Anzahlung zu machen.«

Er zog eine Augenbraue hoch und glotzte mich an. Dann knurrte er: »Was glaubst du eigentlich, wo du hier bist, Bürschchen? Beim Sozialamt oder was?« Und drehte sich auf dem Absatz um. »Los«, befahl er, »beweg deinen Arsch und komm mit!«

Er lief so schnell, dass ich fast rennen musste, um Schritt zu halten.

Er starrte mich immer wieder wütend von der Seite an. »Hier gibt's keine Extrawurst! Du kriegst 'ne Chance und damit hat sich's. Du hast die Wahl: Entweder du bringst es, oder du fliegst hochkantig raus, Onkel hin oder her! Kapiert?«

Ich nickte. Und dann sah ich, wo er mich hinführte: zu dem

Platz, wo die großen Lastwagen mit den Betonmischmaschinen standen, aus denen die zähe nasse Masse rausquoll. Und da war mir klar, dass er mich beim Fertigbeton einsetzen wollte. Nach dem, was Onkel Jason erzählt hatte, war es ein mörderischer Job, Fertigbeton zu schippen. Es sieht zwar kinderleicht aus, ist aber extrem anstrengend, und man kann keine Sekunde verschnaufen, weil es so schnell geht und man die Masse verarbeiten muss, solange sie noch feucht ist. Deshalb hatte Onkel Jason ja auch gesagt: »Ich denk mal, anfangs lassen die dich was Leichteres machen, Tee kochen, Schubkarre schieben und so, bis du ein paar Muskeln aufgebaut hast. Mit diesen Streichholzärmchen hältst du's beim Fertigbeton keine halbe Stunde durch.«

Ich wollte mich bestimmt nicht drücken oder beschweren, Morrissey, aber ich schlug dem Kapo vor: »Könnte ich nicht erst mal was anderes machen? Mein Onkel hat gemeint, ich hab noch nicht genügend Muskeln für den Fertigbeton, und da sollte ich vielleicht erst mal welche aufbauen.«

Er starrte mich entgeistert an. Und nachdem er sich wieder gefasst hatte, schimpfte er: »Hey, was glaubst du, wo du hier bist, Bursche? Im Fitnessstudio? Das hier ist 'ne *Baustelle*, verdammt noch mal! Dein Onkel! Dein Onkel! Vergiss deinen scheiß Onkel! *Ich* bin hier der Kapo.Von mir aus kann dein Onkel sonst wem in den Arsch kriechen, so lang ich hier der Kapo bin, sag ich, wo's langgeht! Also, entscheide dich!« Und mit diesen Worten warf er mir einfach die Schaufel zu. Ich wollte sie auffangen, aber sie fiel scheppernd zu Boden.

»Entweder du gehst da jetzt runter und schaufelst Beton«, sagte er, »oder du haust ab!«

Ich sah in die Baugrube runter, wo der Beton wie graue Zahnpasta aus einer riesigen Röhre floss, während mehrere Bauarbeiter mit nacktem Oberkörper in gleichem Rhythmus schippten. Es sah aus wie eine schweigende Showtanzgruppe, wie ein Trupp aneinander geketteter Sträflinge. Sie trieften vor Schweiß. Es war kurz nach acht Uhr morgens, aber die Sonne strahlte schon so sengend heiß, dass später der Straßenteer Blasen werfen würde wie Käse im Grill.

Die braun gebrannten Arbeiter starrten stinksauer zu mir rauf und murrten vor sich hin. Dann rief der Jüngste, kaum älter als ich, zum Kapo nach oben: »Hey, der soll doch nicht hier bei uns mitmachen, oder? Wir brauchen 'nen richtigen Mann, nicht so 'n Scheißmilchbubi!«

Ich sah ihn bloß an. Und am liebsten wär ich sofort abgehauen. Ich hatte Angst, Morrissey; Angst, dass ich mich lächerlich machen würde, dass ich zu schwach und erschöpft war und dass sie mich auslachen würden oder Schlimmeres. Aber ich wusste, wenn es ein Neuanfang werden sollte, dann musste es ein radikaler Neuanfang sein. Die kannten mich nicht, keiner von denen kannte mich hier; ich war nicht Raymond Marks, ich war niemand, nur ein neues Gesicht, mehr nicht. Die wussten nichts über mich. Und deshalb *musste* ich nicht Raymond Marks sein. Es war wirklich ein Neuanfang! Und deshalb bückte ich mich und hob die Schaufel auf. Ich drängte mich am Kapo vorbei, stieg in die Baugrube runter und fixierte unablässig den Arbeiter, der mich »Scheißmilchbubi« genannt hatte. Und als ich direkt vor ihm stand, sagte ich: »Okay, wo liegt dein Problem?«

Er richtete sich langsam auf. Aber ich zuckte nicht mit der Wimper, Morrissey. Ich sah genau, wie er mich taxierte und überlegte, ob er auf mich losgehen sollte. Aber dann sagte einer der älteren zu ihm: »Hey, mach weiter, verdammt noch mal. Bei so 'ner scheiß Hitze bindet das in null Komma nix ab. Los jetzt.«

Der junge Arbeiter starrte mich noch einen Moment an. Dann hob er seine Schaufel, stieß sie in den flüssigen Beton und sagte zu mir: »Mein Problem, Kumpel, mein Problem ist, dass hier meine Sonderzulage auf dem Spiel steht. Und wenn wir einen am Hals haben, der's nicht packt, macht mich das nicht gerade fröhlich, kapiert?«

Bis dahin hatte ich eigentlich noch nie gebetet, Morrissey.

Aber jetzt tat ich es! Als ich die Schaufel hob und sie in den matschigen Haufen zäh fließenden Betons stieß, betete ich inbrünstig, dass ich die Kraft haben würde, die volle Schaufel wegzutragen und all das durchzustehen.

Bei den andern sah es ganz leicht aus, als schaufelten sie Luft. Aber als ich meine betongefüllte Schaufel hochhob, als ich den Kraftaufwand in den Oberarmen spürte, als ich mich bückte und wieder aufrichtete und den Beton in den Fundamentgraben kippte, als ich mich wieder umdrehte, bückte, die nächste Schaufel füllte, hob und in den Graben kippte, da wusste ich eins: Auch wenn mein Drecksonkel Jason in seinem ganzen abscheulichen Leben noch niemals Recht gehabt hatte – das, was er übers Betonschippen gesagt hatte, stimmte hundertprozentig. Die einzelne Schaufel war nicht mal so besonders schwer. Es war die Häufung, als forderten all die Schaufeln zusammen ihren Tribut, als dehnten sie die Muskeln, als saugten sie einem langsam die Kraft aus den Knochen, während einem die sengende Sonne auf Nacken und Rücken brannte.

Keiner sprach mit mir. Keiner sagte ein Wort. Und ich war froh drüber, weil ich jedes Quäntchen Kraft brauchte, um wenigstens den Versuch zu machen mitzuhalten. Ich weiß, ich war nicht sehr gut, Morrissey, jedenfalls nicht im Vergleich zu den andern Arbeitern mit ihren Muskelpaketen und romantischen Tattoos. Das Schlimmste war, dass mir dauernd der Schweiß über die Stirn lief und in den Augen brannte, sodass ich mir immer wieder mit dem Pullunder die Augen wischen musste, um überhaupt was zu sehen. Ich weiß, ich war nicht sehr gut. Aber zumindest gab ich mein Bestes. Und zumindest lästerten sie nicht über mich und verarschten mich nicht. Ich kam zu dem Schluss, dass sie mich jetzt einfach links liegen ließen. Deshalb merkte ich es erst gar nicht, als der Ältere etwas zu mir sagte. Aber dann klopfte er mir auf den Arm und ich sah, dass er mir einen Lappen hinhielt. Er zeigte mir mit einer Geste, dass ich mir den Lappen um die Stirn binden sollte. Ich wollte gerade sagen, dass es schon schlimm genug sei, ein Bruce-Springsteen-T-Shirt anzuhaben, ohne zusätzliches Willie-Nelson-Stirnband.

Aber da nickte er mir zu und erklärte: »Hält den Schweiß aus den Augen.«

Darum sagte ich nichts, Morrissey. Ich nickte ihm gleichfalls zu und wollte mich bedanken, aber da schaufelte er schon weiter. Ich legte eine Pause ein und band mir den Lappen um, dankbar für diese Freundlichkeit und dankbar für die Verschnaufpause, für diese wenigen Sekunden, in denen ich meinen Rücken aufrichten konnte und meine Arme nicht die Schaufel halten mussten. Ich benutzte die Gelegenheit, um erst mal meinen tropfnassen Pullunder auszuziehen. Aber da merkte ich plötzlich, dass meine Finger unkontrolliert zitterten. Ich konnte mir kaum das Stirnband umbinden. Und dann, als ich es endlich geschafft hatte und wieder zur Schaufel griff, bereute ich fast die Unterbrechung, denn nach dieser winzigen Pause kam mir alles doppelt so schwer vor und noch zehnmal mörderischer als vorher. Vielleicht zuckte es deshalb in meinem Gesicht, als ich wieder zu schaufeln begann. Und da merkte ich, dass mich der jüngere Arbeiter beobachtete. Ich rechnete eigentlich damit, dass er mich gleich auslachen oder noch mal was von seiner Sonderzulage sagen würde und dass ich alle nur aufhielt. Aber er schwieg; und obwohl ich mir nicht ganz sicher war, glaube ich, er nickte mir unmerklich zu. Ich schaufelte verbissen weiter.

Bis ich jemand sagen hörte: »Einfach schwingen lassen.«

Ich schaute hoch und da stand der junge Arbeiter vor mir. Er meinte mich. »Nicht reinstoßen«, sagte er. »Überlass die Arbeit der Schaufel. Lass sie schwingen.«

Er zeigte mir, was er meinte. Er schwang die Schaufel mühelos, und sie glitt in den Beton wie ein Messer in Butter, und sein Körper folgte der Bewegung, die gefüllte Schaufel hob sich, er drehte sich um und ließ den Beton in den Graben gleiten und das alles in einer einzigen anmutigen, fließenden Bewegung. Ich versuchte die Schaufel genauso schwingen zu lassen, wie er es mir erklärt hatte, und dabei mit dem ganzen Körper mitzugehen. Dann hörte ich einen anderen Bauarbeiter sagen: »Schon besser! Versuch auf keinen Fall, gegen dieses Scheißzeug anzukämpfen, dann macht's dich fertig. Arbeite *mit* ihm.«

»Genau!«, sagte der jüngere. »Bleib einfach im Rhythmus. Dann geht's leichter!«

Ich nickte und versuchte es genauso zu machen wie er und die andern. Natürlich konnte ich trotzdem nicht so recht mithalten. Aber wenn ich es so machte wie die andern und mit dem Rhythmus ging, den Rhythmus *spürte*, dann hielt ich weiter durch. Auch wenn ich mich nachher kaputter fühlen würde als je in meinem ganzen Leben, wusste ich jetzt doch, dass ich es durchstehen konnte. Und ich glaube, die andern merkten es auch, denn allmählich wurden sie ein bisschen entspannter. Sie arbeiteten zwar genauso hart weiter, aber sie unterhielten sich dabei und lachten. Und ich war froh. Sie redeten zwar nicht mit mir, aber wenigstens vergaßen sie mich jetzt einfach, statt sauer zu sein und ständig dran zu denken, dass ich ihnen die Sonderzulage vermasselte. Deshalb hörte ich es erst gar nicht, als jemand was zu mir sagte. Bis ich plötzlich merkte, dass mich der Typ mit den Schlangentattoos auf den Armen fragte, wo ich herkäm. Da sie Failsworth wahrscheinlich nicht kannten, sagte ich: »Manchester.« Und sofort wollten sie wissen, zu welchem Team ich hielte. Eigentlich hätte ich ihnen gern erklärt, dass ich zu überhaupt keinem Team hielt, ja, dass ich noch nie ein Fußballspiel angeschaut hatte. Aber ich verkniff es mir und behauptete: »Manchester United.«

Sie lachten höhnisch und dann meinte einer: »ManU? ScheißU trifft's wohl eher!« Jetzt lachten wieder alle. Und ich wusste, dass ich jetzt kontern und irgendwas Verächtliches über ihr Fußballteam sagen musste. Aber ich hatte ja keine Ahnung, welches Team das war. Also fragte ich: »Zu wem haltet *ihr* denn?«

Grimsby Town, sagten sie. Und selbst ich wusste, was in der Hierarchie des englischen Fußballs galt: Ein primitiver Grimsby-Town-Fan durfte Manchester United nicht mal *erwähnen*, geschweige denn beschimpfen! Aber mir fiel immer noch keine einigermaßen treffende Beleidigung ein, die ich ihnen hätte entgegenschleudern können. Und ich merkte genau, dass sie drauf warteten und dass ich jetzt unbedingt irgendwas sagen musste, wenn ich mir nicht jede Glaubwürdigkeit als Fußballfan verscherzen wollte. Und vielleicht war das der Grund, warum mir plötzlich der kleine Vers einfiel, den ich mir während der Busfahrt mit den Einzelhändlern von Grimsby notiert hatte.

Den präsentierte ich jetzt diesen Beton schaufelnden Grimsby-Town-Fans. Ich schippte einfach weiter und sagte: »Ach, Grimsby! Ach, Grimsby! Bei Tag und auch bei Nacht ist Grimsby der Beweis dafür, dass selbst Gott Fehler macht!«

Jetzt sahen mich alle verblüfft an. Sie ließen sogar die Schaufeln sinken! Und da merkte ich, dass ich zu weit gegangen war. Aber während sie mich noch anstarrten und ich krampfhaft überlegte, wie ich das wieder hinkriegen könnte, brachen sie plötzlich alle in Gelächter aus. Und der Ältere forderte mich sogar auf: »Sag das noch mal!«

Ich tat es. Und als wir uns wieder an die Arbeit machten, murmelte er dauernd: »Ach Grimsby! Ach Grimsby! Bei Tag und auch bei Nacht ...« Dann gluckste er vor sich hin und sagte: »Scheiße, da ist echt was dran!«

Der Jüngere fragte mich: »Wo hast du denn das her?«

Ich zuckte nur die Achseln und antwortete: »Keine Ahnung. Wahrscheinlich irgendwo gelesen.«

Da nickte er und alle schaufelten schweigend weiter.

Und ich hätte ihnen so gern gesagt, dass ich ihn selber geschrieben habe, Morrissey! Diesen Vers, der sie so erheitert hat. Dass ich ihn nicht in irgendeinem Buch gelesen, sondern mir selbst ausgedacht hatte. Ich hätte es ihnen so gern gesagt – es war das allererste Mal, dass einer meiner Texte öffentlich vorgetragen worden war!

Aber dann wurde mir klar, dass das nicht ging. Sie würden

mich entweder als Lügner oder als Sonderling abstempeln. Und außerdem war ich kein Songtexter mehr! Ich war nur der Neue mit der Schaufel. Ich schrieb keine Songtexte mehr. Es lief nicht schlecht für mich, ich würde jetzt allein zurechtkommen, als Mitglied eines Bautrupps. Ich hatte genug davon, ein Sonderling zu sein. Ich schaufelte einfach weiter und sagte kein Wort über das Schreiben von Songs.

Ich arbeitete so, wie sie es mir gezeigt hatten: mit dem Rhythmus gehen, schaufeln, hochheben, vorbeugen, hochheben, schaufeln, schaufeln, den zähen nassen Beton … heute musste man schneller schaufeln als sonst, wegen dem Wetter, dem furchtbar heißen Wetter, der Sonne, die einem den nackten Rücken versengt, wegen der brüllenden Hitze, die dörrt und brennt, und der Beton ist in null Komma nichts steinhart und nicht mehr zu gebrauchen … keine Zeit rumzustehen und zu trödeln bei so einem Wetter, bei brüllender Hitze, wenn die Sonne dir Nacken und Rücken versengt, Beton schaufeln und Gräben füllen, bis du deinen Körper nicht mehr spürst und er nur noch eine Maschine ist; und das Bewusstsein sich auflöst, irgendwo hindriftet wie in Trance.

Und deshalb dachte ich anfangs, es sei nur in meinem Kopf, Morrissey, denn eigentlich summe ich innerlich immer irgendeinen deiner Songs vor mich hin, ganz unbewusst. Aber dann hörte ich das Murren, das Stöhnen und das Protestgeschrei und merkte, dass es ja gar nicht deine Stimme war, sondern *seine*, Morrissey, die Stimme des jungen Arbeiters. Er sang beim Schaufeln vor sich hin und jetzt schrien alle: aufhören, aufhören! Wenn er schon singen wolle, dann lieber was Schwungvolles und nicht diesen »traurigen Mist«.

Aber er ignorierte sie, und ich sah den schelmischen Ausdruck in seinen Augen, als er noch lauter weitersang: *»I was happy in the haze of a drunken hour / But heaven knows I'm miserable now …«*

Als er meinen Blick bemerkte, zwinkerte er mir lächelnd zu, während die älteren Arbeiter lautstark weiterprotestierten.

Dann brach er plötzlich ab und rief: »Hört auf zu motzen, ihr seid ja alle vergreist! Ihr habt doch keine Ahnung. Das ist ein Spitzensong!« Er wandte sich wieder zu mir. »Stimmt's?«, fragte er.

Aber ich zuckte nur die Achseln.

Da sagte er: »Machst du dir nichts aus Morrissey?«

Wieder zuckte ich die Achseln und sagte: »Ich glaub, er ist ganz okay.«

Morrissey, es tut mir Leid! Ich hätte es ihm so gern gesagt!

Aber jetzt sang er wieder: *»I was happy in the haze of a drunken hour …«*

Und da rotteten sich alle gegen ihn zusammen und gröhlten »Radio Gaga«, diesen blöden Queen-Song, immer lauter und lauter, bis der junge Arbeiter schließlich aufgab und schweigend weiterschaufelte.

Und ich hätte ihm so gern gesagt, dass er nicht allein war, dass es auf dieser Baustelle noch einen zweiten Fan gab.

Aber ich war ja gar kein Fan mehr, Morrissey. Ich hatte mich ja von dir losgesagt!

Der junge Arbeiter kam damit durch, er konnte ein Fan sein und es trotzdem schaffen, denn er hatte sich in der rauen Welt der Bauarbeiter schon bewährt. Aber wenn *ich* so dahergekommen wär, mit meiner Stirnlocke, meinem T-Shirt und meiner uneingeschränkten Hingabe an dich, Morrissey, dann hätte ich keine Chance gehabt. Und im Moment sah es doch ganz gut aus. Anscheinend schaffte ich es. Deshalb schippte ich schweigend weiter und gab mir große Mühe, meine natürlichen Instinkte zu verleugnen, Morrissey, indem ich *dich* ignorierte!

Ich wollte einfach nur dazugehören, mehr nicht. Jetzt weiß ich, wie jämmerlich das war. Aber während ich mit den andern zusammen Beton schaufelte, kam es mir vor, als würde ich wirklich was leisten, ja sogar gewisse Fortschritte machen. Ich weiß, das ist lächerlich, Morrissey, weil ich ja bloß einen Fundamentgraben mit Beton füllen half, während mich das

Schaufeln in der sengenden Sonne so fertig machte, dass ich mich mittags kaum noch zu der Wellblechhütte hinüberschleppen konnte, die als Kantine diente. Sie war nur ein kleines Stück entfernt, aber mir kam es vor wie hundert Meilen, weil sich meine Beine anfühlten, als seien sie gelähmt. Und ich glaube, ich hätte es gar nicht geschafft, wenn ich nicht zufällig ein Gespräch zwischen dem älteren Mann und dem Arbeiter mit den Schlangentattoos belauscht hätte.

Die dachten wahrscheinlich, ich sei schon zur Kantine rübergegangen, aber in Wirklichkeit hockte ich zusammengesunken auf dem Boden hinter dem Betonmischer. Die beiden standen auf der andern Seite und wuschen sich die Hände, da hörte ich den Mann mit den Schlangentattoos zu dem Älteren sagen: »Als ich den heute Morgen gesehen hab, dacht ich, ich werd nich mehr! Aber eigentlich macht er das gar nicht so schlecht.«

»Ja«, stimmte ihm der andere zu, »ich hätte gewettet, der kann nicht mal 'ne Schaufel *halten* und benutzen gleich gar nicht!«

Beide lachten. Und dann sagte der Mann mit den Schlangentattoos: »Na ja, wenn er sich zusammenreißt, hat er das Zeug zu 'nem richtig guten Bauarbeiter!«

Morrissey, ich weiß, dass ich dumm war! Mir ist es richtig peinlich, dir überhaupt davon zu erzählen. Aber als ich die beiden so reden hörte, empfand ich fast so etwas wie Stolz! Ich weiß wirklich nicht, was mit mir los war, aber als ich mich aufrappelte und zur Kantine schleppte, hatte ich irgendwie das Gefühl ... dazuzugehören; Teil von etwas zu sein!

Und vielleicht wär mir das geblieben, Morrissey; dieses Gefühl, etwas zu erreichen oder mich zumindest in meinem Job zu bewähren. Aber schon als ich auf die Wellblechhütte zuwankte, fühlte ich mich ein bisschen schwindlig und benommen. Ich zitterte wie ein Wackelpudding, als hätte ich meine gesamte Energie verbrannt und könnte sie nur dadurch wieder zurückkriegen, dass ich mir den Bauch voll schlug. So wie die Tour-de-France-Teilnehmer, nachdem sie über die Pyrenäen gestrampelt sind und ihre ganze Energie verbrannt haben, Marsriegel essen müssen, damit das Zittern aufhört. Und ich dachte, bei mir sei es das Gleiche, mir sei einfach nur schwindlig, weil mir der Hunger fast die Gedärme zerriss. Als ich mich in der Hütte an die Theke stellte, wusste ich, dass ich das Weiterschaufeln nachmittags vergessen konnte, wenn ich nicht wieder ein bisschen Kraft sammelte. Und deshalb wollte ich mir das üppigste Mittagessen meines Lebens gönnen, wie ein Hochleistungssportler, mit massenhaft Kohlenhydraten und mit Nachschlag und einer extra Portion Chips, mit pfundweise Brot und dem dicksten, klebrigsten Pudding, den es gab.

Ich steckte die Hand in die Tasche, und da fiel mir ein, dass von Cindy-Charlenes Geld ja nur noch 65 Pence übrig waren! Und schon eine einzige Portion Chips kostete 35 Pence!

Ich stand da, starrte die Kreidetafel mit den Speisen an und kam zu der Erkenntnis, dass ich mir nur Chips mit Soße und eine dünne Scheibe Brot leisten konnte. Oder vielleicht Chips mit Erbsen statt der Soße. Oder Chips mit zwei Scheiben Brot. Und ich dachte gerade, dass ich vielleicht am besten Erbsen und fünf Scheiben Brot nehmen sollte – als ich ihn sah! Weiter vorn, im vorderen Teil der Schlange! Ihn! Den Fernfahrer, der mir mein ganzes Geld geklaut hatte! Den Fettsack, der mir meine Brieftasche gestohlen hatte! Und da hielt er sie ja auch schon in seinen feisten Pranken, zog einen Zehnpfundschein heraus und gab ihn dem Mädchen an der Kasse. *Meine Brieftasche!*

Dann sah ich, wie er die Schlange mit einem vollen Tablett verließ. Und da fiel mir wieder ein, dass er erwähnt hatte, sein Job führe ihn manchmal bis an die Ostküste. Das Fettmonster, die Speckfresse! Dieser Dreckskerl, der mir meine Brieftasche gestohlen und mich ohne einen Penny sitzen gelassen hatte! Und ich hatte per Anhalter fahren und betteln müssen, um nach Grimsby zu kommen. Nicht mal die Anzahlung für mein Zimmer hatte ich gehabt und nun konnte ich mir kein anständiges Mittagsessen leisten!

Jetzt entfernte er sich von der Schlange, das Tablett in seinen feisten Pranken; und auf dem Tablett stand ein großer Teller, auf dem sich Chips, zwei Eier, dicke Blutwurstscheiben, geviertelte Tomaten, Bohnen und Pilze türmten und dann noch ein halber Laib Brot mit dick Butter drauf und daneben stand eine dampfende Schüssel mit Pudding. Und das alles hatte er mit meinem Geld bezahlt!

Ich weiß, Morrissey, ich weiß, ich hätte vorsichtiger zu Werke gehen sollen. Aber ich hatte so fürchterlichen Hunger; und jetzt leerte er sein überquellendes Tablett und stellte die Sachen auf den Tisch. Ich beobachtete, wie er sich setzte und mit den andern Männern am Tisch redete und lachte. Es waren die Bauarbeiter, mit denen ich zusammen geschuftet hatte. Ich sah, wie er die Brieftasche, *meine* Brieftasche neben seinen Teller legte. Und ich brauchte mir überhaupt keine Sorgen zu machen, Morrissey, denn ich konnte *beweisen*, dass es meine Brieftasche war. Ja, tatsächlich! Denn er wusste ja nicht, dass ich mit rotem Filzstift etwas ins hinterste Fach hineingeschrieben hatte, Morrissey; eine Zeile von dir. Es war in der Nacht, bevor ich Failsworth verließ. In der Nacht, in der ich wusste, dass ich dich aufgeben musste, Morrissey – dich aufgeben und nach Grimsby fahren und es unbedingt packen musste. Und ich hatte in die Brieftasche hineingeschrieben: *»Will nature make a man of me yet?«*

Und deshalb scherte ich jetzt aus der Schlange aus und bahnte mir einen Weg zwischen den Tischen hindurch. Dabei fixierte ich ihn die ganze Zeit, sah, wie er sein Riesenmaul aufriss und über irgendeine Bemerkung lachte, genau wie damals mit vollem Mund, sodass man den Brei aus halb zerkauten Chips und Blutwurst sah, vermischt mit Eigelb, Soße und Spucke. Aber er bemerkte mich nicht. Überhaupt schien mich keiner zu bemerken, nicht mal, als ich schon am Tisch stand. Die Arbeiter redeten durcheinander, sie lachten und rissen Witze. Ich achtete gar nicht auf sie. Ich starrte Speckfresse an und wartete darauf, dass er endlich aufschaute und mich erkannte. Aber einer der Arbeiter, der mit den Schlangentattoos, bemerkte mich zuerst. »Alles in Ordnung?«, fragte er.

Aber ich antwortete nicht. Ich fixierte unablässig den Brieftaschendieb. Und der schaute erst von seinem Teller auf, als ihn der junge Arbeiter anstieß. Er starrte mir ins Gesicht. Er starrte jemandem ins Gesicht, von dem er geglaubt hatte, dass er ihn in seinem ganzen Leben nie wiedersehen würde: dem Jungen, dem er die Brieftasche gestohlen hatte.

»Ja! Genau«, sagte ich. »Ich bin's.«

Er tat, als würde er mich nicht kennen! Er starrte mich verblüfft an, mit tiefen senkrechten Furchen auf der feisten Stirn, dann wandte er sich an die Bauarbeiter, wies mit einem Nicken auf mich und fragte: »Gehört der zu euch?«

Die Arbeiter schüttelten den Kopf. Dann sagte der Ältere achselzuckend: »Er war heute Vormittag bei uns.« Da drehte sich das Fettmonster wieder zu mir und sagte: »Du verwechselst mich wohl, Junge!«

Aber ich zuckte nicht mit der Wimper. Ich starrte ihn nur an. Und ich lächelte sogar ein bisschen, als ich kopfschüttelnd erwiderte: »O nein, das ist ganz sicher keine Verwechslung! Birch Services an der M62!«

Er verstellte sich immer noch, Morrissey. Er starrte mich gereizt an und knurrte: »Was redest du da für 'n Scheiß, Bursche?«

Ich nickte. Dann zeigte ich mit dem Finger auf ihn und sagte: »Ich rede von Ihnen! Und von dem, was Sie mir gestern gestohlen haben!«

Jetzt starrten ihn alle an, Morrissey. Und ich merkte, dass er allmählich wütend wurde. »Sag mal«, fuhr er mich an, »bist du vielleicht so 'n scheiß Junkie oder was?«

Aber ich schüttelte nur den Kopf und erwiderte mit triumphierendem Lächeln: »Ich kann es beweisen! Ich kann beweisen, dass Sie mir meine Brieftasche gestohlen haben!«

Das brachte ihn offenbar aus der Fassung, denn er zeigte mit der Gabel auf mich und sagte stinksauer: »Jetzt hör mir mal gut zu! Verpiss dich, du kleines Arschloch! Ich hab dich noch nie im Leben gesehen. Verpiss dich!«

Aber ich dachte nicht dran, mich zu verpissen, Morrissey. »Na gut!«, sagte ich und deutete auf die Brieftasche. »Na gut! Wenn es nicht meine Brieftasche ist, woher weiß ich dann von der Inschrift im hintersten Fach?« Er nahm die Brieftasche vom Tisch, zeigte damit auf mich und sagte: »Ich verpass dir gleich 'ne Inschrift, du!«

Aber da beging er einen Riesenfehler, Morrissey, denn als er mit der Brieftasche auf mich zeigte, schnappte ich sie ihm einfach weg! Und er starrte mich total verblüfft an, Morrissey, wie gelähmt. Und bevor er sich wieder berappelt hatte, gab ich die Brieftasche dem jungen Arbeiter und sagte: »Ich hab nicht reingeschaut, stimmt's? Aber wenn du sie aufmachst und im hintersten Fach nachsiehst, sage ich dir, was drinsteht. Na los, schau nach, ich weiß es, weil ich es selber reingeschrieben hab, und wenn es nicht meine Brieftasche wär, wüsste ich's ja nicht, oder?«

Sie starrten mich alle an, Morrissey. Selbst das Fettmonster saß da und starrte mich wortlos an. Und ich wusste genau warum: weil das Spiel aus war. »Na los«, drängte ich den jungen Bauarbeiter, »mach die Brieftasche auf!«

Er wirkte etwas bedenklich. Aber dann sah er das Fettmonster, den Dreckskerl an und der nickte. Er gab auf! Er wusste, dass ich ihn auf frischer Tat ertappt hatte und er es nicht mehr abstreiten konnte. Der junge Bauarbeiter öffnete die Brieftasche und sah hinein.

»Im hintersten Fach«, erklärte ich. »Schau da mal nach.«

Er tat es. Und ich drängte: »Siehst du, was da drinsteht?«

Er nickte.

»Na gut«, sagte ich jetzt, während mich alle anstarrten. »Im hintersten Fach der Brieftasche stehen die Worte: ›*Will nature make a man of me yet?*‹«

Der junge Bauarbeiter schaute mich an. Dann schaute er die andern Bauarbeiter an. Alle hatten die Augen aufgerissen, als stünden sie im Wettbüro und warteten auf die Ergebnisse. Die Miene des Fettmonsters war zu einer Maske erstarrt, als wolle er nicht wahr haben, was gerade passierte. Er tat mir schon fast wieder Leid. Und da hörte ich, wie der junge Arbeiter verkündete: »*Made in Hongkong!*«

Alle brachen in prustendes Gelächter aus, Morrissey! Und einer der andern Arbeiter streckte die Hand aus und sagte: »Lass mal sehen!«

Sie lachten immer noch, als auch der andere Arbeiter bestätigte: »Stimmt. *Made in Hongkong*. Mehr steht nicht drin.«

Morrissey, du musst mir unbedingt glauben, dass ich die Brieftasche *nicht* gestohlen habe! Ich dachte, die lügen, um das Fettmonster zu decken! Und deshalb habe ich es getan. Deshalb hab ich die Brieftasche an mich gerissen, als sie so von Hand zu Hand ging. Und wenn nicht alle gleich aufgesprungen wären, wär ich auch nicht weggerannt. Ich wollte nur weit genug weg, um selber einen Blick in die Brieftasche zu werfen, bevor sie sie mir wieder wegrissen und weiter behauptet hätten, deine Zeile stünde nicht drin, wo ich doch genau wusste, dass sie drin stand. Das war der einzige Grund, warum ich wegrannte, zwischen den Tischen hindurch und zur Kantine hinaus – damit ich beweisen konnte, dass sie alle logen. Und nur deshalb nahm ich das Geld raus! Nicht weil ich stehlen wollte! Ich nahm es raus, damit ich besser in das Fach schauen konnte! Weil ich die Wörter anscheinend viel weiter unten reingeschrieben hatte, als ich dachte. Oder vielleicht war es ja gar nicht das hinterste Fach. Vielleicht hatte ich mich ja getäuscht und sie ins *vorderste* Fach geschrieben! Deshalb zog ich alles raus und ließ es einfach auf den Boden fallen: Babyfotos, Führerschein, Rezepte, Kreditkarten, Clubausweis, ein Päckchen Kondome, irgendwelche Zettel. Ich wollte nichts stehlen, Morrissey. Ich suchte nur nach den Wörtern; nach den Wörtern, die nicht da waren!

Wenn ich etwas hätte stehlen wollen, Morrissey, dann wär ich doch weitergelaufen, oder? Aber als jetzt alle auf mich zugerannt kamen, fühlte ich mich wieder ganz schwindlig und benommen. Es war nicht schön, draußen in der Sonne zu sein. Sie stach mir in die Augen und kribbelte so unangenehm auf Armen und Schultern. Deshalb blieb ich einfach stehen, Morrissey. In einer Art Trance, mitten im rundrum verstreuten Inhalt der Brieftasche!

Sie schimpften mich einen »fiesen, dreckigen Dieb«. Ich musste alles wieder einsammeln und zurücktun. Ich entschuldigte mich bei allen. Aber sie ignorierten mich. Als ich dem Mann die Brieftasche gab, drängten sie ihn nachzuschauen, ob nichts fehlte. Ich sah, wie er alles genau überprüfte und sein Geld zählte. Und komischerweise kam er mir jetzt daußen in der Sonne gar nicht mehr so fett vor. Und er trug auch keinen Ohrring. Draußen in der Sonne konnte ich es kaum noch glauben, dass ich ihn für das Fettmonster gehalten hatte! Ich entschuldigte mich noch mal bei allen. Aber sie beäugten mich argwöhnisch und schockiert. Da sagte ich zu dem jungen Bauarbeiter: »Ich hab einen Fehler gemacht. Aber ich bin kein Dieb, ehrlich! Denn eigentlich bin ich ein Morrissey-Fan, genau wie du.«

Ich dachte, er würde mich verstehen. Aber stattdessen starrte er mich voller Ekel an und rief: »Wie?! *Ich* bin doch kein Morrissey-Fan! Bloß weil ich diesen jämmerlichen Mist gesungen hab? Scheiße, *ich* bin doch kein Morrissey-Fan! Das mach ich doch nur zum Spaß, um die zu ärgern!« Er zeigte mit dem Finger auf mich. »Behaupte nie mehr, dass ich auf diesen durchgeknallten Typen steh!«

Er und seine Kumpels starrten mich an, als fänden sie mich jetzt noch unheimlicher und verrückter als zuvor. Der Mann mit der Brieftasche verkündete, dass anscheinend alles in Ordnung sei und kein Geld fehle. Dann diskutierten sie, ob sie die Polizei rufen sollten. Und in dem Moment kam der Kapo angerannt. Er hatte gehört, was passiert war. Und als er mich sah schimpfte er los: »Ich hätt es wissen müssen! Das liegt bei euch wohl in der Familie, wie? Genau wie dein scheiß Onkel! Der Apfel fällt nicht weit vom Stamm!«

Und dann, Morrissey, stieß er mich so heftig, dass ich stürzte. Er riss mich wieder hoch und trieb mich vor sich her, packte mich am Pullunder und zerrte mich den ganzen Weg bis vor zum Büro, und dort schrie er mich an, ich solle mein Zeug packen und abhauen, sonst rufe er die Polizei und lasse mich verhaften. Dann versetzte er mir noch einen Tritt, und ich stolperte durchs Tor, rannte taumelnd die kleine Gasse rauf und versuchte mich im Schatten zu halten. Denn ich hasste die Sonne! Mir wurde ganz schlecht, wenn ich das Licht sah oder die Hitze direkt auf der Haut spürte. Ich irrte ziellos weiter; ich torkelte von einer Seite der Gasse zur andern wie ein Betrunkener. Nach kurzer Zeit musste ich mich setzen und mich an die Bretter des Bauzauns lehnen. Und da saß ich nun, voller Angst, voller Panik und fragte mich, was mit mir los war. Ich versuchte mir zwar einzureden, dass es bestimmt nicht wieder losging. Aber leider ging es doch wieder los, Morrissey. Ich spürte es! Denn auf einmal war es wieder so wie in Swintonfield, als ich paranoid war und mir lauter Dinge einbildete, die es nicht gab, und Leute sah, die es nicht gab, so wie ich jetzt ganz deutlich das Fettmonster gesehen hatte, obwohl gar kein Fettmonster da war. Und am Morgen in Cleethorpes, da hatte ich mir auch schon Sachen eingebildet und hatte am Strand das Mädchen gesehen, obwohl es ja unmöglich da sein konnte, das Mädchen mit den Kastanienaugen.

Und selbst der Mann, Morrissey, am Abend davor, der Amerikaner, der mich in Grimsby rausgelassen hatte. Selbst er existierte wahrscheinlich nur in meinem Kopf. Ich hätte es wissen müssen, ich hätte wissen müssen, dass es wieder losging: ein grauhaariger Mann mittleren Alters, der bei Smiths-Titeln mitsingt und mir erzählt, er habe einen Sohn in New York! Vielleicht hat er ja Malcolm gemeint! Vielleicht war es ja Malcolms Dad, der früher bei den Beach Boys mitgespielt hat!

Aber Malcolm gab es doch gar nicht, oder? Malcolm hatte doch nie existiert. Und es hatte auch nie einen Amerikaner gegeben, der mit meiner Gitarre im Kofferraum weggefahren war. Wahrscheinlich hatte ich sie irgendwo vergessen und wusste nur nicht mehr, wo.

Es ging alles wieder von vorn los! Deshalb musste ich es unbedingt nach Hause schaffen, bevor es zu spät war; bevor ich nicht mehr wusste, wer ich war. Aber ich hatte solche Kopfschmerzen, so rasende Kopfschmerzen, dass ich nicht wagte, die Augen zu öffnen. Und Geld hatte ich auch keins, ich *konnte* ja gar nicht heim. Aber ich musste es versuchen!

Ich raffte mich auf und schleppte mich weiter. Ich taumelte an der Bretterwand entlang bis zum Ende der Gasse, bis zu der Straße, die zu den Docks runterführte. Ich erreichte die Ampeln, die Ampeln mit dem gelben Baustellensignal. Aber ich konnte das alles nicht ertragen, den Verkehr, den Verkehrslärm, den Abgasgestank der Pkws und Lastwagen und die Hitze, die Hitze, die vom Himmel runterbrannte und vom Boden aufstieg, die Hitze. Ich musste mich wieder setzen, irgendwohin, einfach da, mitten auf dem Gehweg, irgendwo, ganz egal, an den Ampelpfosten gelehnt, die Augen geschlossen, wegen dem Licht, und mir brummte der Schädel und mir dröhnte der Lärm in den Ohren, der Verkehrslärm, der Lärm der Reifen, das Reifenquietschen, das donnernde Dröhnen und dann die Stimme, die amerikanische Stimme, die schrie, rief, fragte: »Hey, Junge! ... Raymond?«

»Geh weg!«, rief ich der Stimme zu, presste die Hände auf die Ohren und begann vor mich hinzuplappern, damit ich sie nicht mehr hörte, die Stimme in meinem Kopf ... diese Stimme, die jetzt sagte: »Mein Gott! Was ist denn passiert? Raymond? Komm, Junge, na komm ... es ist okay, es ist alles okay.«

»Geh weg!«, sagte ich zu der Stimme in meinem Kopf. »Geh weg geh weg geh weg ... lass mich in Ruhe lass mich in Ruhe geh weg ...«

Aber sie ging nicht weg. Sie war immer noch da, immer noch in meinem Kopf und fragte wieder: »Mein Gott, was ist denn mit dir passiert? Kannst du nicht reden ... kannst du mich hören? Kannst du mich hören?»

Da fühlte ich die Hände! Hände, die meine Hände sanft von den Ohren wegzogen, und dann sagte die Stimme: »Kannst du die Augen aufmachen? Versuch's doch mal! Bitte ...«

Und ich dachte, dadurch würde es vielleicht weggehen, wie manchmal in Swintonfield, wenn mich jemand gepackt hatte, zum Beispiel der Mann mit dem verkehrt rum sitzenden Kopf, aber wenn ich dann die Augen aufmachte, war er nicht mehr da.

Doch diesmal funktionierte es nicht. Er war nämlich immer noch da, Malcolms Dad. Er kniete vor mir und tat so, als existiere er wirklich, als kenne er mich.

»Ich hab nach dir gesucht!«, sagte er. »Ich hatte ja keine Ahnung, wo ich dich finden kann. Als ich den Kofferraum aufgemacht hab, lag da noch deine Gitarre drin. Ich hab nach dir gesucht. Was ist denn passiert? Du hast ja ganz andere Sachen an! Ich wär fast an dir vobeigefahren!«

Ich runzelte die Stirn. Ich blinzelte und sah ihn wieder an. Er wirkte richtig ängstlich und bekümmert. Sein Bick war voller Sorge, als er sagte: »Mein Gott, du bist ja in einem schrecklichen Zustand.«

Morrissey, da bekam ich Zweifel, ob ich ihn mir nur einbildete! Da hoffte ich plötzlich, dass es ihn wirklich gab!

Deshalb nickte ich, als er mich fragte: »Meinst du, du kannst aufstehen?«

Ich schob mich mühsam am Ampelpfosten hoch und stand zitternd da. Ich zitterte trotz der brüllenden Hitze. Der Mann lächelte mich an. »Hey!«, sagte er. »Bald geht's dir wieder besser, ganz bestimmt!«

Da spürte ich ein Brennen, weil mir eine salzige Träne über die Wange rollte; und jetzt war es mir ganz egal, ob der Mann existierte oder nicht, weil es so schön war, dass es da jemanden gab, der mich anlächelte, der nett zu mir war, der meine Reisetasche aufhob, mich stützte und wissen wollte, ob ich denn die paar Schritte bis zur nächsten Ecke schaffte, wo der Wagen stand.

Ich setzte mich in Bewegung, folgte ihm und wünschte mir nur, mein Kopf würde nicht so furchtbar wehtun, meine Haut würde nicht so schrecklich brennen, meine Beine würden sich nicht so schlaff anfühlen; ich wünschte, der Mann möge so real sein wie er mir vorkam; so real wie der silberfarbene Mercedes, der in der Seitenstraße hinter der Ecke stand, der silberfarbene Mercedes von gestern Nacht.

Und da dachte ich, alles sei in Ordnung! Alles sei Wirklichkeit!

Wirkliche wirkliche Wirklichkeit! Deshalb wollte ich schnell auf den Wagen zulaufen, um endlich aus der Sonne zu kommen.

Aber ich schaffte es nicht. Denn plötzlich wurde ich ohnmächtig!

Als ich sie sah, dort auf dem Rücksitz des Wagens: das Mädchen mit den Kastanienaugen.

Mit freundlichen Grüßen
Raymond Marks

22. Juni 1991
Swallowbrook,
Heaton Wold,
N. Lincolnshire

Liebe Mam,

ich weiß, dass dich dieser Brief überraschen wird, aber du solltest dir keine Sorgen um mich machen, ehrlich! Mir geht es nämlich gut, Mam.

Ich weiß, dass inzwischen Onkel Jason mit dir gesprochen haben wird und du vermutlich ganz durcheinander bist. Aber, Mam, hör nicht auf ihn; denn es ist alles in Ordnung. Mam, wirklich. Mam, es ist alles in Ordnung.

Ich weiß, es ist auf andere Art *in Ordnung* als was du unter »in Ordnung« verstehst und was du erwartet hattest. Und ich weiß auch, wie sehr du drauf gezählt hast, dass ich einen Job kriege, mich anpasse und einfach ein ganz normaler Mensch werde, der dir nicht mehr so viele Sorgen macht. Ich versteh dich, Mam. Deshalb bin ich ja nach Grimsby gegangen, weil ich dachte, du hast Recht. Ich dachte ja sogar, dass Onkel Jason Recht hat! Ich dachte, wenn ich mich wirklich anstrengen würde, könnte ich zu dem ganz normalen, durchschnittlichen Jungen werden, den du dir immer gewünscht hast. Und, Mam, das hab ich mir sogar selber gewünscht! Deshalb hab ich es versucht. Ich hab es wirklich versucht. Aber ich glaube, jetzt ist mir eines klar geworden, Mam: Wenn man nicht von Natur aus normal ist, hat es keinen Zweck, sich ändern zu wollen und jemand zu werden, der sich anpasst und einfügt. Ich denke, es ist ein bisschen so, als wär man homosexuell; man ist es eben. Und mehr gibt's dazu nicht zu sagen.

Das heißt jetzt nicht, dass *ich* homosexuell bin, Mam! Ich weiß, das hast du immer irgendwie vermutet. Aber ich bin es nicht. Klar, ich hab Twinky und Norman geliebt und werd sie immer lieben. Und eigentlich hätt es mir gar nichts ausgemacht, homosexuell zu sein. Aber ich bin's nun mal nicht, Mam. Ich bin nur nicht normal. Und hier, wo anscheinend niemand normal ist, kommt es mir eigentlich ganz normal vor, nicht normal zu sein.

Jo hat gesagt: »Wenn ich mich hier so umschaue, wundert's mich nicht, dass du gedacht hast, du seist in einer Nervenheilanstalt gelandet.«

Jo ist sehr nett, Mam. Wir gehen nicht miteinander. Aber wir sind Freunde. Und obwohl sie dort nicht mehr wohnt, Mam, kommt sie ursprünglich aus Failsworth! Ich hab sie eigentlich gar nicht gekannt, bevor ich hierher kam, nur mal mit ihr geredet, an der Bushaltestelle beim Altglascontainer an der Hauptstraße. Und als ich versuchte, nach Grimsby zu kommen, bin ich ihr in einer Raststätte begegnet. Leider gab es damals einen etwas unerfreulichen Zwischenfall und deshalb kamen wir nicht ins Gespräch. Aber Jo sagt, wenn sie gewusst hätte, dass ich in diese Gegend von England wollte, dann hätt sie mich mitgenommen. Sie ist erst siebzehn, aber sie hat schon den Führerschein und ein eigenes Auto. Sie sagt: »Es ist eine echte Klapperkiste!« Aber man merkt, dass sie total stolz drauf ist. Manchmal steht sie ganz früh auf und fährt zur Küste, um über den Strand zu laufen, wenn gerade die Sonne aufgeht. Sie sagt, das gefällt ihr, so früh am Morgen draußen zu sein, da schreibe sie ihre besten Sachen. Sie hat mich ein paar von ihren Gedichten lesen lassen. Ich find sie ziemlich gut. Eigentlich find ich sie sogar toll, manche davon. Aber vielleicht bin ich da ein bisschen voreingenommen.

Mam, ich weiß, dass du mir wahrscheinlich nicht glauben wirst, aber mir geht es wirklich gut! Und manchmal geht es mir sogar *so* gut, dass ich Angst hab, es sei vielleicht alles gar nicht real und ich könne jeden Moment aufwachen.

Ich *weiß*, dass ich nicht auf einer Baustelle bin, Mam, und vermutlich hast du dir alles Mögliche von Onkel Jason und Tante Fay anhören müssen, die ja schon immer auf dir rumgehackt und dich bevormundet und bemitleidet haben, weil du einen Sohn hast, der so geworden ist wie ich. Das tut mir Leid, Mam. Ich wollte nie so werden. Und ich weiß ja, wie sehr du dir gewünscht hast, dass ich ein ganz normaler, durchschnittlicher, unauffälliger Junge wär, der lauter normale Dinge tut und auf dem nie herumgehackt wird. Erinnerst du dich noch an jenen Sommer, Mam? Jenen ersten Sommer, in dem niemand mehr mit mir spielen wollte und ich auf dem Freizeitgelände nicht mehr zelten durfte und nicht mehr Fußball, Fangen und Verstecken spielen konnte? Du hast damals gesagt, es bricht dir das Herz, das mitanzusehen; du hast gesagt, du könntest es kaum erwarten, eines Tages aufzublicken und zu sehen, wie ich wieder sorglos mit den andern über den Rasen stürme und ganz und gar dazugehöre.

Ich weiß, es hat ewig gedauert, Mam. Und ich weiß, du hattest die Hoffnung eigentlich schon aufgegeben und wolltest gar nicht mehr aufblicken. Aber Mam, wenn du mich jetzt sehen könntest, wie ich hier unter den Holzbalken der umgebauten Scheune sitze und diesen Brief an dich schreibe, und Jo sitzt mir am Tisch gegenüber und wir kritzeln beide vor uns hin und sind ganz ins Schreiben vertieft und doch gibt jeder dem andern so was wie Kraft – wenn du das erleben könntest, Mam, dann wär das sicher genauso, als würdest du mich wieder über den Rasen stürmen sehen, wo ich ganz und gar dazugehört habe.

Mam, so fühl ich mich hier; als ob ich endlich nicht mehr fehl am Platz sei. Wenn du es doch sehen könntest, Mam, das Haus und die Scheune und so weiter. Du hast doch diese alte Keksdose, in der du deine privaten Sachen und deinen ganzen Schmuck aufbewahrst, die Dose mit der gemalten Landschaft drauf, mit dem Haus in der Ferne und den üppig wogenden Feldern. Genauso ist es hier, Mam. Das Haus steht ganz allein inmitten der Felder und man kommt nur über einen langen staubigen Pfad hin. Manchmal gehen wir spazieren, über die Felder zum Fluss runter. Der Fluss führt in dieser Jahreszeit ziemlich wenig Wasser und durch die Hitzewelle ist er noch seichter als sonst. Jo geht noch weiter runter, bis zu den Pappeln, wo ein tiefer Teich liegt, und sie sagt, das Wasser ist dort so kalt, dass es wahrscheinlich von einer unterirdischen Quelle gespeist wird, und deshalb bleibt es auch so tief, obwohl der restliche Fluss fast ausgetrocknet ist. Ich will da auch mal hin zum Schwimmen, sobald ich kann. Aber ich muss noch warten, wegen meinem Rücken und meinen Schultern.

Ich war nämlich ein bisschen krank, Mam.

Aber mach dir keine Sorgen, jetzt geht's mir wieder gut. Und ich mein auch nicht so krank wie früher mal! Nur körperlich, Mam. Als ich nämlich auf der Baustelle war und in der Sonne geschuftet hab, da hab ich nicht gewusst, dass es einer der heißesten Tage des Jahres war. Tom meint, wenn ich einen Hut oder wenigstens ein Taschentuch auf dem Kopf gehabt hätte, wär es nicht ganz so schlimm ausgegangen. Er sagt, dann hätt ich zwar trotzdem einen Sonnenbrand abgekriegt und würd mich jetzt auch schälen; aber ich hätt nicht so irre geredet und phantasiert, wegen des Hitzschlags.

Ich wusste erst gar nicht, dass Tom Arzt ist. Aber im normalen Leben ist er das. Und deshalb hat mich Ralph, nachdem er mich unten bei den Fischdocks gefunden hatte, gleich hergebracht, weil er wusste, Tom kann mir helfen. Tom hat gesagt, das kommt von den UV-Strahlen – wenn der Kopf zu lange der Sonne ausgesetzt ist, dringt das ultraviolette Licht direkt in den Schädel und das ist dann ein bisschen so, als wär ein Teil des Gehirns in die Mikrowelle geraten. Deshalb wird man ganz benommen und redet lauter wirres Zeug.

Aber jetzt geht's mir wieder gut, Mam! Mein Gehirn funktioniert wieder ganz normal. Meine Haut ist zwar noch wund und schält sich, aber das ist nicht so schlimm – nur dass es mich dran hindert, mit Jo schwimmen zu gehen. Meine Arme und mein Rücken sehen fürchterlich aus, Mam, deshalb lass ich immer mein Hemd an. Ich hab Jo gesagt, ich könne noch nicht ins Wasser, weil es mir noch zu wehtut. Aber der wahre Grund ist, dass sie nicht sehen soll, wie sich meine Haut schält und ablöst, weil das ganz schrecklich aussieht. Am Ende wird ihr noch schlecht! So wie mir immer schlecht geworden ist, wenn Onkel Jason und Tante Fay, dieses fürchterliche Paar, wenn die von den Kanarischen oder Westindischen Inseln zurückgekommen sind, so braun gebrannt, als hätt man sie gegrillt, und wenn sich dann Onkel Jasons riesige Nase schälte und die Teilchen und Fetzen in seinen Tee fielen und er ihn trotzdem weitertrank!

Deshalb soll Jo nicht sehen, wie ich mich überall schäle. Ich weiß, eigentlich ist es albern, dass ich so etwas vor ihr verbergen will, nachdem ich erfahren hab, was Jo alles durchgemacht hat. Ich will einfach nur nicht, dass ihr bei diesem Anblick schlecht wird. Und wahrscheinlich will ich auch nicht riskieren, dass sie mich dann vielleicht nicht mehr mag. Sie ist zwar nicht meine Freundin und ich bedränge sie auch nicht. Aber sie geht so locker und entspannt mit mir um, und wenn wir abends mit den andern im Gemeinschaftsraum sitzen, auf einem der großen Sofas, und zuhören, wie Ralph oder sonst jemand eine Geschichte vorliest, dann nimmt Jo manchmal meine Hand oder lehnt ihren Kopf an meine Schulter, als würde sie sich an mich schmiegen. Und das ist wunderschön, Mam! Denn wenn sie auch nicht meine Freundin ist, spür ich doch, wie sehr sie mich mag. Und es ist toll, von einem Mädchen wie Jo so sehr gemocht zu werden.

Eigentlich weiß ich ja, dass es keinen Unterschied machen würde, wenn sie meine schorfige Haut sieht. Es wär mir einfach nur ein bisschen peinlich, das ist alles. Ich weiß, dass es albern ist, denn Jo hat mich ja im Delirium erlebt, und nicht mal das hat sie abgestoßen!

Das kam vom Hitzschlag, Mam, dass ich so benommen war und wie ein Betrunkener herumgetorkelt bin. Und dann bin ich ohnmächtig geworden und hatte offenbar Fieber und war ganz verwirrt und hab phantasiert. Deshalb dachte ich erst, ich sei in einer Nervenheilanstalt gelandet! Als ich hier ankam, dachte ich, ich sei im Krankenhaus! An dem Tag, als ich aufgewacht bin, als ich endlich wieder zu mir kam, hab ich sie durchs offene Fenster gesehen: lauter komische Leute, die draußen auf dem Rasen rumliefen. Manche bewegten die Lippen, ohne dass ein Wort rauskam, andere führten Selbstgespräche, murmelten oder plapperten vor sich hin, um plötzlich mittendrin aufzuschreien und laut zu fluchen, genau wie damals die Tourettepatienten in Swintonfield; wieder andere redeten vornehm und gestelzt daher, wiederholten ständig die gleichen Wörter wie manche der alten Leute in Swintonfield, die geistig verwirrt waren und sich für den toten King George oder für Bertrand Russell hielten. Genauso war es hier auch, Mam, wie in Swintonfield an sonnigen Nachmittagen, wenn die armen Patienten über den Rasen schlurften, im Klub der gebrochenen Herzen.

Und das Mädchen, Mam, dieses Mädchen, von dem ich immer gedacht hatte, ich würd es mir nur einbilden so wie die Mutanten und den Mann hinterm Vorhang, der mit dem verkehrt rum sitzenden Kopf, weißt du noch, Mam? Na ja, das war auch ein Grund, warum ich dachte, ich sei wieder im Krankenhaus gelandet, weil *sie* bei ihnen war, das Mädchen, sie, von der ich glaubte, ich hätte sie mir nur eingebildet, der ich damals beim Altglascontainer begegnet war, deren Augen wie leuchtend braune Kastanien sind.

Und als ich aus dem Fenster starrte und sie dort alle auf dem Rasen rumlaufen sah – manche wie in Trance und wie besessen, manche, die immer wieder das Gleiche vor sich hin plapperten, manche, die ständig die gleichen Bewegungen wiederholten wie Zwangsneurotiker –, da sah ich sogar den Amerikaner, den ich mir zusammenphantasiert hatte, der mit dem großen Wagen, dem silberfarbenen Mercedes und dem Stapel Kassetten von Morrissey und The Smiths. Ich beobachtete ihn durchs Fenster des weißen Zimmers, als er auf dem Rasen erschien und zwischen den Patienten rumging. Und da dachte ich, er sei der Chefarzt, wie Dr. Corkerdale, denn plötzlich klatschte er in die Hände, und alle Patienten blieben mitten in der Bewegung stehen, hörten auf zu gestikulieren, zu reden, zu schreien, hörten auf, Gegenstände aufzuheben und wieder ins Gras zu legen, hörten auf im Kreis rumzulaufen. Und ich dachte, dieser Amerikaner muss ja ein richtig toller Arzt sein, wenn die Patienten plötzlich alle keine Patienten mehr sind! Er stand zwischen ihnen und sprach erregt auf sie ein. Und sie schauten ihn an, lauschten und folgten ihm über den Rasen. Und plötzlich brachen alle in Gelächter aus, alle auf einmal und zwar wie ganz normale Menschen.

In dem Moment sah er mich am Fenster stehen. Ich wollte mich noch hinterm Vorhang verstecken, aber da winkte er mir mit strahlendem Lächeln zu und rief: »Raymond! Hey! Wie geht's dir?«

Und jetzt drehten sich alle Patienten um und starrten mich an, manche zeigten auf mich, manche lächelten, andere winkten mir zu, und dann redeten alle miteinander. Doch er kam über den Rasen auf mich zu, fragte mich, wie ich mich fühle, und sagte, es tue ihm Leid, er habe ganz vergessen, dass mein Zimmer ja auf den Rasen geht – sonst hätte er den Workshop in der Scheune und nicht auf dem Rasen abgehalten.

Verstehst du, Mam, die waren gar nicht krank, die Leute auf dem Rasen! Das waren lauter Schriftsteller, Mam; Leute, die herkommen, weil sie besser schreiben lernen wollen. Und die hatten auf dem Rasen nur ein Theaterstück geprobt, das einer von ihnen geschrieben hatte. Das ist hier also eine Art Schule für Schriftsteller, Mam.

Und auch Ralph, der Amerikaner, der mich hergebracht hat, ist Schriftsteller.

Mach dir bitte keine Sorgen, Mam, ich weiß schon, was du jetzt wahrscheinlich denkst!

Aber ehrlich, Mam, diesmal ist es nicht wie mit Malcolm

oder Malcolms Dad. Ralph ist wirklich eine *reale* Person, Mam, und er kommt aus New York, nicht aus Baton Rouge. Und wenn du dir trotzdem noch Sorgen machst, Mam, und mir nicht glaubst, dann kannst du in die Bücherei gehen oder sogar zu Waterstones, und wenn du unter »G« bei Gallagher schaust, dann findest du vermutlich ein paar von Ralphs Büchern oder Stücken, denn obwohl ich noch nie was von ihm gehört hatte, ist er ziemlich berühmt, dieser Ralph Gallagher.

Ralph wollte mir Geld leihen, damit ich nach Hause kann. Das war an dem Tag, als es mir zum ersten Mal wieder besser ging.

Wir standen im Schatten zwischen Haus und Scheune, auf den großen braunen Fliesen, die von der Sonne noch ganz aufgeheizt waren. Wir blickten über die Wiesen, über die aneinander grenzenden Getreidefelder, deren Gelb und Grün mit purpurroten Punkten gesprenkelt war. Die Felder, die am weitesten weg waren, verschwammen im Dunst der flirrenden Hitze, und die fernen Pappeln krümmten sich wie baumelnde Würmer am Horizont.

Ich bedankte mich bei Ralph und versprach ihm, dass ich ihm das Geld so bald wie möglich zurückschicken würde.

Er nickte. Dann fragte er: »Und was wirst du jetzt machen, Junge?«

Ich fragte ihn, wie er das meine.

»Wenn du daheim bist«, erklärte er, »was wirst du dann machen?«

Ich zuckte die Achseln und seufzte. »Ich weiß nicht«, erwiderte ich. »Wahrscheinlich muss ich mich nach einem Job umschauen.«

»Und als was?«, fragte Ralph.

Ich zuckte wieder die Achseln. »Keine Ahnung«, sagte ich. »Ich weiß ja nicht mal, ob ich überhaupt einen Job kriege.«

Ralph nickte und blickte weiter über die Felder. Dann schniefte er und sagte: »Raymond, warum machst du dann nicht das, was du tun *solltest*, verdammt noch mal?« Er betrachtete mich mit hochgezogenen Augenbrauen.

Ich starrte ihn stirnrunzelnd an.

»Ray«, sagte er »ich hab dein Buch gelesen, dein Songbook!«

Ich starrte ihn immer noch an und runzelte die Stirn noch angestrengter, als ich versuchte, den Sinn seiner Worte zu erfassen.

Ralph beobachtete mich. Dann fragte er: »Soll ich sagen, dass es mir Leid tut? Soll ich mich entschuldigen, dass ich geschnüffelt hab?«

Aber er entschuldigte sich keineswegs, sondern sagte kopfschüttelnd: »Ganz bestimmt nicht, Ray! Von mir hörst du keine Entschuldigung. Tut mir Leid, dass es nicht anders ging. Normalerweise stecke ich meine Nase nicht in Sachen, die mich nichts angehen. Aber du musst das verstehen, Ray. Als wir dich hergebracht haben, warst du in sehr schlechter Verfassung. Wir wussten nicht, wer du bist und woher du kommst. Jo hat uns ein bisschen was erzählt – sie hat dich mal in der Stadt gesehen und später in einer Autobahnraststätte. Aber mehr wusste sie auch nicht. Und wie gesagt, du warst nicht in der Verfassung, uns aufzuklären. Du hast ja nur vor dich hin phantasiert!«

Ralph nickte mir zu. »Und deshalb hab ich mir die Freiheit genommen, mir deine Sachen anzuschauen, weil ich rausfinden wollte, wer er ist, dieser Junge im Delirium mit der Haut eines Brathähnchens!«

Ralph beobachtete mich von der Seite. Er schien mein Gesicht zu studieren, während ich wieder auf die Felder starrte.

»Bist du jetzt bestürzt?«, fragte er. »Gekränkt? Empört oder einfach nur sauer? Also was?«

Ich zuckte die Achseln. Ich wusste nicht, was ich war. Ich war nur etwas verlegen, als mir durch den Kopf schoss, was für private Dinge Ralph gelesen hatte.

Jetzt schlug er vor: »Na komm. Gehen wir spazieren.«

Ich folgte ihm zum Torbogen. Durch ihn gelangt man auf

den Pfad, der zu den Feldern führt. Wir liefen an den ausgetrockneten Sümpfen vorbei. Ich wusste nicht, was er von mir wollte, ob er mich vielleicht auf irgendwas ansprechen wollte.

Aber da sagte er: »Ray, ich liebe deine Oma! Mein Gott, sie ist wundervoll! Als sie diesem, wie hieß er doch gleich … Akela? … als sie dem mal so richtig die Meinung sagt, mein Gott, da hätt ich sie am liebsten hochgehoben und geküsst! Vergnügungen! Mein Gott, schon dafür, wie sie diese Vergnügungssucht hasst, liebe ich sie heiß und innig!«

Ich konnte es kaum glauben! Ralph sprach von meiner Oma, als würde er sie kennen! Er sprach von ihr, als sei sie noch am Leben!

Und dann fragte er: »Kommt sie bis zum Ende vor?«

Ich starrte ihn ratlos an.

»In der Geschichte«, erklärte er. »Kommt sie bis zum Ende der Geschichte immer wieder vor?«

Ich nickte. »Natürlich«, sagte ich. »Sie ist ja meine Oma! Natürlich kommt sie immer wieder vor, bis –«

Aber da rief Ralph plötzlich: »Nein!« und fuhr mit erhobenen Händen fort: »Sag's nicht! Ich will es nicht wissen, verrat's mir nicht! Lass es mich selbst herausfinden, wenn ich dann irgendwann das Ganze lese.«

Ralph nickte wieder. »Ich hab nämlich aufgehört«, sagte er. »Ich hab mich gezwungen, mit Lesen aufzuhören, weil ich wusste, dass es etwas ganz Persönliches ist, eine Art privates Manuskript. Deshalb habe ich es nur zum Teil gelesen. Aber ich würde es sehr gern fertig lesen, wenn du es erlaubst.«

Jetzt hatten wir den Holzzaun am Durchlass erreicht. Ralph lehnte am Zaun, blickte zum Haus zurück und sagte: »Obwohl ich dein Manuskript nur auszugsweise gelesen habe, Raymond, habe ich gemerkt, dass ich es hier mit einem Jungen zu tun habe, der unbedingt schreiben *muss*.«

Ralph sah mich an, aber ich wusste nicht, was ich sagen sollte.

Dann nickte er seufzend zum Haus hinüber und meinte: »Siehst du das Haus dort? Sag's bitte nicht weiter, Ray, aber die Leute in diesem Kurs – nette Leute, reizende Leute! wahrscheinlich bessere Menschen als wir beide hier –, aber die meisten von ihnen *möchten* nur gerne schreiben.«

Er schüttelte betrübt den Kopf. Dann wandte er sich um und sah mich an.

»Kannst du dir vorstellen«, fragte er, »wie sehr ich mich gefreut habe, als ich sah, hier ist jemand, der schreiben *muss*!?«

Ich zuckte nur die Achseln. Ich verstand ihn nicht so ganz.

Aber er nickte nur, schaute wieder zum Haus rüber und meinte: »Ich glaube, bei zwei oder drei andern im Kurs ist es genauso. Jo gehört dazu. Ich glaube, sie ist wirklich begabt. Sie hat tiefe Einsichten und kann sie auch ausdrücken. Aber ich mache mir Sorgen, dass ihr der Kurs vielleicht nicht allzu viel bringt. Zum Teil besteht das Problem darin, dass keiner der Teilnehmer auch nur annähernd in ihrem Alter ist. Und ich glaube, das braucht sie. Sie muss sich mit jemandem austauschen können, der ihr vom Lebensgefühl, von den Interessen her näher steht.«

Ralph sah mich wieder an. »Das ist einer der beiden Gründe, warum ich hoffe, dass du hier bleibst. Ich glaube, es würde Jo sehr gut tun, wenn sie jemanden in ihrem Alter hätte.«

Ich sah ihn stirnrunzelnd an. »Und der zweite Grund?«, fragte ich.

Ralph lächelte. »Dass ich dann dein Buch fertig lesen kann«, antwortete er. Er stieß sich vom Zaun ab. »Und«, fügte er hinzu, als wir uns wieder auf den Rückweg machten, »dass ich dir helfen kann, zu dem zu werden, was du sein kannst.«

Schau, Mam, deshalb komme ich jetzt noch nicht nach Hause. Aber ich wollt dir schreiben, dass du dir keine Sorgen mehr machen musst. Ich weiß schon, was Onkel Jason sagen wird: dass ich mit einem Haufen von Möchtegern-Poeten und Stückeschreibern durchs Land zieh, so faul und nutzlos wie immer. Aber ich bin nicht nutzlos, Mam, und auch nicht faul; hier nicht. Und deshalb brauchst du dir jetzt keine Sorgen mehr zu machen. Ich bin glücklich, Mam. So glücklich, dass ich mich fast fürchte, es auszusprechen. Manchmal traue ich mich kaum zu atmen, aus Angst, schon ein sanfter Hauch könnte alles zerstören.

Mit ganz, ganz lieben Grüßen
Raymond

23. Juni 1991
Swallowbrook,
Heaton Wold,
N. Lincs

Lieber Morrissey,

ich weiß, ich hab gesagt, ich würd dir nicht mehr schreiben. Aber das kam bloß, weil ich unter diesem fürchterlichen Druck stand und mich anpassen wollte und wegen lauter so albernen Gründen. Ich weiß, ich muss mich bei dir entschuldigen, denn das muss ja so ausgesehen haben, als ob ich mich von dir abwenden würde. Und in gewisser Weise hab ich das ja auch wirklich versucht. Aber es geschah aus den falschen Gründen, Morrissey, und auf die falsche Art. Tatsache ist, Morrissey, dass du, egal wohin ich gehe, egal was ich mache, egal was aus mir wird und wie lange ich lebe, immer zu meinem Leben gehören wirst. Das spür ich jedes Mal, wenn einer deiner Songs unter einem Türschlitz hervordringt oder aus den Lautsprechern einer Eisdiele dröhnt, egal wo ich bin und egal mit wem, es wird immer einen kleinen Gefühlssturm in mir auslösen – Liebe und eine wehmütige Erinnerung an unsere gemeinsame Zeit. Es macht mir nicht mal was aus und wird mir auch nie was ausmachen, dass du ja gar nichts davon weißt. Denn trotzdem, Morrissey, warst du immer bei mir.

Und deshalb schreib ich dir diesen letzten Brief, Morrissey – um dir zu danken.

Und um dir zu erzählen, dass etwas Unglaubliches passiert ist; etwas, das nicht einmal Ralph weiß – obwohl er ja sogar das Songbook gelesen hat!

Das Mädchen mit den Kastanienaugen existierte also nicht

nur in meiner Phantasie. Sie ist *wirklich* da, Morrissey, hier in diesem Schreibseminar. Sie will Lyrikerin werden. Deshalb ist sie hergekommen. Sie möchte lernen, wie sie eine bessere Schriftstellerin wird. Jo sagt, das wünscht sie sich mehr als alles andere auf der Welt.

Und deshalb hat sie neulich gesagt, sie wolle im Herbst vielleicht gar nicht mehr in die Schule zurück, um Abitur zu machen.

Ich glaub, Ralph war ein bisschen sauer, als er das hörte. Er hat versucht, Jo zu überreden, die Prüfungen abzulegen und dann an die Universität zu gehen. Ralph sagte, Lyrikerin sei kein Beruf, und auch wenn Jos Sachen ihn sehr beeindruckt hätten, seien ihre Chancen, vom Schreiben zu leben, äußerst gering. Aber Jo hat nur die Achseln gezuckt und meinte: »Ich weiß, Ralph. Das hab ich schon immer gewusst. Aber warum sollte ich meine Zeit mit Abitur und Studium vergeuden, wenn ich gar kein Bedürfnis danach hab?«

Ralph argmentierte, Bildung und Studium müssten nicht unbedingt Feinde der Kreativität sein.

Aber Jo hielt dagegen: »Ich studier doch schon, Ralph. Ich studiere sehr intensiv. Ich studiere auch hier; ich studiere eigentlich immer.«

Doch Ralph ließ nicht locker und brachte immer wieder neue Argumente vor, warum Jo unbedingt ihr Abitur machen sollte.

Aber am Schluss schnitt Jo ihm einfach das Wort ab und meinte: »Na gut, Ralph, und was ist mit dir? Hast *du* denn Abi gemacht oder wie ihr das in Amerika nennt? Bist *du* auf die Universität gegangen? Und sag jetzt nicht ja – ich hab nämlich auf der Innenklappe deines Buchs gelesen, dass du gar nicht richtig studiert hast.«

Ralph musste zugeben, dass Jo Recht hatte. Und da sagte Jo lachend, er solle doch nicht so ein Heuchler sein.

Aber Ralph gab sich noch nicht geschlagen. »Nein … schau mal«, sagte er, »hör doch um Himmels willen auf zu lachen …

ich … ich hatte Glück, okay? Obwohl ich nicht systematisch studiert habe, habe ich mir doch eine gewisse Bildung angeeignet. Von Leuten, die ich kannte und mit denen ich zusammengearbeitet habe, von denen habe ich eine Menge gelernt. Aber es hätte auch anders gehen können. Ich hatte einfach bloß Glück.«

Jo sah ihn nur an. Und dann nickte sie lächelnd und sagte: »Ich weiß! Genau das werd ich auch haben: Glück!«

Da gab Ralph auf. Später sagte er zu mir, bei so einem starken Willen sei es vermutlich egal, ob Jo Abitur mache oder nicht.

Trotzdem bat er mich: »Auf dich hört sie vielleicht mehr als auf mich, Ray. Versuch's ihr doch irgendwie klarzumachen, ja? Sie sollte wirklich in die Schule zurück.«

Ich nickte. Aber ich tat nichts dergleichen. Denn ich wusste, dass Jo ihre eigene Entscheidung treffen würde und dass das eigentlich nichts mit mir zu tun hatte.

Das erste Mal, als ich sie sah, Morrissey, an der Bushaltestelle beim Altglascontainer an der Hauptstraße, war sie in Failsworth gewesen, um ihre Mutter zu besuchen. Sie kam von weit her, aus Wirral, wo sie inzwischen bei ihrer Schwester lebte. Deshalb hab ich sie danach nie mehr in Failsworth gesehen. Sie kam nämlich nicht sehr oft dorthin zurück.

Aber das wusste ich damals noch nicht. Ich wusste nur, dass sie ein Morrissey-Fan war. Und dass ihre Augen die Farbe von Kastanien hatten.

Aber jetzt ist sie nicht mehr das Mädchen mit den Kastanienaugen. Sie ist einfach nur Jo.

Alle Leute hier glauben, wir seien ein Paar. Ralph sagt, das passiert jedes Mal, wenn zwei junge Leute in einem Kurs sind. Die Älteren denken dann immer, die hätten sich ineinander verliebt. Ralph sagt, deshalb komme das auch so oft in den Geschichten vor; weil es zu den Dingen gehört, die wir unbedingt *brauchen*.

Jo und ich lassen sie in dem Glauben. Letztlich kann man

es ihnen auch nicht verübeln; wir zwei sind ja fast immer zusammen. Manche ziehen uns auf und machen Witze – wir seien ja wie Töpfchen und Deckelchen, wie siamesische Zwillinge, und wenn man wissen wolle, wo Jo steckt, dann müsse man nur nach Raymond suchen – und umgekehrt.

Wie du siehst, Morrissey, sind ihre Scherze nicht besonders geistreich. Aber Ralph hat ganz Recht, wenn er sagt, dass es sehr nette Leute sind. Und deshalb lächeln Jo und ich nur drüber und lassen sie in dem Glauben. Wir sind einfach gern zusammen. Zum Beispiel bleiben wir manchmal beide die ganze Nacht auf und arbeiten Seite an Seite am Tisch in der Scheune, oder wir sitzen abends auf einem Sofa im Gemeinschaftsraum und reden so lange miteinander, bis wir einschlafen. Als Ralph mal eines Morgens zum Frühstück runterkam, fand er uns dort beide zusammengerollt. Aber er hat uns nicht geweckt. Er hat uns nur zugedeckt.

Vorhin hab ich gesagt, Ralph wisse es nicht. Aber manchmal frag ich mich, ob er es sich nicht vielleicht doch zusammengereimt hat und sich einfach nie was anmerken lässt. Keine Ahnung. Ich wär ja selber nicht drauf gekommen.

Als ich sie sah, am ersten Nachmittag, nachdem Ralph gesagt hatte, ich könne bleiben, machte es mich kein bisschen befangen, dass Ralph mich gebeten hatte, mich mit ihr zusammenzutun. Ich tat Ralph einfach nur einen Gefallen.

Obwohl es schon fast Abend war, hielt ich mich immer noch lieber im Schatten auf. Ich saß unter der Buche und wollte etwas in mein Songbook schreiben, da kam sie über den Rasen auf den Torbogen zu, der aus dem Garten zum Pfad hinausführt.

Ich glaub, sie sah mich erst, als ich aufstand. Ich fragte sie: »Welcher Gegenstand, den die heilige Johanna bei sich trug, zerschmolz in den Flammen?«

Sie sah mich an. Zögernd, unsicher, ratlos. Aber dann lächelte sie und sagte: »Ein Walkman natürlich!«

Ich zuckte die Achseln. »Tut mir Leid«, sagte ich. »Das war

zu leicht.« Dann fragte ich lächelnd. »Stehst du immer noch auf ihn?«

Sie nickte etwas unentschieden und sagte: »Ja, irgendwie.«

Wir standen da und nickten. Und es war komisch, obwohl sie mich nicht gefragt hatte, ob ich spazieren gehen wolle, und obwohl ich sie nicht gefragt hatte, ob ich sie begleiten dürfe, traten wir plötzlich nebeneinander durch den Torbogen und gingen den Pfad entlang, und ich fragte sie, was für Sachen sie schreibe und wer ihre Lieblingsschriftsteller seien.

Sie sagte, sie möge alle möglichen Leute, aber vor allem Kit Wright, Liz Lochhead und Carol Ann Duffy.

Ich nickte. Von denen hatte ich noch nie gehört.

»Aber zurzeit«, fuhr sie fort, »möchte ich lieber nicht so viel von ihnen lesen, weil ihre Stimmen so laut und kräftig sind.«

Ich runzelte die Stirn. »Wie meinst du das?«, fragte ich.

Sie zuckte die Achseln. Wir kamen an den ausgetrockneten Sümpfen vorbei, wo ich am Abend zuvor mit Ralph gegangen war.

»Ich meine das so«, sagte sie, »na ja, ... ich meine das so, dass ich im Moment ... irgendwie ... meine *eigene* Stimme finden möchte. Aber die ist noch nicht stark genug. Und wenn ich Kit Wright oder Duffy lese, dann kommt es mir vor, als würd ich von ihren starken, mächtigen Stimmen übertönt ... und obwohl ich es gar nicht will, spreche ich dann nicht mit meiner eigenen Stimme, sondern parodiere bloß ihre Stimmen.«

Sie nickte. »Tut mir Leid«, sagte sie. »Das klingt wahrscheinlich nicht besonders einleuchtend.«

»O doch!«, erwiderte ich. »Das klingt sogar *sehr* einleuchtend! Ich hab nämlich mal Songs geschrieben, und es hat eine Ewigkeit gedauert, bis mir klar wurde, dass ich nur Mist fabriziert hatte, weil jeder Song nur Secondhand-Morrissey war. Sie haben alle nichts getaugt.«

Sie sah mich skeptisch an. »Aber doch nicht *alle*«, erwiderte sie. »Doch nicht jeder Song, den du geschrieben hast!«

Ich nickte.

»Meinst du nicht, du bist vielleicht ein bisschen zu selbstkritisch?«, fragte sie.

Ich schüttelte den Kopf. »Nein«, antwortete ich. »Das wurde mir auch von anderer Seite bestätigt. Gestern Abend hab ich Ralph in der Scheune ein paar von meinen Songs vorgespielt. Und da hat er gesagt, *so* langweilige Melodien und *so* grauenhafte Texte hätt er sich bis jetzt glücklicherweise nur selten anhören müssen!«

Sie runzelte die Stirn. Aber dann lachte sie und sagte: »Das stimmt doch gar nicht! Du ziehst mich nur auf! So würde Ralph seine Kritik nie formulieren. So redet der doch gar nicht!«

»Ich weiß«, erwiderte ich. »Er war natürlich sehr höflich. Aber das hat er *gemeint*! Außerdem war ich sowieso schon zur selben Erkenntnis gelangt!«

Wir überquerten den Durchlass zwischen den Weiden und balancierten vorsichtig über das Gitter, damit wir nicht mit dem Fuß hängen blieben. Sie trug rote Sandalen. Toll sahen die aus. Und dabei hatte ich bis jetzt noch nie auf Sandalen geachtet.

»Gibst du's also auf?«, fragte sie. »Schreibst du keine Songs mehr?«

Ich überlegte. Dann sagte ich seufzend: »Nein, ich glaube, nicht. Zumindest eine Weile; bis ich schreiben kann, ohne innerlich ständig Morrissey zu hören.«

Sie sah mich an. Dann meinte sie: »Stehst du denn nicht mehr auf ihn?«

Ich seufzte und dachte wieder angestrengt nach. Und dann sagte ich ihr die schreckliche Wahrheit: »Ich weiß es nicht.«

Aber anscheinend verstand sie mich, denn sie erwiderte: »Das ist furchtbar, nicht? Wenn man so sehr auf jemanden steht wie du auf Morrissey und dann ist das Gefühl plötzlich nicht mehr da, nicht mehr so wie früher; es ist weg und du kannst dich noch so sehr danach sehnen, es kommt nicht mehr zurück.«

Ich nickte. Wir liefen das Feld entlang, vorbei am ausgetrockneten Sumpf. Es war herrlich, einen Menschen zu haben, der einen verstand. Das hätte ich ihr gern gesagt. Aber ich kam nicht dazu, zumindest diesmal nicht, denn als wir die Böschung zum Fluss hinunterstiegen, sagte sie: »Ich hab dich immer für den allergrößten Morrissey-Fan gehalten. Das sagt auch jeder. Als ich das letzte Mal bei einer Smiths-Nacht war, hab ich gehört, wie jemand sagte, dieser Junge aus Failsworth, dieser Raymond Marks, sei wahrscheinlich der treueste Morrissey-Maniac, den es gibt.«

Jetzt schlenderten wir am Flussbett entlang, das so ausgetrocknet war, als ginge man auf einem Weg. Ich dachte, ich hätte mich vielleicht verhört.

»Woher kannten die denn meinen Namen?«, fragte ich.

Sie zuckte die Achseln. »Keine Ahnung«, erwiderte sie. »Wahrscheinlich von mir.«

Ich ging weiter. Und hoffte, dass nicht wieder die Sonne schuld war.

»Aber woher hast *du* meinen Namen gekannt?«, fragte ich.

Sie zuckte wieder die Schultern. »Ich kannte ihn eben. Ich hab ja in Failsworth gelebt. Ich kenne deinen Namen schon ewig lange.«

Sie starrte mich an, sah mir direkt in die Augen, so als – so als fordere sie mich heraus.

Und dann kam es, Morrissey, dann sagte sie mit fester, beherrschter Stimme: »Du weißt nicht, wer ich bin, oder?«

Ich runzelte die Stirn und zuckte die Achseln. »Na ja … Jo«, antwortete ich. »Ich weiß nur, dass du Jo heißt.«

Sie starrte mich immer noch unverwandt an, dann nickte sie und sagte: »Ja, aber früher war ich jemand anders. Ich war Paulette Patterson.«

Menschen, die eine Explosion überlebt oder einen schweren Schock erlitten haben, Morrissey, die sagen doch immer, dass es ein kleines, oft in keinerlei Beziehung zum Ereignis stehendes Detail gewesen sei, das ihnen am deutlichsten in Erinnerung geblieben ist; zum Beispiel die Tatsache, dass ihre Augen eigentlich gar nicht kastanienbraun waren, wenn man sie so aus der Nähe sah. Vielleicht lag es am Sonnenlicht, dass sie viel heller wirkten, als ich geglaubt hatte, eher bernsteinfarben; das Bild von den dunklen Kastanien war auf jeden Fall völlig falsch, vor allem jetzt, wo ich in Augen blickte, die in wildem Trotz aufgerissen waren, feuchte Augen, aus denen jetzt Tränen quollen und langsam über ihr Gesicht liefen.

Ich zuckte die Achseln. »Macht doch nichts«, sagte ich.

Dann zuckte ich noch mal die Achseln und fügte hinzu: »Ich war früher mal der Falsche Junge.«